S. M. STIRLING

Krieg der Verschwörer

Buch

Wir schreiben das Jahr 2259. Der Krieg der Centauri gegen die Narn ist in vollem Gange. Den Narn droht die Vernichtung ihrer Heimatwelt. In dieser angespannten Situation soll auf der Raumstation BABYLON 5 eine Friedenskonferenz stattfinden, an der die Vertreter aller bedeutenden Völker der Galaxis teilnehmen. Doch die Konferenz scheint zum Scheitern verurteilt, als Na'Toth, die Assistentin des Narn-Botschafters, wiederholt angegriffen wird. Sicherheitschef Garibaldi steht vor einer schwierigen Aufgabe. Allein begibt er sich in die Unterwelt von BABYLON 5 und entdeckt, daß sich dort neues Unheil zusammenbraut ...

Zur gleichen Zeit erscheint die zwielichtige Kunsthändlerin Semana MacBride auf der Station, um anläßlich der Konferenz eine Skulptur zu enthüllen. Dies dient jedoch nur der Verschleierung ihrer wahren Absichten: Mollari und G'Kar gegeneinander auszuspielen und die Konflikte weiter zu schüren.

BABYLON 5 gleicht einem Pulverfaß, und jeder an Bord scheint sich große Mühe zu geben, es zum Explodieren zu bringen. Der Krieg der Verschwörer ist kaum noch abzuwenden ...

Babylon 5 im Goldmann-Taschenbuch:

John Vornholt: Babylon 5 – Tödliche Gedanken (25013)
Lois Tilton: Babylon 5 – Im Kreuzfeuer (25014)
John Vornholt: Babylon 5 – Blutschwur (25015)
Neal Barrett Jr.: Babylon 5 – Schwarze Träume (25026)
Jim Mortimore: Babylon 5 – Schatten des Todes (25027)
S. M. Stirling: Babylon 5 – Krieg der Verschwörer (25028)

S.M.Stirling

BABYLON 5

Krieg der Verschwörer

ROMAN

Aus dem Amerikanischen
von Susanne Menzel

GOLDMANN

Die amerikanische Originalausgabe erschien 1996
unter dem Titel »Babylon 5 – Betrayals«
bei Dell Publishing, a division
of Bantam Doubleday Publishing Group Inc., New York

Umwelthinweis:
Alle bedruckten Materialien dieses Taschenbuches
sind chlorfrei und umweltschonend.
Das Papier enthält Recycling-Anteile.

Der Goldmann Verlag
ist ein Unternehmen der Verlagsgruppe Bertelsmann

Genehmigte Taschenbuchausgabe 6/98
Der Roman BABYLON 5 – KRIEG DER VERSCHWÖRER basiert
auf der gleichnamigen Fernsehserie von J. Michael Straczynski,
produziert für Warner Bros. Television.

Umschlaggestaltung: Design Team München
Umschlagmotiv: Warner Brothers
Satz: DTP Service Apel, Hannover
Druck: Elsnerdruck, Berlin
Verlagsnummer: 25028
V. B. · Herstellung: Sebastian Strohmaier
Made in Germany
ISBN 3-442-25028-5

1 3 5 7 9 10 8 6 4 2

Anmerkung:

Die Ereignisse in diesem Roman spielen
im Jahr 2259, vor der Zerstörung der Heimatwelt
der Narn durch die Centauri.

1

Sicherheitschef Garibaldi drehte sich um und starrte aus dem Fenster in Captain Sheridans Büro. Gärten und Parkanlagen breiteten sich vor ihm aus, so weit er sehen konnte, und erklommen auf beiden Seiten die Wände des riesigen Zylinders, der sie umschloß und dessen Zentrum »oben« war. Winzige Wolken zogen langsam über diese künstliche Landschaft, und manchmal spendeten sie den Pflanzen unter ihnen sogar ein paar Tropfen echten Regens. Die Luft war so voller Leben, ganz anders als die geruchlose, gefilterte Luft an Bord von Raumschiffen. Sie roch nach Pflanzen und feuchter Erde mit einem Schuß von Ozon und Kunststoffen.

Wie vieles andere auf *Babylon 5* war diese Luft einmalig; eine Mischung, die es in dieser Zusammensetzung nirgendwo sonst in den von Menschen erschlossenen Teilen des Universums gab.

Seltsam, dachte Garibaldi. Seine Augen ruhten auf einem kleinen Regenschauer, der in einer leichten Kurve herabfiel; das Licht färbte die Tropfen golden und kupfern. *An diesem Ort im Regen zu stehen macht einen wirklich sauer – weil man jemandem die Schuld dafür geben kann.*

Hinter ihm steckten Susan Ivanova und Captain Sheridan die Köpfe zusammen. Sie diskutierten über die Landepläne für die Centauri und Narn, die zu einer Friedenskonferenz auf der Station erwartet wurden. Ein ernstes Thema.

So ähnlich muß Pellucidar ausgesehen haben, dachte Garibaldi verträumt.

Er wandte sich wieder der Gruppe zu, die sich um den großen

schwarzen Tisch drängte. Er fragte sich, ob einer von den anderen als Kind so etwas Triviales wie die Bücher von Edgar Rice Burroughs gelesen hatte. *Manchmal bezweifle ich, daß sie überhaupt jemals Kinder waren.*

Sheridan blickte auf. Aus seinen durchdringenden blauen Augen sprach das platonische Ideal des absoluten Pflichtbewußtseins. Er wirkte beinahe unmenschlich, aber Garibaldi kannte den Captain besser. Sheridan ließ sich durch nichts davon abhalten, seine Pflicht zu tun, nahm sich aber das Recht heraus, selbst zu bestimmen, worin seine Pflicht bestand. Der Generalstab der Earthforce betrachtete seine Offiziere gerne als Waffen, die er nach eigenem Gutdünken einsetzen konnte, und Garibaldi fragte sich, was wohl passieren würde, wenn die Earthforce Captain Sheridans wahres Gesicht entdeckte.

»Ein paar Händler haben sich über die Sicherheitsübungen beschwert. Sie halten ihre Kunden vom Einkaufen ab, mit dem Ergebnis, daß sie nach den Übungen nicht wiederkommen.«

Der Captain lehnte sich in seinem Stuhl zurück und betrachtete seinen Sicherheitschef, ohne eine Miene zu verziehen.

Garibaldi schürzte die Lippen und sah auf seine gefalteten Hände hinab. *Ausgerechnet jetzt, da ich sicher bin, daß er mir vertraut,* dachte er und seufzte innerlich. *Was will der gute Captain bloß von mir hören?* Manchmal testete er einfach nur, wie jemand reagierte, um ihn künftig besser einschätzen zu können.

Die Führungsoffiziere hatten sich im Büro des Captains versammelt, um über die bevorstehende Friedenskonferenz zu sprechen. Das Büro war mit dem Mosaikfußboden und der bequemen Couch sehr großzügig ausgestattet und ausgesprochen groß – unglaubliche fünfunddreißig Quadratmeter! Aber in diesem Augenblick schien der Raum nicht geräumiger als ein Schrank zu sein.

»Nun, Sir, wir haben ungewöhnlich viele Übungen angesetzt.

Aber wenn bei der Konferenz etwas schiefgeht, werden die Beschwerden weitaus schlimmer sein. Es ist wie bei allen Übungen: verdammt lästig, bis sie sich auszahlen.« *Ein bißchen steif,* dachte Garibaldi. »Äh, waren das meine Leute, diese Kunden, die nicht wiedergekommen sind?«

»In einigen Fällen, ja«, erklärte Sheridan und spielte dabei mit einem Datenkristall. »Ansonsten haben sich die Übungen einfach nur störend ausgewirkt. Die meisten Beschwerden gab es über den Test für den Fall eines Lecks in der Außenhülle.«

Garibaldi zuckte zusammen. »Über den bin auch ich am wenigsten glücklich.« Er stützte sein Kinn in die Hand und sah dem Captain in die Augen. »Diejenigen, die sich überhaupt die Mühe gemacht haben, zu den Evakuierungspunkten zu kommen, waren bis zu dreißig Minuten zu spät. Deshalb, denke ich, müssen wir das so lange wiederholen, bis alle schnell genug reagieren. Das sind schließlich grundlegende lebensrettende Maßnahmen. Und was die anderen Übungen betrifft, tja«, er zuckte mit den Schultern, »ich kann schon verstehen, daß sie lästig sind, aber das ist ja nur vorübergehend. Außerdem können wir unsere Leute nicht zwingen, Zeug zu kaufen, das sie nicht haben wollen.« Er spitzte nachdenklich die Lippen. »Ich kann ja für die, die sich gestört fühlen, ein Memo schreiben und mich für die Unannehmlichkeiten entschuldigen . . .«

Sheridan sah Garibaldi wortlos an.

Susan Ivanova runzelte verwirrt die Stirn. *Was ist denn jetzt wieder los?* fragte sie sich. Sie hatte geglaubt, daß Sheridan und Garibaldi endlich gelernt hatten, miteinander auszukommen.

Als Sheridan damals auf die Station gekommen war und Garibaldis miserable Personalakte gelesen hatte, wollte er den Sicherheitschef so bald wie möglich ablösen lassen . . . aber das war lange her.

Aber, dachte Susan, *Michael neigt leider dazu, unter Streß zu versagen. Und diese Konferenz ist verdammt wichtig.*

Die beiden waren völlig gegensätzliche Charaktere. Sheridan ein perfekter Soldat, die blonden Haare immer ordentlich gekämmt, die Knöpfe poliert, die Abzeichen gerade an der Uniform. Garibaldis brauner Bürstenhaarschnitt war ein kleines bißchen länger als vorgeschrieben, und wenn er wie jetzt die Augen weit aufgerissen hatte, sah er aus wie ein zerzaustes Backenhörnchen. Obwohl seine Uniform nicht weniger sorgfältig gebügelt war wie die des Captains, sah sie an ihm wie ein Freizeitdress aus.

Trotzdem, wenn sie zusah, wie der Captain Psi-Polizist mit seinem Sicherheitschef spielte, bekam sie eine Gänsehaut. Was hatte er noch einmal zu ihr gesagt? *Ein guter Commander ist beliebt, weil er gut ist, und nicht, weil er versucht, sich beliebt zu machen.*

Garibaldi zuckte erneut mit den Schultern. »Das könnte sie zufriedenstellen«, fuhr er fort. »Aber ich werde die Sicherheitsmaßnahmen nicht verringern, bloß um ein paar verägerten Händlern eine Freude zu machen.« Er holte tief Luft. »Es sei denn, Sie geben mir den Befehl dazu, Sir.«

Sheridan grinste. Einen Moment lang verschwand der kalte Blick des pflichtbewußten Soldaten. »Nein, das wird nicht nötig sein. Ich wollte nur, daß Sie mit der Situation vertraut sind. Aber das mit dem Memo ist eine gute Idee.«

Sheridans Com-Link piepste. Er runzelte die Stirn und meldete sich. »Ja.«

»Captain«, antwortete sein Assistent, »ich unterbreche Sie nur ungern, aber der Botschafter der Centauri möchte mit Ihnen reden. Ich habe ihm gesagt, daß Sie in einer Konferenz sind, aber er besteht darauf, Sie sofort zu sprechen.«

»In Ordnung, Sergeant. Stellen Sie ihn durch! Und stellen Sie auch den Botschafter der Narn durch, wenn er sich meldet!«

»Worauf Sie wetten können«, bemerkte Susan.

Die vier Offiziere der Earthforce nickten verschwörerisch. Narn und Centauri in einem Raum hatten ihnen schon vor dem

Krieg genug Probleme bereitet. Und seitdem die beiden Völker einander offen bekämpften, endeten solche Begegnungen stets in einem Fiasko.

»Ich kann verstehen, daß die Narn überempfindlich reagieren«, meinte Susan nachdenklich. »Zugegeben, manchmal können sie schon ziemlich schwierig sein ...«

Diesmal konnte sich Garibaldi ein lautes Schnauben nicht verkneifen.

». . . aber sie haben mit Sicherheit nichts getan, was eine Kriegserklärung der Centauri rechtfertigen würde.«

»Und«, fügte Sheridan hinzu, »die Centauri haben gewonnen. Viel schneller, als das irgend jemand für möglich gehalten hätte.« Der Tonfall seiner Stimme veränderte sich. »Stellen Sie den Botschafter durch!«

»Captain Sheridan«, hörten sie die Stimme von Botschafter Mollari durch das Com-Link. Mit einem Anflug von Bedauern erklärte er: »Es tut mir leid, daß ich Ihre Besprechung unterbreche, aber ich muß mich über die Quartiere beschweren, die den centaurischen Abgeordneten für die Friedenskonferenz zugewiesen worden sind.«

Die anwesenden Offiziere lehnten sich nach vorne. Suchten die Centauri nach einer Ausrede, um die Konferenz absagen zu können? Immerhin zwangen sie die Narn in die Knie ... Aber die blockfreien Welten würden es übelnehmen, wenn die Centauri es wagten, die öffentliche Meinung derart zu mißachten.

»Wo liegt das Problem, Botschafter?« fragte Sheridan ruhig.

»Die Größe der Räumlichkeiten, die uns zugewiesen wurden, ist völlig unzureichend«, erklärte Londo eindringlich. »Die Quartiere sind klein und spärlich eingerichtet. Wir Centauri sind ein gewisses Niveau an Stil und Platz gewöhnt, wie Sie sicher wissen. Ich muß Sie ersuchen, daß Sie uns zumindest ein paar zusätzliche Räume zur Verfügung stellen. Ansonsten, so befürchte ich, würden wir die Abgeordneten beleidigen. Das wäre natürlich kein sehr guter Auftakt für die Konferenz. Da stimmen Sie mir doch sicher zu?«

»Botschafter Mollari«, antwortete Sheridan geduldig, »wir haben Ihren Abgesandten die größten Quartiere zugeteilt, die wir finden konnten. Sie hatten darum gebeten, die Abgesandten aus Sicherheitsgründen und wegen der Bequemlichkeit so nahe wie möglich am Flügel des diplomatischen Korps unterzubringen. Da das die beliebteste Wohngegend auf der Station ist, steht folglich nur eine begrenzte Anzahl von Quartieren zur Verfügung. Jedenfalls sind Ihre Räumlichkeiten genauso groß wie die der Narn. Und die Narn haben sich in keinster Weise beschwert.«

»Die Narn wohnen zwischen Felsen und Dampf«, schnaubte Mollari. »Wir Centauri sind viel feinfühliger und legen mehr Wert auf . . . Anmut.«

»Ihre Regierung kann die Räumlichkeiten für die Abgesandten gerne nach ihrem Geschmack einrichten«, erklärte Sheridan. »Natürlich auf ihre Kosten und vorausgesetzt, daß sie hinterher alles wieder in den ursprünglichen Zustand versetzen läßt.« Der Captain lächelte jetzt. »Sind Sie damit zufrieden, Botschafter?«

»Mir bleibt wohl nichts anderes übrig«, bemerkte Londo schroff. »Danke, daß Sie sich Zeit für mich genommen haben. Mollari, Ende.«

»Glauben Sie, daß wir damit Schwierigkeiten bekommen?« fragte Ivanova. »Ich meine, wegen der Zimmer.«

»Nein«, antwortete Sheridan und machte eine wegwerfende Handbewegung. »Er wollte nur sichergehen, daß wir den Narn nicht mehr Platz zugestanden haben als den Centauri.«

»Wie raffiniert«, bemerkte Franklin mit einem Lächeln. Seine dunklen Augen funkelten.

»Und wie könnte ich die Centauri einer Gelegenheit berauben, ihre Raffinesse zu demonstrieren?« fragte Sheridan. Er lächelte zufrieden und verschränkte die Arme hinter dem Kopf. »Außerdem, wem, glauben Sie, nützt diese Veränderung der Einrichtung am meisten?«

»Mollari …«

»Richtig … Verdammt, was ist denn jetzt schon wieder los?« Erneut unterbrach ihn das Piepsen seines Com-Link.

»Der Botschafter der Narn, Sir.«

»Pünktlich auf die Minute«, murmelte Sheridan. Dann meldete er sich: »Hier Sheridan.«

»Captain Sheridan«, erklang G'Kars Stimme, »ich habe soeben die Quartiere besichtigt, die Sie der Narn-Delegation zugewiesen haben. In ihrem jetzigen Zustand sind sie kaum angemessen.«

»Es steht Ihnen frei, alles zu tun, um Ihren Leuten den Aufenthalt hier so angenehm wie möglich zu machen, Botschafter. Auf Kosten Ihrer Regierung, versteht sich, und unter der Voraussetzung, daß Sie alles wieder in seinen ursprünglichen Zustand versetzen, wenn Ihre Gesandten abgereist sind.« *Déjà vu,* schoß es Sheridan durch den Kopf.

Garibaldi schrieb eine Notiz und zeigte sie Franklin und Ivanova außerhalb von G'Kars Sichtfeld. HATTEN WIR DIESE UNTERHALTUNG NICHT SCHON EINMAL? Ivanovas volle Lippen zuckten.

»Ich darf doch davon ausgehen, daß unsere Quartiere genau denen …« G'Kar machte eine elegante Pause. »… der Gegenpartei entsprechen?« Der drohende Unterton in seiner Stimme war nicht zu überhören.

»Selbstverständlich, G'Kar. Ich gebe Ihnen mein Wort.«

»Das will ich hoffen«, brummte der Narn. »Ich wünsche Ihnen noch einen schönen Tag, Captain.«

»Und wie könnten Sie die Narn einer Gelegenheit berauben, versteckte Drohungen auszustoßen?« witzelte Garibaldi.

»Wir wollen schließlich niemandem den Spaß verderben«, stimmte Franklin zu.

»Diese Drohungen waren aber ziemlich schlecht versteckt«, bemerkte Ivanova mit einem sarkastischen Grinsen.

»Ist das eine Überraschung?« wollte Garibaldi wissen. *Das Problem ist,* dachte er, *daß die Narn verdammt reizbar sind und ihre Drohungen mit hoher Wahrscheinlichkeit in die Tat umsetzen.*

»Ich glaube, langsam durchschaue ich diesen ganzen diplomatischen Unsinn«, meinte Sheridan selbstgefällig. »Wenn sich weiterhin alle so berechenbar verhalten, müßte es ein Kinderspiel werden.«

»Fordern Sie Ihr Schicksal nicht heraus«, warnte Ivanova. »Gratulieren wir uns lieber erst, wenn die Konferenz überstanden ist.«

Londo Mollari rieb sich fröhlich die Hände und wandte sich mit einem huldvollen Lächeln seinem Assistenten Vir zu.

»Ausgezeichnet«, sagte er und blickte sich nachdenklich in seinem kleinen, aber prächtig eingerichteten Quartier um. Normalerweise bereitete es ihm Vergnügen, seine Vorhänge, Mosaikbilder und Teppiche zu betrachten. Heute war das anders, heute war die Vorfreude weitaus größer.

Er streckte die Arme aus, spreizte die Finger und hielt sie wie einen Bilderrahmen, als wollte er etwas abmessen. »Ja«, murmelte er, deutete auf die Wand und nickte.

»Londo«, wollte Vir wissen, »was machen Sie da?«

»Nun, wir werden nicht alle Einrichtungsgegenstände, die wir für die Gesandten bestellen, nach der Konferenz zurückgeben können.«

Londo gestikulierte ausgelassen. »Wandbehänge, Tücher und solche Sachen. Es wäre doch ein Verbrechen, etwas wegzuwerfen, das sich noch wiederverwerten läßt.« Seine Augen glitten noch immer nachdenklich über die Wände seines Quartiers. »Meinst du nicht auch?«

»Sollten wir die Sachen nicht einfach mieten?« schlug Vir schüchtern vor.

»Vir! Mieten? Ich soll die Quartiere unserer Gesandten mit dem angestaubten Mobiliar aus irgendeinem schäbigen Verleih ausstaffieren? Was für einen Eindruck würde das auf unsere Gäste machen? Was würden sie wohl sagen? Hm?«

Vir öffnete den Mund, um etwas zu sagen.

»Ich sage dir, wie sie reagieren würden. ›Sieh an!‹ würden sie sagen.« Londo fuchtelte erregt mit den Händen in der Luft herum, und sein dunkler, leicht angegrauter Haarkranz bebte. »›Sieh an! Wie tief sind die Centauri gesunken. Ihre Gesandten müssen auf schmutzigen Sofas mit ausgefransten Kissen sitzen. An den Wänden hängen billige Bilder, und von den Bilderrahmen blättert schon die Farbe ab.‹ Genau das würden sie sagen!«

Vir sah ihn mit seinen großen Augen geduldig an. Wieder versuchte er vergebens, zu Wort zu kommen.

»Und ich wäre schuld daran, weil ich auf dich gehört habe!« wütete Londo. »Soll ich es so aussehen lassen, als wären die Centauri bankrott?« Er warf Vir einen durchdringenden Blick zu und wandte sich dann von ihm ab. Die Schöße seines eleganten Brokatmantels flogen ihm nach. Londo warf sich in Pose, eine Hand an die Augenbraue gelegt, und stellte seinen verletzten Stolz zur Schau.

»Es tut mir leid«, erklärte Vir bescheiden, »so habe ich es noch gar nicht gesehen.«

»Nun, dann mußt du eben lernen nachzudenken, bevor du den Mund aufmachst. Ganz besonders jetzt, da diese Konferenz vor der Tür steht.« Londo drehte sich um und stocherte mit dem Zeigefinger vor Virs Gesicht herum. »Du solltest deine Gedanken für dich behalten. Es sei denn, ich sage dir, was du zu denken hast. Ist das klar?«

Man konnte an Virs Gesichtsausdruck ablesen, daß er das eben Gehörte noch nicht ganz verarbeitet hatte. »Äh ...«

»Gut. Und überhaupt«, fuhr Londo fort und legte seinen Arm fürsorglich um Virs Schultern, »wenn wir schon das Beste für die Centauri tun, wieso sollten wir uns selbst dann weniger zugestehen?Was?« Er schüttelte Vir ein wenig. »Mein Quartier ist nicht renoviert worden, seit ich auf *Babylon 5* eingetroffen bin. Ich habe Mittel beantragt«, seine Augen glühten vor Wut, »aber irgendein bösartiger kleiner Bürokrat bewilligt sie mir nicht.«

Londo drückte Virs Schulter, bis der ein Quietschen hören ließ. »Entschuldige. Aber wenn man meine neue Position in unserer Regierung bedenkt, ist das einfach unverantwortlich. Und auf diese Weise«, flüsterte er Vir verschwörerisch ins Ohr, »spare ich Geld und bekomme trotzdem, was ich will. Die Regierung hat mir erlaubt, so viel Geld auszugeben wie nötig, um unseren Gesandten die Konferenz angenehm zu gestalten. Also ...« Londo winkte ihm lächelnd zu.

»Aber ... so ganz ehrlich ... ist das trotzdem nicht«, bemerkte Vir mutig.

Londo seufzte und sackte in sich zusammen. Er gab es auf. »Offenbar verstehst du mich nicht, Vir. Das hier«, er deutete auf die Räumlichkeiten, in denen sie sich befanden, »ist nicht mein Quartier. Verstehst du das denn nicht?«

Virs Blick schweifte umher. Dann schüttelte er ganz sachte den Kopf, eine Bewegung, die fast wie ein Zittern wirkte.

»Nein, Londo. Das verstehe ich *nicht*.« Er machte eine beschwichtigende Handbewegung. »Das ist doch Ihr Quartier«, erklärte er vorsichtig, als würde er befürchten, der Botschafter könnte im nächsten Augenblick einen Nervenzusammenbruch erleiden.

»Nein, das ist das Quartier unseres Botschafters. Das bedeutet, es ist Eigentum unserer Regierung. Ich halte mich hier nur auf, solange ich dieses Amt innehabe. Und ist es nicht meine Pflicht, mich um dieses Regierungseigentum zu kümmern? Hm? Dagegen hast du nichts mehr vorzubringen, oder?«

Vir schüttelte hilflos den Kopf. Wie falsch eine Angelegenheit sich auf den ersten Blick auch ausnehmen mochte, Londo schaffte es immer wieder, sich herauszureden. »Wenn Sie es so darstellen«, lenkte er ein, »scheint es mir eine gute Idee zu sein, Ihr Quartier neu einzurichten.«

»Eine gute Idee!« Londo riß entsetzt die Arme hoch. Er starrte an die Decke, als erwarte er von dort oben Rat und Beistand. »Es ist lebensnotwendig. Ich bin die ständige Vertretung der Centauri hier auf *Babylon 5*. Ich will, daß unsere Gesandten stolz darauf sind, wie ich unser Volk an diesem Ort repräsentiere.« Wieder starrte er Vir durchdringend an. Sein Assistent war inzwischen durch und durch eingeschüchtert. »Und jetzt schreibst du eine Liste. Ich will ...«

G'Kar lehnte sich in seinem Stuhl zurück. Er sah nachdenklich aus. Die Schatten in seinem spärlich beleuchteten Quartier betonten die Flächen und Vertiefungen und ließen sie so scharfkantig wie die Klippen auf seiner Heimatwelt wirken. Die Luft war vom Geruch heißer Steine erfüllt.

»Nun«, meinte Na'Toth unternehmungslustig, lehnte sich vor und legte ihre Hände auf die warme, rauhe Platte von G'Kars Tisch, »das ist doch völlig zufriedenstellend. Ich werde gleich damit beginnen, alles Notwendige zu bestellen. Blutsteine zur Verzierung der Wände und so weiter. Außerdem werde ich mich mit den Umwelttechnikern in Verbindung setzen und die Klimaanlage entsprechend einstellen lassen.«

G'Kar hatte ihr anscheinend gar nicht zugehört. Er starrte mit ernster Miene ins Leere.

»Botschafter?«

G'Kar machte eine Bewegung, als wollte er irgendein lästiges Insekt verjagen. »Ja, gut«, murmelte er.

»Ist alles in Ordnung?« fragte Na'Toth und sah ihn mit ihren roten Augen besorgt an. War ihr am Ende irgendein Detail des kurzen Gespräches entgangen, das der Botschafter mit dem Captain der Earthforce geführt hatte? Die Menschen kamen ihr manchmal gerade dann besonders undurchschaubar vor, wenn sie sich selbst für ausgesprochen offen hielten. *Bedeutet das, daß ich feinfühliger bin als sie, oder genau das Gegenteil?* Von der unangenehm übertriebenen Mimik der Menschen ganz zu schweigen.

Manchen Narn gefiel der Anblick von Menschen, sie hielten sie für zerbrechlich und anmutig. Na'Toth dagegen fand sie dürr und undurchsichtig. Und, nicht zu vergessen, schlau und durchtrieben.

Paranoia gehörte zu den Berufsrisiken in der Diplomatie. Gepaart mit gut verborgener Intelligenz, gehörte sie schon fast zu den Grundvoraussetzungen für diese Laufbahn.

»Nein, nein. Es ist nur ... ich frage mich, wie wir dafür sorgen können, daß diese Konferenz für uns positiv endet. Der Frieden ist absolut lebenswichtig«, erklärte G'Kar.

Na'Toth blinzelte. »Ich wußte ja gar nicht, daß Ihnen der Frieden mit den Centauri so viel bedeutet.« Ihre Stimme wirkte zögerlich. *Ich dachte immer, Sie wollten persönlich dafür sorgen, daß jeder Centauri einen grausamen Tod erleidet.*

G'Kar schnaubte. »Oh, ich wünsche mir den Frieden«, sagte er in einem selbstvergessenen Tonfall. »Die Art von Frieden, die man auf einem Planeten findet, dessen Oberfläche von jeglichem Leben befreit wurde, dessen Atmosphäre sich in den Weiten des Weltalls verflüchtigt hat.« Er blickte verträumt in die Ferne, dann lächelte er und sah seiner Assistentin in die Augen. Es war kein freundliches Lächeln, mehr der Gesichtsausdruck eines Wesens, das auf einer Klippe sitzt und von oben zusieht, wie sein nächstes Opfer dem Tod entgegengeht. »Sie können sich sicher denken, welchen Planeten ich mir in diesem Zustand vorstelle. Diesen Tagtraum genieße ich bereits seit meiner Kindheit. Vielleicht haben Sie ähnlich angenehme Visionen?«

Na'Toth erwiderte schweigsam sein Lächeln, ein Zeichen dafür, daß sie sich im Einklang miteinander befanden.

Dann setzte sich G'Kar mit einem Seufzen auf. Er faltete die Hände und legte sie vor sich auf den Tisch. »Aber in Wirklichkeit würde ich es sehr begrüßen, wenn diese Konferenz den Frieden brächte.«

Na'Toth starrte ihn ungläubig an. »Botschafter, das werden wir nicht erleben«, erklärte sie mit Nachdruck. »Die Centauri kommen doch nur hierher, um einen großen Auftritt zu inszenieren. Und sie werden alles tun, um diese Konferenz scheitern zu lassen.«

G'Kar schüttelte den Kopf und machte eine wegwerfende Handbewegung. »Ich weiß.« Seine Stimme klang verbittert. »Der Krieg gegen die Centauri war und ist unvermeidbar. Mir wäre es nur lieber, wir könnten den Zeitpunkt für diese Auseinandersetzung bestimmen. Die Centauri haben uns kalt erwischt. Wir müssen erst wieder auf die Beine kommen, erst dann können wir uns um eine vorteilhafte Position bemühen.« Er ballte seine Hand zur Faust und polterte: »Wir brauchen mehr Zeit.« Sein Blick begegnete dem von Na'Toth. »Also, tun wir unser Bestes, um auf dieser Konferenz den Frieden zu sichern. Bevor mein hübscher kleiner Tagtraum zu einem Alptraum für alle Narn wird.«

Tief unten im Bauch von *Babylon 5*, in den unfertigen Teilen der Station, war die Klimaregulierung im günstigsten Fall als unstet zu bezeichnen. Eine Gruppe von T'llin, von Kopf bis Fuß in zerlumpte Decken und Umhänge gewickelt, drängte sich, weit weg von den kalten Metallwänden und den dunklen, von Rauhreif überzogenen Ecken der Kammer, unter einer einsamen Leuchtröhre aneinander.

Daß sie Wüstenbewohner waren, verriet nicht nur ihr Zittern. Ihre Gesichtszüge dienten dem Zweck, sie vor der brennenden Sonne und der trockenen Hitze ihrer Heimatwelt zu schützen. Sie waren ein stattliches Volk, mit großen, tiefschwarzen mandelförmigen Augen, die über je zwei Lider verfügten. Eines war durchsichtig und in der trockenen Luft hier unten meistens geschlossen. Das zweite Augenlid war grau und flatterte nervös; es zeigte deutlich die Unruhe, die die Gruppe erfaßt hatte. Ihre vornehm gebogenen Nasen waren so schmal, daß sie nicht funktionsfähig schienen. Die kaum wahrnehmbaren Rundungen ihrer Lippen, die sich um den schmalen Mund abzeichneten, ließen auf die Kraft der Muskeln unter der Haut schließen. Gesicht, Kopf und Körper der T'llin waren vollständig haarlos, und ihre zartblaue Haut war von winzigen Schuppen bedeckt, die man nur bei hellem Licht erkennen konnte.

»Was für Neuigkeiten?« flüsterte Haelstrac drängend. »Wann kommen sie?«

Miczyn hielt eine Hand hoch und übersah diskret ihre Besorgnis. »Ich weiß es nicht genau«, gab er zu, »sie sind gezwungen, einen Umweg zu machen. Aber sie kommen bestimmt. Sie sind gerade jetzt unterwegs hierher. Das weiß ich genau.«

»Hat der Oberste Phina irgendwelche Befehle für uns?«

Miczyn sah den bulligen Sprecher an. »Der Oberste Phina sagte nur: ›Seid bereit!‹ Aber die Oberste Olorasin sagte: ›Übereilt nichts!‹ Das ist nicht der richtige Zeitpunkt für Wagemut. Sie wünscht, daß wir uns in Geduld üben, bis sie mit den anderen Repräsentanten auf *Babylon 5* gesprochen hat.«

Miczyn konnte beinahe spüren, wie sehr die anderen die Botschaft der Obersten Olorasin erzürnte. Ihre transparenten Lider sanken herab und schlossen die wütenden Blicke aus.

»Es wurde vereinbart, nach einer diplomatischen Lösung zu suchen. Zunächst.«

»Es wurde vereinbart«, räumte Haelstrac verbittert ein. »Was mich anbelangt, ich werde dem Obersten Phina gehorchen und die entsprechenden Vorbereitungen treffen. Wir werden einen sicheren und bequemen Ort brauchen, an dem die Obersten arbeiten und sich ausruhen können.«

»Solche Orte sind nicht leicht zu finden«, knurrte der bullige Segrea.

»Ach was! Hier unten kann man für Geld alles auftreiben«, erklärte Haelstrac. »Wir müssen nur genug von allem auftreiben.«

Segrea lächelte und stieß eine große Faust in die Fläche der anderen Hand.

Miczyn riß einen Arm hoch. »Übereilt nichts!« mahnte er mit besorgter Stimme.

Segreas Lächeln wurde noch breiter und enthüllte seine schmalen, spitzen Zähne. Sie blitzten hell unter seiner Kapuze hervor. Er verpaßte dem jüngeren T'llin einen freundschaftlichen Klaps auf den Rücken, so daß dieser husten mußte.

»Oh, wir handeln nie übereilt«, versicherte er ihm, »wir sind sehr besonnen und professionell.«

Einige seiner Freunde kicherten leise; die sensibleren unter ihnen schlossen die Augen und wandten sich ab.

Die Leute, die sich hier unten in die falschen Gegenden vorwagten, handelten übereilt.

2

Sergeant Midori Kobiyashi und Corporal David Griffiths knieten nebeneinander mit hinter dem Rücken gefesselten Händen auf dem nackten Boden. Ihr Entführer schritt hinter ihnen auf und ab. Dabei hielt er eine Predigt über Gott, die Regierung, Außerirdische, das Psi-Corps und die Bosheit seines Arbeitgebers, der ihn ungerechterweise gefeuert hatte.

»Gut, ich bin zu spät zur Arbeit gekommen. Na und? Ich habe ihm gesagt, wieso ich zu spät dran war. Und hat er mir überhaupt zugehört?« Er beugte sich plötzlich zu Midori hinunter und schrie ihr ins Ohr. »Es war ihm egal! Das hat er mir ins Gesicht gesagt. *Das ist mir egal,* sagte er.« Der Mann drückte Midori seine PPG an die Wange. »Ich wette, jetzt ist es ihm nicht mehr egal.«

»Ich wette, da haben Sie recht«, stimmte ihm Midori zu und fuhr sich mit der Zunge über die trockenen Lippen. Der Boden war so hart, daß ihre Knie schmerzten, obwohl sie es im Dojo stundenlang in dieser Position aushielt. »Ich hasse Chefs, die glauben, sie wären der liebe Gott.«

»Halt's Maul«, brüllte der Mann und versetzte ihr einen Tritt in den Hintern. »Du hast hier nichts zu sagen. Hier rede nur ich!« Er kicherte. »Hier bin ich der Chef. Habt ihr mich gehört?« Er stieß den Corporal mit dem Fuß an. »Hier habe ich das Kommando, ha, ha, ha.« Sein Blick verfinsterte sich. »Und wenn ich euch beide aus der Earthforce schmeiße, dann für immer!« schrie er und marschierte noch schneller auf und ab. »Also, wo ist der Kerl? Wo ist dieses kleine Drazi-Schwein?«

Er sah sich hektisch in dem überfüllten Vorratsraum um, als würde er erwarten, den Gesuchten in einem der hohen Regale zu finden. Er aktivierte Midoris Com-Link, das er an seiner eigenen Hand befestigt hatte. »Wo ist dieser Drazi, den ich haben wollte? Versucht nicht, mich hereinzulegen. Ich bin nicht blöd.« Seine Augen glühten vor Zorn, und er rang nach Atem. »Und ich habe es satt, so behandelt zu werden.«

»Wir versuchen ihn aufzutreiben«, antwortete eine beruhigende männliche Stimme. »Niemand hat ihn gesehen. Wie geht es Midori und David? Sind sie in Ordnung?«

»Lügt mich nicht an!« Er feuerte mit seiner PPG in die Luft. Die beiden Gefangenen zuckten zusammen. »Ich weiß, wo der Kerl steckt. Er ist in seinem Laden. Er ist immer in seinem Laden. Holt ihn euch und bringt ihn her! Oder ich knalle einen von den beiden hier ab.«

»Ich vermute, er hat mitbekommen, daß wir ihn suchen, und versteckt sich jetzt. Sie wissen ja, wie diese Leute sind. Haben Sie vielleicht irgendwelche Vorschläge, wo wir suchen sollen?«

Der Mann hielt kurz inne und dachte schweigend darüber nach. Dann verzerrte Wut sein Gesicht, und er brüllte: »Zwanzig Minuten! Zwanzig Minuten, dann knalle ich die beiden ab. Habt ihr mich verstanden? Bringt mir diesen Drazi!« Damit schaltete er das Com-Link ab. »Bringt mir diesen Drazi!« murmelte er immer wieder vor sich hin, während er weiter auf und ab ging.

Vor der verschlossenen Tür des Vorratsraums, in dem Kobiyashi und Griffiths gefangengehalten wurden, krochen vier Angehörige der Earthforce in Sicherheitswesten und Schutzhelmen langsam vorwärts. Einer von ihnen steckte einen massiven Codeschlüssel in den Schlitz an der Tür. Der Computer, der in den Codeschlüssel integriert war, ging Tausende von Zahlenkombinationen durch, während die Sicherheitsleute angespannt warteten.

Schließlich leuchtete das Lämpchen am Türschloß grün auf, und die Türe öffnete sich. Ein Mann und eine Frau stürmten durch die Öffnung und bezogen mit dem Rücken zur Wand links und rechts von der Tür Stellung. Ein weiterer Mann warf sich auf den Bauch, während sich der vierte Earthforce-Mann draußen bereithielt.

Man konnte das verschreckte Gesicht des Geiselnehmers durch die Lücken in dem vollgestellten Regal erkennen.

»Hände hoch!« befahl der Sicherheitsmann am Boden und zielte mit seiner PPG auf den stehenden Mann.

»Ja? Dann achte auf meine Hand!« schrie der Entführer und schoß Sergeant Kobiyashi in den Kopf. Sie fiel auf die Seite und blieb regungslos liegen, während alle drei Sicherheitsleute auf ihren Mörder feuerten.

Er ließ seine Waffe fallen und sank mit einem lauten Stöhnen langsam, beinahe bedächtig zu Boden und blieb halb über Midori liegen.

Die Frau schob das Visier an ihrem Helm nach oben und stürzte nach vorne. »Sind Sie in Ordnung, Sergeant?«

»Ich bin tot«, preßte Kobiyashi hervor, »der Kerl hat mir in den Kopf geschossen. Was erwarten Sie?« Sie versuchte sich aufzusetzen, schaffte es aber nicht, sich von dem stämmigen, regungslosen Körper zu befreien, der halb auf ihr lag. »Hartkopf, gehen Sie von mir runter!«

Ihr Ex-Entführer rollte zur Seite und strich sich mit einem wehmütigen Grinsen die Haare aus dem Gesicht. »Und, Sergeant, wie war ich?«

Sie starrte ihn an. »Wie Sie waren? Sie haben mir in den Hintern getreten, Hartkopf.«

Das Lächeln verschwand aus seinem Gesicht. »Ich schätze, ich habe mich zu sehr mit meiner Rolle identifiziert, Sergeant. Verstehen Sie?«

»Wir sind hier nicht in der Laienspielgruppe, Corporal! Sie sollen Ihre Rolle nicht so realistisch gestalten, daß Sie Ihre Gefangenen herumstoßen.« Ihre Augen verengten sich zu Schlitzen. »Vielleicht liegen *Sie* beim nächsten Mal gefesselt am Boden, und ein anderer kriegt seinen großen Auftritt.«

»Entschuldigen Sie, Sergeant«, murmelte Hartkopf betreten und machte ein dämliches Gesicht.

Es tut dir also leid, daß du deinen Sergeant in den Hintern getreten hast. Und ich bin die Kaiserin von China . . .

»Also, Leute«, meinte Garibaldi, als er mit den Händen in den Hosentaschen den Raum betrat. »Zeit für die Manöverkritik.«

Hinter ihm schlichen weitere acht neue Sicherheitskräfte mit ernsten Gesichtern in den kleinen Raum. Man hatte sie zur Verstärkung während der Konferenz zwischen Narn und Centauri geschickt.

»Sekou Touré, würden Sie uns vielleicht erklären, was Ihr Team falsch gemacht hat?« Garibaldi musterte den jungen Mann, der vor ihm stand. *Der ist ja noch ein halbes Kind,* dachte er. *Bin ich je so jung gewesen?*

Sekou Touré nahm den Schutzhelm ab und strich sich mit der Hand nervös durch seine krausen schwarzen Haare. »Ich . . . hätte ihn gleich erschießen sollen?« Seine Nervosität verstärkte den senegalesischen Akzent.

»Sie?« Garibaldi deutete auf die junge Frau, die ebenfalls zu diesem Team gehörte. Sie öffnete den Mund, schloß ihn aber kommentarlos wieder und schüttelte stumm den Kopf. Garibaldi machte eine auffordernde Handbewegung. »Irgend jemand?« fragte er.

»Äh, Barzan hat ihn nicht über das Com-Link in ein Gespräch verwickelt?«

»Das ist ein Problem – und durchaus ein realistisches. Manchmal lassen sich diese Gauner nicht durch Reden von ihren Geiseln ablenken, weil sie sich zu reden weigern. Barzan, Sie haben das gar nicht so schlecht gemacht. Ihr Hauptfehler war, daß Sie zeitweise etwas verschüchtert gewirkt haben. Zeigen Sie vor diesen Typen auf gar keinen Fall Schwäche. Die merken das sofort und nutzen es aus.«

Garibaldi sah einem nach dem anderen in die Augen. »Kommt schon, Leute. Unser Sergeant hier ist tot, ihr Gehirn wurde fein säuberlich auf dem Boden verteilt, und wir sind allesamt darin herumgetrampelt.« Nervöses Gelächter. »Den Gauner hat es auch erwischt. Glaubt denn keiner, daß man das hätte anders machen können?«

»Gas!« platzte Midori ungeduldig heraus.

»*Sie* sind tot«, wiederholte Garibaldi und erhob warnend den Zeigefinger. Erneut lachten seine Schüler, und er musterte sie abermals, während er seine Zunge von innen gegen die Wange preßte. »Das ist aber traurig, Leute, wenn die Toten bessere Vorschläge machen als die Lebenden. Gas.« Er zog die Augenbrauen hoch und streckte die Arme vor. »Man pumpt eine nette kleine Dosis Betäubungsgas durch die Entlüftungsschlitze, und alles ist vorbei. Das ist gar nichts Dramatisches. Ehrenwort.«

Die Mitglieder seines gepanzerten Rettungsteams machten unter ihren Helmen ziemlich dumme Gesichter.

Garibaldi hob wieder den Zeigefinger. »Es gibt ein altes Sprichwort, das ihr euch alle merken solltet: Arbeitet nicht härter, sondern schlauer! Oder anders ausgedrückt – man braucht keine PPG, um eine Fliege zu töten.« Er legte den Kopf schief, die Augenbrauen noch immer hochgezogen. »In Ordnung, Schluß für heute. Schreibt alles auf! Ich will eure Berichte über diese Übung morgen auf meinem Schreibtisch haben.«

Midori Kobiyashi ging auf ihn zu. Sie rieb sich verstohlen ihren Allerwertesten, und Garibaldi beugte sich vertraulich zu ihr hinüber. »Habe ich da richtig gehört? Hartkopf hat Sie getreten?«

»Sie haben richtig gehört, Sir.«

»Überlassen Sie das mir«, meinte Garibaldi. »Ich kann noch viel boshafter sein als Sie. Außerdem brauche ich jetzt eine Gelegenheit, um mich abzureagieren.«

Midori lächelte zufrieden und warf dem jungen Corporal, als dieser hinter den anderen hinausschlurfte, einen beinahe liebevollen Blick zu.

»Bitte erzählen Sie mir alles, wenn Sie mit ihm fertig sind, Sir. Ich schreibe meine angenehmsten Erinnerungen immer in mein Tagebuch, und ich glaube, die Geschichte würde ich ganz gern in meine Sammlung aufnehmen.

»Huch«, rief Garibaldi mit gespieltem Schaudern. »Sie sind ja richtig schlimm, Kobiyashi. Das gefällt mir bei einem Sergeant.« Er schnitt eine Grimasse. »Könnte aber auch sein, daß die Aufgabe, zwölf grüne Kadetten in weniger als zwei Wochen zu einem 1A-Sicherheitsteam auszubilden, meinem Sinn für Humor geschadet hat.«

»Drazi-Schiff *Eimen,* korrigieren Sie Ihren Kurs! Sieben Komma fünf zu drei. Sie schwenken sonst in eine besetzte Flugbahn ein. Erd-Schiff *Destiny,* halten Sie Ihre Position!« Susan Ivanova betrachtete die Schalttafel vor ihr mit einem Stirnrunzeln. Dann blickte sie durch die Aussichtskuppel nach oben. »Centauri-Schiff *Voira,* Sie sind auf der falschen Flugbahn! Halten Sie Ihre Position und warten Sie auf neue Befehle!«

Ihre langen, geschickten Finger flogen über die Schalttafel und gaben die korrigierten Kursdaten für das Centauri-Schiff ein.

»Commander, ich protestiere!« beschwerte sich der Centauri-Captain. Er hatte seine Oberlippe voller Abscheu nach oben umgestülpt und starrte sie ungeduldig an. »Dieses Landedock ist auf der anderen Seite der Station. Es wird eine weitere halbe Stunde dauern, bis ich angedockt habe. Da der Fehler bei Ihnen liegt, schlage ich vor, ich benutze einfach das Landedock unmittelbar vor mir. Das würde uns eine Menge Zeit und Mühe ersparen.«

»Captain, wenn Sie darauf bestehen, können Sie das gerne tun«, räumte Ivanova wohlwollend ein. »Ich muß Sie allerdings darauf aufmerksam machen, daß sich die Lagerräume, die Sie gemietet haben, auf der anderen Seite der Station befinden, gute eineinhalb Kilometer von diesem Landedock entfernt.«

»Oh.« Ein Ausdruck von Verwirrung und Ärger huschte fast unmerklich über das Gesicht des Captains. Schnell hatte er die Zusatzkosten für den Transport innerhalb der Station durchgerechnet. »In diesem Fall akzeptiere ich natürlich die Kurskorrektur.«

»Vielen Dank, Captain.« *Nur einmal möchte ich es mit einem Zivilisten zu tun haben, der einfach sagt: ›Aber selbstverständlich, Commander Ivanova, und vielen Dank auch‹*, dachte sie mürrisch. *Aber die Wahrscheinlichkeit ist genauso hoch wie die, daß ich zur Maikönigin gewählt werde.*

Wegen des Krieges zwischen den Narn und den Centauri wurde viel mehr neutraler Frachtverkehr über *Babylon 5* abgewickelt, und beide Seiten versuchten, soviel wie möglich zu transportieren, weil ihre Händler von den Raiders angegriffen und ihre

Konvois ausgeraubt wurden. Jede Landebucht war besetzt. Auf den Abrechnungen für die Erde machte sich das vermutlich sehr gut, aber sie hatte dadurch nur mehr Arbeit und Ärger.

Ivanova machte sich daran, die anderen Fehler zu korrigieren, die ihr aufgefallen waren. Als sie aufblickte, bahnte sich bereits die nächste Krise an.

»Larkin!« schnauzte sie. »Halten Sie da drüben vielleicht ein Nickerchen? Das war jetzt Ihr vierter Patzer in einer Viertelstunde!«

Sie runzelte die Stirn. *Bei dieser Arbeit kann sich keiner einen schlechten Tag erlauben. Und schon gar nicht während* meiner *Schicht.* »Kamal«, ordnete sie an, »helfen Sie Larkin!« Ihr Herz schlug schneller, als ihr lieb war ... *Verdammt! Das waren jetzt drei Beinahezusammenstöße hintereinander.*

Larkin war ein ganz annehmbarer Kerl, und laut Personalakte waren seine bisherigen Leistungen hervorragend. Aber Ivanova konnte sich beim besten Willen nicht vorstellen, wie er sich seinen Ruf verdient hatte. In den drei Tagen, die er jetzt bei der Flugüberwachung arbeitete, hatte er den Ansprüchen nicht genügt. Daß ihm oft der Schweiß auf der Stirn stand und die Augen flackerten, verbesserte diesen Eindruck nicht gerade. Aber man sollte niemanden nach seinem äußeren Erscheinungsbild beurteilen, rief sich Ivanova ins Gedächtnis.

Er genügt den Ansprüchen nicht. Ha! Das ist noch milde ausgedrückt. Als ich sah, wie oft er schon versetzt wurde, wußte ich gleich, daß da etwas faul sein muß, schoß es ihr düster durch den Kopf. Aber in seiner Personalakte hatte sie nicht den kleinsten Hinweis entdecken können. Und bei der Earthforce mußte man ohnehin nehmen, was man kriegen konnte. *Vielleicht sollte ich mit seinem früheren Vorgesetzten sprechen. Wenn ich nirgends die Spur eines Problems entdecken kann, schicke ich ihn ins Med-Lab und lasse ihn von Dr. Franklin durchchecken.* Und wenn keine physische Ursache zu finden war? *Dann muß ich mich mal mit*

Larkin unterhalten, beschloß sie. *Ich schiebe solche Probleme nicht auf andere ab.* Bei dieser Arbeit war es nur eine Frage der Zeit, bis einer seiner Fehler jemandem das Leben kostete.

Sobald Larkin den Blick von seinem Bildschirm abwenden konnte, sah er zu Ivanova hinüber, die auf der Plattform über ihm stand. Es war ein vernichtender Blick.

Dämliche Zimtziege, dachte er wütend. *Zimtziege, Zimtziege, Zimtziege!* Sehr viel Phantasie bewies er beim Fluchen nicht gerade, aber dafür haßte er umso intensiver.

»Jetzt bin ich erst drei Tage hier«, flüsterte er Kamal zu. »Da möchte man doch meinen, sie könnte die Zügel ein bißchen lockern.«

»Bei der Flugüberwachung?« fragte Kamal ungläubig. »Verdammt unwahrscheinlich.«

Er sah zu Ivanova hoch. »Die eiserne Lady läßt die Zügel bei dir genauso locker wie bei uns anderen, und ganz besonders bei sich selbst. Nämlich gar nicht. *Babylon 5* ist kein Nachtwächterposten. Hör auf mich, Freundchen, wenn es dir in der Küche zu heiß wird, mußt du eben rausgehen, ehe sie dich rauswerfen. Und, glaube mir, das würde sich in deiner Personalakte nicht gut ausnehmen.«

»Ich habe nie gesagt, daß es mir zuviel ist«, schnauzte Larkin, »es geht um was ganz anderes. Ich lasse mich nicht gerne an den schwierigsten Platz setzen, bevor ich Gelegenheit hatte, mich an meinen neuen Posten zu gewöhnen.«

Kamal runzelte seine dunklen Augenbrauen. Larkin saß an dem Übungsbildschirm, der von den anderen der »Kinderspielplatz« genannt wurde. Sie alle hatten an diesem Platz geübt, bevor ihnen schwierigere Aufgaben zugeteilt worden waren. »Wenn Sie mehr Übung brauchen, Larkin, müssen Sie es sagen.«

»Ach, seien Sie still!« knurrte Larkin. Kamal starrte ihn einen Moment lang an und wandte sich dann wieder seiner Arbeit zu.

Es sind immer dieselben, dachte Larkin. *Denen* fiel alles so leicht. Die wußten gar nicht, wie das war, wenn man sich alles mühsam erkämpfen mußte, wenn man immer wieder zurückfiel, so sehr man sich auch anstrengte. *Es wird wieder alles genauso ablaufen wie immer,* dachte er voller Selbstmitleid und legte sich seinen Plan zurecht.

»Aber Captain Sheridan, finden Sie nicht auch, daß die Delegation der Narn zuerst auf die Station gelassen werden sollte? Schließlich sind wir es, die angegriffen wurden.«

Der Botschafter der Narn lächelte; den Menschen gefiel das. Er war außerdem stehen geblieben. So überragte er den sitzenden Captain.

Sheridan, der hinter seinem Schreibtisch saß, sah zu G'Kar hoch und versuchte dabei, eine geduldige, verständnisvolle Miene aufzusetzen. Dies war das vierte Mal, daß er mit dem Botschafter eine solche Diskussion führte. Jedesmal gingen sie tiefer ins Detail, als bestünde ihre größte Schwierigkeit darin, daß der dumme Mensch den feinsinnigen Narn einfach nicht verstehen konnte.

»Nein, Botschafter. Da bin ich anderer Ansicht. Es würde so aussehen, als gäben wir Ihnen den Vorzug vor den Centauri. Und diese wiederum würden den Eindruck gewinnen, daß *Babylon 5* nicht neutral ist.«

Der Captain beobachtete G'Kar, der sein Gesicht zu einem genau dosierten Ausdruck schmerzhafter Frustration verzog. Noch bevor er etwas sagen konnte, fuhr Sheridan fort: »Ich kann mir, ehrlich gesagt, nicht vorstellen, daß die Narn-Delegation glauben könnte, benachteiligt zu werden.« Er lehnte sich in seinem Sessel zurück und sah G'Kar mit zusammengekniffenen Augen an. »Nein, ich glaube, wir verhalten uns am besten strikt neutral. So werden die Erwartungen an die Konferenz nicht beeinträchtigt, indem wir eine der Delegationen bevorzugen oder benachteiligen.« *Vielleicht sollte ich das Wort neutral noch einige*

Male benutzen, dachte Sheridan. *Wenn ich es oft genug wiederhole, kapiert vielleicht sogar dein Dickschädel, was es bedeutet.*

Die Narn waren tatsächlich zuerst angegriffen worden, aber G'Kar wußte so gut wie jeder andere, daß die Regierung der Erde das nicht laut aussprechen konnte.

G'Kar blickte über den Captain hinweg und machte eine Handbewegung, als wollte er seine Gedanken einfangen.

»Ich wußte, daß Sie mir zustimmen würden«, meinte Sheridan. Er stand auf und streckte dem Botschafter die Hand hin; G'Kar ergriff sie verdutzt. Dann ging der Captain um seinen Schreibtisch herum, legte seinem Gegenüber die Hand auf die Schulter und führte ihn zur Tür. »Vielen Dank für Ihren Besuch, Botschafter.« *Sieh zu, daß du verschwindest, bevor Mollari hier auftaucht,* dachte er und setzte ein scheinheiliges Lächeln auf.

»Aber ...«, begann G'Kar.

»Einen schönen Tag noch, G'Kar«, verabschiedete sich Sheridan bestimmt und ließ dem Narn keine andere Wahl, als seinen Raum zu verlassen.

»Wir unterhalten uns wieder, wenn Sie mehr Zeit haben«, versprach ihm G'Kar ruhig.

»Das wird der Fall sein, wenn die Konferenz hinter uns liegt«, erklärte Sheridan, »ich freue mich schon darauf.«

Damit schloß er die Tür hinter G'Kar. Er drehte sich um, lehnte sich an die Tür und seufzte erleichtert.

Plötzlich kicherte er. *Mein Körper will mir etwas sagen.* Er drückte sich mit dem Wunsch von der Tür ab, er könnte sie verbarrikadieren, und setzte sich wieder an seinen Schreibtisch. *Aber wenn ich so gerecht wie möglich handeln will, wenn ich über jeden Verdacht erhaben ...* Er ließ sich in seinen Sessel fallen, seufzte erneut und rieb sich die Augen.

»Jetzt führe ich meine Selbstgespräche schon im Amtsjargon«, murmelte er. »Mann, bin ich froh, wenn das alles vorbei ist.«

»Hervorragend!« rief Londo Mollari. »Ich hatte gehofft, Sie würden diese Einstellung vertreten.«

Sheridan hatte das Gefühl, er würde den Centauri regelrecht anglotzen. Er wußte, daß dem nicht so war, aber er war nicht weit davon entfernt. *Londo ist derjenige von den beiden, der mich am ehesten kalt erwischt,* dachte er. Er hatte immer das Gefühl, mit G'Kar besser fertigzuwerden. Vielleicht weil der Narn so geradeheraus, so vergleichsweise direkt war; so direkt wie ein Panzer.

Oder vielleicht liegt es auch daran, daß Londo Tante Janes Ex-Mann so ähnlich sieht, diesem Taugenichts Frank. Beide waren gleichermaßen verschlagen. Londo hätte gut als Immobilienmakler auf dem Mars arbeiten können.

Sheridan beugte sich vor, legte seine gefalteten Hände auf die Tischplatte und sah Londo aufmerksam an. »Halten wir das noch einmal fest: Sie haben gehofft, ich würde Ihre Bitte, die Centauri-Delegation zuerst an Bord kommen zu lassen, ablehnen?«

»Das ist richtig.« Londos Gesicht wirkte so offen und ehrlich, daß es jedem Ministranten zur Ehre gereicht hätte.

Dann lächelte er geringschätzig. »Sie verzeihen mir doch hoffentlich, daß ich Ihre Entscheidung so auf die Probe gestellt habe. Aber wenn diese Konferenz auch nur den Schimmer einer Chance haben soll, dann darf nicht der geringste Zweifel an der Neutralität von *Babylon 5* bestehen.« Er faltete die Hände, legte sie in seinen Schoß und blickte nachdenklich nach unten. Dies war eine seiner Lieblingsposen für ältere Politiker.

»Mir ist bewußt, was für einen ... bewegenden ... Fall die Narn aus dieser Situation machen können.« Er blickte auf und deutete auf Sheridan. »Die Menschen neigen dazu, sich von ihren Gefühlen leiten zu lassen. Das ist keine Schwäche«, betonte er, beugte sich vor und machte eine wegwerfende Handbewegung. »Daß sie ein Herz haben, könnte niemand als Schwäche auslegen. Aber«, fuhr er lachend fort – ganz im Vertrauen, von einem Mann von Welt zum anderen –, »es ist meine Pflicht, Ihre Position in dieser Angelegenheit zu erforschen. Der kleinste Hinweis darauf, Sie könnten der einen oder anderen Partei mehr zugeneigt sein, könnte ungeahnte Folgen haben.«

Sheridan sah den Centauri beinahe erstaunt an. Von unverblümter Schamlosigkeit konnte man hier nicht sprechen. Dazu war Londo viel zu geschickt vorgegangen. Das war schon eher zur Kunstform erhobene Verschlagenheit. Die Centauri waren ein altes Volk.

»Nun, vielen Dank, daß Sie mir Ihre Meinung dargelegt haben, Botschafter. Aber ich gebe Ihnen mein Wort – mein Ehrenwort –, daß wir unsere Neutralität mit größter Sorgfalt bewahren werden.«

»Gut gesprochen«, lobte ihn Londo, erhob sich und streckte ihm die Hand zum Gruß hin. »Ich werde Sie jetzt verlassen. Sie haben sicher viel zu tun. Genau wie ich«, erklärte er freundlich lächelnd und ging.

Sheridan starrte auf die Tür. *Londo hat gerade versucht, mich zu bestechen,* dachte er. *Ich habe es genau gehört. Aber trotzdem habe ich irgendwie das Gefühl, ich müßte mich bei ihm entschuldigen.* Der Captain schüttelte den Kopf. *Oh Gott, bin ich froh, wenn das alles vorbei ist.*

»Gute Frau, hier wird nicht gehandelt. Das ist der Preis. Kaufen Sie, oder lassen Sie es bleiben!«

Haelstrac blinzelte den Händler mit ihren großen schwarzen Augen an. Dann sah sie auf die Decke hinunter, die sie hatte kaufen wollen. Voller Bedauern strich sie mit den Fingern ihrer dreifingrigen zartblauen Hand über den weichen Stoff. Einige Passanten streiften sie im Vorbeigehen. Der Geruch von fremdem Fleisch und fremden Gewürzen erfüllte die Luft und erinnerte sie daran, wie weit sie von zu Hause entfernt war. Sie seufzte ungeduldig. »Haben Sie etwas Gleichwertiges, das billiger ist?«

»Das ist ein sehr gutes Angebot«, versicherte ihr der Verkäufer. Er setzte zu seinem üblichen Verkaufsgespräch an. »Dieser Stoff bleibt jahrelang wie neu und ist sogar schmutzabweisend!«

»Sparen Sie sich die Mühe«, meinte Haelstrac abwinkend. »Ich habe den Wunsch, aber nicht die Mittel. Haben Sie etwas Gleichwertiges«, wiederholte sie langsam, als spräche der Verkäufer nicht ausreichend Interlac. »Das nicht so teuer ist?«

Ich sollte nicht hier sein, schoß es ihr durch den Kopf. Sie blickte sich nervös im Laden um und sah durch das Schaufenster auf den Marktplatz hinaus. Ihrer Meinung nach wären die Obersten nicht mit Einrichtungsgegenständen vom Schwarzmarkt – also Diebesgut – einverstanden. *Ich sollte hier in Ruhe einkaufen können,* brummte sie innerlich. *Wie alle anderen, die genügend Geld haben.*

Leider wären die Narn, die Haelstracs Volk als ihr Eigentum betrachteten, damit nicht einverstanden. Und dazu kam noch, daß es auf der Station neuerdings von Narn nur so wimmelte. Die Narn hätten ihren Heimatplaneten und seine Bevölkerung nicht einfach vernichten dürfen, nur weil sie es wollten und eine überlegene Technologie besaßen. Aber diese Überlegungen führten zu nichts ...

Sie zog ihre Kapuze noch etwas tiefer ins Gesicht und starrte auf die Decken, die der Händler vor ihr ausgebreitet hatte. Die waren von wesentlich schlechterer Qualität, aber dafür auch viel billiger. Sie nickte kurz und Übergab dem Verkäufer mit schmerzhaft verzogenem Mund ihren Kreditchip.

Es ist eine Schande, dachte sie verbittert, *daß wir unseren Obersten nichts Besseres bieten können als ein paar billige Decken in irgendeinem feuchten, dunklen Loch im untersten Teil der Station.* Ihre Anwesenheit war eine große Ehre für sie, und ihre Familie würde die Erinnerung daran, daß sie die Gelegenheit hatte, den Obersten behilflich zu sein, von Generation zu Generation weitergeben. *Und ich kann nur so wenig tun.*

Als sie den Laden verließ, ihre Pakete fest im Arm, tauchte Segrea neben ihr auf.

»Oh!« rief Haelstrac und erschrak, als er auf sie zusprang. »Was machst du hier?« fragte sie im Flüsterton.

»Ich riskiere es, eingesperrt und deportiert zu werden, Haelstrac«, murmelte er lakonisch. »Genau wie du.« Er nahm seiner kleineren Freundin das sperrige Paket ab, öffnete es und warf einen Blick hinein. »Willst du mir vielleicht erklären, wieso wir für so wenig ein so großes Risiko eingehen?«

Haelstrac zischte ungeduldig und raffte ihren Umhang fester um sich, ohne Segrea eines Blickes zu würdigen. Er blickte erwartungsvoll auf sie herab, aber sie eilte wortlos davon.

»Hier entlang«, sagte er, nachdem er sie mit Leichtigkeit eingeholt hatte. »Dieser Weg ist kürzer.«

»Aber auch voller«, hielt sie ihm entgegen.

»Um so besser«, meinte Segrea fröhlich. »In einem verlassenen Gang kann man schlecht in der Menge untertauchen.«

Er sah sich gründlich im Hauptgang um. Der war ziemlich überfüllt. Die Kunden drängten sich um Verkaufsstände voller Waren. Männer und Frauen verschiedenster Rassen kauften und verkauften, soweit das Auge reichte. *Kein einziger Narn in Sicht,* stellte er erleichtert fest und zog seine Kapuze zurecht. Jetzt konnte er nur noch sehen, was direkt vor ihm lag. »Gehen wir!«

Die beiden setzten sich rasch in Bewegung. Sie näherten sich einem düsteren Gang, der sie zurück in die Unterwelt führen sollte, als lautes Gebrüll das übliche Gemurmel auf dem Marktplatz unterbrach. Ein Drazi schubste einen Menschen, der wiederum einen Centauri anrempelte. Der Centauri wirbelte wütend herum und schlug den Menschen ins Gesicht. Dieser setzte sich verärgert zur Wehr, so daß der Centauri gegen Haelstrac strauchelte. Sie wurde mit solcher Macht von den Füßen gerissen, daß sie ein paar Meter über den Boden rutschte. Haelstrac blickte nach oben und starrte in die roten Augen einer Narn-Soldatin.

»T'llin!« zischte Na'Toth. Sie stürzte sich auf Haelstrac, die wie gelähmt am Boden lag.

Da streckte die Narn ein mächtiger Tritt gegen die Hüfte nieder. Segrea griff nach Haelstracs Umhang und zog sie hinter sich her. Ihre Füße flogen regelrecht über den Boden. Sie trippelte nur auf Zehenspitzen hinter ihrem kräftigen Freund her, der sie vorwärts riß. Ihre Lungen schmerzten, und ihre Herzen klopften so schnell, als wollten sie ihre Haut durchdringen.

»Laß mich los!« keuchte Haelstrac. »Ich komme schon mit.«

Er löste seinen Griff, und sofort verlor sie das Gleichgewicht und schlug hin. Segrea drehte sich nach ihr um und blieb stehen. Haelstrac blickte in sein überraschtes Gesicht und sah sich entsetzt um. Der Gang war leer, kein Zeichen eines Verfolgers. Sie lachte, während sie nach Luft rang, hielt aber sofort inne, als sie Segreas strengen Blick bemerkte.

»Das wird Ärger nach sich ziehen«, brummte er und starrte sie an.

Und mir wirst du die Schuld dafür in die Schuhe schieben, dachte sie beschämt.

G'Kar beobachtete Na'Toth, die wütend auf und ab marschierte. Ihm war nicht entgangen, daß sie hinkte. Jemand mußte ihr einen sehr harten Tritt versetzt haben; seine Assistentin ließ sich Schmerzen nicht so leicht anmerken. Sie starrte die steinernen Wände seines Büros an, als wollte sie die Saboteure der T'llin durch reine Willenskraft finden.

Unbegreiflich, dachte G'Kar. Na'Toth hatte über ein Jahr bei den Besatzungstruppen auf T'll gedient. In den offiziellen Berichten war nur von der glücklichen Zusammenarbeit beider Rassen die Rede, aber über die Gerüchteküche der Armee hatte er gehört, daß jeder Augen am Hinterkopf, ein inneres Frühwarnsystem und ein miserables Nervenkostüm bekam, der dort stationiert wurde.

»Ich habe mich deshalb schon früher bei Ihnen beschwert, G'Kar«, keuchte Na'Toth nicht zum ersten Mal. »Dieses Ungeziefer. Sie vermehren sich wie Viren. Immer mehr von ihnen kommen hierher. Und was, glauben Sie, wollen sie hier?« Sie stützte sich auf seinen Schreibtisch, neigte sich vor und fixierte ihn. G'Kar erwiderte ihren Blick und saß die Sache aus. »Ich wurde angegriffen. Ich wurde gedemütigt, und niemand hat versucht, sie aufzuhalten!«

»Was erwarten Sie von mir?« fragte G'Kar ruhig. »Beschweren Sie sich bei der Sicherheit, nicht bei mir. Ich muß mich auf die Konferenz vorbereiten, die Centauri im Auge behalten und unsere Beziehungen zu den anderen Rassen verbessern.« Er schüttelte voller Widerwillen den Kopf. »Ich kann nicht irgendwelche Gestalten verfolgen, die sich tief unten in der Station verstecken. Reden Sie mit Garibaldi und geben Sie *ihm* etwas zu tun!«

Na'Toth schwieg. Sie erstickte förmlich an ihrem Zorn. Ihre Augen sagten Dinge, die sie nie auszusprechen gewagt hätte. Langsam schloß sie ihre Augen. Sie holte tief und erbebend Luft.

»Botschafter«, erklärte sie, »wenn sich eine große Anzahl von T'llin auf der Station aufhält, könnte das den Erfolg der Konferenz meiner Ansicht nach ernsthaft gefährden.« Jetzt öffnete sie ihre Augen wieder. Wie beiläufig schüttelte sie sich. »Ich meine, daß sie jetzt hier sind, kann einfach kein Zufall sein. Botschafter, Sie müssen zugeben, daß die T'llin nicht gerade unsere Freunde sind.«

Sie musterte G'Kars regloses Gesicht. Offenbar erreichte sie bei ihm gar nichts. Sie beugte sich abermals vor und stützte sich mit den Händen auf seinen Schreibtisch. »Natürlich könnte ich mich bei Garibaldi melden und meine kleine Beschwerde vorbringen. Und ich wette, er würde Verständnis zeigen, an der richtigen Stelle Krach schlagen und die ganze Sache vergessen, sobald ich außer Sichtweite bin. Aber wenn *Sie* sich beschweren, Botschafter, hätte das sehr viel mehr Gewicht.« Sie richtete sich auf und sah auf den sitzenden G'Kar hinab. »Ganz besonders, wenn Sie sich bei Sheridan beschweren.« Na'Toth verschränkte erwartungsvoll die Arme.

G'Kar mußte zugeben, daß man ihm eine ausgesprochen intelligente Assistentin zugeteilt hatte. Sie fand immer etwas zu tun für ihn.

»Na'Toth«, erwiderte er übertrieben geduldig, »Sie haben flüchtig einen einzigen T'llin gesehen. Ich glaube kaum, daß das die Ausrufung des Notstandes rechtfertigt.«

Sie schnaubte wutentbrannt.

»Aber«, ergänzte er und kam ihr damit zuvor, »ich glaube, wir sollten weitere Nachforschungen anstellen. Und weil wir wollen, daß diese Nachforschungen auch wirklich durchgeführt werden, übertrage ich Ihnen die Verantwortung dafür. Ich wünsche, daß Sie den Vorfall der Sicherheit melden, damit der Vorgang entsprechend dokumentiert wird. Wenn Sie mir dann berichten, was Sie herausgefunden haben, können wir Garibaldi damit konfrontieren und ihm sozusagen mit seinen eigenen Methoden begegnen.« Er streckte die Arme aus. »Bin ich wirklich so unvernünftig?«

»Nein, Botschafter.«

»Also, machen Sie sich an die Arbeit!« sagte er ruhig, »und erlauben Sie mir, an *meine* Arbeit zurückzukehren.«

Sie wandte sich zum Gehen.

»Und, Na'Toth.«

»Ja, Botschafter?«

»Wir ziehen auf politischer und diplomatischer Ebene großen Vorteil aus der Tatsache, daß wir den Centauri *moralisch überlegen* sind.« Er gebrauchte den Ausdruck aus der Sprache der Menschen, um ihm mehr Nachdruck zu verleihen. »Es wäre ausgesprochen unangenehm, wenn etwas über unser Verhältnis zu den T'llin an die Öffentlichkeit dringen würde. Ich verlasse mich darauf, daß Sie das verhindern werden. Egal wie. Sie wissen, was ich meine.«

»Ich verstehe Sie vollkommen, Botschafter«, erklärte Na'Toth mit einem kalten Lächeln. Die Narn hatten in ihrem langen Kampf gegen die Centauri-Besatzungsmacht eine Menge gelernt.

3

»Beim Zoll zu arbeiten bedeutet an vorderster Front zu dienen«, erklärte Garibaldi. Seine zwölf Schüler starrten ihn wortlos an. Alle hatten ihre Arme vor der Brust verschränkt, während sich eine farbenfrohe Menge von Menschen und Außerirdischen an ihnen vorbeidrängte. Im kalten Licht des Zollbereiches wirkten die Anfänger grimmig und abgekämpft. Fremde Gerüche stiegen ihnen in die Nase.

»Jeder, der diese Station betritt, muß hier durch.« *Na ja,* räumte Garibaldi in Gedanken ein, *jeder, der noch ein Weilchen leben will.* Er glaubte nicht, daß viele auf einem anderen Weg herkamen, denn er hatte schon zu viele Särge geöffnet, in denen die Leichen Erfrorener oder Erstickter lagen, die zu verzweifelt oder zu dumm waren, um es mit falschen Papieren zu versuchen. *Aber warum soll ich sie mit sowas verwirren. Das lernen sie noch früh genug.*

Er wurde beinahe depressiv, wenn er in die ernsthaften jungen Gesichter vor ihm blickte. *Ich sollte besser sagen: Jungs und Mädels, wenn euch euer Seelenfrieden lieb ist, dann verschwindet jetzt! In diesem Job lernt ihr die Leute nämlich von ihrer schlechtesten Seite kennen,* dachte Garibaldi. *Tag für Tag immer das gleiche. Und alles lernt man auf die harte Tour. Natürlich nur,* rief sich der Sicherheitschef ins Gedächtnis, *weil die Wahrheit so verdammt unglaubwürdig ist. Eine Warnung wäre pure Verschwendung.* Er seufzte in Gedanken. *Zurück an die Arbeit.*

»Und wie verhält man sich an der Front am besten? Chang?«

Chang hatte gerade ein paar attraktive Centauri-Frauen beobachtet, die sich an ihnen vorübergedrängt hatten. Jetzt verschluckte er beinahe seine Zunge. »Ähhh ...«

»Wie wäre es mit wachsam?« schlug der Sicherheitschef vor. Alle lachten, und der junge Chinese grinste verlegen.

Ich könnte mich genausogut hier hinstellen und sie anbellen, dachte Garibaldi frustriert. *Ich sollte sie einfach Kobiyashi oder sonstwem übergeben, damit man sie irgendwo einsetzen kann, wo ich sie nicht sehe. Dann hätte ich die Kerle in ein paar Wochen vergessen.* Er hatte auch so schon genug zu tun. Aber das ging natürlich nicht. Er wußte selbst am besten, welche Macht das geschriebene Wort in einer Personalakte hatte. Niemand sollte diesen jungen Leuten vorhalten können, daß er sie ausgebildet hatte. Also opferte er seine kostbare Zeit und redete sich den Mund in der Hoffnung fusselig, daß irgend jemand aufpaßte, auch wenn es nicht danach aussah. Garibaldi schüttelte traurig den Kopf.

»Wenn man eine große Anzahl von Leuten abzufertigen hat, muß man oft nach eigenem Ermessen entscheiden. Das hier ist kein Routinejob«, warnte er sie. Dann führte er sie herum und stellte sie den alten Hasen vor.

»Ihr könnt jetzt nicht die Hände in den Schoß legen«, ermahnte er einen seiner Männer. Zu offensichtlich hatte dieser sich über die Ankunft der Neulinge gefreut, denen man die ganze Drecksarbeit aufhalsen könnte, und Garibaldi merkte sofort, daß er mit dem Gedanken spielte, sich auf die faule Haut zu legen.

»Diese Grünschnäbel müssen so gut ausgebildet werden, daß sie jederzeit für euch übernehmen können. Ich werde stinksauer«, fügte er mit Nachdruck hinzu, »wenn sie das nicht schaffen!«

Er drehte sich um und führte den Rest seiner immer kleiner werdenden Schülerherde zur nächsten Landebucht.

Als erstes fiel ihnen eine Reihe von aufeinandergestapelten riesigen Transportkisten auf, um die sich mehrere Leute drängten.

Selbst aus einiger Entfernung konnte man hören, daß eine heftige Diskussion im Gange war.

»Gute Frau, Sie haben zwei Möglichkeiten«, erklärte die genervte Zollbeamtin lautstark, »entweder Sie warten, bis wir die restlichen Passagiere der *Destiny* abgefertigt haben ...«

»Aber das dauert eine Ewigkeit!« beschwerte sich eine angenehme weibliche Stimme mit Nachdruck. »Ich habe einen Termin!«

Die beiden Streithähne wurden von den Kisten und Schaulustigen verdeckt, während sich Garibaldi zu ihnen durcharbeitete.

»Dann können Sie Ihre ... Sachen hierlassen und später wiederkommen.«

»Das geht nicht!« erwiderte die Frau entsetzt. »Sie sind ausgesprochen wertvoll.« Sie schien zu glauben, der Sicherheitsoffizierin wäre die Bedeutung des Wortes »wertvoll« nicht bekannt.

Endlich hatte sich Garibaldi zu den beiden durchgekämpft. Eine verdutzte Cristobel Santos deutete gerade mit beiden Händen auf die riesigen Kisten und fragte: »Wer soll die schon stehlen?«

»Was ist denn hier los?« erkundigte sich der Sicherheitschef bei Santos.

»Sind Sie hier verantwortlich?« wollte die Zivilistin wissen.

Garibaldi drehte sich übertrieben langsam zu ihr um, hielt inne und starrte sie an. Die Frau war ausgesprochen attraktiv. Ihre schöne Stimme hatte nicht zuviel versprochen. Sie hatte zarte, glatte zimtfarbene Haut und dichtes, schwarzgelocktes Haar, das über einen bunten Schal auf ihre schmalen Schultern fiel. In ihren sherrybraunen Augen war zu lesen, daß Garibaldis zweifellos dümmlicher Blick sie amüsierte. Ihre vollen Lippen formten ein Lächeln, das ihre kleinen, gleichmäßigen weißen Zähne enthüllte. Sie bewegte sich ein winziges Stück auf ihn zu.

Jetzt aber! Immer mit der Ruhe, mein Junge, rief sich Garibaldi innerlich zur Ordnung. *Die ist mit Vorsicht zu genießen.*

Sie ist eine von den Frauen, die ihre Schönheit nur zu gerne ausnutzen.

Vorsicht Falle! bestätigte ihm seine Erinnerung. Jedesmal, wenn er einer solchen Frau begegnet war, hatte er sich hinterher gewünscht, sie nie getroffen zu haben. »Bitte einen Augenblick Geduld, Madame. Ich muß nur schnell mit der Beamtin hier sprechen.«

Die Frau warf ihm einen beleidigten Blick zu und verzog schmollend den Mund. *Eine Schande, wenn sie das mit* den *Lippen nicht täte,* dachte Garibaldi und zwang sich dazu, sich wieder Santos zu widmen.

»Diese Dame will mit ihren Kisten hier durch ...«, begann Santos.

»Ich weiß nicht, was dagegen spräche. Meine Papiere sind in Ordnung ...«

»Bitte!« unterbrach sie Garibaldi und hielt beschwichtigend die Hände hoch.

»Ich habe ihr erklärt, daß das sehr lange dauern würde und daß wir die Kisten öffnen müßten. Oder wenigstens eine.« Santos redete wie ein Wasserfall, weil sie offenbar befürchtete, wieder unterbrochen zu werden. Zur Kontrolle der Scanner wurde immer ein Teil der Gepäckstücke durchsucht. »Ich habe ihr gesagt, daß wir dafür hier nicht eingerichtet sind.«

Im Klartext, dachte Garibaldi, *hier gibt es keine Brechstange.*

»Ich habe vorgeschlagen, die Sachen runter zur Frachtzollstelle zu bringen, aber sie wollte mich ja nicht vorbeilassen!« beteuerte die Frau.

Garibaldi hob abermals die Hand, und die Frau verstummte. Ihre Augen sprühten förmlich vor Wut. Dann streckte er Santos eine Hand hin. »Ihre Papiere?«

Santos knallte ihm den Datenkristall in die Handfläche, als wollte sie ihn zerschmettern.

»Ich werde die Dame und ihre Kisten zur Frachtzollstelle

bringen«, entschied er und deutete auf einen der Neulinge in seinem Gefolge. »Das ist Chang, Santos. Sie werden ihn anlernen.«

Garibaldi zuckte unter Santos' verletztem Gesichtsausdruck fast zusammen. Entschuldigend erklärte er: »Jeder bekommt einen.«

Er wandte sich der Schönheit neben ihm zu. »Wenn Sie und Ihre Leute mir bitte folgen würden.« Er ging los.

»Vielen Dank«, erwiderte die Frau überbetont höflich. Sie drehte sich zu ihren Gepäckträgern um und bedeutete ihnen, ihr zu folgen. Dann wandte sie ihre Aufmerksamkeit wieder dem Chief zu. »Ich heiße Semana MacBride.«

Sie hielt ihm ihre Hand hin, und er schüttelte sie – kurz. Semana zog ihre vornehmen Augenbrauen hoch. »Wieso so zurückhaltend? Weil ich noch nicht durch den Zoll bin?«

Er lächelte sie von oben herab an. »Vorsicht ist die Mutter der Porzellankiste.«

Er musterte sie. Sie war auffallend gekleidet. Er hätte schwören können, daß ihr Kleid von Minbar stammte. Es war genauso dezent wie die seidigen Roben, die Botschafterin Delenn trug. Nur dieses Kleid war mit einer Reihe ausgefallener Schmuckstücke und bunter Schals verziert.

Sie ist ganz schön dreist, dachte er. *Nicht viele unserer Frauen würden in Minbari-Kleidern herumlaufen.* Offensichtlich war ihr die Meinung anderer Leute ziemlich gleichgültig. Sie schien eine Unruhestifterin zu sein. *Ich hoffe bloß, sie bleibt nicht lange.*

»Was ist in diesen Kisten?« fragte er.

»Die Bauteile für eine Statue, die ich in einem der Gärten aufstellen soll.« Sie warf ihm einen schelmischen Blick zu. »Eine großzügige Spende der Intergalaktischen Versicherung.«

Er warf einen zweifelnden Blick auf die Kisten hinter sich. »Ich weiß nicht, wo Sie das Ding aufstellen wollen. Es scheint ziemlich groß zu sein.«

»Ach!« Semana machte eine wegwerfende Handbewegung.

»Das Teil ist entsetzlich kitschig, aber lange nicht so groß, wie die Kisten vermuten lassen.«

»Wieso sind Sie nicht bei der Frachtabfertigung gelandet?« wollte Garibaldi wissen. »Das hätte Ihnen eine Menge Ärger erspart.« *Und uns auch,* fügte er in Gedanken hinzu.

»Nun ja«, erklärte Semana, »aus künstlerischer Sicht taugt es nicht viel, aber als Spende«, sie zuckte leicht mit den Schultern, »ist es großartig. Das ist mein großer Durchbruch, und ich wollte nicht riskieren, daß die Statue beschädigt wird. Sie enthält zum Beispiel einige hochempfindliche elektronische Bauteile, und wenn sie unterwegs beschädigt worden wären, hätte ich sie hier vielleicht nicht reparieren lassen können.« Sie sah ihn mit einem gekonnten Augenaufschlag an. »Ich wollte die Kisten per Frachtpost herschicken. Damit hätte ich eine Menge Geld gespart. Aber der Captain wollte mir aus versicherungstechnischen Gründen nicht gestatten, die Ladung zu überwachen.« Sie grinste. »Welche Ironie, nicht wahr? Also habe ich mir eine zusätzliche Kabine genommen und sie dort untergebracht. Nur so konnte ich sicher sein, daß sie weder zerdrückt noch fallengelassen oder Temperaturschwankungen ausgesetzt würden. Künstler sind nicht immer besonders gute Elektroniker«, bemerkte sie und sah ihn fragend an. »Ich wollte keinerlei Risiken eingehen.«

»Sie sind also Künstlerin, ja?«

»Oh, nein«, erwiderte sie. »Viel schlimmer. Ich bin Kunsthändlerin. Und das ist ein weiterer Grund für meine Reise nach *Babylon 5.*« Ihr Blick schweifte in die Ferne. »Ich bin sicher, hier entwickelt sich eine neue Kunstrichtung. Es muß einfach so sein! Neue Erfahrungen schreien nach neuen Ausdrucksformen.« Sie wandte sich ihm erwartungsvoll zu. »Finden Sie nicht auch?«

»Ich habe wirklich keine Ahnung«, antwortete Garibaldi mit einem verächtlichen Lächeln. »Ich treibe mich nicht in der Kunstszene herum. Wenn es hier überhaupt eine gibt.«

Semana hakte sich mit einem schelmischen Lächeln bei ihm

unter und zog ihn an sich heran. »Dann ist es wohl Zeit, daß Sie es herausfinden. Ich schicke Ihnen eine Einladung zur Enthüllung. Wie heißen Sie?«

»Ich bin Michael Garibaldi, der Sicherheitschef der Station.«

»Oh, kein Wunder, daß Sie den kleinen Zwischenfall vorhin so schnell in den Griff gekriegt haben.« Sie hielt ihn noch ein wenig fester und glitt ganz nah an ihn heran. »Könnten Sie mir bei der Frachtzollstelle noch einmal behilflich sein? Ich habe nämlich wirklich einen Termin.« Sie blickte hoffnungsvoll zu ihm auf.

Sie versucht mich auf den Arm zu nehmen, dachte Garibaldi, gleichzeitig belustigt und mißtrauisch. *Natürlich*, warnte er sich selbst, *kommt sie aus der Kunstszene. Vielleicht reden dort alle so.* Aber er empfand es als ganz erfrischend, wegen eines banalen bürokratischen Schnickschnacks auf den Arm genommen zu werden. Eine nette Abwechslung von den üblichen Schwierigkeiten ...

Als sie eintrafen, hatte der Zollbeamte gerade eine Frachtladung abgefertigt und wollte sich an die nächste machen. Transportplattformen glitten hin und her, Leute mit tragbaren Computerterminals liefen herum, Scanner piepten, und ganz in der Nähe hörte man das durchdringende, pulsierende Geräusch eines Frachters, der instabile Chemikalien direkt in die Leitungen der Station pumpte. Der Geruch von Ozon und Metall lag in der Luft, und zwischen all den Arbeitsoveralls, Rohren mit farbigen Markierungen und blanken Oberflächen wirkte Semana noch deplazierter.

»Einen Moment!« rief Garibaldi, »ich will die Lady hier zuerst abfertigen.«

Der Beamte drehte sich um. Er war dreifach überrascht. Erstens, weil er den Sicherheitschef vor sich sah. Zweitens, weil der auf einmal höchstpersönlich Fracht abfertigen wollte. Und drittens, weil die Kisten neben ihm offenbar gerade erst vom Warteraum für Passagiere gekommen waren und von einer wahren Göttin begleitet wurden.

Garibaldi setzte Semanas Kristall ein und übertrug die Daten. Dann drehte er sich um, hob eine Art Stemmeisen auf und setzte es an der vorgesehenen Stelle an einer der kleineren Kisten an. In Sekundenschnelle leuchtete ein grünes Licht auf, das Zeichen dafür, daß sie nun nicht mehr versiegelt war.

»Vorsicht!« fauchte Semana, als die Arbeiter den Deckel entfernen wollten. »Ich meine«, fügte sie aufgeregt hinzu, »es ist zerbrechlich.«

»Aus was ist es gemacht – Glas?« fragte Garibaldi.

»Natürlich nicht.« Sie grinste ihn an. »Aber wenn man eine Statue an der richtigen Stelle trifft, zerbricht sie in tausend Stücke. Ich habe schon von solchen Fällen gehört«, erklärte sie ihm, als er sie mit hochgezogenen Augenbrauen ansah. »Das kommt sogar bei Diamanten vor.«

Eine Schicht Verpackungsmaterial wurde entfernt und gab den Blick auf eine humanoide Figur unbestimmbaren Geschlechts frei. Sie war aus einem blaßblauen Stein gehauen. Die Arme waren hochgereckt und der nach hinten gestreckte Kopf in eine Kapuze gehüllt, die zu einer Art Umhang gehörte. Das Gesicht war nur angedeutet: Die Augen hatten keine Pupillen, die Nase war schmal, der Mund nur ein Spalt.

»Sie verstehen wirklich etwas von Kunst«, bemerkte Garibaldi. Er stimmte ihrer Einschätzung der Statue voll und ganz zu.

Semana lachte. »Scheußlich, nicht wahr?«

»Sieht aus wie geschmolzen.«

»Na ja, sie ist auch eher gegossen als behauen worden«, erklärte sie. »Die Statue besteht aus einem tonartigen ... Zeug. Es wurde vor über zweihundert Jahren von Zahnärzten erfunden.«

»Und so sieht die ganze Statue aus?«

»Schlimmer«, entgegnete sie.

Garibaldi schauderte. »Um diesen Garten werde ich in Zukunft einen großen Bogen machen.« Er sah sich die Aufstellung in den Unterlagen an. *Organisches Material auf der Basis von Kohlenstoff und Wasserstoff, mit Spuren von Salz und Calcium zur Stabilisierung.* »Und, was sagen die Sensoren?«

Der Techniker an der Konsole berührte seinen Bildschirm. »Sir. Kohlenstoff, Wasserstoff, Calcium, Salze – und eine Menge Wasser. Eine ganz schöne Pampe.«

»Sehr treffend ausgedrückt«, meinte Garibaldi. Keine Lebenszeichen oder Schmuggelware in irgendeiner der Kisten.

»In Ordnung.« Er gab der Frau den Datenkristall zurück. »Ich wünsche Ihnen einen angenehmen Aufenthalt auf *Babylon 5*.«

»Vielen Dank.« Semana nahm den Kristall mit einem freundlichen Lächeln entgegen. »Den gedenke ich zu haben.«

Den gedenke ich tatsächlich zu haben, dachte Semana. Den Kerl allerdings mußte sie im Auge behalten. Aus Erfahrung wußte sie, daß Männer, die auf ihre anschmiegsame Art, sich bei ihnen unterzuhaken, nicht reagierten, gegen ihren Charme immun waren. Und Männer, die immun gegen ihren Charme waren, kamen ihr gewöhnlich in die Quere.

Semana verwarf den Gedanken. *Eigentlich hatte ich Glück, dem Sicherheitschef gleich zu begegnen.* Also betrachtete sie es als gutes Omen.

Sie ging den Gepäckträgern mit ihrer Wagenladung sogenannter Kunst hinterher, den Gang entlang und betrat einen Lastenaufzug, der sie zu dem Lagerraum brachte, den sie angemietet hatte.

»Nein! Stapeln Sie die Kisten nicht aufeinander!« *Wieso wollen Gepäckträger nur immer alles wie die Ameisen aufeinanderstapeln? Ist das vielleicht angeboren?* In dem Lagerraum war genug Platz, um die Kisten nebeneinander abzustellen.

Als Semana endlich zufrieden war, entließ sie ihre mürrischen Helfer, sperrte das Lager hinter sich ab und schlenderte den Gang mit den numerierten Türen hinunter. Sobald sie allein war, hob sie ihre hutschachtelartige Handtasche und schaute hinein. »Hallo, mein Schatz«, flüsterte sie und lachte. »Du mußt nur noch ein bißchen Geduld haben, dann besorgt dir Mami was zu essen.«

»Semana MacBride«, murmelte Garibaldi vor sich hin, während er die Unterlagen durchsah, die er sich kopiert hatte. Bis vor kurzem hatte sie freiberuflich Planeten erforscht. Dann hatte sie ohne ersichtlichen Grund ihren Beruf gewechselt und die Laufbahn einer Kunsthändlerin eingeschlagen. Seltsam. Wieso sollte jemand, der bisher alleine in unerforschte Gebiete gereist war, plötzlich mit minderwertigen Kunstobjekten handeln? Die beiden Berufe hatten eigentlich nur eines gemeinsam: Ein paar wenige, die diese Jobs machten, verdienten sehr viel Geld damit, während alle übrigen sich kaum am Leben erhielten.

Ich wünschte, man müßte Gründe dafür angeben, warum man den Beruf wechseln will, dachte Garibaldi. *Die meisten Leute lassen sich bereitwillig darüber aus.* Doch es war die pure Frustration, die aus ihm sprach.

Er selbst hätte seine Gründe für einen Berufswechsel nicht gerne auf irgendeinem offiziellen Dokument angegeben. *Aber bei Leuten wie MacBride . . . sprechen selbst Lügen Bände.* Und er hätte schwören können, daß sie eine Lügnerin war, wahrscheinlich sogar eine Meisterin ihres Faches.

»Wieso Zeit verschwenden?« sagte er sich und berührte den Bildschirm auf seinem Schreibtisch. »Nachfrage beim Zentralregister auf der Erde: MacBride, Semana, Ausweisnummer . . .« Er gab ihre Identitätsnachweise durch, inklusive des Gen-Scans von der Zollbehörde. Am Ende zögerte er kurz. »Höchste Sicherheitsstufe.«

In ein paar Tagen würde er alles wissen, was es über sie zu wissen gab. Schließlich hatte er sich sogar Einblick in Sheridans Personalakte verschafft, als sein neuer Vorgesetzter auf die Station versetzt worden war.

»Tut mir leid, Susan, aber es scheint alles in Ordnung mit ihm zu sein.« Doktor Franklin runzelte die Stirn und blickte nach unten, während er mit seinen schlanken braunen Fingern das Hypospray umdrehte. Er hatte nicht oft das Gefühl, sich für die Gesundheit eines Patienten entschuldigen zu müssen. *Genaugenommen ist es das erste Mal.* »Es schmerzt mich zu sehen, wie schwer Sie das nehmen.«

Sie lächelte halbherzig und machte eine wegwerfende Handbewegung. »Entschuldigung. Ich wollte nicht übertreiben.« Susan sah den Arzt besorgt an. »Keine Spur von Drogen?«

»Nein, Susan. Keine Drogen, keine Krankheiten.« Er schwieg einen Augenblick. »Und falls er psychische Probleme hat, versteckt er sie ziemlich gut.«

Ivanova schnitt eine Grimasse, doch der Doktor fuhr unbeirrt fort: »Ich habe keinen plausiblen Grund, um eine psychologische Untersuchung anzuordnen.«

Ich will es auch gar nicht tun. Wenn jemand in einer so verantwortungsvollen Position wie Larkin psychologisch untersucht wurde, gehörte dazu auch ein telepathischer Scan. *Ich will niemanden zwingen, das durchzumachen.* Weil es auf Gewalt hinauslaufen würde. Larkin konnte den telepathischen Scan natürlich verweigern, aber dann würde er seinen jetzigen Job verlieren und wahrscheinlich in irgendeine langweilige Stellung ohne Aufstiegsmöglichkeiten versetzt werden, vielleicht in die Tourismusabteilung. Unter diesen Umständen würde jeder ehrgeizige Offizier seinen Dienst bei der Earthforce quittieren.

Auch Ivanova wollte nicht für das Ende der Karriere eines Kollegen verantwortlich sein, und sie selbst würde auf jeden Fall einen telepathischen Scan verweigern, wenn sie je in eine solche Situation kommen würde. Sie zuckte hoffnungslos mit den Schultern.

»Ich verstehe das nicht«, meinte sie verbittert. »Er hat vier Jahre lang dieselbe Arbeit verrichtet. Er müßte ein Experte sein. Ich habe noch nie jemanden mit so viel Erfahrung für *Babylon 5* bekommen. Aber«, sie drehte sich zu Doktor Franklin um und drehte hilflos ihre Handflächen nach oben, »er schafft es einfach nicht. Ich habe einen Fluglotsen im ersten Jahr, der ihn um Längen schlägt. Alle anderen mußten schon das ein oder andere Mal eingreifen, um Larkin rauszureißen. Wenn wir Hochbetrieb haben, schüttelt es mich bei dem Gedanken, was passieren könnte.«

»Vielleicht ist er ausgebrannt«, spekulierte Franklin. »Und er will es sich nicht eingestehen. Haben Sie schon mit ihm gesprochen?«

Sie schüttelte den Kopf. »Nein, zu viel Arbeit.« Sie stöhnte. »Ich habe versucht, mich mit seinen beiden letzten Vorgesetzten in Verbindung zu setzen, aber sie haben mich noch nicht zurückgerufen.« *Und ich frage mich, ob sie es überhaupt tun werden.* Wenn Larkin ein Versager war – und genau den Eindruck machte er auf sie –, dann würden sie kaum zugeben wollen, daß sie dieses Problem einfach weitergereicht hatten, anstatt es zu lösen. »Aber jetzt werde ich wohl oder übel mit ihm reden müssen. Ich hatte wirklich gehofft, daß es etwas wäre, das man mit einem Medikament kurieren könnte.«

Franklin lächelte verständnisvoll. »Diesmal nicht.« Er klopfte Susan tröstend auf die Schulter. »Reden Sie mit ihm! Vielleicht können Sie ihn davon überzeugen, daß er sich auf einem anderen Posten wohler fühlen würde.«

»Ja«, brummte Ivanova.

Aber Larkin schien nicht der Typ zu sein, der sich überzeugen ließ.

Larkin hatte Ivanovas Befehl, sich im Med-Lab zu melden, erstaunlich ruhig aufgenommen. »Ja, Sir«, hatte er mit einem leicht verwirrten Lächeln geantwortet.

Aber langsam wurde er sauer. *Stundenlang!* dachte er. *Stundenlang pieksen sie ihre Nadeln in mich hinein, bohren mich an und stellen mir dämliche Fragen.* Wie hatte sie es wagen können? Und sie hatte ihn auch noch vor allen anderen weggeschickt. *Damit alle wissen, daß sie glaubt, mit mir ist etwas nicht in Ordnung. Diese Schlampe!*

Es war immer dasselbe. Aus irgendeinem Grund mochten ihn seine Vorgesetzten nicht, und noch ehe er wußte, wie ihm geschah, sendeten die anderen ihre unterschwelligen Signale aus: Komm *mir bloß nicht zu nah!*

Wieso ich? Wieso hassen mich nur alle? Seine Mutter hatte immer gesagt, die anderen wären nur eifersüchtig auf ihn. »Sie haben Angst vor dir, mein Liebling«, hatte sie ihm erklärt, aber das ergab keinen Sinn. Manchmal konnte er kaum noch mithalten. Besonders hier auf *Babylon 5*.

Woran liegt das? Larkin kaute auf seiner Unterlippe herum. *Drogen? Flößt mir vielleicht jemand Drogen ein?* Nein, das war lächerlich. *Aber warum schicken sie mich dann ins Med-Lab? Sollten sie etwas überprüfen* ... Panik erfaßte ihn. *Was, wenn ... was, wenn das wahr ist und tatsächlich jemand versucht, mich fertigzumachen?* In diesem Fall arbeiteten seine geheimnisvollen Feinde schon seit Jahren gegen ihn.

Das muß ein Mißverständnis sein, dachte er verzweifelt. *Sie verwechseln mich mit jemand anderem.* Bisher hatte er es geschafft, ihnen immer einen Schritt voraus zu sein, obwohl er von dieser Verschwörung nicht die geringste Ahnung hatte. Seltsamerweise schien das seine Verfolger in ihrem Glauben bestärkt zu haben, er sei das geeignete Opfer.

Mein Gott! schoß es ihm durch den Kopf. Er eilte zu seinem Quartier, schloß die Tür hinter sich, verriegelte sie und programmierte sie auf BITTE NICHT STÖREN! Er drehte sich um, ließ seinen Blick durch den Raum schweifen und fragte sich, ob sie wohl hier gewesen waren.

»Nein«, sagte er laut. »Das ist verrückt. Du hast keine Beweise. Das ist alles nur Einbildung.«

Einbildung, die zu den Tatsachen paßt, widersprach er sich im stillen. *Das spielt keine Rolle! Du mußt deine Augen offenhalten, Larkin!* warnte er sich selbst. *Vor allem mußt du mit der Situation fertigwerden!* Das hatte er früher schon geschafft, wenn er sich verfolgt gefühlt hatte. Ein vages Lächeln spielte um seinen Mund, als er sich an seinen Computer setzte. *Ich muß diese Schlampe kleinkriegen,* dachte er genüßlich und grinste. *Ich werde die eiserne Lady schon zusammenschmelzen!*

4

Na'Toth funkelte Garibaldi, der sie vom Bildschirm aus mit freundlich undurchschaubarem Gesichtsausdruck betrachtete, wütend an.

»Wir haben einen Bericht über den Zusammenstoß erhalten«, erklärte er, »aber ich hatte keine Ahnung, daß Sie darin verwickelt waren. Warum haben Sie das nicht den Sicherheitsleuten vor Ort gemeldet?«

Na'Toth konnte sich gerade noch beherrschen. »Ich hielt es für angebracht, zuerst den Botschafter zu informieren, Mr. Garibaldi. Die T'llin sind eine feindliche Rasse, und ich war entsetzt, ihnen hier zu begegnen.« Sie beugte sich nach vorn. »Sie sind Piraten, und zwar besonders gefährliche. Ihrem Verhalten nach zu urteilen, betrachten sie Diebstahl und Mord als Heldentaten. Ich könnte Ihnen aus dem Stegreif von mindestens zehn Vorfällen berichten, bei denen sie Narn aus heiterem Himmel angegriffen haben.«

»Ich habe schon von den T'llin gehört«, bemerkte Garibaldi trocken. »Wenn auch nicht auf diese Weise. Aber jedenfalls sind keine T'llin als Bewohner der Station registriert.«

»Sie überraschen mich«, schnaubte Na'Toth. »Sie machen einen stetig wachsenden Teil der Unterweltbewohner aus. Ich hatte mich an den Gedanken gewöhnt, daß Sie über alles, was auf dieser Station vorgeht, Bescheid wissen.« Sie blinzelte und fragte in ihrem freundlichsten Tonfall: »Bedeutet das, daß ich Sie überschätzt habe?«

»Denken Sie, was Sie wollen, Na'Toth. Ich werde Ihre Beschwerde zusammen mit dem Bericht ablegen und meine Leute anweisen, nach jemandem Ausschau zu halten, auf den Ihre Beschreibung paßt.«

»Nun gut, vielen Dank«, versetzte Na'Toth verächtlich.

Garibaldi neigte sich vertraulich nach vorne. »Aber ich glaube, Sie sollten wissen, daß ich dieser T'llin gemäß Ihrer Aussage lediglich vorwerfen kann, Ihnen vor die Füße gefallen zu sein.«

»Ihr Begleiter hat mich angegriffen«, zischte Na'Toth durch die Zähne.

»Sie haben ausgesagt, daß Sie das Gesicht des Angreifers nicht sehen konnten.«

»Wer sonst hätte es gewesen sein sollen?« platzte sie heraus. »Wieso hätte mich irgend jemand sonst von ihr wegtreten sollen?«

»Es war eine Rauferei«, bemerkte Garibaldi, »an der auch Centauri beteiligt waren. Ist es nicht wahrscheinlich, daß einer von ihnen einen Treffer für Centauri Prime landen wollte?«

»Mag sein. Aber das entspricht nicht den Tatsachen. Der Vorfall muß untersucht werden, Garibaldi. Meine Regierung besteht darauf!«

»Ich werde entsprechende Maßnahmen einleiten«, erklärte der Sicherheitschef vorsichtig, »sobald mir G'Kar dasselbe sagt.« Damit lehnte er sich zurück und starrte sie an.

Na'Toth unterbrach gedemütigt die Verbindung. Sie warf sich in ihren Stuhl und stierte wütend vor sich hin. Wie hatte sie sich nur so gehenlassen können? Wie hatte sie diesem Menschen Gelegenheit geben können, sie auf so schmerzvolle Art in ihre Schranken zu weisen? *Vielleicht versteht mich G'Kar besser, als ich gedacht habe.*

Wenn das der Fall war, hatte er ein meisterhaftes Spiel mit ihr getrieben. *Nun,* schoß es ihr durch den Kopf, *es hat keinen Sinn, sich zu ärgern. Ich habe mich vergeblich beschwert. Jetzt muß ich den zweiten Teil meines Auftrags erfüllen.*

Garibaldi entspannte sich in seinem Sessel. Er hatte das Kinn in seine Hand gestützt und betrachtete nachdenklich den leeren Bildschirm vor seiner Nase. Die Narn waren ein temperamentvolles Volk, mit ihren Ausbrüchen und ihrem Gezeter, aber er wußte – mehr oder weniger – zu unterscheiden, wann sie nur Dampf abließen und wann sie es ernst meinten.

Ich habe noch nie erlebt, daß Na'Toth so kurz davor war auszuflippen, dachte er. *›Meine Regierung besteht darauf!‹ Solche Sprüche dürften eigentlich nur von G'Kar kommen. Sie muß ganz schön unter Druck stehen, daß ihr so etwas herausrutscht.*

Er beugte sich vor und aktivierte seinen Computer. »Suche nach T'llin-Flüchtlingen, die während der letzten zwölf Monate von der Einwanderungsbehörde auf *Babylon 5* registriert worden sind!« befahl er.

Während der Computer seine Anfrage bearbeitete, dachte der Chief an die vergangenen Monate zurück. Ihm war nicht entgangen, daß sich die Angehörigen einer bislang seltenen fremden Rasse heimlich, still und leise vermehrt hatten. Viele von ihnen brachten ihre Kinder mit.

Piraten, hm. Also ehrlich, Na'Toth, die benehmen sich nicht gerade wie die Piraten, die mir bisher begegnet sind. Piraten stehlen, morden und mischen Bars auf. Wenn er darüber nachdachte, hatte er keinen Angehörigen dieser Rasse jemals in einer Bar gesehen. *Und sie sind mit ihren Kindern unterwegs. Natürlich,* dachte er gerechterweise, *das machen Zigeuner auch. Und die klauen ständig. Das ist Teil ihrer Kultur. Aber sie bringen niemanden um, jedenfalls nicht sehr oft. Und wenn, dann ihre eigenen Leute. Piraten.* Er verzog sein Gesicht und schüttelte den Kopf.

Der Computer piepste höflich, um anzuzeigen, daß er seine Suche abgeschlossen hatte. »Während der letzten zwölf Monate sind keine Angehörigen der T'llin an Bord gekommen«, verkündete er.

Oh je. Egal was sie sonst noch waren, die T'llin waren auf alle Fälle verdammt schlau. Es war vorgekommen, daß Leute *Babylon 5* unbemerkt verließen, aber unbemerkt an Bord zu kommen war etwas anderes.

Ich schätze, ich gehe der Sache besser auf den Grund. Er seufzte. Na'Toth wäre angenehm überrascht gewesen.

Eine gelbe Rose schwamm in der hohen Glasschüssel. Ihre Blütenblätter schimmerten wie durchsichtiger Bernstein, und sie war mindestens so groß wie Semanas Hände; Schicht auf Schicht ineinander verschränkter Schönheit.

»Ach, wie schön«, säuselte sie. »Aber wo ist der Duft?« Sofort stieg ihr der würzige, frische Duft einer Rose in die Nase. »Vielen Dank, mein Schatz.« Sie kicherte. »Diese Details darfst du nicht vergessen.«

Semana hielt der Rose ein Stück rohes Fleisch auf einem Holzspieß hin. Vier graue Klauen schnellten empor, schnappten sich das Fleisch und zerteilten es. Das Bild der Rose verschwand, und ein kleines gepanzertes Tier wurde sichtbar, das keinen Kopf zu haben schien. An seinen zwölf Beinen und vier Armen saß jeweils eine Reihe winziger krallenbewehrter Scheren; es war grau gesprenkelt und sah wie eine mutierte Krabbe aus. Geschäftig stopfte das kleine Monster Fleisch in seine beiden Mäuler.

»Möchtest du noch mehr, Tiko?« fragte Semana und winkte mit einem weiteren Brocken Fleisch. Das kleine Biest verwandelte sich in eine riesige Orchidee, inklusive einem frischen, undefinierbaren Blumenduft und ein paar samtenen Härchen im Blütenkelch.

»Nein, nein! Etwas Schwierigeres!« forderte Semana. Die Orchidee blieb starrköpfig in ihrem Glas liegen. »Komm schon, Tiko«, flüsterte die Frau liebevoll, »mach etwas Künstliches für Mami!«

Ein paar ineinander verschlungene Schmuckstücke erschienen – Perlen und Diamanten an goldenen und silbernen Ketten –, und Semana lächelte. Sie wünschte sich beinahe, ihr kleines Monster streicheln zu können. Aber das zweifelhafte Vergnügen, seinen harten Panzer zu berühren, war den Verlust eines Fingers nicht wert.

»Ich wüßte zu gerne, was für ein schönes Ding du für unser Opfer imitieren wirst«, murmelte sie. Dann setzte sie sich an ihren Schreibtisch und begann damit, die Einladungen für die Enthüllung im Namen der Intergalaktischen Versicherung zu schreiben. *Ich glaube, ich bitte Captain Sheridan, die Honneurs zu machen.*

Na'Toth ließ sich mürrisch an einem Ecktisch in einer düsteren, heruntergekommenen Bar am Rande der Unterwelt nieder. Es stank nach schalem Bier und ungewaschenen Körpern, und an dem Tisch vor ihr klebte etwas, das sie zu ihrer Erleichterung nicht zu identifizieren vermochte.

Normalerweise entdeckte sie sofort einen der berufsmäßigen Informanten der Station und winkte ihn zu sich herüber. Sie folgten ihrer Aufforderung gerne, weil sie für ihre Großzügigkeit bekannt war. Aber heute abend waren sie anscheinend anderweitig beschäftigt. Sie war schon seit zwei Stunden hier, und keiner von ihnen hatte sich blicken lassen. *Vielleicht haben sie die Bars gewechselt,* spekulierte sie. Vielleicht hatten sie sich wie die launenhaften Reichen ein neueres und interessanteres Domizil gesucht. *Oder einen sicheren Unterschlupf.* Sie sah sich um. Ein oder zwei weitere Gäste saßen, wie sie, allein an ihren Tischen und nippten seit Stunden an ihren Drinks. Sie winkte die Bedienung heran.

»Wo ist Graze?« wollte sie wissen.

»Woher soll ich das wissen? Ich bin nicht sein Kindermädchen. Wollen Sie einen Drink?«

Die Narn funkelte die Menschenfrau an, die dummdreist zurückstarrte. Na'Toth knallte einen Kreditchip auf die schmutzige Tischplatte. Die Bedienung nahm ihn teilnahmslos und steckte ihn in ihr Lesegerät. Ihre schmalen Augen verengten sich zu Schlitzen.

»Das deckt gerade die Rechnung«, erklärte sie beleidigt.

»Ihr Trinkgeld ist auf diesem hier«, lockte Na'Toth sie mit einem weiteren Chip. »Oh, nein!« Sie zog ihn zurück, als die Frau danach griff. »Zuerst will ich ein paar Antworten.«

Die Bedienung seufzte und verlagerte ihr Gewicht von einer Hüfte auf die andere. »Ja?«

»Ich möchte wissen, wo Graze ist.«

»Wahrscheinlich bei dem Kampf«, erklärte die Bedienung. »Alle, die heute abend frei kriegen konnten, sind dort.« Sie blickte über die Schulter in Richtung des Barbesitzers, der ihren Worten keine Beachtung schenkte.

»Wo findet dieser Kampf statt?«

Die Frau drehte sich wieder zu Na'Toth um, während sie mit der Zunge von innen ihre Wange massierte. »Wissen Sie was?« sagte sie. »Ich bringe Sie hin. In ein paar Minuten habe ich Pause.«

»Hat Ihr Chef nichts dagegen?« fragte Na'Toth mißtrauisch.

Die Frau lachte. »Als ob der mich hier heute abend noch brauchen würde.«

Eine halbe Stunde später folgte Na'Toth der Frau durch die labyrinthartigen Gänge der Unterwelt. Es hingen hier weniger Leute herum als gewöhnlich. Nur die Verrückten und Drogensüchtigen waren noch da, zitternde Geschöpfe, die in ihren Ecken vor sich hin brabbelten oder im Dämmerzustand auf dem Boden lagen. Aber in der Ferne konnte sie aufgeregte Stimmen rufen hören.

»Halt.« Eine vermummte Gestalt trat aus der Dunkelheit und verstellte ihnen den Weg.

»Ich bringe dir Kundschaft«, erklärte die Bedienung nervös.

Das Gesicht der Gestalt lag im Schatten einer Kapuze verborgen. Man konnte nicht einmal erkennen, zu welcher Rasse der Fremde gehörte, weil seine Hände in den Ärmeln versteckt waren. Er musterte Na'Toth einen Augenblick lang. »Es ist fast vorüber«, sagte er schließlich.

»Dann laß uns umsonst rein!« drängte die Bedienung. »Wir suchen nur nach Graze.«

Nach einer weiteren Denkpause zuckte die verhüllte Gestalt die Schultern und wandte sich ab. Die Bedienung quietschte vor Aufregung, packte Na'Toth am Arm, aber ließ ihn unter dem strengen Blick aus den roten Augen sofort wieder los. »Pah! Wir sehen uns«, murmelte sie beleidigt, dann eilte sie der sich entfernenden Gestalt nach.

Na'Toth folgte den beiden in einigem Abstand. Die Rufe wurden immer lauter. Schließlich schlüpften sie durch einen Vorhang, gingen um eine Ecke, und schon verschwanden die beiden anderen in der Menge. Kurz darauf hatte Na'Toth sie aus den Augen verloren.

Sie blieb stehen und sah sich erstaunt um. *Ich hatte keine Ahnung, daß es hier unten so etwas gibt.*

Die Menge hatte sich auf einem großen Platz versammelt, einer verkleinerten Version der Haupthalle weit über ihnen. Die Stimmen wurden von den nackten Wänden zurückgeworfen, und wegen der dichtgedrängten Körper war der Raum heiß und stickig. Der Gestank, den die Zuschauer verströmten, und der Mangel an Sauerstoff brachten Na'Toth zum Husten. Man hatte Scheinwerfer an den Deckenbalken angebracht, aber der Großteil des Raums lag in fast vollkommener Dunkelheit. Der Kampf fand offenbar in der Mitte dieser großen Halle statt, aber von ihrem Standpunkt aus konnte Na'Toth ihn weder sehen noch hören.

In der Unterwelt gab es nur wenige Narn, und in dieser Menge konnte sie keine Angehörigen ihres Volkes erspähen. Männer und Frauen, vor allem Drazi und Menschen, dazwischen ein paar vereinzelte Centauri, brüllten aus vollen Kehlen. Der Widerhall dieses Lärms war fast unerträglich. Na'Toth runzelte angeekelt die Stirn. *Hier drinnen könnte ich nicht einmal meine Mutter finden.* Auf der Suche nach einem vertrauten Gesicht ging sie langsam um die Menge herum.

Plötzlich wurde das Geschrei noch lauter. Der Lärmpegel stieg von schmerzhaft auf qualvoll. Na'Toth wich zurück und hielt sich die Ohren zu. Die Menge tobte. Einige Zuschauer sprangen in die Höhe, andere umarmten sich, tanzten oder rauften miteinander. Der Krach, den sie dabei machten, schien sie nicht zu stören.

Als die Menge plötzlich in ihre Richtung schwappte, wurde Na'Toth gegen ihren Willen mitgerissen. Jemand warf ihr ein Tuch über den Kopf, und sie versuchte in ihrer Wut, sich von dem erstickenden Lappen zu befreien. Starke Hände packten ihre Handgelenke und Arme und zogen sie mit sich, obwohl sie ein paar äußerst wirkungsvolle Tritte austeilte. Die Narn spürte, wie jemand strauchelte und hinfiel, nachdem sie mit aller Kraft auf etwas getreten war, das sich wie ein Fuß anfühlte. Sie kämpfte noch erbitterter und bekam einen mächtigen Schlag auf den Kopf, der sie zu Boden schickte.

Ein Schockstab, registrierte sie verschwommen.

»Hilfe!« krächzte sie. »Ich weiß, wer ihr seid«, hörte sie sich selbst gurgeln. *Sei still!* dachte sie, wurde erneut getroffen und verlor das Bewußtsein.

»Gehen Sie vorsichtig damit um!« schimpfte Londo. Er stürzte vor, um den Gegenstand auf mögliche Schäden zu untersuchen. »Wissen Sie, wieviel das gekostet hat?«

Der Drazi-Arbeiter ging, ohne ihn eines Blickes zu würdigen. Der Botschafter wandte sich Vir zu, der gerade hereingekommen war und sich umsah. Er verspürte gleichermaßen Bewunderung und Schrecken.

»Die tun so, als verstünden sie mich nicht«, erklärte Londo emphatisch. »Aber ich weiß genau, daß sie jedes Wort verstehen. Und das sage ich Ihnen«, er ging auf den Vorarbeiter der Gruppe zu, »wenn ich auch nur einen einzigen Kratzer auf den Sachen finde, die Sie geliefert haben, gebe ich den beschädigten Gegenstand zurück. Hören Sie mich? Und Sie bekommen keine einzige Krediteinheit von der Centauri-Regierung. Hm?« Er entließ den Arbeiter mit einem Nicken und wandte sich von ihm ab.

Kurz darauf winkte er Vir zu sich heran.

»Wie gefällt dir mein neues Bett?« fragte er und tätschelte dabei das riesige vergoldete, mit Schleiern verhangene Möbelstück. »Ist es nicht wunderschön?«

»Es ist enorm«, erklärte Vir ehrfürchtig. »Riesig.«

Sie sahen einander an.

»Glaube nicht, daß ich *daran* nicht gedacht habe, als ich es aussuchte«, meinte Londo. »Und das hier«, fuhr er fort und zog Vir zu einem Bild, das zwei weitere Arbeiter gerade auspackten, »kommt in meinen Empfangsraum.«

Vir war einen Moment lang sprachlos. Dann sagte er: »Es ist sehr schön, Botschafter, aber . . .«

»Aber was?«

»Es ist eher . . .« Vir fuchtelte unentschlossen mit den Armen herum. Er blickte zu Londo hinüber, der voller Ungeduld auf seine Antwort wartete.

»Eher was?« drängte Londo.

Es ist ziemlich anzüglich, dachte Vir. *Aber das kann ich ihm so nicht sagen.*

»Es ist eher für das Schlafzimmer geeignet«, erklärte er diplomatisch. »Und«, er drehte sich zu dem neuen Bett um, »es paßt so wundervoll zu dem Bett. Ich finde, Sie sollten die beiden nicht trennen.«

Londos Augen leuchteten. »Also daran hatte ich noch gar nicht gedacht. Es gab nämlich noch ein zweites Bild, das mir fast genausogut gefallen hat ...« Der Botschafter stützte eine Hand auf seine Hüfte und legte die andere an sein Kinn. »Ich wollte nicht zu verschwenderisch sein, aber jetzt«, er klatschte, rieb sich die Hände und blickte freundlich auf Vir herab, »da du mich darauf aufmerksam gemacht hast«, er zog übertrieben seine Schultern hoch, »jetzt bin ich dazu verdammt, beide Bilder zu nehmen.«

»Ich dachte, Sie wollten die Quartiere für die Delegierten mit diesen Sachen einrichten und später einen Teil davon übernehmen«, erinnerte ihn Vir.

»Nun ja. Das wollte ich, aber die Leute behandeln fremde Sachen meistens nicht besonders vorsichtig. Unter uns gesagt«, Londo trat ganz nah an Vir heran, »manche lassen sogar etwas mitgehen. Ich werde meine alten Möbel auf die Quartiere der Gesandten verteilen. Dann sage ich Ihnen, daß ich das gemacht habe, um der Einrichtung einen heimeligen Touch zu geben. Hm?«

Er versetzte Vir einen kleinen Puff und grinste vor Freude über seine eigene Schlauheit. »Außerdem werden sie, wie gesagt, ohnehin einen großen Teil ihrer Zeit hier verbringen.«

In Ihrem Bett? dachte Vir erstaunt. Dann fielen ihm Londos Schwächen wieder ein. *Na ja, vielleicht.* Er persönlich befürchtete allerdings, daß der Botschafter in diesem Punkt eine Enttäuschung erleben würde. *Die Damen, die an dieser Konferenz teilnehmen werden, sind wahrscheinlich ausgesprochene Drachen, die nur ihre Arbeit interessiert.* Der arme Londo würde vermutlich keinen Spaß haben in seinem neuen, großen, einsamen Bett.

»Wieviel haben Sie ausgegeben?« fragte Vir schüchtern.

»Nicht mehr, als genehmigt wurde. Weniger, als ich noch ausgeben werde, und genug, damit diesen Maden in der Buchhaltung die Augen aus dem Kopf fallen, wenn ihnen die Rechnungen auf den Tisch flattern. Er warf Vir einen Blick zu, der ihn in stummer Deutlichkeit einen Spielverderber schimpfte, und verließ den Raum.

Segreas Faust schoß nach vorne und zermatschte die Menschennase. Entsetzlich viel Blut spritzte, und voller Erstaunen fühlte er, wie das Nasenbein brach. Mitleidlos holte er zum zweiten Schlag in das Gesicht des Mannes aus. Diesmal zielte er auf dessen Wange. Der Mensch zog den Kopf ein, und der Hieb traf genau über dem Auge. Segreas Hand schmerzte, als sie auf den Schädelknochen des anderen traf, aber der Mensch wurde schlimmer verletzt. Seine Haut platzte auf, und es floß noch mehr Blut.

Diese Menschen würden auf T'll nicht einmal eine Woche überleben, dachte Segrea. *Sie verlieren so leicht Flüssigkeit.* Nicht nur das Blut brachte ihn auf diesen Gedanken. Schweiß lief dem Menschen über den nackten Oberkörper, und jedesmal, wenn Segrea ihn traf, flogen Schweißperlen in die Menge.

Der T'llin hatte bereits eine Menge von seinem Gegner eingesteckt, um ihn und die Zuschauer, die gewettet hatten, zu täuschen. Inzwischen war es heiß in dem Raum geworden, und es herrschte akuter Sauerstoffmangel. Blut tropfte aus Segreas linkem Mundwinkel. Er hatte eine Wunde auf der Innenseite seiner Wange, seit der Mensch sein zartes Fleisch mit einer mächtigen Linken gegen seine scharfen Zähne gedrückt hatte.

Jetzt bearbeitete er seinen Gegner mit den Fäusten, Fäusten mit drei Fingern, die zu Beginn des Kampfes so klein und schwach gewirkt hatten. Hieb folgte auf Hieb folgte auf Hieb. Segrea prügelte den glücklosen, keuchenden Menschen durch den Ring, als führten sie einen kriegerischen Tanz auf.

In der Zwischenzeit setzten überall in der Menge andere T'llin ihre mühsam ersparten Krediteinheiten auf Segrea. Die Quoten standen sechs zu eins.

Der Mensch schüttelte den Kopf und wich mit einem Sprung

nach hinten aus. Er versuchte Raum zu gewinnen, um wieder zu Atem zu kommen. *Aber hier gibt es keine Luft mehr,* dachte Segrea. Der Mann tat ihm beinahe leid. Er war ein guter Boxer. Die Luft auf *Babylon 5* war etwas sauerstoffreicher als auf T'll. Deshalb war er hier, in diesem schlecht belüfteten Raum, im Vorteil. Er war noch frisch, während seinem Gegner nicht nur die permanenten Schläge zu schaffen machten. Der Mann rutschte in seinem eigenen Blut aus, fiel auf ein Knie und rappelte sich mit angsterfüllten Augen wieder auf.

»Mach ein Ende!« rief Haelstrac vom Rand des Rings aus.

Segrea nickte. Ja, es war Zeit, Schluß zu machen. Früher oder später würde dem Beamten von der Umweltkontrolle der hohe CO_2-Gehalt hier unten auffallen, und er würde ein Sicherheitsteam schicken, um die Sache zu untersuchen. Außerdem hatte die Menge ihren Spaß gehabt. Er holte aus, legte all seine Kraft in den nächsten Schlag und traf den Menschen direkt am Kinn. Der Mann verdrehte die Augen und fiel wie ein gefällter Baum nach hinten. Das Geräusch, mit dem sein nackter Rücken auf den Metallboden krachte, durchbrach die plötzliche Stille.

Segrea hob seine Arme über den Kopf, und die Menge brüllte ihm ihre Anerkennung entgegen. Angehörige aller möglichen Rassen klopften ihm auf die Schultern und gratulierten ihm zu seinem Sieg. Er sah, wie Haelstrac den Mann am Kragen zupfte, der ihre Wette angenommen hatte. Sie schüttelte ihn und hielt ihre Hand auf.

Plötzlich war Miczyn neben Segrea. »Du mußt mitkommen«, drängte er ihn. »Es gibt Ärger.«

5

Susan Ivanova strich ihre dichten braunen Locken nach hinten, hielt sie zusammen und flocht sie zu dem einfachen Zopf, den sie im Dienst immer trug. Mit dieser Frisur wirkte ihr Gesicht härter; ihre sanftmütige Mutter hätte dieses Aussehen sicher mißbilligt. »Du bist so hübsch«, hätte sie gesagt, »du solltest mehr aus dir machen.«

Aber so sehe ich auf jeden Fall respekteinflößend aus, dachte Ivanova. *Und darauf kommt es hier schließlich an. Es* kam auch darauf an, auf welche Weise man mehr aus sich machte. *Mutter hätte das irgendwann auch verstanden.*

Ivanova starrte ihr eigenes Spiegelbild an. Sie sah die Augen und den Mund ihrer Mutter, das kräftige, leicht kantige Kinn ihres Vaters. *Nein, sie hätte es nicht verstanden,* gestand sie sich selbst ein. *Sie würde mich jetzt seit mindestens zehn Jahren mit der Frage nach Enkelkindern plagen.* Ivanova seufzte und lächelte traurig. *Ach, Mutter, ich wünsche mir so sehr, daß du mich noch plagen könntest.*

Der Dreiklang der Türglocke riß sie aus ihren Gedanken.

»Einen Augenblick!« rief sie, knöpfte sich die Manschetten ihrer Bluse zu und ging durch das Wohnzimmer zur Tür. Obwohl sie schon seit zwei Jahren auf *Babylon 5* lebte, fehlte dem Raum ihre persönliche Note. Oder er spiegelte sie zu sehr wider, praktisch, ansprechend, funktional – seine Schönheit durch strenge Linien und dunkle Farben gedämpft.

»Öffnen!« sagte sie und zupfte ihren zweiten Ärmel zurecht.

Es war niemand da.

Sie schaute draußen im Gang nach. Niemand. Aber auf ihrer Türschwelle, genau in der Mitte, stand ein einfacher weißer Teller. Auf ihm lag, mit der breiten Seite nach unten, ein Datenkristall.

Ganz automatisch bückte sie sich, um den Kristall aufzuheben, hielt dann aber inne. Ungewöhnlich war das schon. Sie erhob sich und runzelte nachdenklich die Stirn. Schließlich betätigte sie mit einem verärgerten Seufzer ihr Com-Link. »Garibaldi?«

»Ja-ah«, antwortete er.

Sie grinste.

»Hier Ivanova. Mir hat anscheinend jemand ein kleines ... Geschenk vor die Tür gelegt.«

»Fassen Sie es nicht an!« warnte sie Garibaldi.

»Das habe ich mir schon gedacht.«

»Ich bin gleich da«, versprach er.

»Und?« fragte sie ihn eine halbe Stunde später.

Garibaldi scannte den Kristall sicherheitshalber noch einmal. »Es ist ein Datenkristall auf einem Teller.«

»Ich habe wegen eines Datenkristalls mein Frühstück verpaßt?«

»Auf einem Teller«, ergänzte der Sicherheitschef und hielt ihn ihr unter die Nase.

»Sollten Sie nicht nach Fingerabdrücken, Hautresten, Gift oder so suchen?« fragte sie, ohne ihm den Teller abzunehmen.

»Habe ich schon. Nichts gefunden.«

»Warum erleichtert mich das kein bißchen?« fragte sie düster. Sie nahm den Teller und ging damit zu ihrem Computer. »Wollen Sie sich mir anschließen?«

»Ich dachte schon, Sie würden nie fragen«, bemerkte Garibaldi und rückte sich einen Stuhl heran. »Äh.« Er hielt seine Hand über den Schlitz, bevor sie den Kristall hineinstecken konnte, und sie blickte ihn fragend an.

»Es ist möglich, daß derjenige, der den Datenkristall hiergelassen hat, etwas aufgezeichnet hat, das Ihnen peinlich sein könnte. Also, wenn Sie wollen, kann ich draußen warten, während Sie sich die Aufzeichnung ansehen.«

Susan lächelte erfreut über Garibaldis Takt. *Ab und zu schafft es der Kerl tatsächlich, Feingefühl an den Tag zu legen*, dachte sie. *Michael, es besteht doch noch Hoffnung für dich.*

»Zum Glück habe ich nichts getan, das mir peinlich sein müßte«, erklärte Ivanova.

»Was denn, noch nie?« wunderte sich der Chief.

»Nun, jedenfalls nicht vor laufender Kamera.«

»Das kann man nie genau wissen.«

Sie sah in von der Seite an. *Andererseits, besonders viel Hoffnung auch wieder nicht.*

»Vielen Dank, Garibaldi. Mir ist es heute morgen schon einmal kalt über den Rücken gelaufen. Auf eine zweite Portion kann ich verzichten.«

»Ist das ein unterbewußter Hinweis, daß Sie Hunger haben?« neckte er sie.

Ivanova steckte den Kristall in den dafür vorgesehenen Schlitz am Computer.

»Ich sehne mich auch nach einer Tasse Kaffee«, knurrte sie.

Sie sahen ein Bild, das offenbar mit einer im Kragenknopf einer Jacke versteckten Kamera aufgenommen worden war. Das Bild war verwackelt und hüpfte auf und ab wie bei einer Handkamera. Nicht einmal die modernste Technik konnte diese Bewegung ganz ausgleichen. Der Kameramann drehte sich langsam im Kreis, als wollte er demonstrieren, wo er sich befand.

»Das ist der Stützpunkt auf Io«, erklärte Ivanova. »Ich erkenne den Brunnen da. Der steht genau vor dem Hauptquartier.«

»Sie waren dort stationiert?« fragte Garibaldi, ohne seinen Blick auch nur eine Sekunde vom Bildschirm abzuwenden.

»Nein, mein Bruder. Alle seine Aufzeichnungen begannen mit diesem Brunnen. Ich glaube, es war das Zeichen der Zensurbehörde dafür, daß sie die Aufnahmen freigegeben hatten und sie keine Staatsgeheimnisse enthielten.«

Man sah einen jungen Mann in der Uniform der Earthforce aus

dem Hauptquartier kommen und auf die Kamera zugehen. Er hatte glatte braune Haare, die straff nach hinten gekämmt waren, blaue Augen, eine hohe Stirn, fast feminine Lippen und einen energischen Unterkiefer mit einem leicht kantigen Kinn.

»Er sieht Ihnen ziemlich ähnlich«, bemerkte Garibaldi.

»Kein Wunder«, erwiderte Ivanova beiläufig. Sie war völlig gebannt. »Das ist mein Bruder Gayna.«

Der junge Soldat hatte sich der Kamera inzwischen auf Hörweite genähert. »Haben Sie es?« fragte er.

»Hier«, antwortete eine Stimme mit einem Akzent. Eine Hand mit einem Kreditchip kam ins Bild. Gayna langte nach dem Chip, doch die Hand wurde zurückgezogen. »Und, haben *Sie* es auch?«

Gayna hielt einen Datenkristall hoch. »Das ist eine Liste der Paßwörter. Sie müssen Sie in dieser Reihenfolge eingeben, um in das Waffenlager reinzukommen.« Er präsentierte zwei Schlüsselkarten. »Damit können Sie die Tür zum Waffenlager öffnen. Und mit der hier kommen Sie in die Sicherheitszone.« Er leckte sich die Lippen. »Hören Sie, wäre es nicht viel einfacher, wenn ich Ihnen die Rißzeichnungen von diesen Waffen besorgen würde?«

»Einfacher vielleicht. Aber nicht so sicher. Wir haben keine Garantie dafür, daß Sie Zugang zu allen Plänen haben. So können wir unsere eigenen Scanner verwenden, und es wird nichts versehentlich übersehen.«

Datenkristall und Kreditchip wechselten ihre Besitzer.

»Enthalten Sie mir bloß nichts vor!« warnte Gayna.

»Es ist alles in Ordnung«, versicherte ihm die Stimme beruhigend. »Seien Sie nicht so mißtrauisch! Ich wette, Sie würden nicht versuchen, mich mit dem Schlüssel für den Mannschaftswaschraum abzuspeisen.«

Susans Bruder kniff die Augenlider zusammen. »Ich habe Ihnen einwandfreie Informationen geliefert«, erklärte er. »Wenn Sie kein Vertrauen zu mir haben, können Sie sich jederzeit einen anderen Informanten suchen.«

»Dann geben Sie mir das zurück!« Die Hand kam wieder ins Bild. »Und ich gehe zu jemand anderem.«

Der junge Mann umklammerte den Kreditchip. »Nein.« Er sah sich um. An seinem Unterkiefer zuckte ein Muskel, während er überlegte. »Aber nach heute nacht sind wir fertig miteinander.«

»Ich bestimme, wann wir fertig miteinander sind, Gayna Ivanov. Ja, ich kenne Ihren wirklichen Namen, Ihren Rang und Ihre Dienstnummer. Ich habe Sie schön fest an meiner Angel, Sie kleiner Fisch. Und je mehr Sie sich wehren, um so tiefer bohrt sich mein Haken in Ihr Fleisch. Sie schaden sich nur selbst.«

Gayna starrte in die Kamera. Er wurde blaß um die Nase.

»Ivanov, Ivanov, beruhigen Sie sich! Man kann nur einmal seine Unschuld verlieren. Beim nächsten Mal fällt es Ihnen nicht mehr so schwer, das verspreche ich Ihnen. Also, wenn ich mich bei Ihnen melde und Sie um Informationen bitte, dann werden Sie mir diese Informationen verkaufen, oder ...«

»Oder was?«

»Oder ich sehe mich gezwungen, Ihre Vorgesetzten darüber zu informieren, daß *Sie* ihr gefährliches Leck sind. Und, mein Freund, ich habe Beweise.«

Gayna wurde noch blasser. Er fuhr sich mit der Hand durch die Haare.

»Nehmen Sie das nicht so schwer, Junge! Ich verspreche Ihnen, wir werden eine erfolgreiche Beziehung haben. Wenn Sie aus dem Militärdienst ausscheiden, sind Sie ein reicher Mann, und niemand braucht etwas zu erfahren. Kommen Sie schon!« lachte er. »Wir sind doch Partner, was?«

»Nicht direkt«, erwiderte Gayna düster. Dann drehte er sich mit einem letzten, trotzigen Blick auf dem Absatz um, ging zum Hauptquartier zurück und verschwand in dem Gebäude.

Garibaldi sah Ivanova an. Auch an ihrem Unterkiefer zuckte ein Muskel. Sie starrte noch immer auf den Bildschirm. Der Mann, der die Kamera trug, hatte offenbar beschlossen, nichts weiter aufzunehmen, denn der Bildschirm wurde jetzt schwarz.

»Das beweist gar nichts«, meinte Garibaldi. »So eine Aufnahme, anonym abgegeben . . . das hat keine Bedeutung.«

»Das ist nicht wahr«, sagte Susan, als hätte sie ihm gar nicht zugehört. »So etwas würde er nie tun, auf gar keinen Fall.«

»Ich glaube Ihnen«, stimmte ihr Garibaldi zu. »So etwas kann man ganz einfach fälschen, ohne daß es auffällt. Deshalb sind solche Beweise nicht einmal im Kasperletheater zugelassen.«

»Mir ist schon klar, daß damit nichts bewiesen ist«, brachte Susan heraus. Sie preßte ihre Lippen so fest zusammen, daß man sie nicht mehr erkennen konnte, und wandte sich ab. »Wie konnten sie ihm das nur antun?« Ihre Stimme war heiser vor Wut und Schmerz.

»Die tun das Ihnen an, Susan, nicht ihm. Aber das kann Ihnen nichts anhaben, wenn Sie es nicht zulassen.«

Sie hielt sich eine Hand vor die Augen und kämpfte offensichtlich darum, ihre Fassung wiederzuerlangen.

»Also schön«, sagte Garibaldi, um sie abzulenken. »Sie haben jemanden verärgert. Wen?«

»Ich verärgere fünfmal pro Tag irgendwo irgendwen, Garibaldi. Also, wenn das Ihr einziger Hinweis auf einen Verdächtigen ist, werden wir ein Viertel aller Leute auf dieser Station überprüfen müssen.«

»Schmeicheln Sie sich nicht selbst, Ivanova! So schlimm sind Sie nun auch wieder nicht.«

Sie lachte traurig.

»Jetzt, da Sie mir Ihre Aufmerksamkeit schenken, würde ich gerne noch einmal betonen, daß dieser Kristall nicht wirklich etwas zu bedeuten hat.« Sie rührte sich nicht, während er, ohne Luft zu holen, weitersprach. »Ihr Tag hat heute beschissen angefangen, und das war ein Tiefschlag. Aber das ändert gar nichts.«

»Ich weiß, es sollte mir nichts ausmachen, aber das tut es.« Sie drehte sich zu ihm um. Ihre Augen sprühten vor Wut. »Mein Bruder ist tot. Er kann sich nicht mehr verteidigen.«

»Das müßte er auch gar nicht!« rief Garibaldi.

»Ach, Garibaldi, wachen Sie auf! So ein Dreck bleibt immer irgendwie haften! Wenn das hier an die Öffentlichkeit dringt, wird es jedesmal, wenn ich zur Beförderung anstehe, wieder aufs Tablett kommen. Das sollte nicht so sein, wird es aber.« Sie ließ sich in ihren Sessel fallen. »Das wissen Sie genausogut wie ich.«

Garibaldi zog die Augenbrauen hoch und blies seine Backen auf. »Keine Ahnung. Ich stelle mir immer gerne vor, daß die Typen vom Beförderungsausschuß recht unvoreingenommen sind. Zwar nicht perfekt, aber gerecht.«

»Aber klar doch. Fairneß ist ein Wort für den Sportplatz, Garibaldi.«

Er stand auf. »Sie brauchen Ihren Kaffee.«

Sie hob die Hände und grollte: »Mit Kaffee läßt sich dieses Problem nicht lösen!«

»Nicht einmal mit echtem Kaffee«, stimmte er zu. »Schauen Sie, Susan, keiner zwingt Sie, dieses Ding abzugeben. Und ich rate Ihnen, es zu lassen. Aber ich muß Sie warnen: Das sieht nach Stufe eins einer Erpressung aus. Also rechnen Sie damit, daß noch Schlimmeres auf Sie zukommt!« Susan starrte zu ihm hoch. »Noch schlimmere Dinge«, fügte er hinzu. Er klopfte ihr auf die Schulter. »Kommen Sie, gehen wir essen!«

Sie kaute kurz auf ihrer Unterlippe herum, dann stand sie auf und zog sich ihre Jacke an.

»Wissen Sie«, sagte sie, als sie zur Tür hinausgingen, »wenn Sie so etwas wie ein Freund wären, würden Sie mich jetzt einladen.«

»Oh, na gut«, brummte er.

»Also, mit dieser Einstellung ist das nicht in Ordnung.«

»Ich habe gesagt, daß es in Ordnung ist.«

»Echter Kaffee?«

»Übertreiben Sie's nicht!«

Na'Toth wachte auf der Seite liegend auf. Ihre Muskeln schmerzten von den Krämpfen, die der Schockstab verursacht hatte. Ihr Mund war so trocken wie die Decke, die immer noch über ihren Kopf gestülpt war und ihr das Atmen erschwerte. Sie war an Händen und Füßen gefesselt, nicht zu fest, aber es würde ihr nicht leichtfallen, sich zu befreien. Ihr war übel, und ihre Kehle schmerzte. Durch das Brummen in ihrem Kopf hörte sie gedämpfte Stimmen.

»Wie konntest du nur?« zischte eine wütende männliche Stimme. »Übereilt nichts! Übereilt nichts!«

»Wenn du das noch einmal sagst, Miczyn, bringst du mich dazu, etwas äußerst Übereiltes zu tun«, brummte eine tiefere Stimme.

»Er hat aber recht«, flüsterte barsch eine Frau. »Das war sehr dumm, sehr schlecht geplant.«

»Wenn wir sie nicht bestrafen wollen«, bemerkte die tiefe Stimme, »schlage ich vor, daß wir diese übereifrigen Jugendlichen wegschicken. Je weniger unsere Beratungen mitbekommen, desto besser.«

»Geht!« befahl die Stimme, die zu Miczyn gehörte. »Aber vergeßt nicht die Anweisung der Obersten Olorasin!« Es folgte eine nachdenkliche Pause. »Das ist nicht der richtige Zeitpunkt für Wagemut.«

Na'Toth bewegte sich vorsichtig; eine leichte Drehung des Kopfes ließ die Decke ein wenig verrutschen. Angenehm kühle Luft strömte zu ihr, süß und erfrischend trotz ihres metallischen Geruchs.

Durch eine Falte konnte sie die abgetragenen Stiefel und die ausgefransten Säume der Kleidung ihrer Entführer sehen. Sie wünschte, sie hätte den Mut, sich noch etwas mehr zu bewegen, damit sie auch ihre Gesichter sehen konnte.

Das müssen T'llin sein, dachte sie. *›Oberste‹ ist ein Amt bei den T'llin. Und Olorasin – den Namen kenne* ich. Aber woher sie ihn kannte und in welchem Zusammenhang er stand, wußte sie nicht mehr. Schrecken durchfuhr sie. *Wenn das T'llin sind, werden mich diese Leute umbringen, ohne mit der Wimper zu zucken.* Sie konnte ohnehin nicht begreifen, wieso sie nicht schon längst tot war.

Vorsichtig prüfte sie ihre Fesseln. Ihre Füße und Hände fühlten sich wie betäubt an. Aber wenigstens würde sie rennen können, wenn sie schon nicht in der Lage war, sich zu verteidigen. *Vorausgesetzt, ich kann mich rechtzeitig befreien.*

Ein Paar großer, abgelaufener Stiefel kam auf sie zu, und sie wurde angestupst. Na'Toth war überrascht, wie sanft man mit ihr umsprang, sie hatte einen brutalen Tritt erwartet. *Bei den riesigen Füßen,* dachte sie, *hätte ich mich wahrscheinlich nicht mehr bewußtlos stellen können, wenn er mir einen kräftigen Tritt verpaßt hätte.*

Die dunkle, müde klingende Stimme sagte: »Werft sie aus einer Luftschleuse! Niemand wird sie mit uns in Verbindung bringen können.« Der T'llin kicherte boshaft. »Nicht wenn sie zu tot ist, um noch zu reden.«

»Ich habe ihr Gesicht gesehen«, sagte die Frau. »Das ist die, vor der du mich gerettet hast, Segrea.«

»Dann«, erklärte Miczyn verblüfft, »ist sie der Attaché des Botschafters der Narn.«

Es folgten ein undeutliches Geräusch und ein dumpfer Knall. Jemand hatte die Kabinentür zugeschlagen. Na'Toths Herz schlug schneller. Sie hielt den Atem an.

»Bist du sicher?« wollte die tiefe Stimme wissen.

Na'Toth zwang sich dazu, bewegungslos zu verharren, obwohl sie instinktiv kämpfen und fliehen wollte. Aus Angst, zu laut zu keuchen, hielt sie den Atem an und erstickte fast.

»Ich habe mich erkundigt, und das habe ich herausbekommen. ›Die Handlangerin des Narn-Vertreters hat einen Tritt in den Hintern gekriegt‹, hat mein Centauri-Informant gesagt.«

»Wunderbar!« rief die Frau. »Wir sollten sie wirklich ins Weltall hinausbefördern. Die wird keiner je vermissen.«

»Was werden wir tun?« fragte Miczyn mit vor Aufregung zitternder Stimme.

Na'Toth konnte wieder die großen Stiefel sehen, die auf sie zukamen. »Sie konnte doch niemanden erkennen, als die Jungen sie gefangengenommen haben?« fragte der dazugehörige T'llin.

»N-nein«, stotterte Miczyn. »Sie sagen, daß sie ihr die Decke über den Kopf gestülpt haben, bevor sie etwas merken konnte.«

»Dann werden wir ihr ihre Kreditchips abnehmen und sie hierlassen. Wenn sie aufwacht, ist sie ganz auf sich selbst gestellt. Jeder weiß, wie riskant es ist, in die Unterwelt zu kommen. Und genau das werden ihr die Sicherheitsleute sagen, wenn sie so dämlich ist, Anzeige zu erstatten.« Segrea hob das Tuch über Na'Toths Kopf an und betrachtete die Narn-Frau genau. Er haßte die Gesichter der Narn: die kantigen Züge, die faltige Haut um die roten Augen, die ekligen schwarzen Flecken auf der Stirn, die ihn immer an verdorbenes Obst erinnerten. Er machte ein angewidertes Geräusch und durchsuchte ihre Kleidung. Was er fand, gab er an Miczyn und Haelstrac weiter.

Sie nahmen Na'Toth alles ab, was auch nur den geringsten Wert hatte, sogar ihr Ehrenmesser, das sie aus dem Schaft in ihrem Stiefel zogen. Da hätte sie sich beinahe bewegt. Ihre Lider zitterten, doch es gelang ihr, die Augen geschlossen zu halten. Die T'llin, die sie durchsuchten, spürten, wie sie sich anspannte, und verharrten still. Also erlaubte sich Na'Toth, ein wenig zu stöhnen.

»Sie wird wach«, japste Miczyn schrill.

»Ja«, murmelte Segrea nachdenklich. Er stand auf. »Gehen wir!«

»Und Schluß mit solchen Aktionen!« beharrte Miczyn. »Übereilt . . .«

»Sei still!« fauchte Haelstrac.

»Captain Sheridan, Admiral Wilson für Sie auf dem Goldkanal.«

»Stellen Sie ihn durch!« befahl Sheridan und gab seinen Sicherheitscode ein. Er hatte bereits eine offizielle Mitteilung der Stabschefs erwartet. Schließlich war es unwahrscheinlich, daß sie seine Narn-Centauri-Konferenz stattfinden lassen würden, ohne irgendwie ihren Senf dazuzugeben. Sheridan versuchte sich innerlich auf alle möglichen unnötigen und zweifellos zeitaufwendigen Aufgaben einzustellen, die sie sich für ihn ausgedacht haben mochten.

Wilsons strenges Gesicht füllte den gesamten Bildschirm aus, und es trug den Ausdruck eines Mannes zur Schau, der den letzten Zapfenstreich gehört hatte. »Captain«, begann er düster.

»Guten Tag, Admiral«, erwiderte Sheridan knapp, lächelte den Admiral aber freundlich an. *Ich habe ja nichts Besseres zu tun, als jedesmal gleich zu springen, wenn Sie pfeifen,* dachte er. Das war vielleicht nicht ganz fair. Wilson war ein Mann, der schnell auf den Punkt kam, der sagte, was er wollte, und einen dann wieder in Ruhe ließ. Andere plagten einen mit Detailfragen, die in die Verantwortung der unteren Dienstgrade fielen.

Der Admiral starrte ihn einen Moment lang wortlos an, dann räusperte er sich. *Fast nervös,* dachte Sheridan beunruhigt.

»Man hat mich gebeten, Sie zu fragen, welche Vorbereitungen Sie für die Presse getroffen haben«, sagte Wilson.

»Die Reporter!« *Ausgerechnet,* schoß es Sheridan durch den Kopf. »Wir bringen sie in der Sektion BLAU 16 unter, Sir. Die ist erst kürzlich renoviert worden, das heißt, sie werden uns von unserer besten Seite kennenlernen. Außerdem stellen wir ihnen Büro- und Konferenzräume im Geschäftsviertel auf GRÜN 12 zur Verfügung. Das ist weit genug von der eigentlichen Konferenz zwischen den Narn und den Centauri entfernt, um Sicherheitsprobleme zu vermeiden.« Er war stolz auf diese Lösung. »Wir werden tägliche simultane, in getrennten Räumen stattfindende Pressekonferenzen mit den Vertretern der Narn und der Centauri abhalten. Die Reporter werden jeden Tag gruppenweise einer anderen Konferenz zugewiesen. Und wir haben jemanden vom Pressebüro, eine Frau namens Jeri Freedman, die nach jeder Konferenz mit den Abgesandten eine Zusammenfassung ausarbeiten wird.«

Wilson blickte gequält, fast beschämt, fand Sheridan. *Großer Gott!*

»Äh. Die, äh, Nichte des Präsidenten wird als Berichterstatterin ihrer College-Zeitung teilnehmen. Sie hat darum gebeten, beide Delegationen interviewen zu dürfen.« Der Admiral hatte während seiner kurzen Rede kein einziges Mal von seinem Schreibtisch aufgeblickt.

»Natürlich, Sir. Ich werde ihren Namen auf die Liste setzen.

Es haben schon eine ganze Menge Reporter um Interviews nachgesucht.« *Und eine ganze Menge von ihnen werden bitter enttäuscht werden.* Sheridan fragte sich, wie die Nichte des Präsidenten mit Enttäuschungen fertigwurde.

Wilsons Augen bohrten sich in seine. »Es wäre gut, wenn Sie ihren Namen ganz oben auf die Liste setzen könnten«, erklärte er.

»Äh, ja, Sir. Ist das ein Befehl, Sir?«

Der Admiral lief leicht rot an.

»Ja«, preßte er hervor.

Sheridan fühlte den Boden unter seinen Füßen schwinden. Es war entsetzlich für einen Stabschef, so zum Handlanger eines Politikers degradiert zu werden. Jemand mußte eine Menge Druck ausgeübt haben, um Wilson dazu zu bringen. *Und ich habe jetzt einen dokumentierten Befehl,* dachte Sheridan. *Das große militärische Spiel ›Bring deinen Arsch in Sicherheit!‹ ist voll entbrannt.*

»Habe ich Sie richtig verstanden, Sir? Die junge Dame will mit allen Abgesandten sprechen?«

»Sie haben mich richtig verstanden. Es sind außerdem noch

einige Starreporter auf dem Weg zu Ihnen, die ähnliche Wünsche geäußert haben. Ich schlage vor, Sie sorgen dafür, daß die auch die Gelegenheit erhalten . . . Sie wissen schon. Geben Sie Ihr Bestes!«

»Ja, Sir.« *Ich schätze, ich sollte dankbar dafür sein, daß es mich nicht noch schlimmer erwischt hat,* dachte Sheridan. *Andererseits, was könnte noch schlimmer sein?* Er hatte den Befehl erhalten, etwas zu organisieren, das überhaupt nicht in seiner Macht stand. *Sie könnten mir genausogut befehlen, es auf dem Mars regnen zu lassen.*

»Ich denke«, fuhr Wilson langsam fort, »man sollte die Nichte von Präsident Clark vielleicht von den regulären Reportern trennen.«

»Da stimme ich Ihnen zu, Sir. Aber die junge Dame . . .« *Hat dieses Mädchen keinen Namen?* ». . . freut sich vielleicht darauf, künftige Kollegen zu treffen.«

»Ja.« Das Gesicht des Admirals starrte schmerzverzerrt vom Bildschirm. »Dann lassen Sie sie eben von einem Sicherheitsoffizier begleiten. Passen Sie auf, daß sie nichts Verrücktes anstellt!«

»Ja, Sir.« *Etwas Verrücktes?* Er fragte sich, was wohl über diese junge Frau in den Akten stehen mochte.

»Sonst alles unter Kontrolle?«

»Ja, Sir.«

»Gut. Wilson, Ende.« Das Abbild des Admirals wurde durch das Logo von *Babylon 5* ersetzt.

»Ja, Sir.« Sheridan ließ sich in seinen Sessel fallen. Was für ein unglaublicher Befehl. *Sowohl G'Kar als auch Londo werden sich Präsident Clarks Nichte nur zu gern zur Verfügung stellen. Da bin ich mir völlig sicher. Sie werden begeistert sein! Aber nicht ohne Gegenleistung.* Und diese Gegenleistung bereitete dem Captain Sorgen. Sich für einen triftigen Grund ins Unglück zu stürzen war eine Sache, aber die egoistischen Launen einer verwöhnten Göre zu befriedigen paßte nicht zu Sheridans Vorstellung von einem triftigen Grund.

Larkin saß an seiner Konsole und platze fast vor Freude. Ivanova kam zu spät zum Dienst, und er wußte, daß das sein Verdienst war. Major Atambe schielte immer wieder zur Tür. Er konnte es offenbar kaum noch erwarten, seiner Vorgesetzten das Kommando über die Zentrale zu übergeben. Larkin lachte innerlich vor Glück, er vermochte seine Freude kaum zu verbergen. Ihm war regelrecht schwindlig, und das amüsierte seine Kollegen.

»Hast du letzte Nacht eine Nummer geschoben?« murmelte Kamal mit einem kumpelhaften Lächeln.

»Ein Kavalier schweigt«, erwiderte Larkin steif, aber dabei grinste er so breit, daß Kamal glauben mußte, richtig zu liegen. *Was weißt du schon,* dachte er überlegen. *Ich habe viele Gründe, um mich gut zu fühlen. Du tust mir leid, daß dir nur Sex dazu einfällt.* Er fragte sich, wie Ivanova auf den Datenkristall reagiert hatte. *Ich wünschte, ich wäre dabeigewesen, als sie ihn sich angesehen hat. Komm schon! Ich will dein Gesicht sehen,* dachte er ungeduldig. *Schieb deinen Hintern endlich hierher, eiserne Lady! Ich freue mich darauf, zu sehen, wie du zugrunde gehst.*

Am Ende zerbrachen sie alle. Jeder hatte seine schwache Stelle. Und wenn man die traf, welkte die härteste Schnalle in der Earthforce dahin wie eine abgeschnittene Rose. *Ivanova ist vielleicht die härteste Nuß, die ich zu knacken hatte,* grübelte Larkin. Einen Moment lang fühlte er sich wie ein Künstler, der ein mögliches Modell einschätzte, ehe ihn wieder seine Ungeduld packte. *Komm schon, du Schlampe, ich will dein Gesicht sehen!*

In diesem Moment betrat Susan Ivanova die Kommandozentrale und ging schnurstracks auf ihren Posten zu. »Major Atambe«, erklärte sie mit einem Lächeln, »es tut mir leid, daß ich Sie so lange habe warten lassen.«

»Kein Problem«, erwiderte der Major und begann mit seinem Bericht.

Larkins gute Laune schwand dahin. Sie war völlig ruhig; sie sah aus, als hätte sie nicht die geringsten Probleme. *Vielleicht hat sie ihn noch nicht abgespielt,* dachte er. *Das muß es sein.* Sonst könnte sie nicht so ausgeglichen wirken.

»Larkin!« flüsterte Kamal heiser. »Behalten Sie Ihre Konsole im Auge! Da draußen geht alles zum Teufel!«

Larkin war entsetzt, als er sich umdrehte und das Chaos sah, das sich in den paar Minuten, in denen er abgelenkt war, entwickelt hatte. Er hatte ein mulmiges Gefühl im Magen, als er sich daranmachte, die vernachlässigten Flugpläne wieder in Ordnung zu bringen. Offenbar hatten da draußen alle die Gelegenheit benutzt, sich ihre eigenen Routen zu suchen. Mit einer großen Portion Glück und durch erstaunlich konzentrierte Arbeit seinerseits waren ein paar Minuten später alle wieder in ihren vorgesehenen Einflugschneisen. *Und keiner hat was gemerkt.*

Er sah hoch und traf Ivanovas Blick. Sie wölbte vielsagend eine Augenbraue. Larkin bekam weiche Knie. *Sie weiß Bescheid,* dachte er panisch. *Was mach ich jetzt bloß? Sie weiß, daß ich es war!*

6

Garibaldi strich mit der Hand über die glatte Oberfläche eines Blattes, während er geistesabwesend aus dem Fenster von Captain Sheridans Büro blickte. In dem Kasten neben ihm wucherten die unterschiedlichsten Pflanzen, die meisten von der Erde: kleine Palmen, Zwergrosen, ein paar Zweige Bougainvillea und ein Busch blaßrosafarbener Geranien. Überall auf *Babylon 5* gab es Pflanzen, diese wunderbaren kleinen Sauerstoffproduzenten. Und die Seelenklempner behaupteten, daß sie außerdem die Psyche positiv beeinflußten, denn sie vermittelten den Eindruck, *Babylon 5* sei eine richtige Welt, nicht nur eine riesige Blechbüchse mitten im Weltall.

Aber der Sicherheitschef achtete nicht auf die Pflanzen, sondern beobachtete eine Gruppe von Arbeitern. »Oh, nein.«

Sheridan blickte kurz von dem Sicherheitsbericht, den er gelesen hatte, auf, und man sah ihm an, daß er aus seinen Gedanken gerissen worden war. »Was?«

»Sie stellen diese verdammte Statue von der Intergalaktischen Versicherung praktisch genau vor Ihrem Fenster auf. An Ihrer Stelle würde ich mir ein paar Rolladen besorgen, und zwar pronto.«

Sheridan hob fragend die Augenbrauen.

»Ich habe nur ein Stück davon gesehen«, räumte Garibaldi ein, »aber das war einfach grauenvoll!« Er schüttelte sich. »Es sollte gesetzlich verboten sein, so etwas öffentlich aufzustellen. Wegen ästhetischer Umweltverschmutzung.«

Der Captain zuckte mit den Schultern. »Wenn es nach mir ginge, müßten sie ihre Statuen auf der Erde aufstellen. Da ist genug Platz. Und ich würde *Sie* nach Ihrer Meinung fragen, ehe ich hier eine genehmigte. Aber es geht leider nicht nach mir. Man hat mich nicht einmal nach meiner Meinung gefragt. Also werden wir wohl mit dem Ding leben müssen.«

»Ich weiß nicht«, murmelte Garibaldi. »Ich glaube, dieses Teil ist gesundheitsgefährdend. So grauenvoll ist es.«

Sheridan verschränkte die Hände und legte sie vor sich auf den Tisch. »Ich werde die Statue enthüllen.«

Der Sicherheitschef starrte ihn fassungslos an. »Sie? Das ist doch ein Witz.« *Das gehört doch nicht zu deinen bevorzugten Pflichten,* dachte Garibaldi erstaunt. Dann wurde ihm klar, wie vertraulich er mit dem Captain gesprochen hatte. »Sir«, ergänzte er etwas verspätet.

Sheridan mußte über Garibaldis Reaktion lächeln. *Ich wußte gar nicht, daß ich so leicht zu durchschauen bin.* »Ich schätze, es ist eine gute Gelegenheit, mich in heuchlerischen und politisch nichtssagenden Reden zu üben«, erklärte er. »Außerdem braucht man ein härteres Kaliber als mich, um Semana MacBride etwas abzuschlagen.«

»Sie ist überwältigend«, gestand der Sicherheitschef. »Aber sie löst meinen inneren Alarm aus. Ich bin froh, wenn sie wieder weg ist.«

Der Captain zog die Augenbrauen hoch. »Bloß weil sie uns diese häßliche Statue geliefert hat? Oder gibt es dafür noch einen anderen Grund?«

Garibaldi runzelte die Stirn und machte eine vage Handbewegung. »Nur so ein Gefühl. Ich habe bei der Erdzentrale nachgefragt, ob es eine Akte über sie gibt, aber vor morgen ist nicht mit einer Antwort zu rechnen. Ich weiß nicht.« Er zuckte mit den Schultern. »Vielleicht wirken auf mich alle Kunsthändler wie Schwindler.«

»Also, in diesem Fall erwarte ich, daß Sie an der Zeremonie teilnehmen«, sagte der Captain. »Da haben Sie Gelegenheit, sie in ihrem Element zu erleben.«

»Sie wissen doch, daß ich keine von Ihren Reden verpassen würde, Captain.«

»Lügen Sie mich nicht an, Garibaldi! Ich weiß, daß Sie nur wegen der Häppchen kommen.«

Garibaldi betrat sein Büro in der Sicherheitszentrale mit einem Seufzer der Erleichterung. *Jetzt muß ich mich bei Susan melden.* Irgend jemand hatte ihr ein häßliches kleines Problem eingebrockt, einen regelrechten Tiefschlag verpaßt. Er setzte sich an seinen Schreibtisch und griff nach der Ruftaste.

Noch ehe er sie berühren konnte, schaltete sich der Bildschirm ein. G'Kars verärgertes Gesicht erschien. Es sah aus, als würde er seine Nase von innen an die Scheibe drücken.

»Chief Garibaldi!« Er schäumte vor Wut. »Ich will Sie sofort in meinem Quartier sehen!« Damit wurde der Bildschirm wieder dunkel.

»Also, G'Kar«, Garibaldi starrte den Schirm erstaunt an, »ich habe im Moment ziemlich viel um die Ohren«, sagte er zum BABCOM-Logo. »Könnten Sie mir eventuell etwas mehr über Ihr

Problem erzählen?« Gereizt erhob er sich und machte sich auf den Weg zum Quartier des Narn-Botschafters. »Die Bösen dürfen niemals ruhen – und wir anderen, die wir mit ihnen fertigwerden müssen, auch nicht.« *Wehe, es ist nichts Wichtiges. Ich mag es nicht, wenn man mich so antanzen läßt.*

Keine zwanzig Schritte weiter hatte er sich schon wieder ein wenig beruhigt. Er rief sich ins Gedächtnis, unter welchem Druck die Narn standen. Und in solch einer Situation ließen sie halt Dampf ab. *Nein,* sagte er zu sich selbst, *G'Kar war ernsthaft wütend. Der wollte nicht bloß Dampf ablassen. Wahrscheinlich hat er eine berechtigte Beschwerde vorzubringen.* Oder er plante irgend etwas, um die Centauri alt aussehen zu lassen. *Nee! Nicht so kurz vor der Konferenz.* Es sei denn, die Centauri selbst hatten ihn gereizt. Sie wurden von Stunde zu Stunde dreister. *Oder von Sieg zu Sieg.* Als Schatten ihrer großen Vergangenheit waren die Centauri liebenswürdiger.

Er stieg in den Lift und lehnte sich an die Wand. »Zügle deine Phantasie!« hatte ihm seine Großmutter einst geraten, als er sich über irgend etwas zu große Sorgen gemacht hatte. »Eine zu lebhafte Phantasie läßt dich den Ärger suchen. Und wenn du Ärger suchst, findest du immer mehr, als du vertragen kannst.« Damit hatte sie recht, aber leider gehörte es zu seiner Arbeit, Ärger zu suchen.

»Ich lasse es nicht zu, daß meine Mitarbeiter angegriffen werden, Garibaldi«, wütete G'Kar. »Wie konnte das nur passieren? Sie wurde überfallen und ausgeraubt.« Der Botschafter senkte bedeutungsvoll seine Stimme und deutete auf Na'Toth. »Es ist ein Wunder, daß sie noch am Leben ist.« Er richtete sich zu seiner vollen Größe auf, verschränkte die Arme vor der Brust und erlaubte sich seinen majestätischsten Gesichtsausdruck. »Ich warte auf Ihre Erklärung.«

Garibaldi sah den Botschafter lange an, lange genug, um klarzustellen, daß er nicht durch einen Reifen springen würde, nur weil ihn jemand anbrüllte. »Ehe ich versuche, irgend etwas zu erklären«, begann er, »würde ich gerne ein paar Fragen stellen.«

Er wandte sich an Na'Toth, die mit verbundenen Handgelenken dasaß, und das Weiß der Verbände hob sich erschreckend stark von ihrer dunklen Haut ab. Sie blickte düster und schuldbewußt drein, und er fragte: »Wo wurden Sie angegriffen?«

Sie rutschte mit schmerzverzerrtem Gesicht auf ihrem Platz hin und her und senkte den Blick. »Ich war in der Unterwelt ...«

»Sie wurden in der Unterwelt angegriffen?«

»Ja.«

»Waren Sie allein?«

Als könnte sie sich nur mit Mühe beherrschen, holte sie tief Luft. »Ja.«

Garibaldi schob die Hände in die Hosentaschen und wandte sich wieder an den Botschafter. »Das erklärt alles, G'Kar. Wer allein in die Unterwelt geht, bettelt geradezu darum, überfallen zu werden. Das gefällt mir genausowenig wie Ihnen, aber so ist es nun einmal.«

»Ist das alles, was Sie dazu zu sagen haben?« zischte G'Kar. Seine roten Augen visierten das Gesicht des Sicherheitschefs wie Laserstrahlen an.

»Nein. Sie haben mich gefragt, wie das passieren konnte. Jetzt wissen Sie's.« Er drehte sich wieder zu Na'Toth um, die ihn ebenfalls mit ihrem Blick durchbohrte. »Was wollten Sie da unten?«

»Ich habe meine Arbeit getan«, antwortete sie aggressiv, »nachdem Sie die Ihrige nicht tun wollten. Ich habe nach Informationen über die T'llin geforscht, die sich auf der Station verstecken. Sie haben mich entdeckt und griffen mich mit einem Schockstab an.«

»Und haben Sie ausgeraubt«, fügte Garibaldi wachsam hinzu.

Na'Toth stand auf. »Sie haben mir mein Ehrenmesser genommen.« Es klang, als hätten ihr die T'llin damit auch ihre Ehre genommen. »Sie haben darüber diskutiert, ob sie mich umbringen sollen, hatten aber Angst davor, den Preis dafür zahlen zu müssen.«

Sie tat dem Sicherheitschef leid. Na'Toth war eine stolze Frau und eine sehr gute Kämpferin. Es war erstaunlich, daß jemand sie überwältigt hatte. Daß sie es nicht geschafft hatte, etwas zu beschützen, an dem ihr viel lag, machte ihr schwer zu schaffen, und sie zitterte immer noch von den Nachwirkungen des Schlages mit dem Schockstab.

»Sie sollten sich im Med-Lab melden«, empfahl er ihr.

»Ich will Ihr Wort darauf, daß Sie dieses Mal etwas unternehmen werden!« beharrte sie.

»Meine Assistentin ist jetzt zum zweiten Mal von diesen T'llin angegriffen worden, Garibaldi«, mischte sich G'Kar ein und rückte ihm unangenehm nahe auf den Pelz, »und auch ich möchte wissen, was Sie in dieser Sache zu tun gedenken.«

An den ersten Vorfall erinnert, kniff Garibaldi die Augen zusammen und sah Na'Toth an. »Haben Sie ihre Gesichter gesehen?« fragte er sie, und trotz ihrer Reglosigkeit glaubte er ein Zusammenzucken zu sehen. »Sie haben sie nicht gesehen, oder?«

Na'Toth senkte die Lider. »Nein«, erklärte sie widerwillig. »Aber«, sie sah wieder hoch, »sie haben von der Obersten Olorasin gesprochen.«

»Oberste ist ein politisches Amt bei den T'llin«, klärte ihn G'Kar auf. »Und Olorasin ist der Name einer abtrünnigen T'llin.« Er ging um seinen Tisch herum und setzte sich. »Ich glaube kaum, daß sich die gewöhnlichen Räuber in der Unterwelt für die Politik der T'llin interessieren. Sie vielleicht, Chief Garibaldi?«

»Nein«, stimmte der Sicherheitschef zu. »Ich wollte lediglich klarstellen, daß Na'Toth die T'llin, die sie angegriffen haben, weder beschreiben noch identifizieren kann, weil sie keinen von ihnen gesehen hat. Sie müssen zugeben, daß es schwierig sein dürfte, dieser Leute habhaft zu werden.«

»Wenn es auf dieser Station überhaupt T'llin gibt«, erklärte G'Kar voller Überzeugung, »denn sie dürften gar nicht hier sein. Ich weiß, daß sie keine gültigen Reisedokumente besitzen. Und ich weiß das, weil ihnen die Regierung der Narn verboten hat, ihren Planeten zu verlassen. Sie sind zu gefährlich, um sie auf ein ahnungsloses Universum loszulassen. Deshalb, Chief Garibaldi, schlage ich vor, Sie finden sie und schicken sie zurück nach T'll, bevor sie noch jemanden umbringen. Wenn sie es nicht schon längst getan haben.« G'Kar lächelte den Chief geringschätzig an. »Das sollte Ihnen Ihre Aufgabe erleichtern. Nicht wahr?«

»Ich werde die Angelegenheit untersuchen«, versicherte ihm Garibaldi. »Und ich werde Sie über die Ergebnisse meiner Arbeit auf dem laufenden halten. Derweil möchte ich, daß Sie mir etwas versprechen: Keine weiteren Ausflüge in die Unterwelt, keine Selbstjustiz und keine Schnüffeleien auf eigene Faust.« Er wandte seinen Blick nicht von G'Kar ab und ignorierte Na'Toths aufgebrachtes Grollen.

»Ich versichere Ihnen«, sagte G'Kar nach einer kurzen Pause und legte seine Hände behutsam auf den Tisch vor sich, »daß mir meine Assistentin viel zuviel bedeutet, als daß ich sie in Gefahr bringen würde. Außerdem kommt in den nächsten Wochen eine Menge Arbeit auf uns zu. Ich möchte, daß Sie mir versprechen«, er zeigte auf den Sicherheitschef, »Ihr Bestes zu tun, um diese Leute zu finden und auszuweisen.«

»Ich mache meinen Job«, erklärte Garibaldi standhaft. »Gehen Sie ins Med-Lab«, riet er Na'Toth, dann nickte er beiden zu. »Guten Tag.« Damit ließ er die beiden Narn im Halbdunkel von G'Kars Quartier zurück.

Garibaldi trat auf der Ebene des Einkaufscenters aus dem Lift und stützte sich auf das Geländer der oberen Laufstege, um die Leute unter ihm zu betrachten. Mit seinem geschulten Auge beobachtete er ein Dutzend verdächtige Vorkommnisse, noch ehe ihn die

Taschendiebe und Gauner bemerkten. Er blieb stehen, bis sich alle zwielichtigen Gestalten aus dem Gang unter ihm verdrückt hatten, dann dachte er über das Gespräch nach, das er soeben mit den Narn geführt hatte.

G'Kar hat nicht mehr versucht, mich so zu beeinflussen, seit er hier angekommen ist. Mit der Zeit hatte der Narn gelernt, daß sich die Menschen nur selten von seiner herausfordernden Art beeindrucken ließen. Die Minbari hatten das nicht nötig, und die Centauri amüsierten sich darüber. Er hatte sein Benehmen entsprechend angepaßt.

Warum versucht er es jetzt? Vermutlich liegt das an den T'llin. Sie sind ein lebender Beweis für die Verfehlungen der Narn. Ausgerechnet jetzt waren sie hier, in einer Zeit, da die Narn versuchten, sich als unschuldiges, zivilisiertes Volk darzustellen, das von den bösartigen Centauri auf verbrecherische Weise überfallen worden war. *Es könnte ganz schön peinlich für die Narn werden, wenn die T'llin beschließen, in ihren Lumpen aus der Unterwelt hervorzukriechen, mit hohlwangigen Gesichtern in die Kameras von ›Universe Today‹ zu starren und die Narn aus ihrer Sicht zu schildern.*

Dessen war sich auch G'Kar bewußt, darin lag auch der Grund für sein ganzes Gerede über Piraten und Mörder. Garibaldi fragte sich, ob Na'Toth überhaupt jemals angegriffen worden war. Er wußte auch, daß es nur eine Frage der Zeit war, bis ihn G'Kar umgehen und sich bei Sheridan über seine angeblich zu wenig beherzte Arbeit beschweren würde. *Dann wird der Captain fragen: ›Warum haben Sie mich nicht über diese Sache informiert, Garibaldi?‹ Und ich kassiere mal wieder einen Verweis. Also ... okay, zwei Dinge,* dachte er, als er zum Lift spazierte. *Erstens gehe ich in die Unterwelt, um herauszukriegen, was es mit diesen Leuten auf sich hat. Und zweitens muß ich den Captain einweihen und dazu bringen, die Sache schleunigst zu erledigen.* Er hatte das Gefühl, die Dinge würden zu schnell eskalieren.

»Sie sind bald wieder gesund«, erklärte Doktor Franklin, drehte sich um und legte seine Instrumente beiseite. Na'Toth setzte sich schwungvoll auf und wankte unvermittelt, als wäre ihr schwindelig.

»He!« sagte Franklin und legte ihr die Hand auf die Schulter. »Ich habe gesagt, daß Sie bald wieder gesund sind. Bald! Jetzt müssen Sie erst einmal in Ihr Quartier zurückgehen und mindestens zwölf Stunden schlafen. Ich gebe Ihnen ein Beruhigungsmittel, damit Sie besser einschlafen.«

»Unsinn, Doktor. Wir Narn vertragen mehr als die Menschen. Und ich habe viel zu tun.«

»Wenn Sie sich jetzt nicht ausruhen, werden Sie eine ganze Woche darunter leiden, Na'Toth. Ich weiß, wovon ich rede.«

Na'Toth rutschte vom Untersuchungstisch und lehnte sich gegen ihn. Sie kniff die Augen zusammen, als sie ihre Beine wieder mit ihrem ganzen Gewicht belastete. »Ich habe einfach keine Zeit. Ich werde die nächsten zwölf Stunden an meinem Schreibtisch sitzen. Mein Körper braucht Ruhe, nicht mein Geist. Wie gesagt, wir Narn sind ein starkes Volk.« Sie warf ihm einen wohlwollenden und herablassenden Blick zu.

Franklin legte den Kopf schief und verschränkte die Arme vor der Brust. »Lady, ich weiß mehr über die Physiologie der Narn, als *Sie* jemals wissen werden. Im Gegensatz zu Ihnen habe ich nämlich nicht nur Narn-Körper auseinandergenommen«, er wölbte die Augenbrauen und beugte sich zu ihr vor, »sondern sie auch wieder zusammengesetzt.«

Na'Toth blinzelte. Er hob ihre Hand hoch und legte eine Packung Tabletten hinein. »Jetzt gehen Sie zurück in Ihr Quartier, schlucken diese hier und legen sich schlafen.«

Sie starrte ihn immer noch so starrköpfig an, wie es nur die Narn konnten. Also fügte er hinzu: »Ich werde G'Kar anrufen und dafür sorgen, daß er später nach Ihnen sieht.«

»Nein!« wehrte Na'Toth rasch ab und umschloß die Tabletten.

»Ich werde sie nehmen.« Damit wandte sie sich um und wankte zur Tür.

»Soll ich Ihnen jemanden mitgeben?« fragte Franklin besorgt.

»Natürlich nicht«, erwiderte sie stolz. »Ich bin auch ohne fremde Hilfe hierhergekommen, oder?« Aber sie mußte zugeben, daß sie die Untersuchung irgendwie geschwächt hatte. »Ich komme schon zurecht.«

Franklin sah ihr bekümmert nach. Dann drehte er sich zu seinem Bildschirm um. G'Kar meldete sich sofort. »Oh, Doktor. Wie geht es Na'Toth?«

»Sie ist ziemlich wackelig auf den Beinen, G'Kar, aber nicht schwer verletzt. Was sie braucht, ist Bettruhe. Aber ich befürchte, sie schaut in ihrem Büro vorbei, um ein paar Sachen in Ordnung zu bringen, und kann dann nicht mehr aufhören. Sie sind genauso, habe ich festgestellt. Sie beide arbeiten sehr hart.«

Der Botschafter lächelte und nickte. Er machte ein Gesicht wie eine Katze, die gestreichelt wurde. »Ich weiß Ihre Anteilnahme zu schätzen, Doktor Franklin. Ich werde dafür sorgen, daß sich Na'Toth Ihre Ratschläge zu Herzen nimmt. Vielen Dank. G'Kar, Ende.«

Franklin lächelte vor sich hin. *Also, seine Einstellung hat sich wirklich positiv verändert.* Er konnte sich noch gut daran erinnern, daß G'Kar solche Gespräche früher immer mit einem Schnauben beendet hatte.

Haelstrac und Miczyn beobachteten mit wachsender Besorgnis das Büro der Wohnungsgesellschaft. Durch das große Fenster am anderen Ende des Ganges konnten sie die gutgelaunte Frau mittleren Alters sehen, die den menschlichen Strohmann der T'llin mit Nachdruck in das Büro ihres minbarischen Vorgesetzten schleifte.

»Warum machen sie das?« fragte Miczyn. Seine Wangen waren blaß vor Angst. »Sie haben sonst niemanden hineingeführt.«

Haelstrac zuckte ungeduldig mit den Schultern. »Weil sie ihn nicht kennen, weil die Kaution so hoch war, weil sie von ihm beeindruckt waren ... Woher soll ich das wissen?« knurrte sie und ließ ihre eigene Furcht an ihrem Begleiter aus.

Der Minbari musterte ihren Vertreter kühl und sprach ein paar Worte. Der Mensch nickte, lächelte und erwiderte etwas, während die Angestellte sich unbeirrbar fröhlich gab. Allerdings ließ sie ihren Chef nicht aus den Augen. Als der Minbari anscheinend die Worte des Menschen abwog, folgte ein Moment voller Spannung. Dann nickte er und deutete ein höfliches Lächeln an. Die Angestellte schien laut zu lachen, während sie ihren Kunden zur Tür begleitete.

Auf der anderen Seite des Flures atmeten Miczyn und Haelstrac gleichzeitig auf und zogen sich an den Ort zurück, an dem sie ihren Vermittler treffen wollten.

»Es gibt acht Toiletten, acht Waschbecken, und vorne ist ein Empfangsraum, der den Platz dahinter vollkommen verbirgt. Und ein Lieferanteneingang führt auf den hinteren Gang.« Der Mann gab ihnen zwei Sätze Schlüssel. »Für eine, äh, kleine Gebühr vertrete ich Sie gerne.«

Miczyn starrte ihn verblüfft an, während Haelstrac den Mann anfunkelte. »Wir sind nicht wohlhabend«, betonte sie.

»Oh, ich bin preiswert«, versicherte ihnen der Mann.

»Und wenn wir Ihr Angebot annehmen«, meinte Haelstrac vorsichtig, »versprechen Sie uns dann, unser Vertrauen nicht zu mißbrauchen, indem Sie, sagen wir, unser Büro für illegale Geschäfte nutzen?«

»In welcher Weise illegal?« wollte der Mensch wissen.

Miczyns Augen blitzten. »Unsere Oberen erlauben *nichts* Illegales«, erklärte er hochmütig.

Der Mann trat näher, bis er auf den jungen T'llin herabsehen konnte. »Dann sollten wir ihnen besser nicht erzählen, daß das, was ich gerade für Sie getan habe, gegen das Gesetz verstößt.« Er näherte sich Miczyn bis auf ein paar Zentimeter. »Oder etwa doch?«

Haelstrac schob ihren Arm zwischen die beiden. »Lassen Sie mich das anders ausdrücken. Wir wollen keine Schwierigkeiten mit den Sicherheitsleuten der Station bekommen. Wir haben zwar nichts dagegen, einem Freund zu helfen«, sie machte eine Pause und beglückte den Mann mit einem Lächeln, so daß er alle ihre spitzen Zähne sehen konnte, »wenn sich unser Freund jedoch auf unsere Kosten selbst helfen sollte ... Nun, das würde unschöne Konsequenzen haben.« Sie machte eine förmliche Verbeugung vor dem Menschen. »Ich werde Ihren Vorschlag mit meinen Freunden besprechen. Machen Sie keine Pläne, ehe Sie Nachricht von uns erhalten.«

Sie zogen sich zurück und eilten wieder in die Unterwelt, wo sie sich mit ihren Verbündeten trafen.

»Wir haben es geschafft«, verkündete Haelstrac und hielt die Schlüssel hoch. »Ruft alle zusammen und schickt sie zu unserer neuen Adresse im Geschäftsviertel auf Grün 12!«

»Es gibt da ein Problem«, erklärte Miczyn. Er war zufrieden mit der plötzlichen Stille, die seine Worte auslöste. »Unser Strohmann will uns nach außen hin vertreten, aber ich glaube, er will außerdem unsere Adresse für illegale Zwecke nutzen.

»Ja«, stimmte Haelstrac zu. »Was sollen wir wegen ihm unternehmen?«

»Wir sollten ihn anheuern«, murmelte Segrea. »Und wir sollten ihn so sehr beschäftigen, daß ihm keine Zeit bleibt, in Schwierigkeiten zu geraten. Wenn wir anbieten, ihn anständig zu bezahlen, und versprechen, daß er sich auf unsere Diskretion verlassen kann, ist er bestimmt vernünftig.« Er kicherte leise.

Die anderen nickten lächelnd. Segrea konnte mit unvernünftigen Leuten gut umgehen.

7

Garibaldi hätte einen seiner verdeckten Ermittler hier unten fragen sollen. Zumindest hätte er sich von einem seiner zahlreichen bezahlten Informanten in den Bars am Eingang zur Unterwelt helfen lassen sollen. Schließlich hatte der Sicherheitschef der Station keinen plausiblen Grund, als Penner verkleidet im gefährlichsten Teil von *Babylon 5* herumzulaufen.

Es sei denn, ich habe mich tagelang mit den Botschaftern, den anderen hohen Herrschaften und dem ganzen Papierkram herumgeärgert und will einfach wieder mal was Richtiges tun. Außerdem hatte der Chief schon an Orten gelebt, neben denen die Unterwelt geradezu nobel gewirkt hätte, und er hatte es überlebt. Nicht glücklich, aber immerhin. *Tja,* stöhnte er innerlich, *man lernt jeden Tag etwas dazu, und an jedem Ort wartet eine neue Lektion auf dich.* Er hoffte nur, heute die Informationen zu bekommen, die ihn an diesen Ort geführt hatten, und nicht eine Lektion wiederholen zu müssen, die er schon in- und auswendig kannte. *Zum Beispiel, wie leicht man sich die Rippen brechen kann.*

Garibaldi rieb sich das Gesicht, murmelte etwas vor sich hin, blickte sich flüchtig um und stolperte weiter. Er hatte sich nach Piratenart ein Tuch um den Kopf gebunden und trug einen zerrissenen Parka, der ihm zwei Nummern zu groß war. Eines seiner Hosenbeine war bis oben hin aufgeschlitzt und wurde von Isolierband zusammengehalten, und sein T-Shirt war so schmutzig, daß er es nur mit großem Widerwillen angezogen hatte. Von seiner Unterwäsche abgesehen, waren seine Schuhe die einzigen akzeptablen Kleidungsstücke an ihm. Schließlich könnte er früher oder später gezwungen sein, schnell zu rennen.

Wenn deine Füße dein Fluchtwagen sind, steck sie in Limousinen! ermahnte er sich selbst. Die Schuhe waren sehr auffällig gewesen, bis er endlich eine Hose gefunden hatte, die lang genug war, um sie zu verdecken. Die Schuhspitzen fielen allerdings immer noch auf, und das beunruhigte ihn wie ein Loch in der Hose bei einem eleganten Empfang. *Ach, komm schon!* schalt er sich selbst. *Mach dir nicht zu viele Gedanken! Hier unten ist es stockfinster, das fällt hier kaum auf.*

An der Kreuzung von zwei Gängen lehnte sich der Sicherheitschef allem Anschein nach völlig erschöpft an die Wand und blickte sich verstohlen um. Hier unten waren kaum Leute unterwegs, und er befürchtete schon, versehentlich in unbekanntes Banden-Territorium geraten zu sein. Er spitzte die Ohren.

Na toll, dachte er, *da ist es wieder.* Es war nicht zu leugnen, daß ihm jemand folgte. *Die Schuhe sind schuld. Diese verdammten Schuhe!* Er hatte gewußt, daß sie ihn in Schwierigkeiten bringen würden, aber wie üblich hatte er seine eigenen guten Ratschläge ignoriert. Entweder war er aus Bequemlichkeit aus der Übung gekommen, oder er wurde langsam alt. *Nein, ich werde nur mit jeder Beförderung dämlicher.* Er kannte eine Menge anderer Leute, auf die das ebenfalls zutraf.

Damit hatte er ein Rätsel gelöst, das ihn schon seit seiner Zeit als junger Rekrut plagte. Wieso waren alle höheren Offiziere so betriebsblind und dumm? Ein altes – und streng inoffizielles – Exerzierlied fiel ihm wieder ein, und er murmelte den Text vor sich hin:

»Ich war einmal ein Offizier,
bis man rausfand, ich bin schlau;
die Rangabzeichen nahm man mir,
denn ich konnt im Gehen furzen . . .«

Einen Moment lang überlegte er, ob er seine Schuhe ausziehen und mitten im Gang stehenlassen sollte, wo sie nicht zu übersehen waren. Er mußte lächeln, als er sich vorstellte, was für eine

Rauferei er damit auslösen würde. Da drang erneut ein leises Geräusch an sein Ohr. *Sie kommen näher.* Keine Zeit mehr für Spielchen. Er mußte die Schuhe jetzt für den Zweck einsetzen, für den er sie ausgewählt hatte. Er wollte heil hier rauskommen.

So leise er konnte, rannte Garibaldi los, eilte den Gang entlang und verfluchte sich selbst, weil er sich in einer Gegend hatte erwischen lassen, in der es nur wenige Kreuzungen gab. *Haben sie mich vielleicht hierher getrieben?* fragte er sich. Vielleicht hatte er seine Verfolger unbewußt wahrgenommen und war ihnen instinktiv ausgewichen. *Genau dahin, wo sie mich haben wollten.* Noch immer war niemand zu sehen. Er erwartete keine Hilfe, aber er wäre gern in einer Menge untergetaucht.

In einiger Entfernung vor ihm tauchte die dunkle Öffnung eines Seitengangs auf. Er legte noch einen Zahn zu. Seine Verfolger machten keinerlei Anstalten mehr, zu verbergen, daß sie hinter ihm her waren. Ihre Schritte hallten laut auf dem blanken Metall des Korridors, und ihr keuchender Atem wurde gelegentlich von einem wütenden Grunzen unterbrochen.

Zwei? dachte Garibaldi im Laufen, ohne sich umzudrehen und nachzuschauen. *Ich hätte schwören können, daß es mehr sind.* Er bog in den dunklen Gang zu seiner Rechten ab, in der Hoffnung, er würde ihn in belebtere Bezirke der Unterwelt zurückführen.

Ein Luftzug, der nach warmem Schweiß roch, warnte ihn, noch bevor er etwas sehen konnte. Er drehte sich von seinem Angreifer weg, so daß ihn dieser mit seiner Keule am Schulterblatt traf. »Au!« schrie er unwillkürlich auf. Der mit Kugeln gefüllte Sack traf ihn so hart, daß er Sterne vor seinen Augen tanzen sah. Er fuhr herum, legte sein ganzes Gewicht in seinen Faustschlag und erwischte seinen Gegner, während der bereits zum nächsten Schlag ausholte. Aber Garibaldi konnte den anderen nicht sehen und traf ihn ungeschickt ungefähr in der Mitte des Brustkorbes. Der Hieb enlockte seinem Gegner ein Ächzen.

Der Kerl muß ein Riese sein! schoß es Garibaldi durch den

Kopf. Er wollte davonrennen, denn die zwei anderen kamen schnell näher. Eine Hand schoß aus der Dunkelheit auf ihn zu und packte ihn am Ärmel. Der Sicherheitschef schlüpfte aus seiner Jacke und rannte weiter.

Vor ihm fiel Licht aus einem anderen Gang. *Licht* und *Leute,* dachte Garibaldi erleichtert. *Schuhe, macht eure Arbeit!* Hinter ihm erklang ein wütendes Brüllen, gefolgt von zwei leiseren Echos.

Gerade als er den Lichtschein erreichte, kam von hinten die Keule herangesaust und traf ihn mit voller Härte am Hinterkopf. Garibaldi stürzte zu Boden wie ein leerer Sack. Er konnte gerade noch drei Leute aus dem Gang verschwinden sehen, während die Schritte seiner Angreifer immer näher kamen.

Vielen Dank, dachte er sarkastisch.

»Sie haben Glück gehabt«, verkündete Doktor Franklin bester Laune, nachdem er den Sicherheitschef mit einem seiner Geräte untersucht hatte. »Lediglich eine kleine Knochenabschürfung.«

»Ich dachte, es wäre eine Gehirnerschütterung«, murmelte Garibaldi. Er saß auf einem der Untersuchungstische und hielt sich den schmerzenden Kopf, während ihn der Doktor betrachtete.

»Oh, die haben Sie auch«, stimmte der Doktor fröhlich zu. »Und sie ist nicht so schlimm, wie Sie es verdient hätten. Ich habe von Ihrer Schulter gesprochen.«

Garibaldi setzte sich auf und sah ihn von der Seite an. »Habe ich Ihnen schon mal gesagt, wie sehr ich Sie hasse?« fragte er.

»Ach, das liegt nur an Ihren Kopfschmerzen. Dagegen gebe ich Ihnen etwas.«

Der Sicherheitschef grinste schmerzverzerrt. »Danke. Wissen Sie, ich kann mich nicht mehr an viel erinnern, aber ich hätte schwören können, daß jemand auf meiner Schulter gesessen und mich mit meinen Schuhen geschlagen hat.«

Franklin ging zu seinem Tisch hinüber, legte das Instrument zurück an seinen Platz und gab Garibaldi einen Spiegel.

»Oh, Mann!« Garibaldi drehte den Spiegel angewidert um und wandte sich von Doktor Franklin ab, der ihn mit einem betont ausdruckslosen Gesicht ansah. Noch einmal schaute der Sicherheitschef in den Spiegel, so schnell, als könnte er etwas anderes sehen, wenn er den Spiegel überraschte. Auf seiner linken Gesichtshälfte zeichnete sich in gespenstischem Lila das Profil eines seiner Laufschuhe ab. »Sagen Sie nichts!« warnte er Franklin.

»Was sollte ich denn sagen?« fragte ihn der Doktor völlig unschuldig. »Daß es dumm von Ihnen war, allein da runter zu gehen? Daß Sie zumindest jemandem hätten sagen sollen, wohin Sie wollten? Daß es ein Wunder ist, daß man Sie nicht erkannt und Ihnen den Schädel eingeschlagen hat? Was soll ich Ihnen nicht sagen? Lassen Sie es mich wissen, und ich spare mir die Bemerkung.«

Garibaldi schnitt eine Grimasse und rollte mit den Augen. »Danke. Nur ein wahrer Freund kann so viel Zurückhaltung üben. Was soll ich jetzt tun?« fragte er und strich sich dabei behutsam über die Wange. »So kann ich doch nicht herumlaufen.«

»Da fragen Sie am besten Ivanova«, empfahl ihm Franklin. »Frauen benutzen doch Schminke, damit ihre Haut gleichmäßig aussieht. Sie weiß vermutlich, was Sie unternehmen müssen.«

»Vielleicht sollte ich gleich noch ein bißchen Rouge auflegen, wenn ich schon dabei bin«, schnaubte Garibaldi. »Damit meine Gesichtszüge nicht so hart wirken.«

»Hm, das könnte was bringen«, stimmte Franklin zu. »Aber machen Sie sie nicht zu weich. Sonst werden Sie noch ins Sozialamt versetzt.«

Er wurde wieder ernst und fragte besorgt: »Michael, wollen Sie mir nicht erzählen, was Sie da unten gemacht haben? War es etwas Persönliches? Gibt es da etwas, das ich . . .?« Er streckte ihm ratlos die Arme entgegen, um ihm im Notfall seine Hilfe anzubieten.

Der Sicherheitschef grinste ihn kurz an. »Ich war auf der Jagd nach T'llin.«

»Nach was?«

»Piraten. Das behaupten jedenfalls Na'Toth und G'Kar. Sie wollen sie von der Station runter haben. Am liebsten schon gestern. Und ich wollte mal sehen, ob ich mehr über sie herausfinden kann. Anscheinend handelt es sich in erster Linie um Familien. Nur ein paar Alleinstehende.« Er schüttelte den Kopf und stöhnte. »Mir kommen sie einfach nicht wie Halsabschneider vor. Die Beschreibung paßt nicht zu ihrem Verhalten.«

Franklin machte ein skeptisches Gesicht. Dann legte er seinen Kopf schief. »Sind das die Leute, die Na'Toth angegriffen haben?« Er lehnte sich an seinen Tisch und verschränkte die Arme vor der Brust. »Sie haben sie ganz schön zugerichtet, und wer weiß, ob das nicht dieselben waren, die Ihnen beinahe den Schädel eingeschlagen hätten.«

»Ja, könnte sein. Aber ich habe meine Angreifer genausowenig sehen können wie Na'Toth. Und im Gegensatz zu ihr beschuldige ich niemanden, wenn ich mir nicht absolut sicher bin.«

»Der Zeitpunkt paßt genau«, erklärte der Doktor. »Sie gehen nach unten, um diese Leute zu suchen, und jemand malträtiert Ihren Schädel.«

»Nein.« Garibaldi schüttelte den Kopf und verzog das Gesicht. »Sie sind weg. Da war keine Spur von ihnen. Kinder, Opas, alle weg. Und nein«, sagte er und hob einen Finger, um der nächsten Bemerkung des Doktors zuvorzukommen, »sie wußten nicht, daß ich nach ihnen suchen würde, das habe ich nämlich niemandem erzählt. Also kann es auch keine undichte Stelle gegeben haben.«

»Hm«, machte der Doktor nachdenklich. »Aber sie wußten, daß sie vermutlich durch den Angriff auf Na'Toth die Sicherheit auf sich aufmerksam gemacht haben.« Er zuckte mit den Schultern. »Also sind sie untergetaucht.«

»Aber wohin?« wollte Garibaldi wissen. »Wenn sie Geld gehabt hätten, wären sie erst gar nicht in die Unterwelt gegangen. Und jetzt sind sie nicht mehr dort! Darauf würde ich meine Karriere verwetten.«

»Aber nicht Ihr Leben«, bemerkte Sheridan, der hinter ihm hereingekommen war.

»Nein«, stimmte Franklin zu, »das hat er schon getan.«

»Kann ich jetzt gehen?« fragte Garibaldi und griff nach seinem Hemd.

Franklin gab ihm eine Schachtel. »Für Ihren Kopf.«

»Danke.« Der Sicherheitschef steckte sie in seine Hosentasche.

»Wir müssen miteinander reden«, erklärte Sheridan, als der Sicherheitschef vom Untersuchungstisch hüpfte.

»Ja, Sir. Das müssen wir.« Garibaldi sah den verblüfften Sheridan an. »Wenn es Ihnen jetzt passen würde, Sir, könnten wir vielleicht in eines unserer Büros gehen?«

»Mein Büro«, bestimmte Sheridan, drehte sich um und ging voraus.

Susan Ivanova lächelte beruhigend, als Ilias Larkin ihr gegenüber Platz nahm. Sie haßte solche Unterredungen, und in dem winzigen Loch von Büro, in dem sie stattfanden, bekam sie Platzangst.

Oder vielleicht sage ich nur nicht gern jemandem, daß er den Anforderungen nicht genügt. Das war nur allzu wahr. Für Dauerversager hatte sie kein Verständnis. Larkin schien beinahe absichtlich Fehler zu machen. Seinen Prüfungsergebnissen nach zu urteilen, war er intelligent genug, um seine Aufgaben zu erfüllen. Und es gab keine physischen Gründe für seine lausigen Leistungen. *Deshalb muß ich solche Diskussionen führen,* dachte Susan verbittert, *und meine Leute bemuttern.* Manchmal war sie eine regelrechte Übermutter, aber in diesem frühen Stadium ging alles noch ganz zivilisiert vonstatten.

»Sie fragen sich vielleicht, worum es geht«, sagte sie und versuchte so positiv wie möglich auf ihr Gegenüber zu wirken.

Warum darf ich nicht einfach sagen: ›Reißen Sie sich zusammen, Soldat, oder Sie werden zum Kartoffelschälen abkommandiert!‹? fragte sie sich wehmütig. *Dann könnte ich mich wieder um meine eigentliche Arbeit kümmern.* Aber nein, Umfragen hatten ergeben, daß manchmal Probleme, wie sie Larkin hatte, mit einem ruhigen Gespräch aus der Welt geschafft werden konnten.

Er sah sie stumm an. Sein kantiges Gesicht war ausdruckslos, die glatten braunen Haare fielen ihm jungenhaft in die Stirn, aber sein Adamsapfel hüpfte auf und ab, als er vor Nervosität schlukken mußte, und seine Hände wanden sich auf seinem Schoß wie ein Nest voller Nattern.

»Es gibt keinen Grund, nervös zu sein«, fuhr sie fort. »Ich habe mich lediglich gefragt, wie Sie sich in unserem Team eingelebt haben.« Sie sah ihn erwartungsvoll an. Noch lächelte sie.

Er räusperte sich und senkte den Blick. »Das müssen *Sie* mir sagen, Commander«, meinte er ruhig und sah sie wachsam wie ein gefangenes Kaninchen an.

»Also, ehrlich gesagt«, erklärte sie, verschränkte die Hände, legte sie vor sich auf den Tisch und beugte sich leicht vor, »habe ich das Gefühl, Sie fühlen sich nicht besonders wohl.«

»Nein, mir geht es gut«, versicherte ihr Larkin, sah wieder nach unten und massierte seine Schenkel, bis seine Knöchel weiß wurden.

Ivanova holte tief Luft und überlegte, wie sie weiter vorgehen sollte. »Also«, sie setzte alles auf eine Karte, »obwohl Sie mit einer einwandfreien Akte zu uns gekommen sind, liegen Ihre Leistungen gefährlich weit unter den Anforderungen, und sie werden schlechter.« Er wurde schneeweiß. *Gut gemacht, Ivanova, immer feste drauf. Damit wirst du viel erreichen.* »Also, entweder passen Sie sich nicht an – es kommt eben nicht jeder hier auf der Station zurecht –, oder Sie sind für diese Arbeit nicht geeignet. Aber da Sie schon vier Jahre in der Flugüberwachung tätig sind und Ihre Akte in Ordnung ist, kann es daran nicht liegen. Vielleicht sind

Sie ausgebrannt. Diese Arbeit ist sehr anstrengend, und einige Leute hassen sie früher oder später.« Sie setzte ihren besten Rede-mit-mir-Blick auf, aber Larkin blickte nicht auf.

Also gut, Plan B. »Warum haben Sie sich überhaupt für die Flugüberwachung beworben? Ihren Eignungstests zufolge, haben Sie nicht unbedingt eine ... natürliche Begabung für diese Arbeit«, erklärte sie diplomatisch.

Jetzt hob er den Blick, und diesmal glühten seine Augen. »Ich dachte, dabei wird man schneller befördert, Sir.«

Susan fühlte den Boden unter sich schwinden. *Na, großartig,* dachte sie, *Preis ohne Fleiß.* »Also«, bemerkte sie geduldig, »eine schnelle Beförderung erreicht man höchstens, indem man sein Bestes tut. Offen gesagt, wenn Sie eine Arbeit machen würden, für die Sie besser geeignet sind, würden Sie auch bessere Leistungen bringen. Ich weiß, daß Sie damit glücklicher wären.«

»Bitte, Commander, versetzen Sie mich nicht!« bat Larkin. Er wirkte verzweifelt, fast panisch. »Ich werde mich bessern. Das verspreche ich. Ich werde der beste Fluglotse in der Kommandozentrale. Geben Sie mir noch eine Chance.« Er sah sie mit Tränen in den Augen an. »Bitte!«

Um Himmels willen! Der Mann stand kurz vor dem Zusammenbruch. *Ich muß ihn wenigstens dazu bringen, die psychologische Beratungsstelle aufzusuchen. Und er muß weg von der Flugüberwachung. Er ist für diese Arbeit ungeeignet.* »Ilias, Sie leisten in dieser Position miserable Arbeit. Wieso wollen Sie sich selbst so quälen?«

Jetzt bebten seine Lippen. *Gleich fängt er an zu heulen,* dachte sie ungläubig. »In Ordnung«, sagte sie und hob die Hände, »aber ich bestehe darauf, daß Sie mit einem Psychologen sprechen. Und ich werde eine Arbeit für Sie suchen, die Ihnen mehr gibt. Schauen Sie«, meinte sie, um seinem Widerspruch zuvorzukommen, »ich möchte, daß Sie das ebenfalls mit Ihrem Psychologen besprechen. Außerdem müssen Sie lernen, konzentrierter zu arbeiten. Ein

Fehler von Ihnen könnte jemanden das Leben kosten.« Sie sah ihm ernst in die Augen. »Wir werden kein weiteres Gespräch dieser Art mehr führen«, warnte sie ihn. »Wenn Sie nicht zur psychologischen Beratung gehen und sich Ihre Leistungen nicht ab sofort dauerhaft bessern, werde ich Sie versetzen. Haben Sie das verstanden?«

Er schluckte verkrampft und nickte.

»Gut.« Sie stand auf. »Bleiben Sie noch hier sitzen, bis Sie sich wieder gefangen haben. Ich erwarte Sie in fünfzehn Minuten auf Ihrem Posten.«

Sie verließ fluchtartig das Büro. *Um Himmels willen, wie hat der es nur geschafft, seinen Job vier Jahre lang zu behalten?* Susan hoffte, daß es kein Fehler war, ihn nicht zu versetzen. *Ich muß ihn nur einfach im Auge behalten,* dachte sie. *Vielleicht ist es nur ein vorübergehendes Problem. Der Psychologe wird das schon herausfinden,* sagte sie zu sich selbst und kehrte auf ihren Posten zurück.

Wie konnte sie es nur wagen? Wie konnte sie nur wagen, so mit ihm zu reden? *Als ob ich geistig behindert wäre, oder blöd, oder sonst was,* dachte Larkin. Er kochte vor Wut. Er stand auf und ging aufgeregt in dem kleinen Büro auf und ab. *Dir werd ich's zeigen, du Miststück! Dich setze ich auf den heißen Stuhl!* Wie, wußte er noch nicht, aber sie würde bluten. *Oh ja,* dachte er, *ich werde dir in den Hintern treten.*

»Also, was hat Sie dazu getrieben«, fragte Sheridan, als er sich hinter seinen Schreibtisch setzte, »so außergewöhnlich ...«, er wägte seine Worte genau ab, »unklug vorzugehen?«

Garibaldi rieb sich die Nase. *Das habe ich mir wahrlich verdient, und damit bin ich sogar noch zu gut weggekommen,* gestand er sich ein. »Da hat sich ... etwas zusammengebraut, und ich wollte der Sache persönlich auf den Grund gehen.«

»Sache?« hakte Sheridan nach.

»Eine diplomatische Angelegenheit. Sehen Sie«, der Sicherheitschef trat von einem Fuß auf den anderen, »da sind diese Leute, die T'llin. Und G'Kar behauptet, sie wären Kriminelle, die zurück ins Hoheitsgebiet der Narn deportiert werden müßten. Aber es sind vor allem Familien, und sie haben uns hier auf der Station noch nie Schwierigkeiten gemacht, kein einziges Mal.« Er holte tief Luft und schob die Hände in die Hosentaschen. »Bis sie mit Na'Toth zusammengestoßen sind.«

Sheridan lehnte sich in seinem Sessel zurück. »Verstehe. Und wann hat G'Kar verlangt, daß wir diese Leute ausweisen?«

»Nach dem zweiten Angriff auf Na'Toth.«

»Wollen Sie damit sagen, daß ein Mitglied des diplomatischen Korps zweimal von denselben Leuten angegriffen worden ist und Sie mir erst jetzt davon berichten?« Sheridan war aufgesprungen und kam um seinen Schreibtisch herum. »Worauf haben Sie denn gewartet? Auf einen Mord?«

Der Sicherheitschef senkte den Kopf und schielte zu Sheridan hoch. »Der erste sogenannte Angriff auf Na'Toth hat während einer Schlägerei stattgefunden. Sie hat zugegeben, daß sie ihren Angreifer nicht sehen konnte, und außerdem waren auch einige Centauri in die Rauferei verwickelt. Die einzige T'llin, die sie gesehen hat, war ihr vor die Füße gestürzt, gerade bevor jemand Na'Toth einen Tritt verpaßte.« Er zuckte mit den Schultern. »Zugegeben, unter den Umständen habe ich ihre Beschwerde nicht besonders ernst genommen. Ich hatte allerdings auch nicht die Zeit, eine Untersuchung durchzuführen.«

»Ach ja?« fragte Sheridan immer noch wütend.

Garibaldi hätte ihn sofort unterrichten müssen. *Selbst wenn es ein Centauri war und kein T'llin. Es handelte sich immerhin um einen Angriff auf ein Mitglied des diplomatischen Korps.*

»Offenbar ist Na'Toth in die Unterwelt gegangen, um der Angelegenheit selbst nachzugehen«, fuhr Garibaldi fort. »Sie war allein, wurde attackiert und ausgeraubt.«

Sheridan warf aufgebracht die Arme hoch. »Also haben Sie

beschlossen, ihr nachzueifern.« Er kehrte hinter seinen Schreibtisch zurück und setzte sich wieder. Einen Augenblick starrte er Garibaldi an und dachte über seine Aussage nach. »Haben Sie etwas herausgefunden? Und wenn ja, was?«

»Sie sind weg«, erklärte Garibaldi. Er machte eine resignierte Handbewegung. »Haben sich in Luft aufgelöst. Ich bin jedenfalls nicht von T'llin angegriffen worden. Und Na'Toth hat ihre Angreifer übrigens auch beim zweiten Mal nicht gesehen.«

»Aber G'Kar ...«, begann Sheridan.

»... will, daß sie erwischt und den Narn übergeben werden«, beendete Garibaldi seinen Satz.

Sheridan stützte seine Ellbogen auf den Tisch und dachte nach. »Glauben Sie, daß sie die Station verlassen haben?«

»Offiziell waren sie nie hier«, meinte Garibaldi und verzog das Gesicht. »Unseren Akten zufolge ist nie irgendein T'llin auf *Babylon 5* eingereist.«

Der Captain wich vor Schreck zurück und starrte den Sicherheitschef an. »Ich dachte, so etwas wäre unmöglich!«

»Das dachte ich auch. Noch ein Grund, wieso ich mich wirklich gerne mit einem von ihnen unterhalten würde.«

»Aber sie sind verschwunden«, erwiderte Sheridan finster. Er umklammerte die Lehnen seines Stuhles. »Ich weiß, daß Sie momentan viele dringende Aufgaben zu erledigen haben, Chief. Trotzdem wünsche ich, daß Sie sich vorrangig um diese Angelegenheit kümmern. Spüren Sie diese Leute auf und finden Sie heraus, was sie im Schilde führen! Wenn G'Kar beunruhigt ist, sollten wir das vielleicht auch sein.«

»Ja, Sir.« Der Sicherheitschef glaubte, damit entlassen zu sein, und ging in Richtung Tür.

»Garibaldi«, sagte Sheridan ruhig.

»Ja, Sir?« Der Chief blickte über seine Schulter zurück.

»Halten Sie mich auf dem laufenden!«

»Ja, Sir.«

8

Semana lächelte in die Menge. *Die verschlingen die Häppchen ja regelrecht,* dachte sie belustigt. Die anwesenden Menschen hatten sich besonders über die auf der Station so exotischen Süßigkeiten und Käsesorten gefreut, die sie von der Erde mitgebracht hatte. *Erstaunlich, wie selten anständige Schokolade hier draußen ist.* Sie beobachtete Doktor Franklin, der eine winzige, mit Feta gefüllte Tomate studierte, als sei diese Rarität zu kostbar, um sie sich in den Mund zu stecken. Schließlich tat er es doch, und während er kaute, verzog sich der Mund des gutaussehenden Schwarzen zu einem seligen Lächeln. Dann blickte er beinahe schuldbewußt drein. Sein Blick begegnete dem Semanas. Sie lächelte, nickte und prostete ihm mit ihrem Champagnerglas zu.

Es ist wirklich nett hier, dachte sie. *Und die Intergalaktische Versicherung bezahlt alles. Sie werden die Entschädigung für meinen Ärger nie bemerken.* Außerdem war sie von Natur aus gar nicht in der Lage, all das schöne Geld auszugeben, ohne etwas davon für sich abzuzweigen.

Man hatte um die Statue herum eine Plane auf dem Rasen ausgebreitet, um sowohl das zarte Gras als auch die Schuhe der Gäste zu schützen. Zu beiden Seiten der unförmigen, verhüllten Skulptur waren lange, weiß gedeckte Tische aufgestellt. Kellner schritten anmutig durch die schillernde Menge und boten Champagner und Centauri-Wein an. Hier im Grünen war die Luft sehr frisch, und als ein kurzer Regenschauer auf die Gäste niederging, lachten alle fröhlich, Menschen wie Außerirdische. Fast jeder war ihrer Einladung gefolgt; sogar Botschafter Kosh. Und dabei hatte ihr jeder versichert, der Vorlone würde nicht erscheinen.

Sie hatte ihn genauso charmant wie die übrigen Gäste begrüßt, aber seine wenigen Worte nicht verstanden. *Vielleicht ist sein*

Übersetzungsprogramm defekt, dachte sie und starrte zu dem rätselhaften Fremden hinüber. Er stand etwas abseits, verhüllt wie der Mittelpunkt und Anlaß des Abends. Sie verzog den Mund. *Was für eine Ähnlichkeit,* ging es ihr durch den Kopf.

Und die Botschafterin der Minbari. *Was hat sie nur mit sich angestellt?* fragte sich Semana. *Um Himmels willen, sie hat ja Haare!* Auch ihre Figur schien sich verändert zu haben. Semana legte den Kopf schief. *Ich wüßte nur zu gern, wessen Idee das war.* Es schien überhaupt nicht zu einer Minbari zu passen.

Der Botschafter der Centauri war unter den ersten Gästen. »Ich weiß, es hätte vornehmer gewirkt, wenn ich zu spät gekommen wäre«, erklärte er, nachdem er ihr galant die Hand geküßt hatte, »aber ich konnte Ihrem Charme nicht länger widerstehen, werte Dame.« *Und ich habe es sogar geschafft, mich nicht zu übergeben,* dachte Semana düster.

Langsam wurde sie nervös, weil ihr Opfer noch nicht aufgetaucht war.

Sheridan wirkte genauso nervös. Man hatte den Eindruck, er müßte sich einer schweren Operation unterziehen und nicht bloß eine schlichte kleine Rede vor ein paar Leuten halten. Er tat ihr fast leid genug, um zu ihm zu gehen und einige beruhigende Worte zu sagen, aber sie wollte kein Risiko eingehen. *Es wäre nicht gut, wenn mir der Captain wie ein kleiner Hund nachläuft, während ich versuche, G'Kar einzufangen.*

»Entschuldigen Sie meine Verspätung«, sagte eine tiefe Stimme neben ihr.

Sie drehte sich um und schenkte dem Botschafter der Narn ein betörendes Lächeln. »Ich bin hocherfreut, daß Sie kommen konnten, Botschafter«, begrüßte sie ihn herzlich. »Ich kann mir denken, daß Sie jetzt, so kurz vor der Konferenz, sicher tausend Dinge zu erledigen haben.« Semana blickte tief in die roten Augen. »Darf ich Ihnen . . . etwas anbieten?« fragte sie und machte eine entwaffnend hilflose kleine Geste.

»Ah-hm.«

»Ah!« sagte G'Kar aufgeschreckt. »Das ist meine Assistentin, Na'Toth.«

»Sehr erfreut«, nickte Semana und wandte sich von Na'Toth ab. »Botschafter, ich habe erst vor kurzem die wundervolle Kunst der Narn entdeckt. Haben Sie einen Lieblingskünstler?«

Na'Toth starrte fassungslos, als sich Semana bei G'Kar unterhakte und mit ihm davonspazierte. Die junge Frau himmelte den Botschafter förmlich an, und er genoß es. Am anderen Ende des Raumes erspähte die Narn Londo Mollari, der das Paar mit bösen Blicken verfolgte. *Sieh an,* dachte sie zugleich verbittert und amüsiert, *sie ist ja sehr fleißig gewesen.*

Vir war ausgesprochen erleichtert, als er ihre Gastgeberin Arm in Arm mit dem Botschafter der Narn entdeckte. Sie schenkte ihm ihre ganze Aufmerksamkeit. Londo war von der jungen Frau völlig gefangen, und er hatte seine Kleidung für den Abend besonders sorgfältig ausgesucht, um Eindruck auf sie zu machen. In seinem eleganten königsblauen Brokatmantel mit den Satinmanschetten sah er wirklich beeindruckend aus, und den anwesenden Centauri-Damen war das nicht entgangen. Aber er schüttelte sie von sich ab wie lästige Insekten und hatte nur Augen für die Gastgeberin.

Vir seufzte. Für eine Centauri war nichts verlockender als ein Mann, der ihr keine Beachtung schenkte. *Ich schätze, so manifestiert sich der Eroberungstrieb der Frauen.* Unter anderen Umständen wäre Londo von der Aufmerksamkeit begeistert gewesen. *Ich mißgönne ihm seine Eroberungen nicht,* dachte Vir ergeben. *Es ist nur ... Na ja, vielleicht gefällt mir nicht, daß er so großen Erfolg bei den Frauen hat. Er sollte sich jetzt lieber auf andere Dinge konzentrieren als sein Liebesleben.*

Ja, er war in der Tat eifersüchtig. Eine Ewigkeit war vergangen, seit ihn eine Frau so angesehen hatte wie Semana MacBride Londo vorhin. Wenn es überhaupt jemals eine getan hatte. Er lächelte. *Freilich ist es auch schon eine Weile her, daß jemand Londo so angesehen hat, wie Semana G'Kar jetzt ansieht.*

Einen Augenblick lang traf sein Blick auf den Na'Toths, und er wußte, daß sie sich wünschte, die Frau würde sich mit Londo abgeben. Er verbeugte sich kurz und sah, wie ihre Augen blitzten. *Wie seltsam,* dachte er. *Das ist das erste Mal seit ich auf* Babylon 5 *angekommen bin, daß zwischen Narn und Centauri eine vollkommene Übereinstimmung besteht. Und sie betrifft unseren gemeinsamen Wunsch, diese menschliche Verführerin würde verschwinden.*

Vir zuckte leicht mit den Schultern und grübelte über die Launen des Schicksals nach. *Ich frage mich, ob wir aus dieser Einigkeit etwas machen können.*

Garibaldi beobachtete, wie sich Semana bei G'Kar unterhakte und mit ihm wegging, während Na'Toth zurückblieb und den entblößten Rücken der Frau mit ihren Blicken durchbohrte. Ihm war völlig klar, was G'Kar so gefangennahm. Semana trug einen glitzernden, hautengen schwarzen Anzug mit tiefem Ausschnitt vorne und noch tieferem Ausschnitt hinten. Der mit Pailletten besetzte Mantel aus feiner schwarzer Gaze darüber ließ ihre perfekte Figur noch zarter aussehen. Ihre glänzenden dunklen Haare flossen fast bis zu den Hüften über ihre Schultern. *Solche Frauen müßten ein Schild tragen,* sinnierte Garibaldi. *Vorsicht! Der Inhalt gefährdet Ihre geistige Gesundheit!* Freilich, wenn Semana MacBride G'Kar verletzen würde, dann würde Na'Toth sie mit Freuden in Stücke reißen. *Also das wäre wirklich ein diplomatischer Zwischenfall, den ich aufklären könnte.* Manchmal machten die wahrlich fremdartigen Außerirdischen weniger Schwierigkeiten als die Menschen ...

Als er zu ihnen hinüberging, hatten G'Kar und Semana ihre Köpfe zusammengesteckt wie zwei Teenager bei ihrer ersten

Romanze. Sie nahm G'Kars große Hand in ihre beiden kleinen und streichelte seine Finger und sein Handgelenk mit ihren Daumen.

»Entschuldigen Sie bitte, Botschafter! Miss MacBride, könnte ich Sie kurz sprechen?« Garibaldi bedeutete ihr, ihm zu folgen.

»Worum geht es, Garibaldi?« wollte G'Kar wissen. Er war offensichtlich bereit, den Sicherheitschef auf seinen Platz zu verweisen.

»Es ist ... etwas Privates«, erklärte Garibaldi.

»Schon in Ordnung, Botschafter«, sagte Semana und lächelte ihn dankbar an. »Ich denke, ich weiß schon, worum es geht.« Sie schenkte auch Garibaldi ein verhaltenes Lächeln und ging mit ihm in eine ruhigere Ecke. Sie wandte sich ihm zu und legte zärtlich einen Finger an seine Wange. »Sie sehen ja ganz verändert aus, Chief Garibaldi. Sehr modern.« Sie küßte ihre eigene Fingerspitze und berührte kurz sein Gesicht damit. »Besser?«

Garibaldi spürte, wie sein Gesicht heiß wurde, und er beschloß, nicht weiter darüber nachzudenken, ob die Berührung das ausgelöst hatte oder etwas weniger Angenehmes. »Nett«, meinte er und stemmte die Hände in die Seiten. »Ich hätte da ein paar Fragen an Sie.«

Sie verschränkte die Arme vor der Brust, so daß sie ihren Busen auf sehr attraktive Weise einrahmten. Dann zog sie eine Augenbraue hoch und fragte: »Bitte?«

»Ich habe ein paar Nachforschungen angestellt und dabei einen interessanten Vorfall im Zusammenhang mit Ihren geschäftlichen Aktivitäten ausgegraben.«

Er beobachtete ihr Gesicht genau.

»Ich weiß genau, was Sie meinen«, erklärte Semana voll gelassener Würde. »Sie haben sicher auch gehört, daß ich vom Vorwurf des Betrugs freigesprochen wurde.« Als wollte sie ihn zum Widerspruch herausfordern, sah sie ihm tief in die Augen.

»Richtig, aber der Fall liegt immer noch beim Zivilgericht.«

»Unsere Anwälte kümmern sich darum. Ich bin sicher, das Verfahren wird eingestellt.« Sie spitzte die Lippen und neigte ihren Kopf abwechselnd nach links und rechts. »Ich habe kein Verbrechen begangen«, erklärte sie, »nur eine Dummheit.«

»Wie bitte?« Garibaldis Stimme, Gesichtsausdruck und Körperhaltung verrieten seine Skepsis. »Sie haben Ihrem Kunden zwei Bilder, die zusammen vielleicht vierzigtausend Krediteinheiten wert waren, für fünfhunderttausend verkauft und nennen das eine Dummheit?«

»Ja.« Sie erwiderte selbstsicher seinen Blick. »Ich habe eine Regel gebrochen. Mein Lehrer hat mich gewarnt: Verkaufe nie, nie einem Kunden Kunst als bloße Geldanlage! Kunden, die Geld anlegen wollen, schickst du zur Börse.« Semana zuckte mit den Schultern. »Aber dieser Kerl hat nicht nachgegeben, fragte mich um Rat. Ich wußte, daß ihn irgend jemand, irgendwo zum Kauf bewegen würde. Also habe ich mir gedacht, wieso nicht ich? Und als ich ihm diese Bilder verkauft habe, war der Maler wirklich ein heißer Tip. Eigentlich müßten sie inzwischen das Doppelte des Kaufpreises wert sein. Aber«, sie zuckte erneut mit den Schultern und lächelte wehmütig, »so ist das eben. Ich habe ihn damals nach bestem Wissen und Gewissen beraten.« Semana strich mit ihrem Finger den Lederstreifen an seiner Uniform entlang. »Ich bin eben keine Glücksfee, wissen Sie.«

»Ihm haben Sie jedenfalls kein Glück gebracht«, pflichtete ihr Garibaldi bei. »Und hier auf *Babylon 5* werden Sie so etwas doch nicht versuchen, oder?« Seine Augen sprachen von den Konsequenzen, und er konnte sehen, wie sie kurz überlegte. Dann trat er ganz nah an sie heran und sagte: »Ich würde es sehr persönlich nehmen, wenn Sie einen der Botschafter blamieren.«

»Ich bin hier, um Kunstwerke zu verkaufen, wenn sich die Gelegenheit ergibt«, zischte sie. »Es steht Ihnen nicht zu, mich vor rechtmäßigen Geschäften zu warnen.«

»Die Rechtmäßigkeit macht mir ja gerade Sorgen«, entgegnete

Garibaldi und schob die Hände in die Hosentaschen. »Ich bin mir nicht sicher, ob Sie wirklich wissen, was das Wort bedeutet.«

Semana gab einen aufgebrachten Zischlaut von sich, rollte mit den Augen und blickte zur Seite. »Sehen Sie, ich habe Ihnen das bereits erklärt. Es war nur ein unglücklicher Zufall. Ein gieriger Kunde hat mich so lange bedrängt, bis ich einen Fehler gemacht habe.« Sie sah ihn wieder an. »Glauben Sie mir, ich habe meine Lektion gelernt. Wenn ich in diesem Geschäft überleben will, werde ich bestimmt nicht noch einmal einen solchen Fehler machen. Also«, sie stützte die Hände in die Hüften, »wenn unser Gespräch damit beendet ist, habe ich Ihre ...« sie legte den Kopf schief und suchte nach dem passenden Wort, »... Erlaubnis, mich wieder um meine Gäste zu kümmern?«

Er nickte höflich, und sie wandte sich zum Gehen.

»Aber ich werde Sie im Auge behalten.«

»Nun«, erwiderte sie ruhig, »ich werde mir Mühe geben, nicht langweilig zu sein.«

Garibaldi drehte sich um und sah zu, wie sie zu G'Kar zurückschwebte, der ihm einen bösen Blick zuwarf. *Wenn du weiterhin so herumläufst, MacBride,* dachte er und unterdrückte ein Lächeln, *wird es mir Spaß machen, dich zu beobachten.*

»Worum ging es?« fragte G'Kar vertraulich.

»Gar nichts, wirklich«, antwortete Semana und lächelte wissend. Sie hakte sich wieder bei ihm unter und schmiegte sich an ihn. »Ich glaube, er mag mich.« Sie lächelte den Narn von unten herauf an und lud ihn ein, mit ihr über diesen Witz zu lachen. »Aber anscheinend weiß er nicht, wie er es mich wissen lassen kann, ohne anzudeuten, daß es vielleicht zu einer Verhaftung kommt.«

G'Kar lachte mit ihr, aber mit den Augen verfolgte er den Sicherheitschef auf seinem Weg durch die Menge. Haß keimte in ihm auf.

»Es wird langsam Zeit, oder?« fragte Garibaldi Sheridan.

Der Captain war sichtbar nervös und trank einen Schluck Champagner, ehe er antwortete. »Ich warte, bis das Publikum genug gegessen und getrunken hat. Dann sind sie weniger kritisch.«

»Aufgeschoben ist nicht aufgehoben, Sir.« Garibaldi zuckte mit den Schultern. »Sie müssen sich sagen: besser als eine Schlacht. Die Leute hier können wenigstens nicht zurückschießen.«

»Warum bloß kommt mir das ganz anders vor?« fragte Sheridan.

»Haben Sie denn kein Vertrauen zu Ihrer eigenen Redekunst?« fragte Franklin, der zu ihnen stieß.

»Richtig erkannt.« Der Captain gab dem Doktor sein Note-Pad.

Franklin schaltete das Gerät ein und sah den gespeicherten Text durch. »Hm«, brummte er und verzog das Gesicht. Als er das Gerät zurückgab, machte er eine resignierte Geste.

»Und?« wollte Sheridan wissen.

»Sehr kurz«, erklärte Franklin. »Das gefällt mir.«

»Kann ich mal sehen«, fragte Garibaldi. Er las die Rede durch und gab Sheridan seinen Computer zurück. Dann schob er die Hände in die Hosentaschen und machte ein unbeteiligtes Gesicht.

»Und?« Der Captain klang verunsichert. »Ich denke, wenn es da ein Problem gibt, sollten Sie mir das zumindest sagen.«

»Ihnen was sagen?« fragte Ivanova, die einen vollbeladenen Teller balancierte.

»Meine Rede«, erklärte Sheridan und hielt ihr sein Note-Pad hin.

Sie zögerte kurz, dann nahm ihr Garibaldi zuvorkommend Teller und Gabel ab. Während Ivanova den Text studierte, aß er von ihrem Teller. »Eine gute Rede«, erklärte sie schließlich und gab dem Captain sein Gerät zurück. »Ich wüßte wirklich nicht, was mit dieser Rede nicht stimmen sollte. He!« Sie riß Garibaldi ihren Teller aus der Hand. »Gabel!«

Der Sicherheitschef gab sie ihr mit einem dümmlichen Grinsen zurück. »Sie haben so viel gemeinsam«, murmelte er zu Franklin. »Das ist wahrscheinlich der Grund.«

»Wofür?« fragten Captain Sheridan und Commander Ivanova im Chor.

»Gut«, meinte Sheridan dann, »was gefällt Ihnen nicht an meiner Rede?«

Franklin und Garibaldi tauschten einen Blick.

»Also«, begann Franklin vorsichtig, »es könnte nicht schaden, sie ein wenig aufzupeppen.«

»Ein oder zwei Witze, um das Publikum zu gewinnen«, ergänzte der Sicherheitschef.

»Ein Witz?« fragte Sheridan ungläubig.

»Oder zwei.« Garibaldi zuckte die Achseln und sah Franklin an, der nickte.

»Großartig!« brummte Sheridan. »Das ist wirklich der richtige Zeitpunkt, um mir das zu sagen.«

»Sie haben sie uns ja nicht früher gezeigt«, argumentierte Franklin.

»Ihnen wird schon was einfallen«, versicherte ihm Garibaldi. »Und wenn nicht, die Rede ist wirklich ganz in Ordnung.«

»Mit ein bißchen Humor gewürzt, wäre sie allerdings noch besser«, meinte Franklin.

»Großartig!« murmelte der Captain und stapfte davon.

»Wozu hat man schließlich Freunde?« fragte Garibaldi.

Sheridan stand am Rednerpult und blickte in ein Meer von Gesichtern. *Das ist kein richtiges Meer,* sagte er zu sich selbst. *Es sind höchstens fünfzig Leute hier, also eher ein Teich.* Er grinste, und das Publikum starrte ihn an. Die meisten blickten drein, als wollten sie sagen: »Mach schon!« Seine Offiziere nickten ihm ermutigend zu, fingen an zu klatschen und lächelten.

Ein Witz, schoß es ihm durch den Kopf. Da fiel ihm einer ein.

»Guten Abend, meine Damen und Herren. Ich heiße Sie willkommen zur Enthüllung des Geschenkes, das die Intergalaktischen Versicherung *Babylon 5* heute überreichen will.« Er machte eine Pause für das höfliche Klatschen. »Wissen Sie, wenn eine Statue enthüllt wird, muß ich immer an diesen Witz denken, den ich als Junge mal gehört habe. In der antiken Mythologie der Erde gibt es ein Liebespaar, Daphnis und Chloe. Die beiden waren so glücklich miteinander, daß die Götter neidisch wurden und beschlossen, sie zu bestrafen. Als sie eines Tages wieder mal ein Rendezvous hatten, wurden sie in Bäume verwandelt, gerade so weit voneinander entfernt, daß sie sich nicht berühren konnten. Also wurden sie von da an immer als zwei Menschen dargestellt, die sich nacheinander sehnen, sich aber nicht berühren können. Nun«, immer mehr Zuschauer traten gelangweilt von einem Bein auf das andere, »schließlich bereuten die Götter ihre Tat und verwandelten die Statuen der beiden in lebendige Menschen. Und als erstes schnappten sich die beiden eine Taube, verschwanden im Gebüsch und riefen: ›Ich zuerst! Ich zuerst!‹«

Die Menschen kicherten höflich, und einen langen Augenblick später taten es ihnen die verwirrten Außerirdischen gleich.

Ich schätze, das ist der Beweis dafür, daß Humor nicht universell ist, dachte Sheridan. Er starrte Franklin und Garibaldi an, die ihre Augen aufrissen und mit den Schultern zuckten. Dann brachte er seine Rede rasch zu Ende, wie er sie aufgesetzt hatte.

Semana und G'Kar standen Arm in Arm direkt neben der verhüllten Statue. Sein Gesicht war dicht an ihrem, als sie ihm etwas zuflüsterte. Plötzlich lachte er laut und lange, gerade als Sheridan sagte: »... Frieden in der heutigen Zeit.« Alle drehten sich um, aber der Captain sprach tapfer weiter. Na'Toth, die in der Nähe stand, starrte G'Kar entsetzt an.

»Semana hat mir gerade den Witz von Captain Sheridan erklärt«, sagte der Botschafter. »Er ist wirklich sehr, sehr komisch.«

Na'Toth starrte nun Semana an. »Vielleicht können Sie ihn mir ja nach der Zeremonie erklären«, bemerkte sie spitz.

G'Kar tätschelte voller Zuneigung Semanas Hand. »Spielverderber«, sagte er fröhlich, und Semana kicherte. Na'Toth erstarrte für einen Moment, ehe sie sich brüsk umdrehte und ging.

In diesem Augenblick zog Captain Sheridan an der Schnur, und die Plane rutschte von der Statue. Vier Figuren wurden sichtbar. Zwei hielten eine sich drehende Kugel in die Höhe, die sich nacheinander in verschiedene Planeten verwandelte: in die Erde, den Heimatplaneten der Narn, schließlich in Centauri Prime. Die anderen beiden Gestalten schienen sich nach der Kugel zu strecken. Alle vier Figuren trugen weite Umhänge, die es unmöglich machten, ihr Geschlecht zu bestimmen. Ihre Köpfe waren von Kapuzen verhüllt, so daß man nur vage die Gesichter erkennen konnte. Unklar blieb, wo ihre Ohren saßen, welche Form ihre Schädel hatten oder ob sie Haare oder einen Knochenkranz besaßen. Die zwei Figuren, die sich nach der Kugel streckten, waren kleiner und schmaler, ihre langfingrigen Hände feiner gebildet als die der anderen beiden. Einige der mehr ästhetisch empfindenden Gäste bemerkten, daß die kleineren Figuren realistischer und lebensechter wirkten. Ein Drazi murmelte, daß sie von einem anderen Künstler stammen müßten.

»Der Name der Skulptur«, rief Sheridan, während die Menge applaudierte, »ist ›Frieden und Einheit‹.«

Einen Augenblick später bemerkte Semana, daß G'Kar nicht mit den anderen Gästen klatschte. Sie sah zu ihm hinüber und stellte fest, daß er das Bildnis angeekelt anstarrte. »Was ist los?« flüsterte sie.

»Das sind T'llin«, erklärte er leise.

»Was?« Sie runzelte verwirrt die Stirn.

»Diese Figuren ... das sind T'llin«, seine Stimme klang immer zorniger.

»Ich dachte, das wären angedeutete Humanoide.« Semana

zuckte mit den Schultern. »Sie wollen behaupten, daß es ein Volk gibt, das tatsächlich so aussieht. Wie ... interessant.« Sie grinste. »Die armen Leute. Besonders schön sind sie nicht gerade.«

Sie drehte sich um und lächelte den Botschafter an, aber er befreite sich von ihrem Arm und starrte sie an.

»Sie sind beleidigt!« rief sie und versuchte ihn zu berühren. »Ich gebe Ihnen mein Wort, Botschafter. Ich würde Sie nie wissentlich beleidigen. Ehrlich, ich wußte nichts von diesen Tell, Till ...«

»T'llin!« schnaubte G'Kar.

Semana blickte von der Statue zu G'Kar. Sie richtete sich auf und hob das Kinn. »Welche sind es? Ich werde sie entfernen lassen.«

»Das würden Sie tun?« fragte der Botschafter erstaunt.

Sie drehte sich um und sah ihm in die Augen. »Natürlich.« Dann zuckte sie mit den Schultern. »Wie schwierig es sein wird, hängt davon ab, welche es sind.« G'Kar deutete auf die beiden äußeren Gestalten, und Semana sackte erleichtert in sich zusammen. »Kein Problem, Botschafter ...«

»G'Kar.«

»G'Kar«, murmelte sie und lächelte ihn von unten herauf an. »Das sind nicht diejenigen, von denen die Kugel hochgehalten wird, wie Sie sehen. Ich verspreche Ihnen, morgen sind sie verschwunden.«

Sergeant Midori Kobiyashi war der Botschafterin der Minbari schon eine ganze Weile gefolgt. Sie näherte sich ihr so vorsichtig, als wäre Delenn ein seltener Vogel, der wegfliegen könnte, wenn sie näher kommen würde.

Schließlich erregte sie Delenns Mitleid, die sich umdrehte und Midori ansah. »Wollten Sie mich sprechen?« fragte sie behutsam.

»Äh. Ja, Botschafterin.« Nun, da sie tatsächlich mit der Minbari sprach, war sie noch aufgeregter.

»Es gibt keinen Grund, mich zu fürchten«, versicherte ihr Delenn. »Ich beiße nicht.«

Midori lachte und lief rot an. Sie fühlte sich in ihre Kindheit auf Nippon versetzt und verbeugte sich leicht. »Ich habe mich gefragt«, berichtete sie mit gefalteten Händen, »ob Sie mir die Ehre erweisen würden, die Tee-Zeremonie für Sie durchzuführen. Und für Ihren Assistenten«, fügte sie rasch hinzu.

Delenn war ein wenig überrascht. Normalerweise wurde sie nicht von Menschen zu einer Erfrischung eingeladen. Und wenn doch, dann bezeichneten sie es nicht als Ehre; es handelte sich meistens um diplomatische Anlässe.

»Eine Tee-Zeremonie«, wiederholte sie. *Zeremonie,* dachte sie. Die Menschen gestalteten solche Dinge im allgemeinen nicht besonders ästhetisch.

»Bitte, Botschafterin«, beharrte Midori ernst. »Es würde mir sehr viel bedeuten.«

Delenn verbeugte sich anmutig. »Ich würde gerne teilnehmen.«

»Vielen Dank«, antwortete Midori schlicht und erwiderte die Verbeugung. »Vielleicht wären Sie so freundlich, in Ihrem Terminplan nachzusehen und mir mitzuteilen, wann es Ihnen gelegen wäre«, schlug sie vor. »Es wird mindestens zwei Stunden dauern, vielleicht auch länger.«

»Natürlich. Lennier wird sich mit Ihnen in Verbindung setzen. Soll ich irgend etwas vorbereiten?«

»Nein, nein. Sie müssen nichts mitbringen oder vorbereiten. Ich werde mich bemühen, das zu einem besonderen Erlebnis für Sie zu machen.« Damit verbeugte sie sich noch einmal. Als sie zu ihren neugierigen Freunden zurückkehrte, sah sie aus, als hätte man ihr eben die Welt zu Füßen gelegt.

Delenn und Lennier tauschten einen Blick.

»Ich werde mich erkundigen«, erklärte Lennier.

Delenn nickte.

9

Nach der Feier hatte Semana ein paar Drazi-Arbeitern befohlen, die Statue wieder zuzudecken. Jetzt kehrte sie nach einem ausgiebigen Flirt mit dem Botschafter der Narn, der ihr eine Einladung zum Abendessen und eine kurze Ruhepause eingebracht hatte, an den Ort des Geschehens zurück. Es war kurz nach Mittag, während der zweiten Wache, und um diese Zeit waren die Parkanlagen gewöhnlich verwaist. Die Leute kehrten jetzt auf ihre Posten zurück und konzentrierten sich auf ihre Arbeit, anstatt aus dem Fenster zu schauen oder herumzuspazieren.

Semana hob eine der beschwerten Ecken der Schutzhülle und schlüpfte darunter. Sie stellte den Koffer ab, den sie mitgebracht hatte, und kletterte auf den Sockel. Durch die Plane drang ein wenig Licht, und sie musterte die starren Gesichter der Statuen, dann schüttelte sie verwundert den Kopf. Sie stellte sich auf die Zehenspitzen und flüsterte der Statue neben ihr etwas ins Ohr.

Einen Augenblick lang geschah gar nichts, und Semana runzelte leicht die Stirn. Dann erbebte die Statue leicht – die zarte Bewegung wäre einem weniger aufmerksamen Beobachter sicher entgangen. Semana seufzte erleichtert auf.

»Uh!« keuchte die Statue.

»Pst!« zischte Semana beruhigend. »Es ist alles in Ordnung. Aber Sie müssen ganz leise sein.« Dann schlüpfte sie zwischen den beiden Figuren hindurch, die die Kugel trugen, und flüsterte auch der zweiten freistehenden Statue etwas ins Ohr. Anschließend kehrte sie zu der Gestalt zurück, die sie zuerst aufgeweckt hatte, und entfernte die Schminke von ihrem Gesicht, außerdem die glatten Augenklappen und die Plastikteile, die ihr ein verschwommenes Aussehen verliehen hatten. Als nächstes schnitt sie das Kunststoffkleid weg, das den Körper verborgen hatte.

»MacBride«, stöhnte die kleinere Gestalt, die noch in ihrer Verkleidung gefangen war, »ich kann nichts sehen!«

»Ruhe!« schimpfte Semana mit gedämpfter Stimme. »Ich komme gleich. Es wird alles gut werden. Bleiben Sie nur ruhig!«

»Helfen Sie meiner Schwester!« murmelte der Mann. »Den Rest schaffe ich schon alleine.«

Semana musterte sein schläfriges Gesicht und entschied, daß er wußte, wovon er sprach. Also schlüpfte sie wieder zwischen den beiden anderen Figuren hindurch und kümmerte sich um die Frau. Kurze Zeit später, als beide befreit waren, half sie ihnen von dem Sockel herunter und sich hinzusetzen, damit sie sich von ihrer Winterstarre ein wenig erholen konnten.

Die leichte Plastikverkleidung, die Semana um die beiden T'llin herum geformt hatte, um sie zu stützen und wie einen Teil der Skulptur aussehen zu lassen, zerbrach unter ihren Händen, und von den beiden falschen Figuren blieb keine Spur. Sie hob gewissenhaft die Bruchstücke auf und legte sie auf einen Haufen. Dann wandte sie sich an ihre Kunden. »Geht es Ihnen gut?« Beide nickten erschöpft. »Gut.« Sie öffnete ihren Koffer und warf beiden ein paar seidige Kleidungsstücke zu. »Ich werde Sie als Minbari tarnen«, erklärte sie und zog einen Knochenkranz aus Kunststoff hervor. »Ich habe hier einen Plan der Station. Damit finden Sie den Weg in die Unterwelt. Und zwei Kreditchips. Jeder ist tausend Krediteinheiten wert.«

»Tausend Krediteinheiten!« wiederholte die Frau ungläubig. »Ist das alles?«

Semana zog eine Augenbraue hoch. »Die T'llin-Währung steht auf *Babylon 5* nicht besonders hoch im Kurs«, erklärte sie kühl.

»Entschuldigen Sie«, sagte der Mann. »Wir wollten Ihre Ehre nicht in Frage stellen.«

Die Frau schloß die Augen und öffnete sie dann wieder ganz langsam. »Wie auch immer, wenn Sie bei der Umrechnung einen

Fehler gemacht haben«, sie legte besonderen Nachdruck auf das Wort »Fehler«, »dann werden wir uns mit Ihnen in Verbindung setzen, um das Problem zu besprechen.« Sie lächelte kalt, so daß ihre spitzen weißen Zähne sichtbar wurden.

Wieso habe ich auf Frauen immer diese Wirkung? fragte sich Semana.

»Olorasin, meine Schwester«, sagte der Mann, »unsere Freundin hat uns durch viele Gefahren gebracht. Es ist undankbar, jetzt ihre Rechtschaffenheit in Frage zu stellen.«

»Phina, mein Bruder«, erwiderte die weibliche T'llin, »ich glaube nicht, daß Rechtschaffenheit zu den Tugenden von Schmugglern zählt.« Sie lächelte Semana an, und diesmal leuchteten ihre schwarzen Augen vergnügt. »Ich glaube, gerade deshalb ist sie in ihrem Beruf so erfolgreich.«

Semana rümpfte die Nase und verbeugte sich knapp. Sie hob einen Topf mit blaßrosafarbener Theaterschminke auf. »Wer will zuerst?«

Eine dreiviertel Stunde später schlüpfte Semana, gefolgt von zwei großen, schlanken Minbari, unter der Plane hervor.

»Also, damit endet unsere Zusammenarbeit«, erklärte sie. »Ich wünsche Ihnen alles Gute bei Ihren Unternehmungen«, sagte sie freundlich. Schließlich kostete sie Freundlichkeit nichts, und die Narn waren tatsächlich gemeine Hundesöhne, wie sie aus eigener Erfahrung wußte.

»Vielen Dank«, erwiderte Olorasin sichtlich überrascht. »Auch Ihnen alles Gute.«

»Das wünsche ich Ihnen ebenfalls«, ergänzte Phina.

»Vielen Dank«, erwiderte Semana und ging fort, ohne sich noch einmal umzusehen. *Nette Leute,* dachte sie, *zu schade, daß man ihnen in den Hintern treten wird.* Aber das war das unausweichliche Schicksal netter Leute, und darum wollte sie auf keinen Fall eine von ihnen werden.

Lennier ging ein wenig schneller, schien aber trotzdem nicht in Eile zu sein. Er wollte lediglich Garibaldi einholen, der sich am Ende des Ganges dem Lift näherte.

»Guten Morgen«, grüßte er.

Garibaldi drehte sich um, als er die ruhige Stimme erkannte, und lächelte den jungen Minbari an.

»Hallo«, erwiderte er fröhlich den Gruß und wartete, bis Lennier ihn eingeholt hatte. »Wie hat Ihnen die gestrige Zeremonie gefallen?«

»Sie war sehr interessant«, antwortete Lennier höflich und hielt mit dem Sicherheitschef Schritt. Dann fuhr er etwas mutiger fort: »Genau wie die reizende Dame, die sie uns beschert hat.« Er sah Garibaldi von der Seite an.

Der Sicherheitschef spitzte seine Lippen und musterte Lennier. »Stimmt«, pflichtete er ihm vorsichtig bei.

»Anscheinend hat die Statue den Botschafter der Narn beleidigt, obwohl ihn die Dame ganz gefangen hat«, erklärte Lennier vollkommen leidenschaftslos.

»Das ist kein Wunder«, meinte Garibaldi beiläufig, »wenn man bedenkt, daß zwei der Figuren T'llin waren.«

»Sie sind fort.«

»Wer?« Garibaldi wandte sich dem Minbari zu. *G'Kar und Semana MacBride?* grübelte er. *Wenn sie ihn entführt hat, würde er dann überhaupt gerettet werden wollen?*

»Die beiden T'llin.«

Garibaldi hielt überrascht inne. »Sie meinen, sie hat die Statue zerteilt, um G'Kar nicht zu beleidigen?« hakte er nach. Wenn es einen Charakterzug gab, den er bei Semana MacBride nie vermutet hätte, dann wäre das Kompromißbereitschaft gewesen.

Lennier blieb ebenfalls stehen und sah ihn an. »Ich halte es für wahrscheinlicher, daß sie einfach fortgegangen sind.«

»Was soll denn das heißen?« wollte der Sicherheitschef wissen. Die Verwirrung stand ihm ins Gesicht geschrieben.

Lennier lächelte ihn nur geheimnisvoll an.

»Haben Sie mit Botschafter Kosh gesprochen?« fragte Garibaldi argwöhnisch.

»Sie sollten sich vielleicht näher mit der Dame beschäftigen«, riet ihm der Minbari. »Von solchen Leuten kann man sehr viel Interessantes lernen.«

»Interessantes«, wiederholte Garibaldi und schüttelte lächelnd den Kopf. »So kann man das auch nennen.« Er ging wieder weiter, und Lennier schritt erneut neben ihm her.

»Ich habe noch eine Frage«, meinte der Minbari und blieb abermals stehen. »Sergeant Kobiyashi hat die Botschafterin und mich zu einer Tee-Zeremonie eingeladen«, berichtete er und wartete auf eine entsprechende Reaktion von Garibaldi. »Anscheinend hielt sie die Angelegenheit für ausgesprochen wichtig, aber wir wissen nicht, worum es dabei geht. Ich weiß auch nicht, wo ich mit meinen Nachforschungen anfangen soll. Als ich den Computer danach gefragt habe, hat er mir einen Berg an Informationen über Tee gegeben. Es war einfach zuviel, um alles nach dem zu durchforsten, was ich tatsächlich brauche.«

Garibaldi hatte die Augenbrauen hochgezogen, als Lennier die Einladung von Sergeant Kobiyashi erwähnt hatte, obwohl er die Sache keineswegs zu mißbilligen schien. Lennier beruhigte sich ein wenig.

»Ich weiß mehr über Sergeant Kobiyashi als über die japanische Tee-Zeremonie«, erklärte der Chief zögerlich. »Sie ist absolut vertrauenswürdig. Darauf würde ich mein Leben verwetten. Was diese Teegeschichte anbelangt . . .«, er rieb sich nachdenklich das Kinn. »Das ist eine ziemlich steife Angelegenheit, ein wirklich wichtiger Teil der japanischen Kultur. Mit einer Menge Meditation und Symbolik und so.«

Garibaldi schüttelte den Kopf und zuckte mit den Schultern. »Ich habe keine Ahnung von dem Zeug, aber es ist eine große Ehre«, versicherte er dem Minbari.

»Vielen Dank«, antwortete Lennier zufrieden. »Die Botschafterin wird sehr erfreut sein, das zu hören.«

Also, dich auf Abstand von mir zu halten, wird mich voll und ganz beschäftigen, das sehe ich jetzt schon, dachte Semana. Sie drohte dem Botschafter der Narn spielerisch mit ihrem grazilen Zeigefinger und lehnte sich in ihrem Stuhl zurück. *Was für ein Glück, daß wir im Restaurant zu Abend essen. Wenn wir in deinem Quartier wären, würde ich jetzt flach auf dem Rücken liegen.* Das mochte zwar eine interessante Erfahrung sein, aber alles in allem wollte sie lieber über sie nachdenken, als sie wirklich zu erleben. Beziehungen zwischen Angehörigen verschiedener Rassen waren so eine Sache.

Sie waren im besten Restaurant, das *Babylon 5* zu bieten hatte, eine Oase der Eleganz in dieser Stadt der Maschinen. Die hohe Decke gab dem schmalen Raum die Illusion von Weite, während üppige Pflanzen und gedämpftes Licht dem Ort eine intime Note verliehen. Die Preise waren beeindruckender als die Küche.

»Was halten Sie von der . . . Kunst der Centauri?« fragte Semana vorsichtig.

Das vertrauliche Lächeln verschwand schlagartig aus G'Kars Gesicht.

»Ich mag nichts, was von den Centauri kommt«, erklärte er düster. Dann lächelte er wieder. »Wechseln wir doch das Thema und sprechen von angenehmeren Dingen«, schlug er vor und griff wieder nach ihrer Hand.

»Verzeihen Sie mir«, bat sie mit einem entschuldigenden Lächeln. Sie senkte den Kopf und blickte durch ihre langen Wimpern zu ihm auf. »Aber mir ist da ein Gedanke gekommen. Wenn der Botschafter der Narn einige seltene und wertvolle Kunstobjekte der Centauri besitzen würde . . .« Sie verstummte.

»Ja?« drängte sie G'Kar fortzufahren und runzelte die Stirn. »Sprechen Sie weiter!«

»Nun ja, das könnte einen enormen psychologischen Effekt auf sie haben. Sie kennen doch den lächerlichen Stolz der Centauri.«

Für den Bruchteil eines Augenblicks machte der Narn ein Gesicht, als wäre er von innen erleuchtet worden. Dann drehte er den Kopf und sah sie mißtrauisch an. »Haben Sie so etwas?«

Semanas Augenbrauen zuckten, sie trank einen Schluck Wein und lächelte ihn schüchtern an. »Vielleicht. Ich wollte nur wissen, was Sie von der Idee halten.« Sie beugte sich vor und verschränkte die Arme auf dem Tisch. »Also, sagen Sie mir, was halten Sie davon?«

»Ich denke, das ist eine sehr interessante Idee«, stellte G'Kar ernst fest. »Aber es müßte schon etwas ganz Besonderes sein.« Er senkte die Stimme. »Ich frage Sie noch einmal, haben Sie so etwas?«

Semanas Blick folgte ihrem Finger, während sie auf dem Tisch einen runden Wasserfleck nachzeichnete. *Hab dich!* Dann sah sie zu G'Kar hoch und beugte sich noch näher zu ihm hinüber. »Ja«, flüsterte sie.

Einen Moment lang sahen sie einander tief in die Augen, dann leckte sich G'Kar die Lippen. »Ich würde es gerne sehen«, erklärte er begierig.

Semana lehnte sich in ihrem Stuhl zurück und sah ihr Gegenüber mit zusammengekniffenen Augen an. »Ich kenne Sie eigentlich kaum.« Sie schüttelte den Kopf. »Und ich bezweifle, daß Sie es sich leisten können.«

»Könnte ich es einfach nur sehen?« fragte er. Bei der Drohung, ihm einen Strich durch die Rechnung zu machen, explodierte die Habsucht wie eine Bombe in ihm.

Semana spitzte die Lippen und ließ ihren Blick durch den eleganten Raum schweifen. Dann schüttelte sie leicht den Kopf, so daß ihre Ohrringe in der Bewegung aufblitzten. »Ich hätte das nicht erwähnen dürfen. Das war unfair«, sagte sie und sah ihn voller Mitleid an. »Das würde Ihre Möglichkeiten in der Tat überschreiten.«

G'Kar lehnte sich zurück und musterte sie genau. »Wenn dieser ... Gegenstand politisch bedeutsam wäre ...«, begann er vorsichtig.

»Oh, das ist er«, versicherte ihm Semana rasch. »Deswegen sprach ich davon.« Sie biß sich auf die Unterlippe und blickte den Botschafter mitfühlend an. »Ich dachte, Sie würden sich dafür interessieren.«

»Vielleicht könnte ich meine Regierung überreden, sich am Kaufpreis zu beteiligen«, verkündete er eifrig. »Ich könnte mich noch heute abend mit ihnen in Verbindung setzen. Aber ich muß es sehen.«

Sie schien sich zu recken, um einen Blick in die Runde zu werfen. Dann sah sie G'Kar offen an. »G'Kar«, sagte sie, »wir haben hier in der Öffentlichkeit schon mehr über diese Sache gesprochen als gut ist.«

»Was ist es?«

»Das kann ich Ihnen nicht sagen«, zischte sie angespannt.

»Geben Sie mir einen Tip.« G'Kar beugte sich vor. Er war voller Hingabe, wie ein Raubtier, das seine Beute in Schach hielt.

Sie rutschte nervös auf ihrem Stuhl hin und her. Mit einem entnervten Seufzer hob sie die Hände und deutete eine Spanne von etwa zwanzig Zentimetern an. »Es ist ungefähr so groß, so hoch.« Sie hielt in annähernd demselben Abstand eine Hand über den Tisch. Dann fuhr sie widerwillig fort: »Es ist aus Gold ...«

»Ist es mit einem roten Stein besetzt?«

»Etwa so groß«, bestätigte Semana und formte mit Daumen und Zeigefinger einen Kreis.

G'Kar atmete vor Erregung schneller. »Wollen Sie damit sagen, Sie haben ihren Reichs ...«

»Still!« fauchte sie. Ihre Augen blitzten. »Wie sind Sie nur

Botschafter geworden?« fragte sie ihn angewidert. »Wissen Sie nicht, was Diskretion ist?«

»Wie sind Sie an den ... Gegenstand herangekommen?« fragte er mißtrauisch.

»Ich bin nicht an ihn *herangekommen*«, erwiderte sie fast beleidigt. »Ich habe ihn *gekauft*. Wie er von seinem angestammten Platz verschwinden konnte, weiß ich nicht. Ich habe ihn aus dritter Hand.«

»Wie können Sie dann wissen, daß es das Original ist?« fragte G'Kar. Er lachte leise, schüttelte den Kopf und entspannte sich. »Sie müssen sich darüber im klaren sein, daß Sie womöglich eine Fälschung erworben haben«, sagte er. »Ein solcher Diebstahl könnte unmöglich verborgen bleiben. Arme Semana, Sie haben Ihr Geld verschwendet.«

»Erstens, ich kenne die Leute, die ihn mir verkauft haben, und vertraue ihnen. Niemand könnte sie reinlegen, und genausowenig würden sie mich betrügen. Sie haben einen Ruf zu verlieren. Und zweitens ... den Stein kann man nicht nachmachen.«

»Man kann alles nachmachen«, widersprach G'Kar rasch.

Semana lächelte wissend. »Nun, Sie müssen es ja wissen, Botschafter.«

»Und ich wiederhole, es war nie die Rede davon, daß die Centauri einen solchen Verlust ...«

»Pst!« unterbrach sie ihn. »Glauben Sie, sie würden so etwas mitten im Krieg öffentlich bekanntgeben? Würden *Sie* das tun?«

»Wie könnten sie es geheimhalten?« zweifelte G'Kar.

»Indem sie einfach noch ein wenig gewissenloser vorgehen als sonst«, erklärte Semana schlicht. »Gerade Sie sollten wissen, was das für Leute sind.«

»Ich will ihn sehen.« Er ballte unbewußt seine Hand zur Faust.

Einen Augenblick lang sah ihn Semana an, als wolle sie abschätzen, wie stark sein Interesse war. Sie hob ihr Weinglas an die Lippen, setzte es dann aber ab, ohne zu trinken. »Nicht heute abend.« Sie sah ihm direkt in die Augen. »Ich kann nicht. Ich habe ihn hergebracht, um ihn einem anderen Kaufinteressenten zu zeigen.«

G'Kar legte seine Stirn in Falten. »Wem?«

Semana blickte sich verzweifelt um, bis sie Londo Mollari entdeckte, der am anderen Ende des Raumes saß und sie mit großem Interesse beobachtete. Er prostete ihr zu. Sie lächelte ihn an und erhob ebenfalls ihr Glas, trank aber nicht.

G'Kars Gesicht wurde zu einer steinernen Maske.

»Mollari?« keuchte er. »Bitte. Sie müssen mir die Chance geben, sein Angebot zu überbieten. Die Narn werden Ihren Namen in ewiger Dankbarkeit verehren.« Er griff nach ihr. »Geben Sie mir eine Chance!«

»In Ordnung«, räumte sie widerwillig ein. »Eine Chance. Und jetzt, lassen Sie uns von etwas anderem sprechen.«

G'Kar platzte aufgeregt in sein Büro, und Na'Toth ließ vor Schreck die Datenkristalle fallen, die sie gerade sortieren wollte. »Was machen Sie hier?« wollte er wissen. Ihre unerwartete Anwesenheit verwirrte ihn.

»Ich arbeite«, erklärte Na'Toth ruhig. *Wie, glauben Sie, entsteht über Nacht die Ordnung auf Ihrem Schreibtisch? Dachten Sie, der Geist der aufgeräumten Schreibtische stattet Ihnen jeden Tag einen Besuch ab?* Ihr war nicht entgangen, wie erregt er war. »Wie war Ihr Abend, Botschafter?« Ihre Stimme sprühte regelrecht vor Mißbilligung.

G'Kar öffnete den Mund, um ihr alles zu erklären, schloß ihn aber sofort wieder. Er wußte, was auch immer er ihr erzählen mochte, sie würde ihm bloß zur Vorsicht raten. *Trotzdem, wenn ich es nicht irgend jemandem erzähle, platze ich.* Er lehnte sich über den Schreibtisch zu seiner Assistentin hinüber. »Es besteht die Möglichkeit, daß ich einen Gegenstand erwerben kann, der so wertvoll ist, daß sein Verlust für seine Eigentümer eine Katastrophe wäre. Und wenn bekannt würde, daß er sich in unseren Händen befindet, wäre das so bedeutend, als hätten wir eine wichtige Schlacht gewonnen.« Er bebte vor Aufregung. Gierig erwartete er, daß Na'Toth ihn voller Ehrfurcht ansah.

Sie ließ ihren Kopf auf die Tischplatte sinken, verharrte dort einen Augenblick reglos und schlug schließlich drei- oder viermal die Stirn gegen den Tisch, ehe sie zu G'Kar aufblickte.

»Wie können Sie nur so leichtgläubig sein?« fragte sie scharf. »Ich wußte ja, sie führt etwas im Schilde. Wieviel verlangt sie von Ihnen?«

G'Kar war vollkommen verblüfft. »Gar nichts. Tatsächlich konnte ich sie nur mit Mühe dazu überreden, mir den Gegenstand zu zeigen.«

Na'Toth sah gequält aus, während sie sich bemühte, den Botschafter nicht einen Idioten zu schimpfen. »Und was ist das für ein ... Ding, das so wertvoll ist?«

»Der Reichsapfel der Centauri!« Er trat einen Schritt zurück, um die volle Wirkung seiner Worte auskosten zu können.

»Sind Sie verrückt?« Na'Toth sprang auf und beugte sich über den Tisch zu ihm hinüber. Ihr ganzer Takt war dahin. »Das ist unmöglich! Wie sollte sie, ein Niemand, jemals einen solchen Gegenstand in ihren Besitz bringen? Die Centauri sind lange nicht so dämlich, wie wir geglaubt haben, Botschafter. Der Beweis sind all jene von uns, die ihr Leben durch sie verloren haben. Sie sollten sie zumindest für fähig halten, ihre wertvollsten Schätze auf ihrem eigenen Planeten zu bewachen!«

Als sie geendet hatte, wäre Na'Toth am liebsten an ihrer eigenen Zunge erstickt. G'Kars Gesicht war verschlossen, sein Verhalten abweisend. »Botschafter«, sagte sie, aber der Respekt in ihrer Stimme kam zu spät.

»Sie ist nach *Babylon 5* gekommen, um ihn Mollari zu verkaufen«, berichtete er, »und obwohl es sich um eine Fälschung handeln könnte, dürfen wir, glaube ich, kein Risiko eingehen. Wenn nämlich stimmt, was sie mir erzählt hat...« Er schien Mühe zu haben, die richtigen Worte zu finden, um sie davon zu überzeugen, daß etwas unternommen werden mußte.

»Das tut es aber nicht«, beharrte Na'Toth. »Die Geschichte ist zu schön, um wahr zu sein.«

G'Kar schloß die Augen, lächelte milde und klopfte mit einem Finger auf den Schreibtisch. »Ich bin mir des Risikos durchaus bewußt«, versicherte er Na'Toth, »aber ich kann mir diese Gelegenheit nicht entgehen lassen. Wenn es eine Lüge ist, werde ich schon damit fertig. Aber diese Chance darf mir nicht durch die Lappen gehen, sonst bereue ich es bis an mein Lebensende.« Na'Toth öffnete den Mund. »Sagen Sie nichts!« G'Kar hob die Hand und wandte seine Augen von ihr ab. »Ich denke, wir sollten uns jetzt verabschieden. Und ich denke, wir sollten nicht mehr über dieses Thema reden.«

Na'Toth sah ihn hilflos an, ehe sie widerwillig sein Büro verließ. Einen Augenblick lang blieb sie draußen vor der verschlossenen Tür stehen. Sie runzelte nachdenklich die Stirn. In ihr tobte ein Sturm widersprüchlicher Gefühle. Sie hatte Mitleid mit G'Kar, wünschte, sie könne wie er an die Sache glauben, und fürchtete sich vor dem, was der Botschafter jetzt unternehmen mochte. Vor allem aber war sie auf diese Frau wütend, die ihr Spiel mit dem Botschafter trieb. *Wenn sie ein Herz hätte, ich würde es ihr herausreißen,* dachte Na'Toth. Gleichzeitig verachtete sie sich selbst, weil sie nicht sicher war, ob Semana MacBride nicht doch die Wahrheit gesagt hatte.

10

Susan Ivanova war spät dran. Sie hatte sich noch zehn Minuten Schlaf extra zugestanden, aus denen fünfzehn geworden waren. *Ich hasse Tage, die so anfangen,* dachte sie mürrisch und rammte ihre Füße in die Stiefel. *Wenn ich verschlafen habe, scheint immer alles schiefzugehen.* Mit geübten Fingern faßte sie ihre Haare schnell zu einem Pferdeschwanz zusammen.

Da läutete es an der Tür. Ivanova ließ mit einem verärgerten Stöhnen ihren Haargummi fallen und eilte zur Tür, den unvollendeten Pferdeschwanz immer noch in der Hand.

»Öffnen!« bellte sie, und die Tür glitt zur Seite.

Es war niemand zu sehen.

Susan stand in der Tür und sah sich im Gang um. Sie hatte das Gefühl, der Boden würde ihr unter den Füßen weggezogen. Dann zwang sie sich dazu, nach unten zu sehen. Vor der Tür lag, auf einem einfachen weißen Teller, mit der breiten Seite nach unten, ein Datenkristall.

»Schließen!« befahl sie, wirbelte herum und ging schnell zu ihrem Nachttisch, auf dem ihr Com-Link lag. Sie griff danach, schaltete es ein und brüllte: »Garibaldi!« Es klang, als wäre sie wütend auf ihn.

»Was?« Die Stimme des Sicherheitschefs klang noch ganz verschlafen.

»Ivanova?« fragte er. Er hörte sich zwar noch ein bißchen verwirrt an, jedoch schon etwas munterer. »Was ist los?«

»Vor meiner Tür liegt schon wieder ein Datenkristall.«

»Bin schon unterwegs.«

Als Garibaldi diesmal vor Susans Tür eintraf, war sie verschlossen. Vor der Tür lagen lediglich die beiden seltsam zusammengestellten Gegenstände zu seiner Begrüßung. Er nahm sie vorsichtig in Augenschein und untersuchte sie zusätzlich noch mit einem Scanner, bevor er sie anfaßte. Er richtete sich aus der Hocke auf und klopfte an Ivanovas Tür. »Susan?«

Zunächst erhielt er keine Antwort, und er fragte sich, ob sie womöglich schon zur Arbeit gegangen war. Dann glitt die Tür zur Seite, und vor ihm stand Susan; sie wirkte müde und verärgert.

»Ich will es mir diesmal gar nicht ansehen«, erklärte sie und vermied es, ihm dabei in die Augen zu schauen. »Ich bin sicher, es ist das gleiche wie beim ersten Mal, und ich will nichts davon wissen.«

»In Ordnung«, stimmte er zu und stellte den Teller auf seine Handfläche. Er hielt ihn Susan hin. »Wenn das so weitergeht, kriegen Sie vielleicht noch ein ganzes Service von diesen Tellern zusammen.«

Einen Moment lang starrte sie ihn überrascht an. Man konnte ihr ansehen, daß sie überlegte, ob sie beleidigt sein oder lachen sollte. Ihre humorvolle Seite gewann. Sie lächelte schwach, nahm ihm den Teller ab und drehte ihn um.

»Also, französisches Porzellan ist es nicht gerade, aber Bettler können es sich nicht erlauben, wählerisch zu sein.« Sie schüttelte den Kopf. Ihr Gesichtsausdruck wurde wieder ernst. »Wenn ich Teller für zwölf Leute habe, bedeutet das dann, daß ich auch kochen muß?«

Sie kämpfte gegen ihren Kummer an und gab sich alle Mühe, gut gelaunt zu klingen.

»Ganz und gar nicht«, antwortete Garibaldi und klopfte ihr auf die Schulter. »Das heißt lediglich, daß Sie die Teller Ihren Freunden leihen müssen, die kochen können.« Er musterte sie einen Moment lang, als wollte er ihre Stimmung einschätzen. »Kann ich kurz hereinkommen? Ich hätte da ein paar Fragen.«

»Natürlich.« Ivanova trat einen Schritt zur Seite. »Aber ich kann Ihnen nichts sagen. Als ich an die Tür kam, war niemand da.«

»Hat sich irgend jemand wegen der Kristalle mit Ihnen in Verbindung gesetzt?« fragte er. »Hat jemand komische Bemerkungen gemacht, Sie eigenartig angesehen, oder ...« Während er verschiedene Möglichkeiten aufzählte, machte er ein Gesicht, als würde er bei einem Spiel die Karten austeilen.

»Nein.« Sie schüttelte den Kopf. »Nichts dergleichen. Wer

immer dahinter steckt, verhält sich unauffällig.« Dann zuckte sie plötzlich mit den Schultern, als wollte sie etwas von sich abschütteln. »Aber worauf soll ich achten? Und wie? Wenn die Leute merken, daß ich sie beobachte, werden sie mich nur sonderbar anstarren und sich fragen, was nicht stimmt oder was sie falsch gemacht haben könnten. Und das wird auf mich wiederum sehr verdächtig wirken. Ich will nicht, daß in der Kommandozentrale alle verrückt werden.«

Sie ging einige Male auf und ab, die Hände hinter dem Rücken verschränkt. Am anderen Ende des Raumes machte sie kehrt und sah Garibaldi herausfordernd an.

»Ich lasse nicht zu, daß dieser Witzbold die Kontrolle über mein Leben gewinnt.«

»Gut!« rief Garibaldi und nickte ihr mit Nachdruck zu. »Es sei denn, das bedeutet, daß Sie mir nicht mehr helfen wollen.«

»Wie kann ich Ihnen helfen?« wollte sie wissen und warf verbittert die Arme hoch. »Ich habe niemanden gesehen, niemand hat sich an mich gewandt. Ich habe nicht einmal einen anonymen Brief bekommen. Was könnte ich Ihnen erzählen?«

Ihre Stimme war immer schriller geworden, und Garibaldi hatte bereits beschwichtigend die Hand gehoben.

»Ich habe nur sagen wollen, daß ich Ihnen wahrscheinlich früher oder später ein paar Fragen stellen muß, und ich hoffe, sie auch stellen zu können. Haben Sie damit Schwierigkeiten?«

Susan schien leicht zu schmollen. Es war, als würde sie sich für ihren Ausbruch schämen und am liebsten Garibaldi dafür verantwortlich machen.

»Natürlich nicht«, erwiderte sie barsch. »Tut mir leid. Ich habe kein Recht, meine Laune an Ihnen auszulassen, nur weil der wahre Urheber ...«, sie biß sich auf die Lippen, »... nicht anwesend ist.«

»Vielleicht sollten wir eine Überwachungskamera an Ihrer Tür anbringen«, schlug er vor.

Sie verzog das Gesicht, nickte aber. »Gute Idee.«

»Ich werde das veranlassen«, erklärte er. »Und ich melde mich später wieder bei Ihnen.«

»In Ordnung«, sagte sie.

Der Sicherheitschef nickte ihr zum Abschied zu, öffnete die Tür und ging.

»Schließen!« befahl Ivanova und ließ den Kopf hängen. Ihre noch immer losen Haare fielen ihr ins Gesicht, und sie seufzte. »Jetzt muß ich aber zur Arbeit.«

»Ah, Vir!« rief Londo, als sein Assistent sein Quartier betrat. »Ich bin froh, daß du hier bist«, sagte er und überreichte ihm ein Note-Pad. »Du mußt mit Madame Sakza diese Zahlen durchgehen.«

»Die Innenarchitektin?«

»Ja, natürlich. Ich werde heute nachmittag mit dem Lebensmittellieferanten genug zu tun haben. Also mußt du mich bei ihr vertreten.«

»Die Innenarchitektin?« Virs Stimme klang ein paar Oktaven höher.

»Ja. Die Innenarchitektin. Was ist los mit dir, Vir?« Londo sah seinen jungen Assistenten verwundert an.

»Londo, es sind keine zwei Wochen mehr bis zur Friedenskonferenz, und Sie haben nichts Besseres für mich zu tun, als ihre Einkäufe zu erledigen, zum Kunsthändler zu gehen und mit der Innenarchitektin Zahlen durchzugehen. Wann fangen wir endlich damit an, die Konferenz vorzubereiten?« Virs frisches, rundes Gesicht war ernst und nur ein bißchen ängstlich.

Londo schloß langsam die Augen. »Ah.«

»Ah? Was bedeutet das? Sie sehen aus, als erwarteten Sie, daß ich Ihnen diese Frage stelle.« Vir wirkte allmählich leicht verärgert; er schien das Gefühl zu haben, daß Londo ihn zum besten hielt. Wieder einmal. »Bedeutet es ›ich dachte, er würde nie fragen‹

oder ›ich hatte gehofft, daß er mich das nicht fragen würde‹? Was stimmt, Botschafter? Habe ich zu früh oder zu spät gefragt?«

»Kein Grund, feindselig zu werden, mein Junge«, sagte Londo, um ihn zum Schweigen zu bringen. »Setz dich!« Er sah Vir fast wohlwollend an, bis der jüngere Centauri seiner Aufforderung Folge leistete. »Ich habe schon damit gerechnet, daß du mir irgendwann diese Frage stellen würdest. Du bist nämlich ein Idealist, und ich weiß, daß dir dieser Konflikt zuwider ist. Allerdings hatte ich gehofft, du würdest nicht fragen. Das hätte nämlich darauf hingedeutet, daß du die hohe Kunst der Diplomatie inzwischen besser verstehst.«

»Wir werden uns nicht auf die Friedenskonferenz vorbereiten?« Vir versuchte gleichmütig zu wirken.

»Natürlich nicht«, erwiderte Londo leicht verärgert.

»Aber wieso nicht?« Vir sah angespannt aus. Er hatte die Hände auf die Knie gestützt, und man konnte ihm ansehen, daß er verzweifelt versuchte, Londo zu verstehen. »Die anderen werden vorbereitet sein. Sie werden darauf vorbereitet sein, aus dem Stegreif Zahlen und Statistiken zu zitieren. Und *wir* werden nicht wissen, was wir sagen sollen. Londo, wir werden wie Idioten dastehen.«

»Unmöglich«, erklärte Mollari sanft. Er setzte sich seinem jungen Assistenten gegenüber auf einen vergoldeten Sessel, der mit Satin überzogen war. »Versteht du das nicht? Wir gewinnen. Wir müssen nicht auf ihre Beschuldigungen eingehen. Wir brauchen weder Fakten noch Zahlen zu zitieren. Wir gewinnen!« Er schüttelte den Kopf. »Wir können tun, was wir wollen.«

»Wieso haben wir uns dann mit der Friedenskonferenz einverstanden erklärt?« Vir war ein wenig blaß geworden.

»Wir hielten einen kurzfristigen Aufschub für vorteilhaft. Und wir waren der Ansicht, daß es nicht schaden könnte, dem Feind diesen Gefallen zu tun.« Er zuckte mit den Schultern. »Außerdem, wenn wir Friedensgespräche führen, wird das sowohl den

Kriegsgegnern unter unseren eigenen Verbündeten gefallen als auch der Liga der blockfreien Welten. Allerdings wissen sogar die, daß die Konferenz nichts zu bedeuten hat.«

»Das hört sich ... sehr zynisch an«, meinte Vir leise.

Londo lehnte sich in seinem Sessel zurück und machte eine wegwerfende Handbewegung. »In unserem Beruf braucht man eine gehörige Portion Zynismus, mein Junge. Ohne diese Einstellung wirst du dich nur schlecht fühlen – und außerdem nie etwas erreichen.« Er musterte Vir, der mit hoffnungslosem Gesichtsausdruck dasaß, und seufzte. »Ich enttäusche dich nicht gerne, Vir. Aber Tatsache ist, daß diese Konferenz, von meiner Einrichtung abgesehen, gar nichts verändern wird. Damit mußt du dich abfinden, denn das sind die Tatsachen.« Er stand auf. »Geh jetzt! Madam Sakza erwartet dich.«

»Die sind soeben mit unserer Diplomatenpost gekommen«, verkündete Na'Toth düster. Die Tür zu G'Kars Büro schloß sich zischend hinter ihr, während sie dem Botschafter die beiden Datenkristalle übergab. »Ich kann es kaum erwarten, Mollaris Gesicht zu sehen, wenn wir sie ihm vorführen.«

G'Kar nahm den einen und steckte ihn in den Schlitz des Lesegerätes. Dann lud er den Inhalt auf seinen Bildschirm.

Unvermittelt bot sich ihnen eine Szene von unglaublicher Verwüstung. Mauern waren wie Eierschalen eingedrückt, manche Gebäude lagen auf der Seite, als wären sie von einem wütenden Riesen entwurzelt und zur Seite geschleudert worden. Feuersbrünste wüteten, und Staub und Rauch erfüllten die Luft. Man konnte Schreie hören. Hier und da lag ein zerschmetterter Körper.

Auf einmal stolperte eine Frau mit einem Baby auf dem Arm ins Bild. Zwei kleine Mädchen, ungefähr sechs und sieben Jahre alt, liefen neben ihr her. Sie klammerten sich am Kleid der Frau fest und gaben keinen Laut von sich. Die Frau schluchzte und sah sich im Laufen hektisch um. Als sie näher kam, konnte man erkennen, daß sie verletzt war. Sie hatte einen großen Brandfleck auf ihrem Kleid, und ihre Fußspuren waren blutig.

Als hinter der Gruppe ein Geräusch ertönte, wirbelte die Frau herum. Ihr Fuß knickte um, und sie stürzte beinahe auf ihr Baby. Das Kleine fing an zu schreien. Die beiden Mädchen bückten sich, um ihrer Mutter aufzuhelfen.

Plötzlich schrie die Frau: »Nein! Nicht die Kinder!«

Eine Plasmaentladung verwandelte sie alle in lebende Fackeln. Mit einem grauenvollen Zischlaut stieg Rauch auf. Dann kamen zwei Centauri-Soldaten ins Bild. Einer schob sein Schutzvisier nach oben, und das vornehme Gesicht eines zutiefst angewiderten Centauri wurde sichtbar. Er spuckte geringschätzig auf die brennenden Leichen.

Wer immer diese Aufnahmen gemacht hatte, brach an dieser Stelle ab. G'Kar schaltete ab. Erschüttert vergrub er sein Gesicht in den Händen. »Ich weiß nicht, ob ich es schaffe, mir das noch einmal anzusehen«, murmelte er.

Na'Toth war ganz blaß um die Augen. Sie nickte stumm.

G'Kar blickte zu ihr auf. »Ist diese Aufnahme echt?«

»Natürlich! Wie ...« Ihre Stimme verstummte.

»Selbst wenn, die Centauri werden sagen, daß wir die Aufnahme gefälscht haben. Ich würde lieber glauben, daß das Schauspieler und Spezialeffekte waren«, erklärte der Botschafter sehnsüchtig. »Ich hasse den Gedanken ...« Er zuckte mit den Schultern. »Nun, solche Dinge passieren natürlich. Das war schon immer so, und das wird sich auch nicht ändern, solange wir im Krieg sind. Aber wenn man sich das ansehen muß und nichts tun kann, nur reden ...«

»Es schmerzt«, stimmte Na'Toth zu. »Aber es wird Eindruck auf unsere Verbündeten machen. Also müssen wir es verwenden.«

G'Kar lachte verächtlich. »Ja. Danach werden sie die Centauri unsympathisch finden. Vielleicht werden sie es sogar laut sagen, aber deshalb werden sie sich unserem Kampf gegen die Centauri noch lange nicht anschließen. Sie wollen nicht in *unserem* Krieg sterben.«

»Wer weiß, wie man unsere Verbündeten motivieren könnte«, sinnierte Na'Toth. »Sie sind keine Narn. Aber wir müssen versuchen, ihre Interessen anzusprechen.« Sie holte tief Luft. »Das ist unsere einzige Hoffnung.« Sie hielt ihm den anderen Kristall hin.

Er nahm ihn und legte ihn auf seinen Schreibtisch. »Ich kann das nicht noch einmal ertragen«, sagte er rasch. »Ich darf mich nicht durch Schmerz ablenken lassen, wenn ich einen klaren Verstand brauche. Wie weit sind Sie mit den Statistiken?«

»Ich bin fast fertig«, antwortete Na'Toth und präsentierte einen weiteren Datenkristall. »Ich habe einen Bericht über die historischen Zusammenhänge erstellt. Ich dachte, Sie würden ihn gerne durchsehen.«

»In Ordnung.« Er nahm den Kristall entgegen. »Ich wünschte, ich hätte nicht das Gefühl, ich würde in die Sonne starren«, erklärte er erschöpft. »Wir brauchen den Frieden, zumindest einen längeren Waffenstillstand, oder wir werden ...« Er preßte seine Lippen zusammen und starrte vor sich hin. »Wenn wir nur eine einzige der anderen Rassen dazu bewegen könnten, sich auf unsere Seite zu schlagen.«

»Sonst noch irgend etwas, Botschafter?« fragte Na'Toth einen Augenblick später.

»Ja, lassen Sie mir im *Chez Soir* einen Tisch für zwei Personen reservieren.«

Na'Toths funkelnder Blick hätte Semanas Haare in Flammen aufgehen lassen, wenn sie anwesend gewesen wäre. Die Narn machte auf dem Absatz kehrt und verließ verärgert G'Kars Büro. In seine Arbeit vertieft, nahm der Botschafter von ihrem Zorn nicht die geringste Notiz.

Garibaldi warf Ivanovas geheimnisvollen Datenkristall von einer Hand in die andere, während er über seinen möglichen Inhalt nachgrübelte. *Wer immer den ersten fabriziert hat, war ein wahrer Künstler,* dachte er.

Die Technikerin, der er den Kristall übergeben hatte, suchte noch immer nach den Schwachstellen, die ihn als Fälschung entlarven konnten. »Lassen Sie mir Zeit«, hatte sie gesagt. »Wenn es sich um eine Fälschung handelt, wird sich das schon irgendwo zeigen.«

Wenn er überhaupt eine Fälschung war. Wenn nicht, war das so gut wie Ivanovas Tod. *Wer wohl hinter der Sache steckt?* fragte sich der Sicherheitschef. Der Übeltäter mußte sie kennen, um zu wissen, womit er sie verletzen konnte. *Und er muß sie sogar ziemlich gut kennen. Susan redet nicht gleich mit jedem über ihre Familie.* Außerdem muß es jemand sein, der Zugang zu den versiegelten Personalakten hat. Und jemand mit genug technischem Wissen, um so etwas zu bewerkstelligen. *Das sieht nach jemandem aus, der ziemlich weit oben in der Hierarchie steht. Jemand, der nicht direkt mit Ivanova zusammenarbeitet. Solche Fähigkeiten braucht man für die Arbeit in der Kommandozentrale schließlich nicht unbedingt. Oder ...* er warf den Kristall noch ein letztes Mal hin und her, *jemand ganz weit unten in der Hierarchie mit enormen Fähigkeiten, der beschlossen hat, sie zu hassen.*

Er machte sich Gedanken, weil sie keine Forderungen, ja nicht einmal einen schadenfrohen Brief erhalten hatte. Allerdings würde er so etwas vielleicht auf dem neuen Kristall finden. Er steckte ihn in das Lesegerät.

Ein dunkelhaariger Kopf bewegte sich vor der Kamera leicht auf und ab. Der Kopf drehte sich um, und man konnte Gayna Ivanovs verwirrtes Gesicht sehen. »Hauen Sie ab!« flüsterte er wütend. »Warum müssen Sie mir nachlaufen?«

»So ist es sicherer«, antwortete die nun bereits bekannte Stimme mit Akzent.

»Wie kommen Sie darauf?«

»Wenn wir in eine Falle laufen, schießen sie wahrscheinlich nicht, wenn wir so dicht beieinander gehen.«

Ivanov, der langsam Angst bekam, starrte vor sich hin. Dann lachte er bitter. »Vielleicht beim nächsten Mal. Langsam glaube ich, daß ich es verdiene, erschossen zu werden.«

Verstohlen durchquerten die beiden Männer mehrere in gedämpftes Licht getauchte Gänge, wie zur Nachtzeit allgemein üblich. Eine Zeitlang gingen sie schweigend ihres Weges. Den Nummern an den Wänden sowie der Form der Türen und Rohrleitungen nach zu urteilen, befanden sie sich an Bord eines großen Kriegsschiffes.

Ein Schlachtschiff, dachte Garibaldi. Die Verstrebungen an den Luftschleusen waren zu flach für einen großen Kreuzer.

Sie verbargen sich in einer Nische, um nicht von einem vorbeigehenden Soldaten entdeckt zu werden; die Kamera zeigte den Boden. Man konnte Füße sehen, die in Stiefeln der Earthforce steckten, und Beine in den blauen Hosen der dazugehörigen Uniform. Also, wer auch immer Ivanovas Bruder begleitete, war entweder ein Mensch oder ein Centauri; für jeden anderen hätte die Uniform nicht als Verkleidung getaugt.

Auf ihrem weiteren Weg begegnete ihnen niemand mehr. Das Schiff lag also vermutlich im Dock und hatte nur eine Notmannschaft an Bord. Schließlich erreichten sie eine Tür, die mit einem Codeschloß und einem Augenscanner versehen war.

Gayna gab den Code ein und hielt sich einen holographischen Projektor vor sein rechtes Auge, der ein Abbild der Netzhaut eines Zugangsberechtigten projizierte. Nach einem Augenblick der Anspannung leuchtete die Kontrollampe des Türschlosses grün auf, und Gayna öffnete die Tür zum Waffenlager. Die Kamera folgte ihm, während er zu einem der Waffenschränke vorausging und eine schwere Plasmakanone daraus hervorholte. Sie sah aus, als wären zwei Leute nötig, um sie zu tragen. Ivanov legte sie auf einen niedrigen Stapel Kisten. »Das ist sie.«

Eine Umhängetasche wurde sichtbar und menschlich anmutende Hände zogen etwas heraus, das wie eine kleine Schachtel aussah.

»Was zum Teufel ist das?« wollte Ivanov wissen.

»Das ist ein Resonator. Damit kann ich die Struktur der Waffe untersuchen. Was glauben Sie denn, was das ist?«

»Es sieht wie eine Bombe aus.«

Man hörte ein geringschätziges Lachen, das Ivanovs bleichen Wangen wieder Farbe verlieh.

»Unwahrscheinlich. Das ist doch kein Himmelfahrtskommando. Wenn es Sie beruhigt, mein Freund, ich bin ein Industriespion und nicht mit dem Feind im Bund.«

»Ich bin nicht Ihr Freund.« Gaynas Augen sprühten vor unterdrückter Wut.

Einen Augenblick lang herrschte Ruhe. Die Kamera näherte sich Gayna, der nicht zurückwich. Aber ein Zucken seiner Augen ließ erkennen, wie verunsichert er war.

»Nein. Sie sind nicht mein Freund«, flüsterte die Stimme. »Aber solange wir zusammenarbeiten, Gayna Ivanov, sollten Sie besser hoffen, daß ich Sie als meinen Freund betrachte. Sollte ich meine Meinung jemals ändern, wird Ihr Nutzen für mich ein Ende haben. Und Ihr Leben. Ob ich es der Earthforce überlasse, Sie wegen Verrats hinzurichten, oder ob ich es selbst erledige, ist die einzige Frage, die dann noch offenbleibt.« Die Kamera kam noch näher, und der Schatten ihres Trägers fiel auf Gaynas trotziges Gesicht. »Ist das klar?«

»Ja.«

»Dann gehen Sie jetzt! Stehen Sie Schmiere und lassen Sie mich in Ruhe arbeiten! Je eher ich anfange, desto früher können wir hier verschwinden.«

Ivanov starrte ihn einen Moment lang an und verschwand dann zwischen den Regalen.

Die Hand griff erneut in die Umhängetasche und zog ein

Aktiviergerät heraus. Die Finger huschten über die Steuerungstafel und schlossen sie an die Zünder der Sprengköpfe auf den Regalen an. Schließlich wurde der Apparat mit dem schachtelförmigen Gerät verbunden, das Gayna so gestört hatte.

Die Kamera zeigte Füße, die auf die Kisten kletterten, auf denen Gayna die Waffe abgelegt hatte. Die anscheinend menschlichen Hände plazierten das Bündel auf einen der Waffenschränke. Dann stieg der Träger der Kamera von den Kisten und ging zur Tür.

»Moment!« sagte Ivanov. »Wo ist dieser Resonator?«

»Hier drinnen.« Eine Hand schüttelte die Umhängetasche. »Gehen wir!«

Gayna blieb vor der Tür stehen, den Kopf gesenkt wie ein angreifender Stier. »Ich will ihn sehen!«

Man konnte einen abfälligen Laut hören, dann holte eine Hand das genaue Duplikat des schachtelartigen Instrumentes heraus. »Zufrieden? Können wir jetzt gehen? Oder möchten Sie lieber bleiben und entdeckt werden?«

Gayna drehte sich um, und sie verließen das angedockte Schiff. Niemand erschien, um sie aufzuhalten, ja, sie begegneten nicht einmal einem Mitglied der Mannschaft. Nachdem sie durch die Luftschleuse getreten waren, schwenkte die Kamera herum und zeigte die großen, leuchtenden Buchstaben, die das Schiff als die *Kropotkin* identifizierten.

Garibaldi rieb sich das Kinn und starrte auf das Bild, das den Namen des Schlachtschiffes zeigte. »Die *Kropotkin*«, murmelte er. Er kannte den Namen, doch ihm fiel nicht ein, woher. Die Erinnerung flatterte davon, wich seinem Bewußtsein aus, entzog sich ihm. »Computer!« sagte er. »Suche nach der *EFS Kropotkin.* Ist sie noch im Dienst? Und wenn ja, wo befindet sie sich zur Zeit, und wer ist ihr Captain?«

»Die *EFS Kropotkin* wurde am fünfzehnten Februar 2244 im Gefecht zerstört. Es gab keine Überlebenden.«

»War irgend etwas verdächtig an der Zerstörung der *Kropotkin*?«

»Nein, die *Kropotkin* wurde von drei Minbari-Kriegsschiffen mit überlegener Feuerkraft überwältigt.«

Garibaldi faltete die Hände und stützte sein Kinn auf die Mittel- und Zeigefinger. *Seltsam,* dachte er. *Die Bombe hatte niemals Gelegenheit gehabt hochzugehen.* War das Schiff zufällig vor den Augen der Minbari explodiert? *Wie hoch ist die Wahrscheinlichkeit, daß so etwas passiert?* Unendlich unwahrscheinlich, entschied er.

»Wurde die *Kropotkin* jemals das Opfer eines Spionageangriffs?«

»Ein derartiger Vorgang ist in den Unterlagen nicht verzeichnet.«

Garibaldi beschlich eine unheimliche Vorahnung. »Commander Ivanovas Bruder, Gayna Ivanov, ist in einer Schlacht gefallen. Wie war der Name des Schiffes?«

»Gayna Ivanov war zum Zeitpunkt seines Todes auf der *EFS Kropotkin* stationiert.«

Na also!

»Wieso wurde Gayna Ivanov ausgerechnet diesem Schiff zugeteilt?« fragte Garibaldi weiter.

»Er hatte wiederholt darum gebeten, in den aktiven Dienst versetzt zu werden, und wurde auf eigenen Wunsch der *Kropotkin* zugeteilt.«

Was hat das jetzt zu bedeuten? Hatte er vielleicht einen Verdacht, daß da Saboteure am Werk waren? Oder wollte er nur seinem Oberspion entkommen? Er trommelte mit den Fingern auf die Tischplatte. *Auf einmal behandle ich diese Aufzeichnung, als wäre sie echt.* Er mußte jemanden finden, der sich auskannte und vielleicht wußte, ob an der Zerstörung der *Kropotkin* etwas faul gewesen war. Das Problem war nur, er kannte keine solchen Leute. Aber er kannte Sheridan.

11

Die Atemgeräte, die von den Obersten Phina und Olorasin getragen wurden, waren sehr gut durchdacht. Ihre Augengläser waren so dunkel, daß sie von außen undurchsichtig erschienen. Hin und wieder kamen kurze Dampfstöße aus den Masken, die von einem keuchenden Geräusch begleitet wurden. Wer dem länger zuhörte, schnappte unwillkürlich nach Luft. Außerdem trugen die beiden Obersten modifizierte Schutzanzüge und dicke Handschuhe mit sechs Fingern.

Die Atemmasken reinigten die Luft in Wahrheit nur wenig, aber sie waren eine hervorragende Verkleidung, mit der die beiden T'llin sich unbehelligt inmitten der anderen Außerirdischen auf *Babylon 5* bewegen konnten.

Olorasin war von der Größe der Station tief beeindruckt. Als sie mit der Schwebebahn fuhren, die an der Achse der Station entlangglitt, sprang sie immer wieder von einer Seite zur anderen und starrte aus den Fenstern. Zur Belustigung der anderen Fahrgäste geriet sie beim Anblick der Parkanlagen und Gebäude derart in Verzückung, als hätte sie so etwas noch nie gesehen.

Im Kern der Station bewunderte sie, wie die Haupthalle in breite Gänge überging, von denen wiederum kleinere abzweigten, ähnlich den Venen in einem Körper, die sich in Haargefäße verzweigen. Sie schritt die Wände ab, untersuchte den Aufbau der Schotten und las jeden Sicherheitshinweis mit einem Maß an Bewunderung, das die meisten Leute nur für ein gelungenes Gedicht aufbrachten.

»Dieser Ort«, flüsterte sie ihrem Bruder zu, »ist ein Wunder! Daß es so etwas überhaupt geben kann, ist für mich so erhebend wie der Augenblick des ersten Lichts.«

Phina sah seine Schwester düster an. Er verspürte nichts Erhebendes. Inmitten dieses gigantischen, lärmerfüllten Bauwerks kam er sich klein und unbedeutend wie eine Mikrobe vor. Und dieses Gefühl gefiel ihm ganz und gar nicht. »Ich bin lieber auf einem Planeten«, murmelte er. »Dort fühle ich mich irgendwie sicherer.«

Olorasin mußte über die typisch pessimistische Bemerkung ihres Bruders lächeln. Sie war die Erstgeborene und gemäß der Tradition optimistisch. Er dagegen, der ihr gefolgt war wie die Nacht dem Tag, war ein Schwarzseher. »Du kannst damit aber nicht unseren Planeten meinen«, wisperte sie freundlich und zwickte ihn. Phina ließ die Schultern hängen, und sie bereute es, ihn geneckt zu haben.

»Nein«, erwiderte er ernst, »wohl kaum.«

»Phina«, sagte sie sanft und strich ihm dabei tröstend über den Arm. »Hier wird man uns helfen.«

Er sah zu ihr hinunter. Nach einer kurzen Pause nickte er langsam. »Ja«, stimmte er ihr zu, »so oder so.«

Olorasin runzelte die Stirn. »Aber zuerst versuchen wir es auf meine Art.«

Wortlos nickte er abermals.

Die Botschafter der Drazi und Pak'ma'ra hatten sich geweigert, sie zu empfangen. Ihre Assistenten hatten ihnen zwar ihr Bedauern ausgesprochen, aber ziemlich deutlich erklärt, daß sie nichts mit ihnen zu besprechen hatten.

»Wir sind nur ein Handelsposten«, hatte der Pak'ma'ra gesagt, und die Tentakel an seinem Kopf hatten dabei nervös gezuckt. »Ich kann lediglich Ihre Grüße und Ihr Anliegen an die offiziellen Stellen auf Pak'ma'ra weiterleiten. Wir wünschen Ihnen, daß Ihre Mission erfolgreich verläuft.« Damit war ihre Audienz beendet.

»Ich schätze«, meinte Olorasin nachdenklich, »daß wir von den blockfreien Welten kaum mehr erwarten können. Allein der Name sagt schon, daß sie ungern Verpflichtungen eingehen.«

Phina schnaubte, und aus seiner Maske kam ein wütender kleiner Dampfstoß. »Du weißt, was ich denke.«

»Ja. Und ich werde in dieser Sache nicht auf dich hören, bevor wir nicht alle unsere Möglichkeiten ausgeschöpft haben.«

Phina seufzte und lächelte seine Schwester liebevoll an, während sie den Gang entlang gingen. *Immer optimistisch,* dachte er. Aber manchmal erreichte Olorasin ihr Ziel, aller Logik zum Trotz. Also ließ er ihr in dieser Sache ihren Willen, so wie sie ihr Einverständnis mit seinem Plan erklärt hatte, falls sie scheiterte. *Wenn sie scheitert. Denn das wird sie ohne Zweifel.*

Phina hätte sich darüber gefreut, wenn seine Schwester die gewünschte Hilfe erhalten hätte, aber er wußte, daß das unmöglich war. Weder hier noch irgendwo sonst würde sie Unterstützung finden. Denn sie bat die Mächtigen um Hilfe, und als Gegenleistung bot sie nichts Handfesteres als die fragwürdige Genugtuung darüber, etwas Edles getan zu haben. Seine Schwester tat ihm beinahe leid. Aber sie würde sich an ihre Hoffnung klammern, obwohl es aussichtslos war.

Olorasin betrat das Büro der Minbari-Botschafterin, und er ging etwas schneller, um sie wieder einzuholen.

»Mein Name ist Lennier«, stellte sich der junge Minbari gerade vor, als Phina hereinkam. »Ich bin der Assistent der Botschafterin. Kann ich Ihnen helfen?«

»Wir müssen die Botschafterin persönlich sprechen«, verlangte Olorasin. »Wir haben eine sehr wichtige Aufgabe zu erfüllen.«

»Sie sind leider nicht angemeldet«, erklärte Lennier höflich.

»Natürlich nicht«, schimpfte Olorasin verbittert. »Wir sind aus einem totalitären System geflohen. Leute in unserer Lage melden sich nicht an. Es ist zu gefährlich!«

Lennier dachte einen Augenblick lang nach. »Ich muß zugeben, daß sie damit recht haben. Aber ich brauche natürlich genauere Informationen, bevor ich Sie der Botschafterin vorstelle.

Flüchtlinge neigen oft dazu, sich zu unüberlegten Taten hinreißen zu lassen und . . .«

»Und Sie wollen natürlich nicht, daß die Botschafterin ihre Zeit für ein paar wilde, blutrünstige Fanatiker verschwendet«, ergänzte Phina.

Lennier musterte die große vermummte Gestalt kurz. »Genau«, gab er zu.

Olorasin riß ihre Maske vom Gesicht. »Ich bin die Oberste Olorasin von T'll, und das ist der Oberste Phina, mein Bruder. Wir haben eine lange und gefährliche Reise auf uns genommen, um diese Station zu erreichen. Natürlich haben wir keine Briefe, Dokumente oder etwas Ähnliches bei uns, das unsere Helfer verraten könnte. Wir sind wirklich die, als die wir uns vorgestellt haben. Und wir vertreten die höchsten Repräsentanten unseres Volkes. Ich bestehe darauf, daß Sie Botschafterin Delenn über unsere Anwesenheit informieren. Lassen Sie die Botschafterin selbst entscheiden, ob sie uns sehen will oder nicht.«

Lennier hielt kurz inne, verbeugte sich dann und ging.

»Bedecke dein Gesicht, Schwester. Wir sind an einem öffentlichen Ort. Alle möglichen Leute könnten hier hereinkommen.«

Olorasin seufzte und setzte die Maske wieder auf. Sie hatte gerade ihre Kapuze wieder in die richtige Position gebracht, als Lennier zurückkam. Er bedeutete den beiden, ihm ins innere Büro zu folgen.

Die beiden T'llin stutzten, als sie Delenn zum ersten Mal sahen. Gleichzeitig drehten sie sich um und warfen Lennier einen vorwurfsvollen Blick zu.

Delenn stöhnte fast unhörbar und erklärte: »Ich bin Delenn, die Botschafterin der Minbari. Sie wollten mich sprechen?«

Die beiden T'llin gingen langsam auf sie zu. Der Anblick dieser Frau, die so untypisch für eine Minbari aussah, versetzte sie offenbar in Erstaunen. Dann, als wären sie gleichzeitig zu einem Entschluß gekommen, streckten sie ihr die Hände entgegen, die

Handflächen nach oben. Sie setzten ihre Masken ab und musterten Delenn. Ihre starren, fremdartigen Gesichter blieben ausdruckslos.

»Botschafterin Delenn, wir danken Ihnen, daß Sie Ihre Zeit für uns opfern«, erklärte die T'llin. »Ich bin die Oberste Olorasin, und das ist mein Bruder, der Oberste Phina. Wir sind hier, um die Minbari um Unterstützung in unserem Freiheitskampf gegen die Narn zu bitten.«

Nun, dachte Delenn, *das nenne ich offen gesprochen. Und gleich auf den Punkt gekommen. Wenn es mehr Völker gäbe, die ihre Geschäfte auf diese Weise angehen, wäre das Leben viel einfacher.* Aber eine so unverschämt direkte Bitte schrie nach einer ebenso unverblümten Antwort. Und das widerstrebte Delenns zurückhaltender Minbari-Natur zutiefst. »Was würden Sie von uns erwarten?« fragte sie, um das Unvermeidliche aufzuschieben.

»Zumindest, daß uns die Minbari als freies, unabhängiges Volk anerkennen. Dann könnten Sie darauf drängen, daß uns auch die Narn als solches anerkennen und entsprechend behandeln.« Olorasin zwinkerte. Ein Zeichen ihrer Aufregung, das sie augenblicklich unterdrückte, obwohl sie vermutete, daß Delenn seine Bedeutung nicht erkennen würde.

»Seit die Narn mit den Centauri im Krieg sind, beuten sie unseren Planeten noch radikaler aus. Sie verpesten unsere Luft, ohne sich um die Folgen zu kümmern, und Tausende sterben. Wasser ist auf T'll sehr kostbar, dennoch verschmutzen sie es gedankenlos. Und unsere Rohstoffe nehmen sie uns für Spottpreise ab. Unsere Leute werden gezwungen, in Minen und Fabriken als ihre Sklaven zu arbeiten. Wenn jemand zu erschöpft oder zu krank zum Arbeiten ist, wird er in die Wildnis geschickt, wo er verhungert oder verdurstet.« Olorasins Stimme bebte. »Bitte, wir brauchen einen Verbündeten. Wenn die Narn merken, daß man sie beobachtet, führen sie sich vielleicht nicht mehr ganz so furchtbar auf.«

Hinter ihr trat Phina nervös von einem Fuß auf den anderen. *Wenn wir schon betteln, Schwester, dann sollten wir uns etwas Großes erbetteln. Zum Beispiel ein Minbari-Kriegsschiff mit einer gut ausgebildeten Mannschaft, die bereit ist, jedem Narn, der ihnen über den Weg läuft, das Fell über die Ohren zu ziehen.*

Delenn war in Anbetracht der Greueltaten der Narn, die Olorasin aufzählte, sichtlich erschüttert. Sie wandte sich ab und machte eine leicht abwehrende Handbewegung.

Als Olorasin ihre Aufzählung beendet hatte, stand die Minbari mit vor der Brust verschränkten Armen vor ihnen. Sie sah sehr blaß aus. *Wieso habe ich zugelassen, daß mich diese Person so quält? Ich wußte doch, wie meine Antwort lauten würde,* fragte sie sich. Sie fühlte sich schuldig und beschämt.

»Ich bedaure, daß Ihr Volk so leiden muß«, erklärte sie. »Aber unsere offizielle Politik ist bekannt. Die Minbari mischen sich nicht in die Angelegenheiten anderer Völker ein.«

Die beiden T'llin starrten sie mit ihren unendlich schwarzen Augen an. Dann setzten sie wieder ihre Masken auf, wiederholten die anmutige Geste, die sie zur Begrüßung gemacht hatten, und zogen sich wortlos zurück. Nachdem sich die Tür hinter ihnen geschlossen hatte, wandte sich Lennier der Botschafterin zu.

»Ich schäme mich«, sagte sie.

»Sie haben ihnen zugehört, was sonst niemand tat«, bemerkte Lennier.

»Ich habe ihnen Hoffnungen gemacht, obwohl ich wußte, daß es vergebens war. Manche würden das für grausam halten.«

Lennier ging zu ihr hinüber. »Sie haben sie angehört«, sagte er. »Und ich weiß, wenn Sie irgend etwas für sie tun können, werden Sie es tun. Mehr wollten sie nicht.«

Delenn lächelte ihn dankbar an. »Ich sollte mich bemühen, der edlen Vorstellung gerecht zu werden, die Sie von mir haben«, erklärte sie.

»Das tun Sie ständig.«

Olorasin hetzte den Gang so schnell entlang, daß Phina kaum mit ihr Schritt halten konnte. »Halt!« rief er schließlich. »Sonst breche ich noch zusammen.«

Seine Schwester blieb abrupt stehen, drehte sich um und starrte die Wand an, während er neben ihr langsam wieder zu Atem kam. Dann drehte sie sich zu ihm um. »Ist es nicht wundervoll, wie uns alle bedauern und uns Glück wünschen?«

Er lachte bitter.

»Schwester, wenn fromme Wünsche Waffen wären, dann wäre kein einziger Narn mehr am Leben.« Er drückte ihren Oberarm und zog sie sanft an sich. »Sogar du mußt zugeben, daß wir auf uns allein gestellt sind. Aber allein erreichen wir gar nichts. Du mußt mir gestatten, den Centauri unser Angebot zu unterbreiten. Das siehst du doch jetzt ein?«

»Nein«, erwiderte sie stur. »Das tue ich nicht. Und ich kann mir kein Argument vorstellen, daß mich vom Gegenteil überzeugen könnte. Die Centauri haben den schlechten Ruf, ganze Zivilisationen mit weniger Grund zu annektieren, als du ihnen geben willst. Ehrlich gesagt, ich verstehe nicht, wieso wir sie den Narn vorziehen sollten.«

»Ich bin mir über ihre Methoden durchaus im klaren, Schwester.« Phina lehnte sich zu ihr hinüber. »Aber nach dem Krieg werden diese beiden mächtigen Völker müde sein, und wir werden uns gegen jedes von ihnen behaupten können.«

»Phina, dieser wahnsinnige Optimismus paßt gar nicht zu dir. Die Wege der Diplomatie sind lang und beschwerlich, aber ich bin davon überzeugt, daß sie sicherer sind als das Eingreifen der Centauri.«

Die dunkle Oberfläche seiner Maske reflektierte das Licht, als Phina entschieden seinen Kopf schüttelte. »Und du wirfst mir unvernünftigen Optimismus vor. Ich hätte nichts gegen eine friedliche Lösung einzuwenden, Schwester. Aber die gibt es nicht.«

Olorasin trat ganz nah an ihn heran und ergriff eine Falte seines

Schutzanzuges. »Denke an das, was zwischen den Menschen und den Minbari vorgefallen ist!« beharrte sie. »Ein einzelner Akt der Gewalt hat beinahe zur Vernichtung der Menschheit geführt. Wir dürfen nie vergessen, daß uns die Narn weit überlegen sind. So wie die Minbari den Menschen weit überlegen sind.«

Phina gab seinen Widerstand auf, denn dieser Tatsache hatte er nichts entgegenzusetzen. Trotzdem fühlte er tief in seinem Inneren, wie Zeit und Leben unaufhaltsam davonglitten, während die Entwicklung, die ihrer Kontrolle entzogen war, wie eine Lawine über sie hinwegzugehen drohte. Er beschloß ohne Rücksicht auf seine Schwester, Kontakt zum Botschafter der Centauri aufzunehmen, sobald sich die Gelegenheit bot.

»Du mußt wenigstens zugeben«, erklärte er mit Nachdruck, »daß es falsch wäre, sich direkt an die Menschen zu wenden. Sie könnten uns einfach verhaften und dem Botschafter der Narn übergeben.«

Olorasin wandte sich zum Gehen.

»Nein, ich glaube, das würden sie nicht tun. Wir müssen jedenfalls alle Möglichkeiten ausschöpfen. Ich bin nicht hierhergekommen, um aufzugeben. Das hätte ich auf T'll tun können.«

»Erwartest du von diesen Menschen allen Ernstes eine andere Antwort?«

»Nein«, gestand sie. »Aber andererseits, Diplomatie bringt einen manchmal nur sehr langsam weiter.«

»Bist du dir bewußt«, bemerkte er trocken, »daß uns Diplomatie diesmal überhaupt nicht weiterbringt?«

Olorasin blieb ihm eine Antwort schuldig. Sie marschierte entschlossen weiter.

»Ich fürchte, daß ich nicht mehr für Sie tun kann, als Ihre Bitte mit Ihren Motiven an meine Vorgesetzten weiterzuleiten«, erklärte Sheridan den beiden T'llin. »Versprechen kann ich Ihnen gar nichts.«

Und genau das werdet Ihr bekommen. Gar nichts. Den T'llin zu helfen würde für die Narn so aussehen, als schlügen sich die Menschen auf die Seite der Centauri, und das könnte sie in den Krieg hineinziehen. *Die Wunden, die wir im letzten Krieg davongetragen haben, sind tief und schmerzen noch immer,* dachte der Captain. *Es dürfte verdammt schwierig sein, die Menschen zu einem neuen Krieg zu bewegen.*

Sein Gesichtsausdruck und sein Tonfall verrieten sein Mitgefühl für die T'llin, man mußte nur seine gerunzelten Augenbrauen und den traurigen Ausdruck in seinen blauen Augen entdecken. Aber Mitleid rettete keinem einzigen T'llin das Leben, und er bereute bitterlich, daß ihm die Hände gebunden waren. »Ich danke Ihnen für Ihren Besuch.«

Sheridan stand auf und streckte ihnen seine Hand entgegen. Sie hielten einen Moment lang inne, weil sie mit seiner ausgestreckten Hand nichts anzufangen wußten. Schließlich ahmten sie ihn nach, indem sie ihre Hände ebenfalls ausstreckten. Sheridan lächelte und schüttelte den beiden nacheinander kurz die Hand. Sie zuckten sichtbar zusammen.

»Wie ... freundlich«, sagte Olorasin mit schwacher Stimme.

»Was für eine seltsam vertrauliche Geste«, bemerkte Phina mißbilligend.

Verdammt! Ich vergesse immer wieder, daß man Aliens nicht anfassen sollte. Das hatte sowohl medizinische als auch gesellschaftliche Gründe. Aber die Tatsache, daß er nichts für sie tun konnte, hatte ihn so aus der Fassung gebracht, daß er sich vergessen hatte.

»Entschuldigen Sie!« bat er. »Das ist eine menschliche Sitte. Es ist als Ausdruck von Respekt gedacht.« *Ob ich das mit der Diplomatie jemals richtig hinkriegen werde?* fragte er sich. *Bevor ich einen intergalaktischen Krieg auslöse, weil ich jemandem einen Kaugummi angeboten oder im falschen Moment geniest habe.*

»Vielen Dank, daß Sie sich Zeit für uns genommen haben«, sagte Olorasin. Die T'llin erhoben sich und setzten ihre Masken wieder auf.

»Vielen Dank für Ihren Besuch«, antwortete Sheridan. »Und ich wünsche Ihnen alles Gute.«

Die beiden verhüllten Gestalten starrten ihn einen Moment lang an. Dann nickten sie ihm zu und gingen.

Nicht zu glauben! dachte Londo. Er entrüstete sich mehr und mehr. Da war er nun in diese kleine, abgelegene Bar gekommen, um den Centauri aus dem Weg zu gehen, die ihn überall begrüßten, sowie den Narn und ihren Freunden, die ihn mit ihren Blicken anklagten und bedrohten. *Und wer sitzt in der Nische gleich hinter mir? G'Kar persönlich!* Und er sprach laut genug, daß man ihn noch drei Nischen weiter hören konnte. Londo gleich nebenan verstand ihn natürlich besonders gut. *Dieser Trottel hat anscheinend noch nicht gemerkt, daß das Schutzschild an seiner Nische kaputt ist.* Nun, nachdem G'Kar nicht zu überhören war, ebensowenig wie die Schreihälse, die sich überall herumtrieben, konnte er genausogut lauschen.

». . . einen kurzfristigen Kredit«, sagte G'Kar fast schüchtern.

»Wieviel und wie kurzfristig?«

Londo horchte auf, als er diese Stimme hörte. *Cray!* schoß es ihm durch den Kopf. Er war erstaunt. Als er weniger flüssig gewesen war, hatte er sich manchmal gezwungen gesehen, bei dem durch und durch verrufenen Mr. Lucius Cray einen Kredit aufzunehmen. *Seltsam. G'Kar ist kein Spieler.* Diese Leidenschaft hatte Londo meistens in die Arme von Mr. Cray getrieben. *Frauen sind seine Schwäche. Aber seit der Krieg ausgebrochen ist, habe ich ihn mit keiner . . . Ach ja, natürlich. Die reizende Semana MacBride.* Sie und G'Kar waren bei der Enthüllung geradezu unzertrennlich gewesen.

»Fünfhunderttausend? Sind Sie verrückt?« Cray sprach eigentlich gar nicht so laut, aber die Worte brannten sich wie ein Laserstrahl in Londos Hirn.

Fünfhunderttausend Krediteinheiten? dachte er erstaunt. *Was in aller Welt will er ihr kaufen?* Er hatte Semanas Verhalten beobachtet, und er hatte den Eindruck gehabt, daß sie nicht so schwer zu verführen war.

»Für einhundertundzwanzig Standardtage«, erklärte G'Kar prompt.

»Das ist eine ganz schöne Summe, Botschafter. Ich brauche etwas Zeit, um eine so große Summe aufzutreiben. Und ich verlange Sicherheiten.«

»Sicherheiten?« wiederholte G'Kar ungläubig. Er klang so entsetzt, daß man gar nicht auf die Idee kam, er könnte beleidigt sein. Trotzdem stellte diese unverschämte Forderung seine Ehre in Frage.

»Ich will Sie nicht beleidigen, Botschafter, aber ich bin Geschäftsmann, verstehen Sie? Ich bin meinen Partnern verpflichtet. Also, was haben Sie mir anzubieten?«

»Äh ... mein Privatschiff? Dafür habe ich Achthunderttausend gezahlt.«

»Oh, ja. Ich habe es gesehen. Nette Maschine. Was sonst?«

»Der Wert des Schiffes übersteigt die Kreditsumme um Dreihunderttausend. Ich bin davon überzeugt, das genügt Ihren Partnern als ... Sicherheit.« G'Kar sprach das letzte Wort aus, als befürchtete er, es würde seine Lippen beschmutzen.

»Nein, tut mir leid. Das Schiff ist schon gebraucht. Gebrauchte Gegenstände verlieren an Wert.«

Beide schwiegen einen Augenblick. Schließlich fragte Cray: »Also, was haben Sie sonst noch zu bieten?«

»Ich besitze eine Statue von Cesea, deren Wert auf Hunderttausend geschätzt wird. Wenn Ihnen das nicht reicht, wende ich mich an jemand anderen.«

»Einverstanden. Wir sind im Geschäft. Kommen Sie übermorgen wieder hierher. Bringen Sie die Papiere für Ihr Schiff und die Statue mit. Dann kriegen Sie Ihre Fünfhunderttausend. Es war mir ein Vergnügen, mit Ihnen Geschäfte zu machen, Sir.«

»Vielen Dank«, antwortete G'Kar langsam, und er hörte sich bei weitem nicht so glücklich an wie der Kredithai.

Er verließ seine Nische. Auf dem Weg hinaus warf er einen Blick in Richtung Londo, aber offenbar war das Schutzschild vor der Nische des Centauri intakt. Der Narn zeigte keinerlei Reaktion.

Was führst du nur im Schilde? Londos Instinkt sagte ihm, daß die Sache etwas mit dieser Menschenfrau zu tun hatte. *Ich muß mir die Freude machen, mich bei der hübschen Lady zu melden,* versprach er sich selbst. *Ich mag es nämlich gar nicht, so von allem ausgeschlossen zu sein.*

»Sir?«

Sheridan blickte auf, froh darüber, aus seinen düsteren Gedanken gerissen zu werden. Seit ihn die T'llin besucht hatten, grübelte er über Verantwortlichkeit und Pflichtgefühl nach und wie ihn das eine manchmal davon abhielt, das andere zu erfüllen.

»Kommen Sie herein, Garibaldi. Was gibt es?« Er setzte sich auf, drehte sich in seinem Stuhl zu Garibaldi um und plazierte seine verschränkten Hände vor sich auf dem Tisch. »Wie steht es mit unseren Vorbereitungen?«

»Sehr gut, Sir. Wir werden so bereit wie möglich sein, wenn die Gesandten hier eintreffen.« Der Sicherheitschef durchquerte langsam das Büro, zog sich einen Stuhl heran und nahm auf der anderen Seite des Schreibtischs Platz.

»Vier Tage«, erinnerte ihn Sheridan.

»Wir sind bereit.« Garibaldi setzte sich.

Der Captain warf ihm einen mißtrauischen Blick zu. »Bereit? Oder so bereit wie möglich?«

»Sowohl als auch«, erwiderte der Sicherheitschef. »Unsere

Leute sind in Topform, und soweit es menschenmöglich ist, sind wir auf alle Eventualitäten vorbereitet.«

Sheridan lehnte sich mit einem Seufzer zurück und verschränkte die Hände über seinem flachen Bauch. »Es ist bereits ein Problem aufgetaucht.«

Garibaldi zog eine Augenbraue hoch und legte den Kopf schief.

»Die Nichte des Präsidenten studiert Journalistik und wird an der Konferenz teilnehmen. Wir müssen ihr überall freien Zugang gewähren und sie gleichzeitig ständig so diskret wie möglich bewachen«, berichtete Sheridan.

Garibaldi nickte. »Das Unmögliche möglich machen – wie üblich«, kommentierte er. »Alles klar.«

Der Captain grinste. »Ich wußte, daß ich mich auf Sie verlassen kann.«

»Voll und ganz. Und wenn mir vor der Konferenz noch ein paar Minuten Freizeit bleiben, male ich Ihnen gerne noch ein Bild vom letzten Abendmahl außen auf die Station.«

»Lieber nicht«, riet ihm Sheridan vergnügt. »Zu spezifische Thematik. Also, was kann ich für Sie tun? Oder wollten Sie mir nur einen Höflichkeitsbesuch abstatten?«

»Eigentlich, Sir, bin ich hier, weil ich ein paar Fragen habe, bei deren Beantwortung Sie mir vielleicht helfen können.« Der Sicherheitschef machte eine kurze Pause und kaute auf seiner Unterlippe herum. Dann warf er Sheridan einen Blick zu. »Aber ich fürchte, daß ich keine Fragen beantworten kann, die von meinen Fragen provoziert werden könnten.«

Sheridan wölbte die Augenbrauen. »Eine private Angelegenheit?«

»Könnte man sagen, Sir.«

Der Captain schnitt eine Grimasse. »Gut, schießen Sie los.«

»Kann man Kampfspuren von Schäden unterscheiden, die durch einen Sabotageakt hervorgerufen wurden? Angenommen, an Bord eines Schiffes, das feindlichem Beschuß ausgesetzt ist, befindet sich eine Bombe. Ungefähr zwischen 2244 und 2245. Könnten Sie den Unterschied erkennen?«

Sheridan schüttelte bereits den Kopf. »Nein. Damals konnte nämlich ein ungenauer Treffer mit einer Antimaterie-Bombe der Minbari einen Neutrinostrom auslösen. Der würde den Auslöser in einem nuklearen Sprengkopf frühzeitig in Gang setzen. Das hat uns eine ganze Reihe Schiffe gekostet, bevor wir diesen Fehler behoben haben.«

Garibaldi runzelte die Stirn, dann zuckte er mit den Schultern. »Na ja. Ich habe nur nachgedacht.«

»Haben Sie an ein bestimmtes Schiff gedacht?« fragte Sheridan neugierig. Garibaldis Frage hatte ihn überrascht. Die Konflikte des Sicherheitschefs liefen im allgemeinen in viel kleinerem Maßstab ab.

»Die *Kropotkin.*«

Sheridan öffnete den Mund, um zu sagen: »Das Schiff von Ivanovas Bruder!« Aber er zog es vor zu schweigen. Eine private Angelegenheit, hatte der Sicherheitschef gesagt. Hätte ihn Susan informieren wollen, dann hätte sie selbst etwas gesagt. Er schüttelte den Kopf. »Die *Kropotkin* ist ganz alleine auf drei schwere Minbari-Kampfschiffe gestoßen. Unter diesen Umständen wäre ein Sabotageakt überflüssig gewesen.«

Der Captain sah so aus, als würde er jeden Augenblick vor unbefriedigter Neugier platzen. Garibaldi beschloß, ihn zu bedauern und allein zu lassen.

»So ungefähr habe ich mir das auch vorgestellt«, erklärte er und stand auf. »Aber das ist nicht unbedingt mein Fachgebiet. Danke.« Er ging zur Tür und hielt inne. Dann drehte er sich noch einmal kurz zu Captain Sheridan um. »Ich werde Sie einweihen, sobald ich kann«, versprach er ihm.

Sheridan lachte. »Das würde ich zu schätzen wissen.«

»Retting, dieser Bericht ist zu oberflächlich«, erklärte Ivanova verärgert. »Ich lese mir das Zeug durch, wissen Sie. Darauf stütze ich nämlich meine eigenen Berichte. Und ich will nicht schlecht dastehen, nur weil Sie schlampig arbeiten.« Sie gab dem rot angelaufenen Sergeant sein Note-Pad zurück. »Morgen früh will ich Ihren überarbeiteten und *vollständigen* Bericht auf meinem Schreibtisch finden.«

Retting murmelte ein undeutliches »Ja, Sir« und verschwand wie Tau in der Wüste.

Susan verzog das Gesicht. Sie hatte recht behalten. Wenn sie morgens verschlief, lief immer alles schief. Sie hatte das Gefühl, in jeder Hinsicht hinterherzuhinken, zu weit, um aufzuholen. Dadurch wurde sie ungeschickt und äußerst reizbar.

Nicht zu fassen, wie ich den armen Retting heruntergeputzt habe. In der Kommandozentrale bemühten sich alle, ihren Blikken auszuweichen, und sie vermutete, daß man sie nicht mehr für die eiserne Lady, sondern das eiserne Miststück hielt. *Na ja, wenigstens dürfte ich jetzt langsam brauchbare Berichte kriegen. Jedenfalls eine Zeitlang. Und unter einem schlechtgelaunten Commander dürften alle ihr Bestes geben.* Sie musterte den Verkehrskontrollschirm, wie sie es sich seit Larkins Ankunft angewöhnt hatte. Ein Centauri-Frachter trieb mit abgeschalteten Maschinen mitten in der Einflugschneise.

»Larkin!« schnauzte sie. Seine Unachtsamkeit brachte sie auf die Palme. »Was hat der Centauri da verloren?«

»Entschuldigen Sie, Commander«, erwiderte er knapp. »Eine der Antriebsdüsen des Schiffes funktioniert nicht richtig. Deshalb sind seine Maschinen ausgefallen. Sie haben mir ihr Wort gegeben, daß sie keine zehn Minuten brauchen, um sie wieder in Gang zu kriegen. Also habe ich Ihnen grünes Licht gegeben, anstatt ihnen einen Schlepper zu schicken. Es sind noch sieben Minuten übrig. Ich habe eine Warnung durchgegeben und die anderen Schiffe umgeleitet.«

Sieh mal einer an. »Sehr gut, Larkin. Aber Sie hätten mir die Warnung auf meinen Schirm geben müssen.«

»Ja, Sir.« Die Warnung erschien auf ihrem Bildschirm.

Nicht schlecht für zwei Minuten Arbeit, dachte Ivanova. *Vielleicht machst du dich doch noch.* »Vielen Dank, Larkin«, sagte sie laut.

»Gern geschehen, Sir«, erwiderte er überraschend kühl.

Ivanova zog eine Augenbraue hoch und warf einen Blick über ihre Schulter. *Ganz schön keck.* Sie hatte Larkin als eher schüchtern eingestuft. *Aber andererseits,* dachte sie betrübt, *wenn ich schlechtgelaunt bin, sind es alle anderen auch.*

Larkin kochte vor Wut. Er holte mehrmals tief Luft und biß seine Zähne so fest zusammen, daß sie zu springen drohten. *Wie kann sie es nur wagen? Wie kann sie mich so demütigen! Sie weiß doch, daß das keiner hier hätte besser machen können. Nicht einmal sie selbst, so perfekt sie auch sein mag. Sie weiß, daß sie im Unrecht ist. Aber entschuldigt sie sich vielleicht? Oh, nein. Das schafft sie nicht. Das könnte ja ihrem Image schaden. Man muß ja immer gut aussehen, nicht wahr, mein Schatz? Besonders, wenn man gerade alle in Reichweite fertiggemacht hat.*

Diese geistige Schimpftirade hatte ihn wieder etwas beruhigt. Er mußte sich beherrschen, um nicht zu lächeln. *Die kleine Liebesgabe, die ich dir auf die Türschwelle gelegt habe, muß dich wirklich an der richtigen Stelle getroffen haben, Süße. Stimmt's?* Wenn sie das schon für schlimm hielt ... *Oh, Kleine, dann warte mal auf meine nächste Überraschung.*

»Meine liebe Miss MacBride.« Londo stürzte sich auf Semana, die an einem Tisch im Café saß. »Darf ich mich kurz zu Ihnen setzen?« Das war natürlich nur eine rhetorische Frage. Er setzte sich einfach und bedachte sie mit einem Lächeln.

»Eigentlich erwarte ich jemanden, Botschafter.« Semana war

die Situation offensichtlich peinlich. Ihre Stimme klang freundlich und ein wenig bedauernd.

»Oh. Nun, auch ich kann nicht lange bleiben«, erklärte er, als könnte er entgegen seinen Wünschen nicht mehr Zeit für sie erübrigen.«Ich wollte mit Ihnen über eine geschäftliche Angelegenheit sprechen.«

Semana zog eine ihrer sorgfältig gezupften Augenbrauen hoch und nahm langsam einen kleinen digitalen Kalender aus ihrer Handtasche. »Wollen wir einen Termin vereinbaren?«

»Abendessen?« fragte er zurück.

Sie überlegte kurz und sah dann in ihrem Kalender nach. »Hm!« Sie sah hübsch aus, wenn sie ihren Kopf zur Seite neigte. »Heute abend habe ich bereits einen Termin, aber zwischen sieben und acht bin ich noch frei. Wir könnten etwas zusammen trinken.« Sie warf ihm einen fragenden Blick zu.

»Mit Vergnügen«, erwiderte Londo. »Ich kann es gar nicht erwarten. Vielleicht finden sie nach unserem Treffen in Ihrem Kalender ja noch Zeit für ein Abendessen mit mir. Treffen wir uns im Casino?«

»Ich freue mich schon darauf«, antwortete sie und streckte ihm ihre Hand hin. Er nahm sie, hob sie an seine Lippen, als wäre es eine überaus seltene und zarte Blüte, und küßte sanft ihre Fingerspitzen, ohne seinen Blick auch nur eine Sekunde von ihren Augen abzuwenden.

»Heute abend«, flüsterte er und verschwand.

Semana gestattete sich ein Grinsen. Man hätte fast glauben können, daß sie lediglich erfreut war. Aber sie unterdrückte den Lachanfall, der in ihr brodelte. Der hätte niemanden daran zweifeln lassen, daß sie sich prächtig amüsierte.

Was war denn das? dachte sie vergnügt. *Der Junge hat wohl zu viele schlechte Filme von der Erde gesehen. Heute abend! Allerdings.* Ihre dunklen Augen blitzten vor Vergnügen. *Ich frage mich, was er im Schilde führt.* Es war sicher nicht das, was der schmachtende Blick, den er ihr zum Abschied zugeworfen hatte, vermuten ließ. Er schien viel zu entschlossen vorzugehen, als daß man glauben konnte, er wollte ihr nur den Hof machen. *Besonders für einen Centauri.* Sie eroberten Frauen genauso unbarmherzig wie Planeten, sie gingen nur raffinierter dabei vor.

Vielleicht hätte sie doch mit ihm reden sollen. Schließlich hätte sie durchaus Zeit dazu gehabt. Sie schürzte die Lippen. *Nein. Bei einem Centauri kann man keinen größeren Fehler begehen, als es ihm leichtzumachen.* Also, Cocktails um sieben, Narn um acht.

12

Semana wirkte heute sehr bescheiden – soweit man eine junge Frau, die eine gute Figur hat und ein enges rotes Kleid trägt, so nennen kann. Das Kleid reichte vom Hals bis zu den Knöcheln, hatte lange Ärmel und wurde unterhalb der Knie weiter. Sie hatte ihre Haare im Nacken zu einem Knoten hochgesteckt; offenbar wollte sie sowohl attraktiv als auch geschäftsmäßig wirken. Den Blicken nach zu urteilen, die ihr einige der anderen Gäste im Casino zuwarfen, wirkte sie auf jeden Fall überaus anziehend.

»Verehrte Dame, es tut mir leid. Ich hoffe, Sie warten noch nicht allzu lange.« Londo führte ihre Hand an seine Lippen und setzte sich ihr gegenüber. »Der Gedanke, daß ich Sie warten ließ, betrübt mich zutiefst.«

Ach! dachte Semana. *Schon bei dem Gedanken daran kriege ich das Kribbeln.* »Aber nicht im geringsten, Botschafter. Sie haben sich nicht verspätet. Ich war zu früh hier.« Als Belohnung für seine Höflichkeit schenkte sie ihm ein freundliches Lächeln.

Londo drehte sich um und winkte den Barkeeper heran. *Nun,* dachte er selbstzufrieden, *für eine vielbeschäftigte Frau warst du anscheinend ganz wild darauf, mit mir zu sprechen.* »Darf ich Sie zu einem weiteren Drink einladen?«

»Ja, bitte.« Semana schob ihr halb geleertes Glas zur Seite.

Als die Getränke serviert wurden, nippte sie genußvoll an ihrem. Es schien, als würde es ihr auf Londos Rechnung viel besser schmecken als auf ihre eigene. Sie tauschten die üblichen Höflichkeiten aus: wie sehr es ihr auf *Babylon 5* gefiel, was sie unbedingt machen mußte, wie sich das Leben auf der Station von dem auf Centauri Prime unterschied und welche Fortschritte die Vorbereitungen für die Konferenz machten.

Schließlich fragte Semana: »Nun, Herr Botschafter ...?«

»Bitte nennen Sich mich Londo.« Er berührte ihre Hand.

Was ist nur los mit dem Kerl? So eine Art Hand-Fetischist? Ist das eine Eigenart der Centauri? »Londo«, murmelte sie, »worüber wollten Sie mit mir sprechen?« Sie warf ihm einen ernsten Blick zu, um klarzustellen, daß die Höflichkeiten nun ein Ende hatten.

Ach, diese Menschen, sinnierte Londo, so *begierig darauf, zum Ende zu kommen. Anscheinend haben sie keine Ahnung davon, wie angenehm der Weg dorthin sein kann. Verstehen sie nicht, daß die Jagd meist viel mehr Vergnügen bereitet als das Töten?* Für einen Centauri war das eine unumstößliche Tatsache, und eine derartige Fehleinschätzung überstieg sein Vorstellungsvermögen.

»Es ist mir zu Ohren gekommen«, verkündete er jetzt und hielt sein Glas gegen das Licht, so daß es den tiefroten Wein zum Leuchten brachte, »daß Sie etwas ziemlich Einmaliges zu verkaufen haben.«

»Ach ja?« Semana versuchte, reine Neugier zu heucheln und ihre Überraschung zu verbergen. *Na toll! Da hat jemand seine Klappe nicht halten können,* dachte sie. Wie hatte er das herausgefunden? Und wieviel genau wußte er? *G'Kar hat ihm bestimmt nichts erzählt*, schoß es ihr durch den Kopf. Vielleicht die zackige Assistentin des Narn? *Unmöglich. Den Berichten zufolge ist sie genauso fanatisch wie ihr Boß.* Der Botschafter der Centauri stieg in ihrer Achtung. *Du mußt eine ganze Armee von Spitzeln haben.*

»Ja«, bemerkte Londo beiläufig, »ich weiß, daß der Preis ziemlich hoch ist. Ungefähr fünfhunderttausend Krediteinheiten.«

Semana riß die Augen auf. Dann verzog sich ihr Mund langsam zu einem Lächeln, als wüßte ihr Gesicht schon vor ihr, was sie als nächstes sagen würde. *Nun, wieso auch nicht?* fragte sie sich selbst. *Das wird das Spiel etwas interessanter gestalten und meinen Einsatz abdecken.* Sie richtete sich auf. Ihre Entscheidung war gefallen.

»Ich stehe bereits mit einem Kaufinteressenten in Verhandlungen«, teilte sie ihm förmlich mit. »Und der Preis liegt ein gutes Stück über der Summe, die Sie genannt haben.«

Londo blinzelte.

Geizhals, dachte sie. Wenn ihr Opfer blinzelte, bedeutete das gewöhnlich, daß ihm der Preis zu hoch erschien. Aber in seinem Blick regte sich Interesse.

Über fünfhunderttausend Krediteinheiten! Was hat diese Frau zu verkaufen? Die Krone des Imperators? Der Atem stockte ihm. *Nein, nein! Das ist zu weit hergeholt.* Er mußte bei dem Gedanken lachen.

Semana legte den Kopf schief. »Darf ich mitlachen?« Sie nippte an ihrem Drink.

»Ich dachte nur, bei dem Preis müssen Sie die Kronjuwelen der Centauri anzubieten haben.«

Semana verschluckte sich und hustete. *Ist der Kerl Hellseher?* Sie starrte ihn ungläubig an. »Was für eine ausgefallene Idee«, preßte sie heraus.

Londo starrte sie nun ebenfalls an. *Sie will doch wohl nicht ernsthaft ...* Er blickte zur Seite und wandte sich gleich wieder der Erdenfrau zu. *Unmöglich! Das könnten sie niemals geheim ... Doch, das könnten sie. Mußten sie.* Wenn das herauskäme, würden im wahrsten Sinne des Wortes Köpfe rollen. Oder das wütende Volk würde die alte Sitte wieder einführen, Verbrecher über eine Schlucht zu spannen. Der Gedanke allein war schon derart empörend ...

»Wollen Sie etwa behaupten, daß sich die Kronjuwelen der Centauri tatsächlich in Ihrem Besitz ...«

Semana legte die Fingerspitzen an seine Lippen, um ihn zum Schweigen zu bringen, und beugte sich ein gutes Stück über den Tisch. »Hier sitzen wir ein wenig auf dem Präsentierteller«, flüsterte sie.

Londo riß die Augen auf und starrte sie einen Augenblick lang an. »Nein!« rief er.

Semana sagte weder ja noch nein. Sie senkte lediglich ihren Blick und zuckte leicht mit den Schultern. Er streckte die Hand nach ihr aus. »Nicht!« zischte sie, und ihr Blick ließ erkennen, daß es ihr ernst war.

»Ich muß sie sehen«, verlangte er.

Sie sah auf ihre Uhr. »Also, heute nicht mehr. Ich habe eine Verabredung. Wenn mein Kunde den von mir festgesetzten Preis heute abend nicht bezahlt, rufe ich Sie morgen in Ihrem Büro an.«

»Ich bestehe darauf!« erwiderte Londo.

Zum ersten Mal bemerkte Semana, wie beeindruckend Londo wirken konnte, wenn der mächtige Politiker den gutmütigen Schwerenöter verdrängte.

»Machen Sie weiter, was Sie auch davon haben mögen!« Sie erhob sich. »Vielen Dank für den Drink, Botschafter. So oder so, ich werde mich morgen bei Ihnen melden.«

Das Gespräch hatte Semana überrascht und ein wenig verwirrt, aber sie konnte fühlen, wie ihre Adern vor Aufregung mit Adrenalin überschwemmt wurden. *Kein Zweifel,* dachte sie und lächelte innerlich, *ich liebe es, hoch zu pokern.*

Londo beobachtete, wie sie sich entfernte. Auf seiner Stirn standen kleine Schweißperlen, die sich abkühlten, als ihm aufging, daß G'Kar vielleicht Semanas Preis bezahlen würde. *Aber halt,* dachte er, *Cray hat gesagt, es würde ein paar Tage dauern, um die Summe aufzutreiben.* Er entspannte sich. *Es besteht also noch eine Chance.* Außerdem hatte er die Gelegenheit, sich mit Centauri

Prime in Verbindung zu setzen und seine Quellen in Sachen Kronjuwelendiebstahl auszuhorchen.

Wieso nehme ich diese lächerliche Geschichte so ernst? fragte er sich. *Semana MacBride kann unmöglich die wertvollsten und bestbewachten Schätze der Centauri in ihrem Besitz haben.* Er schüttelte den Kopf. *Das ist unmöglich. Andererseits ...*

Als Na'Toth G'Kar fand, saß er bereits an einem Tisch im *Chez Soir.* Sie setzte sich auf den Stuhl, der für Semana MacBride reserviert war, und starrte den Botschafter an.

»Was ist los?« fragte er sie leicht besorgt. »Wieso sehen Sie mich so an?«

»Ich habe die Erdenfrau gesehen ...«

»Terranerin, Na'Toth! Bitte, wir haben das bereits durchgesprochen.«

»Die MacBride hat mit dem Botschafter der Centauri einen Drink genommen«, schnaubte Na'Toth. »Gegen Ende ihrer Unterhaltung schien es, als wäre er wütend auf sie.«

G'Kar lächelte. »Zweifellos hat sie ihm mitgeteilt, daß er überboten worden ist. Das dürfte Londo ärgern.« Er strahlte regelrecht, und seine Augen glänzten vor Zufriedenheit, weil er dem Centauri zuvorgekommen war. »Wie ich es genießen werde, ihm meinen Erfolg unter seine blasierte Nase zu reiben.«

Na'Toths Gesichtsausdruck versteinerte. Sie umklammerte die Tischkante mit ihren Händen. *»Überboten?«* fragte sie.

»Ja. Es wird ein paar Tage dauern, bis ich die Krediteinheiten tatsächlich zur Verfügung habe, aber ich habe es geschafft.«

Sie lehnte sich mit weit aufgerissenen Augen vor. »Wollen Sie damit sagen, daß unsere Regierung tatsächlich Mittel für ... dieses Hirngespinst bewilligt hat?«

G'Kar stützte bedächtig seine Ellbogen auf die Tischplatte und seufzte. »Das ist kein Hirngespinst, Na'Toth. Ich habe es gesehen.«

»Haben Sie es berührt, in der Hand gehabt?« wollte seine Assistentin wissen.

»Nein. Das wollte mir Semana nicht erlauben. Sie hat gesagt, selbst eine leichte Berührung könnte Spuren hinterlassen, die mich den Behörden verraten würden, sollten sie es zurückbekommen, bevor ich es in Besitz nehme. Sie hat es nicht einmal selbst angefaßt«, verteidigte er sich.

»Dann ist es eine Holographie«, erklärte Na'Toth angewidert. »Wie können Sie nur auf so einen Unsinn hereinfallen?«

»Ich bin kein Narr, Na'Toth«, erwiderte G'Kar betont geduldig. »Ich weiß, wie Holographien aussehen. Wenn man sie aus einer bestimmten Richtung ansieht, verschwimmen sie. Dieser Gegenstand war nicht nur von allen Seiten deutlich zu sehen, er hat sich bewegt, als ich die Schachtel bewegt habe.«

»Dann ist es eine Fälschung.«

»Ich bewundere, mit welcher Hingabe Sie versuchen, mich davon abzuhalten, einen Fehler zu begehen«, brachte er hervor, »aber wenn das eine Fälschung ist, dann ist sie hervorragend gemacht. Außerdem, Mollaris offenkundiges Interesse an dem Gegenstand ist mir Beweis genug.«

Na'Toth senkte den Kopf und blickte zur Seite. Sie sah bedrückt aus, obwohl sie sich alle Mühe gab, teilnahmslos zu wirken. *Und ich habe ihm erzählt, daß sich der Centauri mit ihr getroffen hat.* Genausogut hätte sie sich selbst die Kehle durchschneiden können. *Wenn ich mir vorstelle, daß ich dieser Frau auch noch geholfen habe!*

»Sie müssen zugeben, daß das ihren Behauptungen Glaubwürdigkeit verleiht«, erklärte G'Kar freundlich.

Na'Toth sah ihn an. Ihre roten Augen glühten. »Ich würde dieser Frau nicht einmal glauben, wenn sie sagte, Londo sei ein Centauri!«

»Nun, was ist er denn dann Ihrer Ansicht nach?« ließ sich Semanas hörbar belustigte Stimme vernehmen. »Ein Spion der

Narn, der extrem gut getarnt ist? Denn Londo ist ein Centauri, Na'Toth.«

»Entschuldigen Sie mich, Miss MacBride«, erwiderte die Narn und stand schwerfällig auf. »Ich muß jetzt gehen. Ich habe noch zu tun.«

G'Kar war ebenfalls aufgestanden, sobald er Semanas Stimme vernommen hatte. Er beobachtete, wie sich Na'Toth mit säuerlicher Miene entfernte, dann wandte er sich lächelnd der Menschenfrau zu. »Guten Abend, Semana. Wollen Sie sich nicht setzen?« Er nahm ihren Arm und führte sie zu ihrem Stuhl. »Ich habe gute Neuigkeiten.«

Semana stützte ihre Ellenbogen auf den Tisch, legte den Kopf schief und blickte ihn gespannt an.

»Bis Ende der Woche müßte ich die gesamte Summe beisammenhaben.«

»Bis Ende der Woche?« Sie runzelte die Stirn. »Wie lange genau?«

»In fünf Tagen habe ich das Geld.«

Sie schüttelte den Kopf. »Nicht gut. In vier Tagen reise ich ab.« Sie fixierte ihn, seufzte und ließ den Blick schweifen. »Es tut mir leid«, erklärte sie. »Ich wünschte, ich hätte Ihnen nie davon erzählt. Das war nicht fair von mir.«

»Ich kann das Geld auftreiben!« beharrte er. »Ich kann soviel auftreiben, wie Sie verlangt haben. Das ist doch eine Summe, auf die es sich zu warten lohnt?«

»Nein. Ich stehe unter Zeitdruck. Ich kann es mir nicht leisten, hier hängenzubleiben, wenn fur den Zeitraum der Konferenz der Flugverkehr eingestellt wird. Vier Tage – oder Sie können die Sache vergessen.«

Ihre Züge wurden weicher. »Ich hasse es, Ihnen das anzutun«, fuhr sie fort und berührte seine behandschuhte Hand. »Aber Sie müssen verstehen, daß ich mit dem Geld zu einer bestimmten Zeit an einem bestimmten Ort sein muß oder . . . meine Geschäftspartner könnten einen falschen Eindruck bekommen. Und es könnte jemand verletzt werden.« Sie lachte nervös. »Nämlich ich. Es muß in vier Tagen über die Bühne gehen.« Sie sah ihn ernst an. »Wenn möglich, noch früher.«

G'Kar ballte die Hände zu Fäusten. Er wußte, daß sie sich nicht mit weniger Geld zufriedengeben würde. Vielleicht sollte er die Regierung dazu bringen, ihn in dieser Sache zu unterstützen. »Ich werde tun, was in meiner Macht steht«, verkündete er grimmig.

Phina schlich lautlos den blaugrauen schalldichten Gang entlang, und er versuchte, sich so unauffällig wie möglich zu benehmen. Bis jetzt war er niemandem begegnet. Das mochte an der Uhrzeit liegen: Es war zu spät, um noch auszugehen, aber zu früh, um schon nach Hause zu kommen.

Ich dachte, in diesem Flügel würden Wachposten patrouillieren, ging es ihm durch den Kopf. *Das wäre für einen intelligenten Attentäter natürlich ideal. Man konnte unauffällig gekleidet den Bereich mit offen sichtbarer Waffe betreten und ungehindert gehen, wohin man wollte.* Vielleicht fühlten sich die Botschafter mit Wachen vor ihren Quartieren aber auch wie in einem Gefängnis. Es gab Überwachungskameras, aber die wirkten viel weniger abschreckend. *Und es sind lange nicht so viele, wie ich erwartet hätte.* Phina grinste. Zweifellos hatten es die Bewohner dieses Sektors nicht gerne, wenn alle ihre Besucher gefilmt wurden. Was ihn betraf, so würde man auf den Überwachungsbändern nur einen Außerirdischen in einem Schutzanzug erkennen können; keineswegs eine Seltenheit in diesem Teil der Station.

Ich werde diese Maske abnehmen müssen, dachte er, *wenn ich das Quartier des Botschafters der Centauri erreiche.* Andernfalls würde ihn Mollari auf keinen Fall einlassen. *Und wer würde es ihm verdenken? Der Centauri ist nicht gerade die beliebteste Person auf* Babylon 5.

Mit einer Hand wollte er seine Maske zurechtrücken, da fiel

das Mundstück seiner Atemmaske herunter. Er erwischte es, nachdem es dreimal vom Boden abgeprallt war, und huschte zu einer Stelle, die im Schatten der Überwachungskameras lag. Dort drückte er sich dicht an die Wand und nahm die Maske ab. Durch seine Handschuhe behindert, hatte er einige Mühe, das Mundstück wieder anzuschrauben. Das kleine Teil glitt ihm erneut aus der Hand. Fluchend bückte er sich, um es abermals aufzuheben. Als er sich aufrichtete, bemerkte er, daß er nicht alleine war.

Phina blickte hoch und sah sich einer Narn gegenüber. Sie stand in Verteidigungsposition vor ihm, das Messer in ihrer Hand zum Wurf bereit. Phina riß seine Hände hoch. »Nein!« schrie er.

Als er sich bewegte, warf Na'Toth das Messer. Sie setzte die ganze Kraft ihres durchtrainierten Armes ein und traf sein Hauptherz in der Mitte seiner Brust.

Der T'llin schrie vor Schmerz auf und taumelte nach hinten. Er versuchte zu fliehen. *Nein,* schoß es ihm durch den Kopf, *das darf nicht sein. Ich darf nicht sterben!* Phina fiel zu Boden. Blut quoll zwischen seinen zusammengekrampften Fingern hervor. Er fühlte seine Glieder kalt werden. Mühsam kroch er zum anderen Ende des Ganges, in die Richtung, aus der er gekommen war, und zog eine breite, dunkle Blutspur hinter sich her.

Na'Toth folgte ihm vorsichtig, ein weiteres Messer in der Hand. Der T'llin vor ihr auf dem Boden ächzte bei jeder Bewegung. *Stirb,* dachte sie, *um Himmels willen, stirb! Mach schon!* Das Wesen auf dem Boden war so gut wie tot, aber seine Bewegungen wollten nicht aufhören. »Stirb!« flüsterte sie.

Olorusin!

Phina kroch nicht mehr weiter. Er war zu erschöpft, um sich zu bewegen oder gegen das Zittern seiner klammen Hände anzukämpfen. *Es tut mir leid, Schwester.* Er fing an zu weinen. Der Kummer, den ihr sein Tod bereiten würde, quälte ihn. *Wie kannst du mir vergeben, wenn ich dich im Stich lasse?* Es wurde dunkler um ihn, weiße Blitze trübten seinen Blick. Die Wunde schmerzte jetzt kaum noch. Von dem eisigen Brennen war nur noch ein ferner Schmerz geblieben. Unter seinem Körper wurde es immer feuchter. Das machte ihm angst, ekelte ihn an. Er wollte sich auf die Seite drehen, konnte sich aber nicht mehr bewegen. *Es tut mir leid, Olorasin, es tut mir so . . . leid.*

Na'Toth stand zitternd über der Leiche. Ihr war viel zu heiß. Sie war erleichtert und schämte sich zur gleichen Zeit. Erleichtert, daß sie am Leben und unverletzt war. Und sie schämte sich, weil sie erkannte, daß er unbewaffnet gewesen war. Aber nach zwei Angriffen der T'llin hatte sie instinktiv reagiert, als sie unverhofft auf einen Angehörigen dieses Volkes traf.

Er wollte sicher Schaden anrichten. Was sonst hätte er hier wollen können? Sie schüttelte den Kopf, ohne ihren Blick von der Leiche abzuwenden. *Er hat seine Untat bereits vollbracht und war deshalb unbewaffnet,* überlegte sie. Ihr wurde bewußt, daß der Schock ihre Reaktionen verlangsamt, ihre Gefühle betäubt hatte. Jetzt hörte sie auch zum ersten Mal die raschen Schritte zweier Sicherheitswachen der Earthforce, die sich ihr näherten.

»Er ist tot«, verkündete sie und ließ das Messer fallen, das sie in der Hand gehalten hatte. »Mein Name ist Na'Toth. Ich bin die Assistentin des Botschafters der Narn.«

Garibaldi folgte Kobiyashis Ruf, sobald es ihm möglich war. Als er sich der kleinen Gruppe von Narn und Menschen näherte, entdeckte er zum Glück niemanden, der auf diesem Gang seine Wohnung hatte. Keine der hochgestellten Persönlichkeiten, wie zum Beispiel Botschafter Mollari, war in diesen Vorfall hineingeraten.

»Was ist passiert?« fragte er Sergeant Kobiyashi. Eigentlich eine überflüssige Frage: Da war Na'Toth, die ihn anfunkelte, und ein toter T'llin zu ihren Füßen. Die Sache war so klar wie Kloßbrühe. Obwohl die Klimasteuerung automatisch versuchte, die Luftzirkulation zu beschleunigen, lag der Geruch von Blut in der

Luft. Er war schwerer als der von menschlichem Blut, metallischer und schärfer. *An trockenes Klima angepaßt,* dachte Garibaldi und verdrängte den müßigen Gedanken sofort.

»Das«, zischte Na'Toth und deutete auf die Leiche, als wollte sie den Toten mit ihrem Finger durchbohren, »ist ein bekannter Terrorist. Er wird von unserer Regierung wegen Verbrechen gegen den Staat gesucht. Wie ist er auf die Station gekommen?«

»Ich weiß es nicht, Na'Toth.« Garibaldi ging auf sie zu. »Ich bin gerade erst eingetroffen. Wir werden Nachforschungen anstellen müssen. Wie heißt er?«

»Er ist der Oberste Phina, der Anführer der Razye Tesh. Diese Gruppe hat sich verschworen, die Narn-Regierung auf T'll gewaltsam zu stürzen. Was, glauben Sie, wollte der hier?« fragte sie spitz.

»Offensichtlich war er nicht bewaffnet, Sir«, bemerkte Kobiyashi. Sie wollte damit nichts andeuten, aber die Tatsache allein war bereits eine Anklage.

»Was hätte ich denn tun sollen?« schrie die Narn, um sich zu verteidigen. »Ich erwische einen bekannten Terroristen praktisch auf der Türschwelle von Botschafter G'Kars Quartier, zwei Tage nachdem ich zum zweiten Mal von T'llin angegriffen wurde. Und da soll ich nicht reagieren? Hätte ich ihn vielleicht auf einen Drink ins Casino einladen sollen?«

Garibaldi schürzte die Lippen und sah sie an, bis sie ihren Blick verärgert abwandte. »Das habe ich nicht gesagt. Auch Sergeant Kobiyashi hat das nicht gesagt. Aber ich wünschte, Sie hätten ihn nicht getötet.«

Na'Toths Kopf wirbelte wieder herum. Einen Augenblick lang starrte sie ihn an. Sie bebte sichtbar. »Ich auch. Er war nämlich aus einem bestimmten Grund hier, und den werden wir jetzt nie erfahren«, sagte sie. »Mein erster Gedanke war und ist, daß er eine Bombe legen wollte. Und obwohl Sie meine Ratschläge und Bitten generell ignorieren, bitte ich Sie inständig, sofort mit der

Suche nach Sprengstoff zu beginnen. Sie sollten mit der Evakuierung ...«

»Ich weiß«, antwortete Garibaldi verständnisvoll. Er nickte Kobiyashi zu, die ihr Com-Link betätigte und einen Bombensuchtrupp anforderte. Er kam zum ersten Mal zum Einsatz, aber seine Mitglieder waren Spezialisten ihres Faches, und wenn Gefahr bestand, würden sie das in ein paar Minuten wissen.

»Er hat die Hand hochgerissen«, berichtete Na'Toth nach einer kurzen Pause. »Ich habe gedacht, er hat etwas in der Hand, und ich hatte nur ein Messer. Also habe ich es geworfen.« Sie holte tief Luft. »Aber es war nur sein Handschuh.«

Garibaldi sah auf die klobigen Hände hinunter und verstand, was sie hatte sagen wollen. Die T'llin hatten drei Finger an jeder Hand, die Handschuhe dagegen sechs. In der Aufregung mußte es ausgesehen haben, als würde er eine Mündung auf sie richten. Einen Moment lang tat ihm Na'Toth beinahe genauso leid wie der tote T'llin.

»Dieser dämliche Sandfloh«, brummte Na'Toth und trat in einem plötzlichen Wutausbruch nach dem Bein des T'llin.

»He!« schimpfte Garibaldi, ergriff ihren Arm und zog sie von der Leiche weg. »Das muß doch nicht sein.«

»Ach, ihr Menschen seid ja so edel!« schnaubte Na'Toth. »Ihr tut nie etwas Unnötiges.«

»Also, wir laufen zumindest nicht herum und reißen uns ganze Planeten unter den Nagel.«

»Ach wirklich?« fragte sie und machte einen bedrohlichen Schritt in Garibaldis Richtung. »Was haben denn dann die ständigen Berichte über die Freiheitsbewegung auf dem Mars zu bedeuten?«

»Was geht hier vor?« brüllte G'Kar. Nach dem enttäuschenden Abendessen mit Semana hatte er sich früh verabschiedet, um zu sehen, ob er die Auszahlung des versprochenen Geldes beschleunigen konnte. Im Lift war er dem Bombensuchtrupp begegnet;

neugierig und verwirrt war er den Sicherheitsleuten gefolgt, bis er auf die Blutspur getroffen war. Voller Entsetzen war er langsam weitergegangen. Nur um eine Leiche zu finden, die unbeachtet am Boden lag, während seine Assistentin mit dem Sicherheitschef über Politik stritt. Garibaldi und Na'Toth blickten schuldbewußt drein und gingen auseinander, wie zwei Kinder, die beim Raufen erwischt worden waren. G'Kar blieb bei ihnen stehen und sah von einem zum anderen. Dann blickte er zu der Leiche am Boden hinunter.

»Das ist Phina!« rief er, drehte sich zu Garibaldi um und starrte ihn an. »Was macht der hier?«

»Ihre Assistentin hat ihn getötet.«

»Tatsächlich?« G'Kar schien angenehm überrascht. Er klopfte ihr auf die Schulter. »Gut gemacht, Na'Toth.«

Na'Toth zog verlegen den Kopf ein, ballte ihre Hände zu Fäusten und drückte sie an ihre Brust. Sie verbeugte sich leicht, um sich für dieses Lob zu bedanken.

»Was ich sagen wollte«, meinte G'Kar und wandte sich wieder Garibaldi zu, »was hat er ausgerechnet hier gewollt?«

»Wir wissen es nicht, Botschafter«, erwiderte Garibaldi tonlos, »weil er tot ist.«

G'Kars Augen verengten sich zu Schlitzen. »Finden Sie das komisch, Mr. Garibaldi? Wenn ja, ich kann nicht darüber lachen. Ein toter Terrorist liegt zu Ihren Füßen. Nur der Zufall hat ihn von den Untaten abgehalten, die er womöglich im Schilde führte, und Sie reißen Witze? Ich habe für Ihre Art von Humor nichts übrig, mein Herr.«

Das haben die wenigsten, dachte Garibaldi. *Aber in diesem Fall ist das nicht meine Schuld.* »Ich will keine Witze reißen, Herr Botschafter.« Er steckte die Hände in die Hosentaschen und wandte sich dem Toten zu. »Ich trage lediglich die Tatsachen zusammen. Bis jetzt hatten wir noch keine Zeit, irgend etwas herauszufinden.«

»Wollen Sie jemanden beschuldigen?« wollte G'Kar wissen und sah den Sicherheitschef von der Seite an.

»Eigentlich nicht«, erklärte Garibaldi und schielte zu Na'Toth. »Unter diesen Umständen wüßte ich nicht, wie Ihre Assistentin anders hätte reagieren sollen. Ich bedaure, daß er nicht nur verwundet, sondern getötet wurde. Aber ich bin sicher, Sie beide empfinden genauso.«

Die beiden Narn sahen ihn an. Es hatte ihnen offenbar die Sprache verschlagen.

»Was geht hier vor?« polterte Londo.

G'Kar versteifte sich, und Na'Toth wand sich regelrecht angeekelt.

»Kein Grund zur Aufregung, Botschafter«, versicherte ihm Garibaldi. »Es ist alles vorbei.«

Der Centauri stolzierte auf den Sicherheitschef zu, ohne die beiden Narn eines Blickes zu würdigen. »Jemand wurde praktisch auf meiner Türschwelle ermordet ...« G'Kar und Na'Toth tauschten einen raschen Blick. »... und Sie sagen, es gäbe keinen Grund zur Aufregung? Da erwarten Sie etwas Unmögliches von mir, Mr. Garibaldi. Einen Mord vor der eigenen Wohnung kann man schlecht übersehen.«

»Das war kein Mord«, erklärte G'Kar verächtlich. »Meine Assistentin ist angegriffen worden und hat sich verteidigt.«

»Hat sie Ihnen das erzählt?« Londo sah erst den Sicherheitschef an, dann blickte er nach oben. »Wie ich sehe, gibt es hier keine Überwachungskameras. Wie schade.«

G'Kar ging einen Schritt auf Mollari zu. »Was wollen Sie damit andeuten?« fragte er mit einem leicht bedrohlichen Unterton.

»Ich will andeuten, daß es in solchen Situationen immer gut ist, wenn man so viele Beweise wie möglich hat.« Londo breitete die Arme aus. »Was kann man gegen eine so harmlose Bemerkung einzuwenden haben?«

»Da wir gerade von Beweisen sprechen«, meinte Garibaldi,

»die werden leicht vernichtet, wenn zu viele Leute am Tatort herumtrampeln.«

»Natürlich«, stimmte Londo wohlwollend zu. »Ich ziehe mich gerne zurück. Schließlich habe ich morgen eine Verabredung mit einer schönen jungen Dame. Wir wollen uns über Kunst unterhalten. Da möchte ich frisch und ausgeruht sein.«

G'Kar blähte sich sichtlich auf.

»Wenn Sie die Person meinen, an die ich denke, Londo«, warnte ihn Garibaldi, »dann rate ich Ihnen, besonders gut ausgeruht und sehr wachsam zu sein. Sie hat einen höchst zweifelhaften Ruf.«

»Danke, daß Sie sich solche Sorgen um mich machen, Mr. Garibaldi. Aber in diesem Fall liegen Geschäft und Vergnügen so nah beieinander, daß ich mich nicht einmal betrogen fühlen würde, wenn sich ihre Ware als Fälschung entpuppen sollte.« Er wandte sich um und entfernte sich, während G'Kar ihn mit seinem Blick durchbohrte.

»Wir haben nichts gefunden, Sir«, verkündete der Leiter des Bombensuchtrupps.

»Benötigen Sie uns noch?« wandte sich G'Kar wieder an den Sicherheitschef.

Garibaldi hatte den andeutungsreichen Wortwechsel der drei Außerirdischen genau verfolgt, und er glaubte, den Grund für ihre Feindseligkeit zu kennen. »Nicht auch Sie, G'Kar. Dieser Frau darf man kein einziges Wort glauben. Sie ist eine Diebin und Betrügerin.«

»Benötigen Sie uns noch, Mr. Garibaldi?« wiederholte der Narn mit Nachdruck.

Garibaldi kniff die Lippen zusammen. *Wie kann man nur so verblendet sein*, dachte er. *Viel Glück, Botschafter. Mit Semana MacBride auf Ihrer Fährte werden Sie's brauchen.* »Nein. Eigentlich nicht. Wir müssen Na'Toths Aussage aufnehmen, aber das können wir morgen machen. Und es wird eine Anhörung vor

Gericht geben. Mehr nicht. Aber bitte, verlassen Sie die Station nicht!« *Na ja, eigentlich könnten wir sie nicht davon abhalten, selbst wenn ich an Mord glauben würde und nicht an Notwehr.*

»Wenn es Ihnen nichts ausmacht.« Diplomatische Immunität war für jeden Polizisten ein Problem, aber auf *Babylon 5* bereitete sie einem Alpträume. Erstens schien sie jeder zweite hier zu genießen, und zweitens stammten die meisten von ihnen aus Kulturen, in denen ... *nennen wir es mal bewaffnete Selbsthilfe* ... üblich war.

»Ich werde dasein«, erklärte Na'Toth.

»Ich muß Ihnen sagen, daß die Hauptschuld an diesem Vorfall meines Erachtens bei Ihnen liegt, Garibaldi.« G'Kars Augen wurden schmal, denn der Mensch blickte so verdutzt, daß es beinahe komisch wirkte. »Sie haben zugelassen, daß immer mehr illegale Flüchtlinge auf die Station gekommen sind. Eine ganze Gemeinde hat diesen berüchtigten Terroristen hier willkommen geheißen und bei seinen Untaten unterstützt. Wer weiß, wieviel Schaden er bereits angerichtet hat! Alles, weil Sie Ihre Aufgaben mutwillig vernachlässigt haben.«

Er trat ganz nah an den Sicherheitschef heran und fügte voller Emphase hinzu: »Sie sind nicht nur eine Bedrohung für die Narn auf dieser Station, Garibaldi, sondern für *Babylon 5* selbst. Ich werde meine Regierung über diese Mißstände informieren.« Dann richtete er sich mit einem Blitzen in den Augen zu seiner vollen Größe auf, damit er auf den Sicherheitschef hinunterschauen konnte. »Vielleicht sollte man diese Friedenskonferenz auf unbestimmte Zeit verschieben.«

Garibaldi sah ihn nur wortlos an. *Spar dir diesen Müll, G'Kar! Die Narn sind die Dummen, wenn diese Friedenskonferenz abgesagt wird.* Natürlich hatte der Botschafter nicht ganz unrecht. Die T'llin hatten sich tatsächlich unkontrolliert auf *Babylon 5* einnisten können. *Mag sein, daß ich da ein bißchen geschlampt habe,* dachte er schuldbewußt.

»Gute Nacht, Mr. Garibaldi«, sagte G'Kar, nahm den Arm seiner Assistentin und entfernte sich in Richtung seines Quartiers.

13

Ivanova hatte zur Abwechslung mal gut geschlafen. Sie fühlte sich erfrischt und war pünktlich auf ihrem Posten. Gutgelaunt ging sie auf ihren Schreibtisch zu; die Kommandozentrale mußte sie erst eine halbe Stunde später übernehmen. Also suchte sie bei den Datenkristallen in ihrem Eingangskorb nach Rettings überarbeitetem Bericht. *Ach, da bist du ja.* Sie steckte den Kristall in das Lesegerät und rückte ihren Stuhl zurecht.

Da stieß sie mit dem Fuß an etwas. Ein leichtes »Klack« wurde hörbar. Ivanova erstarrte, aber nichts geschah. Sie beugte sich in ihrem Stuhl nach vorne, bis sie unter den Tisch sehen konnte. Vor ihrem rechten Fuß stand ein einfacher weißer Teller, darauf ein Datenkristall, der auf der Seite lag. Anscheinend war er umgefallen, als sie mit dem Fuß gegen den Teller gestoßen war.

Oh, nein. Ihr Magen krampfte sich zusammen, und es lief ihr kalt den Rücken hinunter. *Earthforce!* schoß es ihr verzweifelt durch den Kopf. Um sich zu beruhigen, klammerte sie sich an diesen ersten Verdacht wie an einen Strohhalm. *Es muß jemand sein, der zur Truppe gehört.* So mußte es sein. Niemand sonst konnte so einfach in die Kommandozentrale oder die Büros gelangen. *Dann bleiben also nur noch alle meine Bekannten und Kollegen übrig,* dachte sie verbittert. »Garibaldi«, rief sie mit erschöpfter Stimme in ihr Com-Link.

»Schon unterwegs, Susan.«

»Diesmal in meinem Büro.«

»Toll. Ich kann etwas Abwechslung gebrauchen.« Er machte eine kurze Pause. »Ich wußte gar nicht, daß Sie Ihr Büro überhaupt benutzen.«

»Ich benutze es heimlich«, brummte sie. »Ich lasse meine Untergebenen gerne im ungewissen.«

»Ich komme auf dem schnellsten Weg«, versicherte ihr Garibaldi.

»Ivanova, Ende.« Sie lehnte sich zurück und musterte den Kristall zu ihren Füßen. *Jemand, den ich kenne,* grübelte sie. Unvermeidlich kam ihr Larkin in den Sinn. *Aber denke ich an ihn, weil es logisch ist, ihn zu verdächtigen, oder weil ich ihn nicht leiden kann?* Sie verzog das Gesicht. Beides war möglich. Er hatte sich seit ihrem Gespräch gebessert, aber sie hatte immer noch das Gefühl, ihn im Auge behalten zu müssen. *Vielleicht spielt mein Mißtrauen hierbei eine Rolle.* Sie schüttelte den Kopf. Das ergab keinen Sinn. In gewisser Weise war es logisch, Larkin zu verdächtigen. Er war neu und benahm sich eigenartig. Und obwohl er hervorragende Zeugnisse hatte, vermittelte ihr seine Personalakte den Eindruck, daß man ihr den Typ untergeschoben hatte.

Er kann nichts über Gayna wissen. Die Unterlagen über ihren Bruder waren für ihn nicht zugänglich, und ihm hatte sie ihr Herz ganz bestimmt nicht ausgeschüttet. Selbst ihren Freunden gegenüber war sie verschlossen geblieben. *Ich würde nie mit einem Untergebenen über meine Familie sprechen. Und wenn doch, dann bestimmt nicht mit Ilias Larkin.*

»Also, vor der Tür ist nichts.« Garibaldis Stimme riß sie aus ihren Gedanken.

»Nein«, antwortete sie und rutschte mit ihrem Stuhl ein Stück zurück. »Hier unten.«

Der Sicherheitschef beugte sich, ohne die Hände aus den Hosentaschen zu nehmen, zur Seite, und warf einen Blick unter ihren Schreibtisch. »Vielleicht haben wir es mit einem ganz kleinen Täter zu tun. Wieso sollte er das sonst auf den Boden gestellt haben, wenn doch auf dem Tisch genug Platz war?«

»Weil alle großen Geister mit Inkonsequenz geschlagen sind«, sagte sie bissig. »Woher zum Teufel soll ich das wissen?« Garibaldi zog die Augenbrauen hoch, und sie blickte zur Seite. »Entschuldigung.«

»Also, das schränkt den Kreis der Verdächtigen ein«, erklärte er. »Es muß jemand von der Earthforce sein. Ich kann allerdings nicht behaupten, daß mich diese Vorstellung begeistert.« *Obwohl es natürlich auch jemand mit einer perfekt nachgemachten Earthforce-Uniform sein könnte. Wenn es einer geschafft hat, das Paßwort von Ivanovas Akten zu knacken, dürfte er auch in der Lage sein, den Zugangscode für diesen Raum herauszufinden.* Er warf Susan einen Blick zu. Sie sah erbärmlich aus. *Ihr gegenüber erwähne ich diese Möglichkeit lieber nicht.* Er musterte den Teller und den Datenkristall flüchtig, ehe er sich bückte und beides aufhob.

»Ich erwarte immer noch, daß das Zeug in die Luft fliegt«, bemerkte Susan.

»Ich auch. Deshalb untersuche ich die Dinger jedesmal.« Er steckte den Kristall in die Hosentasche.

»Haben Sie bei den anderen irgendwelche Fortschritte gemacht?« fragte sie.

»Noch nicht«, gab Garibaldi widerwillig zu.

Die Angelegenheit machte ihn immer nervöser. »Keine Sorge«, hatte die Technikerin ihm versichert. »Besser als die meisten, aber trotzdem eine Fälschung. Daran besteht kein Zweifel.« Er hatte sie nach den Gründen für ihre Überzeugung gefragt. »Das hört sich wie Schriftsprache an. Kein Mensch redet so. Nicht ein einziges ›äh‹ oder so. Jeder Satz perfekt. So möchte man reden, aber es gelingt einem auf Anhieb nie. Sie verstehen, was ich meine?« Ja. Er verstand. Er hatte von Anfang an den gleichen Eindruck gehabt. Aber er hatte einfach keine Beweise, und die brauchte er – selbst wenn es nur um Ivanovas Seelenfrieden ging.

»War der zweite so schlimm wie in meiner Vorstellung?« wollte Susan wissen.

»Ja.«

Vielleicht ist das wirklich passiert, dachte sie. *Vielleicht finden sie nichts, weil es tatsächlich so passiert ist.* Sie streckte eine Hand aus. »Ich will mir diesen hier ansehen.«

Garibaldi schüttelte den Kopf. »Nein, wollen Sie nicht. Denken Sie nicht über diesen Mist nach, Susan. Ein mieser kleiner Sadist hat sich das ausgedacht. Sie wollen doch nicht zu seinem Vergnügen leiden.«

»Ich kann mich vor dieser Sache nicht verstecken«, erwiderte sie verbittert. »Dabei komme ich mir wie ein Feigling vor.« Sie sah ihn ernst an und machte keine Anstalten, ihre Hand zurückzuziehen.

Schließlich legte er den Kristall widerstrebend in ihre Hand. »Was dagegen, wenn ich bleibe, während Sie sich das ansehen?«

»Ob ich was dagegen habe? Ich wäre Ihnen ins Gesicht gesprungen, wenn Sie versucht hätten, sich zu verdrücken.« Sie holte tief Luft und steckte den Kristall in das Lesegerät. »Also, los geht's!«

Das Zeichen des Psi-Corps erschien auf dem Bildschirm, und Ivanovas Kinn klappte herunter.

»Psi-Corps?« rief Garibaldi ungläubig. »Der Kerl will uns weismachen, daß er an das Psi-Corps herankommt?« Das Logo verschwand, und ein älterer Mann wurde sichtbar. In der Zeile am unteren Rand des Bildschirms stand, wer wann angerufen wurde; Datum, Uhrzeit, ein Name, Dr. Levin Okakura.

»Das ist mein Vater!« keuchte Susan. Sie deutete auf den Namen. »Und Dr. Okakura war der Psi-Corps-Berater, der für unsere Familie zuständig war.«

»Doktor Ivanov«, sagte eine Stimme, vermutlich Dr. Okakura. »Was kann ich für Sie tun?«

»Ich rufe wegen meiner Frau an«, sagte Susans Vater. Sein Gesicht wirkte verbittert, seine Augen überaltert. »So kann das nicht weitergehen. Die letzten Spritzen, die sie bekommen hat . . .

Doktor, sie kann sich kaum bewegen, vom Denken gar nicht zu reden! Sie hat doch keine Überdosis bekommen?« Man hörte, wie Datenkristalle gegeneinanderklickten, während Dr. Ivanov geduldig auf Bestätigung wartete.

Ein Seufzen wurde laut, dann: »Nach den letzten Untersuchungen hat sie genau die richtige Dosis bekommen. Sie wird keine körperlichen Schäden davontragen, falls Sie das befürchten, Sir.«

»Ich befürchte, daß ich schon Hunde mit einem höheren Intelligenzquotienten kennengelernt habe!« Dr. Ivanovs Gesicht war rot vor Wut, seine Augen glühten. »Es ist, als ob meine Frau gestorben wäre, aber ihr Körper will nicht aufhören zu atmen! Und sie weiß das und leidet darunter. Wie lange kann sie das noch aushalten?« Einen Augenblick lang herrschte Schweigen.

»Unbegrenzt«, gestand Dr. Okakura. »Aber Sie wissen, daß das nicht sein muß. Wenn sich Ihre Frau bereit erklärt, dem Psi-Corps beizutreten und die Ausbildung zu durchlaufen, braucht sie die Medikamente nicht mehr zu nehmen. Die Nebenwirkungen würden in weniger als einem Monat verschwinden.«

Dr. Ivanov schloß die Augen und schüttelte erschöpft den Kopf. »Das würde sie niemals tun«, erklärte er. »Die Kinder . . .«

»Entschuldigen Sie, wenn ich Sie unterbreche, Dr. Ivanov, aber die beiden sind keine Kinder mehr. Ihr Sohn macht bald seinen Abschluß und spielt mit dem Gedanken, zum Militär zu gehen. Und Ihre Tochter wird bald die Universität besuchen. Wenn sich Ihre Frau also für die beiden opfern will, ist ihr Opfer unnötig. Das Leben Ihrer Kinder nimmt seinen Lauf, und sie werden nicht fur immer bei Ihnen bleiben. Die Lage hat sich geändert. Ich glaube, Sie müssen Ihre Einstellung überdenken.«

Dr. Ivanov schien am Boden zerstört. »Sie haben recht«, murmelte er. »Aber wenn sie dem Psi-Corps beitritt, wird sie mich verlassen müssen.«

»Tja. Denken Sie nicht nur an sich, Doktor. In gewisser Weise hat sie Sie bereits verlassen. Und solange sie die Medikamente zur Unterdrückung ihrer telepathischen Fähigkeiten nimmt, wird sie weiter außerhalb Ihrer Reichweite bleiben. Außerdem müßte sie Sie nur für die Dauer ihrer Ausbildung verlassen. Wir sind doch keine Unmenschen. Viele Telepathen sind im zivilen Bereich beschäftigt, das heißt, wir können sie fast überall einsetzen. Wären Sie bereit, Ihren Wohnort zu wechseln, wenn das mit Ihrer Arbeit vereinbar wäre?«

In Dr. Ivanovs Augen trat ein Hoffnungsschimmer. »Ja«, antwortete er. »Ja, ich wäre bereit dazu.« Dann schien ihm etwas einzufallen, und es war, als würde plötzlich eine Flamme gelöscht. »Aber meine Tochter Susan«, seufzte er, »sie haßt das Psi-Corps aus ganzem Herzen.«

»Ich weiß.«

»Wie meinen Sie das?« Dr. Ivanov blickte mißtrauisch.

Leises Gelächter wurde hörbar. »Nichts Unrechtmäßiges, das versichere ich Ihnen. Wir haben Ihre Privatsphäre nicht verletzt. Aber es ist typisch, daß uns ein Familienmitglied mit Haß begegnet, meistens sogar mehrere. Sie schreiben die Schuld für das, was ihrer Mutter, ihrer Schwester oder ihrem Bruder zugestoßen ist, dem Psi-Corps zu. Aber wir haben daran keine Schuld. Wir haben die Gesetze nicht gemacht. Wir haben die Gene nicht ausgewählt, die ihre geliebten Verwandten zu Telepathen gemacht haben. Unsere Aufgabe ist es lediglich, die Telepathen auszubilden, zu beraten und für die Einhaltung der Gesetze zu sorgen. Es schaudert mich, wenn ich daran denke, was ohne unseren Schutz aus den Talentierten würde. Genauer ausgedrückt«, erklärte Dr. Okakura ernst, »wieso sollte die Meinung Ihrer Tochter wichtiger sein als das Wohlergehen Ihrer Frau?«

»Weil sich«, erwiderte Dr. Ivanov und fuhr sich mit der Hand durch die grauen Haare, »Susan und ihre Mutter sehr nahestehen. Wenn meine Frau dem Psi-Corps beitritt, wird Susan sie deswegen verachten. Die beiden würden nie wieder miteinander reden, und das würde meine Frau zugrunde richten. Ich bin mir nicht sicher, ob sie bereit wäre, ein solches ... wie Sie sagten ... Opfer zu bringen.«

»Hm. Ist Susan wirklich so unversöhnlich?«

Dr. Ivanov lächelte beinahe sanft. Er senkte seinen Blick. »Nun, ja. Sie ist sehr eigensinnig, und je älter sie wird, desto sturer wird sie auch. Ich glaube, meine Frau würde lieber sterben, als die gute Meinung auf's Spiel zu setzen, die Susan von ihr hat.«

Einen Augenblick lang herrschte wieder Schweigen. »Das können wir einrichten«, antwortete Dr. Okakura.

»Was?« Dr. Ivanov wirkte gleichermaßen aufgeschreckt und verwirrt.

»In Extremfällen wie diesem können wir das arrangieren. Es sieht dann so aus, als wäre das betroffene Familienmitglied gestorben. Der Respekt und die Zuneigung der nahen Verwandten – in diesem Fall ihrer Tochter – für den telepathiebegabten Angehörigen bleibt auf diese Weise unangetastet. Ihre Frau könnte ein erfülltes normales Leben führen.«

»Das ist abscheulich!«

»Nein, eigentlich nicht. Wie gesagt, Sie befinden sich in einer Extremsituation, und solche Umstände erfordern extreme Maßnahmen. Solange Ihre Kinder klein waren und ihre Mutter brauchten, war es für Ihre Frau sinnvoll, sich für die Medikamente zu entscheiden. Aber wieso sollte sie allein unter den Folgen dieser Entscheidung zu leiden haben? Sie haben mir berichtet, daß Ihre Frau völlig mutlos ist. Ich habe sie untersucht und muß Ihnen in diesem Punkt zustimmen. Ich glaube, daß Gefahr für sie besteht, wenn man sie alleine läßt, ohne die Kinder, die ihre reduzierte Leistungsfähigkeit rechtfertigen könnten.«

Susans Vater starrte mit gequältem Blick aus dem Bildschirm heraus. Er sah aus wie ein Mann, der darüber nachdachte, mit dem Teufel Geschäfte zu machen.

»Um es anders auszudrücken, Ihre Tochter könnte sich ganz

schnell mit dieser Situation konfrontiert sehen, wenn Sie jetzt nicht eingreifen.«

»Sie glauben, daß die Lage so ernst ist?« Dr. Ivanov runzelte die Stirn. Er klang gequält.

»Ja. Ihre Frau ist suizidgefährdet, Doktor.« Okakuras Stimme klang freundlich und verständnisvoll, voller Bedauern. »Lassen Sie sie ein paar Monate allein, und ich bin mir fast sicher, sie wird es tun. Sie sind Ihr gesetzlicher Vormund. Es ist Ihre Pflicht, sie wieder völlig herzustellen. Sie selbst ist nicht länger in der Lage, diese Entscheidung ohne Ihre Hilfe zu treffen.«

»Ich muß nachdenken.« Susans Vater wirkte verzweifelt und erschöpft.

»Sie hatten zwanzig Jahre zum Nachdenken, Doktor. Sie sind sich bewußt, daß Sie mit Ihrer Situation nicht glücklich sind. Die Alternativen, die sich Ihnen momentan bieten, gefallen Ihnen nicht. Sie haben wirklich keine andere Wahl. Der beschriebene Weg würde in der Tat am wenigsten Schaden anrichten«, beschwatzte ihn der Betreuer. »Sie haben sich heute mit der Bitte um Hilfe an mich gewandt. Wie sich herausgestellt hat, kann ich Ihnen helfen. Bitte, erlauben Sie uns, Ihnen und Ihrer Frau zu helfen.«

»Wie?« fragte Dr. Ivanov vorsichtig.

»Die Einzelheiten sollten wir in einem persönlichen Gespräch klären«, sagte Okakura schnell. »Meine Sekretärin wird Ihnen einen Termin geben. Sie werden es nicht bereuen, darauf gebe ich Ihnen mein Wort.« Dr. Okakura sprach voller Überzeugung.

In Dr. Ivanovs müdem Gesicht zeigten sich widersprüchliche Empfindungen: Zweifel, Scham, Schuld, Hoffnung, Entschlossenheit. »In Ordnung. Wir können zumindest darüber reden. Vielen Dank, Doktor, daß Sie so offen mit mir gesprochen haben.«

»Es wäre unverantwortlich von mir gewesen, das nicht zu tun. Auf Wiedersehen, Doktor.«

Mit einem letzten niedergeschlagenen Blick erwiderte Dr. Ivanov: »Auf Wiedersehen.«

Es folgte noch ein Nachtrag: das Todesdatum von Susans Mutter und der Tag, an dem sie Mitglied des Psi-Corps geworden war.

Susan vergrub ihr Gesicht in den Händen. »Sie lebt! Mein Gott! Sie lebt?«

»Nein.« Garibaldi ergriff ihren Arm. »Das ist genauso eine Fälschung wie die Kristalle, die Ihnen weismachen wollten, daß Ihr Bruder ein Spion war. Nur, diese Aufzeichnung verspricht Ihnen ein Happy-End. Aber das macht die Geschichte nicht wahrer.« Er schüttelte sie noch einmal. »Susan, hören Sie mir überhaupt zu?«

»Aber das würde genau zu ihnen passen! Das ist Ihnen doch klar.« Sie sah verletzt aus.

Garibaldi nickte nachdenklich. »Ja, das stimmt. Aber wie kommt das hierher? Ich weigere mich zu glauben, daß es jemandem gelungen ist, das Psi-Corps zu infiltrieren, nur um Ihnen das Leben zu vermiesen.«

»Vielleicht hat mir das meine Mutter geschickt«, spekulierte Ivanova. »Vielleicht will sie, daß ich Bescheid weiß.«

»So wie sie wollte, daß Sie über die Spionagetätigkeit Ihres Bruders für die Centauri, die Minbari oder sonstwen Bescheid wissen? Wieso sollte sie das tun, Susan?« Er blickte sie ernst an, sah zu, wie sie unter Schmerzen ihre Hoffnung aufgab. *Den Schweinehund, der das gemacht hat, bringe ich um*, dachte er und wußte gleichzeitig, daß er es nicht tun würde.

»Wer auch immer dahintersteckt, ich bringe ihn um«, preßte Susan hervor. »Bisher war ich nur verärgert, aber jetzt bin ich wirklich stinksauer!« Sie schlug mit der Faust so heftig auf den Tisch, daß die Datenkristalle darauf hochsprangen. Dann sah sie den Sicherheitschef an. Ihre Augen glühten. »Und ich glaube, ich weiß, wer als Verdächtiger in Frage kommt.«

Die Com-Links der beiden piepsten. »Ja«, bellten beide gleichzeitig.

»Ivanova, Garibaldi, kommen Sie sofort in mein Büro«, vernahmen sie Captain Sheridans Stimme. Und damit hatte er sich auch schon wieder ausgeklinkt.

»Warum ist ausgerechnet der Captain dran, wenn man sich mal unhöflich meldet?« fragte Garibaldi.

Als sie Captain Sheridans Raum betraten, saß er hinter seinem Schreibtisch und klopfte mit einem Datenkristall auf die glatte metallische Oberfläche. Er durchbohrte die beiden mit seinem Blick, während sie ihm gegenüber Platz nahmen.

»Wieso haben Sie sich nicht bei mir gemeldet, als das passiert ist?« fragte Sheridan seinen Sicherheitschef. »Ich dachte, ich hätte mich klar ausgedrückt, als wir das letzte Mal über einen solchen Fall sprachen.«

»Also, Sir, es war schon ziemlich spät...«

»Ich bin jeden Tag vierundzwanzig Stunden im Dienst, Garibaldi, und das wissen Sie.«

Okay, falsche Taktik. Wie mache ich ihm bloß klar, daß ich gar nicht auf die Idee gekommen bin? »Ich bin gar nicht auf die Idee gekommen, Sie an den Tatort zu zerren, wenn alles, was ich weiß, in diesem Bericht steht. Ich habe immer noch nicht viel hinzuzufügen. Es gibt keine Aufzeichnungen darüber, daß irgendwelche T'llin an Bord gekommen sind, auch keiner namens Phina. Wir haben nur Na'Toths Wort, daß ihre Angaben der Wahrheit entsprechen. Wenn man bedenkt, was sie in letzter Zeit durchgemacht hat und wie feindlich sich diese beiden Völker gesinnt sind, kann ich ihre Reaktion verstehen.«

»Aber hoffentlich nicht verzeihen.« Sheridan war wirklich verärgert. Sein zusammengekniffener Mund und sein starrer Blick verrieten ihn. »Ich sage das nur noch ein einziges Mal, Garibaldi. Wenn so etwas passiert, will ich davon unterrichtet werden. Ich hasse es, morgens unvollständige Berichte auf meinem Schreibtisch vorzufinden. Ich will sofort verständigt werden! Ist das klar?«

»Ja, Sir.«

»Wirklich?«

»Ja, Sir.«

Einen Augenblick lang herrschte Schweigen, und die beiden Männer starrten einander an.

»Entschuldigen Sie, Sir.« Sheridan richtete seinen Blick auf Ivanova. »Worum geht es hier eigentlich?«

»Garibaldi, würden Sie uns die Ehre erweisen?« forderte ihn Sheridan auf.

»Na'Toth hat einen T'llin umgebracht, der ihr auf dem Flur vor den Botschafter-Suiten begegnet ist.«

»Ich dachte, Sie hätten gesagt, die T'llin seien verschwunden«, erwiderte Susan leicht verwirrt.

»Stimmt. Ich habe schon seit ein paar Tagen keinen mehr gesehen. Und meine Informanten auch nicht. In der Unterwelt treiben sie sich jedenfalls nicht herum. Dafür kann ich garantieren.«

»Ich wollte Sie beide hier haben, wenn ich mit G'Kar spreche.« Ein Lächeln huschte über Sheridans Gesicht. »Als Zeugen und zur moralischen Unterstützung.« Er nahm Verbindung zum Büro des Botschafters der Narn auf.

G'Kar blickte ernst, gab sich beherrscht und geschäftsmäßig. »Guten Morgen, Captain Sheridan. Ich habe Ihren Anruf bereits erwartet. Haben Sie weitere Informationen für uns?«

»Leider nein, Botschafter. Ich hatte eigentlich gehofft, Sie könnten neue Informationen für uns haben.«

G'Kars Augen blitzten. Sein Gesichtsausdruck versteinerte sich. »Ja-ah«, knurrte er langsam wie eine wütende Katze. »Ich habe etwas für Sie. Mir gefällt nicht, wie sich Garibaldi in dieser Sache verhält. Meine Assistentin ist jetzt zum dritten Mal mit

T'llin zusammengestoßen. Und wie heißt es so schön auf der Erde? Ach ja: Was einmal passiert, ist ein Unfall, was zweimal passiert ein Zufall, und wenn etwas dreimal passiert, steckt dein Feind dahinter.« G'Kar schwieg einen Moment. Man konnte ihm ansehen, daß er immer wütender wurde. »Und genau das sage ich Ihnen schon die ganze Zeit!« donnerte er.

Er rückte noch näher an den Bildschirm heran und funkelte die drei Menschen wütend an. Dann gelang es ihm, sich wieder zu beruhigen. Er ließ sich auf seinem Stuhl zurücksinken und gab sich wieder so höflich wie immer. »Vielleicht war es meine Schuld«, meinte er und schloß müde die Augen. »Vielleicht habe ich in dieser Angelegenheit meinen Wünschen nicht deutlich genug Ausdruck verliehen, Ihnen nicht begreiflich gemacht, was ich will.« Er öffnete seine roten Augen wieder und starrte sie eiskalt an. »Captain Sheridan, ich verlange, daß jeder einzelne von diesen T'llin verhaftet und eingesperrt wird, bis sie in unser Hoheitsgebiet abtransportiert werden können. Ich verlange, daß während der Konferenz kein einziger T'llin auf dieser Station frei herumläuft. Und Captain, ich versichere Ihnen, daß diese Leute hier nichts anderes wollen, als irgendwie Schaden anzurichten. Zum Wohle Ihrer Station und damit die Friedenskonferenz ungestört ablaufen kann, rate ich Ihnen, sehen Sie zu, daß Sie mit diesen T'llin fertig werden. Das sind Terroristen – und zwar geistesgestörte Terroristen.« Er schwieg kurz und umschloß mit seiner behandschuhten Hand eine Faust. »Ich gebe Ihnen achtundvierzig Stunden, Captain Sheridan«, sagte er gepreßt. »Dann werde ich die Empfehlung aussprechen, das Treffen zwischen den Narn und den Centauri abzusagen.« Damit beendete G'Kar das Gespräch, ohne eine Antwort der drei Offiziere abzuwarten.

Sheridan sah Garibaldi und Ivanova skeptisch an. »Ich denke, Sie wissen, was wir von der Erde zu hören bekommen, wenn die Konferenz ausfällt, weil wir uns geweigert haben, mit dem Botschafter der Narn zusammenzuarbeiten.«

Ivanova blickte grimmig, und Garibaldi atmete hörbar aus.

»Der einzige, den ich in die Finger kriegen kann, ist der T'llin in der Leichenkammer des Med-Lab«, erklärte der Sicherheitschef. »Bis gestern nacht habe ich geglaubt, sie hätten die Station verlassen.«

»Das bezweifle ich«, erwiderte Sheridan. Er sah nachdenklich aus. »Sie können nirgendwo hingehen, außer nach Hause.« Er warf dem Sicherheitschef einen flüchtigen Blick zu. »Und wenn ihnen T'll gefallen hätte, wären sie gar nicht erst auf die Station gekommen. Ich kann nicht glauben, daß der Oberste Phina vor zwei Tagen noch hier war und die Bitte seiner Schwester um politische Anerkennung durch die Erde unterstützt hat.«

Ivanova und Garibaldi rutschten bis an die Kanten ihrer Stühle.

»Was?« würgte der Sicherheitschef heraus. »Sir?«

»Zwei T'llin haben mich aufgesucht, genauso wie die anderen Botschafter, wie ich gehört habe. Sie haben uns gebeten, ihnen gegen die Narn zu helfen, auf welche Weise auch immer.«

»Was haben Sie Ihnen geantwortet?« fragte Ivanova. Auf ihrer glatten, hohen Stirn wurden ein paar Falten sichtbar.

»Das Übliche«, erklärte Sheridan verbittert. »›Ich danke Ihnen für Ihren Besuch, ich werde Ihre Bitte weiterleiten, ich persönlich kann leider nichts für Sie tun, aber ich wünsche Ihnen alles Gute.‹ Das macht mich noch krank. Die Narn haben diesen Leuten übel mitgespielt.«

»Ich weiß nicht viel über sie«, bemerkte Ivanova. »Aber nach allem, was ich gehört habe, ist ›übel mitgespielt‹ arg untertrieben.« Sie verzog das Gesicht. »Das läßt die politische Lage der Narn irgendwie in einem ganz neuen Licht erscheinen.«

»Es würde auch erklären, warum G'Kar darauf besteht, daß sie zusammengetrieben und ausgewiesen werden. Unter der Aufsicht der Narn, versteht sich.« Garibaldi schnalzte mit der Zunge. »Morgen abend wird es hier von Journalisten nur so wimmeln, und die T'llin wären für eine wunderbare, bewegende Story gut.«

»Eine Story, die die Stimmung auf der Erde zuungunsten der Narn umschlagen lassen könnte. Ich glaube zwar nicht, daß irgend jemand das Benehmen der Centauri begrüßt, aber es würde zumindest so aussehen, als hätten die Narn ihr Unglück verdient.« Sheridan beugte sich vor. »Finden Sie die T'llin und nehmen Sie sie in Schutzhaft! Um die Einzelheiten können wir uns später kümmern. Susan, Sie befassen sich mit dem Einreiseproblem! Garibaldi hat mir erzählt, daß offiziell kein einziger T'llin die Station betreten hat. Aber irgend jemand muß schließlich wissen, wie sie das angestellt haben!« Versuchen Sie, etwas darüber herauszufinden.«

»Ja, Sir.« Ivanova und Garibaldi standen auf. »Gibt es sonst noch etwas, Sir?«

»Nein. Viel Glück! Und«, er warf Garibaldi einen warnenden Blick zu, »halten Sie mich jederzeit auf dem laufenden!«

Olorasin schritt aufgeregt in dem kleinen Raum auf und ab. Normalerweise machte es den Angehörigen ihres Volkes nichts aus, sich mit einem so beengten Quartier zu begnügen. Noch ehe die T'llin damit begannen, ihre Geschichte aufzuzeichnen, hatten sie die unwirtlichen Tage auf ihrer Heimatwelt unter der Erde verbracht. Aber jetzt sehnte sich die Oberste danach, den kleinen Raum zu verlassen, zu rennen, etwas zu unternehmen. Seit sie aufgewacht war und das Verschwinden ihres Bruders bemerkt hatte, war sie immer nervöser geworden. Jetzt konnte sie sich kaum noch beherrschen. Allein ihr starker Wille hatte sie bisher davon abgehalten, seine Mitstreiter zu beschimpfen. Wie hatten sie nur zulassen können, daß er ganz allein auf der Station herumlief? Er war erst gegangen, nachdem sie eingeschlafen war. Niemand gab zu, ihn beim Verlassen ihres Verstecks gesehen zu haben. Also wußte auch keiner, wie lange er schon fort war. Fünf Stunden waren vergangen, seit sie aufgewacht war. Sie lief auf und ab, auf und ab. Dann drehte sie sich um und trat an das Fenster, das ihr Quartier von dem der anderen trennte. »Öffnen!« befahl sie, und die Trübung der Scheibe klärte sich auf.

Sie sahen so erschöpft und so beunruhigt aus, diese Flüchtlinge. Sogar die Kinder wirkten bedrückt. Olorasin holte tief Luft. *Das ist immer noch ein guter Platz. Ich bin stolz, daß meine Leute daran gedacht haben. Sicher, sauber, ungestört. Das haben sie gut gemacht. Trotz der beengten Verhältnisse.* Ein Schauer lief ihr über den Rücken. *Hier ist es viel besser als in der Unterwelt.*

Als sie einen Blick nach draußen warf, kamen gerade Segrea und Haelstrac, die hiesigen Anführer der Razye Tesh, durch die Hintertür herein. Anstelle ihrer zerlumpten Kleider hatten sie die falschen Schutzanzüge an, die Olorasin und Phina während ihrer Besuche bei den Botschaftern getragen hatten. Sie blickten hoch, sahen, daß sie Olorasin durch das Bürofenster beobachtete, und hielten inne. Segrea riß seine Maske herunter. Die Wut und der Schmerz in seinen Augen ließen ihren Atem stocken.

»Öffnen!« rief sie, und die Tür glitt zur Seite. Aber sie hielt sich zurück und stürzte nicht in den Gemeinschaftsraum, um eine Erklärung zu verlangen. Sie hielt Abstand zu den anderen und ließ sie zu sich kommen. »Schließen!« sagte sie. Das Fenster wurde wieder milchig, und die Tür schloß sich hinter den beiden Razye Tesh, die wortlos nebeneinander stehenblieben.

»Heraus damit!« forderte Olorasin. In ihren Herzen hoffte sie immer noch, daß sie nur schlimme Nachrichten und nicht die schlimmsten brachten.

»Der Oberste Phina«, brachte Segrea mühsam hervor, »wurde von der Assistentin des Narn-Botschafters ermordet.«

Der Boden schien unter ihren Füßen zu schwinden, als würde man sie plötzlich an einem Flaschenzug nach oben ziehen. Ihr Körper fühlte sich ganz leicht an. Sie spürte nichts. Alle ihre Gefühle schienen sich in Luft aufzulösen. Eine rätselhafte Kraft hielt sie wie in einem Traum gefangen. Plötzlich war alles ganz deutlich, jede kleine Einzelheit fiel ihr ins Auge. Sie fixierte den

Verschluß an Haelstracs Schutzanzug, als hätte sie noch nie so ein wunderbares Ding gesehen. Olorasin spürte, wie ihr Gesicht taub und ihre Beine schwach wurden. Sie biß sich auf die Zunge. Das schmerzte. Und sie ärgerte sich über den Schmerz, nahm ihren Ärger jedoch nur ganz entfernt wahr. Als sie zusammenklappte, fingen Segrea und Haelstrac sie auf.

Segrea trug sie zu dem Feldbett, das man für sie aufgestellt hatte, und legte sie behutsam nieder.

»Was fehlt ihr?« fragte er. Der T'llin hatte erwartet, daß sie ihrem Schmerz Ausdruck verleihen, weinen und schreien, ihre Kleider zerfetzen, sogar ihre Haut zerkratzen würde. Aber nichts davon geschah. Kein Nervenzusammenbruch. Segreas Herzen schlugen schneller, und es lief ihm eiskalt den Rücken hinunter. So etwas hatte er noch nie erlebt.

Haelstrac blickte verbittert auf das Häuflein Elend hinunter, das auf dem Feldbett lag. »Sie ist allein«, erklärte sie knapp. »Seit ihrer Empfängnis folgte jeder ihrer Herzschläge denen des Obersten Phina. Jetzt herrscht nur noch Stille.«

»Wird sie sterben?« wollte Segrea wissen.

»Ich weiß es nicht. So etwas ist noch nie passiert, soweit wir wissen.« Haelstrac blickte zur Seite. »Es ist möglich, daß sie stirbt. Und wenn *sie* stirbt, werden auch wir sterben.«

»Ach was!« rief Segrea überzeugt. »Reiner Aberglaube! Von dir hätte ich mehr erwartet.«

»Hier geht es nicht um meinen Aberglauben«, zischte Haelstrac. »Entscheidend ist, was unsere Leute auf T'll glauben. Hältst du uns für typische Vertreter unseres Volkes? Wir sind es gewohnt, uns in der Wüste zu verstecken, nicht von unserem Planeten zu fliehen. Wenn aber die Zurückgebliebenen hiervon erfahren, werden sie darin ein Omen sehen, sich hinlegen und sterben!« Sie wandte sich von ihrem hünenhaften Freund ab, schlurfte zu dem anderen Feldbett hinüber, ließ sich fallen und vergrub ihr Gesicht in den Händen. »Was sollen wir nur tun?« stöhnte sie.

Segrea trat von einem Fuß auf den anderen, runzelte die Stirn und sah auf die Oberste hinab. Der Kummer zehrte an ihm wie ein schwelendes Feuer. Haelstracs Worte, »sie werden darin ein Omen sehen«, gingen ihm im Kopf herum. Er war versucht, in diesem Unglück ein Zeichen des Schicksals und das Ende ihres Unternehmens zu sehen. *Nein,* dachte er. *Zu viele haben ihr Leben gelassen, zu viele haben gelitten. Wir können nicht einfach von hier weggehen. Wir können nicht einfach aufgeben.* Sie durften die Narn nicht gewinnen lassen.

»Zuerst einmal«, erklärte er düster, »werden wir versuchen herauszufinden, was sie jetzt vorhaben.« Er verbarg sein Gesicht hinter der Maske und zog sich die Kapuze des Schutzanzuges über. »Gehen wir!« Er schlurfte langsam in Richtung Tür.

»Warte!« unterbrach ihn Haelstrac. »Was machen wir mit ihr? Und sollen wir den anderen erzählen, was passiert ist?«

Segrea starrte einen Augenblick lang die geschlossene Tür an. »Ja«, erklärte er schließlich. »Wir erzählen es ihnen. Früher oder später würden sie ohnehin davon erfahren. Dann lassen wir sie in ihrer Obhut hier zurück. Sie können alle gemeinsam trauern. Komm jetzt!« sagte er und streckte ihr die Hand entgegen. »Wir tun es gemeinsam.«

Na'Toth musterte ängstlich das kalte Gesicht des Botschafters. Er hatte sie zwar nicht verurteilt, weil sie den Obersten der T'llin getötet hatte, aber sie wußte, daß sie einen bedauerlichen Fehler begangen hatte.

»Es ist jetzt sicher schon zu spät, um die Friedenskonferenz noch abzusagen«, bemerkte sie vorsichtig. »Damit könnten wir uns auf Dauer schaden.«

»Ja«, stimmte G'Kar ruhig zu. »Eine leere Drohung. Wir könnten die Konferenz mit der Begründung absagen, daß die Erdlinge die Drohung dieser Terroristen nicht ernst genug genommen haben. Aber der Anlaß für ihre Drohungen würde das wieder aufwiegen und die öffentliche Meinung auf der Erde verwirren. Das heißt, die Erdlinge würden unsere Probleme mit den Centauri anders beurteilen – nicht mehr so eindeutig zu unseren Gunsten. Trotzdem«, er rückte in seinem Stuhl ein Stück zurück, seine Lebensgeister schienen zurückzukehren, »unsere Drohung wird den Erdlingen alles andere als gleichgültig sein. Sie wissen nicht, was wir vorhaben. Schließlich sind wir Fremde für sie.«

Na'Toth konnte ein knappes Lächeln nicht unterdrücken. »Die T'llin sind seit Tagen von niemandem mehr gesehen worden, Botschafter. Kein einziger von ihnen. Und keiner unserer Informanten hat etwas über sie herausgefunden.«

»Das bedeutet, daß wir unseren Informanten nicht genug bezahlen«, stellte G'Kar kleinlaut fest. »Vielleicht treibt der Tod eines Obersten die T'llin aus ihren Verstecken.« Er sah Na'Toth von der Seite an. »Vielleicht sollten Sie auf der Station herumlaufen, um ein paar Vorbereitungen in letzter Minute für die Konferenz zu treffen. Das würde die T'llin sicher zum Vorschein bringen.«

Na'Toth nickte. »Ich stehe Ihnen jederzeit zur Verfügung, G'Kar.«

Das hat sie fast perfekt ausgedrückt, dachte G'Kar. Dann runzelte er die Stirn über seine eigene Ungeduld. Er würde Na'Toths Talente niemals verschwenden.

»Beruhigen Sie sich!« riet er ihr. »Es würde viel zuviel Mühe machen, Ersatz für Sie zu besorgen.«

»Ah, Vir!«

Als er Londos freudige Begrüßung hörte, zog Vir wie eine Schildkröte den Kopf ein. »Guten Morgen, Botschafter«, antwortete er vorsichtig.

»Mach kein so besorgtes Gesicht, mein Junge! Ich werde dich gleich glücklich machen. Ich möchte, daß du Nachforschungen für die Konferenz anstellst.«

»Wirklich?« Vir lächelte erleichtert; ihm fiel ein Stein vom Herzen. »Sie nehmen die Konferenz also endlich ernst?«

»Du hast sicher von dem bedauerlichen Vorfall gestern abend gehört?« Londo saß mit übereinandergeschlagenen Beinen in einem seiner neuen Sessel.

»Ja, Botschafter. Na'Toth hat einen Fremden umgebracht.«

»Nein, nein.« Londo bewegte seinen erhobenen Zeigefinger hin und her. »Nicht einfach *irgendeinen* Fremden. Einen T'llin, sogar einen Obersten. T'll ist nämlich eine von den Narn-Kolonien, mußt du wissen. Und es sieht so aus, als wären die Narn den Einheimischen nicht besonders willkommen.« Er lachte vergnügt und streckte die Hände aus. »Ich frage mich, wieso mir das nicht schon früher eingefallen ist. Wir kämpfen gegen die Narn, weil wir sie daran hindern wollen, hilflose Planeten auszuplündern. Wir wollen sie davon abhalten, andere Völker grausam zu versklaven. Stimmt's? Das ist doch gut, oder? Also beeile dich und stelle etwas für mich zusammen!«

Vir spürte, wie ihm die Kinnlade herunterklappte. Es kostete ihn einige Mühe, seinen Mund wieder zu schließen. *Ich werde niemals in der Politik Karriere machen,* dachte er hoffnungslos. *So schamlos könnte ich nie sein.*

14

»Guten Morgen, Botschafter.« Semana streckte Londo anmutig ihre Hand entgegen und begrüßte ihn mit einem koketten Lächeln. »Vielen Dank, daß Sie so kurzfristig Zeit für mich hatten.«

Londo nahm die ihm angebotene Hand, ohne zu zögern, und führte sie an die Lippen. Offensichtlich genoß er die Situation in vollen Zügen.

»Um der Wahrheit die Ehre zu geben, meine Liebe«, begann er und setzte sich an den Kaffeetisch, »ich hatte schon darauf gewartet, daß Sie sich bei mir melden. Ich habe nämlich ein paar vertrauliche Informationen über die finanziellen Ressourcen ihres anderen Kunden erhalten. Deshalb habe ich angenommen, daß ... die Ware immer noch zu haben ist.« Er warf ihr einen durchdringenden Blick zu. »Ich habe doch recht, oder?«

Sie nickte lächelnd. »Wieso hätten wir uns sonst treffen sollen, Botschafter?«

»Nun, ja.« Londo rollte mit den Augen. »Sie könnten sich zu mir hingezogen fühlen, was? Oder Sie hätten noch ein anderes, äh ... hm ...«

»Kunstwerk«, ergänzte Semana spitz.

»Ja, genau. Ein anderes Kunstwerk, für das ich mich Ihrer Ansicht nach interessieren könnte.« Obwohl er lächelte, wurde sein Blick kalt. »Das tue ich jedoch nicht. Ich interessiere mich nur für einen einzigen Gegenstand. Und ich würde ihn gerne sehen, wenn Sie so freundlich wären.«

»Natürlich.« Semana nickte. Ihr Blick ruhte auf dem Stück Obst, das sie gerade schälte. »Aber vorher«, sie schnippte mit den Fingern und wischte sie dann an einer Serviette ab, »vorher sollten wir über den Preis reden.« Als sich ihre Blicke trafen, sprühten förmlich die Funken. »Ich würde Ihnen nur ungern Hoffnungen machen, falls Sie nicht über die notwendigen Mittel verfügen, um den Gegenstand zu erwerben.«

Sie legte einen Arm über die Lehne ihres Stuhls, schlug ihre langen Beine übereinander und musterte Londo aufmerksam. Der zog eine Augenbraue hoch und nickte ihr zustimmend zu.

»Über fünfhunderttausend, hatten Sie gesagt. *Wieviel* darüber?« fragte er mit einem bedrohlichen Unterton.

»Eine Million«, verkündigte Semana ruhig.

Mollari brach in Gelächter aus. »Eine Million! Sie sind verrückt!«

Sie zuckte leicht mit den Schultern und richtete sich in ihrem Stuhl auf. »Nun, Sie haben recht. Es ist unbezahlbar.« Sie durchbohrte ihn förmlich mit ihrem Blick. »Aber nicht für mich. Eine Million. Selbst für den doppelten Preis wäre es noch billig. Und das wissen Sie genau.«

»Langsam, langsam«, Londo schüttelte den Kopf, als glaubte er, daß sie ihn zum Narren halten wollte. »Wenn es sich wirklich um den ...«

»Wollen Sie, daß ich gehe?« fragte sie und erhob sich ein wenig.

Londo machte eine beschwichtigende Handbewegung. »Wenn es sich wirklich um den ... bewußten Gegenstand handelt«, beendete er seinen Satz, »dann ist der Preis in der Tat angemessen. Aber ich zweifle noch immer an seiner Echtheit. Wann kann ich ihn in Augenschein nehmen?«

Semana seufzte und warf dem Botschafter einen verärgerten Blick zu. »Ich ziehe Sie lediglich als potentiellen Käufer in Betracht, weil mein Kunde Schwierigkeiten hat, die geforderte Summe aufzubringen.« Sie verschränkte die Arme und starrte Mollari an. »Sie haben zwei Tage Zeit, heute mitgerechnet, um das Geld aufzutreiben. Wenn Sie es nicht schaffen, ist die Sache erledigt. Ich fühle mich nicht wohl dabei, diese Art von Ware anzupreisen«, erklärte sie und lehnte sich zurück.

Londo beugte sich vor, ohne seinen Blick auch nur eine Sekunde von ihr abzuwenden. Der Abstand zwischen den beiden wurde immer kleiner. »Ja. Ich kann die Summe beschaffen. In der von Ihnen gestellten Frist. Kann ich jetzt Ihre Ware sehen?«

»Aber natürlich«. Sie setzte ihr strahlendstes Lächeln auf. »Gehen wir!«

Londo schnappte nach Luft, als ihm wieder einfiel zu atmen. Er schüttelte den Kopf. »Es ist tatsächlich echt«, flüsterte er beeindruckt. »Sie haben tatsächlich den Reichsapfel der Republik!« Er sah sie fragend an. »Wie haben Sie ihn in Ihren Besitz gebracht?«

»Ich habe ihn gekauft. Wenn Sie wissen wollen, wie er gestohlen wurde – ich habe keine Ahnung.« Sie zuckte anmutig die Schultern. »Soweit ich weiß, hat ihn die Regierung der Centauri verkauft, um den Krieg zu finanzieren.«

Das klingt plausibel, gestand sich Londo ein. Er hatte sich mit seiner Regierung in Verbindung gesetzt und ein paar Andeutungen über den Verlust der Kronjuwelen gemacht. Man hatte ihn darauf nur entsetzt angestarrt und ihm ein paar unangenehme Fragen über seine Trinkgewohnheiten gestellt. Und genau dasselbe hätten sie auch getan, wenn es ihnen gelungen wäre, den Reichsapfel tatsächlich zu verlieren. Außerdem hätten sie eine ausgesprochen überzeugende Kopie parat. Er konnte sich die Ausrede seiner Regierung gut vorstellen: ›Der Reichsapfel hat nur psychologische Bedeutung. Es genügt, wenn unsere Leute glauben, daß er da ist. Wenn sie den Gegenstand sehen, den sie für den Reichsapfel halten, reicht das völlig aus, um die gewünschte Wirkung zu erzielen.‹ An ihrer Stelle hätte er genauso argumentiert. Er leckte sich die Lippen und streckte die Hand nach dem Artefakt aus.

»Nein, nicht!« Semanas schlanker brauner Arm fuhr ihm in die Parade. »Er wird von einem einzigartigen Sicherheitssystem geschützt. Wenn Sie Pech haben, könnten Sie einen Finger oder zwei verlieren, falls Sie versuchen, ihn in die Hand zu nehmen.« Sie sagte das so entschieden, daß er ihr glaubte.

»Wie soll ich herausfinden, daß es sich nicht um eine Fälschung handelt?« wollte er wissen. »Sie können nicht erwarten, daß ich eine Million bezahle, wenn ich keine Gelegenheit hatte, die Ware zu prüfen.«

»Sie dürfen gerne die Schachtel in die Hand nehmen, aber versuchen Sie nicht, den Reichsapfel anzufassen. Glauben Sie mir, die Folgen wären sehr unangenehm.« Sie zog ihre wohlgeformte Augenbraue hoch. »Kommen Sie schon, Botschafter! Tun Sie nicht so, als wären Sie ein Antiquitätenkenner. Was könnten Sie herausfinden, wenn Sie ihn in die Hand nehmen, das Sie nicht genausogut erkennen können, wenn Sie ihn nur genau anschauen?« Sie hob die Schachtel hoch und legte sie in seine Hände.

Londo blickte auf die mit purpurroter Seide gefütterte Schachtel hinab. Er drehte sie in alle Richtungen. Mit jedem Augenblick wuchs seine Überzeugung, daß es sich um das Original handelte. Er entdeckte jedes kleine Merkmal, nach dem er suchte. Fasziniert von den Verzierungen und glitzernden Oberflächen, näherte er sich dem Reichsapfel immer mehr.

»In Ordnung«, sagte Semana und riß ihm die Schachtel aus der Hand. »Das reicht jetzt.« Sie klappte den Deckel zu und trug die Schachtel wieder zum Wandsafe hinüber. Du *schlaues kleines Biest!* lobte sie Tiko in Gedanken. Sie hatte sehr schnell gelernt, daß ihr kleiner Partner eine große Faszination auf seine Opfer ausüben konnte. Besonders dann, wenn er Hunger hatte. Und er war immer hungrig. Aber sie hatte nichts gegen seine Ziele einzuwenden. *Nun, sich ein Opfer von Londos Größe auszusuchen . . .* sie unterdrückte ein Kichern. *So gierig bin nicht einmal ich.*

»Mir ist klar, daß Sie im Nachteil sind«, sagte sie voller Mitgefühl zu dem Centauri. »Mein Kunde hatte Gelegenheit, die Ware von einem unabhängigen Gutachter untersuchen zu lassen. Und dessen Expertise hat ihn überzeugt. Ich könnte Ihnen eine Kopie davon besorgen, aber«, sie lächelte und zuckte mit den Schultern, »das würde uns auch nicht weiterbringen. Ganz ehrlich, vertrauen Sie mir?«

»Nehmen Sie mir es nicht übel, meine Liebe, aber bei einer Million . . .« Das Lächeln schwand aus seinem Gesicht. »Ich weiß es nicht.«

»Wie wäre es mit einem Scan?« schlug sie vor. »Sie haben doch ein Standardgerät dabei, oder?«

»Aber natürlich«, antwortete Londo. *Und die Tatsache, daß du das vorschlägst, macht es noch wahrscheinlicher, daß er echt ist. Unglaublich!* Er nahm das Gerät aus seiner Tasche, öffnete es und fuhr damit über die Schachtel. *Unglaublich.* Das Ergebnis entsprach seinen Erwartungen. »Unglaublich«, murmelte er hörbar. Dann fügte er hastig hinzu: »Nehmen Sie es mir nicht übel.«

»Schon in Ordnung«, erwiderte Semana gleichmütig und brachte ihn zur Tür. »Sie können sich die Sache noch bis einschließlich morgen überlegen.«

Der Botschafter hielt inne und wandte sich noch einmal mit einer Bitte an sie. »Sind Sie ganz sicher, daß Sie mir nicht länger Zeit lassen können?«

»Das hat mich mein Kunde auch gefragt«, erwiderte sie. »Die Antwort lautet nein.«

»Aber ich brauche es jetzt gleich!« G'Kar schlug zur Bekräftigung seiner Aussage mit der Faust auf den Tisch.

Cray sah dem Botschafter der Narn eiskalt ins Gesicht und verzog unwillig den Mund. »Schreien Sie mich nicht an, Mann! Ich habe Ihnen gesagt, daß ich das Geld bis übermorgen auftreibe, und das werde ich auch. Schneller schaffe ich es nicht.«

»Wenn ich das Geld morgen nicht bekomme, brauche ich es überhaupt nicht mehr.« G'Kars rote Augen blitzten im gedämpften Licht der Taverne. »Und ich bin sicher, daß das Ihren Partnern ganz und gar nicht gefallen würde.«

»Nein, würde es nicht. Aber in solchen Fällen wird eine Bearbeitungsgebühr von fünf Prozent fällig. Sie würden diesen Schlag also hinnehmen, wie es sich für einen vernünftigen Mann gehört.«

G'Kar stutzte einen Augenblick. »Von einer Bearbeitungsgebühr war bisher nicht die Rede.«

»Bisher war auch nicht die Rede davon, daß Sie von unserem Geschäft zurücktreten wollen. Ich habe Ihnen gesagt, wie lange ich brauche. Wenn Ihnen das nicht gepaßt hat, hätten Sie nicht einschlagen dürfen.« Cray lehnte sich an die Wand der Nische zurück. Er wirkte gereizt und leicht verärgert. »Erinnern Sie mich daran, mit euch Typen keine Geschäfte mehr zu machen, klar?«

»Ich werde sehen, was ich tun kann«, lenkte G'Kar nach einer kurzen Pause ein. Seine Augen verengten sich zu Schlitzen, und er musterte den kleinen, schmuddeligen Menschen. »Ich würde gerne noch etwas anderes mit Ihnen besprechen.«

»Sparen Sie sich die Mühe!« Cray machte mit beiden Händen eine abwehrende Geste. »Nach dem hier? Ich habe Ihnen doch gesagt, daß ich keine Geschäfte mehr mit Ihnen machen will.«

»Ich brauche Informationen über die T'llin. Jeden möglichen T'llin, und ich bin bereit, gut dafür zu bezahlen.«

»Echt?« Cray wandte sich ab. Dann blickte er G'Kar von der Seite an und fragte: »Wieviel?«

»Was verlangen Sie normalerweise für eine Auskunft?« fragte G'Kar ruhig.

»Normalerweise verkaufe ich keine Informationen. Ich arbeite als Vermittler.«

»Vielleicht können Sie mir ein paar konkrete Informationen vermitteln. Ich interessiere mich für den Aufenthaltsort eines jeden T'llin. Und ich bezahle das Dreifache von Ihrem üblichen Preis.«

»Na ja, Sie wissen ja nicht mal, wie hoch der ist«, reizte ihn Cray. Das Gespräch begann ihm Spaß zu machen.

»Zweihundert Krediteinheiten«, brummte G'Kar. Es war ein reiner Wucherpreis, aber er brauchte die Informationen dringend.

Cray starrte ihn ungläubig an. »Sie wollen mir sechshundert Krediteinheiten zahlen?« brachte er atemlos hervor. »Ich weiß nicht ... Was haben Sie denn mit denen vor?«

»Was kümmert Sie das?« G'Kar konnte sich ein höhnisches Grinsen nicht verkneifen; dieser kleine, sehnige Mensch war ein derart mitleiderregender Vertreter seines Volkes.

»Ich bin kein Informant«, erklärte Cray. »Es ist mir nicht egal. Wenn's was Schlimmes wäre, würde mir das was ausmachen.«

Ich vermute, daß er keine Skrupel hat, sondern nur einen schwachen Magen, dachte G'Kar sarkastisch. »Ich habe vor, sie den Sicherheitsbeamten der Station zu übergeben. Sie stehen mit einer terroristischen Splittergruppe in Verbindung. Ich vermute, daß sie einen Anschlag auf die Station planen, um die Friedenskonferenz zu verhindern.«

»Oh«, meinte Cray nachdenklich.

»Einer ihrer Anführer ist erst kürzlich von einem Narn getötet worden«, erklärte G'Kar mit Nachdruck. »Also schätze ich, daß sie nicht gerade in bester Stimmung sind.«

»Oh. Klar.« Cray starrte einen Augenblick lang ins Leere. »Vielleicht kann ich was für Sie tun«, sagte er. »Ich glaube, ich weiß, wie man ein paar von denen aus ihren Löchern treiben könnte. Geben Sie mir ein paar Stunden Zeit!«

G'Kar legte einen Kreditchip auf den Tisch. »Das ist eine Anzahlung«, erklärte er freundlich. »Nehmen Sie es als Geste meines guten Willens.« Er warf Cray einen finsteren Blick zu. »Enttäuschen Sie mich aber nicht!« Er schlüpfte aus der Nische und verschwand.

Cray atmete ein paarmal hörbar ein und aus. Er keuchte regelrecht. Dann nahm er den Kreditchip und steckte ihn in sein Lesegerät. *Zweihundert nette kleine Krediteinheiten,* dachte er mit einem Grinsen. *Leicht verdientes Geld.*

»Wieso, Mr. Garibaldi? Was führt Sie zu mir?« fragte Semana und würdigte den Botschafter der Centauri keines Blickes.

»Ich habe einen Durchsuchungsbefehl für Ihr Quartier, Miss MacBride. Wir suchen nach gestohlenen Kunstgegenständen.« Garibaldi lächelte freundlich, als er Semana das Dokument unter die Nase hielt. Hinter ihm setzten sich die drei Sicherheitsoffiziere, die er mitgebracht hatte, und der Botschafter in Bewegung.

»Einen Augenblick!« protestierte Semana, ihre sanfte Stimme klang scharf und entschlossen. Sie blieben stehen. »Bevor sich jetzt irgend jemand an der Schublade mit meiner Unterwäsche zu schaffen macht, werde ich mir das hier durchlesen.« Sie studierte das Dokument. Und sie ließ sich Zeit. Schließlich tippte sie mit einem Finger auf das Schriftstück. »Hier steht nichts von einem Vertreter der Centauri. Trotzdem«, sie deutete auf Londo, ohne ihn dabei anzusehen, »haben Sie anscheinend einen mitgebracht.«

Hoppla!

»Der Botschafter behauptet, ein gestohlenes Centauri-Kunstwerk bei Ihnen entdeckt zu haben. Er will uns dabei behilflich sein, den bewußten Gegenstand zu identifizieren«, erklärte Garibaldi leicht verlegen. *Das habe ich jetzt davon, daß ich versucht habe, bei einer Professionellen wie dieser MacBride mit dem Standardformular durchzukommen,* tadelte er sich selbst.

»Wollen Sie damit etwa sagen, daß ich jedem, den Sie unterwegs auflesen, erlauben muß, meine persönlichen Sachen zu durchsuchen?« fragte Semana erstaunt. »Ist das überhaupt rechtens, wenn derjenige, der Anzeige erstattet hat, an der Durchsuchung teilnimmt?«

»Nun ja, wenn Sie etwas dagegen haben ...«

»Habe ich.«

»Dann macht es dem Botschafter sicher nichts aus, in der Sicherheitszentrale auf uns zu warten«, erklärte Garibaldi und warf Londo einen bedeutungsvollen Blick zu.

»Das kommt überhaupt nicht in Frage, Mr. Garibaldi. Ich halte es für meine Pflicht, dieses wertvolle Kunstwerk der Centauri in Gewahrsam zu nehmen, sobald es gefunden wird.« Londo blickte den frustriert dreinblickenden Sicherheitschef an und verkündete: »Ich bestehe darauf.«

»Dann wird es Ihnen sicher nichts ausmachen, hier draußen im Gang zu warten, Botschafter. Miss MacBride hat nämlich recht. Es wäre ungesetzlich, wenn Sie uns bei der Durchsuchung helfen würden.«

Semana machte eine einladende Handbewegung, und Garibaldi betrat mit seinen drei Offizieren ihr Quartier.

Sie warf Londo noch einen Blick zu und befahl dann: »Schließen!« Die Tür rastete wieder ein, und Londo blieb schimpfend draußen im Gang zurück. »Nun«, sagte sie und verschränkte ihre Arme, »wonach suchen Sie eigentlich?«

Warum sollte ich ihr das eigentlich nicht sagen? fragte sich Garibaldi. *Wenn die Anschuldigung stimmt, weiß sie es sowieso.* »Londo behauptet, Sie hätten den Reichsapfel der Centauri.«

Ihre Augen verengten sich zu Schlitzen. Dann verzog sich ihr Mund zu einem Grinsen. »Aber klar doch«, antwortete sie. »Ich habe auch den heiligen Stein der Narn. Und die britischen Kronjuwelen, wußten Sie das nicht?«

Einer der Sicherheitsbeamten konnte nur mit Mühe ein Kichern unterdrückte. Garibaldi warf ihm einen bösen Blick zu, und er nahm sofort Haltung an.

»Ich schätze, *irgendwas* werden Sie schon haben«, meinte Garibaldi, »Londo ist kein Idiot.«

»Ich habe eine Kopie«, schnappte sie und ging zu ihrem Safe hinüber. Alle drei Sicherheitsbeamten unterbrachen ihre Arbeit und sahen von ihr zu ihrem Vorgesetzten. Garibaldi bedeutete ihnen, mit der Durchsuchung fortzufahren.

Semana nahm eine kleine schwarze Schachtel aus dem Safe und reichte sie Garibaldi. »Entschuldigung!« fauchte sie eine Sicherheitsbeamtin an, die gerade eine Schale mit einer großen gelben Rose hochhob. »Sie suchen einen Reichsapfel. Der ist rund. Sehen Sie vielleicht irgendwas Rundes unter dieser Schale?« Der weibliche Offizier schnupperte ein wenig an der Rose und stellte die Schale mit einem Lächeln zurück. Semana atmete langsam aus. *Diese Idiotin wird nie herausfinden, wie knapp sie an einer komplizierten Nasenoperation vorbeigeschrammt ist.*

Garibaldi hatte inzwischen die Schachtel geöffnet und betrachtete die kleine juwelenbesetzte Kugel. »Was ist das?«

»Eine perfekte Miniatur des Reichsapfels. Sie wurde zum fünften Geburtstag eines Prinzen aus der königlichen Familie angefertigt. Die Historiker glauben, der Imperator wollte damit ausdrücken, daß er den Prinzen gerne als seinen Nachfolger sehen würde. Der arme kleine Kerl hat kein Jahr mehr gelebt. Genau darin liegt das Problem bei der Wahl eines Thronfolgers. Am Hof der Centauri geht es eben zu wie in einem Rudel wilder Tiere.«

»Eine ausgesprochen voreingenommene Bemerkung«, tadelte Garibaldi sie vorsichtig.

»Nun«, sie zuckte mit den Schultern und verschränkte erneut ihre Arme, »Mollari hat mir allen Grund gegeben, voreingenommen zu sein. Ich habe ihm das Stück gezeigt, und er hat sein Interesse bekundet. Aber als wir anfingen, über den Preis zu verhandeln, hat er mich eine Diebin genannt und mir mit seinen Freunden gedroht. Ich habe ihm ganz ruhig erklärt, daß er die Sache noch einmal überdenken sollte, ich aber in jedem Fall übermorgen abreisen würde. Da ist er beleidigt abgezogen.« Sie drückte Garibaldi einen Stoß Papiere in die Hand.

Er gab ihr die Schachtel zurück und prüfte die Papiere. »Sie haben nur fünfzehntausend Krediteinheiten für dieses Teil bezahlt.«

»Nur?« wiederholte sie ungläubig. »Sie müssen ja ganz gut verdienen, wenn sie fünfzehntausend für so wenig halten.«

»Sie wollen eine Million dafür haben«, bemerkte Garibaldi.

»Als ich es gekauft habe, war der Centauri-Kunstmarkt praktisch tot. Zugegeben, es war fast gestohlen. Im übertragenen Sinne«, erklärte sie rasch. »Aber vor ein paar Jahren konnte man solch günstige Geschäfte machen. Jetzt ist die Nachfrage wieder gestiegen, und die Preise schnellen in die Höhe. Wenn Londo keine Million zahlen will – es zwingt ihn ja keiner mit vorgehaltenener Waffe zum Kauf. Aber das hier«, sie deutete auf die Offiziere, die immer noch ihr Quartier durchsuchten, »ist ein Erpressungsversuch, und das paßt mir gar nicht.«

»Registriert«, meinte Garibaldi. Dann gab er den Namen des Auktionshauses, das Datum und die Katalognummer der Ware für weitere Nachforschungen in sein Com-Link ein. Es schien alles in Ordnung zu sein, aber Semana war gerissen, und eine Überprüfung konnte nicht schaden.

Die Durchsuchung dauerte noch eine halbe Stunde, führte aber zu keinem Ergebnis. »Es tut mir leid, daß wir Sie aufgehalten haben«, entschuldigte sich Garibaldi im Gehen.

Sie trat ganz nah an ihn heran und flüsterte ihm zu: »Was denn, haben Sie gar kein Mitleid mit mir nach diesem emotionalen Schock?« Dabei blitzten ihn ihre dunklen Augen fröhlich an.

Er runzelte die Stirn und konnte so ein Lächeln gerade noch unterdrücken. »Ich bin sicher, daß es eine grauenvolle Erfahrung für eine unschuldige Frau sein muß.«

»Nun, unter diesen Umständen hatten wir alle keine Wahl«, sagte sie laut, ohne Mollari auf dem Gang zu beachten. »Schließen!« fauchte sie, und die Tür schloß sich.

Garibaldi wandte sich dem Botschafter zu. Er hob den Zeigefinger und erklärte: »Ich bin darüber nicht glücklich.«

Dann marschierte er den Gang entlang, gefolgt von seinen drei Sicherheitsoffizieren.

»Zeigen Sie nicht mit dem Finger auf mich!« rief Londo ihm hinterher. Er beeilte sich, den Sicherheitschef einzuholen. »Sagen Sie bloß nicht, daß Sie ihn nicht gefunden haben! Er ist so groß wie ihr Schädel, Sie Dummkopf.«

Garibaldi blieb stehen und fixierte Londo aus der Nähe. »Sie hat bloß eine Kopie von dem Reichsapfel«, erklärte er ruhig. »Ungefähr so groß.« Er deutete mit seinen Händen etwas in der Größe einer Orange an. »Und sie hat ihn rechtmäßig erworben. Sonst war da nichts in ihrem Quartier, das nach Reichsapfel ausgesehen hätte. Also, ich weiß zwar nicht, was hier vorgeht, Londo, aber im Moment bin ich etwas in Verlegenheit. Und ich habe verdammt viel Arbeit damit, die Sicherheitsvorkehrungen für Ihre Friedenskonferenz zu treffen. Ich wäre Ihnen also sehr verbunden, wenn Sie mir nicht nachlaufen würden, um lautstark zu verkünden, wie enttäuscht Sie sind.« Damit wandte er sich um und stapfte davon. Der Centauri blieb mit offenem Mund stehen.

»Aber ich habe ihn doch gesehen«, sagte Londo traurig zu sich selbst. »Ich habe ihn wirklich gesehen. Ich habe ihn sogar angefaßt.«

Leona Pellegrino stand völlig perplex vor der geschlossenen Tür zu den Büroräumen, die sie diesem netten Mr. Craighton vermietet hatte. Ihr herzloser Minbari-Vorgesetzter hatte ihr erklärt, daß Beschwerden eingegangen waren, und sie hergeschickt, um nach dem Rechten zu sehen. *Aber worüber könnten sich die Nachbarn bei einem leeren Büro beschweren?*

Der Teil des Raumes, den man von hier aus sehen konnte, war leer, keine Stühle, keine Schreibtische, nichts. Mit einem hörbaren Seufzer öffnete Leona die Tür mit ihrer Hauptschlüsselkarte und ging hinein.

»Hallo«, rief sie betont fröhlich. Sie bekam keine Antwort, aber es lag ein eigenartiger Geruch in der Luft. *Essensgeruch,* dachte sie. *Das ist gar nicht gut.* Sie ging auf die Trennwand zwischen dem vorderen Teil des Büros und den restlichen Räumlichkeiten zu. »Öffnen!« sagte sie. Die Trennwand glitt zur Seite und gab den Blick auf einen Vorhang frei. *Komisch,* dachte sie. Leona schob das fadenscheinige Hindernis beiseite und sah sich einem Raum voller Außerirdischer gegenüber.

»Oh!« stutzte sie. Alle sahen sie mit ihren tiefschwarzen Augen durchdringend an. Ihr wurde klar, daß diese Fremden in dem Raum hinter dem Büro kampierten.

»Oh!« wiederholte sie. »Oh, nein, nein. Das geht aber nicht. Sie können hier nicht bleiben. Das ist gegen die Vorschriften!« Sie konnte nur an eines denken: *Dieser Roboter von einem Minbari wird mir die Schuld hierfür geben und mich feuern.*

»Wir haben für diesen Raum bezahlt«, sagte einer der Fremden.

»Das sind doch keine Wohnräume«, protestierte Leona verzweifelt. »Sie bekommen Ihr Geld zurück.« *Abzüglich möglicher Schäden,* dachte sie. »Morgen müssen Sie hier raus sein!« erklärte sie entschlossen. Einer der Außerirdischen kam auf sie zu, und zum ersten Mal wurde ihr klar, mit wie vielen sie es zu tun hatte. »Es sind Beschwerden eingegangen.« Furcht schlich sich in ihre Stimme. »Deshalb bin ich hergekommen.« Sie ging einen Schritt zurück. »Wenn einer Ihrer Nachbarn die Sicherheit verständigt, müssen Sie eine saftige Strafe bezahlen und verschwinden.«

Der Gesichtsausdruck der Außerirdischen veränderte sich schlagartig. Leona nahm an, daß sie jetzt wütend waren. Sie machte auf dem Absatz kehrt und lief davon.

»Schließen!« rief sie und lief weiter den Gang entlang. Als sie sich schließlich umsah, stellte sie fest, daß ihr niemand gefolgt war. *Oh, ich werde mächtig Ärger bekommen,* dachte sie. Ihre Augen verengten sich zu Schlitzen. *Wartet nur, wenn ich erst diesen Craighton in die Finger kriege.*

In dem Büro, das Leona eben verlassen hatte, herrschte Totenstille. Ein paar Minuten lang wagte es keiner, sich auch nur zu bewegen. Dann sagte eine der Frauen: »Wir packen besser.«

»Ja«, stimmte ein Mann zu. »Je früher wir hier verschwinden, um so besser.«

»Und was ist mit den anderen?« fragte jemand.

»Die kommen bestimmt zurück, während wir noch hier sind«, antwortete der Mann nach einer kurzen Denkpause.

Zuerst zögernd, dann immer schneller, begannen die Flüchtlinge, ihre dürftigen Habseligkeiten einzusammeln.

»Was wird aus der Obersten?« fragte eine Frau.

»Sie soll sich noch ausruhen«, antwortete eine andere nachdenklich. »Die Razye Tesh haben sie bis jetzt beschützt. Ohne Zweifel werden sie es auch weiterhin tun.«

Die anderen nickten zustimmend und fuhren fort, ihre Sachen zu packen.

Londo stand verlegen da, während der Sicherheitschef und sein Gefolge den Korridor durchquerten und in den Lift stiegen. Bevor sich die Lifttüren schlossen, warf Garibaldi ihm noch einen ausgesprochen mürrischen und verärgerten Blick zu. Londo schritt eine Weile auf und ab. Er dachte nach. *Sie kann ihn unmöglich in ihrem Quartier versteckt haben. Sonst hätten sie ihn gefunden,* überlegte er.

Aber das war keine Erklärung für Garibaldis Verhalten. Immerhin war denkbar, daß sie woanders ein sicheres Versteck gefunden hatte. Vielleicht hatte sie einen Komplizen, von dem sie nichts wußten. Daß er das gesuchte Stück nicht gefunden hatte, war nicht Grund genug, um sich so feindselig ihm gegenüber zu verhalten. *Er hat sich aufgeführt, als hätte ich etwas völlig Überzogenes angestellt, nicht nur seine Zeit verschwendet. Das heißt,* dachte er und starrte die geschlossene Tür an, *daß sie ihm irgendwelche Lügengeschichten über mich aufgetischt haben muß. Und Garibaldi hat sie geschluckt.* Londo rümpfte verwirrt die Nase. *Diese Erdlinge!* schoß es ihm angewidert durch den Kopf. *Und ihre verdammten naiven, verdrehten, moralischen Bedenken.* Manchmal erforderten die politischen Gegebenheiten eben, daß man hart durchgriff, vielleicht sogar ein wenig schwindelte. *Kann er die Notwendigkeiten, die ein Amt mit sich bringt, nicht vom Amtsinhaber trennen?*

Mollari schimpfte vor sich hin, ging weiter auf und ab und verfluchte dabei jene Mächte, die weder Centauri noch Menschen vollends begreifen konnten. Er hielt kurz inne und starrte außer sich vor Wut auf die glatte Oberfläche von Semana MacBrides geschlossener Tür. Da öffnete sich die Tür, und Semana kam in einer Wolke von Parfüm heraus. Sie ging an ihm vorbei, als wäre er Luft. Londo sah ihr einen Augenblick lang nach, bevor er ihr hinterherlief.

»Sie haben ihn noch, nicht wahr?« fragte er verzweifelt, als ihm eine beunruhigende Idee in den Sinn kam. Semana ging einfach weiter, ohne ihn eines Blickes zu würdigen. *Frauen! Ob es Centauri oder Menschen sind, macht keinen Unterschied. Sie sind nur glücklich, wenn man ihnen zu Füßen liegt.*

»Ich möchte mich bei Ihnen entschuldigen«, erklärte er und schnappte nach Luft, während er versuchte, mit ihr Schritt zu halten.

»Oh, ich bin sicher, daß Sie das gerne tun würden«, erwiderte sie, ohne sich zu ihm umzudrehen. »Das könnte Ihnen schließlich nutzen.«

»Ich bin immer noch am Kauf interessiert«, verkündete er in der Hoffnung, sein Angebot würde sie besänftigen oder zumindest dazu veranlassen, langsamer zu gehen.

»Im Moment würde ich das Teil lieber ins All hinauskatapultieren, als es Ihnen zu verkaufen, Mollari.« Sie eilte weiter.

Es traf ihn wie ein Schlag, und er blieb stehen. *Das würde sie nie tun.* »Das würden Sie nie tun!« japste er.

»Das kommt darauf an«, antwortete Semana. Sie ging noch einen Schritt weiter und drehte sich endlich zu ihm um. »Würde Ihnen das etwas ausmachen?«

»Es wäre mein Tod!« erklärte er ernsthaft. »Er ist einer der wertvollsten Schätze meines Volkes.«

»Oh, führen Sie mich nicht in Versuchung!« sagte sie mit zusammengekniffenen Augen. Sie wandte sich wieder um und ging weiter.

»Bitte«, flehte er verzweifelt, »geben Sie mir noch eine Chance!«

Sie hatte den Lift erreicht und drückte auf den Knopf. »Eine Chance?« fragte sie. »*Was* zu tun? Mich in eine Falle zu locken?« Sie musterte ihn. »Arbeiten Sie immer noch für die Sicherheit? Haben Sie vielleicht irgendwo an Ihrer Wampe eine Wanze versteckt?«

»Wie bitte?« sagte Londo und plusterte sich entrüstet auf.

Sie lachte. »Sie jämmerliches kleines Wiesel.«

»Das ist absurd. Ich trage keine Wanze, und ich arbeite auch nicht für die Sicherheitsabteilung der Earthforce!« *Und eine Wampe habe ich auch nicht!* »Garibaldi ist sogar wütend auf mich, weil ich Sie angezeigt habe. Ich weiß nicht, was für eine Erklärung Sie ihm gegeben haben, aber er hat sie voll und ganz geschluckt.«

Der Lift kam, und sie stieg ein. Dann machte sie auf dem Absatz kehrt und legte ihm ihre Hand auf die Brust, damit er ihr nicht folgen konnte. Sie lachte wieder. »Es sagt wirklich eine Menge über Ihren Charakter aus, daß Garibaldi mir eher glaubt als Ihnen.« Mit einem Grinsen trat sie einen Schritt zurück, und die Lifttüren schlossen sich.

Ja, dachte Londo wehmütig, *das befürchte ich auch.*

Segrea und Haelstrac sahen einander an und wandten sich dann wieder den gramerfüllten Gesichtern der T'llin-Flüchtlinge zu. Die Decken, die den Raum in kleinere Einheiten geteilt hatten, waren abgehängt worden, und jeder hatte seine Habseligkeiten zu einem kleinen, handlichen Bündel zusammengerollt. *Wie gut*, dachte Haelstrac betrübt, *daß wir keine Zeit hatten, mehr Besitztümer anzuhäufen, als wir tragen können.* Trotzdem, ihr Plan hätte klappen sollen. Ihre Leute hätten hier sicher sein, in diesem heimlich gemieteten Büro etwas Ruhe finden sollen. Sie blickte zu Segrea auf.

»Cray!« flüsterte er zähneknirschend, und darin lag: *Er wird dafür bezahlen und leiden und schließlich seiner Gottheit dafür danken, wenn wir ihn aus der nächsten Luftschleuse werfen.*

Haelstrac blinzelte einmal und nickte zustimmend.

»Ein sicheres, warmes Plätzchen, mehr wollten wir gar nicht«, sagte eine junge Mutter, die erschöpft ihr Baby an sich drückte. »War das denn zuviel verlangt?«

»Offensichtlich«, murmelte Haelstrac.

»Was sollen wir jetzt tun?« fragte Miczyn betrübt.

»Was wir tun müssen«, antwortete Segrea. »Wir kehren in die

Unterwelt zurück. Und zwar so unauffällig wie möglich, einzeln oder in Zweiergruppen. Wir müssen unterkriechen, wo es eben geht. Die Sicherheitsleute haben die Unterwelt jetzt eine Woche nach uns durchkämmt, ohne ein Spur von uns zu finden. Wahrscheinlich glauben sie, wir hätten die Station verlassen.«

»Wir sind doch nicht verrückt, Segrea«, protestierte ein Jugendlicher. »Die Spitzel werden an den Kommunikationskonsolen Schlange stehen, um uns zu verpfeifen. Es sei denn, wir schaffen es, uns vorher ihr Schweigen zu erkaufen.«

»Oder sie einzuschüchtern«, schlug Segrea mit einem verschlagenen Grinsen vor. Dann zuckte er seine breiten Schultern. »Wir haben keine Wahl. Aber ich habe eine Idee, Junge. Warum gehst du nicht mit ein paar von deinen Freunden voraus, um abgelegene Verstecke für uns zu suchen? Das würde die Sache für die Mütter mit Kindern einfacher machen.« *Und du hättest eine nützliche Beschäftigung, anstatt hier herumzustehen und zu meckern.*

Der Junge nickte eifrig, winkte seine gleichaltrigen Freunde heran und verließ das schützende Büro.

»Was wird aus der Obersten?« fragte Haelstrac Miczyn.

»Sie bewegt sich nicht, spricht nicht, ißt und trinkt nicht. Ich mache mir Sorgen«, antwortete er.

Segrea wandte sich schaudernd ab. »Ich überlasse sie dir«, sagte er zu Haelstrac. »Ich kann damit nicht umgehen.«

Haelstrac nickte verständnisvoll. *Aber wie soll ich damit umgehen?* fragte sie sich. Wie konnte man der Obersten Olorasin überhaupt helfen, nachdem es so aussah, als hätte der Schmerz ihre Seele getötet?

Olorasin lag auf der Seite. Sie nahm das Kommen und Gehen der anderen kaum wahr. Sie sprachen mit ihr, aber sie verstand sie nicht. Die Worte fielen nur eines nach dem anderen in den Abgrund in ihrem Inneren. Sie kamen aus dem Nichts und verschwanden im Nirgendwo, ohne sie zu berühren. Sie lag auf der

Seite, fühlte jedoch nichts. Weder die billige Decke, noch die dünne Matratze auf dem wackeligen Gestell. Sie berührte all diese Dinge, aber es spielte keine Rolle. Ihre Wahrnehmungen waren so unwichtig, als existierten sie gar nicht. Sie fühlte sich innerlich ausgehöhlt, und die Höhle in ihrem Inneren war mit Frost bedeckt. Scharfe Eiskristalle schienen dort zu wachsen, so kalt, daß ihr Blut bei jedem Atemzug gefror.

Es schmerzte. Und ihr war so unendlich kalt. So kalt.

15

An der Tür zu Midori Kobiyashis Quartier klebte ein cremefarbiger Briefumschlag aus dickem, grob strukturiertem Papier; die Adresse lautete: »An Botschafterin Delenn und ihren Assistenten Lennier«. Delenn zögerte kurz, bevor sie das Papier von der Tür löste, und warf einen unsicheren Blick auf Lennier, der geduldig neben ihr darauf wartete, daß sie den Umschlag öffnete.

In dem Brief stand:

Verehrte Gäste,

herzlich willkommen in meinem bescheidenen Quartier. Bitte treten Sie ein und erfrischen Sie sich bei der Betrachtung meines bescheidenen Gartens. Wenn Sie Gelegenheit hatten, sich auszuruhen und alles bereit ist, werde ich Sie begrüßen, und wir können beginnen. Falls Sie noch irgendwelche Fragen haben oder etwas näher betrachten möchten, so seien Sie versichert, der Tradition folgend, ist es am höflichsten, einfach zu fragen.

Midori Kobiyashi

»Ihr Garten?« fragte Delenn, als glaubte sie sich verlesen zu haben.

»So steht es hier«, bestätigte Lennier.

Delenn sah ihn an, doch Lenier erwartete nur mit höflich gefalteten Händen ihre Entscheidung. »Öffnen!« befahl sie, und die Tür glitt zur Seite. Dahinter verbarg sich ein Raum, wie sie auf der Station noch keinen gesehen hatten. In einer Ecke stand eine Art Hütte aus Papierwänden, die von innen mit Kerzen oder Lampions erleuchtet wurde, so daß sie wie eine Laterne glühte. An einer Wand der improvisierten Hütte stand eine von Pflanzen eingerahmte Bank, die von zwei gedämpften Lampions mit kleinen Dächern, deren vier Kanten nach oben gebogen waren, beleuchtet wurde. Vor der Bank befand sich ein kleiner Brunnen: ein einfaches Rohr, aus dem Wasser in ein Steinbecken rann. Die andere Seite des mit Papierwänden umstellten Raumes war den Minbari zunächst leer erschienen. Bei näherer Betrachtung entdeckten sie jedoch eine Tür, die man anscheinend zur Seite schieben konnte. Der größere Teil des Raumes, in dem die Hütte stand, lag im Dunkeln.

Delenn zögerte. Sie fühlte sich nicht bedroht, aber die Dunkelheit machte sie nervös. Sie öffnete den Mund, um etwas zu sagen, schloß ihn aber sofort wieder, als sie sich an den Hinweis ihrer Gastgeberin erinnerte. Sie beobachtete den Schatten des geduldig wartenden Lennier, der bewegungslos im Halbdunkel verharrte, dann machte sie einen behutsamen Schritt vorwärts. Als sie sich bewegte, ging eine Lampe an und erleuchtete eine Pflanze, die auf einem Podest stand.

»Oh«, hauchte sie, als sie erkannte, um was es sich handelte, und ging näher heran. Die Pflanze war ein winziger Baum, dessen knorriger Stamm weit zur Seite geneigt war, als wäre er zeitlebens starkem Wind ausgesetzt gewesen. An den Spitzen seiner Äste saßen kleine Nadelbüschel, die vor Gesundheit und Frische glänzten. Seine grauen Wurzeln umklammerten einen am Rand mit Moos bewachsenen Felsen. Das Arrangement entfaltete sich in einer schönen Messingschale, doch Delenn hatte den Eindruck, auf einen frühsommerlichen Berghang zu blicken.

Nachdem sie alles eingehend betrachtet hatte, ging die Minbari weiter. Der nächste kleine Baum stand aufrecht. Sein silbriger Stamm ruhte in einem Bett aus Moos, in das hier und da ein paar Steine eingebettet waren. Der Stamm war ganz verdreht, und an seinen Ästen und Zweigen wuchsen zahlreiche wunderschöne goldene Blätter, deren Ränder purpurrot glänzten. Einige Blätter waren auf das Moos herabgefallen und lagen dort verstreut wie Juwelen. Es gab noch andere Bäume, jeder ein Wunder für sich, jeder das vollkommene Gedicht eines Miniaturbaumes. Der Stamm des letzten Baumes war elegant nach hinten gebeugt, und an seinen kleinen Ästen standen rosarote Blüten, von denen keine größer als eine Träne war. Er wuchs aus einer silbernen Schale, und seine Wurzeln verloren sich zwischen winzigen weißen Kieselsteinen. Ein Anblick, der an den Frühling erinnerte.

Delenn sah Lennier an, der sie anlächelte, und sie gingen gemeinsam zu der Bank hinüber, die ihre Gastgeberin hingestellt hatte, damit sie in Ruhe die erleuchteten Bäumchen auf ihren Podesten betrachten konnten. Nach einer Weile schweifte Delenns Blick zu dem kleinen Brunnen. Sie beugte sich nach vorne und ließ das Wasser über ihre Hände rieseln. Dann entdeckte sie ein Handtuch neben dem Brunnen und hob es auf.

»Unsere Gastgeberin versteht den Wunsch, mit dem Wasser in einem Brunnen zu spielen«, bemerkte sie lächelnd.

Lennier beugte sich an ihr vorbei nach unten und ließ seine Hände ebenfalls vom Wasser umspielen. Er nahm Delenn das Handtuch ab. »Ich hatte gehofft, daß Sie das tun würden.«

Nachdem sie eine Weile still gesessen, dem Geräusch des fließenden Wassers gelauscht und Midoris wunderschöne Bäume betrachtet hatten, fühlten sie sich so angenehm unbeschwert wie in der Abgeschiedenheit eines wirklichen Gartens.

Geräuschlos trat Midori neben sie, gekleidet in ein enganliegendes pfirsichfarbenes Kleid mit weiten, fließenden Ärmeln, das mit Blumen bedruckt war. Um die Taille hatte sie eine breite

Schärpe geschlungen, die in ihrem Rücken zu einer Art Kissen gebunden war. Ihre Haare waren zu einem kunstvollen Knoten hochgesteckt, den eine weiße Blume krönte. Sie lächelte feierlich und verbeugte sich. Dann drehte sie sich um und verschwand.

Delenn und Lennier sahen einander an, erhoben sich und folgten ihr. Die Tür an der Seite der erleuchteten Hütte stand offen, war aber so niedrig, daß sie sich tief bücken mußten, um hindurchschlüpfen zu können. Drinnen stand in einer Nische ein schlichtes Blumengesteck, ein Nethai-Zweig in seiner winterlichen Beerenpracht. An jeder einzelnen Beere haftete ein kristallklarer Wassertropfen. Unter dem Zweig lag eine einfache Erdenblume, wie eine rosafarbene Rüsche, die aus ihrer glatten, grünen Knospe wuchs.

»Oh«, entfuhr es Delenn, und sie schüttelte den Kopf. *Wie hat sie das nur auftreiben können?* Minbari-Pflanzen waren außerhalb ihres Heimatplaneten und dessen Kolonien sehr selten. Ihre Augen labten sich an dieser prächtigen Blüte, die sie an ihr Zuhause erinnerte. Darüber hinaus war der Raum nur mit einer Bildrolle geschmückt, die hinter dem Pflanzenarrangement an der Wand hing. Es war die Tuschezeichnung eines kleinen, verwachsenen Baumes, der halb unter einem Schleier aus Schnee verborgen lag. Neben der Zeichnung zogen sich Reihen von schönen Buchstaben, vielleicht auch Wörtern, an der Kante des Blattes entlang. Beide, Bild und Blumengesteck, nahmen Ehrenplätze ein. Auf dem Boden waren drei Kissen um eine sorgfältig aufgebaute Feuerstelle herum angeordnet. Ein schwarzer Kessel, offensichtlich eine Antiquität, hing über einem Häuflein glühender Kohlen. Außerdem waren nur noch ein kleiner, sehr häßlicher Behälter und ein blütenförmiger Wedel zu sehen.

Delenn und Lennier nahmen ihre Plätze auf den Kissen ein und warteten still. Midori kam herein, kniete sich hin und verbeugte sich tief vor ihren Gästen. Dann ging sie wieder in den anderen Raum und kam mit einem Tablett voller Utensilien zurück. Sie verschob den Kessel, heizte das Feuer an, indem sie noch etwas Asche zugab und es mit der Essenz aus dem häßlichen Behälter besprühte.

Delenn hob erstaunt den Kopf, als ein zarter Duft den Raum erfüllte. *Wieder Nethai!* dachte sie. Selten, sehr teuer und für die menschlichen Sinne nicht wahrnehmbar.

»Wie hübsch«, brach sie das Schweigen. »Aber Sie haben nichts davon.« Es klang fast wie eine Frage.

Midori verbeugte sich leicht und lächelte. »Es bereitet mir Freude, Sie zu erfreuen.«

»Ist Ihr Quartier immer so eingerichtet?« fragte Delenn. Sie schien sich in Anbetracht der kargen Möblierung zu sorgen.

»Nein.« Midori lächelte. »Ich habe alles für die Zeremonie hergerichtet. Meine Sachen sind vorübergehend eingelagert.«

»Sie haben sich sehr viel Mühe gemacht«, bemerkte Delenn und fragte sich nach dem Grund.

»Es wäre unmöglich, sich diese Mühe nicht zu machen«, deutete Midori geheimnisvoll an und schüttelte den Kopf. »Außerdem hätte meinem Geschenk ohne Mühe die Ehre gefehlt.«

»Alles hier ist so angenehm schlicht«, sagte Lennier vorsichtig, »und so zurückhaltend.« Er deutete auf den Behälter mit dem Duftöl, der grellgrün, pink und weiß bemalt war. »Ich frage mich, ob dieses Gefäß etwas von besonderer Bedeutung enthält.«

Mit einem Lächeln stellte Midori ein kleines Töpfchen auf ein Stück Seide. »Mein Vater hat ihn eines Tages ganz aufgeregt mit nach Hause gebracht. ›Schaut!‹ hat er gerufen. ›Ich habe vier Stück zum halben Preis von einem bekommen!‹ Mein Bruder und ich haben uns angesehen, aber wir konnten nicht glauben, daß irgend jemand etwas so Scheußliches herstellen oder gar kaufen könnte. Aber ich fand es so reizend, wie mein Vater sich über sein Schnäppchen freute, das niemand sonst gewollt hatte, daß ich ihn um eines gebeten habe, als ich von zu Hause fortging.« Sie faltete ein weiteres quadratisches Stück Seide auseinander, breitete es vor

Lennier aus und stellte dann das Töpfchen darauf ab. »Es ist ein Symbol für die Anwesenheit meines Vaters.«

»Ich habe mich gefragt«, sagte Delenn, »ob das Worte sind, dort neben der Zeichnung? Was bedeuten sie?«

»Dort steht: ›Jenen, die sich nur nach Blumen sehnen, würde ich gern den vollerblühten Frühling zeigen, der sich an schneebedeckten Hügeln offenbart in fleißigen Knospen.‹ Der Baum auf diesem Bild ist ein Pflaumenbaum, dessen reine weiße Blüten den Charakter symbolisieren. Ich habe dieses Bild und den Winterzweig mit der knospenden Blüte ausgewählt, um zu zeigen, daß der Frühlingsanfang kalt und beängstigend sein mag, die Wärme des Sommers jedoch unausweichlich kommt.« Midori senkte schüchtern den Kopf. »Wie die Verständigung zwischen Minbar und der Erde.« Sie hielt kurz inne. »Oder umgekehrt. Meine Mutter hat dieses Bild für mich gemacht, und es ist das Symbol für ihre Anwesenheit. Die Vase mit den Blumen hat meine Tante gemacht. Sie ist eine bekannte Keramikerin auf Nippon. Die Vase symbolisiert ihre Anwesenheit.«

Delenn und Lennier sahen einander abermals an. *Was versucht sie uns zu sagen?* fragte sich Delenn. Die meisten Menschen, die sie kannte, waren unverfroren direkt, manchmal fast wie die Centauri, und dabei war ihr gar nicht wohl. Aber hier, in diesem kleinen Raum, gab es leise Untertöne im Überfluß. »Ihr Kessel«, riskierte die Minbari eine weitere Frage, »sieht sehr antik aus.«

Midori verneigte sich. »Das ist er auch«, antwortete sie. »Leider ist er momentan zu heiß, um ihn näher zu begutachten. Einer meiner Vorfahren hat ihn vor fünfhundert Jahren von seinem Herrn als Belohnung für seine Dienste erhalten. Wir benutzen ihn nur selten, weil er unserer Familie sehr viel bedeutet. Er symbolisiert die Anwesenheit meiner gesamten Familie, ihre Vergangenheit, Gegenwart und Zukunft.«

Delenn runzelte verwirrt die Stirn. »Ist das alles üblich?« erkundigte sie sich.

»Nein«, erklärte Midori und schüttelte leicht den Kopf. »Wenn Sie erlauben, erkläre ich es Ihnen.«

»Das würde ich sehr begrüßen«, antwortete Delenn erleichtert. Sie hatte bereits fragen wollen, seit sie diese Einladung erhalten hatte.

»Als ich ein kleines Mädchen war«, begann Midori, »und zwischen unseren Völkern Krieg herrschte, griff die Minbari-Flotte Nippon an. Unser Land ist nur dünn besiedelt, und unsere Streitkräfte sind schwach. Niemand hatte mit einem Angriff auf ein so unbedeutendes Ziel gerechnet. Mein Vater, meine Mutter und meine Tante wurden vom Militär eingezogen und mit ihren mitleiderregend kleinen Schiffen in den Kampf geschickt. Aber anstatt gegen unsere armselige Armada zu kämpfen, ergaben sich die Minbari. Ihre großen Schiffe flogen an uns vorbei, ohne uns Schaden zuzufügen.« Sie machte eine betont tiefe Verbeugung vor Lennier und Delenn. »Ich war immer sehr dankbar dafür, daß meine lieben Angehörigen verschont wurden und weiter ein Teil meines Lebens sein konnten.« Ihre Augen waren feucht, und sie machte ein feierliches Gesicht. »Auf meine Art möchte ich Ihnen meine bescheidene Ehrerbietung erweisen und Ihnen meinen tiefempfundenen Dank ausdrücken.«

Midori erhob sich, verließ den Raum und kam mit einigen sorgfältig auf einem Tablett arrangierten Gerätschaften zurück. Dann ging sie noch einmal hinaus und kam ein letztes Mal mit noch mehr Utensilien zurück. Delenn und Lennier sahen schweigsam zu, wie sie die Zeremonie durchführte. Jede einzelne anmutige Geste schien den Anweisungen einer einfachen und doch unendlich kultivierten Vorlage zu folgen. Delenn entspannte sich und fühlte sich wie früher auf Minbar, als sie im Garten der Akademie meditiert hatte. Die Sorgen und die Verantwortung, die schwierige Situation hier an Bord, die ständigen Probleme mit den verfeindeten Völkern fielen von ihr ab, als sie zusah, wie Midori mit ihren weißen Händen dieses uralte Ritual ihres Volkes vollzog.

Am Ende strich Midori mit ihrem blütenförmigen Wedel über den Tee und stellte die Tasse vor Delenn ab. Sie verbeugten sich voreinander. Delenn nahm vorsichtig einen Schluck. Er schmeckte gut, ein wenig bitter, und wirkte irgendwie beruhigend auf sie. Sie nahm noch einen kleinen Schluck und verbeugte sich leicht vor ihrer Gastgeberin. »Das ist wunderbar«, sagte sie. Sie fühlte sich belohnt durch Midoris Lächeln, als die Menschenfrau ihre Verbeugung erwiderte.

»Das ist es«, stimmte Lennier zu, nachdem er getrunken hatte. »Es ist sehr gut.«

Sie unterhielten sich eine Weile, tranken den grünen Tee, sprachen über Kunst und Blumen und den Frühling. Die Zeit verstrich angenehm und viel zu schnell.

Als Delenn Midoris Quartier verließ, fühlte sie sich leichter und jünger. Ihre Seele war erfrischt, und sie fühlte sich in ihren Entscheidungen bestätigt. Denn kurz bevor sie gingen, hatte Midori gestanden: »Wenn Sie die Verwandlung nicht auf sich genommen hätten, ich weiß nicht, ob ich es gewagt hätte, Sie anzusprechen.« *Und dann hätte ich nie erfahren, in welch tiefer Harmonie wir mit den Menschen leben können,* dachte Delenn.

Im Flur ging ein Mensch an ihnen vorbei. Er warf ihnen einen unverschämten Blick zu und murmelte etwas, das Delenn absichtlich überhörte. Sie lächelte, denn der Vorfall berührte sie nicht. Sie hatte sich an Frieden und Schönheit gelabt. Und die Frucht dieser Labsal war Hoffnung.

Susan hatte die letzten vier Stunden ihrer Freizeit damit zugebracht, die Personalakten durchzusehen. Sie hatte nach Vermerken über Labilität, Befehlsverweigerung oder andere Übertretungen gesucht, die auf eine Persönlichkeitsstörung hindeuten konnten. Wie bereits befürchtet, hatte sie nichts Wesentliches entdecken können. *Wenn man es bis* Babylon 5 *schafft, muß man schon ziemlich gut durchgecheckt und zuverlässig sein.* Sie hatte außerdem nach Hinweisen auf eine Ausbildung oder zumindest ein natürliches Talent gesucht, das es einem ermöglichte, so makellose, wenn auch zweifellos gefälschte Aufzeichnungen herzustellen. Aber auch in dieser Hinsicht hatte sie bis jetzt nichts von Bedeutung gefunden. Sie reckte sich und rollte ihren Kopf hin und her, um ihre steifen Muskeln zu entspannen. *Oh, Gott,* dachte sie, *ich hoffe, daß ich bald etwas finde. Sonst fange ich noch an zu schielen.*

Sie nahm einen Schluck von ihrem inzwischen kalt gewordenen Kaffee. Ilias Larkins Akte hatte sie sich bis zum Schluß aufgehoben. *Ich darf nicht ungerecht sein,* sagte sie zu sich selbst. *Ich habe solche Vorurteile gegen den Kerl, daß ich mich besonders bemühen muß, ihn nicht vorschnell schuldig zu sprechen.* Deshalb hatte sie ja auch die letzten paar Stunden damit zugebracht, die Personalakten von ungefähr zweihundert Unschuldigen durchzusehen. Zuerst hatte sie eine Art Liste möglicher Verdächtiger angefertigt und sich dann zu den unwahrscheinlicheren Kandidaten vorgearbeitet.

In Ordnung, dachte sie verbittert. *Jetzt war ich gerecht genug. Nimm dich in acht, Ilias! Jetzt komme ich.* Sie holte sich Larkins allzu perfekte Akte auf den Bildschirm. *Niemand hat eine perfekte Personalakte,* dachte Susan zynisch. *Na ja, ich schon.* Sie grinste boshaft. *Ich muß also wissen, wie so etwas aussieht.* Und Ilias Larkins Tauglichkeitszeugnisse waren irgendwie eigenartig formuliert. *Also ich finde, entweder lobt man einen über den grünen Klee oder nicht. Von allen Personalakten, die ich gesehen habe, sind seine die ersten, die ich als vorsichtig enthusiastisch bezeichnen würde.* Als sie darüber nachdachte, fiel ihr unangenehm auf, daß keiner von Larkins vermeintlichen Mentoren auf ihre Anrufe reagiert hatte.

»Computer«, befahl sie, »irgendwelche Nachrichten für mich von ...« Sie nannte die Namen der letzten drei Vorgesetzten in Larkins Akte.

»Keine Nachrichten von den angegebenen Personen«, kam prompt die Antwort des Computers.

Eigenartig, dachte Ivanova. Sie wurde immer mißtrauischer. Wieso antworteten sie nicht, wenn sie nichts zu verbergen hatten? »Wann habe ich meine Anfragen an diese Leute abgeschickt?«

»Es gibt keine Aufzeichnungen über Nachrichten, die während der letzten sechs Monate an diese Personen abgeschickt wurden.«

Wie bitte?

Susan holte sich ihre Briefdatei auf den Schirm und fand die drei Briefe. *Also habe ich sie wenigstens geschrieben.* Nach allem, was in letzter Zeit passiert war, hatte sie einen Augenblick lang sogar daran gezweifelt. *Gut, gut, gut. Hier hat sich jemand verdammt viel Arbeit gemacht.* Sie biß sich wütend auf die Lippen. *Fragt sich bloß, wer?* Sie öffnete eine Leitung zum Stützpunkt auf Io und bat darum, mit Commander Trey Arkanos zu sprechen.

»Commander Arkanos«, begann sie, nachdem sie sich vorgestellt hatte, »ich rufe Sie wegen Ilias Larkin an.«

Das schmale Gesicht des Commanders zuckte kurz, er sah sie jedoch weiterhin freundlich an. »Ja?« antwortete er vorsichtig.

»Sie haben ihm ein sehr gutes Zeugnis ausgestellt«, versuchte ihn Ivanova zu ködern.

Er runzelte leicht die Stirn. »Sehr gut würde ich nicht sagen. Besonders schlecht war es nicht, obwohl seine Leistungen nicht gerade übermäßig lobenswert waren. Wie zum Teufel hat er es nur geschafft, nach *Babylon 5* versetzt zu werden?«

»Er hat darum gebeten, und nach seinen Zeugnissen zu urteilen hat er hervorragende Arbeit geleistet.«

Arkanos schüttelte den Kopf, ehe sie ihren Satz beendet hatte. »Wenn er einen guten Tag hatte, waren seine Leistungen angemessen. Die meiste Zeit war er mehr eine Last als eine Hilfe. Die Hälfte der Fehler, die unter meinem Kommando gemacht wurden, waren darauf zurückzuführen, daß wir ihn ständig im Auge behalten mußten. Er ist mir ganz schön auf die Nerven gegangen. Tatsache ist«, fuhr er mit nachdenklichem Gesichtsausdruck fort, »daß ich, soweit ich mich erinnern kann, offiziell gesagt habe, daß man den Mann einer anderen Abteilung zuteilen sollte. Als er dann wirklich versetzt wurde, dachte ich, man hätte meinen Rat befolgt. Also habe ich mir nicht die Mühe gemacht, die Sache weiter zu verfolgen.«

Sie haben sich also nicht die Mühe gemacht, die Sache weiter zu verfolgen, dachte Susan düster, *weil Sie Angst hatten, Sie könnten ihn zurückbekommen, wenn Sie Interesse an dem Kerl zeigen.* Und Susan, die Empfängerin des unfähigen und leicht erregbaren Mr. Larkin, hätte den Burschen am liebsten mit dem Vermerk ›Zurück an Absender‹ auf seinem Hinterteil zum Stützpunkt auf Io zurückbefördert.

Offenbar konnte man ihr ansehen, was sie dachte, denn Arkanos verteidigte sich: »Er war nicht direkt ein Versager, er hat sich nur nicht eingefügt. Und merkwürdig ... er war so seltsam und unberechenbar, so launisch. Niemand ist mit ihm gut ausgekommen. Dabei hat er nie wirklich etwas falsch gemacht. Er hat nur ...«

»... nie etwas wirklich richtig gemacht«, beendete Ivanova den Satz für ihn. »Als Sie sagten ›merkwürdig‹ – haben Sie da gemeint, daß er merkwürdig war oder daß den Leuten in seiner Umgebung merkwürdige Dinge zugestoßen sind?«

»Er war seltsam.« Arkanos Blick schweifte umher, fort vom Bildschirm und dann wie zufällig wieder zurück. »Worauf wollen Sie hinaus?«

Ach, komm schon! dachte sie. *Worauf ich hinaus will? Als ob du das nicht genau wüßtest.* Wenn man auf eine Frage nicht vorbereitet war, verrieten einen immer die Augen. Aber wenn man *zu gut* auf eine unerwünschte Frage vorbereitet war, mußte man ein Übermensch sein, um keine Reaktion zu zeigen.

»Oh, seltsame Vorfälle, Dinge, die Leute auf ihren Türschwellen oder unter ihren Schreibtischen gefunden haben. Etwas in der Art.«

Er leckte sich die Lippen und machte ein Gesicht wie ein ängstlicher Köter, der den Stiefel kommen sieht. »Nicht daß ich wüßte. Aber wenn Sie möchten, kann ich das gerne nachprüfen. An was für . . . Dinge haben Sie gedacht?«

»Schon gut. Ich werde mit den anderen sprechen, unter deren Kommando er gedient hat. Wenn es einen berechtigten Grund gibt, melde ich mich wieder bei Ihnen. Vielen Dank, daß Sie sich Zeit für mich genommen haben«, schloß sie knapp, aber mit einem Lächeln auf den Lippen.

Die beiden anderen Offiziere auf ihrer Liste waren nicht erreichbar. Einer hatte sich für längere Zeit freistellen lassen, der andere lag in der Krankenstation, und der Tag seiner Entlassung war noch unklar. Es juckte sie, nach dem Grund zu fragen, aber sie wußte, daß sie keine Antwort erhalten würde. Trotzdem, Larkins kleine Tricks – und sie hatte jetzt keine Zweifel mehr, daß er dahintersteckte – waren sehr beunruhigend und ausgesprochen gut gemacht. Genau die Art von Tricks, die jemanden dazu bewegen mochten, einen längeren Urlaub anzutreten, oder einen in die Krankenstation brachten. *Und ich wette, ich weiß, in welchen Teil der Krankenstation. Wenn Garibaldi nicht bei mir gewesen wäre, als ich die erste Nachricht bekam, wer weiß, ob ich ihn um Hilfe gebeten hätte. Hätte ich irgend jemandem von der Sache erzählt?* Sie war sich nicht sicher. Aber sie war Garibaldi für seine Freundschaft dankbar. Es wäre furchtbar, mit dem Inhalt dieser Datenkristalle allein fertigwerden zu müssen.

Es lief ihr kalt den Rücken hinunter. Dann rückte sie ihren Stuhl noch näher an den Bildschirm heran, auf dem Larkins Unterlagen angezeigt wurden. *Paß bloß auf, Larkin,* wiederholte sie in Gedanken, *jetzt komme ich!*

»Ilias Larkin«, verkündete sie Garibaldi eine Stunde später. »Als Kind waren Video-Filme sein Hobby. Er hat so hervorragende Filme gemacht, daß er sogar bei angesehenen Wettbewerben Hunderte von Erwachsenen besiegt hat. Außerdem waren seine Eltern beide Mitglied des Psi-Corps. Tatsächlich wurde er bis zu seinem zwölften Lebensjahr vom Corps erzogen, obwohl er so telepathisch wie ein Stein ist.«

Garibaldi lief ein kalter Schauer über den Rücken. »Ich glaube nicht, daß es mir gefallen würde, das unbegabte Kind in einer Psi-Corps-Schule zu sein. Sie wissen ja, wie grausam Kinder sind.«

Susan zuckte zusammen und machte eine abwehrende Handbewegung. »Bitte!« sagte sie. »Ich will kein Mitleid für ihn empfinden.«

»Gut.« Er setzte sich auf die Kante seines Schreibtisches. »Wie wollen Sie die Sache angehen?«

»Ich glaube, wir sollten ihn direkt damit konfrontieren«, sagte sie fest. »Wenn Sie auch dabei sind, wird das der Angelegenheit einen offiziellen Charakter verleihen.«

»Obwohl es nicht offiziell ist.« Er verzog das Gesicht. »Das schränkt unsere Möglichkeiten ein«, erinnerte sie Garibaldi. »Wir konfrontieren ihn also mit dem Vorwurf, und er packt aus. Wie geht es dann weiter?«

Susan lehnte sich in ihrem Stuhl zurück, verschränkte die Arme vor der Brust und starrte nachdenklich an die Decke. Was machten sie hier eigentlich? Sie hatte wirklich keine Lust, mit den Kristallen, die Larkin produziert hatte, an die Öffentlichkeit zu gehen. Sie waren zu persönlich und zu negativ.

»Tja«, meinte sie langsam, »wenn jemals jemand eine Psychotherapie gebraucht hat, dann Larkin.«

»Sie brauchen nur eine Unterschrift zu leisten, und er kriegt seine Therapie«, bemerkte der Sicherheitschef. »Dazu brauchen wir ihn gar nicht mit dieser Sache zu konfrontieren.« Er verschränkte ebenfalls die Arme, sah nicht ohne Mitgefühl auf sie herunter und wartete.

»Ich will seine Augen sehen, wenn ich ihm das vorwerfe«, sagte sie. »Ich brauche diese Bestätigung. Bis jetzt ist er lediglich mein bester Verdächtiger. Ich will es ganz genau wissen, ohne Zweifel, daß er mir das angetan hat.« Ihre blauen Augen waren eiskalt.

»In Ordnung«, sagte er und stand auf. »In Ihrem Büro? Gleich morgen früh?«

»Ich werde da sein.«

»Oh, hallo, Botschafter. Ich bin's.«

Natürlich bist du es, du menschliche Schlange, dachte G'Kar, als er Cray entdeckte. *Hältst du mich für blind?* »Was wollen Sie?«

»Ich habe, was Sie wollten«, erklärte ihm Cray. »Jetzt schulden Sie mir vierhundert, richtig?«

»Wenn Ihre Informationen etwas taugen, ja.« G'Kars unerbittlicher Blick war eine sehr überzeugende Drohung.

»Sie taugen was, das schwöre ich Ihnen«, erwiderte Cray mit einem leisen Kichern. »Sie sind auf GRÜN 12 gesehen worden. Es heißt, daß sie in die Unterwelt zurückkehren.«

»Jetzt im Augenblick?« hakte G'Kar eifrig nach.

»Während wir hier miteinander sprechen, Kumpel.«

Igitt! Ich bin nicht dein Kumpel, dachte G'Kar voller Abscheu. *Ich bin nicht einmal gerne dein Kunde.* »Wo bleibt mein Geld?« fragte er spitz.

»Ich arbeite dran«, gab Cray schroff zurück.

»Dann arbeiten Sie noch härter! Und schneller!« Damit beendete G'Kar das Gespräch. Er lächelte und rief Garibaldi über sein Com-Link.

Sie hatten die Oberste Olorasin bis zum Schluß alleine gelassen. Sie hielten es für besser, sie in ihrem Zustand im inneren Zimmer ruhen zu lassen. Als aber die Sicherheitsleute damit anfingen, die

T'llin zu verhaften, sobald sie in der Unterwelt auftauchten, änderten sie ihre Pläne.

»Das war diese Menschenfrau, von der uns die anderen erzählt haben«, murrte Segrea auf dem Gang. »Sie hat sich entschlossen, nicht zu warten, bis wir die Büroräume von selbst geräumt haben.«

»Nein«, erwiderte Haelstrac und schüttelte den Kopf, während sie sich bemühte, mit ihm Schritt zu halten, »wenn dem so wäre, hätten sie uns im Büro besucht.«

Segrea wurde langsamer, als er das eben Gehörte begriff. Seine Mitstreiterin hatte recht. Wenn die Sicherheitsleute wüßten, wo sich das Büro befindet, wären sie jetzt dort. Aber dort gab es keine Spur von ihnen, nicht einmal einen Hinweis, daß sie in der Nähe waren.

»Cray«, sagte er und ging auf die Hintertür des Büros zu. »Schon wieder. Er muß es gewesen sein.« Er steckte die Schlüsselkarte in den Schlitz, und die Lampe am Schloß wurde grün. Als sie das Büro betraten, sahen die restlichen Flüchtlinge, vor allem Mütter mit ihren Kindern, ängstlich zu ihnen auf.

»Wir sind gekommen, um die Oberste abzuholen«, erklärte ihnen Segrea. Er schämte sich ein wenig. Sie konnten nur wenig tun, um zu helfen. In dem Raum, den die Razye Tesh für Notfälle vorbereitet hatten, gab es nicht genug Platz.

Sie betraten den dunklen Raum, in dem die Oberste lag. Segrea blieb an der Tür stehen, während Haelstrac den Schutzanzug ausschüttelte, den die Oberste bei ihren Gesprächen mit den Botschaftern getragen hatte. Sie stülpte den weiten Umhang über Olorasins Kopf und Schultern, dann zog sie ihn noch weiter herunter. Olorasin leistete keinerlei Widerstand.

»Du könntest mir ruhig helfen«, forderte sie Segrea leicht gereizt auf.

Widerstrebend näherte er sich und hob Olorasins schlanken Körper hoch. Als er bemerkte, daß ihre Augen offen waren, ließ er sie angewidert los. Haelstrac verlor das Gleichgewicht und landete mit einem »Uh!« unsanft auf dem Feldbett. »Was ist los mit dir?« fragte sie ungeduldig.

»Sie ist nicht einmal mehr eine Oberste«, erklärte Segrea. Seine schmalen Lippen bebten vor Verbitterung. »Wieso mühen wir uns überhaupt mit ihr ab? Überlassen wir das doch den Sicherheitsleuten. Sie braucht offensichtlich einen Arzt.«

Haelstrac rappelte sich hoch und starrte ihn an. »Sie wird immer eine Oberste sein. Eine Perle und ein Segen für unser Volk. Wir mühen uns mit ihr ab, weil das unsere Pflicht ist. Und jetzt hilf mir«, schloß sie wütend.

Er ging wieder zu ihr hinüber und hob den schlaffen Körper ihrer Anführerin hoch. »So ist sie zu nichts zu gebrauchen«, beschwerte er sich.

Haelstrac seufzte. »Das ist der Kummer«, sagte sie, »und der Schock. Sie wird sich wieder erholen. Und dann werden wir weitersehen.« Haelstrac ging zu der Bank hinüber, auf der die Atemmaske der Obersten lag. Sie hielt inne und starrte auf das undurchsichtige Fenster vor ihr, als könnte sie die hoffnungslosen Flüchtlinge auf der anderen Seite sehen. »Weißt du«, meinte sie nachdenklich, »die Obersten hätten ziemlich überzeugende Minbari abgegeben.«

»Die Minbari gehen nicht in die Unterwelt«, wandte Segrea ein. »Die Idee ist gut, aber sie würde nicht funktionieren. Außerdem gibt es hier auf der Station keine Minbari-Kinder.«

Mit einem Seufzer wandte sich Haelstrac wieder Olorasin zu und setzte ihr die Maske auf. »Gehen wir!« sagte sie.

Etwas war vor ihrem Gesicht. Es behinderte sie nicht, störte sie nicht beim Atmen. Aber sie empfand es als unangenehm. Sie holte ganz tief Luft. Da spürte sie, wie sie von zwei kräftigen Händen hochgehoben wurde. Ihre Augen brannten, als sie aus dem dunklen Raum, in dem sie sich ausgeruht hatte, in grelles Licht getragen wurde. Die Linsen in ihrer Schutzmaske kompensierten den Lichtwechsel und wurden beinahe schwarz. Sie blinzelte und sah, wie ihre Leute sie ängstlich anblickten. Es waren weniger, als es hätten sein sollen. Sie runzelte die Stirn. Dann wurde sie von den kräftigen Händen weiter fortgezerrt. Vor Schreck trat sie um sich und wurde sofort losgelassen. Sie riß sich die Maske vom Gesicht. Einer von Phinas Leuten stand vor ihr. *Segrea,* dachte sie. *Phina ist tot.* Der Kummer drohte sie wieder zu überwältigen, aber sie unterdrückte ihn. Irgend etwas stimmte nicht. Etwas anderes.

»Was ist los?« wollte sie wissen. Ihre Stimme zitterte, und sie runzelte die Stirn, verärgert über ihre eigene Schwäche. »Was geht hier vor?« Diesmal klang ihre Stimme schon etwas kräftiger. Segrea und Haelstrac blickten einander an.

»Wir können hier nicht bleiben«, erklärte ihr Segrea. »Unser Vermieter will, daß wir verschwinden. Wir bringen Sie weg, an einen Ort, den die Razye Tesh für Notfälle vorbereitet haben.«

Olorasin blinzelte. Die Worte hatten ihren Stolz verletzt. »Dieser Ort«, sagte sie, »steht uns allen offen?«

»Nein, Oberste. Nur Ihnen und den Razye Tesh.« Segrea sah über sie hinweg, mied ihren Blick. Er schämte sich deswegen, aber er fragte sich im stillen, wieso sie eigentlich noch lebte, während ihr nützlicherer Bruder tot war.

»Und was wird aus diesen Leuten hier?« fragte Olorasin und starrte den Razye Tesh-Krieger von unten an.

»Auf Veranlassung der Narn verhaften die Menschen jeden T'llin, den sie erwischen können«, berichtete ihr Haelstrac. Alle um sie herum schnappten gleichzeitig nach Luft. »Wir können nicht zulassen, daß diese dreckigen Narn Sie in die Finger kriegen, um Sie auch noch umzubringen.«

Olorasin holte langsam und tief Luft. Sie war entsetzt. Es war, als hätte jemand in ihr einen Schleier zur Seite gezogen. Noch bevor sie wieder ausatmete, erwachte eine neue Seele in der zerrissenen Hülle ihrer alten, um die Welt mit neuen Augen zu sehen. *Wir sind allein,* ging es ihr durch den Kopf. *Alle haben ihre Hand gegen die T'llin erhoben. Wir können uns nur noch selber helfen. Genau, wie Phina gesagt hat.*

»Die Narn«, fragte sie mit fester Stimme, »machen sie auch Jagd auf uns?«

»Dem letzten Bericht zufolge nicht, Oberste«, entgegnete Haelstrac. Ein Hoffnungsschimmer trat in ihre Augen.

»Aber genau das hätte ich von ihnen erwartet«, knurrte Segrea und senkte seinen Blick, um die Oberste herausfordernd anzusehen.

Olorasin sah sich um. Ängstliche Gesichter erwarteten ihre Befehle. »Mütter, Kinder und alle Zivilisten sollen sich von den Sicherheitsleuten verhaften lassen!« Um sie herum flüsterten die T'llin aufgeregt miteinander. »Hört mich an«, bat Olorasin und hob die Hände, bis es ruhig wurde. »Unter der Aufsicht der Menschen seid ihr sicherer, als wenn ihr auf der Station herumlauft, bis euch ein eigenmächtiger Narn in angeblicher Notwehr umbringt.«

»Aber wie lang werden wir in Sicherheit sein?« wollte ein alter Mann wissen. »Wenn wir auf Veranlassung der Narn verhaftet werden, werden sie uns am Ende auch den Narn übergeben.«

»Jetzt zu sterben oder erst ein wenig später«, bemerkte eine junge Mutter, »was für einen Unterschied macht das schon?«

»Einen weiteren Tag, an dem wir am Leben sind, für uns und für unsere Kinder«, schimpfte Olorasin. »Und es ist unsere Pflicht, am Leben zu bleiben, und wenn es nur darum geht, die Narn zu erzürnen.« Sie sah einem nach dem anderen in die Augen. »Tut, was ich euch gesagt habe!« Dann setzte sie ihre Maske wieder auf. »Bringt mich jetzt zu eurer Notunterkunft«, sagte sie zu Haelstrac. »Und du«, die Maske wandte sich Segrea zu, »sage den Razye Tesh, daß diejenigen, die bereit zu sterben sind, bei mir bleiben können. Diejenigen, die es nicht sind, sollen sich mit den anderen gefangennehmen lassen!«

Er starrte sie einen Augenblick lang herausfordernd an. Dann verbeugte er sich leicht und streifte seine Maske über. Hinter der schützenden Hülle grinste er wie ein Totenschädel.

16

Ilias hatte seit der vergangenen Nacht eine Reihe berühmter Gesichter gesehen. Das war sehr aufregend. Mit jedem eintreffenden Schiff drängten Presseleute auf die Station. Kugelförmige Kameras schwirrten um die Köpfe der Menge, um Nachrichtenbilder einzufangen, oder schwebten unbeweglich über kleinen Grüppchen von Menschen und Außerirdischen, um die unvermeidbaren Interviews mit dem »Mann auf der Straße« aufzunehmen.

Seit er heute morgen den Befehl erhalten hatte, sich in Ivanovas Büro zu melden, hing Larkin seinen Tagträumen nach. *Ich könnte eine oder zwei meiner Geschenke für das kleine Luder kopieren und an Barbara Chang schicken.* Deren Nachrichtensendung hatte er sich zu Hause immer gerne angesehen. Barbara war so elegant und so exotisch. *Wenn man sich vorstellt, was sie aus der Information machen könnte, daß der Bruder der leitenden Offizierin in der Kommandozentrale ein Spion und Saboteur war.* Der Gedanke ließ ihn kichern, und mit seinem boshaften Grinsen handelte er sich erstaunte Blicke von den Leuten ein, die an ihm vorbeigingen. Er stellte sich Ivanova vor, wie sie mit schamrotem Gesicht und Tränen in den Augen von stämmigen Sicherheitsleuten aus der Kommandozentrale geführt wurde. »Ich bin unschuldig!« beteuerte sie in seiner Phantasie immer wieder. Aber der Captain starrte sie nur stumm an. Und Kamal, der neben ihm arbeitete und ihn, wie er vermutete, gemeldet hatte, drehte sich zu Ilias um und flüsterte ihm zu: »Wer hätte das gedacht? Sie hatte doch eine lupenreine Weste!«

Ilias fühlte sich munter und Herr der Lage, als er an die Tür von Commander Ivanova klopfte. »Herein«, hörte er von drinnen ihre Stimme. Er trat ein, und sein selbstzufriedenes Grinsen verblaßte, als er Garibaldi entdeckte. »Soll ich später wiederkommen?« fragte er höflich.

»Setzen Sie sich!« befahl Ivanova und deutete auf den Stuhl vor ihrem Schreibtisch. Sobald er sich hingesetzt hatte, stand sie auf, ging langsam um ihn herum und dann hinter seinem Stuhl auf und ab, ohne ein Wort zu sagen.

Garibaldi sah ihn freundlich an. *Das ist Susans Vorstellung. Sie muß sie schmeißen,* sagte er zu sich selbst. *Mein Job ist es, zur Stelle zu sein, falls ich gebraucht werde.* Und vielleicht ein bißchen moralischen Beistand zu leisten.

Larkin drehte sich, um über seine Schulter einen Blick auf Ivanova zu werfen.

»Augen geradeaus!« befahl sie scharf. Aus ihren Psychologiestunden wußte sie, daß sie die Einschüchterungsmethode anwandte, aber das kümmerte sie nicht. *Der hat mich genug gequält. Ich glaube, ich habe das Recht dazu, es ihm ein wenig heimzuzahlen.*

»Ja, Sir«, antwortete Larkin lammfromm und wandte sich wieder ihrem Schreibtisch zu.

Was geht hier vor? fragte er sich aufgeregt. Aber er kannte die Antwort schon. Am Ende befahlen sie ihn alle zum Verhör. Er konnte sich nur darüber ärgern, daß jedesmal *er* verdächtigt wurde. *Natürlich bin ich schuldig,* dachte er. *Aber das tut nichts zur Sache. Es geht darum, daß sie jedesmal* mich *auf dem Kieker haben. Den neuen Mann, der sich nicht anpaßt. Jedesmal schieben sie* mir *die Schuld in die Schuhe.* Er wartete schweigend und lauschte ihren Schritten, während sie auf und ab marschierte. »Gibt es ein Problem, Sir?«

»Habe ich Ihnen das Wort erteilt?«

Er ist verdammt cool, dachte Ivanova, und auf ihrer Stirn

erschien eine kleine Sorgenfalte. *Was, wenn ich mich irre?* Aber wenn Larkin nicht dahintersteckte, wer dann? Die einzige andere Person, die ihres Wissens Zugriff auf persönliche Daten hatte und auch willens war, diese Unterlagen zu studieren – jedenfalls hatte er so etwas angedeutet …

»Nein, Sir.«

»Dann halten Sie den Mund!«

Ivanova warf Garibaldi einen Blick zu, aber er ließ Larkin nicht aus den Augen. *Unmöglich,* tadelte sie sich selbst. *Michael Garibaldi ist mein Freund. Und ein verdammt guter Offizier. Trotz seiner Schwierigkeiten.*

Larkin bemerkte etwa im selben Augenblick wie Ivanova, daß ihn Garibaldi freundlich anstarrte. Er rutschte nervös auf seinem Stuhl herum. »Sir?« fragte er. »Geht es um meine Leistungen? Ich könnte schwören, daß ich mich verbessert habe.«

Garibaldi sah Susan an und stand dann ebenfalls auf. Susan baute sich hinter Larkin auf. »Wir haben ein paar sehr interessante Dinge über Sie herausgefunden, Larkin.« Sie beugte sich noch ein Stück weiter vor. »Trey Arkanos hat die Empfehlung ausgesprochen, Sie aus der Kommandozentrale in eine andere Abteilung versetzen zu lassen. Aber irgendwie sieht es so aus, als kämen Sie in seiner Beurteilung ganz gut weg. Können Sie mir das erklären?«

»Nein, Sir.«

»Nein, Sir«, wiederholte sie.

Vielleicht sagt er die Wahrheit. Es könnte ein Übertragungsfehler sein. Aber er wirkte schuldig, obwohl er sich so überzeugend unschuldig gab. *Und es gibt eine ganze Menge Beweise, die gegen diesen Kerl sprechen,* rief sie sich selbst ins Gedächtnis.

»Mir ist weiterhin aufgefallen, daß drei Ersuchen um nähere Informationen, die ich Ihren drei letzten Vorgesetzten geschickt habe, aus der ausgehenden Post verschwunden sind. Wie haben Sie das geschafft?«

»Sir?« Er verschränkte die Hände in seinem Schoß und bemühte sich, nicht zu zittern.

Wenn das keine unverbindliche Antwort war, dachte sie düster. Sie war besorgt. Er reagierte nicht so, wie sie sich das vorgestellt hatte. Er wurde hier wie ein Schuldiger behandelt und mit einigen ziemlich auffälligen Indizien konfrontiert, und obwohl er nervös wirkte, sah er nicht so aus, als würde er gleich zusammenbrechen.

Was ist, wenn ich mich irre? Wieder kam ihr Michael in den Sinn, obwohl sie versuchte, den Gedanken zu unterdrücken. Hatte er ihr vielleicht einen seiner Streiche spielen wollen, und der war so dumm gelaufen, daß er jetzt nicht wagte, es zuzugeben?

»Sehen Sie mich an!« befahl sie und stellte sich vor Larkin. Er sah zu ihr auf. Sein fahles Gesicht wirkte noch blasser als sonst. »Wie ich höre, sind Sie sehr geschickt bei der Herstellung von Video-Filmen?«

»Sie sagen das, als würde ich kleine Kinder verspeisen«, sagte Larkin und kicherte dabei nervös. »Ja, Sir«, bestätigte er etwas ernsthafter, als sich ihre Augen bedrohlich verengten. »Als Kind habe ich Video-Filme gemacht. Aber das ist schon Jahre her.«

»Wozu besitzen Sie dann eine komplette Video-Ausrüstung?« fragte Garibaldi.

»Woher wissen Sie das«? fragte er zurück. Er war so perplex, daß er vergaß, daß er mit dem Chef der Sicherheit sprach.

Garibaldi wölbte eine Augenbraue und zog den Kopf ein. »Bitte?« sagte er.

Larkin wurde rot und leckte sich über die Lippen. »Ich habe das Zeug schon seit Jahren, Sir. Ich hatte immer vor, es mal wieder zu benutzen, habe es aber nie getan. Ist es verboten, eine Video-Ausrüstung zu besitzen?« wollte er wissen. »Jeder hat doch etwas in der Art.«

»Etwas in der Art zu besitzen und eine so perfekte Ausrüstung wie Sie zu besitzen sind zwei Paar Schuhe.« Garibaldi stellte sich hinter ihn. »Ihre Eltern sind doch im Psi-Corps?« fragte er plötzlich.

Larkin versteifte sich. »Ja, Sir«, preßte er mit erstickter Stimme hervor.

»Sehen Sie sie oft?«

»Nein, Sir. Sie haben meistens irgendwo einen Auftrag zu erfüllen.«

»Sie waren eine ziemliche Enttäuschung für Ihre Eltern«, meinte Ivanova und verschränkte die Arme.

»War's nicht so?« hakte Garibaldi nach.

Larkin saß bewegungslos da. Er lief rot an, sein Atem wurde zu einem Keuchen. »Warum stellen Sie mir diese Fragen?« wollte er wissen. »Was werfen Sie mir vor?«

»Niemand wirft Ihnen irgend etwas vor«, antwortete Ivanova. Sie fühlte sich plötzlich schmutzig.

»Wieso fragen Sie mich dann nach meinen Eltern?« schrie er. »Es ist doch allgemein bekannt, welche Einstellung Sie zum Psi-Corps haben. Sie wollen mir was anhängen, weil meine Eltern ...«

»Ich habe gesagt, niemand wirft Ihnen irgend etwas vor!« unterbrach ihn Susan. *Das nenne ich erregt.* In Wahrheit hatte sie sich auf seine Labilität verlassen, um ein Geständnis aus ihm herauszukriegen. *Ich schätze, Erregung und Schwäche sind nicht unbedingt dasselbe.*

»Ach? Dann wollen Sie wahrscheinlich wissen, wie es ist, in einer schweigenden Familie zu leben, weil alle anderen sich telepathisch verständigen können? Oder wollen Sie wissen, wie es ist, wenn man wie ein Dorftrottel behandelt wird, weil man keine telepathischen Fähigkeiten besitzt?« Er schnippte mit den Fingern, als hätte er gerade eine Eingebung gehabt. »Oh, jetzt weiß ich! Sie wollen wissen, was für ein Alptraum es ist, Schulkameraden zu haben, die einen für minderwertig halten und genau wissen, wovor man am meisten Angst hat.«

Er sprang auf die Füße und hielt die Fäuste geballt vor die Brust. Sein Gesicht war krebsrot vor Zorn. »Es ist schlimmer als die Hölle!« brüllte er. »Es ist die reine, endlose Qual! Sind Sie jetzt glücklich? Sind Sie zufrieden?« *Du Dreckstück!* schoß es ihm durch den Kopf. *Dreckstück! Dreckstück! Dreckstück! Ich bringe dich ...*

»Aber hallo!« rief Garibaldi. »Wen glauben Sie hier eigentlich vor sich zu haben?«

»Setzen Sie sich!« sagte Ivanova kühl. Sie kam um den Tisch herum und setzte sich genau wie Larkin wieder hin. Susan schämte sich vor sich selbst. Derart in den offenen Wunden eines anderen herumzustochern entsprach nicht ihrer Vorstellung von vernünftigem Benehmen. Plötzlich fiel ihr ein, daß einer der Lehrer in ihrer Klasse einmal erzählt hatte, daß sich die Folterknechte früher für ehrenhafte Männer gehalten hätten, die nur eine unangenehme, jedoch notwendige Arbeit verrichteten.

Ich habe nur versucht, gerecht zu sein! dachte sie betrübt. Ja, sie hatte ihn zu einem Geständnis bewegen wollen. Zugegeben, sie hatte ihn sogar ein wenig von dem Schmerz fühlen lassen wollen, den er ihr zugefügt hatte. Aber daß er derart aus der Rolle fiel, hatte sie weder gewollt noch erwartet.

»Ich habe Sie hierherbestellt, um Ihnen mitzuteilen, daß ich Sie zu einer psychologischen Untersuchung schicke. Sie sind bis auf weiteres vom Dienst suspendiert.« Sie unterdrückte ihr plötzliches Mitgefühl für den Mann, der vor ihr saß. Er hatte schwere Zeiten durchgemacht, aber das bedeutete nicht, daß er blutige Fetzen aus ihrer Seele herausreißen durfte.

Larkin starrte den Boden an. Er fühlte, wie sein Puls schneller wurde und seine Wut immer mehr anschwoll. *Sie haben meine Sachen durchsucht!* ging es ihm durch den Kopf. Er fühlte sich besudelt. *Sie hatten ihre dreckigen Finger überall an meinen Sachen!*

»Kann ich jetzt gehen, Sir?« fragte er mit erstickter Stimme.

»Ja«, antwortete Susan.

Larkin stand steif von seinem Stuhl auf, wie ein Mann, der so schwer verletzt ist, daß er sich nur unter Schmerzen bewegen kann. Dann wandte er sich zum Gehen.

»Ich werde Sie im Auge behalten, Larkin«, versicherte ihm Garibaldi.

»Vielen Dank, Sir«, erwiderte Larkin matt und ging hinaus.

Susan preßte ihre Fingerspitzen an die Stirn und glättete die Sorgenfalten. »Das war ... unangenehm«, sagte sie. *Das nenne ich eine Untertreibung.*

»Na ja«, Garibaldi zuckte mit den Schultern, »das war doch zu erwarten, oder?« Er sah sie mit hochgezogenen Augenbrauen an. »Wir haben ihn schließlich ganz schön eingeschüchtert, ihm eine Menge sehr persönlicher Fragen gestellt. Übrigens, wieso haben Sie ihn eigentlich gar nicht gefragt, ob er's war? Ich dachte, Sie wollten die Bestätigung seiner Schuld.«

»Weil«, stöhnte sie, »ich mir plötzlich so gemein vorkam. Eigentlich noch schlimmer als gemein. Bis wir ihn nach seinen Eltern fragten, hätte ich gesagt, daß wir Larkin gerecht und ausgesprochen zurückhaltend behandelt haben. Aber jetzt fühle ich mich, als hätte ich das Maß überschritten.« *Und es gibt nichts Schlimmeres, als die eigenen Moralvorstellungen für einen angeblich höheren Zweck über Bord zu werfen.*

Garibaldi schnalzte mit der Zunge. »Die Psychologen werden ihm schon auf den Zahn fühlen. Wahrscheinlich wird er ihnen erzählen, was er Ihnen angetan hat«, warnte er sie.

»Aber die sind an die ärztliche Schweigepflicht gebunden. Das landet nicht in meiner Personalakte.« Einen Augenblick lang stierte sie traurig vor sich hin, dann sah sie Garibaldi an. »Woher wußten Sie, daß er eine komplette Video-Ausrüstung hat?«

»Ich habe nachgesehen. Auf der Liste der persönlichen Sachen, die er mit an Bord gebracht hat, war keine Video-Ausrüstung verzeichnet.«

»Was für eine Überraschung«, schnaubte Ivanova. »Dann haben Sie also sein Quartier durchsucht?«

»Nein. Das war ein Schuß ins Blaue, wie wir in der Sicherheitsbranche sagen.«

»Ich denke, Sie haben damit einen Treffer gelandet,« sagte sie mit düsterem Gesichtsausdruck.

»Sogar einen ziemlich eindeutigen Treffer. Aber leider hat er ihn nicht dazu gebracht, alles zu gestehen.«

»Wie Sie gesagt haben, die Psychologen werden ihm schon auf den Zahn fühlen.«

Aber was, wenn er es gar nicht war? fragte sie sich wieder. Dann würde irgendwann in nächster Zeit ein weiterer Kristall auftauchen. Sie musterte Garibaldi mit besorgter Miene. *Es sei denn, Michael . . .* Sie zwang sich dazu, diesen Gedanken wieder fallenzulassen. Michael Garibaldi mochte eine ganze Menge Fehler haben, einen ziemlich ausgefallenen Sinn für Humor eingeschlossen, aber ein Sadist war er nicht. »Vielen Dank, daß Sie mir beigestanden haben.«

Er lächelte sie mit spitzen Lippen an, wie er das immer machte. »Wozu hat man schließlich Freunde?«

Dieses Dreckstück! dachte Ilias. *Wie können sie es nur wagen? Wie konnten* sie *nur?* Er eilte den Gang entlang, sein Atem rasselte, und seine Augen brannten. Wenn ihm irgend jemand begegnet wäre, er wäre Larkin aus dem Weg gesprungen, als würde er in Flammen stehen. *Meine Sachen angefaßt! Sie durchsucht, betatscht. Dieses dreckige, verkommene . . . Miststück! Ich bringe sie um! Ich bringe . . .* seine Gedanken wurden immer diffuser.

Larkin warf einen unheilvollen Blick zurück nach Ivanovas Büro. Ein Sicherheitsoffizier kam um die Ecke, die er selbst eben umrundet hatte. Sein Herz blieb beinahe stehen, und erst vier Schritte später fiel ihm wieder ein zu atmen. *Sie folgen mir! Spionieren mir nach! Verfolgen mich . . .* unzusammenhängende

Gedanken schossen ihm mit jedem seiner hastigen Schritte durch den Kopf. *Sie sind hinter mir her. Das ist es. Sie kommen, um mich zu holen. Ich wollte es ja nicht glauben, aber es stimmt!* Larkin ging um eine weitere Ecke und wurde langsamer.

Fünfzehn Schritte weiter blickte er sich erneut um. Der Sicherheitsoffizier war noch immer hinter ihm. Es war ein großer blonder Mann, der sich ganz unauffällig bewegte. Er schien etwas zu lesen, während er entspannt vor sich hinschlenderte. Allerdings war er bewaffnet, und er war Larkin jetzt schon um zwei Ecken gefolgt. Ilias trug eine PPG in seinem Ärmel. Sie steckte in einem Holster, das er sich aus einem Stück Magnetkabel gebastelt hatte. Er drehte seine Hand, und schon hielt er die Waffe bereit. *Noch eine einzige Ecke,* schwor er sich. Wenn ihm der Sicherheitsoffizier weiter folgte ... *werde ich es ihm geben.*

Da war sie. Sheridan zupfte seine Ärmel zurecht und setzte ein Begrüßungslächeln auf. *Sie ist dem Präsidenten wie aus dem Gesicht geschnitten.* Armes Mädchen. Clark sah ganz akzeptabel aus, aber er hätte eine recht unansehnliche Frau abgegeben, und hier war der lebendige Beweis.

Sie hatte kurze braune Haare, dicht beieinander stehende braune Augen und gerade Augenbrauen, eine beeindruckende Nase und einen breiten, schmallippigen Mund.

»Hallo«, sagte sie und hob eine Hand zur Begrüßung. »Ich bin Chancy Clark.«

Er ergriff ihre Hand, und sie erwiderte den Händedruck fest und freundlich. Er ertappte sich bei dem Gedanken, daß sie ein reizendes Lächeln hatte.

»Vielen Dank, daß Sie mich abholen, Captain. Ich weiß das zu schätzen, aber es wäre nicht nötig gewesen. Sie haben sicher wahnsinnig viel zu tun.«

»Nein, überhaupt nicht«, schwindelte er. »Ich dachte bloß, ich bringe Sie zu Ihrem Quartier, und dann mache ich mit Ihnen einen kleinen Rundgang durch die Station, wenn Sie nicht zu müde sind. Vielleicht könnten Sie mir erzählen, wie Sie sich Ihre Interviews vorstellen.«

Sie sah ihn von der Seite an. »Ich frage mich, was man Ihnen erzählt hat. Na ja, ich würde gerne an so vielen Pressekonferenzen wie möglich teilnehmen.« Sie warf ihm einen fragenden Blick zu.

»Das ist kein Problem«, versicherte er ihr. »Aber ich weiß nicht, ob Sie schon von unserer Auslosung gehört haben ...«

»Die entscheidet, ob ich im Pressezimmer der Narn oder der Centauri sitze? Ja, ich habe davon gehört. Sehr clever. War das Ihre Idee?«

»Ja, es war tatsächlich meine Idee.« Er lächelte sie aufrichtig an. Sie war ihm sympathisch. *Der berühmte Charme der Clarks,* dachte er. »Man hat mir gesagt, Sie wollen jeden Botschafter und Delegierten interviewen, den wir Ihnen vorstellen.«

Chancy nickte eifrig. »Absolut. Ich muß mir einen Namen machen, wenn ich nach meinem Abschluß eine richtige Stelle haben will, nicht bloß so eine Praktikantenstelle, bei der man wie ein Sklave ausgebeutet wird.« Sie sah ihn wieder von der Seite an. »Ich frage mich, ob Sie glauben, daß ich einen ungerechtfertigten Vorteil aus meiner Verwandtschaft mit dem Präsidenten ziehe.«

»Das ... würde ich nicht sagen«, antwortete Sheridan nervös. Sie hatte seine Gedanken ziemlich genau ausgesprochen.

»Machen Sie sich keine Sorgen«, sagte sie fröhlich und versetzte ihm einen leichten Knuff. »Ich war mein ganzes Leben lang von Journalisten umgeben, und eines habe ich schon früh gelernt: Es sind alles Aasgeier. Obwohl das wahrscheinlich eine schreckliche Beleidigung für alle Aasgeier darstellt. Nicht einer von denen würde zögern, die Vorteile, die ich genieße, mit Freuden auszunutzen. Sie würden mir zwar gratulieren, wenn ich auf diese Vorteile verzichtete, aber im Grunde ihres Herzens würden sie mich auslachen. Niemand würde mich mehr ernst nehmen, und wenn ich noch so brillant wäre. Haben Sie ja nie Mitleid mit denen! Die würden Ihr Leben für einen Zehn-Sekunden-Bericht ruinieren. Ich habe so etwas schon erlebt.«

»Wieso ... wollen Sie dann eine von ihnen sein?« fragte er.

Sie lachte. »Ich will nicht eine von ihnen sein«, erwiderte Chancy mit glänzenden Augen. »Ich will ihre Arbeit machen. Wissen Sie, mit meinen Verbindungen dürfte ich nicht gezwungen sein, mich für niveaulose und ekelerregende Sensationsberichte herzugeben. Und wenn ich es richtig anstelle und es mir mit meinen Quellen nicht verscherze, könnte ich für jedes Nachrichtenmagazin oder jede Tageszeitung eine wertvolle Mitarbeiterin werden.«

»Wie sieht es mit Fernsehen aus?«

»Nicht mit meinem Aussehen, Captain. Und ich habe nicht die Absicht, es zu verändern.« Sie schwieg einen Augenblick lang, während sie sich einen Weg durch das Gedränge bahnten. »Und außerdem wird es meinen Onkel in den Wahnsinn treiben«, fügte sie ganz im Vertrauen hinzu. »Seit der Erfindung der Printmedien ist kein Politiker mehr geboren worden, der die Presse nicht gehaßt hätte.«

Er lachte laut auf, denn mit dieser Offenheit hatte er nicht gerechnet.

»Sie haben ein nettes Lächeln«, bemerkte sie.

»Danke«, antwortete er und errötete leicht. An Chancy war nicht nur die Nase beeindruckend.

»Also«, sagte sie und hakte sich bei ihm unter, »wie stehen meine Chancen, daß ich diese Interviews machen kann?«

»In Anbetracht Ihrer Verbindung mit dem Präsidenten ... Ich nehme an, das dürfen wir erwähnen?«

»Klar!«

»Die einzige Schwierigkeit wird wohl darin bestehen, Ihnen die Aasgeier vom Halse zu halten.« Sheridan lächelte zu ihr hinunter. *Sollen sie doch kommen,* dachte er amüsiert. Er fühlte sich von Minute zu Minute wohler in seiner Haut.

»Wer ist das?« fragte Chancy plötzlich.

Lennier sprach mit einem weiblichen Sicherheitsoffizier. Dann verbeugten sich die beiden voreinander, und die Frau ging weiter. Da entdeckte der Minbari den Captain und verneigte sich auch vor ihm.«

»Das ist Lennier. Er arbeitet für die Botschafterin der Minbari.«

»Ist der süß! Stellen Sie ihn mir vor!« Chancys Augen strahlten, als sie Lennier betrachtete. Dieser hatte offenbar bemerkt, daß Sheridan ihn immer noch ansah, und kam auf sie zu.

»Süß?« stutzte Sheridan. »Er ist ein Minbari.« *Und glaube mir, Kind, die sind alles andere als süß.*

»In dieser Hinsicht habe ich mich noch nie geirrt, Captain. Wenn jemand süß ist, erkenne ich das sofort. Und das hier ist ein Prachtexemplar dieser Gattung. Schauen Sie ihn an! Er ist einfach niedlich!«

Aber Sheridan sah *sie* an. Das Herz rutschte ihm in die Hose.

»Niedlich?« wiederholte er mit schwacher Stimme. Er konnte nur noch an Admiral Wilson denken. »Passen Sie auf, daß sie nichts Verrücktes anstellt«, hatte er gesagt. Und jetzt war sie offensichtlich dabei, sich in eine Affäre mit einem Minbari zu stürzen.

Einerseits bedeutet das vermutlich, daß die junge Generation sich darauf freut, mit den Minbari in Frieden zu leben. Das ist wohl der Fortschritt. Andererseits, wieso muß das hier und jetzt und mir passieren?

»Wollten Sie etwas von mir, Captain?« fragte Lennier höflich.

Sheridan hörte ein leises Seufzen von Chancy. *Das darf doch nicht wahr sein.* »Äh, nein«, begann er.

»Haben Sie im Moment viel zu tun?« fragte Chancy eifrig.

Lennier sah sie überrascht an. »Nein, im Augenblick nicht.« Seine Antwort hatte einen leicht fragenden Unterton, obwohl ihm seine gute Erziehung nicht erlaubte, sich nach dem Beweggrund für ihre Frage zu erkundigen.

»Das ist Chancy Clark ...«, setzte Sheridan an.

»Ich bin die Nichte von Präsident Clark«, sagte sie und streckte dem verwirrten Minbari ihre Hand hin. »Der Captain hat für die Konferenz noch so furchtbar viel vorzubereiten. Deshalb habe ich mich gefragt, ob Sie vielleicht Zeit hätten. Würde es Ihnen etwas ausmachen, mir an seiner Stelle die Station zu zeigen?«

Obwohl es so formuliert war, handelte es sich dabei keineswegs um eine Bitte. Ganz offensichtlich erwartete sie, daß man ihrem Begehren nachgab. Sie hakte sich selbstbewußt bei Lennier unter, und alle Einwände, die Sheridan und der Minbari noch haben mochten, schmolzen dahin wie ein Schneemann im Sommer.

»Ich ... würde mich geehrt fühlen«, erklärte Lennier und verbeugte sich mit einem kurzen Seitenblick auf den Captain.

»Wundervoll«, bedankte sich Chancy. Sie schraubte ihr atomares Strahlen ein wenig zurück, um den Minbari nicht länger in Verlegenheit zu bringen. »Vielen Dank, daß Sie mich abgeholt haben, Captain Sheridan. Das war wirklich nett von Ihnen. Ich bespreche die Einzelheiten dann später mit Ihnen«, versicherte sie ihm.

Sheridan schüttelte den Kopf, während er beobachtete, wie sie Arm in Arm mit Lennier davonspazierte, der gleichermaßen verwirrt und fasziniert zu sein schien. *Der arme Junge hat nicht die geringste Chance.* Er hatte noch nie erlebt, daß jemand so schnell seinen Willen bekommen hatte. Offensichtlich hatte Chancy Clark die Jahre, die sie mit den Mächtigen der Erde verbracht hatte, nicht verschwendet.

Allerdings, so sagte er sich, nachdem er ein wenig über die Situation nachgedacht hatte, *hat sich Lennier schon oft als das sprichwörtliche stille Wasser erwiesen.* Unter seiner sanften Oberfläche lauerten ungeahnte Reserven und Energien. Und die würde er jetzt dringend benötigen.

Garibaldi war wieder in der Sicherheitszentrale. Er versuchte mit dem Chaos fertig zu werden, das seine eigenen Leute verursachten, indem sie immer mehr T'llin-Flüchtlinge einlieferten. *›Schlecht drauf‹ wäre vielleicht ein passendes Wort für ihre Einstellung,* dachte er. Er konnte ihnen eigentlich keinen Vorwurf machen. Seine Leute trugen ihre Uniformen nicht, um Unschuldige zu verhaften; zumindest hoffte er das. Im großen Mannschaftsraum herrschte ohrenbetäubender Lärm. Plärrende T'llin-Babies, die ängstlich oder wütend brüllten und schrien, ältere T'llin, die kühl und würdevoll unverschämte Fragen beantworteten, sowie jugendliche T'llin, die still vor sich hinstarrten und dabei trotzdem am meisten Lärm machten.

Babies im Gefängnis! dachte Garibaldi von sich selbst angeekelt. *Babies!* Doch um sie in die Obhut des Sozialdienstes geben zu können, hätte man sie von ihren Müttern trennen müssen. Und obwohl das genau den Vorschriften entsprochen hätte ... *Ich kann es nicht. Es wäre unmenschlich.* Die Zellen sind wenigstens sauber. *Verdammt noch mal, ich bin doch kein Kerkermeister.* Die Narn zumindest würden sich nicht beschweren. *Wahrscheinlich fürchten sie, daß die Kinder wegkriechen und mit ihren Rasseln ein paar Narn erschlagen könnten. Ganz besonders Na'Toth, die ihre gesamte Aufmerksamkeit auf sich gezogen hat.*

Eine junge T'llin-Mutter kam auf Garibaldi zu und baute sich vor ihm auf, als wollte sie dort Wurzeln schlagen. Sie drohte ihm mit ihren kleinen Fäusten und beschimpfte ihn. An ihrem zerlumpten Kleid hingen drei verängstigte Kinder, die die Szene mit ihren großen Augen verfolgten.

Ein älterer Mann folgte ihr auf dem Fuß und übersetzte: »... schwarzherzige Dämonen von den Sternen, nicht besser als die Narn-Unterdrücker«, sagte er ganz ruhig, während die junge Mutter weiterkeifte.

»Sagen Sie ihr ...!« bat Garibaldi den alten T'llin, der ihn ignorierte. Doch ein Anruf unterbrach ihn.

»Ein verwundeter Offizier. Es sind Schüsse gefallen . . .« Der Vorfall hatte sich in einem ganz normalen Wohnbereich ereignet, nicht an einem Ort, an dem man mit Schüssen auf Sicherheitsleute gerechnet hätte.

Garibaldi verließ das Geschrei, die Babies und das allgemeine Chaos; kaum hatte er den Gang erreicht, beschleunigte er seine Schritte.

»Ich war nur auf dem Heimweg und habe mich nirgendwo eingemischt«, erklärte der verletzte Sicherheitsoffizier Dr. Franklin. »Da hat sich plötzlich dieser Kerl in Earthforce-Uniform umgedreht und auf mich geschossen. Au verflucht!« stöhnte er, als Franklin seinen verletzten Arm wieder einrenkte.

»Entschuldigung«, sagte der Arzt und verabreichte ihm ein Schmerzmittel. »Jetzt werden Sie sich gleich besser fühlen. Das macht Sie ein bißchen schläfrig.«

»Wie geht es ihm?« erkundigte sich Garibaldi, der hinter ihm saß.

»Soweit ganz gut«, berichtete Franklin. »Ein wenig Ruhe, und er ist bald wieder ganz gesund.« Damit beruhigte er sowohl den Patienten als auch Garibaldi.

Als er bemerkte, daß der Blick des Verwundeten glasig wurde, trat Garibaldi an ihn heran und fragte: »Können Sie den Kerl beschreiben? Haben Sie ihn erkannt?«

»Hab ihn gesehen«, hauchte der Mann auf der Trage. »Glaube, er wohnt hier in der Nähe. Mittelgroß, braune und braune, dünn . . . Earthforce . . .« Damit schlief er ein.

»Ich habe ihm ein Schmerzmittel gegeben«, erklärte Franklin. »Es wirkt gleichzeitig beruhigend.«

Garibaldi schüttelte den Kopf. »Kein Problem. Ich glaube, wir haben genug.« Damit berührte er sein Com-Link. »Wo wohnt Ilias Larkin?«

Das Quartier, das ihm angezeigt wurde, war keine fünfzig

Meter entfernt. *Ich mußte nur sagen, daß ich dich im Auge behalte, nicht wahr?* dachte Garibaldi. *Verdammt!* Er berührte erneut sein Com-Link und gab eine Fahndung nach Ilias Larkin heraus. Dann ging er ein Stück den Gang hinunter, ohne Franklins neugierige Blicke zu beachten, und rief Ivanova.

Larkin beobachtete, wie der Techniker die Funktion der Luftschleusen überprüfte. Zumindest sah es danach aus. Der Mann folgte den Nummern der Verriegelungen auf einer Liste und kontrollierte sie. *Verschwinde!* dachte Larkin intensiv. *Geh zum Mittagessen, mach eine Pause, fahr zur Hölle, aber verschwinde bloß von hier!* Doch der Techniker arbeitete unbeirrt weiter.

Ilias hatte jede einzelne der Luftschleusen gecheckt, die zu den privaten Transportern führten. Nur an einer hatte er grünes Licht bekommen, das anzeigte, daß das Schiff dahinter zum Abflug bereit war. Von seinem Versteck aus beobachtete er den Techniker. Er hatte Angst, daß dieser nach dem bewußten Schiff sehen könnte. Vielleicht würde er sogar damit davonfliegen. *Verschwinde!*

Der Techniker erreichte die Schleuse, auf die Ilias seine ganze Hoffnung auf Flucht gesetzt hatte. Er begann mit seiner Überprüfung.

»He, Hal.« Der Techniker blickte auf und sah sich um. Larkin konnte von seinem Versteck aus nicht sehen, wer gerufen hatte. *Hoffentlich sind sie es nicht* ... betete er. *Oh, bitte!*

»Bist du noch nicht fertig?«

»Ich hab's gerade gefunden«, antwortete der Techniker Hal.

»Was zum Teufel treibst du da?«

»Es gibt dreißig von diesen Dingern! Ich mache meine Arbeit gerne gründlich«, erwiderte er eingeschnappt.

»Der Chef hat eine Versammlung einberufen. Also, gehen wir!«

»Aber das hier ...«

»Ach, komm schon, zier dich nicht so. Laut Plan kommt die nächsten paar Stunden keiner hierher. Und die Versammlung dauert bloß eine Viertelstunde.«

Hal warf einen bedauernden Blick auf die Schleuse, mit deren Überprüfung er gerade begonnen hatte. Dann löste er mit einem Seufzer sein Testgerät vom Schloß. »Also schön«, sagte er und ging weg.

Ja! jubelte Larkin im stillen. Er sah zu, wie Hal davonging, und fühlte sich als Sieger. Jetzt mußte er nur noch den Code der Verriegelung knacken. *Aber das schaffe ich im Schlaf,* dachte er voller Selbstvertrauen.

Gleich nachdem Ivanova Garibaldis Nachricht erhalten hatte, ging sie zu den privaten Transportern. *Wenn ich auf der Flucht wäre,* dachte sie, *würde ich mir eine Starfury wünschen. Aber Larbin denkt hundertprozentig wie ein Zivilist.* Also würde er sich für seine Flucht ein ziviles Schiff suchen.

Der Sicherheitschef hatte die Fahndung an die Arbeitstrupps dort unten weitergegeben. Aber Ivanova wollte vor Ort sein, nur für den Fall, daß sich der Kerl blicken ließ. *Das ist nur meine Schuld,* dachte sie. *Ich wußte, daß er labil ist, aber ich mußte ihn ja aus der Reserve locken.* Und jetzt war er explodiert. Schlimm genug, daß er auf einen Sicherheitsoffizier geschossen hatte. Aber die Arbeiter hier unten waren unbewaffnete Zivilisten, die weder ausgebildet noch ausgerüstet waren, um mit Problemen wie Larkin fertigzuwerden. Am liebsten hätte sie diesen gesamten Bereich evakuiert und mit Sicherheitsleuten besetzt.

Er muß schließlich hierherkommen. Seine einzige Alternative war die Unterwelt, und dort wäre er bei lebendigem Leibe verspeist worden. Trotzdem konnte man nicht die gesamte Station abriegeln, weil die Gefahr bestand, daß irgendwo irgend jemand verletzt werden könnte. Sie sah sich besorgt um und überlegte, wo sie mit ihrer Suche beginnen sollte.

Männer und Frauen gingen an ihr vorbei. Sie kamen anscheinend von einer Versammlung, in der man sie wohl angewiesen hatte, nach dem Flüchtigen Ausschau zu halten und ihren Vorgesetzten zu verständigen, sollte ihnen irgend etwas Verdächtiges auffallen. Ivanova folgte dem nächstbesten Techniker.

»Komm schon!« knurrte Larkin das Schloß an. »Geh schon auf!« Er spürte, daß er es fast geschafft hatte, aber das verfluchte Ding ging immer noch nicht auf. Ein Schloß aufzubrechen war ihm immer wie eine Art Vergewaltigung vorgekommen, aber wäre sein Opfer jetzt ein lebendes Wesen gewesen, er hätte es halb totgeschlagen. *Ha! Hab ich dich!*

»He! Sie! Gehen Sie da weg!« hörte er die Stimme Hals.

Ivanova war im nächsten Augenblick an der Seite des Technikers. Sie konnte gerade noch erkennen, wie sich die Luftschleuse hinter einem Mann in Earthforce-Uniform schloß. Zusammen mit Hal rannte sie hin, aber Larkin hatte den Sicherheitsriegel aktiviert und lachte sie durch das Sicherheitsglas der Luke aus.

»Da draußen ist kein Schiff!« schrie Hal.

»Aber das grüne Licht!« widersprach Ivanova.

»Es ist kaputt. Da draußen ist nichts.«

Ivanova und Hal starrten einander entsetzt an. Ivanova schaltete die Sprechanlage ein, die in das Schloß eingelassen war. Zum Glück funktionierte sie.

»Larkin«, rief sie aufgeregt, »öffnen Sie auf keinen Fall die äußere Tür! Da draußen ist nichts!«

Er wandte sich kurz von seiner Arbeit am inneren Schloß ab und grinste sie höhnisch an. »Oh, ich glaube, da ist schon was«, sagte er. »Ich bin nicht so blöd, wie Sie glauben.«

»Da ist nichts!« brüllte Hal und stieß Ivanova zur Seite. »Der Sensor ist defekt. Deshalb zeigt er ein Schiff an, obwohl keines da ist.«

Larkin tippte sich an die Stirn. Er kicherte, während er seine Bemühungen fortsetzte.

»Wir sagen die Wahrheit, Ilias. Ich schwöre es bei meinem Offizierspatent«, rief sie verzweifelt.

»Ihr heiligster Besitz«, spottete Larkin und starrte sie mit aufgerissenen Augen an. »Ist das kein Sakrileg, Commander?«

»Larkin, glauben Sie mir!« flehte Susan. »Niemand wird Ihnen etwas zuleide tun.« *Das glaubt er mir nie,* dachte sie. Aber sie mußte irgendwie zu ihm durchdringen, oder er würde in ein paar Minuten tot sein. »Geben Sie uns eine Chance! Ich möchte mich bei Ihnen entschuldigen. Ich habe mich geirrt. Es war alles meine Schuld. Bitte geben Sie mir die Chance, alles wiedergutzumachen.«

»Das stimmt«, sagte er und stierte sie an. »Sie haben an allem Schuld. Ihre Kritik, Ihr ewiges Genörgel. Sie haben mich verfolgt und absichtlich vor allen bloßgestellt. Jedesmal haben Sie sich mit den anderen gegen mich verbündet. Mich haben Sie nie an der langen Leine laufen lassen wie die anderen. Ich hasse Sie!« schloß er derart feindselig, daß sie einen Augenblick lang kein Wort herausbrachte.

»Ha!« rief er ihr fröhlich zu. »Ich hab's!« Er drehte sich zu ihr um und grinste sie selbstzufrieden an. »Auf Wiedersehen, Commander.«

»Nein!« schrien sie und Hal wie aus einem Mund.

Ilias öffnete die Schleuse und verschwand. Ivanova starrte auf die Stelle, an der er eben noch gestanden hatte. Nichts. Nur das Dunkel des Weltalls. Sie berührte ihr Com-Link. »Garibaldi«, sagte sie und wartete.

»Ja, Commander«, antwortete er knapp, wie immer, wenn er hochkonzentriert war.

»Sie können die Fahndung abblasen«, verkündete sie langsam. »Ich habe Larkin gefunden.«

17

Man möchte annehmen, dachte Sheridan, *daß ich nach meiner monatelangen Erfahrung mit arroganten Centauri und wütenden Narn in der Lage wäre, mit einem Raum voller einfacher Journalisten fertig zu werden.* Aber auf dieser Pressekonferenz herrschten schon beinahe anarchische Zustände. Überall entdeckte er bekannte Gesichter. Gesichter, die er schon freundlich, ernsthaft, intelligent und interessiert gesehen hatte. Gesichter, die ihm so vertraut wie die seiner Mitarbeiter waren. Aber jetzt lächelten sie nicht. Und obwohl ihm viele der Anwesenden vertraut waren, war ihr jetziges Benehmen ihm völlig fremd. *Man kommt sich vor, als würde man ein paar entfernte, aber geschätzte Verwandte beobachten, die sich plötzlich wie kleine Teufel aufführen.* Die Litanei »meine Einschaltquoten« und »ich verlange!« wurde praktisch im Chor angestimmt.

Sheridan steckte zwei Finger in den Mund und pfiff, so laut und schrill er nur konnte, bis ihm die Luft ausging. Als er aufhörte, standen alle wie erstarrt da und glotzten ihn mit offenem Mund an.

»Ich danke Ihnen für Ihre Aufmerksamkeit«, sagte er. *Die Sie mir auf so entgegenkommende Weise geschenkt haben,* dachte er sarkastisch. Sie fingen schon wieder an miteinander zu flüstern. *Es ist wirklich schrecklich, wenn man einer Gruppe von gutaussehenden, hochgebildeten Leuten zusehen muß, die sich aufführen wie im Kindergarten.* »Es gibt noch viel zu besprechen, und wir werden unsere Standpunkte klarstellen müssen.«

Sofort redeten wieder alle durcheinander, und natürlich war keiner bereit, den Mund zu halten, um einem der anderen zuzuhören. Sheridan stand am Rednerpult und beobachtete, wie die Meute dasselbe Gezänk fortsetzte, das er gerade erst unterbrochen hatte. »Ist das Ihre Vorstellung von Zusammenarbeit?« fragte er ruhig. Aber es war so laut, daß er sein eigenes Wort nicht verstehen konnte. Die Streithähne waren wieder bei »meine Einschaltquoten« und »ich verlange!« angekommen.

Zeit für einen Befehl des Kommandanten. Mit diesem Gedanken hatte er schon eine ganze Weile gespielt. Aber er hatte noch nicht eingegriffen, um sich den Vorwurf zu ersparen, er verhielte sich unfair oder wäre der Presse feindlich gesinnt. *Aber wenn sie nicht in der Lage sind, sich auf zivilisierte Art über die notwendigen Vorkehrungen zu verständigen,* dachte er, *dann geht eben die Sicherheit vor. Damit werden die Herrschaften leider leben müssen.*

Sheridan drehte die Lautstärke auf dem Podium fast auf Maximum. »Aus Sicherheitsgründen werden wir die Ankunft der Abgesandten in einen Versammlungsraum auf GRÜN 12 übertragen. Sie bekommen später noch alle Informationsblätter, denen sie den genauen Ort und die Zeit entnehmen können.«

Diese Ankündigung brachte ihm ein allgemeines konsterniertes »Was?« ein. Aber endlich verhielten sich alle ruhig und hörten ihm zu, wie er es sich schon die ganze Zeit gewünscht hatte. *Zu spät, Freunde. Irgendwie gefällt mir meine Idee. Das verleiht der Ankunft der Abgesandten eine ... persönlichere Note.* Er entdeckte Chancy Clark, die ihm aufmunternd zugrinste.

Die Journalisten tobten vor Empörung. Sheridan hörte Worte wie »Tyrann«, »Diktator« und »Größenwahnsinniger«. Damit verscherzten sie sich den letzten Rest von Sympathie, den er für diese Horde empfunden hatte.

»Ich bin sicher, Sie alle werden verstehen, daß ich in den nächsten paar Stunden noch unzählige Details auszuarbeiten habe«, sagte er. »Entschuldigen Sie mich also bitte!« *Und wenn nicht, auch egal.* »Ich werde Sie jetzt alleine lassen. Vielen Dank für Ihre Aufmerksamkeit.« *Soweit sie vorhanden war.* »Ich wünsche Ihnen einen angenehmen Aufenthalt auf *Babylon 5.*« *Und danach verschwindet gefälligst und kommt nie wieder, um uns mit eurem idiotischen Primadonnagehabe auf die Nerven zu fallen!*

Er stieg vom Podium herunter und ging durch eine Seitentür hinaus, während die Anwesenden im Chor nach ihm riefen. Die Sicherheitsleute verhinderten, daß ihm die wütende Menge folgte.

Lennier stand draußen auf dem Gang vor dem Versammlungsraum, wo er auf jemanden zu warten schien. »Lennier«, begrüßte ihn Sheridan überrascht. »Haben Sie mich gesucht?«

Lennier verbeugte sich knapp, wie es bei den Minbari üblich war. »Nein, Captain Sheridan«, antwortete er ruhig. »Ich habe auf Miss Clark gewartet.«

»Oh.« Captain Sheridan wölbte überrascht die Augenbrauen. Er hatte angenommen, Lennier hätte sie inzwischen abgeschüttelt. »Sie wird vermutlich durch den Haupteingang herauskommen.«

»Sie hat gesagt, daß sie hier herauskommen würde«, erwiderte Lennier. Er sah den Captain fragend an.

»Was?« fragte Sheridan.

Lennier trat näher an den Menschen heran. »Ich finde das Benehmen von Miss Clark ausgesprochen ... interessant«, gestand er. »Sie scheint sehr aggressiv zu sein, trotzdem ist sie fast beängstigend freundlich. Ich habe so etwas noch bei keinem Vertreter Ihres Volkes erlebt.« Er schwieg einen Augenblick lang und sah den Captain mit großen Augen voller Neugierde an.

Sheridan hatte gelernt, diesen Gesichtsausdruck zu respektieren und zu fürchten. *Oh, mein Gott. Was wird er jetzt wieder wissen wollen?*

»Ich habe das Gefühl – wie soll ich es ausdrücken –, daß da noch mehr hinter ihrem Verhalten steckt. Eine Art Unterton«, fuhr der Minbari fort. »Ich habe mich gefragt ...«

Oh, nein. Jetzt kommt's. Sheridan bemühte sich redlich, seine Besorgnis nicht zu zeigen.

»... was genau versucht mir Miss Clark zu sagen?« Lennier legte seinen Kopf schief und wartete geduldig auf die Antwort.

»Ähem. Sie mag Sie, Lennier«. Sheridan machte mit seinen Händen eine aufmunternde Geste, und Lennier tat es ihm gleich.

»Ich finde sie auch sehr sympathisch«, bemerkte der Minbari vorsichtig. »Wenn auch ein wenig penetrant. Doch ich will sie nicht kritisieren«, fügte er rasch hinzu.

»Sicher nicht«, sagte Sheridan und kicherte nervös. »Ich finde sie auch ein wenig penetrant.«

»Aber ich habe den Eindruck, der Unterton, von dem ich gesprochen habe, hat auch Sie beeinflußt. Anders als mich zwar, aber Ihre Einstellung ihr gegenüber hat sich geändert. Ich bin besorgt, daß ich jemanden beleidigen könnte. Bitte, ich wäre für jeden Hinweis dankbar, den Sie mir geben könnten.«

Armer Lennier, dachte Sheridan und musterte das besorgte Gesicht des Minbari. *Wenn ich ihn aufkläre, wird er ernsthaft schockiert sein. Darauf würde ich mein Offizierspatent verwetten. Und wenn nicht, kommt es womöglich noch zu einem ernsthaften Mißverständnis zwischen ihm und der Nichte des Präsidenten.* »Sie versucht Ihnen klarzumachen, daß sie Sie wirklich sehr, sehr gerne hat«, erklärte er. Er begleitete seine Worte mit einer unterstreichenden Geste seiner verschränkten Hände.

Lennier beobachtete die Hände des Captains und sah ihm dann ins Gesicht. »Wirklich?« fragte er. Seine Züge wirkten ausdrucklos, aber Sheridan hätte schwören können, daß er ein wenig blaß war. Der Captain zuckte mit den Schultern. »Sie findet Sie süß.«

Lennier wollte das Wort gerade nachsprechen, da ging die Tür auf.

»Wow!« rief Chancy und hakte sich bei dem Minbari unter. »Was für ein Irrenhaus! Ich dachte schon, ich würde da überhaupt nicht mehr rauskommen.« Sie lächelte Lennier von unten an.

»Vielen Dank, daß Sie auf mich gewartet haben«, flüsterte sie. »Captain«, rief sie, als er sich mit einem Lächeln umdrehte. »Das war ein guter Zug.«

»Es freut mich, daß Sie das so sehen«, antwortete er und wandte sich ab.

»Die werden ausflippen, wenn sie herauskriegen, daß ich dabeisein werde«, rief sie ihm hinterher.

Sheridan drehte sich langsam um. Sein Mund war leicht geöffnet. »Werden Sie?« preßte er schließlich hervor.

»Natürlich!« Sie grinste lausbübisch. »Sie wissen ja, wieviel den Centauri und den Narn die Familie bedeutet. Ich glaube, das hängt mit ihrer Monarchie zusammen«, sagte sie zu Lennier. »Wenn ich meine Interviews mache, werden sie merken, daß ich auf der Station bin. Und dann würden sie beleidigt sein, wenn ich ihren Empfang verpasse. Das mit der Gleichbehandlung aller Journalisten kaufen die Ihnen niemals ab.« Sie zuckte mit den Schultern. »Den Rest können Sie sich ja vorstellen.«

Sheridan lachte leise. *Sie hat recht,* dachte er entnervt. Aber sie war schließlich dazu erzogen worden, sich auf diplomatischem Parkett zu bewegen. *Eine Supernova könnte man eher aufhalten als diese Frau.* Er warf ihr einen anerkennenden und beinahe ehrfürchtigen Blick zu. *War ich mit neunzehn auch so bemerkenswert?* fragte er sich. »Ich lasse Ihnen Bescheid geben.«

»Vielen Dank, Captain. Dafür wäre ich Ihnen sehr dankbar.« Sie belohnte ihn mit einem Lächeln.

Als er sich abwandte, kam Sheridan etwas in den Sinn, das er einmal gelesen hatte. Die ganz Reichen achteten darauf, ihren Kindern beizubringen, Untergebene mit Respekt zu behandeln. *Und,* dachte er leicht verärgert, *Chancy Clark hat bei dieser Lektion gut aufgepaßt.*

Sheridan lehnte sich in seinem Stuhl zurück, nachdem er Ivanovas Bericht gelesen hatte. »Warum haben Sie mich nicht gleich verständigt?« fragte er und sah sie an. Sie stand vor ihm, die Hände hinter dem Rücken verschränkt, als hätte er sie aufgefordert, bequem zu stehen. »Und setzen Sie sich um Himmels willen!«

Susan sah sich um und rückte einen Stuhl heran. Dann setzte sie sich steif vor ihn hin, die Hände vor sich verschränkt, den Blick gesenkt. Auf ihrer Stirn standen ein paar tiefe Falten. »Ich ...«, fing sie an.

»Es war etwas Persönliches«, erklärte Garibaldi. »Und so haben wir die Sache eben behandelt.«

»Es gibt einen Toten«, erwiderte Sheridan. »Und einer Ihrer Sicherheitsleute ist angeschossen worden.«

»Aber bis dahin sah das Ganze nur wie ein ziemlich übler Streich aus. Wir sind doch keine Hellseher.«

»Aber Sie sind Profis.« Sheridan funkelte die beiden an. Er legte seine Hände auf den Tisch vor sich. »Sie haben eine leitende Position, weil man von Ihnen erwartet, daß Sie Ihre Reaktionen abschätzen können.«

Ivanova spreizte ihre Finger. »Ich hatte ihn zu Dr. Franklin geschickt. Der Doktor hat gemeint, daß Larkin zwar reizbar, aber nicht dienstuntauglich wäre.« Sie rieb sich die Stirn. »Ich hätte ihn von einem Psychologen untersuchen lassen sollen, aber ich wollte ihm den Eintrag in die Personalakte ersparen.«

Sheridan lehnte sich wieder zurück. »Also haben Sie ihm statt dessen erlaubt, Sie in seine kranke Welt mit hineinzuziehen.«

Susan schüttelte den Kopf. »Ich hätte es besser wissen müssen«, räumte sie verbittert ein. »Aber er hat meine Familie angegriffen.« Sie biß sich auf die Unterlippe und seufzte. »Ich habe auf meine Gefühle gehört statt auf meinen Verstand.«

»Ja, allerdings.« Sheridan warf ihr einen strengen Blick zu, während seine Finger auf die Armlehne seines Stuhls trommelten. »Aber in diesem Bericht steht nichts, das Ihrem Ruf schaden könnte, Susan. Sie haben einen Zeugen, der bestätigen kann, daß

Sie Ihr Bestes gegeben haben, um Larkin zum Verlassen der Luftschleuse zu überreden. Und der Chief wird bezeugen, daß er alle notwendigen Ermittlungen durchgeführt hat.«

»Nun ja, das ist nicht ganz ...«

Sheridan hob die Hand, um sie zu unterbrechen. »Und in Zukunft«, sagte er, »nehmen Sie es etwas ernster, wenn Sie wieder mit einer so explosiven Situation konfrontiert werden.«

»Ja, Sir.«

»Wegtreten!«

Ivanova stand auf und salutierte. Sheridan erwiderte ihren Gruß im Sitzen. Sie drehte sich auf dem Absatz um und ging hocherhobenen Hauptes hinaus.

»Sie sind ganz schön hart mit ihr umgesprungen«, bemerkte Garibaldi. »Finden Sie nicht?«

Sheridan sah den Sicherheitschef an. »Das mußte ich für sie tun«, erklärte er. »Jetzt kann sie sich ihren Fehler verzeihen.«

»He, er hat sie zuerst angegriffen«, argumentierte Garibaldi. »Und zwar ziemlich weit unter der Gürtellinie.«

»Sie haben mit dem Mann gesprochen«, sagte Sheridan. »Hat er einen gefährlichen Eindruck auf Sie gemacht?«

Garibaldi dachte kurz nach. Er erinnerte sich daran, wie Larkin in Ivanovas Büro gesessen hatte. Er hatte nervös gewirkt, wütend und aufgescheucht, aber nicht wie ein Schuldiger. Und ganz bestimmt nicht bedrohlich. Er war der typische Versager. *Der Kerl hat sich als Wolf im Schafspelz entpuppt.*

»Nein«, antwortete er. »Er hatte seine Gefühle gut unter Kontrolle. Das hat er wahrscheinlich im Umgang mit den Kindern beim Psi-Corps gelernt.« Garibaldi lief es kalt den Rücken hinunter. »Es muß grauenvoll gewesen sein.«

»Anscheinend haben sie ihm beigebracht, wie man andere verletzt«, bemerkte Sheridan. Er blickte auf und fixierte Garibaldi. »Mir ist klar, daß Sie das unter Freunden regeln wollten. Deshalb habe ich Verständnis dafür, daß Sie mich aus der Sache herausgehalten haben. Aber beim nächsten Mal, wenn es ein nächstes Mal gibt, müssen Sie Ihre Sache besser machen.«

»Ja, Sir«, bestätigte Garibaldi und stand auf. Er zögerte kurz und salutierte dann ebenfalls. Sheridan lächelte, erhob sich und erwiderte den Gruß. Die beiden Männer sahen einander einen Moment lang stumm an. Dann klopfte Garibaldi mit dem Finger auf Sheridans Schreibtisch. »Zurück an die Arbeit«, bemerkte er säuerlich, »ich muß Frauen und Kinder ins Gefängnis stecken.«

Sheridan brummte. »Wir werden uns etwas überlegen«, versprach er.

»Das werde ich ihnen ausrichten, Sir.«

Sheridan runzelte die Stirn. In letzter Zeit hatte anscheinend immer Garibaldi das letzte Wort.

»Ich habe schon auf Ihren Bericht gewartet, Garibaldi«, sagte G'Kar kühl. Er war den Menschen zur Zeit nicht besonders freundlich gesinnt, und es paßte ihm gar nicht, wenn ihn der Sicherheitschef bis zum letzten Moment warten ließ, ehe er ihn informierte. *Unsere Anfrage war unter diesen Umstanden bestimmt nicht außergewöhnlich. Man stelle sich vor, keine zwanzig Meter vom Quartier ihres Präsidenten entfernt wäre ein Terrorist gestorben und man könnte seine ganze Gruppe leicht zu fassen kriegen. Ich bezweifle, daß sich die Sicherheitskräfte dann mit derselben Sturheit dagegen wehren würden, etwas zu unternehmen.*

»Nun ja, ich wollte erst sicher sein, daß wir alle ... erwischt haben, bevor ich mich bei Ihnen melde«, erklärte Garibaldi düster. »Ich wollte Ihnen auf keinen Fall sagen, daß alles in Ordnung ist, nur um dann herauszufinden, daß wir einen übersehen haben. Wir haben bis jetzt achtundsiebzig Leute in Gewahrsam genommen, und sie behaupten, daß sie vollzählig sind. Wir haben keinen Anhaltspunkt dafür, daß noch T'llin auf freiem Fuß sind. Wir glauben, die Station ist von ihnen gesäubert.«

G'Kar lächelte. Äußerlich war er die Ruhe selbst, aber innerlich fiel ihm ein Stein vom Herzen. Er wollte die Friedenskonferenz auf keinen Fall absagen, auch wenn er einen noch so guten Grund gehabt hätte. Das würde zu Hause kein gutes Licht auf ihn werfen. Und ... *wir brauchen diese Chance auf Frieden, auf einen Waffenstillstand. So klein sie auch sein mag.*

»Ich weiß, es muß schrecklich für Sie sein, Mr. Garibaldi«, erklärte er wohlwollend. »Die Menschen haben so viel für die ›Unterprivilegierten‹ übrig, wie Sie das einmal ausgedrückt haben. Aber ich gebe Ihnen mein Wort, *diese* Unterprivilegierten sind verrückt. Das sind Barbaren, die zu unglaublichen Gemeinheiten fähig sind. Sie haben durch Ihr Eingreifen vielen das Leben gerettet, Mr. Garibaldi. Mein Volk steht in Ihrer Schuld.«

»Danke«, antwortete Garibaldi lustlos und unterbrach die Verbindung.

»Das sind gute Neuigkeiten«, meinte Na'Toth und lächelte. »Es ist gut, daß die Sicherheit die Sache endlich ernst nimmt.«

»Ja, jetzt scheint alles halbwegs unter Kontrolle zu sein.« G'Kar sah auf die Uhr und stand auf. »Ich bin zum Mittagessen verabredet«, sagte er. »In ein bis zwei Stunden werde ich zurück sein.«

Na'Toth zog eine Braue hoch und legte den Kopf schief. »Falls Sie die Verabredung mit Miss MacBride meinen, die habe ich abgesagt«, gestand sie.

G'Kar starrte seine Assistentin stumm vor Entsetzen an. »Was?« fragte er schließlich. So etwas Dreistes hätte er nicht einmal Na'Toth zugetraut.

»Sie hat sich gemeldet, um die Verabredung zu bestätigen. Da habe ich ihr gesagt, Sie könnten es nicht einrichten ... sich mit ihr zu treffen«, berichtete Na'Toth und sortierte nebenbei Datenkristalle. »Mir war klar, daß Sie wahrscheinlich keine Zeit haben würden, als ich entdeckte, daß Da'Kal zu den Abgeordneten gehört.«

»Meine Frau?«

»Ja, Sir. Ist das nicht eine nette Überraschung?« Na'Toth lächelte sarkastisch. Sie zeigte G'Kar regelrecht die Zähne.

»Ja, in der Tat. Sie können also wieder aufhören, mich so vorwurfsvoll anzugrinsen.« Er funkelte sie an. »Ich freue mich, Da'Kal nach so langer Zeit wiederzusehen.«

»Nun, mir war klar, daß es Ihnen lieber wäre, wenn niemand Ihre innige Beziehung zu einer attraktiven Alien-Frau erwähnt.«

»Wenn man das so ausdrückt«, protestierte er, »hört es sich schmutzig an. Aber in Wahrheit ist meine ›Beziehung‹, wie Sie es nennen, vollkommen unschuldig. Ich interessiere mich lediglich für Kunst.«

»Kunst!« Na'Toth beugte sich mit weit aufgerissenen Augen vor. »Oh, ich verstehe.«

»Ich habe Ihnen doch bereits davon erzählt«, zischte G'Kar. »Miss MacBride hat etwas zu verkaufen, das ich sehr gerne erwerben würde.«

Seine Assistentin kicherte wissend. »Oh, da bin ich ganz sicher.«

»Wie können Sie es wagen, so mit mir zu sprechen?« G'Kar schlug mit der Faust auf den Tisch. Er wurde allmählich ernsthaft wütend.

»Aber Botschafter, ich habe Ihnen doch nur zugestimmt«, erwiderte sie übertrieben freundlich.

G'Kar machte ein angewidertes Geräusch und bedeutete ihr, sich zu entfernen. Dann setzte er sich und lehnte sich mit nachdenklich gerunzelter Stirn in seinem Stuhl zurück.

Auch Na'Toth hatte ihre Stirn in Falten gelegt. »Wollen Sie, daß ich mich an Ihrer Stelle um die Dame kümmere?« fragte sie.

»Ja«, schnaubte er. »Ich fürchte nur, daß sie nicht bereit sein wird, mit Ihnen zu verhandeln.« G'Kar war offensichtlich hin- und hergerissen. Er klatschte die Faust in die flache Hand. »Ich muß mich selbst mit ihr treffen.«

»Dazu haben Sie keine Zeit«, erwiderte Na'Toth wütend. »Sie können es sich nicht erlauben, auch nur eine der anstehenden Aufgaben zu verschieben. Die Abgesandten werden morgen eintreffen! Und solange Ihre Frau hier ist, wird sie sicher erwarten, daß Sie Ihre Zeit mit ihr verbringen, und nicht, daß Sie sich davonstehlen, um wer weiß was mit dieser höchst verdächtigen ... Kunsthändlerin zu treiben!«

»Na'Toth, wenn Sie nichts Gescheiteres zu sagen haben, würde ich es begrüßen, wenn Sie mich allein ließen. Ich muß nachdenken«, sagte G'Kar gefährlich ruhig.

Na'Toth ballte die Hände zu Fäusten, die Arme hingen jedoch locker an ihrem Körper herab. Sie holte tief Luft, um sich etwas zu beruhigen. »Es tut mir leid«, sagte sie und senkte den Kopf. »Ich habe mich vorschnell und zur falschen Zeit geäußert.«

G'Kar verzog das Gesicht und schnippte mit den Fingern, um sie wegzuschicken.

»Aber ich mache mir Sorgen«, fuhr sie fort. Obwohl er immer ungeduldiger wurde, gab sie nicht auf. »Garibaldi hat mir erzählt, daß man Semana MacBride nicht trauen kann. Er hatte keine Beweise, nur einen Verdacht. Aber ich habe gelernt, in diesen Dingen seinem Instinkt zu vertrauen. Und Sie auch.«

Übellaunig, frustriert und kein bißchen überzeugt sagte er: »Vielleicht haben Sie recht, Na'Toth.« Er warf ihr einen herausfordernden Blick zu. »Aber in Zukunft vergewissern Sie sich, daß Sie in meinem Sinn handeln, bevor Sie meine Verabredungen absagen.«

Ivanova stand an ihrer Konsole. Sie arbeitete schnell, gut und mit der effizienten Konzentration, durch die sie es zum Commander gebracht hatte. Und tief in ihrem Unterbewußtsein fühlte sie sich von dem Druck befreit, den sie in Ilias Larkins Gegenwart verspürt hatte. Eine Mischung aus Erleichterung und Schuldgefühlen hing in der Luft. Erleichterung, weil niemand mehr gleichzeitig den eigenen Sektor und den von Larkin im Auge behalten mußte, um die Beinahezusammenstöße zu verhindern, die er durch seine Unachtsamkeit immer wieder provoziert hatte. Und Schuldgefühle, weil sein Tod sie erleichterte.

Der Frachter *Orion's Belt* traf soeben ein. Sie lächelte. Auf diesem Schiff befand sich einer ihrer alten Kameraden, ein Sergeant, der ihr erster Vorgesetzter gewesen war. Zack war für die Hauptsensorenphalanx des Schlachtschiffes verantwortlich; sie hatte ihn als einen harten, aber gerechten Ausbilder gekannt. Wenn jemand lernwillig war, und das war sie stets gewesen, hatte er immer eine Extrastunde für seine Schüler. Susan war von seinen Fähigkeiten und seinem Erfindungsreichtum ehrlich beeindruckt. Sie fand, daß er ihren Führungsstil entscheidend geprägt hatte, und hoffte, sich mit ihm treffen zu können.

Zunächst begrüßte sie den Frachter formell und tauschte technische Informationen mit der Mannschaft aus. Sie wies dem Schiff eine Landeplattform zu, als plötzlich eine Nachricht auf ihrem Bildschirm auftauchte, die dort eigentlich gar nicht hätte erscheinen dürfen: »Susi-Q, wir müssen reden! Ernst und wichtig. Hol mich am Landedock ab!« Eine kleine rote Fahne flatterte über ihren Bildschirm.

Susan blinzelte. Wenn irgend jemand in der Lage war, ihr eine solche Geheimbotschaft zu schicken, dann Zack. Die rote Fahne war ein altes Zeichen, das er für seine Leute erfunden hatte. Sie bedeutete Ärger und war gleichzeitig als Warnung gedacht, die anstehende Angelegenheit vertraulich zu behandeln.

Sie runzelte die Stirn. So kurz vor der Konferenz hatte sie in der Kommandozentrale alle Hände voll zu tun, denn während der Ankunft der Delegierten würde die Station für den allgemeinen Verkehr gesperrt sein. Trotzdem wußte sie, daß es sich lohnen würde, Zack zu treffen, und sich anzuhören, was er zu sagen hatte. Er mochte nur auf einem zivilen Frachter arbeiten, aber sein Herz schlug immer noch für die Earthforce.

Als ihr ein blinkendes Licht an der Konsole bestätigte, daß der Frachter sicher angedockt hatte, rief sie ihren Stellvertreter zu sich, der für sie übernahm, als sie die Kommandozentrale verließ.

Zack ging bereits auf dem Dock auf und ab, als Ivanova eintraf. Als sie sich sahen, salutierten sie und brachen dann in Gelächter aus. Sie ging auf ihn zu und umarmte ihn herzlich. »Schön, Sie zu sehen, Sergeant.«

»Ganz meinerseits, Commander.« Er musterte sie anerkennend, wie ein Vater. »Susan, Sie sehen großartig aus. Schon verheiratet?«

Sie blinzelte. *Warum stellt mir jeder diese Frage?* grübelte sie. Alte und manchmal auch neue Freunde rückten früher oder später unweigerlich mit dieser Frage heraus. »Sind Sie verheiratet?« oder »Waren Sie schon mal verheiratet?« Je älter sie wurde, desto peinlicher war ihr diese Frage; sie hatte jedesmal das Gefühl, die Erwartungen der anderen nicht zu erfüllen. »Ja«, antwortete sie mit einem erzwungenen Lächeln. »Ich bin mit meinem Beruf verheiratet.«

Er lachte, legte seinen Arm um ihre Schulter und führte sie von der kleinen Gruppe weg, die sich auf dem Dock versammelt hatte. »Nun, genug gequatscht, würde ich sagen.« Er warf einen Blick über die Schulter, gab ihr einen freundlichen Klaps und ließ sie los.

Sie wartete geduldig, im Vertrauen darauf, daß dieses Treffen die Zeit wert war, die sie geopfert hatte.

»Ich bediene unter anderem die Sensorenphalanx auf der *Orion*«, berichtete er, und sie nickte. »Ehrlich gesagt, das ist ein verdammt langweiliger Posten. Also habe ich die Anlage ein bißchen frisiert. Sie ist nicht so gut, wie die von der Earthforce – noch nicht, aber schon verdammt nah dran.«

Susan nickte wieder. Das war in etwa, was sie von ihm erwartet hatte. *Ich frage mich, wieso das Psi-Corps Zack noch nicht geprüft hat,* dachte sie. *Was Sensoren betrifft, hat er einen siebten Sinn.* Er gehörte zu der Sorte von Technikern, die einen glauben machen konnten, daß Maschinen lebendige Wesen seien.

»Also, ich habe mich bei Ihnen gemeldet, weil wir den Sektor Rot 13 passiert haben.« Er beobachtete sie aus den Augenwinkeln.

»Und?« fragte sie.

»Also, da draußen war ein ganzer Haufen Centauri-Schiffe. Ich habe dem Captain davon erzählt, und der meinte, daß sie wahrscheinlich dort in Wartestellung gegangen sind, um die Abgesandten für die Friedenskonferenz hier auf der Station zu begrüßen.« Zack zuckte mit den Schultern. »Darauf habe ich mir die Burschen näher angeschaut. Hübsche kleine Schiffe, von oben bis unten geschmückt. Die Centauri wissen eben, was Prachtentfaltung ist.« Er schüttelte den Kopf und seufzte. »Aber normale Luxusjachten sind nicht mit Energiewaffen und Marschflugkörpern ausgestattet. Eine hübsche Mischung, ein paar Plasmaphasenkanonen, etwas Centauri-Zeug, Waffen, wie ich sie noch nie gesehen habe. Alles voll funktionsfähig und abschußbereit.«

»Geladen?« Susan riß die Augen weit auf. »Sie haben da draußen mit abschußbereiten Waffen gewartet?« wollte sie wissen.

»Ja. Ich dachte, das interessiert Sie, da die Abgesandten der Narn dasselbe Sprungtor benutzen werden.«

»Oh, mein Gott!« Ivanova legte die Hand an die Stirn. »Wie viele?«

»Neunzehn«, antwortete er. »Ich habe einhundertacht Besatzungsmitglieder an Bord dieser Schiffe gezählt. Sie verhielten sich ganz ruhig. Unser Captain hat sie angefunkt, aber keine Antwort erhalten. So etwas macht mich nervös.« Er warf ihr einen Blick zu.

»Mich auch«, entgegnete Ivanova. »Danke, Zack.« Sie umarmte ihn kurz. »Ich schulde Ihnen etwas.«

Zack lachte. »Halten Sie sich bereit für mich, Susi-Q. Das reicht schon.«

»Davon weiß ich nichts«, erklärte Londo Mollari. Er wirkte ehrlich überrascht. »Was für ein Begrüßungskomitee?«

»Neunzehn Zivilschiffe«, sagte Sheridan. Er fixierte Mollaris Bild auf dem Schirm mit seinen blauen Augen. »Meinen Informationen zufolge sind einhundertundacht Leute an Bord, vermutlich Zivilisten. Außerdem ein beeindruckendes Waffenarsenal. Dieses Begrüßungskomitee meine ich.«

Londo seufzte gequält. »Sehen Sie, Captain Sheridan, wenn wir vorhätten, die Delegation der Narn anzugreifen, würden wir uns nicht als eigenmächtige Amateure tarnen. Wir würden sie ganz offen angreifen. Und wenn wir keine Lust hätten, mit ihnen zu reden, würden wir einfach nicht zu dieser Konferenz erscheinen.« Londo beugte sich nach vorne und erklärte nachdrücklich: »Ich weiß nichts von diesen Schiffen. Fliegen Sie doch selber hinaus, um herauszufinden, was sie vorhaben!« Mit beleidigtem Gesichtsausdruck lehnte er sich wieder zurück. »Anschließend werden wir dann beide wissen, was zu tun ist. Ende.« Das übliche Logo erschien wieder auf dem Bildschirm.

Sheridan atmete tief ein, hielt den Atem an und zählte bis fünf. Dann atmete er kräftig aus. »Susan, fliegen Sie mit der Alpha-Staffel zu ROT 13 hinaus und schaffen Sie dieses Begrüßungskomitee dort weg!« Der Captain sparte sich den Zusatz »mit allen Mitteln«, aber Ivanova konnte beinahe sehen, daß ihm diese Worte auf der Zunge lagen.

Sheridan dachte einen Augenblick lang nach. »Offen gesagt, mir ist es egal, was sie im Schilde führen«, sagte er, »aber vielleicht sollten wir die Gelegenheit nutzen und die Alpha-Staffel als Ehreneskorte für die Abgesandten einsetzen. Das sollte mögliche Unruhestifter, die hier vielleicht auftauchen, im Zaum halten.« Er setzte sich hinter seinen Schreibtisch. Ein zuckender Muskel an seinem Unterkiefer verriet, daß er wütend war. »Ich will aber, daß Sie rechtzeitig zum Empfang zurück sind. Kommen Sie also sofort zurück, sobald Sie diese Centauri-Narren losgeworden sind!«

»Ja, Sir«, nickte sie.

Plötzlich grinste er. »Wenn *ich* meine Gala-Uniform tragen muß, müssen *alle* ihre Gala-Uniform tragen.«

Olorasin beobachtete, wie Segrea und ein weiterer stämmiger Razye Tesh einen ausgesprochen widerspenstigen Lucius Cray zu ihr brachten. Er sah sich mit einem Gesichtsausdruck in ihrem beengten Schutzraum um, den sie bei Angehörigen aller Völker erkannte: Angst. Seine Furcht zu registrieren war ein verblüffend angenehmes Gefühl. Auch die Narn, die ihren Bruder getötet hatte, sollte Angst empfinden ... entsetzliche Angst, bevor sie sterben mußte.

»Ich komme nicht hier runter, Mann«, protestierte Cray. »Hört ihr? Ich komme nicht hier runter.« Doch genau das geschah in diesem Augenblick. Dann sah er ihren Gesichtsausdruck, und sein Unterkiefer klappte hörbar herunter. Die helle Haut des Menschen wurde noch bleicher.

Alle drei kamen vor Olorasin zum Stehen, und als Segrea ihn losließ, sackte Cray regelrecht in sich zusammen. »Ich mache keine Geschäfte in der Unterwelt«, bekräftigte er noch einmal und zupfte seine verknitterten Kleider zurecht. Er setzte eine beleidigte Miene auf, aber in seinen Augen stand die nackte Angst.

»Sie machen Geschäfte, wo und wann ich es sage«, teilte ihm Olorasin mit kalter, unbeteiligter Stimme mit. »Sie haben sich selbst etwas vorgemacht, Mr. Cray, wenn Sie glauben, wir wären eine wirre Ansammlung von Unschuldigen.« Sie ging einen Schritt auf ihn zu. »Wir kämpfen seit fünfundzwanzig Jahren gegen die Narn, Erdling. Nach so langer Zeit hat man gelernt, Verrat zu riechen und dem Gestank bis zu seiner Quelle zu folgen.«

»Ich weiß nicht, wovon Sie reden«, erklärte Cray beharrlich. »Ich bin kein Verräter!«

»Natürlich sind Sie das«, erwiderte Olorasin ruhig. Sie ging um ihn herum und blieb hinter ihm stehen. Dann beugte sie sich ganz nah an ihn heran und flüsterte ihm über die Schulter ins Ohr: »Und ich bin sicher, Sie sind auch ordentlich dafür bezahlt worden. Man muß schließlich an sich selbst denken. Und was bedeuten wir Ihnen schon?« Sie ging weiter, bis sie wieder vor ihm stand, wandte Cray aber den Rücken zu. »Aber wir bedeuten uns natürlich eine Menge«, sagte sie über ihre Schulter hinweg und seufzte. »Unter diesen Umständen sind wir gezwungen, ein Exempel zu statuieren. Wir müssen klarstellen, wie die T'llin Verräter behandeln.«

»He, ich habe Sie nicht verraten, klar? So etwas mache ich nicht.« Er konnte nicht verhindern, daß seine Stimme immer schriller klang. »Das ist ein schlechtes Geschäft.« Cray schwitzte, obwohl es in der Unterwelt ziemlich kalt war. Olorasin drehte sich langsam zu ihm um. Sie grinste vergnügt. Beim Anblick ihrer kleinen, spitzen Zähne fing Crays Adamsapfel an zu zucken. »Ich habe nichts getan«, würgte er kaum hörbar heraus.

»Sie unterschätzen uns immer noch, Mr. Cray«, fahr Olorasin beharrlich fort. »Das ist sehr ärgerlich. Halten Sie es in Ihrer Lage für klug, uns zu verärgern?«

»Es tut mir leid«, sagte er, den Tränen nah. »Sehr leid.«

Olorasin schien seine Antwort zu genießen. Sie überdachte seine Worte noch einmal. »Nein«, erklärte sie schließlich. »Ihre Reue hat keinen Nutzen für mein Volk. Sie ändert gar nichts, hilft keinem.« Sie zuckte mit den Schultern. »Sie nutzt nicht einmal Ihnen, oder?«

Cray war nur noch ein Nervenbündel, aber er wußte, daß sie etwas von ihm wollten. Andernfalls hätte sein Blut längst den Boden rot gefärbt. »Machen wir ein Geschäft«, schlug er mit zitternder Stimme, aber mutigem Blick vor.

Olorasin lächelte abermals. »Sehr gut«, sagte sie. »Geradezu hervorragend.«

»Wir brauchen Pläne von der Infrastruktur der Station«,

mischte sich Segrea ein. »Und elektronische Dietriche für die Sicherheitszonen.«

»Und etwas, mit dem wir den Funkverkehr der Sicherheit abhören, vielleicht sogar ihre Computer anzapfen können«, fügte Olorasin hinzu.

»Sie haben ziemlich bescheidene Ansprüche«, meinte Cray. »Um so etwas zu kriegen, müßten Sie ein Vermögen hinblättern.«

Olorasin lachte, die anderen grinsten. »Oh, nein, nein, nein«, sagte sie. »Beim letzten Mal haben wir Sie gut bezahlt, und was ist dabei herausgekommen? Wir glauben, wir müssen Sie davon überzeugen, in unsere Zukunft zu investieren«, erklärte ihm Olorasin. »Je mehr Sie investieren, um so größer ist Ihr persönliches Interesse an unserem Erfolg, und um so weniger wahrscheinlich wird es, daß Sie uns verkaufen. Das ist unsere Meinung.«

Cray ließ ein höhnisches Lachen hören. »Wieso sollte ich das tun?« wollte er wissen.

»Weil ich Ihnen andernfalls Ihr schwarzes Herz aus der Brust nagen werde«, verkündete sie und machte plötzlich einen Schritt in seine Richtung. Ihre scharfen Zähne schnappten nur wenige Zentimeter vor seiner Nase zu. Cray wich mit einem Schrei des Entsetzens vor ihr zurück, nur um von den beiden Razye Tesh an seiner Seite gepackt und wieder nach vorne geschoben zu werden.

»Wir sind unzivilisiert«, sagte sie und kam immer näher. Sie griff mit beiden Händen nach seinem Seidenhemd und riß es mit einem kräftigen Ruck auseinander. Seine magere, blasse Brust wurde der kalten Luft ausgesetzt. »Fragen Sie nur die Narn!« flüsterte sie. »Nun«, sie legte ihre Hand auf seine Brust und leckte sich die Lippen, »ich bemerke ihr wachsendes Interesse, uns in unserem Freiheitskampf zu unterstützen. Ist es nicht so?«

Er nickte. Bei jedem Atemzug schluchzte er leise.

Auch sie nickte.

»Gut«, sagte sie und trat ein wenig zurück. »Yssa wird nicht von Ihrer Seite weichen, bis wir unser Ziel hier erreicht haben.«

Sie deutete auf den großen T'llin zu seiner Rechten. »Tun Sie uns und sich selbst einen Gefallen und versuchen Sie nicht, ihm davonzulaufen! Wenn wir Sie wieder hierher bringen lassen müssen, werde ich mein Versprechen halten. Nur, ich werde bei Ihren Zehen anfangen.« Sie versetzte ihm einen Stoß, und Cray und Yssa machten sich auf den Weg.

»Wir werden ihn wahrscheinlich umbringen müssen«, murrte Segrea gerade laut genug, daß sie ihn verstehen konnte.

»Das wird Yssas Aufgabe sein«, antwortete sie. »Schließlich wird er als einziger von uns noch am Leben sein.«

18

Die Alpha-Staffel erreichte den Sektor ROT 13 in perfekter Pfeilformation. Eine geballte Faust, bereit, einen Schlag ... *Na ja, einen Klaps,* dachte Ivanova ... gegen die Centauri-Bedrohung ... *oder gegen lästige Insekten* ... zu führen.

Susan Ivanova beobachtete ihren Bildschirm. Sichtkontakt hatte sie keinen – der Weltraum war groß –, aber die feinen Sensoren zeigten an, daß sie es mit neunzehn Schiffen zu tun hatten, die eine Art gezackte Kugelformation bildeten. Ihr Computer zeigte ihr die gespeicherten Baupläne und Rißzeichnungen verschiedener Schiffe. Jedes einzelne war ein Triumph der Schiffsbaukunst, der Inbegriff von Geschwindigkeit und Anmut. Sie waren aerodynamisch konstruiert worden, damit sie auch in die Atmosphäre eines Planeten eindringen konnten, und wirkten daher noch eleganter.

Allerdings wurden die fließenden Linien ihrer Umrisse von den Abschußvorrichtungen gestört, die man nachträglich auf ihre glatte Außenhülle montiert hatte. *Die meisten dieser Waffen werden abfallen und davontreiben, wenn sie versuchen, sie abzufeuern,* dachte Ivanova, *und bei der Gelegenheit große Teile der*

Schiffshülle mitreißen. Ein paar werden wahrscheinlich durch den Rückstoß die Außenhaut durchbrechen. Und erst dann würden sie in die Unendlichkeit davontreiben.

Ivanova war entsetzt. Sie konnte nicht glauben, daß man solchen Idioten erlaubte, unbeaufsichtigt ihren Planeten zu verlassen. Ganz abgesehen davon, daß die gierigsten Schwarzhändler bereit wären, solchen Leuten Waffen zu verkaufen. *Allein die Angst, auf diese Clowns mit ihren abschußbereiten Waffen zu treffen, würde mich von Geschäften mit ihnen abhalten – oder mir zumindest schreckliche Alpträume bereiten.*

Freilich war Geld, das diese Leute offensichtlich im Überfluß besaßen, das beste Beruhigungsmittel. *Vielleicht würde ich ihnen Waffen verkaufen, aber die Gebrauchsanweisung behalten und ihnen keine Munition liefern. Dann würde ich mich sicherer fühlen.* Aber andererseits ... hartnäckige Narren mit Geld fanden immer einen Weg. Sie hielt es für einen Wink des Schicksals, daß sich diese Kerle bei der Montage ihrer Waffen nicht gegenseitig abgeschossen hatten. *Ich wäre nicht überrascht, wenn sie sich bei der Gelegenheit selber an die Außenhaut ihrer Schiffe geschweißt hätten.* Ivanova schüttelte angewidert den Kopf.

»Unidentifizierte Centauri-Formation«, rief sie knapp in ihr Funkgerät. »Ich bin Commander Ivanova von der Earthforce-Station *Babylon 5*. Identifizieren Sie sich und erklären Sie, wieso Sie sich mit feuerbereiten Waffen hier aufhalten!«

Während sie auf eine Antwort wartete, zeichnete Susan die Registrierungen der Schiffe auf und schickte sie mit einer Sonde zurück durch das Sprungtor. Dann stellte sie sich mit dem Rest der Alpha-Staffel auf eine längere Wartezeit ein. Es herrschte bedrohliches Schweigen.

»So, so«, sagte Sheridan, nachdem er mit Hilfe von Ivanovas Informationen die Eigentümer der Schiffe ermittelt hatte. Er meldete sich in Londos Quartier.

»Ja«, antwortete der Botschafter. Er machte nicht gerade einen begeisterten Eindruck, als er Sheridan erblickte. »Was ist jetzt wieder los, Captain? Ich habe sehr viel zu tun, wie Sie sich vielleicht vorstellen können. Da kann ich mich doch nicht um jeden kleinen Fehltritt eines Centauri kümmern.«

»Eines der Schiffe in Sektor ROT 13 ist auf einen Sodev Mollari registriert«, berichtete Sheridan und zog eine Augenbraue hoch. »Ist er mit Ihnen verwandt?«

Londos Reaktion auf diesen Namen entbehrte nicht einer gewissen Komik. Sheridan hätte schwören können, daß sogar der gestärkte Haarkranz des Botschafters ein wenig in sich zusammensank. Londo stieß einen erschöpften Seufzer aus und riß sich sichtlich zusammen. »Leider ja. Er ist mein Cousin und ein Vollidiot.« *Und ein immer wiederkehrender Alptraum,* stand in Londos Gesicht geschrieben. »Ohne so einen ist keine Familie vollständig.«

Sie waren zusammen aufgewachsen, und Sodev, ein kleiner Tyrann und Intrigant, hatte sich damit hervorgetan, Londo zu verpetzen, zu bestehlen und Lügen über ihn zu verbreiten. Als sie erwachsen waren, hatte sich daran nicht viel geändert. Unter anderem hatte Sodev eine ziemlich öffentliche Affäre mit Londos jüngster Frau.

»Wenn Sodev etwas zustieße, würde unsere Familie sehr um ihn trauern. Ungefähr fünf, vielleicht sogar sechs Minuten lang. Tun Sie, was Sie für richtig halten, Captain!« *Und was immer Sie tun, ich hoffe, daß es dabei zu ein paar mächtigen Explosionen kommt.* »Er und seine Anhänger sind wahrscheinlich nur ein paar Angeber, die bei den Mädchen zu Hause Eindruck schinden wollen. Aber garantieren kann ich Ihnen das nicht. Wenn Sie Ihnen einen Schuß vor den Bug versetzen, sollte das genügen. Aber wer weiß? Vielleicht haben sie ja heute ihren mutigen Tag. Wie gesagt, tun Sie, was Sie für richtig halten! Ich will nicht, daß unsere Abgesandten mit einer Plasmasalve begrüßt werden. Ach,«

Londo hob einen Finger, »und wenn er Ihnen Schwierigkeiten macht, erzählen Sie ihm, ich hätte gesagt, daß er die Republik nicht so blamieren könnte, wie er das mit unserer Familie ständig macht. Und dann verpassen Sie ihm eine in meinem Namen, ja?« Dieser Gedanke heiterte den Botschafter augenscheinlich auf; lachend beendete er das Gespräch.

Nun, dachte Sheridan nachsichtig, *ich schätze, in jeder Familie gibt es mindestens einen Cousin von der Sorte.*

Eine knappe Stunde später traf eine Sonde von *Babylon 5* ein und überbrachte Susan Sheridans Botschaft.

»Eines der Schiffe gehört einem gewissen Sodev Mollari. Er ist ein Cousin des Botschafters«, hörte sie Sheridans Stimme. »Und Londo hat uns die Erlaubnis erteilt, zu tun, was immer wir für nötig erachten. Viel Spaß, Ivanova!«

»Ja, Sir!« antwortete Ivanova laut und deutlich. »In Ordnung, Alpha-Staffel, klar zum Gefecht! Spielen wir ein bißchen Katz und Maus mit der Centauri-Bürgerwehr.«

G'Kar betrat das Casino. Er war nervös wie eine Jungfrau, die mit einem möglicherweise treulosen Liebhaber verabredet war. Er entdeckte Semana und ging auf sie zu. Ihre Schönheit zog wie immer alle Blicke auf sich. Heute abend war sie sehr schlicht gekleidet, und ihr hautenges Kleid wäre vielleicht niemandem aufgefallen, hätte es nicht genau dieselbe Farbe wie ihre Haut gehabt. Im ersten Moment glaubte jeder, sie trüge nichts außer ihren Ohrringen und ihrer Halskette.

G'Kar war verärgert. »Wenn man bedenkt, was wir zu besprechen haben«, sagte er und setzte sich, »hätte ich erwartet, daß Sie sich etwas konservativer kleiden oder wir uns wenigstens nicht in aller Öffentlichkeit . . .«

»Nein, nein«, erwiderte Semana mit einem heiteren Lachen. »Wenn wir uns einigen, händige ich ihnen die Ware natürlich nicht in aller Öffentlichkeit aus. Aus ... verständlichen Gründen. Aber manchmal ist es besser, in der Öffentlichkeit zu verhandeln. Auf diese Weise weckt man keine Neugierde. Niemand wird sich fragen, was für Heimlichkeiten wir miteinander haben. Und falls doch, macht dieses Kleid einen gewissen Grund sehr wahrscheinlich.« Sie zuckte verächtlich mit den Schultern. »Viele meiner Kunden verlangen ausschließlich geheime Treffen. Dabei ist es oft viel besser, Heimlichkeiten in aller Öffentlichkeit auszutauschen.«

Der Botschafter runzelte die Stirn und rutschte nervös auf seinem Stuhl hin und her. Wenn er ohne vorzeigbares Ergebnis aus diesen Verhandlungen kam, konnten ihm Semanas Sicherheitsvorkehrungen noch mächtig schaden. Er befürchtete, selbst Da'Kal würde ihm nicht glauben, daß er Semana MacBride nur zum Wohle der Republik den Hof gemacht hatte. *Sogar ich finde, daß das sehr verdächtig aussieht, und ich weiß schließlich, wozu ich hier bin.*

»Sie wissen, wie stark mein Interesse ist«, erklärte er. »Und Sie sind sich auch meiner Schwierigkeiten bewußt.«

»Bedauerlicherweise ja«, erwiderte sie gedehnt. »Das bin ich. Ich hoffe, Sie wollen unsere Zeit nicht damit verschwenden, mich um einen Aufschub zu bitten. Ich kann Ihnen keinen gewähren. Das ist mein letztes Wort.«

»Ich habe bereits drei Viertel der Summe, die Sie verlangen, aufgetrieben«, verkündete er und legte einen Kreditchip auf den Tisch.

Du mieser kleiner Bastard! schoß es ihr durch den Kopf. *Du machst mich unglücklich, wenn ich mich damit zufriedengeben muß.* Semana haßte es, wenn eines ihrer Opfer sie hereinlegte. Das war eine Frage ihrer beruflichen Ehre. Sie schmollte.

»Ich kann Ihnen den Rest auf jedes beliebige Konto überweisen«, versicherte ihr G'Kar.

Na, großartig. Meinst du, ich hinterlasse eine Spur für dich? Sie stieß ungeduldig die Luft aus. »Ich weiß nicht«, sagte sie knapp und ließ ihren Blick durch den Raum schweifen. »Ich habe Ihnen erklärt, wo mein Problem liegt.« Ihre Blicke trafen sich. »Meine Partner werden sich nicht mit weniger zufriedengeben oder auch nur darauf vertrauen, daß Sie den Rest später bezahlen. Und ehrlich gesagt, G'Kar, ich bin nicht bereit, Ihnen zuliebe meine Gesundheit aufs Spiel zu setzen. Ich wäre besser dran, wenn ich die Ware zurückgebe und sage, daß ich sie nicht losgeworden bin. Ein solches Stück findet immer irgendwo einen Käufer.« Sie legte ihre Beine wieder übereinander und wandte ihren Blick von ihm ab.

Sie fiel fast aus allen Wolken, als ein herzliches »Hallo, Botschafter!« ihre traute Zweisamkeit unterbrach. Sie blickte auf und entdeckte Na'Toth, die ihren harten Gesichtszügen ein gekünsteltes Lächeln abgerungen hatte.

»Und hallo, Miss MacBride. Ich fürchte, ich werde Ihnen den Botschafter jetzt entführen müssen. Wir haben bis morgen früh noch eine Menge zu erledigen. Seine Frau kommt hierher, müssen Sie wissen. Es gibt einiges vorzubereiten.«

Semana sah G'Kar mit fast geschlossenen Augen an. »Also ich dachte immer, für solche Dinge hätte man Assistenten«, erklärte sie kühl. »Damit man sich nicht persönlich um derartige Kleinigkeiten kümmern muß.« Ihr Verhalten sagte klar und deutlich: *Schicken Sie sie weg!*

Aber heute abend behielt Na'Toth die Oberhand

»Gehen wir, Botschafter!« sagte sie und zupfte ihn am Oberarm. »Sie müssen noch ein Dutzend Genehmigungen erteilen.«

»Nicht jetzt, Na'Toth!« flüsterte G'Kar und versuchte ihr mit den Augen etwas zu bedeuten. Seine Botschaft war alles andere als freundlich.

»Doch, Botschafter«, antwortete Na'Toth mit Nachdruck. »Ich fürchte, ich breche gleich in Panik aus. Und ich muß darauf bestehen, daß Sie jetzt mitkommen.« *Bevor ich anfange zu schreien.*

G'Kar stand wie in Trance auf und folgte ihr. Er war sich nicht sicher, ob das seine Rettung oder sein Ruin war. Am Ausgang des Casinos drehte er sich noch einmal um und warf Semana einen letzten Blick zu. Hätten Blicke töten können, er wäre auf der Stelle tot umgefallen.

Semana wandte ungeduldig den Kopf ab. Wut brachte sie nicht weiter. Sie hatte den Botschafter der Narn von Anfang an falsch eingeschätzt. Er war einigermaßen wohlhabend, das hatte sie leicht in Erfahrung bringen können. Aber natürlich hatte sie angenommen, daß er wie die meisten Politiker noch über größere Geheimreserven verfügte. *Aber der Trottel besitzt gar nichts. Anscheinend nicht mal Freunde. Mieser kleiner Bastard!*

»Was für eine Schande!« hörte sie eine überschwengliche Stimme sagen.

Sie drehte sich um und zog spöttisch eine Augenbraue hoch.

»Eine wunderschöne Frau, so ganz allein.« Botschafter Mollari legte seine Hand auf G'Kars leeren Stuhl. »Darf ich Ihnen Gesellschaft leisten?«

Langsam verzog sich ihr Mund zu einem gewitzten Lächeln. Mit einer graziösen Handbewegung bedeutete sie ihm, Platz zu nehmen.

Auf Segreas Zeichen huschten die anderen Razye Tesh lautlos hinter dem Rücken der Sicherheitsoffizierin über den Gang.

Seltsam, dachte er sardonisch, *jedesmal, wenn wir uns mit Cray treffen, ist jemand von der Sicherheit in der Nähe.* Zwei weitere Gedanken gingen ihm durch den Kopf. Erstens, daß Cray irgendeinen Geheimcode benutzen mußte, der so unauffällig war, daß ihn sein T'llin-Aufpasser Yssa nicht bemerkte. Und zweitens, daß er sich diese Sicherheitsleute vielleicht merken sollte, um Mr. Garibaldi anonym über ihre Verbindung zu Cray zu informieren. *Nein, wir sollten besser nicht Lucius' Aufmerksamkeit auf uns ziehen, bevor wir mit ihm fertig sind.* Garibaldi war schlau, und er würde reagieren, wenn jemand seine Leute beschuldigte. Er würde das persönlich nehmen. *Daß er auf diesen Teil der Station aufmerksam wird, ist das letzte, was ich jetzt gebrauchen kann.*

Crays Verrat hatte unerwartete Vorteile mit sich gebracht. Zunächst einmal arbeitete die verbleibende Oberste auf einmal mit einer Gelassenheit und Effizienz, die Phina nicht einmal zu seinen besten Zeiten aufgebracht hatte. *Da lag das Problem,* gestand sich Segrea ein. *Er war entschlossen, aber schlecht organisiert.* Irgendwann hätte das vielen T'llin das Leben gekostet. Wenn sich die beiden Obersten nur einig gewesen wären und zusammengearbeitet hätten. *Dann wären wir unbesiegbar gewesen,* dachte Segrea. Oder zumindest so unbesiegbar, wie ein schlecht bewaffnetes Volk, das an seinen Heimatplaneten gebunden war, eben sein konnte, wenn es gegen ein unbarmherziges Volk kämpfen mußte, das über eine Armada von Raumschiffen verfügte. Er bedeutete dem nächsten, den Gang zu überqueren.

Am meisten fürchtete er jetzt, daß die verbleibende Oberste ihre Entschlußkraft wieder verlieren könnte. Er hatte Olorasin nie verstanden, und genausowenig wußte er, woher sie auf einmal ihre Energie nahm. Und fehlendes Verständnis führte unweigerlich zu einem Mangel an Vertrauen.

»Was ist das für ein Zeug?« fragte Segrea, als seine Kameraden von der Razye Tesh die Vorräte abstellten, die sie bei Lucius Cray abgeholt hatten. Auch das ärgerte ihn. Phina hatte ihn in alle seine Pläne eingeweiht, aber Olorasin behielt die ihren für sich.

»Das hier«, die Oberste hob eine Rolle grauen Materials auf, »ist ein Spezialkunststoff.« Sie löste die Schnur und entrollte eine lange, flache Folie, die ungefähr zwei Zentimeter dick war. »Er wird zur Isolierung verwendet. Man hat ihn für die Flächen zwischen den Stützbalken in den abgelegenen Teilen der Station entwickelt. Zum Beispiel für Lagerräume oder Schutzbunker, die nur gebraucht werden, wenn die Station leckgeschlagen ist.« Olorasin sah ihn erwartungsvoll an.

Segrea seufzte. »Was haben Sie vor, Oberste? Wenn Ihnen irgend etwas zustoßen sollte, muß einer von uns Ihren Plan in die Tat umsetzen. Und bis jetzt weiß ich lediglich, daß er etwas mit Isoliermaterial zu tun hat.«

»Das ist überhaupt nicht mein Plan«, verkündete sie und rollte den dicken Kunststoff wieder zusammen. »Das war Phinas Hilfsplan. Er hatte bereits dafür gesorgt, daß die meisten Dinge, die wir dazu benötigen, vorhanden sind. Unsere schwierigste Aufgabe wird sein, nach dem letzten Schlag Zugang zu Landebucht 17 zu bekommen. Wenn wir das geschafft haben, brauchen wir nur noch in aller Ruhe hinter diesen Folien in den Schutzräumen zu warten, bis wir unser Zeichen bekommen.«

»Unser Zeichen?«

»Ja. Wenn alles nach Plan läuft.«

»Rechnen Sie mit Schwierigkeiten?« erkundigte sich Segrea.

»Immer«, antwortete Olorasin. »Und ich bin selten enttäuscht worden.«

Ivanova beobachtete schweigsam die kleine Gruppe von Schiffen und fragte sich, was wohl in den Köpfen der Crew vorgehen mochte. Hatten sie Angst? Oder waren sie einfach nur stur? Sie seufzte. *Normale Centauri sind schon ziemlich arrogant. Wenn dann noch ein enormes Vermögen und die Abstammung von einer bedeutenden Familie dazukommen, ist das Fiasko unausweichlich.* Sie hoffte, daß es Londo wirklich ernst gemeint hatte.

Susan wählte einen offenen Kanal und begann damit, ihren Plan in die Tat umzusetzen. »Alles klar, Alpha-Staffel, wir haben grünes Licht von der Zentrale. Bereiten Sie sich auf Plan C vor!«

Die Piloten der Alpha-Staffel waren schockiert.

»Sir!«

»Ja, Alpha zwei?«

»Plan C?« Webbers Stimme klang schrill. Er traute seinen Ohren nicht. »Ist das nicht ein wenig ... drastisch? Das sind doch nur Zivilisten!«

»Sie haben das Recht, wie Zivilisten behandelt zu werden, verwirkt, Alpha zwei. Die Regierung der Centauri hat uns ihr Einverständnis gegeben. Wir haben die Erlaubnis, zu tun, was wir für richtig halten.«

Ihre Stimme klang barsch und bedrohlich. Für die lauschenden Centauri mußte sie sich wie eine blutrünstige Fanatikerin anhören. »Und ich erkläre diese Schiffe hiermit zu militärischen Zielen. Formation vier!«

Ivanova grinste, als sich die Starfuries sternförmig um sie herum gruppierten, um so am schlagkräftigsten angreifen zu können. Die Piloten flogen ein paar zusätzliche auffällige Loopings und tauschten blitzschnell die Plätze; beeindruckende Manöver, die der Einschüchterung des Feindes dienten. Hoffentlich bekamen es die Centauri, die sie von ihren Jachten aus beobachteten, ordentlich mit der Angst zu tun.

»Ziel anvisieren!« Sechsunddreißig Laserzielvorrichtungen rasteten ein. Selbst die einfachen Sensoren eines Zivilschiffes müßten eine solche Bedrohung registrieren. »Sie haben eine Minute, um sich zu ergeben. Wenn ihre Waffen dann immer noch feuerbereit sind ...« Ivanova dehnte ihre Atempause in die Länge, obwohl sie die Spannung kaum ertragen konnte. Dann knurrte sie: »... zerstört sie!« Sie programmierte ihren Computer darauf, einen sechzig Sekunden langen Countdown in der Sprache der Centauri zu senden. Währenddessen betete sie gemeinsam mit den Piloten der Alpha-Staffel, daß es nicht zum Kampf kommen würde.

»... yasech ... yasas ...«

Vierundfünfzig Sekunden, dachte Susan. Ihr rasender Puls machte ihr zu schaffen. Auf ihrer Stirn und ihrer Oberlippe standen Schweißperlen. *Kommt schon, ihr Idioten! Gebt auf! Wir zerblasen euch in eure Bestandteile – ihr könnt doch nicht so arrogant sein, daß ihr das nicht begreift.* Sie massierte mit ihrem Daumen vorsichtig den Abzug. Ihre Nerven lagen blank. *Gebt auf!*

»... yasan ...«

Siebenundfünfzig. Oh, mein Gott. Susan leckte sich die Lippen.

»Ich habe den Eindruck«, meldete sich ein gelangweilter Centauri, »daß gewisse Gruppen unsere Motive absichtlich falsch auslegen könnten. Dasselbe gilt für unsere Absichten hier und heute. Angesichts dieser Überlegungen halte ich es für das beste, wenn wir uns zurückziehen.«

Nicht so schnell, mein Junge!

»Ihre Waffen sind noch immer feuerbereit«, bellte Ivanova. »Ergeben Sie sich augenblicklich, oder wir eröffnen das Feuer!«

Im gleichen Augenblick zeigten die Sensoren an, daß alle Centauri fast gleichzeitig ihre Waffen entschärften.

»Ihr nächstes Sprungtor sollte das im grünen Sektor sein«, informierte sie Ivanova. »Ich hoffe, daß wir uns dort nicht wiedersehen. Ich wünsche Ihnen einen angenehmen Flug, meine Damen und Herren.«

Ohne eine Antwort bildete die eingeschüchterte kleine Streitmacht eine schlampige Formation und verschwand durch das Sprungtor. Einen Augenblick lang herrschte Stille. Dann fingen die Piloten, einer nach dem anderen, an zu kichern. Das Kichern schwoll immer mehr an, bis die ganze Staffel lauthals lachte. Sie feierten die Tatsache, daß sie niemanden hatten töten müssen.

»Oh, nein!« imitierte Susan mit piepsiger Stimme. »Nicht Plan C!« Sie grinste, als sie die anderen vor Lachen kreischen hörte. »Alpha zwei, Sie hätten Schauspieler werden sollen.«

»Sie waren aber auch sehr überzeugend, Commander.«

Wer sagt, daß das gespielt war? »Nun, ich muß mich auf den Rückweg machen. Der Captain will die ganze Familie beisammen haben, um unsere Gäste willkommen zu heißen. Ihr bleibt hier und haltet das Gesindel von diesem Sprungtor fern! Eskortiert die Delegationen zur Station, wenn sie hier eintreffen! Die eine Hälfte fliegt mit den Centauri, die andere mit den Narn. Webber«, wandte sie sich an Alpha zwei, »Sie haben das Kommando!«

Ivanova flog in das Sprungtor hinein, während Webber der Staffel eine weniger bedrohliche Formation befahl.

»Ah. Ha, ha, ha!«

Die beiden Sicherheitsoffiziere, die den Eingang zur Landebucht siebzehn bewachten, wurden von lautem Lachen aufgeschreckt. Eine Gruppe acht junger Centauri in schmuddeligen Brokatgehröcken stolperte auf sie zu. Sie waren offenbar betrunken und gleichermaßen heiter gestimmt und ungehalten. Alles konnte geschehen.

»Schaut! Schaut!« rief der größte von ihnen. Er spielte den Ängstlichen. »Die Sicherheitsleute von der Earthforce! Ich fürchte mich ja so!« Er wandte sich seinen Freunden zu. Seine Augen quollen aus den Höhlen, und alle brachen in Gelächter aus. Die beiden Sicherheitsleute warfen sich einen resignierenden Blick zu. Wohin man auch ging, irgendwie spürten einen die Betrunkenen immer auf.

»Dieser Abschnitt ist gesperrt«, erklärte einer von ihnen vorsichtig. »Ihr müßt weitergehen, Jungs!« Er ging ein paar Schritte auf sie zu und machte eine beruhigende Geste.

Der große Centauri richtete sich zu seiner vollen Größe auf, und sein weinseliges Grinsen wich einem arroganten Blick. »Ich«, erklärte er und ging auf den Wachmann zu, »bin kein *Junge!* Ich habe in die königliche Familie eingeheiratet!«

Er blieb unmittelbar vor dem Sicherheitsmann stehen, der ihn beleidigt hatte, stützte die Hände in die Hüften und rülpste laut. Seine Freunde brachen erneut in Gelächter aus und stolperten ihm hinterher. Sie klopften ihm auf die Schulter und beglückwünschten ihn zum gelungenen Abschluß seiner Rede. Einige von ihnen gratulierten auch dem Wachmann.

»Sie müssen jetzt weitergehen!« wiederholte der Offizier laut und deutlich.

Sein Partner ging auf die Gruppe zu, die seinen Kollegen gerade dazu überreden wollte, etwas mit ihnen zu trinken. »Kommt schon, geht weiter! Ihr könnt nicht hierbleiben, Freunde.«

»Freunde!« brüllten sie und umzingelten ihn ebenfalls. Bevor die beiden reagieren konnten, wurden sie von der fröhlichen Gesellschaft über den Gang gezerrt.

»Loslassen!« schimpfte der erste Sicherheitsmann.

»Aufhören!« rief der andere und versuchte sein Com-Link zu aktivieren. Als ihm das nicht gelang, wollte er nach seiner Waffe greifen. Ihre Befehle ernteten lediglich höhnisches Gelächter. Die Centauri packten sie nur noch fester und gingen schneller, bis sie auf halbem Weg zum Lift um eine Ecke bogen.

An dem Posten, den sie unfreiwillig im Stich gelassen hatten, machte sich inzwischen ein T'llin-Techniker am Türschloß zu schaffen und brachte ein Gerät an, das ihnen Cray gegeben hatte.

»Fertig«, erklärte er leise.

Olorasin ging zum Türschloß und blieb einen Augenblick lang nachdenklich stehen. *»La're tessana T'll«*, sagte sie. Dann setzte der Techniker seine Arbeit fort.

»Freiheit für T'll«, wiederholte Haelstrac und rang sich ein Lächeln ab. »Das hört sich gut an, Oberste.«

Die Tür öffnete sich, und Olorasin schlüpfte zusammen mit den Razye Tesh hindurch. Sie trugen billige Imitationen der Sicherheitsuniformen der Earthforce, inklusive der Schutzhelme mit dunklem Visier.

In der leeren Landebucht wurde jedes Geräusch von den Wänden zurückgeworfen. Die Menschen hatten ihren gesamten Einfallsreichtum aufgeboten, um den Ort für den diplomatischen

Empfang herzurichten. Vor einer Wand hatte man eine niedrige Bühne aufgebaut, die sogar mit Teppichen ausgelegt war, und dahinter hingen hellblaue Fahnen mit dem Logo der Station. Die beiden Delegationen würden die Landebucht durch die gegenüberliegenden Tunnel betreten und hier zusammentreffen. Hinter dem Podium, das von ein paar Pflanzen gesäumt wurde, war eine Reihe von Stühlen aufgestellt worden. Vor dem Podium standen mehrere Reihen mit Klappstühlen.

»Los!« befahl Olorasin den Razye Tesh und deutete in Richtung Schutzraum. »Macht euch bereit! Segrea, Haelstrac, ihr kommt mit mir! Ich brauche euren Rat.«

Sie führte die beiden zu einer kahlen Wand und strich mit der Hand über das Metall. Selbst durch vier massive Wände mit ein paar Metern dämpfender Luft dazwischen konnte man die Kälte des Weltraums spüren. »Hier«, sagte sie und schälte vorsichtig ein Stück von der Wand ab, das wie eine kleine Beule aussah.

»Das ist ein Zeitzünder!« sagte Segrea und ging neben der Obersten in die Hocke. »Wie ist der dahingekommen?«

Olorasin schüttelte kurz den Kopf. »Keine Ahnung. Phina hat das organisiert. Dahinter ist eine kleine Sprengladung angebracht. Sie reicht aus, um ein kleines Loch in die Außenhülle zu reißen. Kann einer von euch den Zeitzünder einstellen?«

Haelstrac gestattete sich ein kurzes Lächeln und kniete sich vor der winzigen Uhr hin. Sie öffnete eine kleine Tasche an ihrem Gürtel und nahm ein paar Werkzeuge heraus. Sie wählte eines mit einer winzigen Metallspitze aus, die nur einen Millimeter breit war. »Wann soll sie hochgehen?« fragte sie.

Garibaldi blickte sich angewidert um. Seine Zellen waren voll mit stillenden Müttern, vornehmen älteren Herrschaften, hingebungsvollen Friedensaktivisten und Kindern. Nicht gerade eine Gesellschaft, von der man Grausamkeiten erwartet hätte. *Verdammt, ich komme mir schon vor wie Attila der Hunnenkönig.*

Er sah auf die Uhr. Nur noch drei Stunden bis zur Ankunft der Gesandten.

»Irgendwas ist da faul«, sagte er laut.

»Chief?« fragte Ensign Torres mit leicht gerunzelter Stirn.

»Die Narn haben behauptet, daß dieser Phina ein Terroristenführer war. Aber dann hätte er Gefolgsleute hier auf der Station haben müssen. Sehen Sie hier jemanden, der nach einem Terroristen aussieht?« Er deutete auf die Arrestzellen. »Diese Leute könnte man wie Schafe in eine Scheune führen, damit sie sich scheren lassen ... aber in einen Kampf?«

Torres machte einen verwirrten Eindruck. Garibaldi schüttelte den Kopf und wandte sich ab. Er wurde das Gefühl nicht los, jemand habe die Verhaftung dieser Gefangenen gewollt ... wahrscheinlich als Schutzhaft. *Was bedeuten muß, daß da draußen noch mehr sind, und die führen vermutlich nichts Gutes im Schilde.* Er aktivierte sein Com-Link. »Garibaldi an Captain Sheridan.«

»Was ist los, Garibaldi?« Der Captain klang sehr beschäftigt.

»Ich komme vielleicht zu spät zum Empfang, Captain. Ich muß noch ein paar Leute vernehmen. Ich werde mich bemühen, pünktlich zu sein, aber versprechen kann ich Ihnen nichts.« Einen Moment lang herrschte unheilvolles Schweigen.

»Wer ist so wichtig, daß er nicht ein paar Stunden warten kann?« erkundigte sich Sheridan.

»Ich habe ein ganz mieses Gefühl, was diese T'llin angeht«, gestand der Sicherheitschef. »Die sind so ... unschuldig! Wenn dieser Phina ein Terrorist war, wo sind dann seine Gefolgsleute? In der Sicherheitszentrale jedenfalls nicht.«

»Dieser T'llin, den Na'Toth getötet hat«, meinte Sheridan zögernd, »hatte eine Partnerin namens Olorasin. Ist sie unter Ihren Gefangenen?«

»Torres, haben wir eine Olorasin bei den Gefangenen?«

Etwas später antwortete Garibaldi: »Nein, Sir. Sie gehört zu den Vermißten.«

»Dann haben Sie vermutlich recht. Vielleicht stecken wir in Schwierigkeiten. Nehmen Sie sich alle Zeit, die Sie brauchen, Garibaldi, aber spüren Sie sie auf!«

Die drei T'llin starrten Garibaldi an. Der Junge und seine Mutter blinzelten ständig, der alte Mann, der für sie übersetzte, jedoch kein einziges Mal. *Na ja, ich muß wohl kein Experte für die Körpersprache der T'llin sein, um zu erkennen, daß sie alle schreckliche Angst haben,* dachte Garibaldi. Falls die Mutter ihren Sohn noch ein wenig fester hielt, würde sie ihm wahrscheinlich die Knochen brechen.

Man hat das Gefühl, sie halten den Atem an, weil sie auf irgend etwas warten. Und ihm war klar, daß er in der kurzen Zeit, die ihm noch blieb, niemals ihr Vertrauen gewinnen konnte.

Die Mutter sagte etwas in ihrer fließenden Sprache; die Worte klangen angenehm, obwohl ihre Stimme furchtsam zitterte.

»Sie sagt«, übersetzte der alte T'llin, »daß die Oberste Olorasin die Station verlassen hat, um woanders Helfer zu suchen.«

Genau dasselbe haben die letzten zwölf auch gesagt. Offensichtlich eine einstudierte Aussage. Aber sie immer wieder zu hören machte ihm angst. *Hier laufen Terroristen frei herum* – er sah auf die Uhr –, *und in weniger als eineinhalb Stunden treffen die Gesandten ein.* Er kaute auf seiner Unterlippe herum. Sein Instinkt sagte ihm, daß sie sich in der Unterwelt aufhielten. *Vorerst jedenfalls.* Aber er konnte seine Leute nicht so einfach von den unmittelbaren Vorbereitungen für die Konferenz abziehen.

»Ensign Wang«, rief er in sein Com-Link.

»Ja, Sir?«

»Ich möchte, daß Sie sich zwei Leute nehmen und noch einmal Landebucht siebzehn durchsuchen. Achten Sie auf Sprengstoff, seltsame Vorfälle, Leute, die da nicht hingehören! Ist irgend jemand aufgetaucht, der da nichts verloren hat?«

»Ein paar Journalisten sind vorbeigekommen und haben versucht, einfach hineinzugehen«, berichtete Wang. »Und Sherman und Kline sind letzte Nacht von ein paar betrunkenen Centauri mitgezerrt worden.«

»Was?« *Wieso hat mir das keiner erzählt? Glauben die etwa, wir sind zum Vergnügen hier?*

»Sie sind wegen Öffentlicher Ruhestörung verhaftet worden. Vielleicht sind sie immer noch in ihren Zellen«, meinte Wang.

»Gut. Ende«, verabschiedete sich Garibaldi knapp. *Nicht sehr wahrscheinlich,* dachte er. Egal, weswegen man Centauri verhaftete, sie blieben selten länger als ein paar Stunden im Gefängnis.

Und richtig: Als er nachsah, waren sie verschwunden. Die Namen, die sie angegeben hatten, waren die Centauri-Versionen von Müller, Meier oder Schmitt. Er machte ein angewidertes Geräusch. Einer der Neuen hatte ihre Aussagen aufgenommen und ihnen dann gestattet, jemanden anzurufen. *Ich schätze, er ist gar nicht auf die Idee gekommen, mich zu verständigen.*

Garibaldi dachte nach und knirschte mit den Zähnen. Diesen Fehler würde der Junge nicht zweimal machen. Der Sicherheitschef sah sich im Büro um. Es waren gerade genug erfahrene Leute und etwa ein halbes Dutzend seiner Lehrlinge hier. Mit einem wehmütigen Seufzer pickte er sich vier der Neulinge heraus und befahl ihnen, sich zu panzern. Dann brach er höchstpersönlich in die Unterwelt auf.

Londo fegte wie eine Gewitterwolke den Gang entlang. Er trug seinen besten halbformellen Brokatmantel für den Nachmittag und eine graue Seidenweste. Sein Halstuch war ordentlich gebunden, seine Juwelen und Orden perfekt verteilt. Doch trotz seiner tadellosen Kleidung, die ihn normalerweise ganz vergnügt machte, hätte sein momentaner Gesichtsausdruck Milch sauer werden lassen.

Vir hetzte in einiger Entfernung hinter dem Botschafter her. Am liebsten hätte er ihn gebeten, doch langsamer zu gehen, wagte es jedoch angesichts Londos schlechter Laune nicht.

»Oh, Botschafter«, sprudelte Semana hervor und eilte auf ihn zu. »Es tut mir ja so leid. Wegen dieser ganzen Sicherheitsvorkehrungen habe ich eine Ewigkeit gebraucht, um herzukommen.« *Ich bin freilich erst vor zehn Minuten losgegangen.* In Wirklichkeit war sie pünktlich gekommen und hatte eine Weile auf und ab gehen müssen, bevor Mollari anmarschiert kam. *Ich dachte schon, du würdest überhaupt nicht mehr kommen.* »Alle wollten in die Schachtel hineinschauen. Ich mußte all meine Überredungskünste aufbieten, um sie davon abzuhalten.« Sie warf ihm einen schelmischen Blick zu. Dann hielt sie ihm die schwarze Schachtel hin. »Ihr Eigentum, Herr Botschafter.«

»Oh, meine Liebe«, sagte Londo und strahlte sie an. Er nahm die Schachtel voller Ehrfurcht entgegen. »Zugegeben, mir sind schon Zweifel gekommen, was Sie betrifft«, erzählte er spontan.

Sie sah ihn erstaunt an und drohte ihm spielerisch mit dem Zeigefinger. »Nun, haben Sie nicht etwas für mich?« fragte sie.

»Ja, natürlich.« Er griff in seine Tasche, nahm einen Umschlag heraus und gab ihn ihr ein wenig widerwillig. »Bevor Sie gehen«, sagte er schnell, »sollte ich vielleicht einen Blick in die Schachtel werfen.« Er lächelte.

Sie zuckte anmutig mit den Schultern und steckte den Umschlag ein. »Also, ich vertraue Ihnen.«

»Wie Sie wünschen«, antwortete Londo und sah sich die Schachtel zum ersten Mal etwas genauer an. Sie war exakt würfelförmig und nirgendwo war eine Öffnung oder etwas Ähnliches zu erkennen. Er versuchte den oberen Teil zur Seite zu schieben, dann drehte er sie herum, immer schneller und schneller. »Was ist das?« erkundigte er sich.

»Sie hat einen Trickverschluß«, erklärte Semana. »So kann niemand aus Zufall hineinsehen und na ja ... Sie wissen schon.«

»Wie macht man sie auf?« Londo sah sie wütend an. Er war bereits spät dran. Das mußte dieser Närrin doch klar sein.

»Sie reagiert auf Berührung. Man muß den Deckel herunterdrücken, dann nach rechts schieben und leicht drehen.« Aber nichts geschah, und Semana biß sich auf ihre volle Unterlippe. »Nein, nicht so. Sie müssen mit der linken Hand drücken und gleichzeitig mit der rechten ...«

»Ich habe dafür jetzt keine Zeit«, sagte Londo. Obwohl er lächelte, wirkte er nervös und verärgert.

»Hier«, sagte sie und streckte die Hand aus, »lassen Sie mich das machen!« Semana nahm die Schachtel und drückte, stieß und zog daran herum. Sie grollte frustriert. »Es tut mir leid, aber jetzt haben Sie mich zu nervös gemacht.«

Londo legte seine Hände auf die ihren. »Das ist schon in Ordnung. Wir machen sie später auf.« Er nahm ihr die Schachtel wieder ab und gab sie Vir. »Bring sie bitte in mein Quartier!«

Vir öffnete und schloß seinen Mund ein paarmal kurz hintereinander.

»Geh schon!« sagte Londo und runzelte leicht die Stirn. Er schnippte mit den Fingern, und Vir eilte davon. Dann nahm er Semanas Hand und küßte sie. »Wir sehen uns heute abend auf dem Empfang, ja?«

»Ja, Botschafter. Ich habe Ihre Einladung heute morgen erhalten. Vielen Dank.«

»Ich muß jetzt gehen«, sagte Londo und rang sich ein Lächeln ab. Dann eilte er davon. *Dir würde ich nie trauen*, dachte er, *wenn ich nicht wüßte, daß dein Name auf keiner der Passagierlisten steht und daß eine halbe Stunde vor und fünf Stunden nach Ankunft der Gesandten keine Schiffe von* Babylon 5 *starten. Und davor werde ich sicher noch Zeit haben, diese verdammte Schachtel aufzukriegen.* Diese Frau war nicht dumm. Sie wußte genau, was er mit jemandem anstellen würde, der versuchte, ihn hereinzulegen.

Semana eilte unterdessen einen kleinen Seitengang entlang und holte sich ihre Tasche von dem Sicherheitsmann zurück, der sie für sie aufgehoben hatte. »Vielen Dank. Sie haben mir das Leben gerettet.« Sie gab ihm einen kleinen Kuß, blinzelte ihm zu und lief davon, um ihren Flug noch zu erwischen. Es war das letzte Schiff, das die Station verließ, ehe die Gesandten eintrafen. Und es hatte überhaupt keine Passagierkabinen. Jedenfalls nicht für Menschen. Die Atmosphäre an Bord war für sie tödlich. Die kleine, mit Luft gefüllte Kapsel im Frachtraum war längst vorbereitet. Der richtige Abgang mußte gut vorbereitet sein.

Ich werde Semana MacBride sicher vermissen, dachte sie, *aber Maia St. Cyr wird wahrscheinlich auch viel Spaß machen.*

19

Landebucht siebzehn war hell erleuchtet, und für einen reinen Nutzraum hatte man sie erstaunlich komfortabel hergerichtet. Botschafter in ihren prächtigsten Roben bildeten kleine Grüppchen und unterhielten sich. Sie nutzten diese Gelegenheit, um mit Kollegen zu verhandeln, die sonst schwer zu erreichen waren. Alle außer Botschafter Kosh waren gekommen, aber der Vorlone folgte ohnehin seinen eigenen Gesetzen.

Wieso ist er nicht da? grübelte Sheridan. Er war sich sicher, daß das etwas zu bedeuten hatte. *Aber was? Heißt das, der Krieg zwischen den Narn und den Centauri ist für die Vorlonen zu unbedeutend? Oder kennt Kosh das Ergebnis der Konferenz bereits und braucht deshalb nicht zu kommen?* Sich hierüber Gedanken zu machen war etwa so sinnvoll, wie mit dem Kopf gegen das Rednerpult zu rennen. *Trotzdem kann ich nicht damit aufhören.* Ihm wurde bewußt, daß er sich wahrscheinlich nur ablenken wollte. *Ich wünschte, ich könnte mich mit etwas Beruhigendem ablenken.* Er sah zu Delenn hinüber, die den Botschafter der Drazi gelassen anlächelte. Selbst wenn sie aufgeregt waren, umgab die Minbari eine Aura der Ruhe. Sheridan rang sich ein Lächeln ab. Delenn lenkte ihn mit Sicherheit ab, wenn sie auch nicht beruhigend auf ihn wirkte.

Eine Sicherheitsbeamtin der Earthforce ging mit einem tragbaren Chemo-Sensor an ihm vorbei. Er runzelte die Stirn. »Haben Sie das nicht schon erledigt?« fragte er leise.

»Ja, Sir. Aber Mr. Garibaldi hat uns gerade den Befehl gegeben, die Untersuchung zu wiederholen.«

Gut zu wissen, daß ich hier nicht der einzige bin, der unruhig ist. »Weitermachen!« befahl er.

»Ja, Sir.« Die junge Frau fuhr mit ihrer Arbeit fort.

Sheridan bemerkte, daß noch weitere Sicherheitsleute in der Landebucht herumgingen. Sie sahen in den Ecken nach und durchsuchten sogar den Schutzraum. Er war froh, daß Garibaldi seine Arbeit so gründlich machte. *Wenn sich Olorasin auf der Station versteckt und vorhat, jemanden anzugreifen, dann wird Garibaldi sie finden. Da bin ich ganz sicher.* Er war froh, wenigstens eine Sorge los zu sein.

Über ihm schwebte eine der kugelförmigen Kameras vorbei, und er blickte nach oben. Er hatte vier Kameras von vier verschiedenen Sendern genehmigt. Die Journalisten hatten ihn selbst auf dem Weg vom Lift zur Landebucht siebzehn noch lautstark kritisiert. Erst nachdem sich die Lifttüren geschlossen hatten, gaben sie auf. Sheridan stellte sich vor, wie sie jetzt in ihrem Versammlungsraum in GRÜN 12 Nadeln in die Brust von kleinen Sheridan-Puppen pieksten oder diese an seiner Stelle verbrannten.

Auch Chancy Clark hatte eine Kamera dabei. Sie hatte behauptet, die Aufnahmen aus persönlichen Gründen zu machen. Angeblich hatte sie nicht vor, auch nur einen Zentimeter Film davon zu verkaufen. Er glaubte ihr. Und selbst wenn er an ihren Worten gezweifelt hätte, war sie immer noch die Nichte des Präsidenten.

Sheridans Com-Link piepste, und er meldete sich.

»Captain? Die Delegation der Centauri ist bereit.«

»Augenblick noch.«

Sheridan sah zur anderen Seite der Landebucht hinüber. Einer der Sicherheitsleute dort bemerkte seinen Blick, drehte sich um und sprach mit jemandem außer Sichtweite. Das Com-Link des Captains piepste ein zweites Mal. »Ja?«

»Sir?« sagte der Sicherheitsmann, »die Delegation der Narn ist soweit.«

Sheridan ging zum Podium. »Meine Damen und Herren, wir können jetzt anfangen«, verkündete er. Einen Moment lang, als die Leute ihre Unterhaltungen beendeten und auf ihre Plätze gingen, stieg der Geräuschpegel im Raum deutlich an. Delenn stellte sich zu Sheridan auf die Plattform, und G'Kar und Londo taten es ihr gleich. Sheridan ließ allen genug Zeit, um sich hinzusetzen, dann räusperte er sich und begann mit seiner kurzen Eröffnungsrede.

»Wir sind heute hier versammelt, um zwei Gruppen von Männern und Frauen zu begrüßen, die sich dem größten Ideal überhaupt verschrieben haben: dem Frieden. Zeigen wir ihnen, daß wir Großes von ihnen erwarten und auf ihre Bemühungen vertrauen«, erklärte er und begann zu klatschen.

Die Botschafter und ihre Assistenten erhoben sich von ihren Stühlen und applaudierten ebenfalls. Zu beiden Seiten des Podiums kamen die Abgesandten der Narn und der Centauri aus den Gängen, die Landebucht und Schiffe miteinander verbanden. Dies war der einzige Ort auf der Station, an dem ein solcher Auftritt möglich war. Vielleicht hatte ihn ein vorausschauender Architekt eingeplant, der bereits mit derartigen Treffen gerechnet hatte.

Die prächtig gekleideten Centauri gingen sehr langsam, als bewegten sie sich zu Musik von Mozart. Die Narn in ihren kurzen Lederröcken marschierten dagegen wie Soldaten bei einer Parade. Als sie bemerkten, daß ihre Feinde schneller gingen, wurden auch die Centauri schneller. Die Narn machten dasselbe. Schließlich fielen beide Gruppen wie zwei aufeinandertreffende Gewitterfronten über das Podium her. Offensichtlich wollte jeder als erster dort ankommen, um zuerst sprechen zu können. Erhabene Schritte verwandelten sich in eine schnellere Gangart, und schließlich hasteten beide Delegationen wenig würdevoll aufeinander zu, und ihre Füße straften ihre erlauchten Blicke Lügen.

Sheridan hörte auf zu klatschen. »Herzlich willkommen auf *Babylon 5*, meine Damen und Herren«, sagte er und übertönte ihre Schritte. »Wir fühlen uns geehrt, daß Sie die ersten sind, die diese Station zu ihrem eigentlichen Zweck benutzen: um Frieden zu schließen. Um auf neutralem Gebiet zu einer Einigung zu kommen.« Die beiden Delegationen von Friedensstiftern starrten ihn an, und beinahe jeder Narn und jeder Centauri hatte verächtlich die Oberlippe gekräuselt. »Sie sollen wissen, daß Ihnen meine Mitarbeiter während Ihres gesamten Aufenthaltes zur Verfügung stehen. Wir werden alles tun«, *zum Beispiel, eure Köpfe gegeneinanderschlagen,* »um Sie in Ihrem Friedensprozeß zu unterstützen.«

Plötzlich hörten sie einen entsetzlichen Knall. Eine Explosion! Sheridan reagierte instinktiv. Er ging in die Hocke, wandte sich in die Richtung, aus der das Geräusch gekommen war, und tastete mit der Hand nach seiner nicht vorhandenen Waffe. Man hörte das Zischen ausströmender Luft, und Sheridan spürte einen leichten, aber deutlichen Luftzug an seiner Wange. Die Schutztore schlossen sich lautstark, und während die Alarmsignale aufleuchteten, übertönte eine Computerstimme die heulenden Sirenen. Sie verkündete, was bereits allen klar war: »Leck in der Außenhülle in Landebucht siebzehn. Die Sektion wurde aus Sicherheitsgründen abgeriegelt. Bitte folgen Sie umgehend den gelben Leuchtpfeilen in die Schutzräume! Sobald das Leck abgedichtet wurde, werden sich die Türen automatisch wieder öffnen.« Die Ansage wurde in mehreren Sprachen wiederholt.

Die Botschafter warfen jegliche Würde über Bord und stürzten in Panik in die Schutzräume.

»Das Leck ist nicht sehr groß, meine Damen und Herren. Es besteht keine unmittelbare Gefahr«, schrie Sheridan in die immer lauter werdende Menge. »Bitte bewahren Sie Ruhe! Wir haben ausreichend Platz.«

Wir werden uns wie die Sardinen in der Büchse vorkommen, dachte er. Einen Augenblick lang spielte der Captain mit dem Gedanken, in der Landebucht zu bleiben. Die Vorstellung, die nächsten zwei Stunden mit den Vertretern der beiden kriegführenden Mächte zu verbringen, schien ihm wenig verlockend. Sie würden sich die ganze Zeit gegenseitig beschuldigen. Aber der unaufhörliche Luftstrom nach draußen brachte ihn zur Vernunft. Er seufzte und wünschte sich, man könnte alle anderen Botschafter als eine Art lebende Pufferzone zwischen den Narn und den Centauri plazieren.

Aber politische Überlegungen spielten keine Rolle mehr. Alle rannten panisch zu den Schutzräumen, es ging nur noch um das blanke Überleben. Die schmale Kette aus grauen Sicherheitsuniformen am Rande der Menge bewies, daß nicht alle den Verstand verloren hatten.

Die provisorisch verkleideten T'llin standen im Schutzraum bereit. Bei den Worten »Leck in der Außenhülle!« waren sie aus ihrem winterschlafähnlichen Trancezustand erwacht. Sofort entfernten sie das Isoliermaterial, das sie vor den Blicken der Sicherheitsleute verborgen hatte.

Wir haben Glück, dachte Olorasin schlaftrunken, *daß unsere Gefangenen erst in ein bis zwei Minuten hier sein werden.* Bestimmt brauchte nicht nur sie eine Weile, um wieder richtig wach zu werden.

Außerdem hatten sie großes Glück, daß sich die T'llin in eine derart tiefe Trance versetzen konnten, daß man sie bei einer

Routinedurchsuchung nicht entdecken konnte. Sie hoffte, die anderen würden sich schneller von ihrem kleinen Winterschlaf erholen. Aber das war nicht festzustellen, weil ihre Gesichter hinter den dunklen Visieren verborgen waren. *Wir sind nur fünfzehn,* dachte sie und betrachtete ihre Gefolgsleute, die völlig bewegungslos in den Ecken des Schutzraumes standen. *Aber es sind mehr als genug.* Weil sie es glücklicherweise fast nur mit Feiglingen zu tun hatten.

Die Tür öffnete sich, und ängstliche Aliens stürzten herein. Unter den ersten Ankömmlingen brach eine neue Panik aus, als sie bemerkten, daß der Strom der Flüchtlinge nicht abreißen wollte und sie an die Wände gedrückt wurden. Den Leuten von der Earthforce fielen die schlecht nachgemachten Uniformen in den Ecken gar nicht auf, weil sie damit beschäftigt waren, die Menge im Zaum zu halten und soweit wie möglich zu beruhigen. Die übrigen Hereindrängenden beachteten die T'llin ebenfalls nicht; sie hielten sie offenbar für Mitglieder der Earthforce.

»Wir haben genug Platz!« schrie Ivanova immer wieder, wenngleich ihr die Leute im hinteren Teil des Raumes sicher widersprochen hätten. »Nicht drängeln!« rief sie, packte einen Centauri am Ärmel und schüttelte ihn. »Jeder hat Platz.«

Sie und Sheridan gingen zuletzt hinein. Sie zogen gemeinsam die Tür zu und verschlossen sie. Die verfluchten Kameras blieben draußen. Ivanova hatte sogar eine zur Seite gestoßen, die versucht hatte, in den Schutzraum zu gelangen.

»Ich glaube nicht, daß wir das hier übertragen müssen«, flüsterte sie Sheridan ins Ohr. »Was meinen Sie?«

Er schüttelte den Kopf. »Einige werden hier nicht gerade ihre schönsten Stunden verbringen«, stimmte er ihr zu. »Ich wüßte nicht, wieso das gesamte Universum dabei zusehen sollte.« *Und ich werde ein langes Gespräch mit Mr. Garibaldi führen müssen.*

Der Lärm ließ den Captain zusammenzucken. Die Menge drückte, drängelte und schrie vor Empörung oder Angst. Ivanova warf ihm einen mitfühlenden Blick zu. *Der Name Babylon paßt*, dachte Sheridan. Er hob die Arme und brüllte: »Meine Damen und Herren!« Da spürte er, wie ihm jemand den kalten Lauf einer PPG ins Genick drückte.

»Sie sind alle meine Gefangenen!« schrie Olorasin.

Außer Sheridan schenkte ihr niemand Beachtung. Selbst Ivanova, die direkt neben ihm stand, sah weiter in die andere Richtung. Der Lärm und der beengte Raum mit seinen Metallwänden war furchteinflößend. Und es wurde immer schlimmer. Die Leute waren eng zusammengedrängt, konnten sich kaum umdrehen und versuchten trotzdem, ihre Assistenten oder Freunde zu suchen oder sich im größtmöglichen Abstand zu ihren unmittelbaren Nachbarn zu halten.

Voller Wut löste Olorasin ihre Waffe von Sheridans Genick und feuerte an die Decke. Die Razye Tesh machten es ihr nach, so daß die kurzen Feuerstöße den düsteren Raum in blendendes Licht tauchten. Alle schrien gleichzeitig auf. Der Lärm war derart ohrenbetäubend, daß die Menge im nächsten Moment vor Angst verstummte.

Endlich konnte man hören, wie Olorasin wütend »Ruhe!« brüllte. »Sie sind alle meine Gefangenen«, wiederholte sie.

Das Gewimmel aus Leibern drängte jetzt in die Mitte des Raumes; jeder wollte so weit wie möglich von der Bedrohung an den Wänden abrücken.

»Sie und Sie!« sagte Olorasin zu einem Centauri und zu einem Narn. »Sie behaupten, daß Sie hier sind, um über den Frieden zu verhandeln. Alles gelogen! Ihr wollt nur euren Krieg rechtfertigen.« Olorasin packte Sheridan beim Schopf. »Also, ich biete euch nicht nur ein Gesprächsthema. Von mir kriegt Ihr so viel Krieg, daß ihr daran ersticken werdet!«

»Sie sind weg«, sagte der alte Trinker. »Weg, weg, weg.« Dann hielt er in Erwartung einer Belohnung seine schmutzige Hand auf.

Garibaldi warf nur einen kurzen Blick darauf. »Die solltest du mal waschen«, sagte er.

Der alte Mann stierte ihn wütend an. »Ich rede mit dir, klar? Ich hab's dir gesagt, oder?« Er schüttelte seine immer noch aufgehaltene Hand.

»Du hast mir keine Neuigkeiten erzählt. Das habe ich selber auch schon gemerkt, Parker. Dafür bezahle ich dir nichts.«

Parker kniff die Augen zusammen und kaute auf seiner Unterlippe herum. Er sah richtig boshaft aus. »Die hatten 'nen Unterschlupf drüben im braunen Sektor. Haben keinen in ihre Nähe gelassen. Drei, vier Tage lang war da ein Mordsbetrieb. Jetzt sind die auf und davon. Keiner hat gesehen, wie sie abgehauen sind. Keiner weiß was.«

Garibaldi sah ihn durchdringend an.

»Das ist echt wahr!« rief Parker. »Ich kann dir zeigen, wo die waren. Aber jetzt sind sie nicht mehr da.« Er hielt noch einmal hoffnungsvoll die Hand auf.

»Zeig es uns!« befahl der Sicherheitschef und deutete mit dem Kopf zur Seite. Parker funkelte ihn an, gab ein unappetitliches Geräusch von sich und schlurfte davon, die fünf Sicherheitsleute im Schlepptau.

»Sir?« fragte eine junge Sicherheitsbeamtin und trat neben Garibaldi. »Was heißt, keiner hat sie gesehen?«

»Das heißt, entweder sie haben die Station verlassen – oder sie haben einen Plan, den sie gerade im Moment in die Tat umsetzen.« Garibaldis Com-Link piepste, und er meldete sich.

»Sir, wir haben ein Leck in DB-17. Den Sensoren nach zu urteilen, scheint das Leck von innen her verursacht worden zu sein.«

Der Sicherheitschef blieb stehen. *Jetzt wissen wir, daß sie* Babylon 5 *nicht verlassen haben.*

»Wie ernst ist die Lage?« erkundigte er sich.

»Dem Sauerstoffverlust nach zu urteilen, schätze ich, das Loch hat am Ausgangspunkt keine vier Zentimeter Durchmesser, Sir. Von außen gesehen, ist es wahrscheinlich noch viel kleiner.«

»Verbinden Sie mich mit dem Leiter des Wartungsteams, das für DB-17 eingeteilt ist!« befahl Garibaldi und lief in Richtung Lift.

Eine Frauenstimme meldete sich. »Cahill«.

»Garibaldi hier. Wie sieht's aus da oben?«

»Unsere Instrumente zeigen ein kleines Leck an. Es befindet sich in einem gut isolierten Abschnitt; also keine Gefahr für die Station«, berichtete ihm Cahill. »Wir bereiten uns gerade darauf vor, da rauszugehen.«

»Sie sind noch nicht vor Ort?«

»He, nur nicht hetzen, Chief. Es ist doch gerade erst passiert.«

»Halten Sie mich auf dem laufenden!« schnaubte er und beendete das Gespräch. Dann meldete er sich noch einmal in der Kommandozentrale. »Hier Garibaldi. Haben Sie irgend etwas von den Leuten in Landebucht siebzehn gehört?« erkundigte er sich.

»Nein, Sir. Unsere Kontrollgeräte zeigen an, daß die Sprechanlage im Schutzraum kurzgeschlossen wurde.«

»Kurzgeschlossen? Nicht einfach kaputt?« Angst mischte sich in seine Frustration. Praktisch alle, die ihm etwas bedeuteten, waren in diesem Schutzraum eingeschlossen.

»Richtig, Sir. Und wie es aussieht, haben der Captain und Commander Ivanova die Kameras der Fernsehsender vorsätzlich daran gehindert, ihnen in den Schutzraum zu folgen.«

Großartig! Vielen Dank, Leute. »Und keiner hat sich über sein Com-Link gemeldet, stimmt's?«

»Nein, Sir. Kein Ton.«

»In Ordnung. Verbinden Sie mich mit der Sicherheitszentrale!« Sie stiegen aus dem Aufzug und eilten zu der Schwebebahn, die in Richtung DB-17 fuhr. Das war über vier Kilometer von ihrem jetzigen Standpunkt entfernt.

»Sicherheitszentrale.«

»Torres, wir haben es in Landebucht siebzehn womöglich mit einer Geiselnahme zu tun. Ich will, daß Sie sich umgehend mit der gesamten Spezialeinheit für Geiselnahmen dort melden. Ich bin schon unterwegs.« Garibaldi berührte sein Com-Link, um die eine Verbindung zu unterbrechen und eine andere herzustellen. »Cahill!« rief er.

»Hier Cahill.« Ihre Stimme klang schwach und weit weg, als würde sie sich aus einem Raumanzug melden.

»Sind Sie jetzt draußen?« erkundigte er sich.

»Ja«, bestätigte sie gereizt. »Wir sind draußen und nähern uns jetzt dem Leck. Ich schätze, wir brauchen ungefähr eine Stunde.«

»Gibt es einen Weg, die Landebucht zu betreten, bevor Sie mit der Reparatur fertig sind?« fragte er.

»Auf keinen Fall, Chief. Erst wenn das Leck abgedichtet ist und der Luftdruck wieder das Minimum erreicht hat, öffnen sich die Schutztore automatisch. Bis dahin bleibt die Landebucht versiegelt.«

Mist! dachte er. Es war eine sinnvolle Vorsichtsmaßnahme, das war auch Garibaldi klar, aber mit einer solchen Situation hatte bestimmt niemand gerechnet, als man sich das so ausgedacht hatte. Es bestand kein Zweifel daran, daß sich die gesuchten Terroristen in DB-17 aufhielten.

»Junge Frau!« rief ein großer Centauri und drängelte sich zu Olorasin durch. »Ich kann ja verstehen, daß Sie den Narn schaden möchten. Sie sind Ihre Feinde . . .«

»Halt!« unterbrach ihn Olorasin unsanft und legte ihre Waffe auf ihn an. »Noch ein Schritt weiter, und ich verspritze Ihr Gehirn über diese ganze feine Gesellschaft.«

Beleidigt und leicht verschreckt blieb der Abgesandte der Centauri stehen. »Ich verstehe Sie nicht«, sprudelte er hervor, »die Narn sind auch *unsere* Feinde. Wir sollten also zusammenhalten.«

Er lächelte sie aufmunternd an und hob die Hände ein wenig, als wollte er sie freundschaftlich umarmen.

»Für mich sind Sie genauso unsere Feinde wie die Narn. Und ich verachte Sie genauso, wie ich die Narn verachte.«

»Aber wieso denn?« fragte Londo erstaunt. »Was haben wir Ihnen denn getan?«

»Sie haben die Narn zu dem gemacht, was sie sind.«

Londo und der Abgesandte der Centauri warfen sich einen verunsicherten Blick zu.

»Wenn die Narn zu uns gekommen wären, ohne Ihnen vorher begegnet zu sein ... wären sie dann so? Ein Volk von Eroberern? So grausam?« Olorasin schüttelte den Kopf. Ihre tiefschwarzen Augen glühten. »Sie sind nicht unschuldig. Sie haben sie ausgebildet, ihnen zu Waffen verholfen und sie zu den Ungeheuern gemacht, die sie heute sind. Jedesmal, wenn sie einen T'llin töten, klebt etwas von dem Blut auch an Ihren Händen!«

Segrea streckte die Hand aus, nahm Sheridan sein Com-Link ab und steckte es zu den anderen in den Sack, den er in der Hand hielt.

»Und wie steht es mit der Erde?« fragte Sheridan. »Mit den Minbari und den blockfreien Welten? Wir haben nichts mit diesen Auseinandersetzungen zu tun.«

»Ach, Sie mit Ihren frommen Wünschen und Ihrem Mitleid.« Olorasin drückte den Lauf ihrer Waffe an Sheridans Kehle. »Wie, glauben Sie, fühlt sich das Opfer, wenn Sie Zeuge eines Mordes werden und nur sagen: ›Oh, wie schrecklich. Ich würde ja gerne helfen, wenn ich keine Angst um mich selber hätte?‹ Können Sie sich nicht vorstellen, daß es Sie genauso verabscheut, wie es die Mörder haßt?«

Sie riß an seinen Haaren und zog ihn näher an sich heran. »Tja, Captain Sheridan, ich kann Ihnen sagen, das Opfer empfindet genau das. Ich bin auf Ihre Station gekommen, um zu bitten, den Leuten gut zuzureden, zu verhandeln und zu betteln. Ich habe

Beweise für die Vernichtung meines Volkes mitgebracht. Niemand wollte mir zuhören.« Sie hielt Sheridan ihre Waffe an die Schläfe. »Aber *darauf* werden Sie hören, oder?«

»Sie wollen uns doch nicht alle umbringen?« fragte Sheridan. »Was würden Sie damit erreichen, außer noch mehr Haß? Sie würden alle hier vertretenen Völker gegen die T'llin aufbringen.«

Sie lachte höhnisch. »Wie ich sehe, glauben Sie immer noch an die Macht der öffentlichen Meinung«, spottete sie. »Aber, wie Sie sehen, spielt es keine Rolle, was die Leute denken. Es kommt darauf an, was sie tun. Die Centauri haben das den Narn beigebracht«, erklärte Olorasin, »und die Narn wiederum uns. Ich glaube nur, wir haben noch schneller gelernt als sie.«

Als sie in DB-17 eintrafen, fand Garibaldi eine Schar schreiender Journalisten vor. Überall schwirrten die Kameras der Fernsehsender herum. Die genervten Sicherheitsbeamten, die zur Bewachung der Türen eingeteilt worden waren, hatten schon vor einer ganzen Weile ihre gute Kinderstube vergessen. Im Moment gaben sie sich alle Mühe, nicht von der aufgeregten Menge erdrückt zu werden.

Als die Journalisten den Sicherheitschef entdeckten, stürmten sie alle gleichzeitig auf ihn zu. Allerdings stießen sie auf einen überraschend unnachgiebigen Wall junger, entschlossener Sicherheitsleute. Wie erfahrene Profis hatten sie einen Ring um Garibaldi gebildet.

Gut gemacht, Kinder, dachte er freudig überrascht. Etwa zehn Minuten lang starrte er die Journalisten schweigend an. Erst dann wurde der Meute klar, daß Garibaldi nicht sprechen würde, bevor Ruhe herrschte. Trotzdem brauchten sie noch geraume Zeit, um sich zu beruhigen, und alle waren auch dann noch nicht still.

»Sie wissen, was wir wissen«, verkündete der Sicherheitschef. *Sogar mehr. Schließlich habt ihr auf euren Monitoren gesehen, was passiert ist, und ich nicht.* »Wir haben ein kleines Leck in der

Außenhülle. Unsere Reparaturtrupps arbeiten bereits daran, und es wird keine zwei Stunden dauern, bis alles wieder in Ordnung ist. Das alles ist nur eine kleine Panne. Es wurden keine Verletzten gemeldet.« *Genaugenommen hat sich gar keiner gemeldet, und das macht mir eine Heidenangst.* »Sie müssen diesen Abschnitt verlassen. Wir halten Sie alle auf dem laufenden. Sobald wir mehr erfahren, kriegen Sie Bescheid.«

»Was verschweigen Sie uns?« rief eine Frau, und sofort unterstützte sie ein ganzer Chor. »Ja! Genau!«

»Wir verschweigen Ihnen gar nichts. Sie waren selber Zeugen des Unfalls, und Ihre Kameras sind immer noch da drin. Sobald der Schutzraum aufgeht, sind Sie wieder live dabei.«

»Captain Sheridan und Commander Ivanova haben die Kameras daran gehindert, mit in den Schutzraum zu kommen«, beschwerte sich feindselig ein berühmter Journalist. »Haben Sie dazu etwas zu sagen?«

»Nur, daß sie es wohl gemacht haben, um die Gefühle der Botschafter nicht zu verletzen. Nicht jeder wird gerne gefilmt, wenn er sich in einer angsteinflößenden Situation befindet. Manche Leute erheben sogar allen Ernstes Einspruch dagegen. *Und wenn ihr auch nur so viel Einfühlungsvermögen wie ein Vorschlaghammer hättet, dann wäre euch das auch klar.* »Und außerdem dürfen Sie nicht vergessen, daß manche Völker kein Verständnis für die menschliche Neugier haben und sie als beleidigend empfinden.« *Sonst noch dämliche Fragen?*

»Wenn nichts im Gange ist«, fragte eine Frau spitz, »wozu brauchen Sie hier dann bewaffnete Sicherheitsleute?«

»Man hat uns gesagt, Sie würden hier jeden Moment anfangen zu randalieren«, erklärte ihr Garibaldi. »Und als wir hier ankamen, sah es wirklich so aus, als wären Sie kurz davor.« Die Menge sah nicht gerade begeistert aus. »Sie müssen jetzt gehen«, beharrte er. »Die Sicherheitsvorschriften, die von Anfang an verhindert haben, daß Sie hier teilnehmen, gelten immer noch. Wer in zwanzig Minuten noch hier ist, wird aufgefordert, die Station zu verlassen.«

Ungefähr zwei Sekunden lang herrschte Totenstille.

»Das können Sie nicht machen«, schrie einer.

»Doch, können wir«, versicherte ihnen Garibaldi. »Damit ist das Interview beendet, und die Zeit läuft. Ich schlage vor, Sie gehen wieder nach GRÜN 12. Dann werden Sie bereit sein, wenn die Delegierten wieder aus dem Schutzraum herauskommen. Alle weiteren Fragen müssen Sie sich für die Pressekonferenz aufheben.«

»Es wird also eine Pressekonferenz stattfinden?« brüllte eine Frau.

»Natürlich«, erwiderte Garibaldi. *Und ich bin ganz bestimmt nicht dabei. Gott sei Dank!*

Das Spezialkommando für Geiselnahmen traf ein, und Garibaldi bedeutete ihnen, die Meute hinauszutreiben.

»Bitte, hier entlang, meine Damen und Herren!« rief Torres freundlich. »Bitte gehen Sie zu den Aufzügen!« Schockstäbe wiesen ihnen den Weg, und langsam und widerstrebend setzten sich die mürrischen Journalisten in Bewegung. Ohne daß ihnen jemand den Befehl dazu gegeben hätte, bildeten Garibaldis Lehrlinge die Nachhut, um zu vermeiden, daß mögliche Nachzügler sich verirrten.

»Chang«, sagte der Sicherheitschef. Als sich der junge Mann umdrehte, fügte Garibaldi hinzu: »Ich möchte, daß Sie mit Ihrer Gruppe bei den Aufzügen bleiben. Schicken Sie alle weg, die keine Earthforce-Uniform anhaben.«

»Ja, Sir!« Chang strahlte. Das war vermutlich sein erstes Kommando.

Eineinhalb Stunden später ging Garibaldi immer noch frustriert vor den Schutztüren von Landebucht siebzehn auf und ab. Dann piepste sein Com-Link. »Ja«, meldete er sich gespannt.

»Mr. Garibaldi«, antwortete Cahill, »wir sind mit der Reparatur fertig. Der Luftdruck in der Landebucht müßte in ungefähr fünf Minuten wieder normal sein.«

»Endlich«, murmelte Garibaldi. »Danke, Cahill«, sagte er etwas lauter. »Gut gemacht.«

»Ja, endlich.«

Hoppla! Sie hatte das Gespräch beendet, bevor er noch etwas sagen konnte. *Auch gut. Ich habe im Moment nicht gerade meine taktvolle Stunde.*

Er wartete sieben Minuten, aber nichts geschah. Dann aktivierte er sein Com-Link und rief die Kommandozentrale. »Wie sieht es mit dem Luftdruck in der Landebucht aus?« erkundigte er sich.

»Der ist wieder normal, Sir.«

»Warum sind dann die Schutztore noch nicht offen?«

»Sieht so aus, als hätte sie jemand mit einem Sicherheitsschloß verriegelt.«

Garibaldi warf den Wachen einen Blick zu. Sie zuckten nur mit den Schultern und schüttelten die Köpfe.

»Können Sie es aufmachen?« fragte er. Einen Augenblick lang herrschte Stille.

»Das Schloß reagiert nicht auf die üblichen Codes, Sir.« Die Stimme klang ausgesprochen unglücklich. »Anscheinend war es darauf programmiert, die Schutztore zu verriegeln, sobald sie sich schließen.«

»Toll.« *Die haben wirklich an alles gedacht,* dachte Garibaldi mit widerwilligem Respekt. »Wie lange brauchen Sie, um diesen neuen Code zu knacken?« Er konnte beinahe hören, wie der Mann am anderen Ende schluckte.

»Ich ... weiß es nicht, Sir. So etwas dauert manchmal schon eine Weile. Manchmal auch nur ein paar Minuten.«

Garibaldi verdrängte den überflüssigen Wunsch, dem Techniker den Kopf abzureißen. »Tun Sie Ihr Bestes! Geben Sie mir Bescheid, sobald Sie mehr wissen! Ende.«

Er starrte die Schutztore an, die unerbittlich geschlossen blieben, und dachte angestrengt nach. Alle T'llin, die er bis jetzt getroffen hatte, waren ausgesprochen zurückhaltende und gesetzestreue Leute gewesen, und das machte ihm ein wenig Hoffnung. Andererseits hatte G'Kar Phina und seine Anhänger als Terroristen bezeichnet. Das deutete darauf hin, daß sie nicht alle vom selben Schlag waren. *Womit ich wieder beim Anfang wäre. Entweder sind sie beim Palaver, oder sie sind schon alle tot.* Er weigerte sich, daran auch nur zu denken. *Wie auch immer, die T'llin haben es in der Hand, das zu ändern.* Er schlug mit der Hand an die Tür. Wenn er nur etwas tun könnte! Dann fiel ihm etwas ein. Er bedeutete Torres und drei anderen, ihm zu folgen.

»Cahill!« rief er in sein Com-Link.

»Ja, Chief?« Sie klang erschöpft. Vielleicht wollte sie nicht mit ihm reden.

»Bleiben Sie bei Ihrem Raumanzug, Cahill! Sie gehen wieder raus. Nur diesmal komme ich mit.«

Im Schutzraum herrschte Totenstille, während alle über ihre Lage nachdachten.

»Was genau wollen Sie?« fragte Sheridan. *Wir müssen sie in ein Gespräch verwickeln.* So lautete der Rat der Fachleute für solche Situationen. Man mußte die Geiselnehmer dazu bringen, mit ihren Geiseln zu reden. So wurden sie daran erinnert, daß auch sie denkende und fühlende Lebewesen waren.

»Ich will, daß die Narn T'll verlassen und nie wieder zurückkehren. Ich will, daß meine Leute nicht für unsere Taten hier bestraft werden. Ich wünsche mir Gerechtigkeit für jeden ermordeten T'llin. Aber ich bin nicht so dumm, das Unmögliche für möglich zu halten.«

»Warum stellen Sie dann keine dieser Forderungen?« fragte Ivanova. »Sie haben unsere Com-Links. Geben Sie Ihre Forderungen an die Narn durch.«

»Ja«, stimmte Sheridan zu. »Fangen Sie an, etwas in Bewegung zu setzen.«

Olorasin lachte. »Wozu wäre das gut? Die Narn würden zustimmen, und sobald Sie alle wieder frei sind, würden sie ihr Wort zurücknehmen und sich an meinem Volk rächen. Und Sie würden tatenlos zusehen. Wozu also das Ganze? Wir wissen doch alle, was dabei herauskommen würde.«

»Nein, das wissen Sie nicht«, beharrte Sheridan. »Sie müssen uns zumindest eine Chance geben.«

»Wie Sie sich erinnern«, erwiderte Olorasin kalt, »habe ich das bereits getan.«

Sheridan erwartete, daß sich die Centauri zu Wort meldeten, um irgendwelche Versprechungen zu machen. Aber wie alle anderen schwiegen auch sie aus Unsicherheit. *Ihnen gefällt es bestimmt nicht, zur Abwechslung mal als Opfer dazustehen,* dachte er und betrachtete die niedergedrückten Gesichter der Centauri.

Schließlich konnte G'Kar die Stille nicht länger ertragen. »Sie können doch nicht ernsthaft erwarten, daß die Narn Ihren Planeten verlassen!« sagte er. »Wir haben dort ein Vermögen investiert. Wir haben ...«

»Investiert! Investiert?« Olorasin beugte sich ganz nah an ihn heran, als hätte sie nicht richtig verstanden. »So nennen Sie das? Als die Centauri Ihre Heimat ausgebeutet haben, war das ein Verbrechen. Und wenn Sie mit uns dasselbe machen, sind das Investitionen?«

»Ihr Höchster hat seine Zustimmung gegeben«, erklärte der Leiter der Narn-Delegation.

»Unser Höchster vertritt uns genausowenig wie Ihr Anführer Sie, als die Centauri bei Ihnen das Sagen hatten. Das wissen Sie genau!« Olorasin streckte die Hand aus. »Sehen Sie sich an, was Sie getan haben! Hören Sie sich an, was Sie da sagen!« Sie deutete auf den Centauri. »Wenn Sie das tun, werden Sie *ihre* Stimmen hören, *ihre* Taten sehen. Aber *Sie* sind es, die ihre Methoden anwenden. Es ist, als ob Sie immer noch ihre Sklaven wären!«

»Junge Frau!« wies sie Londo zurecht. »Es macht mir nichts aus, wenn man uns unsere Taten vorwirft. Aber wir Centauri haben den T'llin nicht den geringsten Schaden zugefügt. Unsere Schiffe sind nie auf Ihrem Planeten gewesen. Unsere Armee hat nie gegen Ihre gekämpft. Wir haben Ihre Rohstoffe nicht ausgebeutet, uns nie auch nur im geringsten in Ihre Politik eingemischt. Sie glauben doch wohl nicht, daß wir mit den Narn unter einer Decke stecken?«

Olorasin holte tief Luft und atmete dann langsam aus. »Sie stellen sich absichtlich dumm.« Ihre schwarzen Augen funkelten vor Wut. »Auch wenn diese Offenbarung die Grenzen dieses Raumes nicht überschreiten wird: Bevor dieser Tag zur Neige geht, wird wenigstens ein Narn oder ein Centauri die Schandtaten seines Volkes eingestehen.«

Delenn trat vor, und die Oberste zielte sofort mit ihrer Waffe auf ihr Herz. »Olorasin, Sie erwarten doch nicht allen Ernstes, daß die Narn Ihren Planeten aufgeben, oder?« fragte sie sanft. »Nicht einmal, wenn Sie uns alle umbringen.«

»Natürlich nicht«, erwiderte Olorasin sarkastisch. »Bedenken Sie, wieviel sie investiert haben. Was sind dagegen schon ein paar Leben?«

Delenn machte noch einen kleinen Schritt nach vorne. »Die Centauri haben den Narn Schmerzen zugefügt, und die Narn fügen wiederum Ihnen Schmerzen zu. Und Sie«, Delenn legte die Hand an ihre Brust, »fügen nun uns Schmerzen zu. Wenn das in Ihrem Fall gerechtfertigt ist, wieso dann nicht auch bei den anderen? Ist Mord immer ein Verbrechen oder immer gerechtfertigt?«

»Wir halten hier keinen philosophischen Diskurs«, brummte Segrea. »Das hier ist die Realität.«

»Die gleiche Realität, in der T'll Tag für Tag geknechtet wird. Hier gibt es keine Unschuldigen«, erklärte Olorasin verbittert.

Ihre Stimme wurde lauter. »Mein Bruder wurde ermordet, und die Earthforce verhaftet die T'llin.« Sie schloß die Augen und zwang sich sichtlich, die Fassung zu bewahren. »Um Ihre Frage zu beantworten: Mord ist immer ein Verbrechen. Aber Notwehr nicht.«

»Wenn Sie Leben retten wollen«, sagte Delenn und hob flehend die Hände, »dann müssen Sie aufgeben. Sie wissen, daß die Narn T'll für das hier bestrafen werden. Das ist Ihnen doch klar!«

»Meine Heimat wird von den Narn zerstört, und Sie erzählen mir, daß sich die Minbari nicht in die Angelegenheiten anderer Völker einmischen.« Olorasin imitierte höhnisch Delenns Akzent. »Wie bequem, wenn man den Rest des Universums so einfach abtun kann. Sie unternehmen nichts, weil Sie vorgeben, daß wir anderen alle weit unter Ihnen stehen. Ist das nicht dasselbe, als würden Sie den Narn helfen? In diesem Fall bedeutet nichts zu tun, sich mit den Narn zu verbünden.«

»Nein. Das tun wir nicht«, erklärte Delenn fest. Aber sie war erschüttert, weil die T'llin im Grunde recht hatte.

»Oh doch, genau das tun Sie«, zischte Olorasin.

»Sehen Sie«, meinte Sheridan verständnisvoll, »wenn man die Narn wegen ihres Verhaltens Ihrem Volk gegenüber öffentlich kritisiert, könnte es von ihnen als feindlicher Akt interpretiert werden. Als würde man sich auf die Seite der Centauri stellen. Die Erde und Minbar haben sich von dem Krieg gegeneinander noch nicht vollkommen erholt. Unsere Leute wollen nicht riskieren, in einen neuen Krieg hineingezogen zu werden. Geben Sie uns die Chance, in aller Ruhe mit ihnen zu reden ...«

Olorasin verpaßte ihm einen Hieb mit ihrer Waffe. Sie hatte die Zähne zusammengebissen, und ihre Augen glühten vor Wut. Sie schlug noch einmal zu. Über Sheridans Augenbraue klaffte eine Wunde. Er zuckte zusammen, sagte aber nichts mehr, starrte sie nur noch an.

»Wir werden ausgelöscht, einer nach dem anderen. Und Sie

schütteln den Kopf, wenn die Narn nicht hinsehen. Sie flüstern, damit sie Sie nicht hören können: ›Es tut uns ja so leid, wir wünschen Ihnen alles Gute.‹ Mein Bruder wurde von ihnen ermordet. Und Sie«, sie durchbohrte Sheridan fast mit ihrem Finger, »haben sie nicht einmal verhört. Sie haben uns verhaftet! Um die Narn zu besänftigen. Als nächstes bitten die Sie, uns umzubringen, und Sie werden es tun. Sie wollen schließlich nicht, daß man Ihnen vorwirft, Sie ergreifen Partei für die Centauri. Was könnten Sie also sonst tun?«

Sie hielt kurz inne. Ihr Atem keuchte. Dann blickte sie in die Gesichter der Umstehenden. Die Narn waren wütend, die Centauri sahen auf sie herab, die Minbari verhielten sich zurückhaltend, und die Menschen schämten sich.

»Ich frage Sie alle, was muß geschehen, daß Sie das Risiko eingehen, die Narn zu beleidigen?« Sie musterte sie etwas eingehender. »Ich werde es Ihnen sagen. Sie müßten direkt betroffen sein, in derselben Gefahr schweben, mit der wir Tag für Tag leben. Ihr geregeltes Leben, Ihre wichtigen Geschäfte müßten gestört werden. Das müßte geschehen.«

»Sie haben unrecht«, widersprach Sheridan und wischte sich das Blut von der Stirn. »Wenn Sie uns töten, erreichen Sie damit nicht das geringste. Höchstens, daß noch mehr von Ihren Leuten umkommen. Wenn die Narn zurückschlagen, und das werden sie mit Sicherheit tun, müssen Unschuldige für Ihre Taten büßen. Verstehen Sie das nicht? Sie würden nicht nur uns damit töten!«

»Vielleicht«, antwortete Olorasin erschöpft, »wäre das eine Gnade. Enttäuschte Hoffnungen können sehr schmerzhaft sein, Captain. Ich weiß, wovon ich rede.«

»Die Wahrheit ist«, sagte der Captain, »Sie sehnen sich gar nicht nach Frieden. Sie sehnen sich nach Rache.«

Sie legte den Kopf schief. »Aber ich sollte mich nach Frieden sehnen, nicht wahr? Weil die Menschen ihre freie Meinung äußern könnten, wenn zwischen Narn und Centauri Frieden herrschte.

Und dann müßten uns die Narn selbstverständlich in Ruhe lassen. Nicht wahr?«

An Sheridans Kinn zuckte ein Muskel. »Es wäre ein Anfang«, erklärte er.

Olorasin drehte sich um und wandte sich an die Menge. »Das wird Ihr letzter Tag sein, meine Damen und Herren. Deshalb ist es Ihre letzte Chance, etwas Edles zu vollbringen.« Sie fixierte die Narn und die Centauri. »Warum schließen Sie nicht Frieden miteinander?« fragte sie sie. »Und wenn Sie es nicht tun, weil Sie es für richtig halten, dann können Sie Ihren Völkern auf diese Weise doch zumindest einen herrlichen Streich spielen. Sie brauchen sich über die Folgen keine Gedanken zu machen, weil Sie sie nicht mehr erleben werden. Wieso also nicht?«

Die Gesandten blickten sich unsicher um. Sie waren gleichermaßen verängstigt und verlegen.

»Nur zu!« drängte Sheridan sie. »Sie hat nicht ganz unrecht. Etwas ganz und gar Selbstloses eignet sich hervorragend als letzte Tat.«

»Wieso nicht?« meinte Londo. »Das wird uns wenigstens ablenken.«

Der Leiter der Centauri-Delegation starrte die T'llin an. »Nun gut«, sagte er schließlich. »Wo ist mein Sekretär?«

Um mit dem Gleichmut der anderen gleichzuziehen, versammelte sich auch die Delegation der Narn. Schon bald standen die beiden Parteien dicht beieinander. Aber Frieden war das letzte, was sie im Sinn hatten.

20

Garibaldi versuchte, seine Position in dem großen Kunststoffsack zu halten, den Cahill und ihre Crew außen an der Station angebracht hatten. Jedesmal, wenn er oder einer seiner Leute gegen die Hülle des Sackes stieß, drehte sich ein Techniker um und zischte, daß sie den Ballon abtrennen würden, wenn sie nicht stillhielten.

Die Mitglieder des Reparaturtrupps waren daran gewöhnt, in der Schwerelosigkeit zu arbeiten, das verrieten ihre geschickten und sicheren Bewegungen, und im Vergleich kam sich der Sicherheitschef wie ein Nilpferd im Schlamm vor.

»Wir sind durch«, verkündete Cahill.

Der schlaffe Kunststoffsack füllte sich mit Luft und verwandelte sich langsam in eine feste Kugel. Sie konnten also ihre sperrigen Raumanzüge ausziehen und sich frei bewegen, sobald sie im Innern waren. Außerdem verhinderte der Kunststoffsack, daß abermals Alarm ausgelöst wurde. Er hätte die Leute im Schutzraum nur davor gewarnt, daß eine Rettungsaktion im Gange war.

Garibaldi kämpfte sich bis zum Einstieg durch und versuchte dabei, Cahills geringschätzigen Blick zu ignorieren. *Ich bewege mich also nicht anmutig wie ein Akrobat in der Schwerelosigkeit. Ich bin Sicherheitschef, okay? Da arbeitet man meistens drinnen.*

»Verschließen Sie die Öffnung erst, wenn Sie hören, daß alles in Ordnung ist!« sagte er.

»Das hört sich vernünftig an«, stimmte ihm Cahill zu. Ihre Stimme klang so ausdruckslos, daß sie es nur sarkastisch gemeint haben konnte. »Mit den Füßen zuerst, Chief.«

»Ich weiß«, erwiderte er und bemühte sich, seine Beine nach vorne auszustrecken. Der Druck in seinem Raumanzug machte das Manöver nicht gerade leichter. Cahill warf einem ihrer Leute einen Blick zu, dann packte jeder der beiden einen von Garibaldis Armen. Als hätten sie es mit einem sperrigen Werkzeug zu tun, drehten sie den Sicherheitschef gemeinsam in die richtige Position.

»Danke«, brummte Garibaldi und rutschte durch das Loch. Zum Glück waren es nur knapp zwei Meter bis zum Boden, denn die Schwerkraft im Inneren der Station erfaßte ihn sofort. *Mit dem Kopf zuerst wäre es ein Problem gewesen,* dachte Garibaldi und suchte Deckung hinter dem Podium. Er sah sich vorsichtig um. Es war niemand zu sehen. Die Landebucht war wie ausgestorben. Er nahm seinen Helm ab und befreite sich aus seinem Raumanzug.

Da schreckte ihn das zischende Geräusch mehrerer elektrischer Entladungen auf. Er warf sich hinter dem Podium auf den Boden. Dann entdeckte er direkt vor seinem Gesicht eine der kugelförmigen Fernsehkameras. *Verdammt! Die Dinger habe ich ganz vergessen.* Er stellte sich vor, wie die Journalisten zur Landebucht siebzehn stürzten, um die Schutztore aufzubrechen. Die Sicherheitsleute davor würden ihnen als Rammböcke dienen.

»Sie haben immer noch keine Erlaubnis, Landebucht siebzehn zu betreten«, flüsterte er in die Kamera. »Und wenn mir eins von diesen Dingern in die Quere kommt, bin ich für die Schäden nicht verantwortlich. Also halten Sie die Teile von mir fern!«

Die Kamera gehorchte, schwebte nach oben und verharrte ungefähr zwei Meter über dem Boden.

»Danke«, sagte Garibaldi knapp. Dann aktivierte er sein Com-Link. »In Ordnung, Leute. Die Luft ist rein. Sie sind alle noch im Schutzraum.«

Einer nach dem anderen sprangen Torres und der Rest der Spezialeinheit durch das Loch in die Landebucht. Rasch entledigten sie sich der klobigen Raumanzüge, nahmen ihre Positionen ein und arbeiteten sich dann langsam zum Schutzraum vor.

Olorasin hatte sowohl die Narn als auch die Centauri ziemlich schnell davon abgebracht, sich in Positur zu werfen und einander sinnlose Beschuldigungen ins Gesicht zu schreien. Alles nur, indem sie den Übeltätern mit ihrer kleinen Hand auf den Kopf geklopft hatte. Der Haarkranz des Leiters der Centauri-Delegation war auf einer Seite ziemlich eingedrückt, und der Anführer der Narn sah aus, als würde er jeden Moment in die Luft gehen.

»Was wollen Sie?« fragte sie den Centauri. »Und womit werden Sie sich zufriedengeben?« fragte sie den Narn.

»Die Narn sind eine Bedrohung für unseren Frieden und unsere Sicherheit«, erklärte Londo. »Sie haben nie ein Geheimnis daraus gemacht, daß sie uns den Krieg erklären würden, sobald sie sich stark genug fühlen.«

»Dazu haben wir auch allen Grund«, beharrte G'Kar. »Und Sie haben nie ein Geheimnis aus Ihrer Feindseligkeit uns gegenüber gemacht.«

»Also haben wir den Präventivschlag geführt«, rief Londo. »Haben Sie uns denn eine Wahl gelassen?«

»Der Botschafter hat nicht ganz unrecht«, bemerkte Olorasin. »Nur ein Volltrottel würde zulassen, daß sein erklärter Feind genauso stark wird wie er selbst. Hätten Sie an ihrer Stelle nicht genauso gehandelt?«

G'Kar sah die zustimmenden Gesichter der anderen. »Wir sind hier die Opfer!« erklärte er. »Unsere unschuldigen Zivilisten sind niedergemetzelt worden! Unser Volk wurde versklavt!«

»Das Gefühl kenne ich«, sagte Olorasin trocken. »Welche Sicherheiten können Sie den Centauri bieten, um sie zur Aufgabe zu bewegen?«

»Was bieten sie uns denn an?« forderte der Anführer der Narn-Delegation mit schriller Stimme. Segrea verpaßte ihm einen Schlag.

»Danke«, sagte Olorasin mit einem Lächeln. »Mir tat schon die Hand weh. Nicht vergessen, Sie sind hier, um Frieden zu schließen!« ermahnte sie den aufgebrachten Narn.

»Wir geben ihnen auf keinen Fall etwas von den Gebieten, die wir zurückerobert haben«, erklärte Londo standhaft.

»Dann geben Sie uns wenigstens unsere Leute zurück«, forderte G'Kar.

»Und Sie sollten uns für die Einrichtungen entschädigen, die wir verloren haben«, fügte der Anführer der Narn hinzu.

Londo und der Leiter der Centauri-Delegation sahen einander an.

»Vielleicht«, meinte Londo bedächtig. »Wenn Sie eine neutrale Macht für den Transport gewinnen könnten . . .«

Na, wenn das kein Fortschritt ist, dachte Sheridan. Es war allerdings ein Jammer, daß diese Fortschritte unter den gegebenen Umständen keine Bedeutung hatten. Er warf einen Blick auf Olorasin. Wäre er mit ihrem Volk vertraut gewesen, er hätte schwören können, daß sie ein neidisches Gesicht machte.

Im Laufe der folgenden Stunden wuchs das allgemeine Interesse an den Verhandlungen. Sie machten Fortschritte. Mal war die eine Seite einsichtiger, mal die andere. Und die Menge machte ihrer Zustimmung oder Ablehnung entsprechend Luft.

Plötzlich griff Na'Toth blitzschnell nach der Waffe des T'llin, der hinter ihr stand. Sie stieß ihm ihren Ellenbogen in die Kehle; er ließ seine Waffe fallen und schnappte vergeblich nach Luft. Na'Toth fing die Waffe auf, drehte sich um und schoß auf Olorasin. Doch die T'llin hatte schon mit verheerender Zielsicherheit abgedrückt. Na'Toth wurde nach hinten in die Arme der anderen Geiseln geschleudert. Ihr eigenes Gewicht drückte sie langsam zu Boden, während sich G'Kar und Dr. Franklin bereits zu ihr durchkämpften.

»Treten Sie so weit wie möglich zurück!« übertönte Captain Sheridan die Rufe der anderen. »Lassen Sie ihr ein wenig Luft!«

»Ich will ja nicht selbstsüchtig erscheinen«, sagte Segrea und packte Dr. Franklin am Kragen, »aber mein T'llin-Bruder erstickt.« Der große Razye Tesh drehte den Arzt herum. »Wenn Sie so freundlich wären, ihm zu helfen, wäre ich Ihnen äußerst dankbar«, erklärte er sanft und schubste Franklin zu dem am Boden liegenden T'llin.

»Ruhe!« bellte Olorasin. Von einem leichten Wimmern und gedämpftem Schluchzen abgesehen, wurde ihre Anordnung tatsächlich befolgt. Dann kämpfte sich die Oberste zu der verwundeten Narn-Frau durch. G'Kar stützte seine Assistentin mit dem Knie. Ihr Kopf ruhte in seinem Arm.

»Können Sie mich verstehen?« fragte er eindringlich. Er blickte auf die schwelende Wunde an ihrer Schulter. Na'Toth machte die Augen auf und sah Olorasin über sich stehen.

»Sie haben meinen Bruder umgebracht«, erklärte die Oberste. Sie hatte ein eigenartiges Gefühl; als habe sie mit dem Geschehen hier nichts zu tun. Für die schwerverletzte Narn auf dem Boden empfand sie nicht das geringste. Genausowenig wie für den Botschafter, der sie hielt und offensichtlich mit ihr litt.

»Er hatte dort nichts zu suchen«, preßte Na'Toth unter Schmerzen hervor. »Er war eine Gefahr für den Botschafter, und es ist meine Pflicht, ihn zu schützen.«

»Mein Bruder war nicht bewaffnet«, erwiderte Olorasin. »Jeder wußte das.«

»Ich dachte aber, er hätte eine Waffe.« Na'Toth fuhr zusammen. »Seine Handschuhe haben mich getäuscht.«

»Und wenn er gar keine Handschuhe angehabt hätte«, fragte die Oberste sie, »hätten Sie dann Ihr Messer trotzdem nach ihm geworfen?«

Na'Toth blickte zu ihr hoch und fixierte sie. »Ja!« zischte sie mit fest zusammengebissenen Zähnen.

»Dann war es also kein Versehen«, sagte Olorasin und hob ihre Waffe, »daß Sie ihn getötet haben.«

Garibaldi bereitete die letzte Ladung vor, um die Türen des Schutzraumes zu sprengen. *Gott sei Dank gehen sie nicht nach oben auf*, dachte er. *Da wären wir in einer tollen Position, um es mit bewaffneten Terroristen aufzunehmen.* Er stellte sich vor, wie er zu den Terroristen sagte: »Haben Sie bitte noch einen Augenblick Geduld, bis wir hier fertig sind, ja?« Dem Sicherheitschef lief es kalt den Rücken hinunter. *Das ist das Problem mit diesen Typen. Kein Sinn für Humor.*

Als er fertig war, lehnte er sich an die Wand. Seine vier Leute hatten sich so gut wie möglich formiert, um einen völlig überfüllten Raum zu stürmen – mit einer unbekannten Anzahl von Geiselnehmern.

Die Sprengladungen explodierten mit einem heftigen Knall, und der Gestank von versengtem Kunststoff stieg ihnen in die Nase. Sie stürmten vorwärts, um die schwere Tür zur Seite zu drücken.

»Sie wollten meinen Bruder also umbringen«, sagte Olorasin nachdenklich. Offensichtlich würde die Narn wieder genauso handeln, wenn sie die Gelegenheit dazu bekam. Die Oberste ekelte sich bei dieser Vorstellung so sehr, daß es ihr kalt den Rücken herunterlief. Die Hand, mit der sie die Waffe hielt, wurde schwach. »Aber ich will Sie nicht umbringen.«

Sie ließ ihren Blick durch den Raum schweifen. Sie sah ihre Mitstreiter an, die wiederum verwirrt und verärgert ihre Gefangenen anblickten. »Noch irgendeinen von Ihnen.« *Ist das ein Zeichen von Schwäche? Oder von Stärke?* fragte sie sich und seufzte. »Es ist vorbei«, erklärte die Oberste. »Gebt ihnen ihre Waffen zurück.« Sie übergab Sheridan ihre PPG.

»Nein!« schrie Segrea und zielte mit seiner Waffe auf die Oberste. »Das werde ich nicht zulassen. Das ist unsere Chance, den Narn einen entscheidenden Schlag zu versetzen! Wie können Sie diese Gelegenheit so einfach wegwerfen?«

»Was hast du vor, Segrea?« fragte Olorasin ruhig.

»Wenn Sie nicht für uns kämpfen, sind Sie nutzlos!« rief der große T'llin. »Wenn Sie hier sterben, werden alle glauben, die Narn hätten Sie getötet. Genauso wie Phina. Als Märtyrerin wären Sie uns von größerem Nutzen. Lebendig sind Sie nur noch eine winselnde Verräterin.«

Der Lauf einer Waffe bohrte sich in die weiche Unterseite seines Kinns.

»Ich liebe dich von ganzem Herzen, Segrea«, sagte Haelstrac

zu ihm, »aber ich werde dich nicht am Leben lassen, damit du den Narn ihre Verbrechen abnehmen kannst. Deine Idee hat nichts Gutes für sich, mein Freund.« Sie streckte die Hand aus und nahm ihm die Waffe ab. »Irgendwann muß die Rache ein Ende haben«, erklärte sie sanft. Dann drehte sie sich um und übergab Ivanova die beiden Waffen.

Im selben Augenblick vernahmen sie den Knall einer kleinen Explosion. Gleich darauf folgte ein schleifendes Geräusch, und die Tür wurde eingedrückt. Fünf Sicherheitsleute der Earthforce stürmten mit gezogenen Waffen herein.

»Keine Bewegung!« schrie Garibaldi. »Hände hoch!« Alle starrten ihn schweigend an. *Hast du schon mal das Gefühl gehabt, daß dir deine Überraschung nicht gelungen ist?* fragte er sich.

»In Ordnung«, verkündete er laut. Blitzschnell erfaßte er die Situation und erspähte die T'llin. »Sie, Sie, Sie, lassen Sie Ihre Waffen fallen und stellen Sie sich an die Wand!«

»Wenigstens verhaften Sie uns diesmal, weil wir uns etwas zuschulden kommen ließen«, sagte Olorasin zu Captain Sheridan.

Die Menge wurde wieder lauter, und die Botschafter, ihre Assistenten und einige der Delegierten bewegten sich in Richtung Tür.

»Äh«, Garibaldi packte Olorasin am Ärmel, als sie sich zu den anderen T'llin gesellen wollte. »Die Türen zur Landebucht wurden mit einem Sicherheitsschloß verriegelt «, sagte er.

»Oh, natürlich.« Die Oberste gab Garibaldi ein Code-Wort, das er mit seinem Com-Link aufzeichnete.

»Kommandozentrale!« rief er dann in das Sprechgerät.

»Ja, Sir.«

»Mit dieser Aufnahme müßten Sie die Türen von DB-17 aufkriegen.« Er überspielte dem Techniker das Code-Wort.

»Ja, Sir«, bestätigte ihm die Kommandozentrale einen Augenblick später. »Es hat geklappt.«

»Großartig.« Durch die sich auflösende Menge erkannte er, wie Franklin versuchte, der am Boden liegenden Na'Toth mit einem einfachen Taschentuch Erste Hilfe zu leisten. »Schicken Sie uns sofort ein Ambulanz-Team! Garibaldi, Ende.«

Ein Dutzend weiterer Sicherheitsleute traf ein. Sie winkten die Zivilisten durch die Tür und hielten nach T'llin Ausschau, die durchzuschlüpfen versuchten. Garibaldi arbeitete sich zu Sheridan vor.

»Wieso hat denn das so lange gedauert?« fragte Sheridan grimmig. Garibaldi blinzelte erstaunt. Da lachte der Captain und klopfte seinem Sicherheitschef auf die Schulter. »Gut gemacht«, versicherte er ihm.

Der Anführer der Narn-Delegation drängte sich zwischen die beiden Menschen und wandte sich an den Captain. »Ich verlange, daß die Gefangenen den Narn übergeben werden, damit sie hingerichtet werden können«, forderte er.

»Ich bedaure, aber das wird nicht möglich sein«, erwiderte Sheridan ruhig. »Da sich dieser Vorfall auf *Babylon 5* ereignet hat, fällt er in unsere Gerichtsbarkeit. Also wird die Angelegenheit hier verhandelt, wenn es überhaupt zu einer Verhandlung kommt.

»Was wollen Sie damit sagen? Sie hätten uns fast umgebracht!« brüllte der Narn.

»Nein!« schrie Sheridan zurück. »Das hätten sie nicht fertiggebracht. Aber Sie an ihrer Stelle hätten uns umgebracht. Die T'llin waren dazu viel zu zivilisiert. Aber wenn sie erst einmal zweihundert Jahre unter der Herrschaft der Narn gelebt haben, wer weiß? Dann sind sie vielleicht dazu fähig, einen Haufen Unschuldiger umzubringen, um ihren Standpunkt darzulegen.«

»Wie können Sie es wagen ...?«

»Ich gebe Ihnen einen guten Rat, Sir. Lassen Sie sie frei! Geben Sie den ganzen Planeten auf! Wenn Sie diese Leute weiterhin verfolgen, werden sie für Sie zu einer zusätzlichen Bedrohung in diesem Krieg. Die Centauri werden sich diese Schwachstelle zunutze machen, um Ihnen großen Schaden zuzufügen. Geben Sie ihnen die Freiheit, und sie werden sich wahrscheinlich neutral verhalten! Versklaven Sie die T'llin weiterhin, und Sie setzen *alles* aufs Spiel! Ist es das wert?« fragte Sheridan.

Der Anführer der Delegation war anscheinend viel zu wütend, um diese Möglichkeit auch nur in Betracht zu ziehen. Aber einige seiner Begleiter wirkten nachdenklich, und das ließ Sheridan ein wenig hoffen.

»Es wird Sie vielleicht auch interessieren, daß ich die Oberste Olorasin als Botschafterin der T'llin vorschlagen möchte«, sagte der Captain.

»Und wozu sollte das gut sein«, schnaubte der Narn. »Eine solche Benennung hat keine Bedeutung, wenn sich kein zweites, bereits anerkanntes Volk findet, das sie unterstützt.

»Ach, aber Sie wissen ja noch gar nicht«, mischte sich Delenn ein, »daß die Centauri schon eine ganze Weile über die Anerkennung der T'llin nachdenken.« Sie lächelte den Centauri freundlich zu.

Der Leiter der Delegation machte ein Gesicht, als hätte er gerade eine ganze Ananas, komplett mit allen Blättern, verschluckt. Er warf Londo einen durchdringenden Blick zu, der sein schönstes Diplomatengesicht aufgesetzt hatte.

»Das haben Sie doch, nicht wahr?« beharrte Sheridan. Der Leiter der Delegation richtete sich zu seiner beachtlichen vollen Größe auf und öffnete den Mund.

»Ja«, antwortete Londo kurz und bündig. »Das haben wir.« Damit handelte er sich einen weiteren durchdringenden Blick ein.

Noch bevor der Anführer der Narn-Delegation lospoltern konnte, drehte sich Delenn zu ihm um und sagte: »Ich glaube, die Minbari würden auch einiges unternehmen, um die Ernennung der Obersten zur Botschafterin zu fördern.«

Mit diesem freundlichen Kommentar war die Diskussion endgültig beendet. Das war auch dem Narn klar. Er vollführte eine steife Verbeugung vor dem Captain und Delenn. Dann gesellte er sich wieder zu G'Kar, der bei Na'Toth geblieben war.

»Nun gut«, meinte Londo, klatschte und rieb sich die Hände. »Wir sollten den Sicherheitsleuten nicht länger im Weg stehen. Wenn die Damen und Herren in meinem Quartier auf den Schrekken etwas trinken möchten?« Er gab den Abgesandten der Centauri einen Wink und marschierte los. »Ich habe gerade etwas ganz Besonderes erworben«, sagte er laut genug, daß G'Kar ihn hören konnte, und der Narn hob entsetzt den Kopf. »Mein verehrter Kollege, Botschafter G'Kar, war an dem Stück sehr interessiert. Aber anscheinend hat er die Nerven verloren, als es darum ging, sich auf einen Preis zu einigen.«

Der Centauri entfernte sich, und seine Begleiter kicherten ihm anerkennend zu.

G'Kar und die Delegierten der Narn gingen hinter Na'Toths Trage hinaus. Sie atmeten schwer und ballten wütend ihre Fäuste.

Garibaldi zog eine Augenbraue hoch und sah den Captain an. »Soviel zum Thema Frieden während dieser Friedenskonferenz.«

Sheridan seufzte. »Ja. Ich schätze, daß sich nicht viel ändern wird«, stimmte er zu.

»Oh, das würde ich nicht sagen«, meldete sich Delenn zu Wort und sah die beiden an. »Die Centauri werden ihr Angebot, die T'llin anzuerkennen, sicher nicht zurücknehmen.« Sie lächelte leicht. »Das ist ein guter Schachzug für sie. Und wenn die Erde oder die Minbari sie ebenfalls anerkennen, werden selbst die blockfreien Welten gezwungen sein, sich mit der mißlichen Lage der T'llin auseinanderzusetzen.«

»Oh, ich kann Ihnen versprechen, daß mein Onkel die T'llin mit ziemlicher Sicherheit anerkennen wird«, erklärte Chancy Clark und gesellte sich zu ihnen. Ihre Kamera schwebte über ihr. »Und ich habe jedes Wort der Abgesandten aufgezeichnet. Sie werden sich womöglich verpflichtet fühlen, einige der hier gefundenen Lösungen beizubehalten.«

»Das wäre wahrscheinlich zuviel verlangt«, mischte sich Ivanova mit einem Lächeln ein. »Aber vielleicht können jetzt wenigstens die T'llin hoffen.«

»Ich denke schon«, stimmte ihr Delenn nachdenklich zu. »Niemand hat Verständnis für das Verhalten der Narn gegenüber den T'llin. Ich glaube, das wird ihnen jetzt klar, und sie werden die T'llin von selbst freilassen. Die Narn sind ein junges Volk und unbändig stolz. Sie finden keinen Gefallen daran, in aller Öffentlichkeit erniedrigt zu werden.«

»Und wer weiß«, meinte Sheridan und runzelte die Stirn, »vielleicht haben sie heute etwas über sich selbst gelernt und hüten sich jetzt davor, noch mehr Völker zu T'llin zu machen.«

»Es wäre schön, wenn wir glauben könnten, daß der Frieden heute ein paar Fortschritte gemacht hat«, sagte Ivanova und seufzte.

»Ja«, stimmte ihr Chancy zu. »Zeitverschwendung war das wirklich nicht.« Alle sahen sie an. »Auf Wiedersehen«, verabschiedete sie sich fröhlich und verließ den Schutzraum. Ihre Kamera folgte ihr wie ein treuer kleiner Hund.

Ich wüßte nur zu gern, was sie damit sagen wollte, fragte sich Sheridan. Er sah Garibaldi an und wußte, daß der Sicherheitschef denselben Gedanken hatte.

»Tja«, bemerkte Garibaldi, »ich muß mich um ein paar neue T'llin-Gefangene kümmern. Wenn Sie mich also bitte entschuldigen wollen. Ich habe noch eine Menge Arbeit.«

»Ein paar neue?« fragte Delenn.

»Wir haben einige in Schutzhaft genommen«, erklärte ihr Sheridan.

»Darüber müssen wir noch reden«, erwiderte sie.

»Ja, bitte«, stimmte er ihr zu und bot ihr seinen Arm an. Sie zögerte einen Moment, hakte sich dann bei ihm unter, und während sie davonspazierten, erzählte ihr Sheridan die ganze Geschichte.

»Seht!« sagte Londo vergnügt und hobelte den Deckel der Schachtel auf. Sobald er ihn entfernt hatte, klappten die vier Seitenwände der Schachtel auseinander und gaben den Blick frei auf ...

»Was ist das?« fragte der Leiter der Delegation.

»Eine Torte«, antwortete Londo. Er konnte selbst kaum glauben, daß er noch sprechen konnte, fühlte sich doch sein Gesicht wie gelähmt an. *Ich habe eine Million für eine Torte bezahlt,* dachte er. *Ich werde sie ganz langsam töten.*

»Eine Torte?« wiederholte der Leiter der Delegation. »Und das ist das ... Stück, das der Narn auch haben wollte?«

»Nein, nein. Das habe ich nur gesagt, um Öl in G'Kars Feuer zu gießen, wie die Erdlinge sagen. Das Stück, um das es bei dieser Sache ging, war überteuert.« *Was habe ich nur getan?*

»Eine Torte in der Form des Reichsapfels?« rief eine ehrwürdige alte Dame. »Das finde ich ziemlich geschmacklos.«

Aber ihr muß doch klar sein, daß ich sie umbringe, dachte er. Sie hatte den Zeitpunkt der Übergabe genau geplant, auf die Sekunde genau ... und sie hatte *Babylon 5* unmöglich verlassen können. Aber sie mußte einen Weg gefunden haben. Und er würde die Kosten für diesen sogenannten Reichsapfel ausgleichen müssen ...

»Ich ...« *Ich habe praktisch mein gesamtes Vermögen verloren!* »Ich habe zu lange unter Menschen gelebt«, erklärte er wenig überzeugend. »Das sind respektlose Kreaturen. Und das ist eine ihrer Sitten. Sie backen Torten, die wie bedeutende Sehenswürdigkeiten aussehen, sogar Portraits von ihren Freunden, und essen sie dann auf. Sie halten das für wahnsinnig komisch, aber mir ist jetzt auch klar, daß es bloß geschmacklos ist. Hier«, sagte er und hob die Torte hoch, »ich werde sie entfernen.«

Londo nahm die Torte, ging schnell in sein Badezimmer und schloß die Tür hinter sich. Er stellte das Ding auf den Waschtisch und starrte es an. Er wimmerte leise. Dann packte ihn plötzlich die Wut, und er schlug mit geballter Faust auf die Torte ein. In den Überresten wurde ein zusammengefalteter Zettel sichtbar. Er zog ihn heraus und faltete ihn auseinander.

Hallo, Süßer,

ich habe die Station verlassen. Also mach Dir nicht die Mühe, nach mir zu suchen. Wenn Du nett zu mir gewesen wärst, hätte ich Dir wenigstens eine Kleinigkeit dagelassen, die wenigstens halb soviel wert gewesen wäre, wie das, was Du mir bezahlt hast. Ich habe sie günstig bekommen. Also dachte ich mir, wieso nicht? Aber Du mußtest mich ja verraten. Das ist jetzt Deine Strafe. Denke immer daran, Londo, einen ehrlichen Mann kann man nicht hereinlegen. Garantieren kann ich dafür jedoch nicht. Ich bin nämlich noch nie einem begegnet. Und Dir wird das auch nie gelingen, wenn Du weiter in der Politik bleibst.

Also, nimm Deine Krümel und bleibe so süß, wie Du bist, mein Zuckerschnäuzchen!

Vielen Dank für das viele Geld.

Küßchen, Küßchen,

Semana

Londo senkte seine Hand und starrte in die Luft. Er überlegte, ob er Garibaldi verständigen sollte. Doch der würde ihn bloß anschauen, als wollte er sagen: »Hab ich's nicht gesagt?« Und das war keine Million wert.

Er faltete den Brief wieder zusammen und schob ihn in seine Tasche. Dann schabte er die Überreste der Torte zusammen, warf sie in den Mülleimer und wischte sich die Hände an einem Handtuch ab. *Ich kann darüber heute nicht mehr nachdenken,* dachte er mit einem Seufzer. Das überlege ich mir morgen. *Schließlich ist, wie meine Mutter immer gesagt hat, morgen auch noch ein Tag.*

Ullstein Krimi

Alfred Hitchcocks Kriminalmagazin

Band 190

Neue Kriminalstories mit Pfiff und Pointe

Herausgegeben von Wolfgang Proll

Ullstein Krimi

Ullstein Krimi
Lektorat: Georg Schmidt
Ullstein Buch Nr. 10417
im Verlag Ullstein GmbH,
Frankfurt/M – Berlin
Übersetzt von Gabriele Kunstmann
und Achim Seiffarth

Deutsche Erstausgabe

Umschlaggestaltung und Fotorealisation:
Welfhard Kraiker & Karin Szekessy

Printed in Germany 1986
Gesamtherstellung:
Ebner Ulm
ISBN 3 548 10417 7

Dezember 1986

CIP-Kurztitelaufnahme
der Deutschen Bibliothek

Alfred Hitchcocks Kriminalmagazin. –
Dt. Erstausg. – Frankfurt/M; Berlin:
Ullstein
Einheitssacht.: Alfred Hitchcocks
mystery magazine <dt.>
Teilw. mit d. Erscheinungsorten
Frankfurt/M, Berlin, Wien

NE: Hitchcock, Alfred [Hrsg.]; EST

Bd. 190. Neue Kriminalstories mit Pfiff
und Pointe / hrsg. von Wolfgang Proll.
[Übers. von Gabriele Kunstmann u.
Achim Seiffarth]. – 1986.
(Ullstein-Buch; Nr. 10417:
Ullstein-Krimi)
ISBN 3-548-10417-7

NE: Proll, Wolfgang [Hrsg.]; GT

Inhalt

LESERGESCHICHTE DES MONATS
Siegfried Langer
7 *Zweimal ist einmal zuviel*

Loren D. Estleman
16 *Böses Blut*

Jeffry Scott
22 *Ein Hauch von Silber*

Dan A. Sproul
40 *Tote Verwandte können helfen*

Colleen M. Kobe
54 *Vertretungsstunde*

Thomas Wylde
67 *Markante Schrift*

John Nelson
80 *Große Erwartungen*

Gary Brandner
90 *Der feuchte Abschied*

Gary Alexander
102 *Fragen Sie Frau Saubermann*

B. Newton
107 *Unter Brüdern*

Linda Haldemann
122 *Ein schäbiges kleines Schauerstück*

Stephen F. Wilcox
134 *Opas Lieblingsplatz*

144 KRIMI-BÖRSE

DIE LESER-GESCHICHTE DES MONATS

Siegfried Langer

Zweimal ist einmal zuviel

»Ein Einzelzimmer, natürlich.« Der Hotelportier schien einen Moment zuzuhören und erwiderte: »Ja, selbstverständlich. Bad und Toilette separat.« Das Gästebuch lag aufgeschlagen vor ihm. »Heimann sagten Sie, ist Ihr Name? Klaus Heimann. Jawohl, ab dem Zwanzigsten ist es frei. Auf Wiederhören.«

Er trug die Anmeldung ein.

Am anderen Ende des Foyers glitt lautlos die gläserne Eingangstür des Hotels zur Seite, um einem Mann Platz zu machen, der Mitte der Dreißig zu sein schien.

Vor der Türe beschäftigte sich ein Hotelpage damit, die beiden großen Koffer des Ankömmlings aus dem Taxi zu entladen. Er mußte sich Mühe geben, um danach mit dem Fremden Schritt halten zu können. Der Gast blieb an der Rezeption stehen, während der Page sanft die Koffer zu Boden gleiten ließ.

»Sie waren angemeldet?« fragte der Portier und blickte vom Gästebuch auf. Der Besucher reagierte mit einem Nicken. »Ihr werter Name?«

»Sandberg, Karl Sandberg aus Johannesburg.«

»Ich glaube, ich erkenne Sie wieder. Sie haben unser Hotel schon einmal beehrt, nicht wahr?«

Die letzte Äußerung mußte mehr als Feststellung denn als Frage gedeutet werden. Suchend blätterte der Angestellte in seinem Gästebuch zurück. »Ah, da ist ja Ihre Anmeldung, Herr Sandberg. Wenn Sie mir hier noch unterschreiben würden.«

Er deutete auf eine Stelle der aufgeschlagenen Seite und griff mit der andern Hand nach hinten ins Schlüsselregal.

»Zimmer 212 im zweiten Stock. Der Hotelpage wird Ihnen den Weg zeigen.«

Er wollte sich bereits wieder einer anderen Arbeit zuwenden, doch Karl hielt ihn zurück.

»Einen Augenblick, bitte. Könnten Sie mich gleich mit meiner Schwester verbinden? Ich habe lange nicht mehr mit ihr gesprochen. Sie wohnt in der Konstantinstraße, ihr Name ist Lydia Kahn.«

»Wird unverzüglich ausgeführt, Herr Sandberg.«

Nachdem der Portier die Telefonistin angewiesen hatte, die Verbindung herzustellen, begann er die älteren Gästebücher durchzusehen. Er war doch neugierig geworden, wann er diesen Mann das letzte Mal gesehen hatte.

Als Karl dem Kofferträger, der ihn heraufgeführt hatte, ein Trinkgeld in die Hand drückte, läutete auch schon das Telefon. Er nahm den Hörer ab, während der Page leise die Tür schloß.

»Bist du es Karl?« konnte er eine helle Stimme vernehmen.

»Ja, Kleines.«

»Oh, es ist schön, dich nach so langer Zeit wieder zu hören.«

»Ist er bei dir?« fragte Karl aufgeregt.

»Ja.«

»Dann antworte mir nur mit Ja oder Nein. Es bleibt alles so, wie du es mir geschrieben hast?«

»Ja«, erhielt er die Bestätigung.

»Heute abend werde ich zu euch kommen; du gehst zu deiner Freundin, um ein Alibi zu haben. Danach wird alles verlaufen wie abgesprochen. Hast du Angst?«

»Ein wenig«, gab Lydia zu.

»Lydia.« Karls Stimme klang drängend. »Laß dir nichts anmerken, hörst du?«

»Ja«, sagte sie erneut. »Karl?«

»Was ist noch?«

»Es ist genauso wie damals.« Sie hängte ein.

»Wer war es?«

Berts volle Stimme war aus dem Badezimmer zu hören.

»Karl, mein Bruder. Ihr werdet euch bald kennenlernen. Wahrscheinlich schafft er es heute nicht mehr, uns zu besuchen. Er hat noch einiges zu erledigen.«

»Ich bin sehr neugierig auf ihn. Du hast ihn auch lange nicht gesehen, ist es so?«

»Du hast recht«, bestätigte sie.

Sich das Kinn mit Rasierwasser betupfend, betrat Bert das Wohnzimmer. Er war einige Jahre älter als seine Gattin und hatte das typische Aussehen eines Büromenschen, der lange Jahre in seinem Beruf tätig war und sich hochgearbeitet hatte. Seine Leibesfülle zeugte davon, daß er mit seinem Erarbeiteten in Sachen Essen nicht gerade sparsam war.

»Um eines will ich dich bitten, Liebste«, spöttelte er.

Lydia, die vom Sofa aus telefoniert hatte, blickte ihm fragend in die Augen.

»Laß uns ihm unser harmonisches Zusammenleben nicht zeigen!«

Weniger die Wortwahl war es, die Lydia erneut in Aufregung versetzte, als die Art, mit der ihr Mann diese Worte aussprach, denn diese war bewußt sarkastisch und für Lydia in tiefster Weise demütigend.

»Fängst du schon wieder an?« fragte Lydia erregt.

»Ich?«

Bert verstand es sehr gut, seine Gegenfrage möglichst unschuldig klingen zu lassen. »Du bist es doch, die ständig etwas an mir herumzunörgeln hat. ›Herbert, du verdienst zuwenig. Herbert, ich habe nicht genug Geld zur Verfügung. Herbert, ich brauche neue Kleider.‹« Seine Stimme wurde immer lauter. »Ich habe es satt. Satt, hörst du. Deine unstillbare Geldgier geht mir auf die Nerven.«

»Aber es stimmt doch. Du könntest dich wirklich ein wenig bemühen, in eine andere Lohnklasse zu kommen. Außerdem hast du einige Tausende auf der Bank. Warum rückst du sie nicht raus? Wir könnten sie so gut gebrauchen.«

Sie stand auf.

»Jetzt gibt sie wieder diesen alten Schinken zum besten«, stöhnte er auf und griff sich gequält an die Stirn. »Soll ich dir sagen, was du damit machen würdest? Ich weiß, ich habe auch das schon etliche Male zu dir gesagt, aber ich bin neugierig, wann du es endlich begreifen wirst.«

Sie starrte gereizt auf ihn.

»Du würdest es genauso verprassen, wie du das Geld deines ersten Mannes verschwendet hast. Danach hattest du es ja nur darauf abgesehen, sobald wie möglich einen gutmütigen Mann wie mich zu finden, der vor allem Geld hat. Und prompt bin ich dir in die Falle gegangen.«

»Herbert«, sie beschwörte ihn. »So darfst du nicht reden. Versteh doch: Ich habe dich damals geliebt und liebe dich immer noch, sogar mehr als meinen ersten Mann.«

»Wie kannst du so etwas sagen?« Er war regelrecht erbost. »Frank würde sich im Grabe herumdrehen.«

»Aber es ist wahr, Herbert.«

Kamen die Tränen, die sich in ihren Augenwinkeln sammelten, aus echter Verzweiflung, oder verstand sie es so perfekt, ihren Mitmenschen etwas vorzugaukeln?

Bert packte sie an den Oberarmen und zwang sie, ihm in die Augen zu sehen.

»Dann ist es auch wahr, daß du Frank so sehr geliebt hast, daß du ihn umgebracht hast?«

Wie oft hatten die beiden dieses Wortspiel in den letzten Wochen durchgefochten! Der Versuch, die Tränen zu unterdrücken, scheiterte kläglich.

»Du weißt genau, daß es ein Unfall war. Die Polizei hat lange genug nachgeforscht, ohne zu einem Ergebnis zu kommen. Wieso hätten sie die Arbeit einstellen sollen, wenn es kein Unfall war?«

»Sie sind in ihrer Ermittlungsarbeit nicht weitergekommen, begreif das doch endlich. Tatsache bleibt doch, daß an einem neuen Wagen die Bremsen versagten und dir in dieser Zeit ein Erbe als Finanzspritze nicht gerade ungelegen kam.«

»Herbert, das ist jetzt sieben Jahre her.« Die Sache war Lydia peinlich und sie wollte sie möglichst schnell abtun.

»Die Zeit ist doch egal. Die Angelegenheit ist noch nicht verjährt und bei den Ämtern keinesfalls vom Tisch gefegt.«

Er rüttelte sie heftig, gerade so, als ob er ihr diese Einsicht in sie hineinschütteln wollte.

»So glaub mir doch, Herbert. Es war ein Unfall. Ich könnte doch nie jemanden umbringen«, schluchzte sie. Sie probierte nun die Mitleidstour.

»Hör mit dem Geheule auf. Das hilft dir auch nichts.« Bert wurde zunehmend energischer.

Die beiden steigerten sich so sehr in den Streit hinein, daß sie sich kaum mehr bewußt wurden, was sie taten und sagten. Während Lydia immer lauter zu schluchzen schien, hörte Bert nicht damit auf, sie an den Oberarmen zu packen und zu schütteln. »Wenn du glaubst, mich genauso leicht ins Grab bringen zu können wie Frank, dann täuscht du dich!«

Ahnte er etwas? Lydia hielt inne.

Konnte er wissen, was sie mit ihrem Bruder ausgemacht hatte? Einen kurzen Moment sah sie ihren Mann ganz erstaunt an. Doch sie fing sich sofort wieder. Es war unmöglich, daß er den Plan ausfindig gemacht hatte. Trotzdem wollte sie schnellstmöglich von hier weg, langsam wurde Bert ihr unheimlich.

»Laß mich los, Herbert«, versuchte sie abzuschweifen. »Ich muß noch zu einer Freundin!«

Ihre Hände machten sich daran, seinen harten Griff an den Oberarmen zu lösen.

»Du bleibst jetzt hier.« Seine Finger krallten sich fester in ihr Fleisch. »Wir sind noch lange nicht miteinander fertig, wir müssen endlich Klarheit in diese Sache bringen.«

»Es macht mir Angst, wie du mit mir sprichst.«

Der Versuch, in Richtung Wohnungstüre zu gehen und ihn mitzuschleifen, nutzte nicht viel.

»Ich rufe um Hilfe, wenn du mich weiter festhältst.« Immer noch an seine Armen zerrend, schlug sie mit ihren Füßen gegen seine Schienbeine. »Hör auf damit!«

Die Finger seiner rechten Hand lösten sich von Lydias Arm und griffen nach dem eisernen Kerzenständer, der neben der Zimmertür stand.

Entsetzen machte sich auf Lydias Gesicht breit, als sie gewahr wurde, wie Bert ausholte, um nach ihr zu schlagen. Ein letzter Kraftstoß ging durch ihren Körper, als ahnte sie, daß ihr niemand helfen könnte, wenn sie jetzt nicht augenblicklich von ihm loskam.

Doch sie konnte sich nicht losreißen, denn er war bereits in einem Stadium, in dem er zu keinem klaren Gedanken mehr fähig war.

Immer wieder fuhr der Kerzenständer in seiner geballten Faust nieder, um auf ihren Schädel einzuhämmern.

Das Blut begann auf den Teppich zu spritzen, das panische Geschrei Lydias wurde zu einem Gewimmer, bis es schließlich ganz verebbte.

Obwohl keine Spur von Leben mehr in seiner Frau war, hörte Bert nicht auf, wie wahnsinnig auf sie einzuschlagen. Erst nach einigen Minuten kam er wieder zur Besinnung. Schmerz erfüllte ihn, als er neben seiner toten Gattin auf die Knie fiel.

Konnte er dies getan haben? Er, der sonst als die Güte in Person galt?

Doch die Nüchternheit gewann sehr bald wieder Macht über ihn, als er das laute Pochen an der Wand vernahm. So meldeten sich die Nachbarn stets, wenn es wieder zu einer unüberhörbaren Meinungsverschiedenheit der Eheleute gekommen war.

Er begann, Lydia in den Nebenraum zu zerren, um sie vorerst von der Bildfläche verschwinden zu lassen, da er befürchtete, es könnte ihn noch jemand besuchen kommen.

Vor allem aber diente diese Tat dazu, die Leiche und die für ihn damit verbundenen Schuldgefühle nicht ständig vor Augen zu haben.

Danach wusch er sich, zog sich um und begann, den Teppich von den Blutflecken zu säubern, was sich als schwieriges Vorhaben entpuppte.

Die Geschäftigkeit, mit der er diese Aktion betrieb, ließ die Zeit für Bert wie im Fluge vergehn. Ein großer, dunkler Fleck verunstaltete letztendlich den Teppich, welcher keine Rückschlüsse mehr auf diese

Tat zuließ, die dort verübt worden war.

Plötzlich klingelte es an der Wohnungstüre.

Nach einem kurzen Augenblick des Zögerns beschloß Bert, nun wieder klaren Verstands, daß es klüger wäre, zu öffnen.

Ein fremder Mann mit sonnengebräunter Haut stand vor ihm, als er die Tür aufmachte.

»Darf ich eintreten?« Ohne auf eine Antwort zu warten, ging der Fremde ins Wohnungsinnere. Er reichte Bert die Hand und begrüßte ihn. »Sie müssen mein Schwager sein. Ich bin Karl Sandberg. Meine Schwester hat Sie genau so beschrieben.«

Beide versuchten ihre Aufregung zu vertuschen und bemerkten deshalb nicht, daß der Gesprächspartner ebenfalls Nervosität zeigte und nur Floskeln zum besten gab. Bert bot dem Schwager einen Platz an. Karl schien das Ergebnis von Berts Reinigungsaktion nicht zu bemerken. Leere Redensarten und Gesprächsthemen, die davon zeugten, daß jeder auf irgendeine Gelegenheit wartete, überbrückten ihre Verlegenheit.

Während Bert den Schwager wieder loshaben wollte, wartete dieser nur auf einen günstigen Zeitpunkt, seinen Plan auszuführen. Bald diskutierten sie über das Wetter, bald ließen sie sich über Südafrika aus oder über das Geschehen hier in den letzten Jahren.

Nach einiger Zeit stand Karl auf, um ans Fenster zu gelangen.

»Einen schönen Ausblick hat man aus dem 14. Stockwerk.«

»Ja, das war damals mit ein Grund, warum wir uns für diese Wohnung entschieden haben. Aber wie mit allen Dingen sieht man sich auch daran satt.«

Bert machte keine Anstalten, ebenfalls aufzustehen. Das Fenster glitt geräuschlos auf, als Karl es öffnete. Er sog die Frische förmlich in sich hinein. »Kommen Sie. Genießen Sie die gute Luft mit mir, sie ist besser als die dort unten in den Straßen!« Er deutete hinunter.

Bert tat ihm den Gefallen, während Karl etwas zurücktrat. Des öfteren stand Bert hier, um die Welt ringsum zu beobachten. Karls Ziel war es, ihn noch näher ans Fenster zu locken.

»Sehen Sie sich nur den Verkehr dort unten an!«

Bert beugte sich ahnungslos ein wenig hinaus. Es war die beste Möglichkeit, ihn zum Gehen zu bewegen, wenn er ihm in allem zustimmte.

Karl frohlockte. Das ging einfacher, als er gedacht hatte.So leicht war es nicht einmal gewesen, an Franks Wagen die Bremsen zu verstellen. Und trotzdem lief ihm die Sache zu glatt ab.

Bevor Bert überhaupt verstehen konnte, was mit ihm geschah,

fühlte er schon, wie ihn zwei Hände aus dem Fenster stießen. Daß er unten aufschlug, spürte er bereits nicht mehr. Indessen beeilte sich der Mörder, die Wohnung und das Haus zu verlassen, bevor unten jemand auftauchte, der herausfand, hinter welchem Fenster das Schreckliche passiert war. Es war beängstigend, wie gewissenlos Karl vorging. Aber die Vorstellung, auch diesmal wieder einen Teil des Erbes einstreichen zu können, besiegte seine letzten Skrupel. Er lief zur Türe, knallte diese hinter sich zu und bewegte sich nun in Richtung Aufzug.

Es schien Karl, als vergingen Ewigkeiten, bis der Lift endlich die 14. Etage erreichte und dann wieder hinabfuhr.

Vor dem Hochhaus stand bereits eine Menge von Schaulustigen, die aufgeregt miteinander redeten. Eine junge Frau war sogar in Ohnmacht gefallen. Aus der Ferne hörte man schon die Sirenen von Polizei- und Notarztwagen. Sie konnten nicht wissen, daß für den Verunglückten jegliche Hilfe zu spät kam. Karl wandte sich ab und ging gemächlich zur nächsten U-Bahn-Station.

Nichts deutete darauf hin, daß er vor kurzer Zeit einem Mann das Leben genommen hatte. Er verstand es sehr gut, sich möglichst unauffällig zu bewegen.

Das durfte nicht sein. Lydia tot?

Sein Verstand konnte die bittere Tatsache kaum verkraften. Alles war so einfach gewesen, der gesamte Plan. Zu einfach? Lydia und er hatten keine Schwierigkeiten erwartet. Und dann so etwas.

Das Schicksal hatte ihnen einen üblen Streich gespielt. Er hoffte nur, daß diese Ereignisse den damaligen Verkehrsunfall von Lydias erstem Mann nicht wiederaufwühlten. Wie hatte Kommissar Wolff zu ihm gesagt: »Die Nachbarn hörten, wie sich das Ehepaar Kahn stritt, sie dachten darüber kaum nach. Es war fast alltäglich, daß die Kahns miteinander zankten. Des öfteren hatten sich die Nachbarn bei ihnen beschwert. Doch diesmal schien die Auseinandersetzung einen anderen Weg genommen zu haben:

Nachdem sich die beiden wieder einmal uneins waren, muß Bert Kahn so sehr die Wut gepackt haben, daß es zu Handgreiflichkeiten kam. Ich glaube nicht, daß er zu diesem Zeitpunkt seine Gedanken klar beisammen hatte. Die Tat muß eine Affekthandlung gewesen sein. Auf andere Weise wäre dies nicht erklärbar. Herr Kahn war sonst ein logisch denkender Mensch, wie mir seine Arbeitskollegen versicherten.

So griff er also zum Kerzenständer und hieb solange damit auf seine Frau ein, bis sie tot war.«

»Sie haben den Gatten Ihrer Schwester nicht gekannt, Herr Sandberg, oder?«

Karl blieb ganz ruhig als er antwortete. »Ich habe ihn nie getroffen.«

»Daraufhin muß Kahn bewußt geworden sein, was er getan hatte. Zuerst allerdings muß er noch versucht haben, die Tat zu vertuschen. Er schleppte seine Frau ins angrenzende Zimmer und reinigte, so gut wie möglich, den Wohnzimmerteppich.

Doch irgendwie ahnte er, daß es keinen Ausweg mehr für ihn gab. Er hatte nicht die geringste Chance.

So beschloß er, sein Leben zu beenden. Er öffnete das Fenster und sprang hinaus. Es war kaum mehr etwas von ihm übrig, als er nach 14 Stockwerken aufschlug.«

Für die Polizei war die Sache eindeutig gewesen. Nun, Karl mußte zugeben, daß diese Lösung am naheliegendsten war. Er hatte Glück gehabt, daß niemand ihn in der Nähe des Hochhauses gesehen hatte.

Trotzdem hatte er Angst.

Obwohl ihm die Polizei gewährt hatte, nach Südafrika zurückzukehren, gefiel ihm die ganze Sache nicht.

Nachdem er die Koffer gepackt hatte, rief er unten in der Rezeption an. Sie sollten ihm jemand heraufschicken, der ihm half, die Koffer zu tragen.

Im Foyer angekommen, ging er zum Portier, dem er die Zimmerschlüssel aushändigte. Gleichzeitig bemerkte er, daß die Hoteltüre aufglitt und Kommissar Wolff eintrat.

Kleine Schweißtröpfchen bildeten sich auf Karls Stirn. Was konnte der Kommissar noch von ihm wollen?

Aber er hatte sich sofort wieder gefangen, er hatte doch nicht das geringste zu befürchten.

Hinter dem Kommissar, der auf Karl zuschritt, betraten zwei weitere Polizeibeamte das Hotel.

»Herr Sandberg«, begann Wolff. »Wir hätten da noch ein paar Fragen, nur Formalitäten.«

»Ich bin in Eile. Mein Flugzeug startet in wenigen Minuten.«

»Ach, es wird nicht lange dauern. Wir können die Sache ja auf dem Weg zum Flugplatz klären.«

Karl war damit einverstanden. Er verabschiedete sich vom Hotelportier und schritt auf die Hoteltüre zu.

Seine Miene verzog sich zu einer Grimasse, die von Wut und Enttäuschung gekennzeichnet war, als der Portier ihm nachrief: »Ich hoffe, es wird nicht wieder sieben Jahre dauern, bis wir uns wieder Ihres Besuchs erfreuen können, Herr Sandberg!«

Der Portier verstand die Reaktionen nicht, die auf seine Worte folgten.

Wieso machte sich auf den Zügen des Kommissars ein wissendes Lächeln breit?

Warum blitzten ihn die Augen Sandbergs haßerfüllt an?

Er sah nicht mehr, daß die beiden Polizisten, Sandberg in der Mitte, in den vor dem Hotel parkenden Polizeiwagen einstiegen.

Er sah auch nicht mehr, daß das Auto einen Weg einschlug, der mit Sicherheit nicht zum Flughafen führte.

Loren D. Estlemann

Böses Blut

Grau schien das Licht zwischen den Platanen hindurch, an dem sich Millionen an den Ästen hängender Wassertropfen entzündeten. Die schwarzen Stämme wirkten, als stünden sie nicht auf der Erde, sondern würden von oben gehalten wie Stalaktiten. Eine Spottdrossel erwachte, um ihren vollen Gesang in die schwere, nasse Luft zu entlassen. Sie bekam keine Antwort, und verstummte. Vertrocknete Blätter knirschten.

Der Mann war schon wach. Als schmale Silhouette zeichnete er sich vor einer gelb werdenden Sonne ab, auf der die Platanenstämme ein regelmäßiges Muster bildeten. Ein Knie auf dem Boden, hatte er das andere an die Brust hochgezogen und umfaßte mit einer Faust das Gewehr, dessen Kolben er in die nasse Erde drückte. Sein Profil wirkte scharf durch die spitze Hakennase, deren Winkel durch den langen, steifen Schirm noch betont wurde, der von der grünen Jägermütze abstand. Der Kragen seines Hemdes aus grobem Stoff sah blau unter einer rot und schwarz karierten Jacke hervor, deren Ellbogen Flicken trugen. Seine Jeans, die einst blau gewesen waren, hatten inzwischen die gleiche Erdfarbe wie die Boots unter der dicken Lehmkruste. Er hatte hier schon eine Stunde vor Sonnenaufgang in der gleichen Haltung gehockt.

Unterhalb des Platzes, an dem er kauerte, fiel der Boden um fünfundvierzig Grad bis zu einem Dickicht von Beerensträuchern ab, das den ganzen Berg umgürtelte. Sein Urgroßvater hatte diese Sträucher aus einem nahe gelegenen Moor hierher verpflanzt und sie ungestört wuchern lassen. Schließlich hatten sie jenem Stacheldraht-Gestrüpp geglichen, in dem dreißig Jahre später dessen Sohn hängenbleiben würde, um mit dem Sonnenaufgang die Entdeckung durch deutsche Truppen abzuwarten, in einem Dreckloch namens Ypern. Viele Männer vom Ort hatte die natürliche Barriere in der gleichen Weise dazu gezwungen, wie den Soldaten dort und den Enkel des Soldaten hier, an dieser Stelle der Morgendämmerung entgegenzusehen und dem, was sie bringen würde. Der Hang starrte von Laubbäumen, Zedern und Strauchkiefern, den Erben jener königlichen Vorfahren, die Opfer des Baubooms eines vergangenen Jahrhunderts geworden waren und deren schwarze Stümpfe wie verfaulte Zähne noch im Berghang steckten.

Ein Drittel der Strecke den Abhang hinunter, hundert Fuß von ihm aus, zweihundert Fuß von der Hecke an aufwärts, stand seine Hütte. Sie war noch zu der Zeit, als James Monroe Präsident gewesen war, aus Holzstämmen gebaut worden, aber irgendein jüngerer Vorfahr hatte sie mit Schindeln verkleidet, damit sie wie ein richtiges Haus aussah. Das vierteilige Fenster war bis zum Bau der Eisenbahn noch mit Ölpapier bespannt gewesen. Jetzt spiegelten drei Scheiben das Sonnenlicht und betonten so das Fehlen der vierten. Eine Kugel hatte sie zerschmettert.

Das Licht der steigenden Sonne ließ immer wieder kleine Glassplitter auf seiner Hose aufleuchten. Sorgfältig schnippte er sie weg. Ebenso sorgfältig hatte er, bevor er aus der Hütte gestürzt war, darauf geachtet, die Armbanduhr und alles andere zurückzulassen, das Licht widerspiegeln und ihn verraten könnte.

Er wußte, wer die Kugel abgefeuert hatte. In der Hütte, den rissigen, schwarzen Einband durchbohrt von derselben Kugel, lag eine Bibel, so dick wie der Oberschenkel eines Mannes. Ihre Vorsatzblätter verzeichneten mit alter, brauner Tinte die Namen, die Geburts- und Todestage seiner Vorfahren. Die erste Eintragung datierte von 1789, als ein zur Armee verpflichteter Dienstbote aus Cornwall die Bibel in London gekauft und gleich die Geburt seines ersten Sohnes Jotham vermerkt hatte. Auf weitere vier Generationen von Eintragungen folgte die kurze Notiz: »Eben Chandler, ermordet am 11. Mai 1882 von Ezechiel Finlayson, Hawkins County, Kentucky. Er wird gerächt werden.« Auf den folgenden Seiten tauchten 18 ähnliche Eintragungen auf, in verschiedenen Handschriften, bis offenbar die Überlebenden es müde geworden waren, noch mitzuzählen. Die letzte Zeile, geschrieben in seines Vaters sauberer Schrift, erinnerte an seine eigene Geburt: »Jotham Edward Chandler, geboren am 8. September 1951.« Die Verluste der Finlaysons waren nicht notiert worden.

Niemand erinnerte sich mehr an die genauen Umstände jenes ersten Zusammenstoßes zwischen einem Chandler und einem Finlayson, aber es hatte etwas mit dem Besitz von 40 Hektar im Tiefland von Unico County zu tun. Nur an die Todesfälle erinnerte man sich genau. Jothams Jugend war gezeichnet durch einen täglichen Katechismus, in dem er die Namen der erschlagenen Chandlers, das Datum ihres Todes und die Namen ihrer Mörder in jeder abgefragten Reihenfolge aufzählen mußte. Als er stark genug geworden war, ein Luftgewehr zu halten, brachte man ihm bei, sich unter den kleinen Vögeln, auf die er schoß, nicht Vögel vorzustellen, sondern die Finlaysons.

Es war gleichgültig geworden, daß niemand wußte, wem die 40 Hektar juristisch gehörten – sie waren längst verloren wie der Rest des

Tieflandes, von der Bank versteigert während der Depression von 1893. Es spielte auch keine Rolle, daß die Frauen der Chandlers und der Finlaysons während der langen Waffenruhe eine bemerkenswerte Zahl von Sprößlingen zur Welt gebracht hatten, die beiden Familien gemeinsam entstammten. Haß war eine Erbschaft, so haltbar und so bewahrt wie die alte Bibel oder die Aussteuer der Urgroßmutter, deren weißes Leinen und rotes Stickgarn gleichermaßen die Farbe der Tierhäute an den Wänden der kleinen Hütte angenommen hatten. Jotham hatte ein Diplom in Landwirtschaft gemacht, drei Jahre in Vietnam zugebracht und pflanzte Marihuana an der Stelle, wo der Destillierapparat seines Vaters gestanden hatte. Finlaysons hatten die Landwirtschaft aufgegeben und neben einem Bestattungsinstitut einen Eisenwarenladen übernommen, aus dem inzwischen eine Kette geworden war. Sonst hatte sich nur wenig verändert. Böses Blut bleibt ewig böse.

Laubgrün kam nun das Licht durch die Zweige, da die Sonne schon über dem Berg stand. Im Laub vom letzten Jahr wimmelte es von kleinen Tieren, und das letzte bißchen Holzrauch stieg aus dem Schornstein der Hütte auf wie ein zerknüllter Stoffetzen. Er ging in einem Nebel auf, der schon bis zu den Baumspitzen reichte, weiter aufstieg und sich zerteilte. Jothams Gegner würde jetzt wissen, daß er nicht mehr in der Hütte war. Das Warten würde bald ein Ende haben.

Jotham war der letzte, der den Nachnamen Chandler trug. Seine Schwestern hatten geheiratet, und sein einziger Bruder war in Korea gefallen, vor so langer Zeit, daß Jotham sich nicht einmal an ihn erinnern konnte. Nach dem, was die Entlaubungsmittel der Armee in Da Nang bei seinen Genen bewirkt hatten, würde er den Namen mit ins Grab nehmen. Angesichts dieser Versuchung – der Aussicht, durch den Tod eines Mannes das ganze alte Geschlecht der Chandlers auszulöschen – mußte der Versuch des jungen Bertram Finlayson, ihn zu töten, seit langem überfällig erscheinen.

Es gab nämlich keinen Zweifel, daß es Bertram war. Acht Jahre jünger als Jotham, war er zu jung gewesen, um in Vietnam zu dienen. Er hatte seine ganzen Ehrgeiz darauf verwendet, bei Preisschießen im ganzen Land einen Schrank voll Trophäen zu ergattern, die er nun unter den Geweihen an der Wand seines Hauses in der Stadt zur Schau stellte. Sein Arsenal war unter Waffensammlern zur Legende geworden. Er gab oft damit an, daß er mit diesen Waffen jedes Tier im Land gejagt hätte, außer einem. Kein anderer Finlayson wäre jung und gemein genug, einen Kampf wiederaufzunehmen, den die meisten seit dem Tod von Jothams Vater für begraben hielten.

Seitdem Jotham vom College zurückgekehrt war, hatte Bertram etliche Male versucht, ihn in der Stadt herauszufordern. Aber Jotham hatte sich dem immer entzogen. Die dabei waren, meinten, er habe in Asien genug getötet. Sie hatten nicht verstanden, daß auch in Asien sein Ziel nicht gewesen war zu töten, sondern zu überleben. Wenn überhaupt, kam das Töten erst an zweiter Stelle. Und nun saß er hier, zwölf Jahre später und zehntausend Meilen entfernt, und mußte zusehen, in einem anderen Dschungel zu überleben.

Ein Eichhörnchen begann zu schnattern, als würde jemand mit sehr hoher Stimme husten oder als würde eine kleine Maschine gestartet. Irgend etwas mußte es gestört haben. Nicht er selbst, dazu war es zu weit entfernt, hoch auf einem Baum auf der anderen Seite der Hütte. In sechzig Fuß Höhe machte er das bucklige Profil des Tieres aus und musterte den Boden am Fuß des Baumes. Ein Gebüsch, das noch 20 Yards den Abhang herunter reichte, schien vielversprechend. Er hob seine Dreißig-Null-Sechs, zielte und sandte eine Kugel genau in die Mitte des Gestrüpps. Irgend etwas sprang auf, erschreckt. Tote Blätter fielen von den schlaffen Zweigen.

Das Echo seines ersten Versuchs hallte noch aus der Ferne wider, als er noch mal abdrückte, genau dahin, wo sich die Zweige bewegt hatten. Fast im selben Moment zerstob nicht einen Fuß weit entfernt ein Stück Rinde zu einer Wolke von Splittern, gefolgt vom Krachen einer Dreißig-Dreißig. Er stürzte sich, die Waffe in der Hand, den Abhang hinunter, überschlug sich und kam erst jenseits einer Gruppe von Schößlingen wieder hoch, die um den Stumpf einer Kiefer herum wuchsen. Das Schnattern des Eichhörnchens hatte aufgehört.

Bertram hatte sich als besonnener erwiesen, als er vermutet hatte. Nach dem ersten Schuß hatte er abgewartet, dann auf den zweiten Mündungsblitz gezielt.

Wieder begann das Warten.

Einmal hatte Jotham, nach einem kurzen Feuerwechsel mit einem Vietcong, elf Stunden in einer Wolke von Moskitos und schwüler Luft abgewartet, ohne sich zu bewegen. Sein Leben hatte davon abgehangen, ob er den Partisanen entweder töten oder dazu bringen konnte, die Nerven zu verlieren. Am Ende hatte der Vietcong als erster die Geduld verloren. Als er sich aus seinem Versteck erhob, um die Lage zu sondieren, hatte ihm das Geschoß aus Jothams M-16 den Kopf abgerissen. Er stützte sich auf das andere Knie, um die Hüfte gleichmäßig zu belasten.

Die Sonne hüllte sich in eine dünne Wolkendecke, die ab und zu zerriß, so daß die Helligkeit sich wie in einem alten Film dauernd änderte. Die Luft wurde wärmer, schließlich heiß und drückend. Zweimal wurde er von Bremsen gestochen, das eine Mal auf der Hand, das zweite Mal, und sehr schmerzhaft, im Nacken. Er machte keine Bewegung, sie zu verscheuchen.

Als die Sonne direkt über ihm stand, war sein Bedürfnis, endlich aufzustehen und nachzusehen, ob Bertram immer noch da war, kaum noch zu ertragen. Es trieb ihm, schlimmer noch als die Hitze, den Schweiß aus allen Poren, durchnäßte Hemd und Hose. So mußte sich der Vietcong gefühlt haben, bevor er sein Versteck aufgab und damit Selbstmord beging. Aber Jotham blieb, wo er war, und das gefährliche Bedürfnis ließ nach.

Niemand kam den Berg hinauf. In früheren Jahren hätten hier ungebetene Gäste höchstens auf nächtliche Bockjäger treffen können. Heute rieten selbst die Behörden davon ab, ins Hügelland zu wandern und den Zorn der Marihuana-Pflanzer oder verrückter Überlebenskünstler zu provozieren.

Um die Mitte des Nachmittags verdunkelte sich der Himmel. Schwere Tropfen trafen die am Boden liegenden Blätter oder Jothams Mütze, um an ihrem Schirm entlangzurollen, zitternd am Rand hängenzubleiben und schließlich auf sein hochgezogenes Bein zu tropfen. Er mußte das Gewehr waagerecht halten, damit keine Feuchtigkeit in den Lauf drang. Aber der Regen ging schnell vorüber. Ein Regenbogen wölbte sich über seiner Hütte und verschwand wieder.

Je näher der Abend kam, desto mehr kühlte sich die Luft wieder ab. Bertram würde bald keinen anderen Weg mehr sehen, als sich zu bewegen. Jothams neu erworbene Kenntnis der Instinkte seines Gegners sagte ihm, daß Bertram es nicht noch einmal riskiern würde, eine Nacht im Wald einen erfahrenen Dschungelkämpfer gegen sich zu haben. Jotham änderte wieder die Stellung seiner Beine und massierte die steifgewordenen langen Muskeln seiner Oberschenkel.

Nach Westen hin schien der Wald jetzt in der untergehenden Sonne Feuer zu fangen. Ein Hirschbock, den Jotham noch nie hier bemerkt hatte, galoppierte durch das Gebüsch auf der anderen Seite der Hütte und warnte laut die anderen seiner Art. Im gleichen Moment bewegte sich das Unterholz und ein bulliges Paar Schultern, die einen Kopf ohne Hut trugen, tauchte darin auf, hinter sich den von Bäumen gestreiften Himmel. Licht wurde von etwas Langem und Glänzendem gespiegelt.

Jotham hob sein Gewehr, ohne zu zielen.Er konnte Kimme und Korn nicht mehr genau erkennen und mußte sich darauf verlassen, daß die Kugel ihr Ziel auch so finden würde, und er zog ab. Der Kolben schlug gegen seine Schulter, gehört hatte er nichts. Genauso war es gewesen, als er den Vietcong getötet hatte. In lärmender Stille krümmten sich die bulligen Schultern, der Kopf fiel zurück und die ganze Gestalt sackte in sich zusammen wie ein Ballon, dem die Luft ausging. Das lange glänzende Ding blitzte im Fallen auf.

Jotham erhob sich erst, als die Sonne nur noch als rote Hälfte am Himmel zu sehen war. Im grauen Licht der Dämmerung näherte Jotham sich dem Gehölz. Er kannte das Gelände gut genug, um sich sicher zwischen den Baumstümpfen hindurch zu bewegen, ohne hinzusehen, während sein Blick auf das dunkle Etwas gerichtet blieb, das da im Gestrüpp lag und die Dreißig-Dreißig auf dem Boden vor sich liegen hatte. Vorsichtig stieß er zunächst das Gewehr aus der Reichweite der erschlafft daliegenden Hände. Dann trat er einen Schritt vor, griff ein Büschel strohfarbener Haare und zog das Gesicht eines Toten mit aufgerissenen Augen und Mund ans letzte Licht. Es war Bertram Finlayson.

Er ließ den Kopf wieder fallen und machte sich auf den Weg den Berg hinab in die Stadt, um seiner Schwester Lucy zu sagen, daß sie Witwe war.

Originaltitel: BAD BLOOD, 7/86
Übersetzt von Achim Seiffarth

Jeffry Scott

Ein Hauch von Silber

Esme Butters hatte das Dinner bei Callaghans als unangenehme gesellschaftliche Verpflichtung empfunden – absolut schrecklich wäre gewiß kein übertriebener Ausdruck gewesen –, schon bevor diese Nacht des Feuerwerks tödliche Folgen hatte und sich offenbar dem Irrsinn näherte. Geister sind schlimm genug, Mörder viel schlimmer, aber Geister, die morden können...

Da er keinerlei Sympathie für sie empfand, lachte Inspektor Jaques rauh und bemerkte, daß Miss Butters offenbar nicht wisse, welches Schwein sie gehabt hätte. Sie lag weder in der Leichenhalle noch stand sie unter Arrest.

Von Anfang an hatte Miss Butters den Polizisten verdächtigt, kein Herz zu haben, und jetzt war sie sicher. »Wirklich!« sagte sie aufgebracht.

Inspektor Jaques streichelte ihre Schulter. Vulgär wie er war, hatte er doch genug Einfühlungsvermögen, sie nicht irgendwo anders zu streicheln. »Doch, wirklich. Oberflächlich betrachtet, sind Sie eine lausige Zeugin, aber tief innen ein Mordskerl. Man müßte nur diesen Blümchenplunder aus Ihnen herausklopfen. Aus Ihnen wäre ein verdammt guter Polizist geworden, hätte ich Sie nur beizeiten eingefangen und erzogen.«

»Zu freundlich.«

Unzugänglich für Sarkasmus, zwinkerte der Tölpel ihr auch noch zu. »Lob, wem Lob gebührt, das ist mein Motto.« Also ein Lob war das. ...»Wir werden morgen weiterschwatzen. Einer meiner Jungs wird Sie nach Hause bringen.« Ja, das war gegen Schluß ein absolut schrecklicher Abend geworden.

Esme Butters hatte als Dichterin zu sich selbst gefunden, nachdem sie sich nach Steeple Oaks zurückgezogen hatte, lange bevor sie von Tony Callaghan und seiner betrügerischen Frau, die nur Seifenblasen im Kopf zu haben schien, auch nur gehört oder von einem Mord im Dunkeln auch nur geträumt hatte.

Seit ihrer Pubertät hatte sie blaß und interessant auszusehen gewünscht, wurde aber eine rosige, etwas plump wirkende Frau und ein lustiger Kumpel. Ihr Spitzname aus der Internatszeit, »Margarine« Butters, der sie jahrzehntelang verfolgt hatte, konnte ihr auch nicht gerade zu einem anderen Image verhelfen. Am schlimmsten war, daß ihre Verse zwar leicht und aus innerem Bedürfnis, wie Männchen malen oder Nägelkauen, geschrieben waren, aber auf den ersten Blick etwas schleppend wirkten, was Reim, Metrum und Sinn anging. Sie hatte niemals eine Chance gehabt.

Nachdem sie ihr Arbeitsleben als Sekretärin des jungen Arnie Skapgrace – der später als persönlicher Berater Sir Arnolds bekannt geworden war – beendet hatte, kaufte sie Lodge Cottage und kehrte zu ihren dörflichen Ursprüngen zurück. Am Ende war sie wenigstens in Steeple Oaks eine Persönlichkeit. Eine große Persönlichkeit für das Magazin der Kirchengemeinde (man war sich einig darüber, daß ihre Couplets zu örtlichen Ereignissen immer so clever waren) und für die dramatische Gesellschaft, deren vier letzte Pantomimen sie geschrieben hatte.

Es soll nicht der Eindruck entstehen, sie sei eine Närrin. Jedenfalls war sie keine komplette. Als der Vikar ihr mitteilte, daß Tony Callaghan und Vera Debree das Gutshaus gemietet hatten und sicher erfreut wären, einen anderen Dichter sozusagen auf der Schwelle zu finden, schaute sie ihn zurechtweisend an.

Ohne gegen ihn voreingenommen zu sein, aber immer noch gereizt, sagte sie trocken: »Er ist ein ordentlicher Schriftsteller, oder vielmehr ein höchst unordentlicher Schreiberling. Ein Professioneller, wenn man so will. Meine größte Leistung ist, gelegentlich ein paar leere Spalten in einer Frauenzeitschrift zu füllen.«

Sie fand keinen Gefallen an Schund und hatte keinen von seinen drei Bestsellern gelesen, diesen kommerziell geschriebenen Schlüsselromanen. Über ihn zu lesen, war für einen britischen Bürger, der lesen konnte, nicht zu vermeiden – etwa wie Tony Callaghan, ein obskurer Klatschkolumnist, von der Fleet Street nach einer Verleumdungsklage gefeuert, sich aus den Sorgen heraus- und in die höchste Steuerklasse hineingeschrieben hatte.

Callaghan war, wie sein Kurzporträt auf dem Buchumschlag behauptete, auf verwegene Art gutaussehend. Seine Frau Vera, die in ihren großen Tagen ein Topmodell gewesen war, war auch heute noch hinreißend. Ein goldenes Paar – nachgemachtes Gold jedenfalls, und fürs Fernsehen und die Magazine war das gut genug.

Der Vikar gab eine Gartenparty, um die beiden im Dorf willkommen zu heißen. Mit einem bewußten Anflug von Bosheit bemerkte Miss Butters, daß das Porträt veraltet sei: verwüstet sei das inzwischen wohl passendere Wort als verwegen. Trink nur, Kerlchen, dachte sie, als sie seine zitternden Hände und das aufgeschwemmte Gewebe seiner Haut sah.

Die Bosheit verflog, als Esme mit Vera Debree Callaghan bekannt wurde. Sie war jünger und wirkte besser, hatte aber auch Probleme mit dem Trinken. Das Weiß ihrer Augen war blaßrosa, dazu kam ein gewisses Zögern und ihre bemühte Artikulation, schließlich ein wahrnehmbarer Hauch Gin – am frühen Nachmittag! –, der eine Wolke köstlicher und kostbarer Düfte durchdrang.

Zur allseitigen Überraschung waren Miss Butters und Vera Callaghan binnen weniger Tage eng befreundet. Tony machte einen Pflichtbesuch in ihrem Cottage am Ende der Straße, einem georgianischen Pfefferkuchenhaus, dessen Tor von Geißblatt überwuchert wurde. Er pflegte Frauen gegenüber eine mißglückte Mischung aus Schmalz, Grinsen und lüsternen Seitenblicken an den Tag zu legen, sogar wenn er nur nach der Uhrzeit fragte. »Sag mal, wohnst du hier drin, oder könnte man eher sagen, du wickelst dich nach dem Duschen damit ein?« wollte er wissen, während er im Wohnzimmer umherstapfte und den Nippes zittern ließ. »Claustrophobia City! Es ist so verdammt winzig, es würde mich verrückt machen.«

Vera warf Miss Butters einen komisch gequälten Er-weiß-es-nicht-besser-Blick zu. Esme war längst zum gleichen Resultat gekommen. Tony Callaghan war von sich überzeugt, von der Natur reich beschenkt in Sachen Anstößigkeit, aber er tat niemandem weh. Nicht wirklich. In kleinen Dosen, unregelmäßig wiederholt.

Miss Butters, eher unverheiratet als dem Klischee der alten Jungfer entsprechend – ihre klägliche Erfahrung schloß einige wirklich schreckliche Männer ein –, hatte schon vor langer Zeit aufgehört, sich über die Männer zu wundern, unter denen wirklich nette Frauen zu leiden hatten. Vermutlich paßte er ja zu Vera.

Allerdings war Vera nicht glücklich. An etlichen Nachmittagen der Woche, wenn sie bei Esme Butters vorbeischaute, brachte sie ihre Ginflasche und den Mixer mit, während Miss Butters, gleichermaßen allergisch gegen Schnaps, Bier und Wein, ihr ohne Kommentar Tee reichte. Tony Callaghan trank, weil er ein Alkoholiker war, aber seine Frau pichelte unentwegt, vermutete ihre Gastgeberin, um Zeit totzuschlagen und ihre Gefühle zu betäuben.

Aber Vera machte keinerlei Anspielung auf die Wurzeln ihres Übels, und Selbstmitleid lag ihr fern. Sie war in der Tat eine angenehme Gesellschaft, und Esme Butters genoß die gegensätzlichen Ansichten und das radikal andersartige Weltbild der jüngeren Frau. Vera gab sich als ehemaliges Fotomodell, machte aber kein Geheimnis daraus, daß sie im Norden Londons, in einem Slum neben einem Hunderennplatz aufgewachsen war.

»Dad hat auf dem Markt gearbeitet, und über Mum sprechen wir lieber nicht«, gestand sie vergnügt. In literarischen Angelegenheiten war sie die edle Wilde, bar alles Fachwissens, bewies jedoch guten Geschmack – in anderen Worten, sie und Esme Butters mochten eine Reihe gleicher Autoren.

Einmal saß Miss Butters kopfschüttelnd über einem Bogen voll Dorfklatsch, der auf einer halben Seite der Gemeindezeitung untergebracht werden sollte. »Warum sagen wir nicht statt dessen ...« schlug Vera nebenbei vor, »und dann schneiden wir das Stückchen heraus, und fertig ist die Laube, wir haben es um hundert Worte gekürzt auf die Hälfte. Keine Gefahr.«

Miss Butters bemerkte,daß sie nahe daran war, vor soviel Begabung unverhohlene Überraschung zu zeigen. »Nicht bloß ein hübsches Gesicht, nicht wahr? Die ganze Zeit über, die Tony und ich zusammenlebten, bevor er Klatschkolumnist wurde, war er mit der Herstellung des Lay-outs der Zeitungen beschäftigt. Du weißt, wie gerne Männer über ihre Arbeit reden. Ich habe bloß ein paar Tricks und Kniffe aufgeschnappt. Es ist ja kein wirkliches Schreiben, wie du es kannst, Es.«

In anderen Bereichen war sie mehr wild als edel. Miss Butters hatte erwähnt, daß die Gemeinde jakobinisch sei, und Vera, gelehrtes Interesse zeigend, fragte nach: »Wo gehören diese Jakobiner eigentlich hin? Ich vergesse immer, ob sie auf Oliver Cromwells Seite oder bei den Königstreuen gekämpft haben.«

Und Vera war ebenso abergläubisch, wie sie streckenweise ungebildet war. Sie glaubte, daß es im Herrenhaus spuke, und nur halb im Scherz meinte sie, daß sie diese Vorstellung nicht liebe. Esme Butters regte sich auf. »Was für ein Unsinn, meine Liebe! Erstens ist das Haus kaum älter als ein Jahrhundert, hat gar keine nennenswerte Geschichte, geschweige denn eine schreckliche. Zweitens, so etwas wie Geister gibt es nicht.«

Später, in der Nacht des Feuerwerks und des Anschlags von unsichtbarer Hand, die Gerry Meadows tötete, erinnerte sich Miss Butters an diese so selbstsichere Behauptung, und es lief ihr kalt den Rücken herunter ...

Im nachhinein hätte Esme Butters sich treten können, daß sie so spät erst begriffen hatte. Als Vera nicht mehr zweimal wöchentlich bei ihr erschien, wie gewohnt, sondern vielleicht einmal alle zwei Wochen, um gleich wieder zu gehen, fühlte Miss Butters sich verletzt und enttäuscht.

Aber Vera Callaghan mochte ja ihre Mängel haben, bestimmt etwas seicht sein, Esme Butters wußte, daß sie ganz gewiß nicht unfreundlich war. Trotzdem schien es, als hätte sie ihre neue Freundin vollständig ausgefragt nach allem Wissenswerten vom Ort, allenfalls ein bescheidenes persönliches Interesse erschöpft und sie gelangweilt fallenlassen.

Natürlich war Miss Butters nicht genial, einfach ein bißchen eingerostet war sie, nachdem sie seit Jahren nicht mehr am Leben in den Büros teilgenommen hatte, wo sie früher die Anzeichen auf der Stelle richtig gedeutet hätte. Vera wirkte bei ihren jetzt kursorischen Besuchen klarer, schneller, angeregter als früher.

Dann kam der Anruf von Tony Callaghan, eine Viertelmeile die Straße hinauf, vom Gutshaus aus. »Gib mir Vera, bitte«, sagte er ohne jede Vorrede.

Esme Butters schluckte. Endlich verstand sie, was los war. Mehr als dreißig Jahre rasch vorgebrachte Ausflüchte für ihren geliebten Chef, ganz zu schweigen von ihren eigenen heimlichen Affären, ließen sie fast umgehend antworten: »Es tut mir schrecklich leid, aber Vera ist weggegangen.« Aber das würde nicht reichen, er könnte vorbeikommen und auf sie warten. »Ich muß gestehen, daß ich ziemlich ungezogen gewesen bin«, log sie fließend, »und Vera überredet habe, für mich nach Bamford zu fahren. Mein Stickereigarn, weißt du? Ich muß heute abend noch diese Deckchen fertigbekommen, für die Tombola morgen in der Gemeindehalle.«

Ungläubige, knisternde Stille. »Ich bin nämlich heute nachmittag ans Haus gefesselt. Ich warte auf einen Anruf meines Patenkindes aus Australien«, improvisierte Esme Butters. Das war nur halb gelogen, denn Herbert hatte seit mehr als sieben Jahren nicht mehr angerufen, also war es höchste Zeit . . .

»Woran ist dein letzter Dienstbote gestorben?« fragte er höhnisch. »Paßt mir gar nicht. Ich will diese verfluchte Frau sehen. Sag ihr, sie soll sofort herkommen, wenn sie ihre Botengänge erledigt hat. Verdammte Frechheit.« Damit legte er auf.

Esme Butters stand an einem der Tore, ein Stück von der Einfahrt zum Gutshaus entfernt und hörte, unsichtbar hinter einer Kurve, eine Wagentür zuschlagen. Vera kam ihr entgegen. Kurz erklärte sie ihr, was passiert war.

»Du bist ein Engel«, rief Vera überschwenglich. »Du weißt wie das ist, man muß dann und wann einmal für sich sein können . . . ach nein, du verdienst nicht, einfach in Intrigen verwickelt zu werden, Es. Ja, ich treffe mich mit einem Mann und benutze dich als Alibi. Er ist hinreißend, er haut mich wirklich um. Ich fühl mich wieder wie ein Teenager.«

»Mehr will ich gar nicht wissen«, erwiderte ihre Freundin verdrossen. Doch sie konnte nicht anders, als sich mit Vera zu freuen. Sie war eine Ehebrecherin, aber zum ersten Mal während ihrer Bekanntschaft war sie auch glücklich.

»Ich hätte dich da nicht hereinziehen dürfen«, entschuldigte sich Vera. »Wird nicht wieder vorkommen. Ich habe angekündigt, daß ich in Bamford ab nächste Woche Bridge-Lektionen nehmen werde. ... Tony kann Kartenspiele nicht ausstehen.« Unverbesserlich.

Weitere Aufklärung stellte sich durch Zufall im Dorfladen ein. Miss Butters, an der *Schatzinsel* geschult, wiederholte Jim Hawkins Lauschaktion in der Apfeltonne, bloß daß sie hinter einem Taschenbuchregal verschwunden war.

Eine anonyme, nörgelige Männerstimme weckte ihre Aufmerksamkeit. »Gerry Meadows ist sexbesessen.«

»Da spricht der blanke Neid«, erwiderte gelassen Mr. Billany, der Ladeninhaber. Er klatschte leidenschaftlich gern. »Mrs. Callaghan ist schon ganz was Leckeres, so viel Glück möchtest du wohl haben.«

»Ach was. Abstoßend ist das. Sie ist alt genug, daß sie Gerrys Mutter sein könnte.«

»Ältere Schwester vielleicht«, sagte schlau, aber um Fairneß bemüht Mr. Billany. »Sie kann nicht mehr als zehn Jahre älter sein.«

»Bah! Dieser Gerry Meadows könnte in einen Misthaufen fallen und käme goldüberzogen wieder heraus. Für einen Tag dort angestellt, um ein paar Ziegel aufs Dach zurückzubringen, und jetzt sagt man, daß er dort zum Dinner eingeladen wird. Ihr Alter muß schon verdammt blöde sein, oder er ist einfach übergeschnappt.«

An dieser Stelle nun doch von ihrer prinzipiellen Abneigung gegen Verleumdung und Schnüffelei getrieben, hustete Miss Butters hörbar und klappte laut ein Taschenbuch zu. Im Hinausgehen sah sie den Küster, rot vor Scham, und Mr. Billany, von der gleichen Verbindlichen Höflichkeit wie immer ...

»Was ist los, Es? Du hast dich am Telefon wie eine Leiche angehört.«

»Ach, meine Liebe, ihr seid Dorfgespräch. Und Meadows ist, wie wirklich alle wissen, ein professioneller Schürzenjäger. Mindestens vier uneheliche Kinder, von denen ich weiß, und alle heißen sie Dean«, klagte Esme.

Vera Callaghan schüttelte sich vor Lachen. »Entschuldige, Es, aber dein Gesicht spricht Bände. Ich kenne Gerrys Einsatz, es ist nicht alles reine Liebe. So dumm bin ich nicht, es ist ja nicht fürs Leben.«

Verlegen sagte Miss Butters: »Sehr schön. Was sagt dein Eheman zu diesem ›Einsatz‹, wie du es nennst?«

Vera starrte sie an. »Was soll er sagen? Du mußt einsehen, Es, daß Tony mir niemals treu gewesen ist. Er hat mich sogar betrogen, als wir noch gemeinsam seine erste Frau betrogen haben, verstehst du? Was dem einen recht ist, und so weiter... Sei nicht so schockiert. Ich protze nicht gerade mit der Beziehung, und unter Tonys Dach ist nie etwas passiert, darin bin ich eigen.«

Miss Butters war zum -zigsten Mal darüber erstaunt, wie fremd einem Leute sein können, die man Freunde nennt, ihre geheimen Schwächen und Stärken. Sie vermutete dunkel, daß Vera für ihre eigenen Begriffe eine durchaus moralische Frau war.

»Gerry kommt ab und zu zu uns, aber eine Menge anderer Leute tun das auch, du zum Beispiel. Darüber kann sich Tony nicht beschweren. Und wenn er es doch tut –« Sie verschluckte den Rest ihrer wütenden Rede.

Angesichts dieser Heftigkeit stöhnte Esme Butters: »Du würdest mit Gerry Meadows weglaufen? Du bist verrückt, Vee. Seine Aufmerksamkeit hält nicht länger an als die eines Schimpansen. Er läßt seine Eroberungen immer fallen, und der Himmel weiß, ob Tony dich wieder aufnehmen würde.«

Da sie seit ihrer Teenagerzeit für sich selbst gesorgt hatte, richtete sich Miss Butters Sorge um die Freundin, Moral hin oder her, schießlich aufs Geld. »Du bist ein gutes Leben gewöhnt, schöne Kleider, ein volles Bankkonto. Du kannst das doch nicht alles wegwerfen.«

Jetzt war Vera an der Reihe, verlegen zu werden. »Du meinst es gut, Es. Aber Tony braucht mich ein bißchen mehr, als ich ihn brauche. Ich werde immer ein Gewinner sein, ich kann allein überleben. Wer, meinst du wohl, hat neunzig Prozent von Tonys berühmten Büchern geschrieben? Ich meine, er hat immer zugegeben, daß ich ihm bei erotischen Stellen geholfen habe, das ist gut für die Werbung. Aber du wirst nicht erleben, daß er zugibt, ich hätte die Geschichten ausgearbeitet, wirkliche Leute für die Darstellung ausgesucht und zwei, drei von ihnen zusammengesetzt, damit wir nicht belangt würden. Tony gab den letzten Schliff... und machte die Abrechnung.«

Vor sich selbst erschreckend sagte Vera: »Aber kein Wort davon, Es. Tony würde mich umbringen. Den Verlegern käme das zupaß.«

Tage-, ja wochenlang grämte sich Esme Butters. Unheil, mußte sie immer wieder denken, es kann nur in Unheil enden. Vera Callaghan, was sie auch sagen mochte, war besessen von Gerry Meadows, und in ihrer romantischen Schwärmerei zu jedem Schwachsinn fähig. Tony Callaghan hatte mehr von einer unbekannten Größe in Miss Butters Überlegungen, wenn sie davon absah, daß er ein stets betrunkener Bauer war. Und Gerry Meadows, ein ansehnlicher Mann und ausgezeichneter Aushilfs-Bauarbeiter, hatte etwa so viel Sinn für Verantwortung und Ethik wie der alte Kaiser Nero ...

Am Ende fing sie an, sich zu fragen, ob nicht sie selbst auf Abwegen, nämlich hoffnungslos altmodisch wäre. Gerry Meadows wurde regelmäßig zum Abendessen ins Gutshaus eingeladen. Ein oder zwei Mal hatte man ihn mit Tony im Wirtshaus »Zur römischen Mauer« Pfeilwerfen sehen. Häufiger sah man allerdings Gerry Meadows und Vera Callaghan zusammen, normalerweise beim Betreten oder Verlassen einer Ferienwohnung, die sie ein Stück die Küste hoch, aber nicht weit genug entfernt, in Longsands gemietet hatte. Aber es gab keine Explosion.

Der Klatsch in Steeple Oaks schlug sich in der ländlichen Stenographie als bedeutsames Nicken, vorschnellendes Kinn oder schmales Lächeln nieder, wenn irgendwo einer der Beteiligten genannt wurde. Man fing an zu erzählen, daß Gerry Meadows noch nie so lange bei einer Frau geblieben war. Eine richtiggehende Dreiecksgeschichte zwischen ihm, dem anderen Mann und dem Flittchen aus London. Noch mehr Lächeln.

Vera flehte: »Bitte komm doch, Es.« Ihr Lächeln wirkte wie ein pathetischer Schrei. »Du wirst einen tollen Blick auf das Feuerwerk haben und du weißt, daß das Futter gut sein wird, und umsonst ist es auch noch. Oh, das hätte ich nicht sagen sollen, jetzt bist du böse. Ich hab einfach kein Benehmen.«

Miss Butters lächelte widerwillig. »Laß doch diese Waisenkind-im-Schnee-Masche, Vee, das kenne ich zur Genüge. Was ist denn los?«

»Diese verfluchte Dinnerparty morgen abend. Gerry ist ein großes Kind und wird kommen, weil er das Feuerwerk sehen will. Und der Vikar und seine Frau werden dasein, aus demselben Grund. Und dieses alberne alte Weib Percy Thornet, Tonys Verleger, ist eben angekommen und will bis Montag bleiben, o Plage. Und außerdem ist Tony in einer komischen Stimmung in der letzten Zeit. Wenn wir zu zweit sind, ist alles in Ordnung, aber in Gesellschaft heizt er entweder mir ein, oder er zieht über Gerry her, wenn Gerry dabei ist – und mein

Gerry ist ein großer Junge, immer bereit, Tony zu verdreschen – und wenn so etwas passiert, mit Mr. und Mrs. Vikar im Haus und dem größten Quatschkopf im britischen Verlagswesen, die alles mit ansehen ...« Ihr ging die Luft aus, wenn auch nur für einen Moment. »Du bist eine Lady, Es, entschuldige den Ausdruck. Tony nimmt sich sehr in acht, wenn du an Deck bist. Bitte ...«

So kam es, daß Esme Butters an dem Abend mit Callaghans dinierte, als der Mord geschah. Wie Vera versprochen hatte, war das Essen exzellent. Dafür garantierten immer noch Paul und André (alias Albert aus Brixton), der schlanke, scheinbar stumme Haushälter und der Koch.

Das alte Gutshaus war von außen häßlich, von innen nur wenig besser. Das Wohnzimmer brachte es fertig, höhlenartig und zugig zu sein, während man sich bedrängt und leicht eingeengt fühlte.

Tony Callaghan sah sein Essen kaum an, aber trank dafür um so mehr. Seine Frau war eine überaus aufmerksame Gastgeberin, die zu oft lachte. Thornet, der Verleger, sprach gewandt und – so gab Esme Butters zu, die sich widerstrebend von ihm angezogen fühlte – unterhaltsam.

Gerry Meadows war vernünftig und sagte so wenig wie möglich. Er sah glänzend aus. Da konnte Mrs. Butters allerdings nicht anders, als zu sich selbst zu sagen: *Den Anzug hat er sich sicher nicht selbst ausgesucht, auch die Krawatte nicht, geschweige denn selbst dafür bezahlt.* Wie in einem Alptraum, schien Tony Callaghan dieses Thema durch übersinnliche Wahrnehmung aufgegriffen zu haben. Jedenfalls bemerkte er aus dem Blauen heraus: »Früher war ich es, der Krawatten geschenkt bekam. Nicht wahr, Vera?«

Er verursachte damit eine Hemmung in der allgemeinen Konversation, gefolgt von der allseitigen Anstrengung, sie wieder zu überwinden. Callaghan lächelte tückisch, dann schaute er zutraulich die Brandy-Flasche an, als erwidere sie seinen Blick wie ein alter Bekannter.

Vorsorglich hatten der Vikar und seine Frau es so arrangiert, daß sie sich erst zum Kaffee zur Party gesellten, mit der Entschuldigung, daß sie ihren Kindern beim Packen helfen mußten, die am nächsten Morgen zurück ins Internat sollten. Das war ihre Standardentschuldigung für Abwesenheit, ganz unabhängig vom Ferienkalender. Grimmig schloß Esme Butters, daß Mr. und Mrs. Upyard, immer die letzten, die vom Klatsch in Steeple Oaks etwas mitbekamen, schließlich auch von der Lage bei Callaghans gehört hatten und darüber im Zweifel waren, ob sie kommen sollten oder nicht – offenbar, ohne zu einer klaren Entscheidung gekommen zu sein.

Als die Upyards kamen, wurde viel Aufhebens von ihnen gemacht, Mrs. Upyards Fünf-Jahreszeiten-Veteranenkleid mit Komplimenten bedacht und der Vikar dazu gedrängt, doch eine kleinen Brandy zu nehmen, als »Wein zu seines Magens Segen«.

Eine Stunde, dachte Miss Butters, *eine Stunde und ich kann gehen.*

Seinen Hals voll Unbehagen drehend – er war nicht gerade der Kragen-und-Krawatte-Typ – platzte Gerry Meadows heraus: »Zeit für das Feuerwerk, Ladys und Gents!« Er konnte nicht ahnen, wie recht er damit hatte, und daß das eine Art Grabspruch gewesen sein sollte . . .

Der fette Percy Thornett flötete: »Wirklich, ich kann von hier aus sehr gut sehen. Diese französischen Fenster lassen einen die ganze Szene sehen, nicht wahr? Ich bin schon ein bißchen zu reif dazu, in dunkler Nacht im feuchten Gras herumzustolpern.« Miss Butters erhob sich als erste, weil unter dem Tisch Mr. Thornett dabei war, ihr Bein abzutasten, ein wenig oberhalb des Knies, als stummer Vorschlag, sie möge doch noch sitzenbleiben.

Ein Wolf, verkleidet als alte Frau, scherzte sie innerlich; sie mußte diesen Einblick in den nächsten Tagen mit Vera teilen. »Draußen ist die Aussicht viel besser«, sagte sie bestimmt und floh.

Tony Callaghan gab bekannt: »Will meine Kamera, könnte ein paar gute Sachen machen, mit langer Belichtungszeit. Deine Spezialität, lange Einstellungen, Vera.« Mr. und Mrs. Upyard taten, als hätten sie nichts gehört, während Callaghan schon in den Flur hinauseilte. Die anderen marschierten durch das französische Fenster auf den gepflasterten Weg.

Während Esme Butters Augen sich noch an die Dunkelheit gewöhnten, hörte sie die Frau Vikar voll Schrecken und Verwirrung zischeln; das »Aber meine Liebe« des Vikars fügte dem Chor noch echtes Bedauern hinzu. Vera Callaghan und Gerry Meadows schlenderten die abschüsssige Wiese hinunter, demonstrativ Hand in Hand gehend. *Das ist zuviel,* dachte sie. *Diese Narren, und in der Form.*

»Die Insel ist ein guter Aussichtspunkt«, stellte Miss Butters unlustig fest. Niemand antwortete. Dreißig Yards weiter hatte irgendein viktorianischer Eigentümer des Hauses hier einen Mini-See angelegt, kaum knöcheltief, rund und phantasielos, ein riesiger Reifen polierten Stahls in der Nacht.

In der Mitte des Fünfzig-Fuß-Rades war die Insel, ein willkürlich plazierter, verwitterter Felsblock, der vielleicht um vier Fuß das stehende Wasser überragte. Mit dem Garten war er durch eine halbverfallene Holzbrücke verbunden. Offensichtlich wollte sich niemand zu Vera und Meadows dorthin begeben, auch wenn der Platz gereicht hätte. Als nun langsam das Freudenfeuer, das Steeple Oaks auf dem Dorfplatz entzündet hatte, als orangenfarbener Schimmer sichtbar wurde, erzeugten ihre Gestalten die ungemütliche Vorstellung von Braut und Bräutigam auf der Hochzeitstorte.

»Vielleicht wird unser nächstes Feuer einen König ehren«, bemerkte der Vikar, in der Hoffnung, das Thema zu wechseln. Das Feuerwerk wurde aus Anlaß eines königlichen Jahrestages veranstaltet. Mrs. Upyard fing loyal ein Gespräch über ähnliche Ereignisse an, vergangene, gegenwärtige, und zukünftige.

Gerry Meadows Begeisterungsrufe hallten zu ihnen von der Insel aus zurück. Seine schärferen Augen hatten einen entfernten Sternenregen ausgemacht. »Und los gehts!«

Es war ein gewaltiges Bild, und dankbar fühlte sich Esme Butters in ihre Kindheit zurückversetzt.

Goldene Brunnen sprudelten hoch in die Dunkelheit, innerhalb eines Herzschlags wuchsen Silberbäume und verschwanden wieder in den Herbst. Raketen führten Säbelschläge gegen die dünne Luft, bevor sie zu Blüten und Juwelen zerplatzten. Manchmal schien die Nacht heiße Tränen zu weinen, dann wieder entzündeten zarte Rosetten aus leuchtendem Rot einen Glorienschein am Himmel, den sich ausdehnenden Blüten des Feuers ähnlich, das über ausgedörrtes Papier im Wind läuft. Und die ganze Zeit über kam der Lärm von oben: Kanonaden, Jammern, gurgelndes Lachen, Freudenschreie von Elfen und kaltes Gespött. Es war das schönste Feuerwerk, das man in Steeple Oaks je gesehen hatte.

Esme Butters dachte gerade, daß die Geräusche wirklich außergewöhnlich, nahezu menschlich wären, als ihr mit einem Zusammenziehen von Kehle und Kopfhaut klar wurde, daß dies ein menschlicher Schrei war. Vera Callaghan hatte da geschrien, in kaum vierzig Fuß Entfernung, und sie hatte sich tierisch, außer Verstand, fast unmenschlich angehört.

Und auf der Insel war keine Spur von Gerry Meadows zu sehen.

Miss Butters wimmerte sinnlos, für sich: *Etwas Schreckliches geschieht, ist geschehen . . . warum unterbrechen sie nicht das Feuerwerk?*

Sinnlos, denn das Feuerwerk wurde im Dorf gezündet, fast eine Meile hinter der Grenze des Anwesens. Ein Verbund von Raketen explodierte und erleuchtete lang genug die Nacht, um Tony Callaghan – unverwechselbar der Widerschein seiner blonden Haare – zu zeigen, wie er vom Haus aus auf den See zulief.

Unter seinen Füßen verwandelte sich die Brücke in eine Trommel. Er rief jetzt etwas herüber, ein gekrümmter, affenähnlicher Leib neben der schreienden Säule, als die Vera Callaghan erschien. Er rief immer und immer wieder. Der Vikar kam als erster zur Vernunft. »Holt Hilfe«, wiederholte er krächzend. »Schnell, zum Telefon, einen Arzt, Krankenwagen . . .«

Mrs. Upyard rannte fort und stieß in der Fenstertür mit dem Haushälter Paul zusammen, der sich hinter die Gäste gestellt hatte.

Das Feuerwerk ging weiter. Ein neues Bild erschien am Himmel, schmerzhaft grell, ein flammender und doch kalt brennender Busch. Esme Butters genoß auch jetzt noch den Eindruck, den er machte – die leicht gekräuselten, kreisförmigen Wellen des Sees schmückten sich mit erborgtem Glanz. Nicht ein Ring, sondern ein schwarzes Schild mit gleich vergehendem, silbernen Muster. Als das Bild schon für immer verschwunden war, mußte sie es noch bewußt beiseite schieben. Dann lief sie ungelenk auf den See zu.

»Bleib da!« rief Callaghan, als sie die Brücke erreichte, »nichts darf hier berührt werden.« Vera war zusammengebrochen, er stützte sie, und seine Worte ergaben für Esme Butters erst einen Sinn, als er hinzufügte: »Gerry ist tot – nicht einfach tot, sondern ermordet.«

»Es ist ja doch ein ziemliches Durcheinander«, stellte Inspektor Jaques mit anerkennenswertem Understatement fest. Er saß allein mit Miss Butters im Eßzimmer des Gutshauses, ein untersetzter, aufgeregter Mann, dessen Kinn und Nase vorsprangen, so daß er eine starke Familienähnlichkeit mit dem Kasper im Puppentheater aufwies.

Während er sprach, brach draußen eine künstliche Dämmerung herein, Flutlichter erleuchteten Wiese, See und Insel und schreckten sie auf. »Jetzt kann der Hund den Hasen sehen«, krächzte Jaques zu sich selbst. »Vor morgen werden wir nicht nach einer Watte und anderen Dingen suchen, aber so kann in der Zwischenzeit wenigstens niemand herumschnüffeln und saubermachen. Mrs. Callaghan ist im Bett, sie hat ein Beruhigungsmittel bekommen; vor der Tür wacht eine Polizistin. Mr. Callaghan hat Sergeant Devere zur Gesellschaft.«

Was er damit sagen wollte, war deutlich und ließ sie protestieren. »Keiner von beiden könnte es getan haben. Mr. Callaghan war bei uns, nirgends in der Nähe der Insel, bis er dort hinging, um Vera zu helfen. Und sie hätte Gery Meadows niemals umgebracht, sie waren –« Miss Butters verschluckte das Argument, aber Inspektor Jaques konnte es für sie ergänzen.

»Sie waren ein Liebespaar, seit Monaten.«

Sie vermied es, dazu Stellung zu nehmen. »Jedenfalls trug Vera ein hautenges Kleid mit einer hauchdünnen Stola, als sie in den Garten ging. Sie hat keine ... gar nichts mitgenommen.«

Der Polizist gab sich herablassend. »Das beweist noch gar nichts. Sie hätte die Waffe vorher auf der Insel deponieren oder sie Meadows abnehmen können, bevor sie ihn tötete. Ihr anderes Argument akzeptiere ich. Ein besseres ist allerdings, daß, schön wie sie ist, ihre Arme wie weiche Spaghetti sind. Sie kann Meadows aus dem ganz einfachen Grund nicht umgebracht haben, da es ihr dazu an Kraft fehlte.

Unser Arzt ist ein Könner. Die Autopsie wird noch mehr ergeben, aber er konnte auf Anhieb sagen, daß Gerry Meadows mit einer Art Stilett oder sogar einem Schwert niedergestochen worden ist. Dem Mörder war es ernst, zugestochen hat er nur einmal, mit großer Kraft, haute das Ding ins Tor – tut mir leid, Miss B.«

»Entsetzlich! Sehen Sie, Inspektor, vor einer Stunde habe ich mich mit einem ihrer jungen Männer unterhalten und ihm alles erzählt, was ich gesehen habe, was nicht viel war. Darf ich jetzt nach Hause gehen?«

Ohne die Bitte zu beachten, sagte er: »Sie erinnern sich nicht an mich. Meine Frau hat im letzten Jahr Ihren Kurs über kreatives Schreiben in Bamford besucht. Manchmal war ich zu früh da, wenn ich sie abholen wollte, und konnte die letzten paar Minuten Ihres Unterrichts anhören. Es haute mich um damals. Sie haben eine sehr blumige Art, die Dinge darzustellen, aber tief innen sind Sie die Art Lady, die vieles bemerkt.« Und er strahlte sie an, offenbar in dem Glauben, ihr ein Kompliment gemacht zu haben.

Blumig, na so was!

Inspektor Jaques wurde meditativ. »Ehemann, Frau, Traummann, ... und dann der übliche faule Zauber, aus drei mach zwei. Nur, daß es hier etwas anders zu sein scheint als sonst.« Er gluckste unerwartet. »Mrs. Callaghan weiß natürlich die Lösung. Ein Gespenst muß Meadows erstochen haben, ein böser Geist, Vernunft hin oder her. Auf eine gewisse Weise verstehe ich sogar ihre Anischt. Diese sogenannte Insel wird gleich schön eng, wenn ein paar Leute darauf sind. Kein dritter könnte sich hier verstecken, geschweige denn kämpfen – und sie schwört, daß nur sie und der Tote da waren.«

Fröstelnd umfaßte Esme Butters sich selbst.

»Aber an Gespenster glauben wir nicht, oder doch?« versuchte er sie zu ärgern. Er zog ein blaues, beschriebenes Blatt Papier aus der

Akte neben sich. »Das ist die Aussage, die Sie gerade eben gemacht haben. Sergeant Devere hat Sie befragt, und ich bin sicher, daß er gut zugehört hat, aber er hat es so hingeschmiert in eigenen Worten. Hm . . . ›Gegen acht Uhr zwanzig ging die Mehrzahl der Gäste in den Garten.‹ Klingt nicht nach der Miss Butters, an die ich mich aus diesem Abendkurs erinnere.

Also, gehen Sie es noch einmal mit mir durch, jedes kleine Detail und krause bißchen, genauso, wie sie es bei Kaffee und Kuchen erzählen würden.«

Getroffen, sagte Esme Butters gereizt: »Was fällt Ihnen ein!«

Inspektor Jaques zuckte eher komisch zusammen, schüttelte den Kopf und gluckste. »Entschuldigen Sie, bitte. Jede Kleinigkeit. Nett und langsam, weil ich es Wort für Wort mitschreiben will. Die Bilder, die Gerüche, die Geräusche.«

Zunächst noch steif und vorsichtig, erwärmte sich Miss Butters nach und nach für ihre Aufgabe. Allein das Feuerwerk nahm im Notizbuch anderthalb Seiten ein. Als sie fertig war, saß Inspektor Jaques Finger massierend da.

»Komisch«, murmelte er schließlich. »Sie alle sahen, was geschah, auf bestimmte Weise – die Diener, der Vikar und seine Frau, Mr. Callaghan, Sie. Auf eine negative Weise hilft uns dieses Verlegerchen, Mr. Thornett, noch am ehesten. Er blieb im Haus, döste vor sich hin und versucht nicht einmal, seine Version der Ereignisse zu geben.

Jetzt sind wir in der üblichen Lage, daß ein halbes Dutzend Personen Zeuge des Autounfalls war. Sie würden kaum glauben, daß sie den gleichen Vorfall beschreiben. Sie ähneln am ehesten Leuten, die einen Elefanten unter Verwendung aller Sinne, nur des Auges nicht, beschreiben sollen – ein äußerst merkwürdiges Tier kommt dabei heraus. Genau wie in diesem Fall.«

Wieder gereizt, entgegnete Esme Butters kalt: »Ich habe mein Bestes versucht.«

»Und das war ein sehr gutes Bestes. Sie haben zugesehen und nichts gesehen, genau wie die andern . . . abgesehen von ein paar Dingen, die Sie gesehen haben«, erwiderte Inspektor Jaques. »Ich liebe das Stück über den See, der wie ein Schild erschien, durchwirkt mit Silber. Durch, haben Sie erklärt, das silberne Licht des Feuerwerks auf den kleinen Wellen.« Er hielt erwartungsvoll inne. Miss Butters, unfähig zu antworten, kam sich durch und durch dumm vor.

»Kleine Wellen«, wiederholte er schlicht. »Sich über den See breitende Wellen, Miss B. Das hat außer Ihnen niemand bemerkt. Der See ist künstlich, ohne Strömung. Es gab nicht eine Spur von

Wind, weshalb auch das Feuerwerk so besonders spektakulär wurde, nebenbei gesagt. Da hätten keine Wellen auf dem See sein dürfen. Mr. Callaghan erreichte die Insel über die Brücke, er hat das Wasser nicht berührt. Woher also Wellen?«

Müde, überanstrengt und verblüfft hatte Esme Butters das Gefühl, sie müßte schreien, wenn der Inspektor noch einmal das Wort verwenden würde. Sie irrte sich.

»Wellen«, sagte Jaques, den Klang abschmeckend. »Weil jemand auf der Insel das Pech hatte, etwas in den See zu werfen, just als Ihr berühmter ›brennender Busch‹ losging und Ihren Blick aufs Wasser lenkte.«

»Es war ein verrückter Plan«, erzählte Inspektor Jaques Miss Butters am Nachmittag des nächsten Tages. »Mr. Tony Callaghan war der clevere Trottel, der dahintersteckte. Es war ihm ja klar, daß er automatisch der Hauptverdächtige sein würde, also versuchte er, mit einem Trick zu beweisen, daß es nichts mit ihm zu tun hatte.

Mrs. Callaghan hat seine Bücher geschrieben – Thornett, der Verleger, hat das so gut wie zugegeben, als wir in der vergangenen Nacht mit ihm gesprochen haben, obwohl das Verlagsgeheimnis war. Dann ist sie auf Gerry Meadows hereingefallen, und anders als bei ihren früheren Affären drohte dieses Verhältnis dauerhaft zu werden. Es gab eine hohe Wahrscheinlichkeit, daß sie sich mit ihrem Gespielen auf und davon machte, und was wäre dann wohl aus Tony Callaghan geworden?«

Ausgeruht und gegen ihren Willen fasziniert, wandte Esme Butters ein: »Aber er konnte Gerry Meadows nicht niederstechen, ohne daß Vera ihn gesehen hätte – ohne daß wir alle ihn gesehen hätten. Außer, wenn er sich unsichtbar gemacht haben sollte. Tony Callaghan war in unserer Nähe und machte Fotos. Als Vera so schrecklich zu schreien begann, stürzte er hinunter zur Insel, auf einer langen Diagonale, von links quer über die Wiese. Ich erinnere mich daran, wie er fiel und sich überschlug, aber sofort wieder aufstand. Ich dachte, daß er sich das Gelenk gebrochen hätte, wenn er nüchtern gewesen wäre; Betrunkene kommen unbeschadet davon . . .«

Etwas in Jaques Augen ließ sie ihre Rede abbrechen.

»Und schon fangen Sie wieder an«, schalt er sie. »Nehmen ein Körnchen Beobachtung und bauen einen Palast der Spekulation darauf auf.

Mr. Callaghan war nicht betrunken. Er machte keine Fotos im Dunkeln. Er hat sich auf der Rückseite des Hauses etwas abseits niedergelassen. Zwar stand neben ihm die Kamera auf dem Stativ, aber er hatte auf anderes zu achten als auf das Feuerwerk. Und er ist gefallen und hat sich überschlagen, weil er erklären können mußte, warum seine Kleidung vom Tau durchnäßt war, für den Fall, daß jemand das bemerkte und danach fragte.

Tony Callaghan hat Gerry Meadows tatsächlich nicht erstochen. Jeder Narr hätte das feststellen können. Das Opfer und Mrs. Callaghan waren draußen auf der Insel. Sie hat es nicht getan, und da sie durch den Schock ganz von Sinnen war, wußte ich, daß der Mörder es nicht direkt unter ihren Augen hätte tun können.« Jaques seufzte ungeduldig. »Blieb uns die Theorie, jemand hätte am Rande des Sees mit einem mächtig langen Schwert gesessen, etwa zwanzig Yards lang, oder mit einer Waffe, gegen die die alten Lanzen der Ritter wie halbierte Zahnstocher aussehen würden. Was abwegig war.

Also kann Meadows nicht erstochen worden sein. Er wurde erschossen.«

Miss Butters hatte ihren Mund geöffnet, und der Polizist schob schnell noch nach: »Nicht mit einer Pistole, Miss B. Erschossen mit einem Pfeil. Oder einem Bolzen, wenn Sie es genau haben wollen. Als Waffe diente eine Armbrust.

Das mußte auch so sein, wenn Sie darüber nachdenken. Callaghan mußte aus einem Versteck heraus schießen, flach auf dem Bauch liegend, und der Langbogen, die Robin-Hood-Sorte, taugt dazu nicht.«

»Und so hat es funktioniert – Vera Callaghan und Gerry Meadows gehen zur Insel. Wären sie nicht dorthin gegangen, hätte Callaghan sie irgendwie nach unten manövriert, aber das konnte er sich sparen, weil sie sich selbst von euch anderen entfernen und ein wenig schmusen wollten, während das Feuerwerk vonstatten ging.«

»Sie haben«, sagte Miss Butters sarkastisch, »eine lyrische, romantische Ader, Mr. Jaques.«

Der Polizist kicherte. »Das überlasse ich ganz Ihnen. Wie auch immer, Callaghan ging weg, um seine Kamera – und die Armbrust, die ziemlich kompakt, pistolenähnlich war, zu holen. Er hatte sie in einem Londoner Sportgeschäft gekauft, wir werden den Kauf zurückverfolgen, wenn das nötig sein sollte, und hat heimlich geübt.

Sie alle starren den Nachthimmel an und stoßen Oh- und Ah-Rufe aus. Callaghan legt sich auf den Bauch, schlängelt sich zum Rand des Sees hinunter, schießt einen Armbrustbolzen auf Gerry Meadows ab. Dann robbt er weit genug weg, um seinen ›Rettungsspurt‹ überzeugend aussehen zu lassen. Die Waffe läßt sich in zwei Teile zerlegen,

Kreuzstück und Griff, und er schiebt sie tief in einen Maulwurfshügel hinein.

Er hat genug Zeit dazu, weil Vera Callaghan nicht in dem Moment schon schreit, in dem Gerry Meadows getroffen wird. Er klammert sich an sie, grunzt, ›setzt sich‹ – in ihren Worten – und wirft sie dabei beinahe um. Es ist ja dunkel, mit Lichtblitzen vom Feuerwerk. Sie versucht, ihn aufzurichten, fragt ihn, ob etwas nicht in Ordnung ist, und sieht erst dann das Blut auf ihren Händen. Jetzt gibt es keinen Zweifel mehr, und sie beginnt zu schreien. Er rennt zur Insel. Sie ist inzwischen in Ohnmacht gefallen, oder jedenfalls zusammengebrochen. Callaghan reißt den Armbrustbolzen heraus, wirft ihn in den See. Presto, das Gespenst mit dem Stilett, der böse Geist mit dem Rapier ist der Schuldige.« Inspektor Jaques klatschte in die Hände.

Esme Butters meinte: »Sie waren sich über all das im klaren, bevor ich Ihnen von den Wellen erzählt habe.«

»Gewiß. Ich sagte Ihnen, es war der übliche faule Zauber. Es mußte Callaghan gewesen sein. Die Frage war nur, wie. Dies, und ihn davon zu überzeugen, daß ich es wußte, andere Leute es wußten – Sie zum Beispiel, Miss B. –, und daß er lieber aufgeben sollte.

›Sie hat gesehen, wie Sie den Bolzen weggeworfen haben‹, sagte ich. ›Und Sie können nicht so dumm sein, zu glauben, wir würden den See nicht austrocknen.‹

Nun, Callaghan ist nicht dumm. Vielleicht ist er geistig krank, sein Gehirn mag auch in Essig schwimmen, oder was sonst ein Gutachter herausbekommen mag, aber dumm ist er nicht. Also sagte ich zu ihm: ›Sie glauben, der See sei seit Generationen nicht gesäubert worden, fußhoch könnte da der Schlamm liegen, und was wir darin finden, muß nicht im geringsten einem Pfeil ähnlich sehen, hab ich recht?‹«

Erbarmungslos quatschte Jaques weiter. »Dem Gesichtsausdruck Tonys nach zu schließen, hatte ich recht. Ich erwartete einen Bolzen aus Papier – Papier oder dünne Kartenpappe ist aufgerollt stärker, als Sie glauben. Machen Sie daraus einen Pfeil, mit wasserlöslichem Kleber, und er wird sich innerhalb weniger Stunden im See auflösen. Bliebe nur die Spitze, zu klein, als daß Metalldetektoren sie registrieren könnten, wenn man sie nicht direkt drunter legt.

Was wir heute gefunden haben, als das Wasser herausgepumpt wurde, war ein dünner Plastikschlauch, einem großen Strohhalm ähnlich, etwas dicker als ein Bleistift. In der Nähe lag das Flügelstück, in der gleichen Art, wie sie für Sportpfeile hergestellt werden, aber um einiges größer, eine grobe, in der Küche zurechtgeschnittene Angelegenheit aus Plastikkarten.

Verrückt, aber clever, in Einklang mit der ganzen Geschichte. Callaghan hat ein Ende des Schlauchs mit der Pfeilspitze verstopft, ihn mit Wasser gefüllt, mit dem Flügelstück das andere Ende verstopft und das ganze ins Gefrierfach gelegt. So wurden die drei Teile des Bolzens fest verbunden, fertig zum Einsatz. In den See geworfen, nachdem er ihn aus dem Opfer beizeiten wieder herausgerissen hatte, mußte er schmelzen. Übrig blieben merkwürdige Stückchen Plastikmüll. Wenn wir im ersten Eifer nach Waffen gesucht hätten, wäre ihre Bedeutung uns vielleicht entgangen.

Meine Jungs sieben noch immer Schlamm in die Eimer, um die Spitze zu finden, toller Job. Aber herauskommen kann nur noch ein fehlendes i-Tüpfelchen. Mr.Callaghan hat ein vollständiges Geständnis abgelegt.«

Fast hätte der Inspektor Miss Butters zugezwinkert. »Mit Ihren Wellen war eine erste Hilfe gegeben, um Tony Callaghan zu Verstand zu bringen, oder jedenfalls so weit wieder zu Verstand zu bringen, wie das für ihn in diesen Tagen möglich ist. Ich erzählte ihm, daß wir mit dem Tageslicht die Armbrust auch noch finden würden, vielleicht mit seine Fingerabdrücken. Er hatte Zeit gehabt, den Weg zwischen See und Versteck zweimal zurückzulegen, etwas, aber nicht unbegrenzte Zeit, hatte er auch danach noch gehabt. Die Waffe konnte nicht weit versteckt sein.«

Esme Butters fröstelte wieder. All diese Planung, diese zwecklose Raffinesse. Schlimmer als Gespenster und böse Geister. Gerry Meadows war tot, Tony Callaghan ruiniert und zerstört, Vera Callaghan . . . Sie zögerte, unsicher, was sie über Vera voraussagen konnte. Vielleicht, wenn der Schrecken und die Hysterie nachgelassen hatten, würde ihr Leben weitergehen, mit mehr Büchern, mehr Geld, weiteren Liebhabern.

»Blumig«, stieß sie hervor. »Aber ich habe die Wellen gesehen.«

»O ja«, stimmte Inspektor Jaques zu. »Es ist zwar ein furchtbares Klischee, Miss B, aber mit Ihrer Art, die Dinge zu sehen, nähern wir uns einer poetischen Gerechtigkeit.«

Originaltitel: A TOUCH OF SILVER, 4/86
Übersetzt von Achim Seiffarth

Dan A. Sproul

Tote Verwandte können helfen.

Bis zu meinem 23. Lebensjahr habe ich niemals eine Küchenschabe gesehen. Das kann dein Leben als Erwachsener ganz schön behindern. Wenn man in einer Mittelklasse-Familie im Mittleren Westen aufwächst, bereitet einen das wirklich nicht auf alle Schwierigkeiten des späteren Lebens vor.

Ich beobachtete diese Küchenschabe. Sie war groß und fett und versuchte vergeblich, die glatte Wand einer Badewanne hinaufzuklettern. Nun, es gibt alle möglichen Arten von Küchenschaben. Diese gehörte zu einer Art, die in Süd-Florida vorkommt. Dort nennt man diese Spezies Palmetto-Käfer, wahrscheinlich um ungünstige Effekte auf den Tourismus zu vermeiden. Es wäre wohl schlecht fürs Geschäft, wenn bekannt würde, daß die Küchenschabe, diese Aussätzige unter den Insekten, an den feuchten, dunklen Plätzen auf der sterilen Spielwiese der Reichen, Berühmten und Alten prächtig gedeiht. Der Name Palmetto-Käfer verleiht mehr Klasse, mehr Glanz, und wird leicht von Uneingeweihten mit den wohlgelittenen Marienkäfern oder Maikäfern verwechselt.

Sie mögen sich fragen, warum ein gesunder Mann Lust dazu hat zuzusehen, wie eine gesunde, ausgewachsene Küchenschabe ... mhm, ein Palmetto-Käfer, in einer Badewanne herumrutscht. Ich habe es mir nicht ausgesucht, das können Sie mir glauben. Wie ich in dieses Scheiß-Badezimmer geraten bin, ist eine ziemlich komplizierte Geschichte. Meine ereignislose Kindheit im Mittelwesten dafür verantwortlich zu machen, wäre irreführend. Ich denke, es fing alles vor neun Monaten an, als Nancy schwanger wurde. Nancy ist meine Frau. Ich hatte damals gerade keinen Job. Nun ja, einen Moment bitte, eigentlich fing es damals auch nicht an. Ich glaube, es begann in Wirklichkeit vor ungefähr einer Woche. Nancy ging es gut, Sie wissen schon, sie wurde sehr dick. Sie mußte ihre Arbeit im Restaurant aufgeben, und ich begann mich zu fragen, wie ich die Geburt des Babys bezahlen sollte. Ich hatte zur Zeit gerade keinen Job. Bevor wir in den Süden gezogen waren, verdiente ich mein Geld mit dem Verkauf von Aluminiumleisten und mit Pferdewetten in Thistledown. Die Nachfrage nach Aluminiumleisten war hier unten nicht gerade groß. Aber Rennbahnen, nun, das ist eine andere Geschichte.

Heutzutage kostet es ungefähr zwei Mille, ein Baby zu bekommen, wenn man auf die ganzen Vorsorgeuntersuchungen verzichtet. Wir hatten es geschafft, ungefähr neun Dollar und achtzig Cents zu sparen, aber die Miete für das Appartment war überfällig, das waren vierhundert Dollar. Man sieht also, wir befanden uns in einer schwierigen Situation.

Natürlich ist man in den Kreisen, in denen ich mich bewege, niemals ganz ohne Hilfe. Mit ein paar Scheinen und etwas Glück, etwas Vertrauen und viel Talent waren die hoffnungslosen Umstände, in denen wir uns befanden, schnell zu lösen. Aber die Scheine waren das Problem. Nach einer unglücklichen Erfahrung vor einigen Jahren hatte ich mir eines fest vorgenommen: Nie würde ich mir von einem Insider einen Tip erbitten, nie würde ich mir Geld zum Wetten borgen und niemals wieder würde ich mir Geld von Tony DeLumbardo leihen. Tony nahm zehn Prozent Zinsen pro Tag. Nun ja, ich fragte ihn nicht nach einem Tip, aber ...

»Deine Kreditwürdigkeit stinkt, McBride. Wie willst du mir das Geld zurückzahlen?«

»Nancy wird wieder anfangen zu arbeiten, sobald sie das Baby hat. Und im Beef Club suchen sie einen Barkeeper.«

»Du bist kein Barkeeper, und solange ich dich kenne, hattest du noch keinen Job.«

Die Sache wurde gefährlich, darum benutzte ich meinen Trumpf. »Ich habe dich noch nie sitzenlassen, nicht wahr? Und außerdem ist meine Mutter oben in Ohio gestorben und hat mir alles hinterlassen. Ich werde das Geld in einer Woche oder so bekommen.«

Er sah mich skeptisch an, als ob er wüßte, daß ich log. So holte ich das Telegramm heraus, das mir mein alter Freund Jack Foster aus Ohio geschickt hatte. Meiner Meinung nach war Jack zu weit gegangen, als er es mit »Anwaltskanzlei Swinehart, Dickhoff und Dingleburg« unterschrieben hatte. Ohne Zweifel war er immer noch sauer über die fünfzig Dollar, die ich mir geborgt hatte, bevor Nancy und ich in den Süden zogen.

Tony war ein langsamer Leser. Er brauchte mehrere Minuten, um die zehn Worte aufzunehmen. »Hmm ...« sagte er, als er mir das Telegramm zurückgab. »Was denkst du, wieviel du bekommst?«

»Das ist schwer zu sagen. Vielleicht zehntausend.« Unter diesen Umständen war eine große Lüge besser. Die Wahrheit ist, daß meine Eltern beide in einer Wohnwagen-Siedlung in Arizona von der Sozialhilfe leben. Ich bezweifle, daß einer von beiden schon irgendwann einmal in seinem Leben zehntausend auf einem Haufen gesehen hat.

»Wieviel willst du denn?« fragte Tony.

»Wie wär's mit fünf Mille?«

Tonys wabbelige Gesichtszüge wurden häßlich und gemein. »Verschwinde hier, bevor ich dir von Claude das Bein brechen lasse.«

»Schon gut... Okay, wie wäre es mit tausend?«

Während er überlegte, warf er mir einen unheimlichen Blick zu. »Ich bekomme zehn Prozent Zinsen pro Tag«, sagte er schließlich. »Zahlbar wöchentlich. Du weißt, was mit Versagern passiert.«

»Du hast keinen Grund, dich zu sorgen«, versicherte ich ihm.

Nun ja, es war keine Zeit zu verlieren. Nancy war vier Tage überfällig und Mrs. Goldstein, unsere Vermieterin, wollte uns zur Räumung zwingen und brachte an unserer Tür scheußliche kleine Zettelchen an.

Zuerst brachte ich vierhundert Dollar hinüber zu Mrs. G. Sie lebte auf der anderen Seite unseres Zweifamilienhauses. Ihr Sohn war Sergeant bei der Polizei von Miami. Sie liebte es, uns mit ihm zu drohen, wenn wir ein paar Tage mit der Miete im Rückstand waren. Es erschien ratsam, sie uns sofort vom Halse zu schaffen. Das ließ mir sechshundert. Jetzt war da noch Nancy. Ich gab ihr hundert für Lebensmittel und Haushaltsausgaben, so blieben noch fünfhundert. Sie wunderte sich natürlich, wo ich das Geld her hatte. Deshalb erzählte ich es ihr. Nein, natürlich sagte ich nichts über Tony DeLumbardo, nicht in dem Zustand, in dem sie sich befand. Ich erzählte ihr, ich hätte mit unseren neun Dollar einen Treffer in Gulfstream gehabt. Natürlich, Sie und ich wissen, daß das unmöglich ist. Ich meine, wie kann man tausend für neun Dollar herausholen? Das Pferd müßte 112 zu 1 gewettet worden sein. Sie wußte zum Glück nicht viel von Pferden, und so war es nicht schwierig, ihr das einzureden.

Dann wurde es heikel. Ich hatte die fünfhundert Dollar. Jeden Morgen holte ich mir ein *Racing Form* im Drugstore. Schließlich fand ich dieses Pferd im achten Rennen in Gulfstream. Nun, ich bin ein besonderer Typ Pferdewetter. Ich spiele nach Gefühl. Wenn Sie sich mal umhören, werden Sie herausfinden, daß die einzigen erfolgreichen Pferdewetter, die, die davon leben können, Burschen sind, die nach Gefühl spielen. Sie wetten nicht bei jedem Rennen. Sie wetten überhaupt nicht bei sehr vielen Rennen. Sie suchen nach irgendeinem Anhaltspunkt – einer besonderen Situation. Einige dieser Spieler wetten nur auf Pferde für kurze Distanzen. Einige sind Gras-Experten. Einige setzen auf bestimmte Trainer oder Jockeys. Ich habe das meiste Glück, wenn ich ein für schwächer gehaltenes Pferd finde, das bei Rennen über eine Meile oder länger sehr schnell angeht. Wenn so ein Pferd in ein Rennen über sieben Achtel Meilen gerät, scheint es immer dann zu gewinen, wen es im vorherigen Rennen früh eingebrochen ist. Anscheinend haben diese Pferde bei längeren Rennen kein Stehvermögen auf der letzten Geraden. So ein Pferd wird in Rennkreisen »Turnback« genannt. Das war es, wonach ich suchte, ein Turnback. Und dieses Pferd, sein Name war Joker Jack, sah so aus, als ob es diese Bedingungen perfekt erfüllte.

Nun kommen wir zu dem heiklen Teil. Ich konnte Nancy nicht zuhause lassen. Sie konnte jederzeit niederkommen, sie war schon längst fällig. Eigentlich schon überfällig. Wenn man für einen chronischen Versager gehalten wird, kann das den Standpunkt einer Person schon beeinflussen.

Ein anderes Problem war die Tatsache, daß ich sechs Tage brauchte, um Joker Jack zu finden. Das bedeutete, daß Tony seine siebenhundert Dollar Zinsen haben wollte, und ich ihm aus dem Weg gehen mußte, weil Joker Jack nicht vor Samstag, dem siebenten Tag lief. Tony ruhte nicht am siebten Tag, darum mußte ich Nancy früh am Morgen aus dem Appartment bringen und bis zur Wettannahme mit ihr herumstreunen. Wir kauften Babysachen ein.

Die Verzögerung beim Finden von Joker Jack und die Kinderkleidung rissen ein großes Loch in das Geld, das von den ursprünglich tausend Dollar übriggeblieben war. Als wir von Sears in den Januarsonnenschein hinausstürmten, blieben mir noch gerade, $ 267.93. Das war leider nicht das einzige Problem.

Ich hatte nun eine hochschwangere Frau, zwei Einkaufstüten voll Babykleidung und keinen Wagen. Ich warf einen Blick auf die ungebräunte Stelle an meinem Handgelenk, wo meine Pulsar gewesen war. In Buster und Lenny's Pfandhaus wußten sie jetzt, wie spät es war. Die Mall Savings Bank hatte eine große Werbetafel mit Uhr und Temperaturanzeige. Es war 14.18 Uhr, 76 Grad Fahrenheit und Zeit, einen Sechs-Monats-Kredit zu beantragen, wenn man ein Speichertelefon oder einen Toaster haben wollte.

Wenn die Mall Bank recht hatte, hatten wir noch ein paar Stunden Zeit, um zur Rennbahn zu gelangen. Jack würde erst im achten Rennen laufen. Sicher, Gulfstream ist ganz oben in Hallendale und wir waren in der Innenstadt. Aber wir hatten Glück und erwischten einen Bus Richtung Norden, der den Biscayne Boulevard entlangfuhr. Mit etwas Laufen kamen wir schließlich um Viertel nach drei am Eingang der Haupttribüne an.Ich bezahlte unseren Eintritt und schob Nancy hinüber zu den Rolltreppen – nach dem vielen Laufen fühlte sie sich nicht wohl. Wir fanden Sitzplätze auf der oberen Haupttribüne.

Ich zog die *Racing Form* heraus und machte es mir bequem. Die Gäule für das sechste Rennen kamen gerade auf die Bahn; wir würden etwa eine Stunde warten müssen. Ich zog das Programm heraus und überprüfte das achte Rennen, nur um sicherzugehen, daß Joker Jack nicht zurückgezogen worden war. Dort war er. Er sollte auf Platz Nummer acht starten. Ein guter Platz für ihn, und er wurde zehn zu eins gewettet. Ungefähr jetzt fing alles an schiefzugehen.

Ich dachte gerade, wenn ich zweihundert auf ihn wette und die Notierung zehn zu eins bleibt, hole ich 2200 heraus, genug, um Tony zu bezahlen und noch ein paar Dollar zu behalten.

»Jimmy . . .«

Nun, Nancy hat die hübschesten blauen Augen und, wenn sie lacht, süße Lachfältchen. Sie hatte jetzt Falten, aber sie lachte nicht. »Was ist los?« fragte ich sie.

»Ich fühle mich so komisch. Es ist wie eine Art innerer Druck . . . Ich denke, es ist soweit.«

»Warte noch eine Minute . . . nur eine Minute. Vielleicht hast du etwas Falsches gegessen. Wir können nicht weggehen. Wir sind ja gerade erst gekommen.«

Sie bewegte sich in ihrem Sitz mit geschlossenen Augen nach vorn und hielt ihren Bauch. Dann stöhnte sie.

»In Ordnung . . . in Ordnung . . . reg dich nicht auf!« sagte ich ihr. »Wir müssen die Zeit zwischen den Wehen messen.« Ich sah wieder auf die ungebräunte Stelle an meinem Handgelenk. »Wir werden zählen.«

»Aaaaaggggh«, stöhnte sie.

»Okay, okay . . . eins, zwei, drei . . .«

»Ohhhn agggh – hör mit dem blöden Zählen auf – ich sage dir, das Baby kommt.«

»Aber . . . ich muß doch noch wetten«

»Zum Teufel, was redest du da? Soll ich das Baby hier auf dem Zementboden bekommen . . . aaaahh.«

»Warte eine Minute . . . nur eine Minute. Du kannst das Kind jetzt nicht bekommen.« Man konnte nicht mehr vernünftig mit ihr reden. Sie drehte ihren Kopf weg und weinte unter Stöhnen in die Sears-Tüten.

Ich brauche nicht zu sagen, daß sich die Situation schrecklich entwickelte. Dann dämmerte es mir. Ich brauchte für das Rennen nicht zu bleiben. Mit den neuen computerisierten Wettschaltern und den Wetten im voraus konnte ich meinen Einsatz für das achte Rennen jederzeit machen.

»Du wartest hier«, sagte ich. »Ich werde einen Krankenwagen holen.«

Sie nickte in die Babykleidung und ich ging den Gang hinauf. Schlecht abgepaßt; an allen Wettschaltern standen lange Schlangen von Leuten, die darauf warteten, in letzter Minute Einsätze für das sechste Rennen zu machen. Ich bemerkte einen Wachmann, der an dem Geländer der Treppe lehnte, die zur unteren Ebene führte. Er bohrte mit einem Finger in seinem Ohr herum.

»Hey . . . vielleicht können Sie mir helfen. Meine Frau bekommt da hinten ein Baby.«

Er wischte seinen Finger an der Hose ab. »Ich glaube nicht, daß das erlaubt ist«, sagte er. »Wir müssen sie runter in die Krankenstation bringen.«

Das sechste Rennen war schon fast Geschichte. Die Zuschauer, die an den Wettschaltern geklebt hatten, waren bis auf einige wenige verschwunden. Sie riefen Beleidigungen und unfreundliche Bemerkungen über die Herkunft der Wetter an den Spitzen der Schlangen, als der Starter das Tor öffnete und sie damit ausschloß.

»Hier entlang«, zeigte ich und führte den Wachmann zu Nancy. Sie hatte sich von dem Anfall erholt, meinte aber, daß sie nicht mehr viel Zeit hätte. Die Wehen kämen schon kurz hintereinander. Wir fragten nicht viel. Frauen scheinen von solchen Sachen mehr zu verstehen. Wir brauchten eine ganze Weile, um sie hinunter zur Krankenstation zu bringen. Wir mußten langsam gehen und sehr oft stehenbleiben. Zuletzt rief Elmo, der Wachmann, nach Hilfe und sie trugen sie den Rest des Weges auf einer Trage. Während wir auf die Trage warteten, versuchte ich, an die Schalter zu kommen. Ein Sprinter namens Thatababy gewann das sechste Rennen; $ 2.40, $ 2.20 und $ 2.10, ein haushoher Favorit. Die Schalter waren wieder umlagert, dieses Mal für die Auszahlung der kleinen Gewinne.

Konnte es ein Omen sein, Thatababy? Was für ein Hinweis fürs Wetten, aber ich hielt es nie für gut, um zwanzig Cent Gewinn auf den Dollar zu wetten.

Sicherlich überrascht es viele Leute, zu erfahren, daß große Rennbahnen eine voll ausgestattete Krankenstation unterhalten. Eine Krankenschwester war anwesend und ein Arzt in Rufbereitschaft. Ein Kerl mit einer großen Nase, der anscheinend zu der Schwester gehörte, ging los, um den Arzt zu holen, während sich die Krankenschwester um Nancy kümmerte. Sie warf mich und Elmo aus dem Zimmer.

»Passen Sie auf, Elmo. Ich muß unbedingt einen Einsatz machen.

Es geht um Leben und Tod.«

»Sie können hier nicht weg«, sagte Elmo. »Es müssen noch einige Formulare ausgefüllt werden.«

»Ich bin nur eine Minute weg.«

Er schüttelte den Kopf. »Nee. Das kann ich nicht machen.«

»Wie wär's, wenn Sie das für mich tun?«

»Unmöglich. Es wäre niemand hier, der auf Sie aufpassen würde«, erklärte er.

Ich stellte die Tüten mit der Babykleidung an die Wand und versuchte es auf einem anderen Weg. »Hören Sie, Elmo, Sie haben meine Frau und diese ganzen Babysachen als Sicherheit. Ich gehe nur die Halle entlang und um die Ecke zu den Wettschaltern. Ich brauche nur zwei Minuten, Sie können mitkommen.« Elmo sah unentschlossen aus. »Für Sie sind dabei zehn Dollar drin.« Er überlegte. »Bloß zwei Minuten, Elmo. Wem kann das schaden?«

Als wir an die Wettschalter kamen, standen vor jedem fünfzehn bis zwanzig Leute. Sie studierten die Programme und umklammerten ihre Geldscheine, die sie im siebten Rennen setzen wollten.

»NOCH EINE MINUTE BIS ZUM START«, informierte uns der Ansager. Ich stand in der Reihe hinter einer alten Dame mit einer von diesen Gehhilfen aus Aluminium. Elmo beobachtete mich nervös, während es langsam vorwärts ging.

»SIE SIND IN DEN STARTBOXEN.«

Schließlich stieß die Aluminium-Gehhilfe der alten Dame an den Wettschalter. »Einen Dollar auf die sechs ersten Pferde. Wieviel macht das?« fragte sie den Buchmacher. Dann brachte sie ihn vollends durcheinander als sie hinzufügte: »Aber lassen Sie die Nummer drei raus, die hat kein Chance.«

»SIE SIND GESTARTET!«

BLANNNNNNG, machte die Glocke. Die alte Dame und ich waren ausgeschlossen.

Elmo kam auf mich zu. Ich hob eine Hand. »Einen Moment, Elmo«, sagte ich. »Ich will im achten Rennen setzen.« Die alte Dame humpelte schimpfend davon. Ich ging zum Schalter.

»Beeilen Sie sich«, drängte Elmo.

Ich zog die zweihundert aus meiner Tasche. »Zweihundert auf die Vier auf Sieg«, sagte ich dem Buchmacher, einem kleinen kubanischen Burschen. Er drückte auf die Tasten, aber nichts geschah. Kein Wettschein sprang heraus. Er drückte die Tasten noch mal.

Wieder nichts.

»Manchmal muß man etwas warten«, erklärte er.

Da stand ich nun und trat nervös von einem Bein auf das andere, während Elmo mich zur Eile drängte, meine Frau dabei war, ein Baby zu bekommen, und nun auch noch Tony, der mir inzwischen zweifellos mehr als nur ein Bein brechen will, um die Ecke kam. Dicht hinter ihm Claude, zwei Köpfe größer als die meisten Leute in der Menge. Auf einmal erkannte er mich und deutet auf mich.

»Hurra, es geht wieder. Was wollen Sie?«

Ich gebe es nicht gerne zu, aber zu diesem Zeitpunkt war ich ganz schön durcheinander. Ich dachte an alles mögliche. »Zweihundert auf Sieg«, rief ich. Ich konnte sehen, wie Claude sich durch die Menge drängte. Seit mehr als einer Stunde war mir ein Gedanke wieder und wieder durch den Kopf gegangen: achtes Rennen, Nummer vier; achtes Rennen, Nummer vier; achtes . . .

»Achtes«, kreischte ich wie ein Einfaltspinsel.

Der kleine Kubaner stellte ein Zweihundert-Dollar-Ticket mit der Nummer acht aus.

Es war keine Zeit mehr, darüber zu diskutieren. Ich schnappte mir den Wettschein und machte mich davon. Ich wäre keine zwei Schritte weit gekommen, aber Claude, der mich zu schnappen versuchte, lief gegen Elmo, der ebenfalls versuchte, mich festzuhalten.

Während sich Elmo und Claude im Erdgeschoß ineinander verhedderten, lief ich zum zweiten Geschoß der Haupttribüne. Tony war klein und fett und hatte ein gichtkrankes Bein. Ich ließ ihn weit hinter mir, als ich die abwärtsführende Rolltreppe hinaufrannte.

Ich weiß, was Sie jetzt denken. Sie meinen, die Acht gewinnt mit einer hohen Quote und ich zahle alle aus. Vielleicht passiert so etwas im Märchen. Ein alter Aberglauben der Pferdewetter besagt, daß man niemals einen falsch ausgestellten Wettschein zurückgeben soll, weil er dann bestimmt gewinnt. Der Zusatz lautet: Er wird höchstwahrscheinlich gewinnen, wenn man ihn zurückgibt, aber er wird ganz sicher verlieren, wenn man ihn behält. Es war egal, weil es mein Wettschein wurde, als ich den Schalter verließ. Eins mußte ich unbedingt noch tun: etwas auf Joker Jack setzen. Ich hatte 50 Dollar und ungefähr fünf Minuten Zeit, um zu setzen.

Jack stand neun zu eins am Totalisator. Wenn es bei neun zu eins blieb, würde ich für fünfzig fünfhundert zurückbekommen, genug, um mir Tony vom Hals zu halten. Ich machte die Wette und kämpfte mich durch das Klubhaus ans südliche Ende von Gulfstream. Ich ging hinunter ins Erdgeschoß und machte mich auf den Weg zurück zur Krankenstation. Unterwegs schnappte ich mir eine ausrangierte *Racing Form* aus einem Abfalleimer, die sicherlich von einem verstimmten Besucher stammte. Aus Neugier suchte ich das Pferd Nummer acht heraus. Das war ein echter Versager. Er wurde mit 99 zu eins notiert. Das ist das Höchste, was angegeben wird. Soviel ich weiß, konnte er genausogut auf dreihundert zu eins stehen und höchstwahrscheinlich tat er das auch. Und sein Name... Sie werden's kaum glauben... Bonus Baby.

Als ich zurück zur Krankenstation kam, war die Tür immer noch geschlossen. Elmo war nicht mehr da, der Korridor war, bis auf die Babykleidung, leer. Ich schlug gegen die Tür. Sie sprang sofort auf und die Schwester steckte ihren Kopf heraus. »Bleiben Sie bloß draußen. Wir rufen Sie schon«, sagte sie und schlug mir die Tür vor der Nase zu.

Einige Sekunden lang stand ich wartend da, dann schallte es aus den Lautsprechern »SIE SIND GESTARTET!« und die Stimme des Rennsprechers plärrte durch die Gänge.

»BONUS BABY STÜRMT AN DIE SPITZE ... EINE LÄNGE ZURÜCK AMICAL MAN, DANN TACHO MALO, EINE KOPFLÄNGE VOR JOKER JACK ... MOLDY JOE BEAMMUP, DELRAY DEAN ... ZWEI LÄNGEN DAHINTER BAGMAN – MYSTERIOUS FRED, TOUCHMUCH AND SNYDERBITTER TRAILS. IN DER ERSTEN KURVE FÜHRT BONUS BABY NUN MIT DREI LÄNGEN. TACHO MALO JETZT AN ZWEITER STELLE, EIN HALBE LÄNGE DAHINTER JOKER JACK ...«

Ich hatte genug gehört. Irgendwo gibt es eine Grenze des Erträglichen. Ich schnappte mir die Babysachen und trottete den Gang entlang, dann um die Ecke herum zu den Wettschaltern. Vor einem Fernsehmonitor blieb ich stehen.

»BONUS BABY FÜHRT DAS FELD MIT ÜBERRAGENDEN ACHT LÄNGEN VORSPRUNG IN DIE LETZTE KURVE, JOKER JACK HAT SICH AN DIE ZWEITE STELLE GESETZT, UND DREI LÄNGEN DAHINTER ...« Bonus Baby hatte jetzt einen so großen Vorsprung, daß ich Joker Jack auf dem Bildschirm nicht mehr sehen konnte. Es war wie ein Traum, er wurde mit 99 zu eins gewettet, und ich hatte zweihundert auf ihn gesetzt. Bei hundert zu eins, wieviel mag das sein? Es war glatt zum Verrücktwerden. Die Kamera schwenkte zurück, als Bonus Baby sich der Zielgeraden näherte. Joker Jack gewann an Boden, aber nur langsam. Ich überlegte fieberhaft; zweihundert mal hundert Dollar – wieviel ist das?

Bonus Baby beginnt unregelmäßige, kleine Schritte zu machen. Der Jockey greift zur Peitsche, einmal, zweimal, immer wieder... Nur noch 70 Yards vom Ziel entfernt führt er immer noch mit fünf Längen, aber er läuft wie im Zeitlupentempo. Joker Jack holt jetzt mit langen, mächtigen, weitausholenden Schritten auf. Zweihundert mal hundert

Dollar. Ich fange an zu schreien, »Lauf du jämmerliches . . .!!!« Dann fange ich an, zu meinen toten Verwandten zu beten. Noch zwanzig Yards. Der Jockey gibt jetzt die Zügel frei, das Pferd reagiert nicht mehr auf die Peitsche. Schweißnaß und stark prustend, immer noch eineinhalb Längen in Führung, aber kaum noch vorwärts kommend, hört Bonus Baby, wie Joker Jack näher kommt.

Alte, gute Rennpferde haben dieses gewisses Etwas, ich nehme an, man würde es »Herz« nennen. Sie mögen ihre Jugend verlieren und die Fähigkeit, gegen richtige Spitzenpferde zu laufen, aber scheinbar niemals den Willen zum Siegen. Bonus Baby machte einen weiten Satz nach vorn, um in Führung zu bleiben. Joker Jack holte auf, er wurde mit jedem Schritt schneller. Für einen Augenblick rannten sie Kopf an Kopf. Dann, fünf Yards vor dem Ziel, lief Joker Jack mit glänzenden Muskeln an die Spitze und gewann das Rennen mit einer Kopflänge Vorsprung. Zu toten Verwandten zu beten, hilft nie, besonders nicht, wenn ich Onkel Elmer nehme.

Zwei behaarte Hände packten mich von hinten. Ich erkannte die Ärmel von Claudes Tweedjacke, aus denen die Hände herausragten.

»So, du warst also einkaufen, McBride«, sagte er zu mir.

»Hör mal zu, Claude –«

»Tony will mit dir reden«, informierte mich Claude. »Laß uns einen Spaziergang zum Wagen machen. Dann bringe ich dich rüber zu ihm und ihr beiden könnt euch nett unterhalten.«

»Claude, ich kann hier nicht weg. Meine Frau bekommt in der Krankenstation der Rennbahn ein Kind.«

»So wird's wohl sein«, erwiderte Claude. »Los komm.«

Claude führte mich in flottem Tempo zum Parkplatz. Die Tüten mit den Babysachen schlugen unaufhörlich gegen unsere Oberschenkel. Die Unterhaltung im Auto war recht einsilbig.

»Claude, ich kann bezahlen. Ich habe auf einen Sieger . . .«

»Halt den Mund! . . . Erzähl es Tony.«

So hielt ich den Mund, und wir fuhren ungefähr fünf Minuten, bis wir zu einem kleinen Holzhaus in Hallendale kamen. Tony vermietet einen Haufen heruntergekommener Bruchbuden, überall in der Stadt. Diese wurde außen mehr oder weniger von zerbrochenen, vermoosten Schieferschindeln bedeckt. Einige Fenster waren herausgerissen. Offensichtlich zur Zeit nicht zu vermieten und unbewohnt. Es sah verlassen aus, keine Autos standen davor.

Da keine Möbel vorhanden waren, standen Claude und ich und starrten uns gegenseitig an.

»Tony wird sofort kommen«, sagte Claude.

Ich nickte, nicht sehr begeistert von der Aussicht.

»Ich gehe zum Klo«, sagte Claude nach ein oder zwei schweigsamen Minuten. »Du kommst mit.« Es war keine Frage.

Wir gingen zum Klo. Claude hielt mich am Arm fest. Nicht gerade einfach unter diesen Umständen. Tony war immer noch nicht gekommen.

»Hör mal zu, Claude. Ich habe fünfzig Dollar auf das Pferd Nummer vier im achten Rennen gesetzt, es stand bei neun zu eins. Das sind fünfhundert. Hier ist der Wettschein.« Claude riß mir den Wettschein aus der Hand, dann griff er hinunter und betätigte die Wasserspülung. Er überprüfte eine Sekunde lang den Wettschein, dann knüllte er ihn zusammen und schmiß ihn in die Badewanne.

»Ich habe das Rennen gesehen«, sagte er. »Es stimmt schon, daß die Vier gewonnen hat, aber dieser Wettschein ist nicht für die Vier.«

Ich hatte ihm aus Versehen den Wettschein für Bonus Baby gegeben. Ich faßte in meine Hemdtasche und zog den anderen heraus.

»Entschuldige ... hier ist er.«

Claude schnappte sich den anderen Wettschein und überflog ihn. »Ja, Nummer vier, das achte Rennen. Ein verdammt spannendes Rennen. Ich habe es gesehen. Bist du sicher, daß er neun zu eins stand?«

»Ganz sicher.«

In diesem Moment schlurfte Tony herein. Claude erzählte ihm über den Handel mit dem Wettschein.

»Das verschafft dir nur vierundzwanzig Stunden, McBride«, sagte Tony, als er den Wettschein in seine Hemdtasche stopfte. »Die anderen Zweihundert, den Rest der Zinsen, will ich morgen um fünf.«

»Das ist prima, Tony. Hast du etwas dagegen, wenn mich Claude zur Rennbahn zurückfährt? Meine Frau ...«

»Verschwinde«, sagte Tony.

Ich brauchte zwanzig Minuten, um nach Gulfstream zurückzukommen. Ich hätte es in fünfzehn geschafft, aber die Babysachen behinderten mich. Sie brachten gerade die Pferde für das zehnte Rennen heraus, als ich durch das Erdgeschoß der Haupttribüne lief. Elmo und zwei andere Wachmänner hielten mich fest, als ich die Treppen erreichte, die zum zweiten Stock führten.

»Hey, Elmo. Verdammt noch mal, wo waren Sie vor einer halben Stunde, als ich hier gegen meine Willen weggeschleppt wurde?«

»Dieses Mal hauen Sie mir nicht ab«, sagte Elmo. »Ihre Frau will Sie sehen.«

»In Ordnung. Ich will Sie ja auch sehen.«

Sie führten mich zur Krankenstation. Nancy lag auf einer Liege, mit einem Baby in den Armen. Eine Menge Leute liefen herum. Ein großer Bursche im Arztkittel und einem Stethoskop in der Hand sprach mich an.

»Sie müssen Mr. McBride sein«, sagte er. »Es war keine Zeit mehr, sie ins Krankenhaus zu bringen. Die Geburt mußte hier stattfinden. Es ist ein gesunder Junge. Alles ist in Ordnung, aber wir bringen Ihre Frau zur Beobachtung für kurze Zeit ins Krankenhaus.« Er drückte mir die Hand und stellte mich dem Präsidenten der Rennbahn vor. Dann schüttelte ich dem Rennleiter die Hand. Ich mußte irgendeine Bestätigung unterschreiben. Ein paar Reporter fotografierten mich und fingen an, mir Fragen zu stellen. Ich belog sie und versuchte, mich zu Nancy durchzuarbeiten.

Ich faßte ihre Hand und folgte der Liege den Korridor entlang. »Sieh mal, Liebling, ich habe die Babysachen«, erzählte ich. Das war im Augenblick das einzige, was mir einfiel. Sie nickte und lächelte. Wahrscheinlich hatte man ihr ein Beruhigungsmittel gegeben. Ich fragte einen der Burschen, die die Liege schoben, in welches Krankenhaus sie gebracht würde. Er sagte es mir, und ich verschwand in die entgegengesetzte Richtung.

Bevor ich die Rennbahn verließ, mußte ich noch etwas überprüfen. Ich mußte herausfinden, wieviel für den Sieg von Joker Jack gezahlt wurde. Claude hatte ich gesagt, daß er neun zu eins gewettet wurde, aber ich war so mit Bonus Baby beschäftigt gewesen, daß ich nicht wußte, wie Jack zuletzt gewettet worden war. Und Claude hatte mich hinausgedrängt, bevor die endgültigen Quoten bekanntgegeben wurden. Ich überlegte, daß ich einen kleinen Umweg machen könnte. Ich konnte die Ergebnislisten mit den Quoten der heutigen Rennen überprüfen und den Krankenwagen noch erreichen, bevor er zum Krankenhaus abfahren würde.

Ich dachte, wenn Joker Jack auf sieben oder acht zu eins gefallen war, würde Tony bald kommen und mir keine 24 Stunden Zeit mehr geben. Andererseits, wenn er auf zehn oder elf zu eins stand, hätte ich vielleicht noch etwas mehr Zeit. Wenn man verzweifelt ist, gehen einem verrückte Sachen durch den Kopf.

Die Ergebnistafel ist einfach eine Schiefertafel, auf der die Nummern der Rennen stehen. Dahinter ist jeweils Platz, um die Erst-, Zweit- und Drittplazierten aus jedem Rennen und die Quoten einzutragen. Meine Augen wanderten die Gewinnerspalte herunter und suchten nach Joker Jack . . . bis ganz unten. Er war nicht drauf. Meine Augen gingen wie ein Jo-Jo die Tafel herauf und herunter. Bonus

Baby war im achten Rennen als Gewinner aufgeführt, hinter dem Namen stand ein Sternchen. Joker Jack war der Drittplazierte. Die Erklärung stand am Fuß der Tafel. »Joker Jack wurde als Sieger disqualifiziert und auf den dritten Platz gesetzt, weil er Tacho Malo in der letzten Kurve behinderte.«

Mein Gott... die Gewinnauszahlung für Bonus Baby betrug $ 238,60. Und ich hatte zweihundert gesetzt... $ 47720,00! Ich ließ die Babysachen fallen und röhrte wie ein Karibu in der Brunft. Dann fiel es mir wieder ein: Ich hatte ja den Wettschein gar nicht. Und genauso wichtig: Der Wettschein, den ich Tony gegeben hatte, würde mir nur einen Gang zum Knochendoktor einbringen.

Claude hatte den Wettschein auf Bonus Baby in die Badewanne geworfen. Würde er sich daran erinnern, daß er auf das achte Pferd lautete? Ich hatte erzählt, daß ich zurück zur Rennbahn gehen würde. Sie würden bald merken, daß der Wettschein wertlos war. Würden sie dann hier nach mir suchen, oder würden sie sich den Bonus-Baby-Wettschein aus Tonys Hütte holen? Claude war ein Dummkopf, die Chance war nicht schlecht, daß er sich nicht erinnern würde... vielleicht.

Ich schnappte mir die Babysachen und rannte den Hallendale Beach Boulevard hinunter. Die eine Tüte mit den Babysachen benutzte ich dazu, das verbliebene Glas aus einem von Tonys Wohnzimmerfenstern herauszuschlagen. So kam ich in dieses miese Badezimmer.

Der Palmetto-Käfer machte einen weiteren vergeblichen Versuch, die Wand der Badewanne hinaufzuklettern. Dann dachte er wohl »Zum Teufel damit« und kroch den Abfluß hinunter. Der BonusBaby-Wettschein lag aufgeweicht in der Wanne. Die verdammte Küchenschabe hatte eine Ecke abgefressen. Es sah aus, als ob sie fünf Dollar von meinen 47 Riesen gefressen hatte.

Gut, was immer auch die Entbindung kosten würde, es würden auch nicht annähernd 47 Tausender sein. Man stelle sich vor: auf der Rennbahn geboren – das Kind mußte ein Naturtalent werden. Schwer zu sagen, ob wir genug Babykleidung hatten. Auf alle Fälle brauchte ich ein paar neue Tüten, diese gaben allmählich den Geist auf.

Alles, was ich jetzt zu tun hatte, war, Tony den Sonntag über aus dem Weg zu gehen, bis ich den Wettschein am Montag einlösen würde. Im Warteraum des Krankenhauses zu bleiben, wäre wohl das Sicherste.

Klar, Tony wird sein Geld bekommen. Ich werde ihm aus Kalifornien tausend schicken, ohne Zinsen. Ich kenne da dieses nette kleine Appartment in der Nähe von Santa Anita.

Vielleicht hilft es wirklich, zu toten Verwandten zu beten. Danke, Onkel Elmer.

Originaltitel: PRAYING TO DEAD RELATIVES, 7/86
Übersetzt von Gabriele Kunstmann

Colleen M. Kobe

Vertretungsstunde

Irene Everett musterte die Mondkinder mit geschultem Blick. Sie benahmen sich ziemlich genauso, wie irgendwelche anderen Sechstklässler, ob auf der Erde geboren oder nicht. *Na ja,* korrigierte sie sich, *vielleicht springen sie ein bißchen mehr herum.*

Sie saß an einem neuen Arbeitstisch aus Aluminium, dessen Inhalt ihr nicht gehörte, auf einem Stuhl, der bei der geringen Schwerkraft des Mondes beengend wirkte. Sie strich sich über das angegraute Haar und glättete ihr dunkelgrünes Kleid. Die Kinder beachteten sie nicht, wie Kinder Vertretungslehrer eben niemals beachten, solange es sich eben vermeiden läßt. Eins nach dem anderen hatte den Raum betreten, außer Atem und mit roten Gesichtern. Alle waren überrascht, sie zu sehen.

Die Neun-Uhr-Glocke läutete, und Irene erhob sich, um sich vor ihrem Pult aufzubauen. »Ich bin Miss Irene Everett«, gab sie bekannt, als die Kinder still geworden waren. »Mr. Brigham ist letzte Nacht krank geworden. Ich soll ihn vertreten. In seinem Plan habe ich gelesen, daß ihr in der ersten Stunde Biologie habt, und daß ihr Hausaufgaben gemacht habt, über die wir sprechen müssen. Nehmt bitte die Bücher vor –«

Sie wurde unterbrochen, als jemand die Klassenzimmertür öffnete. Walter Barrister, der Direktor der Mare Imbrium-Mittelschule steckte seinen grauen, aber kahl werdenden Kopf herein. Irene hatte sich sagen lassen, daß er erst vierzig wäre, aber er sah rund zehn Jahre älter aus. »Miss Everett, entschuldigen Sie die Störung. Könnte ich Sie einen Moment hier draußen sprechen?«

»Ja sicher. Sekunde, bitte.« Sie wandte sich wieder der Klasse zu. »Kinder, ich komme gleich wieder. Ähm –« Sie schaute ein dickliches, brünettes Mädchen an, das einen verblichenen Overall trug, die Beine in kniehohe Stiefel gestopft. »Wie heißt du?«

»Andrea.«

»Gut, Andrea, willst du die Klasse übernehmen, bis ich wiederkomme? Es wird nur eine Minute dauern.« Sie ging zur Tür, schaute sich aber noch einmal um. Andrea stapfte wichtigtuerisch nach vorn, drehte sich um und verschränkte die Arme. Irene schloß hinter sich die Tür und ging auf den Direktor zu, der schon ungeduldig mit dem Fuß wippte.

»Was kann ich für Sie tun, Walter?«

»Augenblick noch, Augenblick.« Leise prüfte er, ob die Tür

geschlossen war. Dann nahm er sie seufzend am Arm und führte sie über den Flur, während er sich mit seiner freien Hand zwanghaft auf den Oberschenkel klopfte. Zwei Herren in Anzügen warteten um die Ecke auf sie.

»Irene, das sind Dick Nguyen und Jerome Kubaki, vom lunaren Nachrichtendienst.« Sie gab ihnen die Hand. Sie lächelte. Die beiden lächelten nicht. »Sieht ganz so aus, als hätten wir ein ziemlich großes Problem, verdammt noch mal!« explodierte er plötzlich und schlug mit der Hand an die Wand aus weißem Ziegelstein. »Warum muß so was immer mir, immer nur mir passieren?« Seine Hände zitterten heftig, als er nach einer Zigarette kramte. »Immer mir, immer mir«, murmelte er zornig. Der Kleinere der beiden Männer gab ihm Feuer. Als Walter den Rauch inhalierte, mußte er heftig husten.

»Nehmen Sie es sich doch nicht so zu Herzen, Walter. Was es auch ist, so schlimm kann es gar nicht sein.« Irene streichelte ihm linkisch den Rücken.

Jerome Kubaki räusperte sich. »Miss Everett«, sagte er, »wir sind hier, weil in Ihrem Klassenzimmer ein Chamäleon ist.«

»Was?« schrie Irene. »Ein Chamäleon? Hier? Auf dem Mond?« Sie sah erst Jerome, dann Dick an und umgekehrt. »Da ist Ihnen doch sicher ein Fehler unterlaufen. Wirklich. Ein Chamäleon? Wie sollte es so nah an die Erde herangekommen sein, ohne gefangen zu werden? Und weshalb?«

Jerome seufzte. Irene bemerkte ganz abwesend, daß seine Augen farblos zu sein schienen. *Aber vielleicht sind das graue Augen,* dachte sie, *so nennt man sie wohl. Sie passen zu seinen Haaren.*

Unseren Informationen nach ist es einem kleinen Zweimann-Erkundungsschiff gelungen, durch unser Abwehrsysteme hindurch bis zum Mars zu gelangen«, sagte Jerome. »Von da aus konnten wir seine Spur bis hierher verfolgen. Wir hatten zu wenig Raumschiffe zur Verfügung, und die waren auch noch zu weit verteilt, als daß wir sie hätten aufhalten können. Außerdem haben sie noch immer die schnelleren Schiffe. Wir arbeiten aber daran.

Wie dem auch sei, sie sind gestern Nacht auf der dunklen Seite gelandet. Wir haben ihr Schiff gefunden, von ihnen fehlt jede Spur. Die hätte uns auch nicht viel genützt. Sie können ja ihre Gestalt so perfekt verändern, daß selbst Dirk zwischen so einem und mir nicht unterscheiden könnte. Jedenfalls nicht auf den ersten Blick. Zum Glück können sie nicht auch noch einfach durch Wände gehen, wenigstens soviel wir wissen. Als heute morgen ein unerlaubtes Eindringen von Tor sieben gemeldet wurde, konnten wir also ziemlich sicher sein, daß sie dahinter steckten. Dann ließen wir den Computer jeden Monitor in jedem Raum in dieser ganzen gottverdammten Siedlung überprüfen und haben einen Raum herausgefunden, in dem etwas nicht stimmt: sieben Leute sind drin, aber nur sechs wurden vom Computer als menschliche Lebewesen identifiziert. Ihr Raum. Sie haben ein Chamäleon im Klassenzimmer.«

Irenes Knie drohten nachzugeben. »Mein Gott. Eines dieser Kinder – ist in Wirklichkeit – und die anderen ... was wollen Sie unternehmen?«

»Wir haben einen Plan, und der hängt zum größten Teil von Ihnen ab«, sagte Jerome. »Wir wollen, daß Sie zurück in Ihr Klassenzimmer gehen und herausfinden, welches Kind das Chamäleon ist. Dann schicken Sie es heraus zu uns.«

Jetzt klappte Irene tatsächlich zusammen. Walter streckte die Arme aus und fing sie auf. »Ich? Sie wollen, daß ich da hineingehe? Ich weiß doch nichts von Spionage oder Chamäleons oder Verrat oder sonstwas! Ich weiß nicht mal, wie ich anfangen sollte! Ich wäre Ihnen mehr im Weg als eine Hil –«

»Sei still und hör zu«, zischte Walter und preßte ihren Arm. »Hör mir gut zu. Du mußt wieder in das Klassenzimmer reingehen. Keiner von uns kann das für dich tun.«

»Zum Teufel, warum nicht?«

»Um Himmels willen, denk mal nach. Nimm an, er oder es, oder wie man es nennen will, nimm mal an, es beschließt, sich in ein großes hungriges Raubtier mit großen spitzen Zähnen zu verwandeln? Oder in eine Kohlenmonoxid-Wolke? Es könnte uns leicht alle töten. Nein. *Wir* können nicht in das Klassenzimmer gehen, ohne Verdacht zu erregen. Nur du kannst das. Wir müssen irgendeinen Weg finden, um herauszubekommen, welchen Schüler es dort mimt. Wir müssen es dazu bringen, herauszukommen, so daß die beiden Männer hier es einfangen können.«

»Aber sicher! Womit? Mit dem Staubsauger?«

»Das ist unsere Sache, Miss Everett«, erwiderte Jerome mit verkniffenem Lächeln. »Es ist so, daß ein Chamäleon in menschlicher Gestalt genauso verwundbar ist wie ein Mensch. Ich bezweifle auch, daß es sich in eine Gaswolke verwandelt, weil es dann wohl Schwierigkeiten hätte, komplett beieinander zu bleiben. Aber das sind Hypothesen. Fest steht, sobald es zur Tür herauskommt, können wir es hiermit lähmen.« Er schob seine Anzugjacke zurück und erlaubte Irene so einen Blick auf ein Halfter, in dem ein dunkles Gerät steckte. »Das wird der erste Kriegsgefangene sein, den wir machen.«

»Aber wie kann ich herausfinden, daß eines dieser Kinder in Wirklichkeit – etwas anderes ist?« jammerte Irene. »Ich weiß ja nicht mal, wie sie sich normalerweise verhalten.«

»Das wissen Sie nicht?« fragte Jerome erschrocken.

»Nein. Ich bin heute früh zur Vertretung hier für Arthur Brigham.«

»Großartig«, stöhnte er.

Irene grübelte verzweifelt nach einer Möglichkeit, nicht in den Klassenraum zurückgehen zu müssen. *Beruhige dich,* sagte sie zu sich selbst, *du mußt in Ruhe nachdenken.* »Haben Sie mal versucht, die Eltern der Kinder anzurufen, ob vielleicht eins heute nicht in die Schule gegangen ist?«

»Ja sicher«, sagte Jerome. »Alle Kinder haben um sieben Uhr dreißig ihre Wohnungen verlassen. Es scheint, als hätte es eine Art Wettrennen gegeben. Wer zuerst zur Schule kam, sollte einen Preis gewinnen.«

»Ach, darum waren sie so aufgedreht heute morgen.«

»Das nützt uns gar nichts«, fuhr Walter dazwischen. »Wie kriegen wir dieses Ding da raus?«

»Nun mal langsam. Sagen Sie, warum nehmen Sie an, es befinde sich ausgerechnet in der sechsten Klasse?« wunderte sich Irene. »Es sieht doch so aus, daß es die Gestalt eines Baumes oder der Wand hier annehmen könnte und sich nicht die geringsten Sorgen machen müßte, durch abweichendes Verhalten Verdacht zu erregen. Es wäre dann nicht so leicht zu fangen.« Irene wandte sich Dick Nguyen zu. »Was meinen Sie, Dick?«

Jerome unterbrach sie sanft, »Dick kann nicht sprechen. Er hat keine Stimmbänder.«

»Oh«, sagte Irene, »entschuldigen Sie.«

»Es wäre nützlich, einmal zu überschlagen, was wir schon wissen, und zwar je eher desto besser«, fuhr Jerome fort. »Wir wissen, daß heute früh um sieben Uhr dreißig alle Kinder aufgebrochen sind, um hierher zu kommen. Wir wissen, daß zwei der Kinder nördlich der Schule wohnen, zwei wohnen westlich und die anderen beiden östlich der Schule. Trotzdem schlug jedes Kind einen eigenen Weg ein, um seine oder ihre Chance zu erhöhen, den Wettlauf zu gewinnen. Einige blieben innen, einige Wege führten außen herum.«

»Sie meinen, die Kinder verließen den Bereich der künstlichen Atmosphäre?« fragte Irene ungläubig.

»Nein, nicht so weit draußen. Sie gingen außerhalb der Gebäude. Die innen gingen, benutzten Tunnel und dergleichen. Weiter. Irgendwo auf seinem Weg wurde eins der Kinder eingezogen, und das Chamäleon trat an seine Stelle. Aber welches Kind? Und wann und wo? Wir wissen nichts Genaues.

Allerdings haben wir Meldung von einer seltsamen Beobachtung«, fuhr er fort. »Ein Feldarbeiter, der in der Nähe der Schule mit dem Rad zur Arbeit fuhr, hat ein Kind durch ein Kornfeld gehen sehen. An sich ist das nicht ungewöhnlich, obwohl es natürlich nicht gern gesehen wird, aber es kam ihm etwas merkwürdig an dem Kind vor. Es sah aus, als ob es Schwierigkeiten beim Gehen hätte. Es schien ihm nicht direkt weh zu tun, aber es machte ihm Mühe. Wenn es diesem Kind aber Mühe machte, was hatte es dann dort draußen zu suchen? Es gibt eine Menge bequemerer Wege zur Schule.«

»Das Chamäleon«, sagte Irene.

»Es sieht ganz so aus. Es muß schon die Gestalt des Kindes angenommen haben und setzte dessen Weg fort. Wenn sie eine bestimmte Gestalt nachahmen, können sie offenbar auch einen großen Teil der Erinnerung ihres Musters mit nachbilden.«

»Ein Junge oder ein Mädchen?« fragte Walter.

»Das konnte der Mann nicht sagen. Es dämmerte noch, und zusammen mit dem Jahreszeiten-Simulator war es insgesamt zu dunkel, um irgend etwas zu erkennen, außer, daß es sich um ein Kind gehandelt hat. Überhaupt konnte er wahrscheinlich nicht viel erkennen, das Korn steht schon ziemlich hoch in dieser Jahreszeit.«

»Konnten Sie nicht daraus, wo der Mann das Kind gesehen hat, schließen, welches es gewesen sein muß?« fragte Irene. »Es wird doch etwas weiter nördlich als südlich, oder etwas mehr östlich als westlich, oder umgekehrt gewesen sein, so daß Sie sagen könnten, dies oder das Kind hat er gesehen.«

»Kann ich nicht. Etwas nördlich der Schule führen alle drei äußeren Wege zusammen. Von diesem Kornfeld an gehen die Kinder zusammen, von da aus ist es auch wirklich nicht mehr weit. Vorausgesetzt, sie sind außenrum gekommen.«

»Hinzu kommt, daß wir nicht viel Zeit haben«, fügte Jerome nach einer Pause hinzu.

»Nicht viel Zeit?« plapperte Walter entgeistert nach. »Großartig!«

»Ja. Es gibt gewisse Anzeichen dafür, daß ein Chamäleon sich überanstrengt, wenn es eine Gestalt länger als zwei Erdenstunden beibehalten muß. Es muß sich dann in seine wahre Gestalt zurückverwandeln, in eine Art Gelatineklumpen. Das sieht harmlos aus, gibt aber Blausäuregas ab. Tödlich für jeden Menschen, der in die Nähe kommt.«

Sie schwiegen für einen Moment. »Hat es die gleiche Wirkung, wenn sie ohnmächtig werden?« fragte Irene.

Jerome lachte grimmig in sich hinein. »Soviel wir wissen, ja. Wir haben allerdings noch nie eines in menschlicher Gestalt beobachten können. Wir müssen uns beeilen. Haben Sie eine Idee?«

»Ja, ich hab's.« Irene kicherte aufgeregt. »Wir holen einfach die Kinder einzeln aus dem Klassenzimmer und lassen ihre Strahlung vom Computer analysieren. So finden wir heraus, welches Kind das Chamäleon ist.«

»Seien Sie nicht blöd, Irene«, fuhr Walter sie an. »Glauben Sie nicht, daß wir das längst überlegt haben? Warum stellen Sie sich nicht gleich vor das Klassenzimmer und rufen: ›Hallo, Mr. Chamäleon, komm raus, komm raus, wer immer du bist.‹? Ich habe Ihnen gesagt, daß es sich in alles – oder jeden – verwandeln kann, wie es ihm gefällt. Und sobald es merkt, daß wir hinter ihm her sind, wird es das tun. Und Sie sind die einzige Person, die es nicht sofort verdächtig finden wird. Sie sind diejenige, die es kriegen muß, niemand sonst hätte eine Chance.«

Irene wurde still. »Schon gut, sieht so aus, als hätte ich keine Wahl. Wieviel Zeit haben wir?«

Jerome sah auf seine Uhr. »Dreißig Minuten.«

»Dreißig Minuten«, jammerte Walter.

Mit offensichtlicher Anstrengung riß sich Irene zusammen. *Ich muß es tun. Niemand kann mir das abnehmen.* »Innerhalb der nächsten halben Stunde werde ich ein Kind aus dem Raum schicken«, sagte sie zu den Männern. »Dieses Kind wird das Chamäleon sein. Tun Sie, was Sie tun müssen.«

Jerome nickte verzagt. »Denken Sie daran, nur dreißig Minuten.«

»Denken Sie daran, Irene«, sagte Walter gewichtig, »glauben Sie den Kindern nicht alles. Sie können nie wissen, welches das Chamäleon ist. Es könnte lügen.«

»Jawohl.«

»Und wenn es so aussieht, als geschähe etwas Merkwürdiges mit einem von ihnen, tun Sie, als ob nichts wäre – aber sehen Sie zu, den Rest schleunigst da raus zu kriegen.« Walter fuhr sich mit der Hand durch das Haar und ließ es stehen. »Stellen Sie sich vor, wieviele Prozesse wir am Hals hätten, wenn den Kindern etwas passierte. Mein Gott.«

»Jawohl.«

»Und um Himmels willen, Irene, behalten Sie die Nerven!« Walters Gesicht zuckte. Er lehnte seinen Kopf an die weiße Ziegelwand. »Warum ich?« klagte er leise. »Warum erwischt es immer mich?«

Irene drehte sich um und ging langsam den Flur hinunter. Sie spürte, daß ihre Handflächen feucht waren. Ihr Herz schien einen Steptanz aufzuführen. Sie holte noch einmal tief Luft, setzte ein Lächeln auf und betrat das Klassenzimmer.

Das Gemurmel im Raum hörte sofort auf. Das Mädchen, dem sie die Aufsicht anvertraut hatte, saß auf ihrem Tisch, die Arme noch immer verschränkt. Drei Namen hatte sie an die Tafel gekritzelt. »Miss Irene, diese Kinder sind böse gewesen, als Sie fort waren«, petzte sie. Sie zeigte mit einem dicklichen Finger auf die Tafel.

»Äh bäh, Andrea, du Baby«, rief einer der beiden schwarzen Jungen dazwischen.

»Vielen Dank, Andrea«, sagte Irene sanft. »Du darfst dich wieder setzen.« Sie watschelte zu ihrem Platz zurück und ließ sich, nicht gerade graziös, auf ihren Stuhl fallen.

»Da ihr nun meinen Namen kennt, wie wär's, ihr sagt mir eure Namen?« Irene fuhr freundlich fort. »Reihum könnte sich einmal jeder selbst vorstellen.« Sie musterte ihre sechs Schüler.

Die Kinder spiegelten die Vielfalt der Völker unter den Mondbesiedlern. Vier Jungen und zwei Mädchen verteilten sich auf zwei Reihen mit je drei Plätzen. An der Rückwand des kleinen Zimmers waren die Computerterminals aufgebaut, die die Kinder im Unterricht brauchten. Die schwarzen Jungen waren eineiige Zwillinge, glücklicherweise trugen sie verschiedenfarbige Hemden. Der vorn sitzende trug Blau, der hintere Gelb. Aufmunternd nickte sie den Zwillingen zu.

»Ich heiße Chuck Walkerson«, sagte der Junge im blauen Hemd.

»Und ich bin Craig Walkerson«, sagte der Junge in Gelb.

Vom mittleren Platz der ersten Reihe aus lächelte sie die untersetzte Braunhaarige an, die Nase hoch oben in der Luft.

»Ich bin Andrea DuPres«, gab sie bekannt.

Hinter ihr saß ein zerbrechlich wirkendes Mädchen mit krausem, blondem Haar. Sie untersuchte gerade ihren mechanischen Bleistift mit leichter Geringschätzung. Sie trug ein teures, grün bedrucktes Kleid. Wie hingeworfen lag eine Puppe unter ihrem Stuhl. Schüchtern sagte sie: »Ich bin Bonnie Broker.«

Der rothaarige Junge neben Andrea rutschte auf seinem Stuhl herum und lenkte Andreas Blick auf sich. »Ich bin Harrison Oliver Snodgrass der Vierte«, ließ er lauthals vernehmen. »Oder einfach Harry.«

Der letzte Junge, hinter Harry, sah gerade lange genug auf, um zu sagen: »Ich bin Rodney King«, bevor er sich wieder an das stille Studium seines Lehrbuchs machte.

Bist du so still, weil du nichts zu sagen hast, fragte sich Irene, *oder weil du nicht auf dich aufmerksam machen willst?*

Wie auch immer. Irene ging langsam um ihr Pult herum. Wie sieht es aus? Sie heißen Chuck und Craig, Harry, Rod, Bonnie und Andrea. Und eines von ihnen ist nicht, was es zu sein scheint. Aber welches? Und wie komme ich dahinter, ohne daß es etwas merkt?

»Also«, fing sie an, »ich habe gehört, daß ihr heute morgen eine Art Wettbewerb ausgetragen habt.« Einige nickten. »Aber worum genau ging es da? War es ein Staffellauf?«

»Nein, es war ein Wettlauf zur Schule«, rief Harry. »Und ich habe ihn gewonnen!«

Schlagartig erfüllte ein Gewirr von Stimmen den Raum. »Hast du nicht, du Lügner«, schnaubte Andrea. »Es war unentschieden zwischen dir und Craig.«

»Ach was«, protestierte Harry. »Ich war als erster hier. Und ich kriege nächste Woche einen Tag schulfrei.«

»Wenn er unbedingt einen freien Tag haben will, laßt ihn doch«, sagte Craig ruhig. »Es war nur darum unentschieden zwischen ihm und mir, weil ich – ich« Er zögerte.

»Weil du was?« fragte Bonnie freundlich.

Er errötete und starrte seine Tischplatte an. »Ach, ich, na ja, ich mußte mal austreten.« Andrea kicherte.

Irene warf wie zufällig einen Blick auf die Garderobe. Drei Mäntel hingen lappig am Haken. Einer gehörte einem Mädchen. Sie schaute zurück auf die Kinder.

»Gut. Jedenfalls ist es interessant, daß sicher irgend jemand das Rennen gewonnen hat«, sagte sie und lächelte dabei, weil ihr auffiel, wie geistlos sich das anhörte. »Wie wäre es, wenn wir uns gegenseitig den Weg schilderten, den wir heute morgen genommen haben, um hierherzukommen? Ich glaube, uns könnten noch ein paar andere Möglichkeiten einfallen, wenn wir zusammen nachdenken.« *Und außerdem, es könnte ja sein, daß sich einer von euch verrät.* »Nun, wer macht den Anfang?«

Stille.

»Wie wär's mit dir, Bonnie? Welche Route hast du gewählt, um heute früh hierherzukommen?«

Bonnie senkte die Augen und schüttelte den Kopf. Irene ärgerte sich darüber. »Was ist los? Willst du es uns nicht sagen?«

Bonnie schaute auf, mit aufgerissenen Augen. Dann zögerte sie. Verstohlen sah sie zu Harry herüber, der nur dumm grinste, und schüttelte wieder den Kopf.

»Nun mach schon, Bonnie«, sagte Andrea voll Ungeduld. »Sag's ihr einfach. Es ist kein Geheimnis.«

»Nein«, zischte sie zu Andrea herüber.

»Na gut«, unterbrach Irene sanft. »Sag du uns, Andrea, welchen Weg du genommen hast.«

»Okay. Ich wohne, hm, von hier aus im Norden. Die Richtung.« Sie zeigte sie mit den Armen. »Oder ist es in dieser Richtung? Jedenfalls bin ich außen herum zur Schule gegangen.« Sie verschränkte die Arme und schaute um sich. »Wollt ihr wissen, warum ich draußen gegangen bin? Weil meine Mutter gesagt hat, das geht schneller, weil es immer auf einer geraden Linie schneller geht als auf einer kurvigen. Und sie hat recht!«

»Ach ja? Und warum hast du dann nicht gewonnen?« stichelte Craig.

Andrea wirbelte auf ihrem Stuhl herum. »Du bist still, Chuck, du Blödmann!«

»Ich habe doch gar nichts gesagt«, protestierte Chuck.

»Vielleicht hatte ich einen weiteren Weg als du?« fuhr Andrea hitzig fort. »Bist du schon mal auf die Idee gekommen? Neee!«

Bonnie meldete sich.

»Ja?« sagte Irene.

»Könnte ich mal auf die Toilette, bitte?«

O nein, dachte Irene. Sie schaute auf die Uhr. Noch zwanzig Minuten. »Ach nein, Bonnie. Wir fangen gleich mit einer wichtigen Übung an, und ich meine wirklich, du solltest ein bißchen wartenl« Irene fuhr gleich fort, ohne die ungläubigen Blicke der Kinder zu beachten. »Warum werfen wir nicht mal einen Blick ins Biologiebuch?« sagte sie und holte ihr eigenes aus der Tasche. Die Kinder wühlten in ihren Bänken, um die Bücher zu suchen.

Denk drüber nach, sagte sie zu sich selbst, *es hängt nur ein Mädchenmantel dort, und Andrea hat gesagt, das sei ihrer. Sie trägt Stiefel, und niemand hat sie korrigiert, also kann ich ihr glauben. Also muß Bonnie einen Weg im Innern gewählt haben und kann also nicht das Chamäleon sein.* Irene gefiel diese ungewöhnlich lange Kette von Schlußfolgerungen.

»In diesen Tagen wird es sicher schon kalt draußen, bei Nacht, oder?« setzte Irene schwungvoll ihren Unterricht fort. »Die Bäume auf dem Hof verändern langsam schon ihre Farbe. Wie ich sehe, habt ihr euch zuletzt mit Botanik beschäftigt. Kann mir vielleicht jemand erklären, warum die Blätter im Herbst ihre Farbe ändern? Chuck?«

»Weil es kälter wird«, riet er.

»Aber nein. Weiß einer von den anderen die Antwort? Rod?«

»Weil die Pflanzen nicht mehr soviel Licht bekommen wie vorher«, sagte der ruhige Junge voll Selbstvertrauen.

»Richtig. Das Fallen der Temperatur geht Hand in Hand mit dem allmählichen Nachlassen des Lichts in jedem Herbst. Wie kalt ist es heute wohl?« sagte sie plötzlich, einer Eingebung folgend. »Würdest du für uns einmal die Temperatur ablesen?«

»Klar.« Rod erhob sich und ging zum Fensterbrett, auf dessen äußerer Hälfte das Außenthermometer etwas unsicher angebracht war. Er betrachtete es kopfschüttelnd aus verschiedenen Winkeln. »Es ist so angebracht, daß ich nicht ablesen kann.« Er griff nach dem Hebel, und bevor Irene etwas einwenden konnte, hatte er das Fenster geöffnet. Das Thermometer, jetzt offenbar ohne jeden Halt, fiel langsam und geräuschlos draußen zu Boden. »Oh.«

»Gut gemacht, Rod«, kicherte Andrea. »Wenn du so weitermachst, wirst du noch so gut wie Harry.« Harry streckte ihr die Zunge heraus.

Moment mal, dachte Irene plötzlich. *Angenommen, die Zwillinge kamen aus derselben Richtung, und einer der Mäntel gehört zu ihnen. Der Mädchenmantel gehört Andrea. Könnte Rod der dritte Mantel gehören? Er sieht so aus, als ob er ihm passen könnte ... Aber wenn er nicht in der gleichen Richtung wohnt, wie Andrea? Aber andererseits, was ist, wenn doch? Oh, mein Kopf brummt. Wie sollte man auch denken können in so einem überheizten Raum.*

Irene sah auf die Uhr. Zehn Minuten.

Sie schaute die Gesichter der Kinder an, die in Frage kamen. *Also gut, eines von ihnen mußte es sein. Aber welches? Andrea, Rod, Chuck, Craig oder Harry? Verdammt noch mal, vielleicht sollte ich einfach loslegen und jedes einzelne Kind fragen, aus welcher Richtung es gekommen ist – und hoffen, daß das Chamäleon keinen Verdacht schöpft. Nein, ich kann nicht davon ausgehen, daß es so dumm ist.* Unauffällig – wie sie hoffte – wischte sie sich die schweißnassen Hände am Kleid ab.

»Schlagt die Bücher auf Seite 112 auf. Nun, möchte jemand freiwillig vorlesen? Chuck?« Er nickte und fing an, laut zu lesen.

»Kapitel zwei. Die Erforschung der Pflanzen. Die wichtigsten Ereignisse in der jüngeren Ges-Geschichte der Bot-Botanik war die Ent-Entdeckung der allgemeinen Ver-Vererbungsge –« Chuck hielt ein, und kämpfte mit dem Wort. Harry kicherte laut. »Vererbungsgesetze, Clowning – nein, ich meine –« Inzwischen gluckste Harry laut. Chuck starrte ihn wütend an. »Du hältst dich wohl für was Besonderes, was Harry?«

»Wenn du es rausbekommen hast, verheimliche es nicht.«

»Ach so?« Chuck lehnte sich langsam in seinen Stuhl zurück, verschränkte die Arme und setzte ein höhnisches Grinsen auf. »Tja, ich weiß auch was. Ein Geheimnis. Ich weiß nämlich, warum du deinen

Weg zur Schule nicht bekanntgeben wolltest. Was würdest du tun, wenn ich es allen sage?«

Harrys Lächeln erstarb.

»Du meinst, du wärst so schlau gewesen, daß du gewonnen hast. Pech gehabt, du Betrüger! Du hast gemogelt! Ich wollte erst gar nichts sagen, aber jetzt tu ich es doch. Ich kann es nicht haben, wenn man sich über mich lustig macht.« Chuck drehte sich plötzlich zu Irene um. »Wollen Sie wissen, warum er hier als erster angekommen ist?«

»Sei still!« schrie Harry. »Sei still, sei still, sei still!«

Chuck beachtete ihn nicht. »Sein Vater hat ihn hergebracht. Ich habe sie gesehen.«

»Ach ja? Ach ja?« Harry stand fast schon auf seinem Stuhl. »Und wie willst du das wissen? Schlaukopf! Warst du vielleicht dabei?«

»Ja. Genau das. Ich war da, ich sah euch ankommen.«

»Ich habe dich jedenfalls nicht gesehen, obwohl ich mich umgeguckt habe.«

»Das kommt daher, daß –« Chuck unterbrach sich. »Das geht dich gar nichts an«, schloß er verärgert. »Darf ich jetzt weiterlesen?« fragte er Irene.

Aber Harry hatte nicht vor, ihn so davonkommen zu lassen. »Ich weiß, warum du mich beobachten konntest. Du hast eine Abkürzung genommen! Du hast durchs Kornfeld abgekürzt, und du weißt ganz genau, daß niemand durchs Kornfeld gehen darf!« Er drehte sich voller Wut um und sagte zu Irene: »Sie haben es gehört, Miss Irene. Chuck hat gemogelt, Chuck hat gemogelt!«

»O nein, hab ich nicht. Er hat betrogen!« rief Chuck, mit dem Finger auf Craig zeigend, der ganz überrascht aufsah.

»Nun aber mal langsam –«

Andrea verdrehte ihre Augen. »O Gott, geht das wieder los. Es ist immer dasselbe mit euch beiden. *Er* war's, nein, ich war's nicht, *er* war's.« Sie wandte sich Harry zu. »He, Harry. Selbst wenn einer von denen den Weg durchs Kornfeld abgekürzt hat, – was soll's? Wenigstens belästigt er nicht andere Leute, wenn sie zur Schule gehen, so wie du. Warum läßt du die arme Bonnie nicht in Ruhe? Du wirst sie noch verrückt machen. Warum, denkst du, wollte sie nicht sagen, wie sie hergekommen ist? Weil sie endlich einen Weg gefunden hat, auf dem sie nicht von dir belästigt wird, darum. Also gib Ruhe.«

Also kommen Bonnie und Harry aus derselben Richtung, dachte Irene, die geräuschvolle Gelegenheit, nachzudenken, ausnutzend. *Aber ich weiß, daß Bonnie innen gegangen ist, so daß Harry außenrum gegangen sein wird, es sei denn, sein Vater hätte ihn gefahren. Dann könnte er gar nicht das Chamäleon sein. So blieben Andrea, Rod und die Zwillinge übrig. Aber nach allem kommen Rod und Andrea aus derselben Richtung, und da sie außen gegangen ist, muß er innen gegangen sein – und ist unschuldig.*

Jetzt bleiben mir drei Verdächtige übrig: Andrea, Chuck und Craig. Und ich habe noch fünf Minuten, das Chamäleon herauszufinden.

Oder, ergänzte sie, *herauszufinden, wer es nicht sein kann.*

Andrea wählte einen äußeren Weg, so viel steht fest. Einer der Zwillinge ebenfalls – und das war Chuck, der Harry beschuldigen konnte – und Harry hat zugegeben, daß er recht hatte –, geschummelt zu haben. Also kommt Craig nicht in Frage, weil er innen gegangen ist. Und jetzt heißt es, Andrea gegen Chuck.

Schweiß lief Irenes Hemd herunter. *Mir geht die Zeit aus und die Ideen, also werde ich auf vernünftige Weise raten müssen. Walter wird mich umbringen. Andrea oder Chuck? Wäre ein Fremder, der nicht auffallen will, so laut und frech wie Andrea? Würde er so lesen wie Chuck?*

Wer zum Teufel weiß schon, was so einen Fremdling bewegt?

Plötzlich dachte sie, *entlarv dich selbst, Fremder. Du willst hier raus? Hier ist deine Chance.*

Sie klatschte zweimal laut in die Hände. »Genug jetzt. Höchste Zeit, weiterzumachen. Aber erst mal, ach, ich glaube, mir ist die Kreide ausgegangen. Wer geht für mich in den Materialraum, mir welche zu holen? Freiwillig? Andrea?«

Das dicke Mädchen zuckte mit den Achseln. »Sicher, ich –«

»Ich will«, rief Bonnie.

»Ich gehe, ich gehe!« schrie Chuck. »Lassen Sie mich gehen«!

»Gut, Chuck, du kannst gehen«, sagte Irene lächelnd. Chuck rannte beinah aus dem Zimmer. Sie lauschte, nachdem er die Tür hinter sich geschlossen hatte. Kein Wort war zu hören, nur einige schleifende Geräusche drangen durch die Tür herein. Dann hallte ein hoher, unmenschlicher Klagelaut über den Flur. Voll Furcht starrten die Kinder auf die Tür.

»Miss Irene –?« fragte flüsternd Andrea. Stumm wies Irene sie an, still zu sein.

Nach einer halben Ewigkeit wurde die Tür geöffnet. Walter streckte seinen Kopf herein, wie schon einmal – war das wirklich erst eine Dreiviertelstunde her? – und winkte ihr, zu ihm auf den Flur hinauszukommen.

»Wir haben ihn«, sagte er benommen. »Ich meine, wir haben es.«

»Großartig. Ach, Andrea, könntest du –«

»Ja sicher.«

»Gut, gut.« Irene folgte Walter auf den Flur, wo Jerome und Dick sie erwarteten. So, daß er eben von der Tür aus nicht zu sehen war, beherrschte dort ein grauer, fensterloser Edelstahl-Kubus den Flur. Er reichte Irene bis an die Schulter.

»Was ist denn nun da drin?« fragte Irene.

Jerome stand auf der anderen Seite des kleinen Gefängnisses. »Das Chamäleon. Es hat seine angeborene Gestalt wieder. Wir haben es jedenfalls betäubt und in diesem Zustand sollten wir es bis auf weiteres lassen. Meinen wir.«

»Es kann da wirklich nicht heraus, oder?«

Jerome lächelte grimmig. »Nein.«

Irene starrte das merkwürdige Gefängnis an, dann seufzte sie laut. Ein gewaltiges Gewicht fiel ihr von den Schultern. »Haben Sie inzwischen Chuck finden können? Ich meine den wirklichen?«

Walter zündete sich wieder eine Zigarette an. »Ja. Sie haben ihn etwa hundert Meter von dem Platz entfernt aufgefunden, den der Arbeiter beschrieben hat. Ein gutes Versteck. In dieser Jahreszeit hätte er auf ewig unentdeckt in diesem Kornfeld liegen können. Na ja, wenigstens noch etliche Wochen. Vor fünf Minuten haben sie ihn gefunden. Also selbst wenn Sie es nicht herausgefunden hätten, hätten wir es gewußt.« Walter schnaubte. »Obwohl ich nicht weiß, was uns das noch genützt hätte.«

»Lebt er?«

»Kaum. Aber der Arzt sagt, er wird durchkommen.« Walter atmete ruckartig aus. »Wie sind Sie ihm denn nun drauf gekommen? Darf ich fragen – ich meine, ich möchte es wirklich wissen.«

Irene lächelte süßlich. »Ich habe mich des einfachen, gesunden Menschenverstandes bedient, Walter. Sollten Sie davon schon mal gehört haben?«

Walters Gesicht verfinsterte sich.

»Wenn die Herren mich jetzt bitte entschuldigen würden? Ich muß mich um meine Klasse kümmern. Es war nett, Sie kennengelernt zu haben, Mr. Nguyen, Mr. Kubaki.« Damit nahm Irene das vertraute Geschäft des Vertretungslehrers wieder auf.

Originaltitel: DOUBLE SUBSTITUTION, 7/86
Übersetzt von Achim Seiffarth

Thomas Wylde

Markante Schrift

Karl Weller ächzte. Er strengte sich an und hob den Farbfernseher auf das Fensterbrett; das Gerät knallte dabei hart auf. Sein Herz schlug wie verrückt, von seiner Stirn floß ihm der Schweiß in die Augen. Er wartete und lauschte in das schlafende Haus. Aus dem Schlafzimmer kam leises Schnarchen, und er entspannte sich ein wenig. Dann sprang eine große, weiße Katze auf den Fernseher und erschreckte ihn zu Tode.

Für einen Moment sackte er zusammen und lehnte sich auf den Fernseher. Er fühlte sich schwindelig, beinahe krank. Die Katze begann, den Schweiß in seinem Nacken abzulecken. »Danke für deine Mühe«, sagte er.

Dann ging er zurück, um den Videorecorder zu holen, und verfing sich dabei in dem Gewirr von Kabeln, die den Recorder mit den Videospielen verbanden. Er riß an ihnen, hielt seine kurze Taschenlampe mit dem Mund und murrte immer lauter und lauter. Das Schnarchen hörte abrupt auf, und im Nachbarzimmer ächzte ein Mann. Karl saugte die Taschenlampe in den Mund hinein und erstarrte, während er hörte, daß die Sprungfedern quietschten.

Als es wieder ruhig war, entspannte er sich etwas, und das Licht der Taschenlampe schien zwischen seinen Zähnen hervor. Dann flog die Schlafzimmertür auf, und er hätte das verdammte Ding beinahe verschluckt. Ein Mann in Unterhosen kam schnell heraus und ging auf seinem Weg zur Küche an Karl vorbei.

Flaschen klirrten, als der Kühlschrank aufging. Karl hörte, daß der Kerl ein Bier oder sonst irgend etwas öffnete. Einen Moment später kam der Mann auf seinem Weg zurück ins Schlafzimmer wieder an ihm vorbei. Sein Kopf war zurückgelehnt, als er das Bier hastig trank. (Es war Bier – Karl war nahe genug, um es zu riechen.)

Die Schlafzimmertür schlug zu, und eine Frau schrie: »Was war das?«

»Was war was?« fragte der Mann und brachte die Sprungfedern zum Quietschen.

»Ich habe ein Geräusch gehört!«

»Schlaf weiter.«

»Nun, wenn du nicht Manns genug bist, nachzuschauen . . .«

Karl hörte wieder die Sprungfedern quietschen, spuckte die Taschenlampe aus und fluchte ziemlich laut. Er riß den Videorecorder los und eilte ans Fenster, dann stieß er die Katze und den Fernseher vom Fensterbrett in die Büsche.

»Da«, schrie die Frau. »Das mußt du doch gehört haben!«

»Das bin nur ich, um Gottes willen. Ich habe ein Bier getrunken!«

Die Schlafzimmertür flog wieder auf, und ein Licht ging an.

Karl ließ den Videorecorder fallen, sprang aus dem Fenster und fing an zu rennen. Die vorher so freundliche Katze schnappte nach seinem linken Bein und biß ihn in den Knöchel. Er schüttelte sie ab und raste mit leeren Händen die Straße hinauf zu seinem Auto. Hinter sich bellende Hunde, die schreiende Frau und Lichter, die links und rechts angingen.

Er sprang in seine Klapperkiste und verschenkte ein paar atemlose Momente, indem er versuchte, den Kofferraumschlüssel in die Zündung zu stecken. Dann machte er es richtig, ließ den Motor aufheulen und drehte bis zum Ende des Blocks voll auf.

Sein Herz hämmerte wie eine alte Waschmaschine. In welcher Richtung war die Autobahn, links oder rechts? Er konnte sich nicht mehr erinnern!

Er versuchte es rechts, fuhr zwei Blocks weit, fand nichts und riß den Wagen in der Mitte der Straße um 180 Grad herum.

Schließlich fand er die Autobahn und drückte aufs Gas, als er die Auffahrt hinauffuhr. Ein Streifenwagen raste mit blinkendem Blaulicht an ihm vorbei.

Die Autobahn war morgens um drei Uhr leer. Er faßte in das Handschuhfach und suchte nach dem Valium; dabei wünschte er, daß er die verdammte Taschenlampe nicht liegengelassen hätte. In seinem Hinterkopf hatte er einen einzigen Gedanken: Ich sollte einen anderen Weg finden, meinen Lebensunterhalt zu verdienen.

Karl wartete in dem kleinen Raum ruhig auf die Rückkehr des Personalchefs. Er rutschte auf dem Plastikstuhl hin und her. Sein Hintern juckte.

Alles was er trug, war brandneu, von seinen Schuhen und Strümpfen bis zum Haarschnitt. Er hatte sich das alles extra zugelegt, um einen guten Eindruck auf den Personalleiter zu machen. Er wollte diesen Job bekommen, irgendeinen legalen Job. Es war Zeit, die Welt der Anständigen zu wählen.

Er wollte seine Beine übereinanderschlagen und bemerkte eine versteckte Nadel in seinen neuen Unterhosen. Er erstarrte und atmete ein paarmal tief durch seine entblößten Zähne. Das rechte Bein hing merkwürdig in der Luft.

Karl wußte, daß er in dieser Pose lächerlich aussah. Darum schluckte er ein paarmal kräftig und schwang das Bein in die richtige Position. Er spürte keinen Schmerz mehr ... bis er sich entspannte.

»Uuhhh«, entfuhr es ihm. Dann hustete er, um das Geräusch zu überspielen.

Die Nadel war wieder da.

Er spannte seine Muskeln wieder an, und die Nadelspitze zog sich etwas zurück.

Eine Minute später fingen seine angespannten Muskeln an zu zittern, und Karl hatte Mühe, sich zu konzentrieren.

Nervöser Schweiß verklebte das neue weiße Hemd und erzeugte einen Geruch, der an getrocknetes Blut erinnerte und ihn schwindling machte. Es dröhnte ihm in den Ohren.

Von außen drang das kaum gedämpfte Geklappere von einem Dutzend Schreibmaschinen in das Zimmer. Irgendwo klingelte ein Telefon, aber niemand beachtete es. Es war wie in einem Irrenhaus.

Hier war einfach nicht sein Platz.

Mit einem Mal erreichte die Geräuschkulisse einen neuen Höhepunkt, dann sank sie wieder ab. Der Personalchef ging hinter seinen Schreibtisch und blickte böse durch eine große Brille mit schwarzem Gestell. Er hielt die Bewerbung an einer Ecke fest, legte sie auf den Schreibtisch und schob sie Karl zu.

»Ist das die Bewerbung, die Sie vor einer halben Stunde ausgefüllt haben?«

Karls rechtes Bein zitterte unkontrollierbar. Er riß es von seinem Knie herunter und knallte den drückenden Schuh auf den Boden. »Uh«, sagte er, als der Nadelstich kam und ging.

»Wie bitte?«

»Ja«, sagte Karl. »Das ist meine.«

Der Direktor nickte verschlagen. »Lesen Sie Spalte 23.«

Karl nahm das Formular und überflog es.

»Seite zwei«, brüllte der Mann.

Karl schlug die Seite zurück und las die Spalte 23 vor, seine Lippen bewegten sich kaum.

»Lauter, Sie Idiot!«

Karl sah den Mann über den Rand der Bewerbung hinweg scharf an. »Ich glaube nicht, daß Sie schreien müssen.«

Der Mann lächelte nervös.

Karl kalkulierte schnell die Auswirkungen, wenn er den Kerl niederschlug, und fand die Ergebnisse unbefriedigend. Er seufzte. Willkommen in der Welt der Anständigen.

Er las laut vor: »Mein Name ist Karl Weller. Ich lebe hier in der Stadt und möchte in Ihrer Fabrik eine Anstellung als Nachtwächter bekommen. Ich komme aus Nevada. Ich habe einige Zeit in der Armee gedient und hatte schon alle möglichen Jobs, einige Zeit als Automechaniker. Ich bin gesund und kräftig, und ich denke, daß ich ohne große Probleme die ganze Nacht über wach bleiben und aufpassen kann. Ich brauche wirklich dringend einen Job, aber ich werde Sie nicht anbetteln oder so was, darum seien Sie nur fair und lassen mich wissen, was Sie denken.«

»Das war es«, sagte er und gab die Bewerbung zurück. »Wie steht es?«

Der Mann faßte das Papier an einer Ecke und legte es auf seinen Schreibtisch. »Wollen Sie hören, was ich daraus lese?«

Karl zuckte mit den Schultern und nutzte die Gelegenheit, um sein schmerzendes Bein zu reiben. »Sicher.«

Der Mann sah Karl stirnrunzelnd an und begann zu sprechen, dabei schaute er nur selten auf das Papier. »Heute nenne ich mich Karl Weller, aber morgen könnte es ein anderer Name sein. Die Adresse, die ich angab, ist wahrscheinlich eine unbebaute Parzelle. Mein größtes Ziel ist es, eines nachts in Ihre Fabrik zu gelangen und alles zu stehlen, was nicht niet- und nagelfest ist. Nach ein paar Monaten bin ich aus der Armee geflogen und habe meinen Lebensunterhalt danach mit einer kleinen Gaunerei nach der anderen bestritten. Meine Moral ist die der Gosse. Ich bin darauf vorbereitet, alles zu tun, um meinen wahren Charakter zu verheimlichen. Ich werde Sie berauben und ausnutzen. ICH BIN EIN DRECKSKERL!«

Der Direktor nahm seine Brille ab und starrte Karl mit offensichtlicher Verachtung an.

Karl wußte nicht, was er sagen sollte.

Das winzige Büro begann, sich schnell linksherum zu drehen, und das ärgerliche Brummen der klappernden Schreibmaschinen schwoll an.

Ihm war so schwindelig, daß er sich kaum auf seinem Sitz halten konnte, und seine Gedanken drehten sich nur um eine einzige Frage: Wie konnte es passieren, daß sein Gesicht klatschnaß war, während sein Mund beinahe austrocknete?

»Graphologie«, meinte der Mann selbstgefällig.

»Was ist das?«

»Die psychologische Analyse der Handschrift.«

»Handschrift?«

»Sie wissen schon, die Kunst der Schriftdeutung.«

Der Mann kritzelte mit einem imaginären Kugelschreiber in der Luft herum.

»Oh.«

»Das Überprüfen der Handschrift wird in den Personalabteilungen dieses Landes mehr und mehr üblich. Und es ist auch eine gute Sache. In früherer Zeiten hätten Sie uns leicht für dumm verkaufen können. Aber Sie werden nie mehr jemanden reinlegen.«

»Ich habe nicht versucht, Sie reinzulegen«, sagte Karl. »Ich will einen Job, das ist alles.«

»Das ist unmöglich.«

»Warum?«

»Hier steht alles – schwarz auf weiß. In Ihrer eigenen Handschrift.«

»Tatsächlich?«

»Es ist ganz sicher, Mr. Weller. Sie haben die verkommenste Handschrift, die ich in meinem Leben gesehen habe.«

Karl stolperte auf die Straße hinaus und blinzelte in das grelle Sonnenlicht. Es war fast Mittag, und sein Magen knurrte fordernd. Er war ohne Frühstück losgegangen, in heller Aufregung, um sich für den Vorstellungstermin einzukleiden und herauszuputzen. Er wußte, daß das nicht gesund war. Nun, das machte jetzt keinen Unterschied mehr. Nicht der Job, nicht seine verdorbene Gesundheit, nichts davon. Alles was er jetzt wollte, war eine Kneipe finden und so viel Bier in sich hineinschütten, daß er Grund hatte, sich schwindlig zu fühlen.

Statt dessen ging er bei einer Tankstelle auf die Herrentoilette und steckte den Kopf in ein Becken mit kaltem Wasser.

Nach einer Minute tauchte er wieder auf, um Luft zu holen,und starrte in den Spiegel auf sein tropfendes Gesicht.

War es wahr? Wollte er die Fabrik wirklich ausrauben?

Belog er sich selbst?

Er griff sich eine Handvoll Papierhandtücher und ging nach draußen. Dort setzte er sich auf den Beton, um sein Haar zu trocknen. Was zum Teufel war das für eine Welt, in der man nicht anständig werden konnte, wenn man es wollte? Was versuchten sie ihm einzureden? Daß er nur fähig war, zu stehlen und geklaute Sachen weiterzuverkaufen?

Verdammt noch mal, das ergab keinen Sinn. Warum zum Teufel wurde er von Angstzuständen gequält, wenn er wirklich für so ein Leben geschaffen war?

Karl rieb sich den Kopf mit einem Papierhandtuch. Sein Haar stank nach Haarwasser.

Je mehr er darüber nachdachte, desto mehr haßte er das alles. Er wurde zerdrückt zwischen dem, was er tun mußte, und dem, was sie ihn nicht tun ließen. Es war einfach nicht fair.

Ein kleiner, gelber Schmetterling flog im Zickzack vorbei, drehte unberechenbar um und stürzte sich auf seine neue linke Schuhspitze. Er beobachtete, wie die Flügel auf- und zuklappten; sie waren noch feucht vom Kokon.

Hinter ihm klapperten zwei Frauen vorbei, die sich vertraulich unterhielten.

»Hör zu, Randa, ich erkenne einen Widerling, wenn ich ihn sehe.«

»Ich kann ihn ändern«, sagte Randa.

»Ihn ändern? Nicht auf dieser Welt! Er ist ein Dreckskerl! Er ist ein schleimiger Typ! Er ist ...«

Der Rest dieser Unterhaltung ging im Dröhnen des Verkehrs unter. Er war plötzlich überzeugt, daß sie über ihn redeten, aber sie waren schon verschwunden. Der Schmetterling hob ab und flatterte davon, in Richtung auf die verkehrsreiche Kreuzung zu.

Er beobachtete, wie der gelbe Fleck höher stieg und in die turbulente Luft über den Autos geriet. Ein roter Diesel-Sattelschlepper zuckelte vorbei, seine beiden Auspuffrohre bliesen Säulen von heißem, schwarzen Rauch in die Luft. Karl stöhnte auf, als der Schmetterling in der Wolke verschwand. Aber einen Augenblick später tauchte der gelbe Punkt wieder auf, fiel ein paar Fuß herunter, dann fand er wieder seinen Weg zu der Tankstelle auf der anderen Seite.

Karl lächelte, lehnte sich gegen die Wand und hatte eine Eingebung. Der Schmetterling hätte niemals die Straße überqueren können, wenn er eine Raupe geblieben wäre ...

Plötzlich sprang er auf und rannte zu der Telefonzelle an der Ecke. »Wenn der sich ändern kann, kann ich mich auch ändern«, murmelte er und suchte in seinen Taschen nach Münzen. »Ich muß einfach!«

Er fand das Büro im Rox San Medical Building in Beverly Hills. Henry P. Romack, Klinischer Graphologe. Die Empfangsdame hatte ihm am Telefon erzählt, daß er Glück hätte, so kurzfristig einen Termin zu bekommen. Dr. Romack würde ihn um Punkt 13.30 Uhr empfangen.

Karl war ein paar Minuten zu früh. Die blonde Frau an der Rezeption gab ihm ein *Time*-Magazin und fuhr fort, ihre Nägel zu lackieren. »Ich habe noch Mittagspause«, erklärte sie. Ihre kühle, silberne Schönheit versetzte ihn in eine zuversichtliche Stimmung. Zwischen Fotos von Prominenten und frostig lavendelfarbenen

Fingernägeln tauschten sie ein höfliches Lächeln.

Dies war eine ganz andere Welt. Eine Welt, an die er sich gewöhnen könnte. Er machte es sich auf der Couch bequem.

Die Nadel war weg.

Der Doktor schritt um ein Uhr dreißig herein, gerade als der Sekundenzeiger die Zwölf überquerte, und führte Karl in sein Sprechzimmer. Er war modisch, aber untadelig in Grau gekleidet, ein großer Mann mit einem professionellen Lächeln. Sie kamen sofort zur Sache.

»Mr. Weller«, sagte er, »bitte setzen Sie sich und schreiben für mich eine Schriftprobe. Sie brauchen mir dann nichts mehr über sich zu erzählen. Ich erkenne alles aus der Handschrift.«

Karl lächelte und beschrieb entschlossen das kühle, weiße Papier. Er konnte die Verbesserung schon fühlen.

Er gab Romack das Blatt, dann lehnte er sich in seinem Ledersessel zurück und sah sich im Sprechzimmer um. Es war mit Eiche und Walnuß dunkel vertäfelt. Die Wände waren mit gerahmten Schriftproben von Prominenten übersät. Der Laden hatte wirklich Klasse. Als er die moderne Skulptur in der Ecke bemerkte, überlegte er nicht einmal, was Jacks Pfandleihe dafür ohne dumme Fragen herausrücken würde.

Er ließ seinen Blick in dem Raum umherschweifen, bis er wieder zu dem Mann hinter dem Schreibtisch zurückkehrte.

Henry P. Romack hatte sich inzwischen irgendwie verändert. Er war blaß und zitterte. Seine Augen waren weit aufgerissen, sein ausgeprägtes Kinn hing schlaff herab. Karls Schriftprobe war auf den Schreibtisch gefallen, und Romacks Hände lagen zitternd daneben. Ein tiefes Stöhnen entfuhr ihm.

»Was ist los, Doktor?«

»Sie Schwein!«

»Was?«

»Wie können Sie es wagen, in mein... Verschwinden Sie!«

»Sie wollen, daß ich gehe?«

»Verschwinden Sie, verschwinden Sie, verschwinden Sie!«

»Ich verstehe nicht. Können Sie mir nicht helfen? Sie haben gewußt, daß ich ein Problem hatte, als ich den Termin vereinbarte.« Karl wurde es langsam zu bunt. »Verdammt noch mal! Es ist Ihr Job, Menschen mit ihrer Handschrift zu helfen!«

»Sie sind kein Mensch, Sie sind ein Dreckskerl!«

»Meine Schriftprobe...«

»Ich werde sie verbrennen! Glauben Sie, daß ich durch dieses Stück Dreck mein Büro verpesten lasse? Meine Kunden sind vornehm, berühmt, die Spitzen ihrer Berufe. Stars von Bühne,Leinwand und Fernsehen. Was meinen Sie, wie die es finden würden, wenn sie wüßten, daß ich jemandem wie Ihnen helfe? Nein, nein, das kann ich mir nicht leisten. Verlassen Sie sofort mein Büro!«

In dem überfüllten Aufzug riß Karl an dem Plastikröhrchen und schüttete einige Valiumtabletten auf den Boden. Er schob wütend fremde Schuhe zur Seite, sammelte die Tabletten auf und schlang sie hinunter. In seinem Kopf drehte sich alles. Er kam wackelig wieder auf die Beine, indem er sich Hand für Hand an dem Fuchsmantel einer fetten Frau hochzog. Dann verkroch er sich schweißgebadet in eine Ecke und schloß die Augen vor dieser ekelerregenden Welt.

Mitternacht.

Karl drückte sich tiefer in die Finsternis. Er glitt an der unebenen Ziegelwand entlang, stieß gegen Abfalleimer und trat auf schlafende Penner. Gelbes Licht, das aus einem kleinen Schlitz über ihm fiel, zeigte ihm den Weg zur Tür. Er erreichte die Stelle und tastete die Wand nach einem Klingelknopf ab. Dabei stieß er auf eine Hausnummer aus Plastik, machte sein Einwegfeuerzeug an und verglich die Nummer mit der auf dem Fetzen Papier in seiner Hand.

Hier war es.

Er drückte die Klingel, aber nichts rührte sich.

Mehrere Minuten vergingen. Karl drückte noch einmal, dann drehte er sich um und wollte gehen, sein Mut sank. Dieses Stück Papier hatte ihn fünfzig Mäuse gekostet.

Plötzlich öffnete sich die Tür einen Spalt.

»Wer sind Sie?«

»Karl Weller. Sind Sie der Mann, der... der Doktor genannt wird?«

Als Antwort ging die Tür weiter auf, und Karl schlüpfte hinein. Im Eingangsflur war es fast genauso dunkel wie auf der Gasse. Vor ihm stand ein alter Mann in einem schäbigen Tweedanzug, der mit zerfleddertem Vynil geflickt war. Der Mann brauchte nötig eine Rasur und einen Haarschnitt, aber Karl fragte sich, ob so oberflächliche Veränderungen ihn wieder zu einem zivilisierten Menschen machen konnten. Die verzweifelten, roten Augen spiegelten die Geschichte hoffnungsloser Fehlschläge wider, als ob er sein Leben lang auf der falschen Seite gestanden hätte. Sein Atem stank auf eine Entfernung von mehreren Fuß.

»Folge mir, du Halunke.«

Sie gingen eine Reihe düsterer Gänge entlang bis zu einer Tür, auf der BOB'S HOUSE OF CHEESE stand.

»Heißt du Bob?«

Der alte Mann machte ein zustimmendes Geräusch. »Erkennst du kein Aushängeschild, wenn du eins siehst?«

»Ich war mir nicht sicher, das ist alles.«

»Komm herein.«

Der Raum war dunkel, bis auf eine Neonlampe, die einen Kegel aus kaltem, weißen Licht auf einen überladenen Schreibtisch warf. Bücher und Zeitungen waren auf dem Fußboden unsicher gestapelt, die Stöße beinahe fünf Fuß hoch. Der alte Mann ging direkt zu dem Schreibtisch und zog eine Flasche Supermarkt-Whisky heraus. Er trank hastig mehrere Schluck und stellte die Flasche weg. »Hier«, sagte er und raschelte mit einem Stück Papier. »Schreib etwas. Schreib: *The quick brown fox jumped over the lazy dogs.«*

»Warum das?«

»Was?«

»Warum soll ich das über den Fuchs und den Hund schreiben?«

»Wer ist hier verantwortlich, Halunke?«

Karl beugte den Kopf. »Entschuldige.«

»Dann schreib, was ich dir sage.«

Karl beugte sich über den Schreibtisch. »Ich will nur nicht, daß du mich auf dem falschen Fuß erwischst.«

»Du kümmerst dich um deine Handschrift, Halunke. Ich kümmere mich um deinen richtigen Fuß.«

Karl seufzte und fing an zu schreiben. Er war nervös und schwitzte bei jedem Buchstaben. Er wollte nichts verkehrt machen, aber wenn er es sich richtig überlegte, dann wußte er immer noch nicht, was an seiner Art zu schreiben eigentlich falsch war.

»Der Satz enthält jeden verdammten Buchstaben des englischen Alphabets«, sagte der Doc. »Das ist der Grund.«

»Das ist welcher Grund?«

»Vergiß es! Bist du fertig? Gib her.«

Karl gab ihm das Papier und hielt den Atem an, als der Doc es überflog.Der Alte begann schwindsüchtig zu husten.

Der Doc stand auf, sein Gesicht sah in dem schwachen, weißen Licht aufgedunsen und unheimlich aus. »Du bist ein verkommener, kleiner Halunke.«

Karl zuckte zusammen. Da war es wieder, wie ein unabänderliches Schicksal. »Kannst du mir helfen? Ich werde alles tun, was du sagst!«

Der Doc holte schnell seine Flasche heraus und trank sie aus. »Mein Gott«, sagte er heiser. »Was für eine Herausforderung!«

»Dann wirst du es tun?«

»Ich glaube nicht, daß ich jemals etwas Schlimmeres gesehen habe. Es ist . . . es ist wirklich abscheulich!«

»Aber . . . Du kannst mir helfen . . . nicht wahr?«

Der Doc wischte sich über den Mund und hob die Schriftprobe auf. Er hielt eine Lupe vor sein Auge und beugte sich über das Blatt. Dabei pfiff er eine langen, abfallenden Ton. »Das ist wirklich unglaublich!«

»Was mache ich falsch?« fragte Karl und lehnte sich vor.

»Bleib mir vom Leibe!« schrie der Doc; eines seiner angstvollen, roten Augen weitete sich in dem Vergrößerungsglas.

Karl schlich einige Fuß zurück. Der Doc winkte mit dem Papier. »Ich weiß gar nicht, wo ich anfangen soll.« Er zeigte mit einem zitternden Finger auf die Seite. »Diese gewundene Grundlinie, der Mangel an Spontanität, die Ovale an der Basis offen, diese bizarren Bogen, falsch gesetzte i-Punkte und schwache t-Striche, rückwärtslaufende Endstriche und – mein Gott! – verzerrte Unterschleifen!«

Karl begann in sich zusammenzusinken. Das war einfach zuviel! Zum erstenmal erschien auch ihm seine Handschrift unheilbringend. Wie konnte er diesen Mist nur in Ordnung bringen? Es schien alles zu hoffnungslos.

Der Doc warf das Blatt hin und seufzte. »Nun gut, Halunke, wir haben eine Menge Arbeit vor uns.«

Karls Gesicht hellte sich auf. »Dann willst du mir helfen?«

Der Doc atmete tief ein, seine Augen wanderten umher. »Mein schwierigster Fall. Jesus!« Dann fixierte er Karl mit seinen geröteten Augen. »Erstens: du gibst mir drei Hunderter, sofort. Zweitens: du rennst hinunter zu dem Laden, der die ganze Nacht geöffnet hat, und holst mir einen Liter Rye-Whisky und ein paar Pappbecher. Drittens: halt dir die nächsten zwei Wochen frei, um das Schreiben intensiv zu lernen und zu üben.«

Der Doc stand auf, so gerade er konnte, und verschränkte die Arme vor der Brust. Seine Augen glänzten und seine Lippen zitterten. »Bei Gott, ich werde es schaffen! Ich werde es schaffen! Ich werde dir beibringen, so zu schreiben wie ein Richter am Obersten Gerichtshof! Ich fühle, wie meine Kraft zurückkommt! Mein Gott, sieh dir das an!« Er hielt seine Hände hoch, die Finger ausgestreckt, und wies auf die Fingerspitzen. »Sie haben aufgehört zu zittern!«

Die Wochen vergingen wie im Fluge, als sie inmitten eines wachsenden Berges leerer Kaffeebecher, ausrangierter Sandwich-Verpackungen, Hühnerknochen und Zigarettenstummel arbeiteten. Karl verbrauchte drei Dutzend Bleistifte der Stärke zwei, die Radiergummis kaum abgewetzt. Er blickte nicht zurück. Nimmermüde überprüfte und kritisierte der Doc jede Seite, jedes Wort, jeden verräterischen Strich. Er bewahrte das Beste von der Arbeit eines jeden Tages in einem Aktenordner auf und verglich es in Abständen miteinander, um den Fortschritt zu begutachten.

Und es gab Fortschritte, entscheidende Fortschritte. Während Karl unter dem harten, weißen Neonlicht arbeitete, begradigten sich seine Grundlinien, und seine Ovale schlossen sich unten und fingen an, sich oben zu öffnen. Er machte gewissenhaft t-Striche und i-Punkte und lernte einen lässigen, aber prägnanten Stil, der den Doc wirklich überraschte. Seine Unterschleifen waren sehenswert!

Um zwei Uhr morgens des letzten Tages beendete der Doc die Prüfung der letzten Probe. Sein zahnloses Lächeln war triumphierend, aber auch irgendwie abstoßend.

»Das ist absolut makellos!«

Karl lehnte sich im Sessel zurück und nahm einen langen Zug aus seiner Zigarette. »Das verdanke ich nur dir, Doc.«

»Natürlich tust du das, natürlich«, sagte dieser geistesabwesend.

»Das Leben öffnet sich vor mir, Doc.«

»Ich wußte, daß ich es konnte.«

»Sogar mein Doppelstrich ist besser geworden«, sagte Karl und schlug sich gegen den Kopf. Der Raum drehte sich einmal nach rechts und hielt wieder an.

»Ich habe noch viele nützliche Jahre vor mir«, grübelte der Doc.

»Natürlich, so was verlernt man nicht«, sagte Karl und zog seinen Mantel an.

»In den letzten Jahren lief es schlecht.«

Karl faltete seine beste Schreibprobe zusammen und steckte sie in die Tasche. »Ich kann jetzt anständig werden. Ich weiß, daß ich es kann.«

Der Doc rieb sich das Gesicht und runzelte die Stirn. »Ich könnte eine gründliche Reinigung und eine Rasur gebrauchen. Ich mache einen neuen Anfang.«

»Ich bin so gut wie meine Handschrift, und die ist jetzt perfekt.«

»Weißt du, ich war nicht immer so, wie du mich jetzt siehst.«

Karl griff nach einer herumwedelnden Hand des Docs und drückte sie. »Mach's gut, Doc. Ich werde nie vergessen, was du für mich getan hast.«

Er ging zur Tür und wartete, dabei schaute er sich um. Der Doc starrte in die Luft und murmelte etwas von einem Gebiß auf Kredit.

Irgendwie erschien das kleine Büro jetzt weniger verwahrlost. Es war angefüllt mit einer verlockenden Atmosphäre der Hoffnung, mit dem wunderbaren Geruch von Frische, mit dem Aufbruch zu neuen Wegen und damit, daß schließlich alles gut wurde.

»Doc! Doc!«

Der alte Mann schaute auf. »Du bist immer noch da?«

»Ich habe gerade überlegt«, sagte Karl. »Vielleicht ist es nicht nur meine Handschrift, verstehst du? Vielleicht kann ich mich nicht richtig . . . verkaufen. Glaubst du, daß du mir einige Hinweise geben könntest? Wie man sich kleidet und wie man spricht und so etwas?«

Der Doc trat in den Schatten zurück. »Was glaubst du, was das hier ist, *My Fair Lady?* Verschwinde hier, Halunke, und komm nicht mehr zurück!«

Karl nickte und verließ den Raum. Nun ja, was hatte er erwartet? Es war eine geschäftliche Abmachung gewesen, sonst nichts!

Er ging müde durch die Gänge. Aber obwohl sein Körper sich nur mühsam vorwärts schleppte, fühlte er sich, als ob er schwebte.

»Heute beginnt das Leben!

Er wußte, daß er nicht zu der ersten Firma zurückgehen konnte, aber es gab viele andere, bei denen man es versuchen konnte. Er marschierte zuversichtlich in das Büro des Personaldirektors und schüttelte ihm fest die Hand. »Es ist mir eine große Freude, Sir«, sagte er. »Eine wirkliche Freude.«

»Nehmen Sie Platz, Karl.«

»Geben Sie mir ruhig das Bewerbungsformular«, sagte er. »Ich werde Ihnen eine Handschrift zeigen, die Sie umhaut.«

»Handschrift?«

Karl nickte. »Handschrift.«

»Ich verstehe nicht.«

»Sie wissen schon, die Kunst der Schriftdeutung.« Karl schrieb mit einem Finger in der Luft.

Das Gesicht des Mannes zeigte schließlich, daß er verstanden hatte. »O nein, wir bei Consolidated halten nichts von dieser Art von Hokuspokus. Wir glauben, daß es besser ist, den Mann selbst wissenschaftlich zu testen.«

»Tatsächlich?«

»Vergessen Sie nicht, daß man die Handschrift leicht verändern kann.«

Karl starrte ihn an. »Leicht verändern!?«

»Nebenbei bemerkt, Karl«, sagte er zwinkernd, »wenn jemand

seine Handschrift ändert, wäre das Beweis genug für seine Unehrlichkeit. Ein graphologischer Beweis. Stimmen Sie mir nicht zu?«

Karl hatte Schwierigkeiten, den Mann anzusehen. »Ich nehme es an.«

Sein Kopf fing an zu brummen. Das Schicksal schien sich gegen ihn verschworen zu haben. Bedeutete das wirklich, daß er unehrlich war?

»Lassen Sie uns anfangen. Sind Sie soweit?« fragte der Mann. »Sie brauchen sich nur vorzulehnen und Ihre Nase auf diese Markierung zu drücken.«

Karl lehnte sich gehorsam vorwärts. »Diese Markierung?« vergewisserte er sich. Seine Nase näherte sich der Oberfläche des Schreibtisches, wo ein kleiner, rotgelber Kreis aufgemalt war.

Der Personalchef ließ seine Hände leicht über Karls Schädeldecke gleiten.

»Uh-oh«, war alles, was er sagte.

Dr. Ronald Rand, klinischer Phrenologe, wich vor der zitternden Pistole zurück, die auf ihn gerichtet war. »Sie müssen mir helfen, Doc«, sagte Karl. Seine Blicke gingen verwirrt über die Regale mit den häßlichen silbernen Hämmerchen. Der Raum sah aus wie eine Folterkammer.

Nun ja, das war jetzt auch egal. Er war zu allem entschlossen.

»Es sind die Schädelknochen, Doc! Mein Gott, jetzt sind es die Schädelknochen!«

Originaltitel: GRAPHIC PROOF, 7/86
Übersetzt von Gabriele Kunstmann

John Nelson

Große Erwartungen

Er war mein erstes Selbstmordopfer. Ich war erst seit zwei Wochen bei der Streife, als mein Partner Allan Hyath und ich den Funkspruch auffingen. Ein Nachbar hatte in seiner Wohnung auf der anderen Seite des Flurs den Schuß gehört. Er eilte in den Flur hinaus und trommelte gegen die Tür, bekam aber keine Antwort. Die Tür war verschlossen, und er hatte gerade den Beschluß gefaßt, sie einzuschlagen, als der Vermieter, der den Schuß auch gehört hatte, die Treppe hochgestiefelt kam. Der Vermieter schloß die Tür auf, und sie entdeckten den im Sessel ausgestreckten Körper. Er hatte eine Kugel in seinem Kopf, und eine 22-Millimeter-Pistole lag auf dem Boden, in der Nähe der Leiche.

Als wir ankamen, waren die beiden Männer damit beschäftigt, neugierige Nachbarn aus der Wohnung herauszuhalten. Sie hatten einen Mantel über Rumpf und Kopf des Toten gebreitet. Allan und ich drängten uns durch die Menge in die Wohnung. Allan sagte nichts zu den beiden Männern, sondern ging gleich auf die Leiche zu, riß den Mantel herunter, und studierte den Körper sorgfältig.

Ich warf nur einen Blick auf den blutigen Kopf und drehte mich gleich wieder um. Ich konnte nicht verstehen, wie Allan ihn so aus der Nähe ansehen konnte, ohne ein Gefühl zu zeigen. Aber wenn ich erst einmal damit anfing, gab es viel, was ich an Allan nicht verstehen konnte. Er war ein kleiner Mann mit wäßrigen, braunen Augen und kurzgeschorenem, spülwasserblondem Haar, an dem nichts natürlich war. In den zwei Wochen täglicher Arbeit mit ihm habe ich nie bemerkt, daß er sich einmal die Haare gekämmt oder auch nur in den Spiegel geguckt hätte. Er war immer ziemlich sauber, aber er schien seine äußere Erscheinung einfach nicht zu beachten. Niemals nahm er an der üblichen Kameraderie teil, und die anderen Cops bemerkten ihn kaum. Aber wenn sie es taten, behandelten sie ihn mit einem überraschenden Maß an Respekt. Auf unserer Streife, zwischen den Familienkrächen, den Autounfällen, Überfallmeldungen und den anderen merkwürdigen, alltäglichen Aspekten unserer Arbeit, sprach Allan fast ausschließlich über Bücher. Er las alles, vom neuesten Kriminalmagazin (das fand er ermüdend) bis zu den neuesten Werken über Evolution, ein Gebiet, das ihn faszinierte.

Während Allan sich im Zimmer umsah, versuchte ich, die Neugierigen aus dem Flur zu treiben. Dann drehte ich mich um, um selbst einen

Blick in die Wohnung zu werfen. Das Wohnzimmer war klein. In der Wand am hinteren Ende war eine gläserne Schiebetür, die auf eine Terrasse führte. Zu meiner Linken stand ein kleiner Eßtisch und hinter einer Theke, die eine halbe Wand bildete, war ein schmaler Gang zwischen den Geräten, die als Küche dienten. Zu meiner Rechten ging der Flur in einen Raum über, der das Schlafzimmer sein mußte. Als ich mich wieder dem Wohnzimmer zuwandte, war ich beeindruckt von den Reihen der Bücherregale, die fast jede Wand bedeckten. Die übrige Möblierung war sparsam. Mit Ausnahme des Sessels, den der Tote besetzte, war ein überfüllter Metalltisch das einzige andere Möbelstück im Zimmer. Auf der einen Seite stand eine kleine Büste von Charles Dickens, in der Mitte stand eine Schreibmaschine, in der noch ein Bogen eingespannt war, und zwischen diesen Dingen und um sie herum stand mindestens ein Dutzend säuberlich aufgestapelter Buch- und Papiertürme. Hinter dem Tisch war ein Loch in der Bücherwand, das für das große Radio fast zu klein war.

Allan war inzwischen zu offener Bewunderung für einige Bücher des Verstorbenen übergegangen, und ich fand es an der Zeit, einen genaueren Blick auf seine Leiche zu riskieren. Obwohl ich mich in der Zwischenzeit darauf eingestellt hatte, konnte ich nicht lange hinsehen. Selbst eine Kleinkaliberpistole kann eine ziemliche Schweinerei verursachen, wenn sie schnurgerade auf eine Seite eines menschlichen Kopfes abgefeuert wird. Es war der Körper eines Mannes Ende Sechzig, kahl zum Teil, geschwächt und zu dünn, als daß er hätte gesund sein können. Ich wandte mich dem Vermieter zu. »Wie war der Name dieses Mannes?«

»Andrew Thornton.«

Ich blickte nochmals die Leiche an. »Irgendeine Ahnung, warum er das getan haben könnte?«

Er schüttelte den Kopf. »Keine Ahnung.«

»Ich weiß es.« Der Nachbar von gegenüber drehte sich um, mir ins Gesicht zusehen. »Vor zwei Wochen hat Andy erfahren, daß er die Parkinsonsche Krankheit hatte. Seitdem war er ziemlich deprimiert. Er hat mir erzählt, sein Arzt hätte gesagt, mit Training und Medikamenten könnten sie das Fortschreiten der Krankheit verhindern. Aber Andy konnte den Gedanken an das unausweichliche Ende nicht ertragen.«

»Waren Sie beide eng befreundet?« fragte ich.

Der Nachbar schüttelte den Kopf. »Nein, nicht wirklich. Obwohl, um ehrlich zu sein, ich war vielleicht sein einziger Freund. In zwei Jahren habe ich niemals etwas von einem Besucher bei ihm mitbekommen. Es schien ihm aber nichts auszumachen. Er hatte ein paar Interessen, die ihn in Atem hielten.«

»Dickens und Kriminologie.« Zum ersten Mal hatte Allan etwas gesagt und uns damit beide überrascht. Ich drehte mich um und sah ihn, wie er das Buch studierte, das gleich neben der Schreibmaschine gelegen hatte.

Allan fuhr fort. »Er hat eine ziemlich eindrucksvolle Bibliothek auf beiden Gebieten.« Er sah mich an. »Hast du die Empfangsfrequenz des Radios bemerkt?«

Ich warf ihm einen verwirrten Blick zu. Als Antwort schaltete er das Radio ein. Sofort war der Raum angefüllt mit dem Geprassel des Polizeifunks, unterbrochen von der Stimme Lydia Smiths, einer unserer Funkerinnen. Allan schaltete aus. »Wie steht es mit der Nachricht?« Er nickte in Richtung Schreibmaschine.

»Nachricht?« Ein wachsendes Gefühl meiner Dummheit niederkämpfend, schritt ich auf den Tisch zu und las das Blatt, das noch immer in der Maschine steckte. »Ich habe in der besten der Zeiten gelebt, ich habe in der schlechtesten der Zeiten gelebt, aber ich habe das niemals vorher gewußt. Ich hoffe, die nach mir kommen, werden die Verflechtungen in ihrem Leben besser beobachten.«

Ich nahm wohl Allans Blick wahr, doch ich war nicht auf seine nächste Bemerkung gefaßt. »Ich habe die Terrassentür überprüft. Sie ist von innen verriegelt. Könntest du die Fenster für mich überprüfen?« Ohne meine Antwort abzuwarten, wandte er sich dem Nachbarn und dem Vermieter zu. »Ist einem von Ihnen jemand im Flur begegnet oder haben Sie Geräusche gehört, die aus diesem Zimmer vor dem Schuß drangen?«

Der Nachbar sah auf, als ob er geschlagen worden wäre. »Natürlich nicht. Sie meinen doch nicht, Sie denken ... Wovon reden Sie eigentlich? Dies hier ist offensichtlich ein Selbstmord. Die Tür war verschlossen, die Pistole liegt neben ihm, in der Schreibmaschine steckt ein Abschiedsbrief.« Er hörte schlagartig auf und schüttelte den Kopf in offensichtlicher Mißbilligung.

Allan nickte und drehte sich dann nach mir um. »Geh zum Auto und ruf jemanden vom Morddezernat. Vielleicht ist das hier kein Selbstmord.«

Verdutzt starrte ich ihn an. »Ich versteh dich nicht, Allan. Was denkst du dir dabei?«

Zur Antwort lehnte er sich über den Schreibtisch, schlug einen Terminkalender und das Buch neben der Schreibmaschine auf. »Schau dir das mal an.«

Für das heutige Datum vermerkte der Kalender keine Verabredung. Ich schlug die Seite um. In großen Blockbuchstaben standen da die Worte: »Verpaß den ersten Geist nicht.« Ich sah zu Allan auf, aber der zuckte nur mit den Achseln. Ich nahm das Buch in die Hand, die *Großen Erwartungen.* Ich ließ die Blätter am Daumen entlang aufschlagen. Nach zwanzig Seiten kam ein Kassenbon zum Vorschein, der offenbar als Lesezeichen diente. Ich sah ihn mir aus der Nähe an und schaute dann wieder zu Allan.

Er nickte. »Es ist jetzt zwanzig vor elf morgens. Das Datum auf dem Bon ist das von heute. Kannst du mir erklären, warum jemand ein Vierhundertvierzig-Seiten-Buch buchstäblich Minuten vor seinem Selbstmord kauft?«

Zum Lunch gingen wir in einen mexikanischen Imbiß in der achtunddreißigsten Straße. Dieser heruntergekommene, schmierige Laden wurde von einem Italiener ohne Sinn für Ironie betrieben. Aus Gründen, die er nie deutlich gemacht hat, war es eines von Allans Lieblingslokalen. Mitten beim Essen kam Joe Martin zu uns, einer der Kriminalbeamten, die noch am Vormittag zu uns gestoßen waren. Joe quetschte seine zweihundertzwanzig Pfund in den Sitz neben mir und grinste uns schief an. »Ich habe euren Wagen draußen stehen sehen und dachte, ich komm'noch schnell vorbei, um euch zu berichten, was wir herausgefunden haben«, sagte er. »Zum Glück habt ihr ja den Einkaufsbon gefunden. Ohne ihn wär'die Geschichte glatt als Selbstmord durchgegangen.«

Ich sah Allan an und fragte mich, was er wohl über sein »Glück« dachte.

Joe fuhr fort. »Wie dem auch sei, wir sind zum Buchhändler gefahren. Und nun hört euch das an. Als Thornton heute morgen das Buch kaufte, sagte er, er wolle eine große Reise machen und brauche etwas zu lesen. Aber wohin er fahren wollte, hat er nicht gesagt. Sein Nachbar scheint es auch nicht zu wissen, und wir können weder Tickets noch sonst etwas in der Wohnung finden, daß uns sagen könnte, wo er hinwollte. Eins haben wir immerhin herausgefunden: den Namen seines Anwalts. Charles Teller, von Teller, Brown und Hopkins.«

Allan zog die Augenbrauen hoch. »Ziemlich teurer Anwalt für einen Mann, der in einer billigen Wohnung in der Fünfundvierzigsten lebt.«

Joe nickte. »Das habe ich auch gedacht. Heute nachmittag werde ich ihn treffen, mal sehen, was er zu sagen hat. Mit seinem Arzt habe ich schon gesprochen. Er litt tatsächlich unter der Parkinsonschen

Krankheit.«

Allan nickte, als hätte er das vorher gewußt. »Sonst noch was?«

Joe schüttelte den Kopf. »Bloß noch der lausige Routinekram. Jedes verdammte Reisebüro in der Stadt fragen, ob Thornton bei einem von ihnen Fahrkarten bestellt oder Reservierungen vorgenommen hat. Ihr habt nicht zufällig irgendeine Idee, die mir das erleichtern könnte, wie?«

Allan unterbrach ihn mit einem Wink seiner Hand. »Moment noch, Joe.« Er rutschte von seinem Stuhl und kam kurz darauf mit einem Telefonbuch zurück. Er schlug den Branchenteil unter »Reisebüros« auf und führte seine Finger an den Namen entlang während er sprach. »Was wissen wir eigentlich über diesen Thornton? Er hat Polizeifunk gehört, er war ein fanatsicher Dickens-Leser. Tatsächlich hieß das Buch, das er heut morgen gekauft hat, *Große Erwartungen* und –« Er unterbrach sich und fing dann an zu lachen. »Versuch's mal hier.« Er schob das Telefonbuch über den Tisch zu Joe herüber und zeigte mit dem Finger auf einen Namen. »Pips Reiseservice«.

Joe schüttelte den Kopf. »Warum gerade da?«

»Pip ist die Hauptfigur in *Große Erwartungen.«*

Joe schüttelte den Kopf. »Wenn du mich fragst, übertreibst du es ein bißchen. Aber«, lächelte er, »du bist wirklich gut dabei. Ich werd' es probieren.« Er stand auf, um zu gehen. »Wenn ihr sonst noch irgendwelche großartigen Ideen habt, laßt es mich wissen.«

Allan lachte. »Klare Sache. Du könntest mir übrigens einen Gefallen tun. Laß mich wissen, was der Anwalt gesagt hat.«

Nachdem Joes wuchtige Gestalt aus der Tür verschwunden war, fragte ich Allan: »Nun, was denkst du?«

Allan hob seine Hände, als wollte er sagen »wer weiß?« »Ich zerbreche mir den Kopf darüber, warum ein Mann, der zwei Exemplare der *Großen Erwartungen* besitzt, sich noch ein drittes kauft.«

Still beendeten wir unsern Lunch. Allan machte einen abwesenden Eindruck, und ich zögerte, ihn zu stören. Den Rest des Tages verbrachten wir mit Routinearbeiten. Um halb fünf meldete sich Joe. Allan hatte das richtige Reisebüro herausgesucht. Thornton hatte einen Flug nach Perth in Australien gebucht, der aber erst in drei Monaten, am 9. Juni, stattfinden sollte. Von Perth aus wollte er den Bus Richtung Süden nehmen, um in einer kleinen Stadt namens Busseltown auszusteigen. Die Reservierung hat er heute morgen vorgenommen.

Joe war auch noch beim Anwalt gewesen. Teller wußte nichts von der Reise, machte aber einige interessante Bemerkungen über Thorntons Testament. Thornton hatte offenbar keine Verwandten, hatte etwas von einem Einsiedler und lebte offenbar von Dividenden. Woher er das Geld hatte, wußte Teller nicht zu sagen, aber der Wert seines Kapitals belief sich auf mehr als eine Viertelmillion Dollar. Es sollte vollständig der City University zur Verbesserung ihrer Englisch-Abteilung zukommen. Aber es gab einen Vorbehalt: das Testament war nur gültig, wenn nicht jemand anders binnen vierundzwanzig Stunden Ansprüche an dem Vermögen geltend machte.

Als wir zum Auto zurückgingen, blieb Allan eine gute Minute hinter dem Steuer sitzen, bevor er den Motor anließ. Dann drehte er sich abrupt zu mir um. »Laß uns noch einen Blick in die Wohnung werfen«, sagte er.

Als wir ankamen, begann Allan gleich, die Regale abzusuchen. »Was genau sagte die Notiz in der Schreibmaschine?« fragte er.

Ich schüttelte meinen Kopf. »Ohne zurück zur Wache zu gehen und es nachzulesen, kann ich es dir nicht genau sagen. Aber es war so etwas Ähnliches wie ›Ich habe in der besten der Zeiten gelebt, ich habe in der schlechtesten der Zeiten gelebt, aber ich habe dies nie erwartet‹ oder so ähnlich wie – warte mal. Ich weiß, was du suchst.« Ich wandte mich nun auch den Regalen zu und durchforstete die Titel. Schnell hatte ich ein Exemplar der *Erzählung von zwei Städten* ausgemacht, schlug es auf und fing an, die erste Seite laut vorzulesen.« ›Es war die beste der Zeiten, es war die schlechteste der Zeiten, es war die Epoche der Weisheit, es war die Epoche der Narrheit.‹« Ich blätterte den Rest des Buches durch. Es gab keine Anstreichungen und kein Lesezeichen. Verwirrt schaute ich Allan an. »Hat er noch mehr Exemplare dieses Buchs?«

Allan nickte. »Ja, ich habe mindestens zwei andere gesehen, aber ich weiß nicht mehr, wo. Wie endete gleich seine Notiz?«

»Irgend etwas darüber, daß er die Verwicklungen in seinem Leben nicht vorhersehen konnte.«

»Treffer! Verwicklungen.« Allan hatte ein weiteres Buch herausgezogen. Es steckte ebenfalls noch ein Verkaufsbon drin. Er hielt das Buch hoch, so daß ich den Titel lesen konnte. *Oliver Twist.* Dann reichte er mir den Bon. »Thornton hat heute morgen nicht nur Geld für ein Buch ausgegeben«, sagte er. »Er hat außerdem für die nächsten sechs Monate ein Schließfach gemietet.«

Auf dem Weg zurück auf die Wache bat Allan mich, die Fakten noch einmal für ihn durchzugehen. Ich brauchte einen Moment, um mich zu konzentrieren, dann fing ich an. »Nun, wir haben, was wie ein Selbstmord aussieht, mit einigen verrückten Verwicklungen.« Allan lachte, und ich schüttelte den Kopf. »Das sollte keine Anspielung sein. Thornton war ein Polizei-Narr und ein Dickens-Verehrer. Er hinterläßt einen Abschiedsbrief, in dem er die *Erzählung von zwei Städten* zitiert und eine dunkle Anspielung auf *Oliver Twist* macht. Er hat sich einen Flug nach Australien reservieren lassen und wollte einen Bus nehmen nach Irgendwo, Busseltown genannt. Er hat morgen eine Verabredung mit dem ersten Geist, was immer das heißen soll, und hat heute morgen ein Schließfach gemietet, bevor er sich umbrachte, außerdem ein Buch gekauft, von dem er schon zwei Exemplare besaß.« Ich holte Luft. »Ich glaube, das war's. Und wenn du irgendeinen Sinn darin erkennst, hast du mir etwas voraus.«

Allan bremste an einer Ampel, sah mich an und grinste. »Ich bin nicht sicher, ob ich schon alles durchdacht habe, aber wenn ich es bin, rufe ich dich an. Hast du schon etwas vor heute abend?«

Seine Frage überraschte mich. »Nein, warum? Und was meinst du damit: du hättest vielleicht nicht alles durchdacht?«

Allan ignorierte meine zweite Frage. »Können wir uns um halb eins im Revier treffen?«

»Halb eins? Heute nacht? Um Himmels willen, warum?«

»Ich sag es dir dann, wenn ich sicher bin.«

Ich zuckte mit den Achseln. »Okay, Allan. Ich habe zwar nicht die leiseste Ahnung, worauf du hinaus willst, aber ich werde dort sein.«

Allan rief mich nicht an, aber als ich um halb eins auf die Wache kam, erwarteten er und Joe Martin mich schon. Joe war genauso neugierig wie ich, aber alles, was Allan sagte, war, daß wir gleich zum Busbahnhof gehen würden. Um zwölf Uhr fünfunddreißig kamen wir an. Kaum waren wir aus dem Auto gestiegen, hielt Allan direkt auf den Eingang zu, aber Joe und ich hielten uns zurück. Allan blieb stehen und drehe sich ungeduldig nach uns um. »Nun?« fragte er.

Joe hustete. Ich wußte, daß er dasselbe dachte wie ich. »Hör mal, Allan«, sagte ich, »ich weiß, daß du dort eine große Überraschung für uns hast, und ich hasse es, sie zu verderben, aber wie du wohl weißt, haben wir nicht gerade den sichersten Beruf in der Stadt. Bevor wir also in irgend etwas hineinstolpern, das mit der Aufklärung eines Mordes zu tun haben könnte, wollen wir –«

»Es war kein Mord. Andrew Thornton hat Selbstmord begangen, einen sorgfältig geplanten Selbstmord.«

»Und warum hat er noch ein Buch gekauft, ein Schließfach gemietet und einen Flugplatz reserviert?« fragte Joe skeptisch.

»Ich werde es euch gleich erklären. Aber wir müssen jetzt gehen, sonst könnte unser verehrtes Polizeidepartment eine große Menge

Geld verlieren.« Damit drehte Allan sich um und ging zum Eingang des Busbahnhofs, ohne sich noch mal umzusehen.

Wir folgten ihm durch die Tür und die Zeile von Schließfächern entlang, bis er zu Nummer 96 kam. Er blieb stehen, sah auf die Uhr und suchte die überraschend belebte Wartehalle ab. Gerade war ein Bus angekommen, und etliche Dutzend Leute ruderten mit den Armen, suchten ihr Gepäck und begrüßten Verwandte. Als Allan einen schlanken Mann mittleren Alters bemerkte, der einen dreiteiligen Anzug trug, nickte er. Joe musterte ihn verblüfft.

»Charles Teller?«

Allan nickte und drehte sich mir zu. »Ich möchte, daß du den ersten Geist kennenlernst.«

Teller lächelte und zog einen Schlüssel aus seiner Westentasche.

»Das ist der Schlüssel zu Fach 96, nehme ich an?« sagte Allan. Teller nickte, und Allan fuhr fort. »Und in diesem Schließfach ist ein neueres Testament, das einen Teil des Vermögens von Mr. Thornton einer Polizei-Einrichtung vermacht, höchstwahrscheinlich unserer.«

Teller nickte wieder. Dann öffnete er die Tür und zog eine braune Aktenmappe heraus. »Um genau zu sein, er überläßt die Hälfte seines Vermögens, grob gesagt 125000 Dollar, der örtlichen Polizeiwache zur Erneuerung ihrer Einrichtung und für zusätzliche Ausbildung der Polizisten. Der Rest des Vermögens geht an die Universität, wie im ersten Testament.«

Joe sah von Teller zu Allan und schüttelte den Kopf. »Wie bist du drauf gekommen?« fragte ich Allan.

Allan lächelte, stolz auf sein Leistung. »Es war nicht mehr schwer, nachdem ich einmal das Offensichtliche akzeptiert hatte, daß Andrew Thornton sich selbst umgebracht hatte und es keinen Mörder gab. So lange wir einen Mörder dahinter vermuteten, suchten wir immer nur nach dem, was uns zu ihm führen könnte, oder wenigstens auf ein Motiv. Aber keins der Beweisstücke tat das. Wenn aber Thornton sich selbst getötet hat, dann waren alle Spuren absichtlich für nur einen Zweck hinterlassen worden, nämlich, uns irgendwohin zu führen, wo er uns nicht direkt hinschicken wollte. Kurz gesagt, eine Art Spiel.

Nun, was sagten die Spuren? Eine Reservierung im Flugzeug nach Australien – ein angemessenes Ziel, weil der Hinweis auf die Reiseagentur aus *Große Erwartungen* stammte, dessen Hauptfigur nach Australien verschickt wurde. Aber warum genügte das nicht? Warum mußte er in den Bus nach *Bus*seltown? Klar, es mußte etwas mit Bussen zu tun haben, nämlich dies.« Er schaute um sich. »Das nächste war das

Schließfach. Ein Schließfach zu mieten, wäre völlig sinnlos gewesen, wenn wir es nicht als Hinweis in einem Ratespiel genommen hätten. Kombiniert mit Bus ergibt sich was? Schließfach Bus. Da wären wir also. Aber welches Schließfach, und wie sollten wir herankommen? Die Schließfachnummer ergibt sich aus dem Datum, für das Thornton seinen Flug gebucht hat, den neunten Juni, oder 96. Wichtiger war aber, daß Dickens an diesem Tag gestorben ist, am 9. Juni 1870. Wie und wann aber sollte sich Schließfach 96 für uns öffnen? Erinnert ihr euch an die Eintragung im Terminkalender? ›Verpaß den ersten Geist nicht!‹ Natürlich spielte das auch auf Dickens an. Er konnte nichts anderes meinen, als die drei Geister in der *Weihnachtserzählung*. Und die einzige Gruppe von drei Personen in unserem Fall waren?« Er nickte Teller zu und beantwortete dann seine Frage selbst. »Teller, Brown und Hopkins. Und wie der erste Geist erschien er um ein Uhr morgens, wir durften ihn nur nicht verpassen.«

Joe unterbrach. »Und natürlich war dem älteren Testament zu entnehmen, daß das Schließfach wahrscheinlich ein neues Testament enthalten würde. Denn er hatte zwei Interessengebiete und das erste Testament überließ alles der Fortsetzung bloß eines von beiden.«

»Genau.« Es war Teller. »Ich war mir nicht sicher, was Mr. Thornton geplant hatte, als er dieses neue Testament schrieb und Anweisung gab, es solle nur in Kraft treten, wenn ich hier einen Polizisten um ein Uhr morgens antreffen würde, an dem Tag nach seinem Tod. Mir war nicht klar, daß er Selbstmord plante. Im nachhinein denke ich, ich hätte es wissen müssen. Nachdem es einmal geschehen war, fühlte ich mich verpflichtet, seinen letzten Willen zu erfüllen.«

Ich mußte lachen. »Mit anderen Worten, die Polizei mußte erst beweisen, daß sie das Geld auch Wert war, sonst wäre alles an die Universität gegangen. Nun, Allan, wenn da keine Beförderung für dich herausspringt, laß ich mich degradieren. Welcher andere Cop kann von sich behaupten, dem Department 125000 Dollar eingebracht zu haben?«

Allan lächelte mich ironisch an. »Weißt du, ich bin da nicht so sicher. Ich frage mich, ob da nicht noch ein letzter Witz auf uns alle wartet. Du erinnerst dich, daß der Hauptschlüssel für uns das Buch *Große Erwartungen* war. Aber der Wohltäter in diesem Buch, jemand mit dem Namen Zaubhexer, war ein Sträfling, der illegal aus Australien zurückgekehrt ist. Konsequenterweise war all sein Geld der Krone verfallen. Ich möchte nur ungern nachsehen, aber wenn wir in Thorntons Vergangenheit...«

Allan wurde von einem dicken Mann in blauem Geschäftsanzug unterbrochen. »Entschuldigung, aber ich habe eine seltsame Nachricht von Edward Thornbush, alias Andrew Thornton erhalten, daß ich hier einen Anwalt namens Charles Teller treffen würde.« Er sah jeden von uns fragend an. »Mein Name ist Howard Albus, und ich arbeite für Interpol.«

Originaltitel: MAGWITCH RETURNS, 4/86
Übersetzt von Achim Seiffarth

Gary Brandner

Der feuchte Abschied

Die Puppe war tot, das wußte ich sofort. Das Blut und das Gehirn an der Tapete sagten es mir. Ebenso die Tatsache, daß sie im letzten Kapitel bereit gewesen war, auszupacken. Man legt Woodrow Dant, den Privatdetektiv, nicht so leicht herein.

Ich schob ein Lesezeichen zwischen die Seiten des Buches »The Dozen Dead Dolls« und stellte es zu den Büchern von Hammet, Chandler, Spillane, MacDonald und Parker auf das Regal hinter meinem Schreibtisch. Dann lehnte ich mich in dem knarrenden Bürostuhl zurück und bewunderte das eingerahmte Diplom der Kingsley-Fernschule für Detektive. Ich drehte mich um, so daß ich meinen Namen rückwärts auf der Milchglasscheibe in der Tür lesen konnte. Es kam niemand durch die Tür. Seit genau dreißig Tagen, seit ich mit Mrs. Bonaduce über die Miete für den ersten Monat diskutiert hatte, war niemand durch diese Tür gekommen. Ich fragte mich, was ich falsch machte. Bis jetzt hätten schon ein halbes Dutzend dufter Blondinen und ein paar Kerle mit Kugeln in den Eingeweiden auftauchen sollen.

Ich stand auf und schlenderte hinüber zu dem Waschbecken mit den beiden Flecken, die von den Hähnen zum Abfluß liefen. Ich sah mich in dem gesprungenen Spiegel an. Groß genug war ich. Vielleicht brauchte ich etwas mehr Muskeln am Brustkorb und in den Schultern, aber mit zweiundzwanzig hatte ich noch Zeit, sie auszubilden. Ich schielte in den Spiegel und sah mich selbst mit dem stahlharten Blick an, den ich geübt hatte. Nicht schlecht, aber ich brauchte noch mehr Übung. Ich rieb meine Kinnlade. Ja, das war ein Problem. Der blasse, gelbe Flaum sah wirklich nicht aus wie Bogarts Stoppeln. Vielleicht konnte ich ihn mit einem Bleistift oder etwas anderem nachdunkeln.

Die Tür ging auf.

Ich wirbelte herum, eine Hand in der Jacke. Meine Hand schnappte nach nichts anderem als meinem Hemd. In diesem Bundesstaat bekommt man eine Lizenz als Privatdetektiv für ein paar Dollar, aber bei Waffenscheine sind sie sehr eigen.

Mrs. Bonaduce blickte mich an. »Wer sind Sie heute ... Napoleon?«

Ich zog meine Hand heraus und sah sie stahlhart an. Mrs. Bonaduce war nicht beeindruckt. Meine Hauswirtin war eine korpulente Frau mit mißtrauischen Augen und einem schönen Schnurrbart. Etwas hinter ihr stand ein kinnloser Kerl in einem dreiteiligen blauen Anzug.

»Der Monat ist zu Ende«, sagte Mrs. Bonaduce.

Ich schaute auf meinen Wandkalender mit dem Druck vom Mt. Rushmore. »So ist es«, stimmte ich zu.

»Haben Sie die Miete?«

»Nun ja, ...«

Sie drehte sich zu dem Kerl um. »Sie können morgen einziehen, Mr. Pritikin. Wie Sie sehen, hat der gegenwärtige Mieter nicht viele Sachen, die ihm gehören und die rausgebracht werden müssen.«

»Ich bin Eldon Pritikin«, erklärte mir der Kerl und machte keine Anstalten, mir die Hand zu schütteln.

Ich blickte ihn finster an.

»Mr. Pritikin ist geprüfter Buchhalter«, sagte Mrs. Bonaduce. »Er wird in dieses Büro einziehen. Er wird außerdem meine Tochter Amity heiraten.«

»Wie schön für ihn«, sagte ich, obwohl es mich überhaupt nicht interessierte. »Mrs. Bonaduce, wenn Sie mir noch eine Woche Zeit lassen – ich habe das Gefühl, daß das Geschäft besser wird ...«

»Besser werden?« spottete sie. »Ihr Geschäft würde sich zu einem Reinfall verbessern. Wie viele Klienten hatten Sie? Bemühen Sie sich nicht, es mir zu sagen. Ich weiß es. Keine. Und Sie nennen sich Detektiv?«

Ich zeigte auf die Beschriftung an der Tür.

Mrs. Bonaduce strich nachdenklich über ihren Schnurrbart. Zu dem Kerl sagte sie: »Wie schnell wollen Sie hier einziehen, Mr. Pritikin?«

»Ich habe wirklich keine große Eile«, meinte Eldon zu ihr. »Ich habe dort, wo ich bin, für einen Monat im voraus bezahlt.«

»Da hören Sie es, Mr. Privatdetektiv! Im voraus bezahlt. Das ist die Sorte Mieter, die ich haben will.«

Ich versuchte, mir eine Zigarette anzuzünden. Es brachte mich wie immer zum Husten, und ich drückte sie aus. Ich schob mir ein Stück Fruchtgummi in den Mund. Es hatte zwar nicht die gleiche Wirkung, aber es würde reichen.

»Hören Sie mal zu, Sherlock Holmes«, sagte meine Hauswirtin, »wenn Sie für mich einen Auftrag erledigen, lasse ich Sie vielleicht ein paar Wochen länger hierbleiben.«

»Auftrag?« fragte ich und mampfte auf dem Fruchtgummi herum.

»Meine Tochter Amity geht dreimal in der Woche abends aus und sagt mir nicht, wohin. Sie erzählt es noch nicht einmal ihrem Verlobten, Mr. Pritikin. Nicht, daß sie jemals etwas Falsches machen würde, verstehen Sie, aber wir wüßten gerne, was sie macht.«

»Diskret natürlich«, fügte der Kerl hinzu.

»Sie wollen, daß ich sie beschatte?«

»Nein, Sie Westentaschen-Detektiv. Ich will, daß Sie ihr folgen und herausfinden, was sie macht.«

Ich zog an einem Ohrläppchen. »Nun gut, ich nehme an...«

Mrs. Bonaduce ging zu meinem Fenster hinüber. »Haben Sie meine Tochter schon mal gesehen?«

»Nein.«

»Kommen Sie her und schauen Sie sie sich an.« Ich schlenderte zu dem dreckigen Fenster hinüber und sah ein Stockwerk tiefer auf die Straße. Den Bürgersteig entlang kam ein Mädchen von ungefähr neunzehn Jahren mit kurzem, glänzendem schwarzen Haar. Sie hatte einen schlanken, biegsamen Körper und dunkle Augen, die seltsam brannten. Ich konnte die Hitze, die sie ausstrahlte, bis hinauf in mein Büro spüren. Wie konnte diese Klassefrau nur mit der schnurrbärtigen Mrs. Bonaduce verwandt sein? Das war ein biologisches Rätsel!

»Ich übernehme den Fall«, sagte ich.

»Keine Geschichten mit Amity«, warnte mich ihre Mutter.

Eldon Pritikin räusperte sich zustimmend.

»Finden Sie nur heraus, wohin sie abends geht, und Sie haben sich zwei Wochen mehr verdient.«

»Überlassen Sie das mir«, knurrte ich und starrte immer noch dem dunkelhaarigen Mädchen nach, bis sie das Gebäude im Erdgeschoß betrat.

Schon am nächsten Abend schlüpfte Amity Bonaduce heraus, und ich war bereit. Ich überlegte, ob ich sie auf meiner Honda beschatten sollte, aber ich entschied, daß das zuviel Aufmerksamkeit erregte. Statt dessen benutzte ich die Beschattungstechnik Nummer 1 – ich lungerte in einem Eingang herum und tat so, als ob ich eine Zeitung las. Meine Augen waren hinter einer dunklen Sonnenbrille versteckt. Als Amity aus dem Gebäude herauskam, schlenderte ich hinter ihr her. Das Mädchen hatte lange Beine und einen schnellen Gang. Ich hielt Schritt. Ab und zu stolperte ich, wenn ich im Schatten ein Hindernis übersah. Sie stieg in einen Bus der Linie 9 ein. Ich ebenfalls. Sie saß im vorderen Teil. Ich stand hinten und guckte verstohlen um meine Zeitung herum. In der Innenstadt stieg sie aus. Ich fuhr noch einen Block weiter, dann rannte ich zurück, um sie wieder einzuholen. Technik Nummer 4.

Amity ging noch zwei Blocks weiter, von mir dicht gefolgt. Sie ging in ein Gebäude, das tagsüber eine Schule war und in dem abends Räume vermietet wurden. Ich kam gerade noch rechtzeitig, um zu sehen, wie sie im Raum 121 verschwand. Eine Hinweistafel sagte mir, daß im Raum 121 dreimal in der Woche ein Schauspielkurs stattfand, der von jemandem namens Felix Fairman geleitet wurde.

Mein Auftrag war beendet. Ich konnte jetzt Mrs. Bonaduce und dem Kerl berichten, daß Amity in nichts Böseres als Schauspielstunden verwickelt war. Aber da ich genug Zeit hatte, entschloß ich mich, hier herumzuhängen, bis sie herauskam. Jetzt, da der Fall abgeschlossen war, hatte ich nichts dagegen, das dunkelhaarige Mädchen etwas näher kennenzulernen.

Es war ein langer Kurs – über drei Stunden – und ich war schon bei der zweiten Packung Fruchtgummi, als sich die Tür öffnete, und die angehenden Schauspieler und Schauspielerinnen herausströmten. Amity Bonaduce war nicht unter ihnen.

Ich rückte meine Sonnenbrille zurecht und schlich zur offenen Klassenzimmertür hinüber. Drinnen sprach Amity mit einem hohläugigen Individuum, das einen Bart und einen schwarzen Rollkragenpullover trug. Felix Fairman, der Lehrer, folgerte ich.

Ich ging zurück zum Eingang, um dort auf sie zu warten. Dabei sah ich, daß ich nicht der einzige war, der wartete. Einer der Schauspielschüler, ein breitschultriger Flegel in einem schmuddeligen Sweatshirt, hing dort auch noch herum. Als Amity herauskam, schlenderte er auf sie zu.

»Kommst du mit zu mir, noch ein paar Texte lernen?« nuschelte er.

»Ich glaube nicht«, sagte Amity.

»Hey, komm mit, ich habe eine Flasche Wein«, sagte der Lümmel.

Ich überlegte, ob ich hinübergehen und das Gesicht des Kerls neu gestalten sollte, und ob ich so weit gehen könnte, ihn mit einem Cagney-Haken aus den Schuhen zu heben. Da sprach Amity weiter.

»Nicht heute abend«, sagte sie in einem endgültigen Ton.

Der Muskelprotz zuckte die Schultern und latschte davon.

Bevor ich mich wieder hinter meiner Zeitung verstecken konnte, drehte Amity sich um und starrte mich an. Diese dunklen, intensiven Augen bohrten sich durch das Papier und die Sonnenbrille in mein Gehirn. Sie kam auf mich zu.

»Warum verfolgst du mich?« fragte sie.

»No hablo ingles«, murmelte ich und versuchte, südländisch auszusehen.

»Hör auf damit. Ich weiß, wer du bist. Du bist der Komiker mit der Honda, der das Büro oben gemietet hat und sich selbst als Detektiv bezeichnet.«

Ich grinste sie an und sie fuhr fort.

»Nun, warum folgst du mir?«

Ich schob meine Lippe die Zähne rauf und runter, im Bogart-Stil. »Ich bin ein Mann und du bist eine Frau.«

Sie rollte mit diesen sensationellen Augen. »Zuerst haut mich dieser Trottel Ryne Locklear an und jetzt kommst du und erzählst lauter Quatsch. Es muß wohl Vollmond sein. Und setz diese schreckliche Sonnenbrille ab.«

Ich fummelte die Brille von der Nase und in eine Tasche.

»Wenn du mit mir spazierengehen willst«, sagte sie, »geh *mit* mir. Und hör auf, in Eingängen herumzulümmeln.«

Ich marschierte in ihrem Tempo neben ihr zur Bushaltestelle, und wir fuhren zusammen zurück zu dem Haus, das von ihrer Mutter verwaltet wurde. Amity sagte mir kühl »Gute Nacht« und ging in die Wohnung der Bonaduces. Ich trottete hinauf in mein Büro, wo ich zur Zeit auf einem Feldbett schlief. Als ich schließlich einschlief, war der Traum es wert, auf ihn zu warten.

Am nächsten Tag berichtete ich Mrs. Bonaduce. Sie schien zufrieden zu sein, aber Eldon Pritikin fragte mich hinterher in meinem Büro aus. »Dieser Schauspielkurs«, sagte er, »glauben Sie, daß sich Amity dort . . . mit jemandem trifft?«

Ich sah ihn mit meinem Clint-Eastwood-Blick an und zuckte die Schultern. »Ich verstehe Sie nicht.«

»Ich meine, könnte Amity eine Beziehung zu . . . einem anderen Mann haben? In letzter Zeit hat sie sich etwas kühl verhalten.«

»Ich weiß nicht«, sagte ich ihm.

»Können Sie das herausfinden?«

Ich drehte meinen Kopf in Richtung Tür, wo PRIVATDETEKTIV stand. »Es ist mein Job, Sachen herauszufinden.«

»Ich werde Sie natürlich bezahlen«, sagte er. »Wieviel nehmen Sie?«

Ich nannte eine Zahl. Er wurde blaß. Ich nannte eine niedrigere Zahl. Er sagte okay.

Wie, fragte ich mich, konnte man am besten herausfinden, ob Amity Bonaduce es mit jemandem in ihrem Schauspielkurs trieb? Ganz einfach, sagte ich mir: nimm auch an dem Kurs teil. Da kein Grund mehr zur Heimlichkeit bestand, schoß ich am folgenden Abend auf meiner Honda los und fuhr zur Schule.

Zum Glück wurde der Kurs von der Stadt unterstützt. Darum war die Gebühr niedrig und man sah es locker genug, um mich ein paar Wochen nach Beginn noch aufzunehmen. Wenn sich Amity Bonaduce über mein Erscheinen dort wunderte, dann behielt sie es für sich. Ryne Locklear und die anderen Möchtegern-Schauspieler ignorierten mich. Felix Fairman, der Dozent, behandelte mich, als ob etwas Gräßliches aus meiner Nase wachsen würde.

Während der ersten Unterrichtsstunde saß ich im Hintergrund und versuchte, wach zu bleiben, während Fairman über Motivation und die Stanislawsky-Methode quatschte. Meine Mitstudenten taten der Reihe nach so, als ob sie irgend jemand oder irgend etwas wären, was sie nicht waren. Wenn ich ein Urteil abgeben darf, Amity Bonaduce war Klasse, aber Ryne Locklear sollte das Showbusineß vergessen.

Erhebliche Aufregung machte sich breit, als die Tür aufsprang, und eine Frau mit enganliegendem Kleid und zuviel Make-up in den Raum stürmte. Sie war spindeldürr, und ihre roten Haare waren ein kunstvolles Arrangement aus Wellen und Locken.

Felix Fairman wurde unter seinem Bart blaß, als die Frau auf ihn zuging.

»Du hast das Cabrio genommen«, beschuldigte sie ihn. Ihre Stimme hörte sich an, als ob man einen rostigen Nagel aus einem Brett zog. »Du weißt, ich wollte es heute haben.«

Fairman warf einen unsicheren Blick auf seine glotzenden Studenten. »Es tut mir leid, Christine. Ich hatte es vergessen.«

»O ja, natürlich«, kreischte der Rotschopf. »Wahrscheinlich wolltest du eine deiner Gören beeindrucken.«

»Christine, ich bin mitten in einem Kurs. Laß uns darüber zuhause reden.«

»Du kannst dich verdammt noch mal darauf verlassen, das werden wir!« informierte ihn Christine. »Und du kannst in deinem Scheiß-Kombi nach Hause fahren. Er steht draußen. Ich nehme das Cabrio. Es ist meins, weißt du. Und auch das Haus und das Boot, damit du Bescheid weißt.«

»Wir werden es später diskutieren«, sagte Fairman mit zusammengebissenen Zähnen. Er griff nach dem Arm des Rotschopfs und lotste sie aus dem Raum, während sie ihm bei jedem Schritt des Weges etwas vorjammerte.

Sobald sich die Tür hinter ihnen schloß, drängelte sich die Klasse an die Fenster, um den Rest der Szene mitzubekommen. Draußen am Bordstein, etwa vierzig Meter vor dem Schulgebäude, parkte ein schmuddeliger, zehn Jahre alter Kombi hinter einem glänzenden, neuen Chrysler mit einem weißen Vinylverdeck. Fairman und die

Frau überquerten gestikulierend den Rasen. Sie stritten laut genug, um die Grillen zum Schweigen zu bringen. Der Rotschopf schnappte sich etwas aus seiner Hand. Ich nahm an, es waren die Autoschlüssel. Dann sprang sie in den Chrysler und fuhr davon. Die Show war vorüber. Wir Studenten gingen auf unsere Plätze zurück und versuchten, unschuldig dreinzusehen.

Fairman kam zurück und lächelte uns durch seinen Bart schwach an. »Die Ehe«, zitierte er, »ist wie ein Bad in einer heißen Wanne. Wenn man sich erst einmal daran gewöhnt hat, ist es gar nicht mehr so schlimm.«

Wir lachten alle pflichtbewußt, und etwas später entließ Fairman die Klasse.

Mein Plan, Amity Bonaduce anzubieten, mit mir zu fahren, wurde zunichte gemacht. Fairman bat die Mitwirkenden eines Sketches, der vorbereitet wurde, nach Kursende noch dazubleiben. Unglücklicherweise gehörten Amity und der Klotz Ryne Locklear dazu. Ich hing draußen herum und blickte stahlhart, bis ich davon Kopfschmerzen bekam. Dann fuhr ich nach Hause.

Der Unterricht zwei Tage später war aus verschiedenen Gründen ein Reinfall. Erstens, Amity Bonaduce war nicht da, dadurch schwand das geringe Interesse, das ich an der Veranstaltung hatte. Außerdem halte ich nichts davon, in einer kühlen Nacht den Unterricht auf dem Rasen abzuhalten. Das war Felix Fairmans glänzende Idee. Es würde uns der Natur näherbringen, sagte er. Mir erschien das reichlich dumm.

Sobald wir auf dem Rasen waren, hielt das Chrysler Cabrio quietschend am Bordstein. Ein Gewirr von roten Haaren, die sich mit einem leuchtend orangen Tuch bissen, bewegte sich im Straßenlicht ärgerlich auf und ab. Die Hupe des Chrysler ging durch Mark und Bein.

Fairman entschuldigte sich und trottete zur Straße, wo er sich an den offenen Wagen lehnte. Offensichtlich wollte er versuchen, den kreischenden Rotkopf zu beruhigen. Ihre Stimmen schallten bis zu uns, aber die Worte waren unverständlich. Alles, was ich heraushören konnte, war, daß es um ein Boot ging. Dann donnerte sie in einer Wolke aus Haarspray und verbranntem Gummi davon.

Fairman kam ohne Kommentar zurück, und wir fuhren mit dem Unterricht fort, obwohl seine Gedanken woanders zu sein schienen.

Ungefähr eine Stunde später war ich kalt und gelangweilt und steif vom Sitzen auf dem Boden. Ich hatte es aufgegeben, auf Amity zu warten, und suchte eine Gelegenheit, um zu verschwinden, als der Hausmeister aus dem Gebäude kam und auf unsere kleine Gruppe zuging.

»Ist hier jemand, der Dant heißt?« fragte er.

»Das bin ich«, gab ich zu.

»Drinnen ist ein Telefonanruf für Sie.«

Da ich über jede Gelegenheit froh war, mich aufzuwärmen, joggte ich in das von uns verlassene Zimmer, um den Anruf entgegenzunehmen.

»Ist dort Woodrow Dant, der Detektiv?« kreischte eine weibliche Stimme in mein Ohr.

Ich vertiefte meinen natürlichen Tonfall um ungefähr eine Oktave. »Wer möchte das wissen?«

»Hier ist Christine Fairman. Ich bin unten auf unserem Boot. Ich muß Sie sofort sprechen.« Die Stimme hörte sich verschwommen an, als ob sie von irgend etwas high wäre.

»Worum geht's?« fragte ich.

»Um etwas sehr Wichtiges für Sie. Das Boot liegt auf Liegeplatz 47 im Yachthafen. Sie können Ihr Motorrad oberhalb des Stegs parken.«

Ich hörte ein Klicken, und das Freizeichen summte mir ins Ohr.

In Ordnung, dachte ich, ein mysteriöser Telefonanruf. Die Sache begann, sich zu einem richtigen Fall für einen Privatdetektiv zu entwickeln.

Ich schnappte mir meinen Helm von dem Haken, an den ich ihn gehängt hatte, und eilte zur Tür.

Als ich aus dem Klassenzimmer stürzte, wäre ich fast mit Amity Bonaduce zusammengeprallt, die gerade hereinhetzte.

»Ich mußte noch spät arbeiten«, sagte sie und schaute sich in dem leeren Raum um. »Der Unterricht ist doch nicht zu Ende, oder?«

»Sie sind draußen auf dem Rasen«, erzählte ich ihr.

»Gehst du jetzt?«

»Ich habe einen Termin«, sagte ich und schob das Fruchtgummi von einer Seite des Mundes auf die andere.

»Bis bald«, sagte Amity und ging den Flur in die eine Richtung hinunter, während ich in die andere ging.

Für die Fahrt zum Yachthafen brauchte ich zwanzig Minuten, und ich war froh über die Wärme meiner Lederjacke. Etwas an dem Anruf von Christine Fairman störte mich, aber ich war zu beschäftigt, um mir darüber Sorgen zu machen. Als ich über den verlassenen Parkplatz des Yachthafens donnerte, erkannte ich das Chrysler Cabrio. Niemand war drin. Meine Hände waren gefühllos, als ich endlich das Motorrad am Anfang des Stegs abstellte, der hinunter zum Liegeplatz 47 führte.

Seltsamerweise waren auf dem Boot keine Lichter an. Es war eine Situation, die ich kannte. Sie führte oft dazu, daß dem Detektiv von hinten etwas über den Kopf geschlagen wird. Ich ließ Vorsicht walten.

»Mrs. Fairman«, rief ich.

Keine Antwort. Draußen auf dem dunklen Wasser schlug eine Glockenboje. Weiter draußen im Yachthafen hörte ich ein Radio spielen, aber alle Boote schienen verlassen zu sein. Es war kein Wetter, um mit dem Boot zu fahren.

Ich versuchte es noch einmal mit Rufen, und als ich immer noch keine Antwort bekam, ging ich an Bord.Ich bahnte mir meinen Weg am Seitendeck entlang zum Cockpit. Leer. Das Licht der Lampen, die über der Pier hingen, war hell genug, um in der Kabine sehen zu können. Eine große Flasche Gin lag dort auf der Seite. Daneben stand ein leeres Glas, mit Lippenstift beschmiert. Das gefiel mir gar nicht.

Ich verließ die Kabine und räusperte mich. Mein Hals schien durch die Kälte immer enger zu werden.

Etwas knarrte hinter mir. Ich ging in die Hocke und wirbelte herum, dabei trat ich in einen nassen Fleck auf dem Deck. Die Füße rutschten unter mir weg und mein Kinn schlug hart auf die Deckplanken. Immer noch auf der Hut, rollte ich mich herum und blickte umher, um den Grund für das Knarren zu entdecken. Ich entspannte mich, als ich sah, daß es nur die Heckleine war, die gegen das Schandeck scheuerte. Wenn es ein paar Gangster mit erhobenen Knüppeln gewesen wären, wäre ich auf sie vorbereitet gewesen.

Als ich auf die Füße kam, bemerkte ich, daß sich in der Heckleine etwas verheddert hatte, was dort nicht hingehörte. Ein leuchtend oranges Tuch. Eine innere Stimme sagte mir, oho, verschwinde hier. Aber wäre Mike Hammer weggerannt?

Vorsichtig kroch in an die Reling, wo das Tuch festhing, und schaute hinunter in das dunkle Wasser. Im Wasser schaukelte, eingeklemmt zwischen Boot und Pier, Christine Fairman.

Ich hab es dir gesagt, meinte meine innere Stimme.

Ächzend und schnaufend zog ich die triefnasse Mrs. Fairman an Bord und sah sie mir nur gerade so lange an, um festzustellen, daß sie tot war. Dann rannte ich zu einer Telefonzelle am Anfang des Piers und rief die Polizei an. Anschließend setzte ich mich so hin, daß ich das Boot beobachten konnte, ohne in der Nähe der toten Mrs. Fairman zu sitzen, und wartet auf die Cops. Ich dachte, daß ich ihnen bei der Lösung des Falles ein paar Stunden lang helfen könnte.

Zwei Tage später ließen sie mich frei. Anscheinend war Mrs. Fairman auf den Kopf geschlagen worden, wahrscheinlich mit der Gin-Flasche, bevor sie ihren feuchten Abschied nahm. Da ich der einzige in der Nähe war, schnappten sich die Cops mich. Zum Glück gab es ein Gesetz, das es verbot, irgend jemanden länger als 48 Stunden ohne Haftbefehl festzuhalten.

Die Cops sagten mir Lebwohl und gaben mir den Rat, die Stadt nicht zu verlassen. Ich antwortete mit einem Lippenzucken wie Bogart. Sie taten so, als ob sie das lustig fänden.

Als ich zu dem Haus zurückkam, in dem ich wohnte, sah ich, daß Mrs. Bonaduce meine Habseligkeiten – Schreibtisch, Sessel, Kalender und Feldbett – auf die Straße gestellt hatte, so daß Eldon Pritikin in mein Büro einziehen konnte.

»Ich dachte, Sie wären im Gefängnis«, sagte die Hauswirtin, als ich sie fragte, was das solle.

»Jetzt bin ich draußen«, erzählte ich ihr. »Aber jemand anderes wird bald drin sein.«

Bonaduce und Pritikin wechselten einen Blick, und ich hoffte, daß ich ihnen zu denken gegeben hatte.

»Wenn Sie mich jetzt entschuldigen würden, ich muß über etwas nachdenken.«

Ich nahm meinen Sessel von der Schreibtischplatte herunter, stieß mit dem Schuh eine neugierige Taube weg, lehnte mich mit hinter dem Kopf gefalteten Händen zurück und überdachte ein paar Dinge, die mich störten.

Nachdem ich das dreißig Minuten lang gemacht hatte, stieg ich auf meine Maschine und fuhr zur Schule. Ich war nicht überrascht, als ich herausfand, daß ein Schild FÄLLT AUS neben dem heutigen Programm des Schauspielkurses hing. Ich besorgte mir im Büro Felix Fairmans Privatadresse und startete zur anderen Seite der Stadt.

Das Haus war ein geschmackvolles Ziegelgebäude mit einer gepflegten kleinen Rasenfläche und einem Plattenweg, der zur Eingangstür führte. Ich hielt meinen Finger auf dem Klingelknopf, bis ein gereizter Felix die Tür öffnete.

»Was wollen Sie?« fragte er.

»Danke«, sagte ich und schaute ihn knallhart an. »Ich werde hereinkommen.«

Er trat zurück, als ich mich in das nett eingerichtete Wohnzimmer drängte.

»Bleib ruhig sitzen«, sagte ich zu Amity Bonaduce, aber sie stand schon vor dem Sofa, auf dem zwei frische Abdrücke in den weichen

Polstern zu sehen waren. In der Nähe der Tür standen zwei Koffer.

»Wollen Sie verreisen?« brummte ich böse.

»Ich dachte, Sie seien im Gefängnis«, sagte Fairman.

»Natürlich dachten Sie das, weil Sie es so geplant hatten.«

Eine Minute lang irrten seine Augen im Zimmer umher, bevor er sich fing und mich zornig anstarrte. »Was wollen Sie damit sagen?«

»Ich glaube, daß Sie Ihre Frau umgebracht haben und mir die Schuld in die Schuhe schieben wollten.«

Fairman gaffte mich an. Amity gaffte Fairman an. Ich grinste, hart und gemein.

»Es ist kein Geheimnis, daß Sie ein Motiv hatten. Sie kamen nicht miteinander aus, und sie hatte das Geld. Ein Grund für einen Mord, einen besseren gibt es nicht.« Ich ließ meinen stahlharten Blick auf das zur Zeit leere Sofa und die Koffer fallen. »Vielleicht hatten Sie sogar noch einen anderen Grund.«

»Einen Moment, bitte«, platzte Fairman mit gespielter Entrüstung heraus. »Ich war bei meiner Klasse zu der Zeit, als meine Frau getötet wurde. Zwölf Zeugen, die gesehen haben, wie sie angefahren kam und mit mir redete – auch Sie sahen sie! Ich war immer noch da, als die Polizei kam, um mir zu sagen, daß sie tot sei. Ich denke, so etwas nennt man ein hieb- und stichfestes Alibi.«

»Das Alibi ist nicht einmal butterweich«, erwiderte ich und kam richtig in Fahrt. »Wie kann man sicher sein, daß es Ihre Frau war, die wir sahen? Sie stieg nicht aus dem Auto aus, und alles, was wir wirklich sahen, war rotes Haar und das Tuch. Für ein offenes Verdeck war es eine sehr kalte Nacht, außer wenn jemand sichergehen wollte, daß wir etwas sahen.«

»Aber Sie haben einen Telefonanruf von Christine bekommen.«

»Das konnte auch jemand anderes sein. Ich hörte die Stimme Ihrer Frau nur einmal, und durch das Telefon klang sie irgendwie undeutlich. Sie unterrichten Schauspieler. Sie können jemandem beibringen, Ihre Frau darzustellen.«

Amity Bonaduce rückte nahe an mich heran. »Woody.« Sie atmete schwer. »Du meinst doch nicht . . . mich?«

»Es tut mir leid, Schätzchen, aber in deiner Vorstellung waren ein paar Fehler. Die Perücke wirkte auf diese Entfernung ganz echt, und die Stimme war okay, aber keine Frau, die sich die Mühe macht, ihr Haar so kunstvoll zu gestalten, würde ohne Verdeck fahren – egal, wie das Wetter ist.«

»Aber Woody, ich war in der Schule, als du den Anruf bekamst.«

»Ja, das war ein geschickter Schachzug, und ich mußte lange

darüber brüten. Aber neben der Stimme störte mich noch etwas anderes an dem Anruf. Christine Fairman konnte nicht wissen, daß ich ein Motorrad fuhr. Du wußtest es.«

Sie starrten mich beide an. Ich schob mir ein Fruchtgummi in den Mund und genoß den Augenblick. »So, wie ich es sehe, erschlug Fairman seine Frau mit der Ginflasche, beschmierte das Glas, warf sie über Bord und eilte zurück, um die Klasse zu unterrichten. Er schleppte uns nach draußen, damit wir das Schauspiel beobachten konnten. Dann fuhrst du das Cabrio zurück, um es im Yachthafen zu parken. Du beeiltest dich zurückzukommen und riefst mich an, wahrscheinlich von einem anderen Telefon im Gebäude. Dann sorgtest du dafür, daß ich dich sah, als ich hinauslief.«

»Sie können nichts davon beweisen«, sagte Fairman.

Ich zog an meinem Ohrläppchen. »Es ist nicht mein Problem, etwas zu beweisen. Die Stadt hat einige Leute, die darin ganz gut sind.«

Amity gab ein schnurrendes Geräusch von sich und legte ihre Arme um mich. »Woody, du brauchst es doch nicht zu melden. Christine ist tot, und du bist nicht mehr im Gefängnis. Du und ich, wir können immer noch zusammenkommen. Das ist es doch, was du wolltest, nicht wahr?«

Ich nahm ihre Arme aus meinem Nacken. »Ich bin ein Detektiv, und ein Detektiv hat eine Aufgabe zu erfüllen«, sagte ich ihr. »Du hast dir die Sache eingebrockt, Schätzchen, und du mußt sie auslöffeln.«

Sie sah mich mit großen, feuchten Augen an. »Woody, wie kannst du das nur übers Herz bringen?«

Ich grinste sie an. »Es ist einfach«, sagte ich.

Originaltitel: THE WET GOODBYE, 7/86
Übersetzt von Gabriele Kunstmann

Gary Alexander

Fragen Sie Frau Saubermann

Liebe Frau Saubermann!

Zuerst muß ich Ihnen sagen, wie sehr ich Ihre Ratgeber-Seite in der Zeitung liebe. Ich lese sie jeden Tag, selbst wenn ich sonst gar nicht in der Zeitung lese. Wahrscheinlich haben Sie ja gar keine Zeit, meine Frage zu beantworten, wo Sie doch sicher Tausende und Abertausende von Briefen bekommen. Aber Fragen kostet ja nichts.

Mein Problem ist ein langer Riß in meinem Wollsweater, und ich kriege ihn nicht alleine wieder hin, weil, wie Charlie immer sagt, ich nicht viel besser nähen kann, als ich koche. Aber wenn Sie Charlies Bauch sehen könnten, würden Sie bemerken, daß er ganz aus der Fasson gerät wegen meiner Kocherei, obwohl ich nicht die leiseste Ahnung habe, wie ich diesen Sweater wieder hinbekomme.

Er ist das, was man ein altes Familienerbstück nennt, noch von meiner Großmutter gestrickt, weitergegeben an meine Mutter, dann an mich, der Herr sei ihrer beiden Seelen gnädig. Wie er eingerissen ist, es soll aber nicht so aussehen, als wollte ich jemand Bestimmtes heruntermachen, jede Geschichte hat ja zwei Seiten, und Sie können nur meine hören. Aber alles wurde schlimmer, als es sowieso schon war, als Charlies Mutter bei uns eingezogen ist, nachdem Earl, das war Charlies Vater, gestorben war. Charlie wollte sie nicht in irgendein Heim stecken, und das habe ich ja noch eingesehen, aber Ruth, so heißt sie, und ich haben uns noch nie verstanden. Seit sie im Haus ist, wird es immer schlimmer zwischen Charlie und mir, nicht, daß wir uns sonst in der letzten Zeit direkt großartig verstanden hätten, jedenfalls stellt sich Ruth bei jeder Gelegenheit auf seine Seite, selbst wenn er nicht recht hat, was, wenn Sie mich fragen, meistens der Fall ist. Aber das ist eine andere Geschichte, und ich schwatze hier über Dinge, mit denen ich Sie gar nicht belästigen sollte.

Jedenfalls säuft Charlie noch mehr als früher, seit er aus dieser Fabrik geflogen ist. Neulich kam er hackenvoll aus der Kneipe zurück, wo er sich mit den anderen Jungs getroffen hatte. Ruth und ich waren gerade beim Fernsehen (Das »Traumschiff« lief und es war schön, einmal eine Sendung zu sehen, die wir beide mochten, so daß wir nicht miteinander reden mußten.), und ich sagte zu Charlie, daß er vielleicht etwas weniger trinken sollte, vor allem, wenn er noch fahren muß, und Charlie erwiderte, ich sollte meinen verflixten Mund halten.

Ich sagte, daß ich ja keinen Streit anfangen möchte, aber wenn das

Geld nun mal so knapp ist wie bei uns, könnte er vielleicht auch zuhause trinken, wenn es sein muß, und dann würde es mir auch nichts ausmachen. Charlie sagte noch etwas, das ich hier auch nicht wörtlich wiedergeben möchte, und als ich aufstand, um ihm in der Küche einen Kaffee zu kochen, packte er mich am Ärmel, schleuderte mich herum und schlug mich, schlug fest zu.

Also, Charlie hat mich schon öfter verprügelt, aber so weh getan hat es noch nie, und schlimmer als der Schmerz ist, daß er den Sweater eingerissen hat, als er mich packte, und dieser Riß ist der Grund für meinen Brief an Sie.

Charlie ging polternd ins Schlafzimmer und Ruth gleich hinter ihm her. Sie blieb eine ganze Weile, und nachdem sie herausgekommen ist, hat sie mir einen Vortrag gehalten, wie schwer es für einen Mann ist, seinen Job zu verlieren und ohne Stütze seine Familie nicht mehr ernähren zu können, und daß ich, wenn ich eine gute Ehefrau wäre, mehr Verständnis für ihn hätte, statt dauernd an ihm herumzunörgeln.

Jedenfalls weiß ich nicht, was ich mit diesem Sweater anstellen soll, aber ich bin sicher, daß er nicht zur Altkleidersammlung soll. Also, können Sie mir helfen? Ich wäre Ihnen wirklich sehr dankbar.

Mit herzlichen Grüßen,
Weiß-nicht-weiter

An Weiß-nicht-weiter:

Ihr Brief war zu lang, um abgedruckt zu werden, aber Ihr Problem – ein wertvoller ererbter Wollsweater, der beschädigt worden ist – ist nicht unlösbar.

Wenden Sie sich an einen Strick- oder Nähzirkel. Ich bin sicher, dort werden Sie jemanden finden, der Ihnen den Sweater gegen einen kleinen Obolus repariert. Das Mitteilungs-Brett in Ihrer Stadtbibliothek oder der Redakteur für die lokalen Veranstaltungshinweise können Ihnen bestimmt weiterhelfen.

Frau Saubermann

Liebe Frau Saubermann!

Ihre Antwort in der Zeitung zu lesen, ist wohl das aufregendste, was mir je passiert ist!!

Ich habe gleich alle meine Freundinnen angerufen und ihnen davon erzählt.

Da sie schon so großzügig waren, dränge ich mich ungern schon wieder auf, aber so ist das nun mal. Dieses Problem habe ich vermutlich selbst geschaffen, als ich im ganzen Landkreis über Sie gequatscht habe, und wenn ich recht darüber nachdenke, hätte ich vielleicht nicht so einen Wind machen sollen.

Charlie hat vor ein paar Tagen unseren Kombi in den Graben gefahren. Er hoffte, in der Werkstatt,die ihn abgeschleppt hat, den Wagen wieder fahrtüchtig zu machen, aber es ging nicht, und er mußte zu Fuß nach Hause gehen in einem seiner Zustände. Daheim hat er mir dann erzählt, wie Mrs. Harkness, die wegen Benzin vorbeikam, erwähnt hatte, wie berühmt ich sei, und Mrs. Jonathan hätte mir doch, diese wirklich reizende alte Dame habe ich – ganz wie Sie sagten – über eine Strickzirkel-Notiz in der Bibliothek kennengelernt, hätte doch für nur zwanzig Dollar an dem Sweater eine so großartige Arbeit (hat sie wirklich!) vollbracht.

Charlie schimpfte und tobte wegen so einer, meinte er, Geldverschwendung, jede Menge anderer Sachen hätte ich anzuziehen, und ich verlor die Geduld und schrie zurück, Mrs. Jonathan hätte schließlich volle zwei Tage an dem Sweater arbeiten müssen, so daß zwanzig Dollar nun wirklich verflixt wenig gewesen ist.

Ruth kam gleich dazu und sagte, ich hätte andere Sachen, die ich noch gut anziehen könne und solle gefälligst nicht auch noch ihren Sohn anbrüllen, wenn ich schon so selbstsüchtig wäre. Ich sagte, daß Ruth über Earls Lebensversicherung und eine Zahlung aus seinem Pensionsfond verfügt, und sie könne das oder ein bißchen mehr von ihrer Rente, als sie jetzt für Zimmer und Verpflegung zahlt, beisteuern, wenn sie sich solche Sorgen um unser Geld mache, statt Charlies Taschengeld aufzustocken, was sie offenbar tut, sonst könnte er es sich doch nicht leisten, die halbe Nacht in der Kneipe mit seinen Kumpels trinkend, flippernd und kartenspielend zu verbringen.

Also, ich muß zum Schluß kommen. Ich werde Sie nicht mit meinen lockeren Zähnen behelligen. Sie tun schon nicht mehr weh und sie werden so gut wie neu sein, wenn ich mich eine Weile beim Essen etwas vorsehe.

Aber die Blutflecken auf meiner Lieblingsbluse, meiner einzigen, die ich noch in der Öffentlichkeit tragen konnte, kriege ich nicht heraus. Es ist ein Gewebe aus Baumwolle und Polyester und wirklich schön. Können Sie mir helfen?

Mit herzlichen Grüßen,
Weiß-nicht-weiter

Liebe Weiß-nicht-weiter

Da das Blut schon eingetrocknet ist, könnte es zu spät sein. Aber wir wollen es versuchen.

Weichen Sie die Bluse in kaltem Wasser ein, bis der Fleck aufhellt. Dann waschen Sie sie in warmer Seifenlauge. Wenn es nicht besser wird, können Sie als äußerstes Mittel Bleiche einsetzen. Sie muß mit einer Pipette auf die Flecken geträufelt werden. Zum Schluß gut ausspülen.

Alles Gute,
Frau Saubermann

Liebe Frau Saubermann!

Es ist noch mal so aufregend, einen persönlichen Brief von Ihnen zu bekommen, und ich werde ihn einrahmen, ob das Ruth und Charlie nun paßt oder nicht!!! Ich habe es gemacht, wie Sie gesagt haben, und das meiste Blut herausbekommen, und weil es ein Paisleymuster ist, mit reichlich Burgunderrot und Gold, wird es, glaube ich, niemand merken.

Verzeihen Sie, daß ich so eine Plage bin, aber meine Frage bezieht sich auf Ruth und Charlie, und wenn Sie mir helfen könnten, würden sie nie wieder über mich sagen, daß ich selbstsüchtig bin.

Ihre Hälfte der Familie hat nämlich schon immer schlechte Zähne gehabt, so daß beide Gebisse tragen müssen. Gestern beim Abendessen rutschte mir ohne böse Absicht die Bemerkung heraus, Ruths und Charlies dritte Zähne wären schon ziemlich gelb. Vielleicht habe ich es falsch gesagt, aber sie haben sich furchtbar aufgeregt. Charlie verprügelte mich diesmal nicht, aber er sagte einige sehr böse Worte, warf die Gabel hin, griff seinen Mantel und ging.

Ruth spricht nicht mit mir. Das wäre soweit in Ordnung, außer, daß der Fernseher kaputt ist, und sie, verstimmt wie sie ist, mir nicht anbietet, die Reparaturkosten zu übernehmen. Charlie ist das egal. Er sieht seinen Fußball auf dem großen Bildschirm in der Kneipe.

Wenn ich Ruth für mich einnehmen könnte, wäre das jedenfalls besser, als noch länger die nackte Wand anzustarren. Nachts legen sie ihre Gebisse in Gläser, Seite an Seite, gleich neben dem Arzneischränkchen. Ich habe schon immer gesagt, wenn du besser aussiehst, fühlst du dich auch besser. Wenn ich ihre Zähne wieder weiß bekommen könnte (ohne daß sie davon erfahren, wäre vermutlich der beste Weg), würde sie das vielleicht aufheitern.

Das hört sich sicher naiv an, aber irgendwo muß ich ja anfangen. Wie es jetzt ist, ertrage ich es nicht mehr lange. Können Sie mir helfen?

Mit herzlichen Grüßen,
Weiß-nicht-weiter

Liebe Weiß-nicht!

Anbei eine Liste mit Chemikalien, die alle die gewünschte Wirkung haben. In der Regel genügen zwar die im Handel erhältlichen Gebißreiniger, aber Ihre Lieben haben sich offenbar zu lange nicht um das Problem gekümmert. Außerdem sind noch einige Scheuermittel auf dem Markt, mit denen Verfärbungen gründlich beseitigt werden können, aber da Sie andeuteten, daß Sie passiv bleiben möchten, kommen diese Mittel wohl nicht in Frage.

Ich vermute, daß Ihre Heimatstadt zu klein ist, als daß es dort eine Chemikalienfachhandlung geben könnte. Sie sollten also versuchen, sich die Mittel in einer größeren Stadt zu besorgen. Selbst wenn am Ort Chemikalien verkauft würden, in der Apotheke oder wo immer, sollten Sie sich doch an den Handel in der Großstadt halten, weil dort die Auswahl größer ist.

Bitte beachten Sie, daß diese Mittel tödliche Gifte sind und sehr gründlich von den Gebissen abgewaschen werden müssen, bevor diese wieder eingesetzt werden dürfen. Sie sind farb-, geruch- und geschmacklos, und ein Arzt würde sie im Vergiftungsfall schwerlich als Ursache erkennen. Auch die kleinste Nachlässigkeit kann tödlich wirken!

Nebenbei bemerkt, daß Sie meinen letzten Brief einrahmen wollen, ist für mich sehr schmeichelhaft.

Trotzdem möchte ich Sie bitten, *diesen* Brief und die Liste zu vernichten. Wie schon gesagt, sind diese Chemikalien extrem giftig. Wenn sie in falsche Hände gerieten, und wenn meine Anleitung nicht beachtet würde, könnte das furchtbare Folgen haben.

Alles Gute,
Frau Saubermann

Liebe Frau Saubermann!
Danke!
Mit herzlichen Grüßen,
Weiß-weiter

Originaltitel: MRS. HOUSEHOLD WIZ, 7/86
Übersetzt von Achim Seiffarth

B. Newton

Unter Brüdern

Ich sage es Ihnen gerade heraus – ich kann nicht sprechen. Ich meine, ich bin stumm. Und ehrlich gesagt, manchmal ist das echter Mist.

Nehmen Sie zum Beispiel den Morgen, an dem ich mich selbst im Badezimmer einschloß und der neue Feuermelder installiert wurde. Tatsächlich könnte man die ganze Woche nehmen, wenn man wollte, aber ich bleibe bei dem Morgen, an dem alles anfing.

Der Griff und das Schloß an der Badezimmertür sind alt. Sie sind dort schon viele Jahre (Sie werden es kaum glauben: genauso lange, wie es das Haus gibt) und manchmal, wenn man die Tür richtig schließt, klemmt der ganze blöde Mechanismus, und man ist eingeschlossen und fühlt sich wie ein kompletter Idiot. Fragen Sie mich nicht, wie oder warum: wenn ich das wüßte, würde ich das verdammte Ding reparieren. Aber verdammt noch mal – ich bin Privatdetektiv und kein Maschinenbauingenieur.

An jenem Morgen ging ich zum Duschen und zog die Tür richtig zu. Sobald die Tür hämisch klickte, wußte ich Bescheid. Und Charlotte, meine mit in der Wohnung lebende Haushaltshilfe (darüber muß ich Ihnen bei Gelegenheit noch berichten), war diese Woche nicht da. Sie besuchte während der Frühjahrsferien der Universität ihre Familie. Darum würde es mir wenig helfen, gegen die Tür zu schlagen – ich versuchte es trotzdem, weil mir nichts anderes einfiel. Es war natürlich reine Zeitverschwendung. Niemand kam.

Dann wackelte und rüttelte und drehte und zog ich an dem Ding und wäre bald vollständig hineingekrochen, bevor ich aufgab und mich mit dem Kinn in den Händen auf die Badewannenkante setzte. Ich überlegte, wie lange ich es ohne Essen aushalten würde – um Wasser brauchte ich mir keine Sorgen zu machen. Ich hatte Wannen voll davon. Oder Unterhaltung. Ich konnte immer spülen und beobachten, wie das Wasser herumwirbelte und den Abfluß hinunterrauschte. Das bringt mich normalerweise zum Lachen... oder mir wird schlecht.

Zweifellos wäre ich dort verrottet (oder von dem wirbelnden Wasser hypnotisiert worden), wenn nicht Murray vorbeigekommen wäre, um mein Geburtstagsgeschenk einzubauen. Ein Feuermelder, der irgendwie an meine Telefonleitung angeschlossen und mit der örtlichen Feuerwehr verbunden wurde. Er geht los, sie erhalten das

Signal und kommen angerannt. Das wird jedenfalls erwartet. Fragen Sie mich bloß nicht, wie das funktioniert. Ich habe keine Ahnung. Und es interessiert mich auch nicht. Seit über siebzig Jahren hat es in diesem Haus nicht gebrannt – warum sollte es jetzt passieren?

Aber Murray denkt nicht so. Er denkt praktisch. Dadurch ist er ein guter Rechtsanwalt und ein guter Partner, aber eine Nervensäge als jüngerer Bruder. Er denkt, daß er sich um mich kümmern muß, weil ich nicht sprechen kann; er sollte sich nicht so plagen.

»Du hast dich schon wieder im Klo eingeschlossen? Mein Gott, Al! Was wäre passiert, wenn ich nicht vorbeigekommen wäre? Charlotte ist nicht da, stimmt's? Was hättest du getan? Wahrscheinlich wärst du verfault, um Himmels willen!«

Er nahm mir die Worte aus dem Mund.

Murray ist groß, schlank, sauber rasiert und trägt Anzüge; er ist eben ein Rechtsanwalt. Das sagt alles. Zum Glück kenne ich ihn seit seiner Geburt, aber ich bemerke immer wieder neue Seiten an ihm. Das tötet mir den Nerv.

»Du mußt vorsichtiger sein, Al. Ich sage dir, dieser Feuermelder ist eine tolle Idee. Er wird dir irgendwann noch mal das Leben retten, denk an meine Worte. Weißt du eigentlich, wie einfach es ist, daß ein Haus um dich herum abbrennt, während du schläfst? Sehr einfach. See-ehhhr einfach, laß dir das gesagt sein. Und du könntest ja niemanden um Hilfe rufen – mein Gott, es wäre schrecklich!«

Murray ist ein Optimist. Ich verließ ihn, während er auf der Haushaltsleiter stand, Leitungen verlegte und mir erzählte, wie vorsichtig ich sein müßte. Am meisten vermisse ich, daß ich nicht sagen kann: »Murray, halt's Maul.«

Dieses Mal ließ ich die Tür offen. Ich dachte, warum zum Teufel, Charlotte ist ja nicht hier.

Und das machte mich wirklich nachdenklich.

Eine Stunde später, im Büro, dankte ich Murray dafür, daß er den Feuermelder eingebaut hatte. Für die Zeit, die er sich dafür genommen hatte. Ich wußte, er hatte nicht viel davon.

»Keiiii-nnn Problem, großer Bruder.« Er ordnete Papiere auf seinem Schreibtisch, blickte auf und lächelte. »Wir müssen uns umeinander kümmern, nicht wahr?

Ich blinzelte ihm zu und machte ein »Okay«-Zeichen. Dann setzte ich mich auf den Stuhl neben ihn. Wir teilen uns das Büro, aber nicht den Schreibtisch. In unserem Team erledige ich die Laufereien, so war es von Anfang an. Als Murray meinte, daß ich auch einen Schreibtisch benötigte, sagte ich ihm, daß er das Telefon bedienen könnte und ich dafür eine Waffe hätte. Es funktionierte sehr gut.

Ich schlug die *Free Press* auf, und Murray beendete den Bericht über die Ermittlungen, die ich gestern nachmittag angestellt hatte, als die Tür aufging (unglücklicherweise haben wir keine Sekretärin, obwohl ich mit Charlotte darüber gesprochen habe, und sie mit ihrem süßen Lächeln sagte, daß sie darüber nachdenken würde). Herein kam ein sehr gepflegter, sehr gut frisierter und gut angezogener Mann. Die Sorte Mann, die einen Regenschirm mitnimmt, auch wenn die Sonne strahlend scheint und nirgendwo ein Wölkchen zu sehen ist. Er hatte ihn auch jetzt mit.

Murray schaute auf und erhob sich. Ich blieb sitzen, aber ich ließ die Zeitung auf den Schoß sinken und hob die rechte Augenbraue.

»Kann ich Ihnen helfen?« fragte Murray und streckte die Hand aus.

»Ich hoffe doch.« Der Bursche setzte sich vor den Schreibtisch. »Ich heiße Walter Dewbury, und ich brauche Ihre Hilfe.«

»Nun gut, Mr. Dewbury, Sie sind hier bei den Richtigen. Was können wir für Sie tun?«

Mr. Dewbury blickte mich an. Ich schaute zurück. Dann sah er auf Murray. »Es ist sehr persönlich«, sagte er.

Darauf wette ich, dachte ich.

Murray winkte mit der Hand. »Mr. Albert Hubos ist mein Partner.«

»Ach so«, sagte er zweifelnd. »Eines dieser A'sin AAAM-Detektivbüro?«

»Genau«, sagte Murray.

Murray ist gut darin, sich zuversichtlich und sicher anzuhören. In Wahrheit entschieden wir uns für den Namen AAAM-Detektivbüro, weil wir dadurch den ersten Platz in den Gelben Seiten bekamen. Ich denke, es stand für »Alberts Aber Auch Murrays«-Detektivbüro.

Aber Murray macht es richtig. Es ist besser, wenn man sie annehmen läßt, daß wir viele sind.

»Erst mal«, sagte Dewbury und räusperte sich, »muß ich sicher sein, daß alles vollkommen vertraulich behandelt wird.«

»Selbstverständlich«, sagte Murray. Er hielt seine Hände unter dem Kinn und tippte die Fingerspitzen leicht aneinander. Ich muß gestehen, daß Murray sehr beeindruckend ist, wenn er es will.

»Weil«, fuhr Dewbury fort, »wie ich schon sagte, dies eine sehr delikate Angelegenheit ist.«

»Ich verstehe.«

Ich blickte wieder in meine Zeitung, hörte aber weiterhin zu. Das ist etwas, was ich wirklich gut kann – zuhören.

»Ich brauche Sie, meine Herren, um etwas für mich ... abzuliefern.«

»Etwas abliefern?« sagte Murray. »Es tut mir leid, aber ich verstehe nicht.«

»Ich denke, es gibt nur einen Weg, es zu erklären – ich muß Ihnen alles sagen.«

Das denkst du, Freundchen.

»Der Anfang«, sagte Murray. »Warum beginnen Sie nicht am Anfang?«

»Nun gut.« Er seufzte fast. »Sehen Sie, eins meiner Gemälde wurde gestohlen. Ein sehr kostbares Gemälde. Italienisch. Verstehen Sie etwas von Kunst?«

Murray wußte, daß ich nichts davon verstand. Darum fragte er mich nicht. Er schüttelte nur den Kopf und sagte: »Ich fürchte, nein, Mr. Dewbury.«

»Ich verstehe«, sagte er. Und es schien Erleichterung in den zwei Worten mitzuschwingen. Meine Aufmerksamkeit wurde von der *Free Press* abgelenkt. Ich sah, wie er den Schirm auf den Schreibtisch legte, seine Beine übereinanderschlug und ein Zigarettenetui aus der Brusttasche seiner Anzugsjacke holte. Er fragte, ob es uns störte, wenn er rauche, und Murray sagte, daß es uns natürlich nichts ausmache. Ich hätte ihn gerne gefragt, ob er nichts gegen mein Singen hätte – und ich war wirklich einmal ein schrecklicher Sänger (sieh immer die Sonnenseite des Lebens, pflegte meine Mutter zu sagen).

Er machte einen tiefen Zug und blies den Rauch in die Luft. »Nun ja, das ist überhaupt nicht wichtig. Wirklich wichtig ist, daß dieses Gemälde vor zwei Tagen aus meiner persönlichen Sammlung gestohlen wurde.«

»Sie haben es der Polizei gemeldet?« fragte Murray.

»Ah, nein. Wie ich Ihnen schon sagte, dies ist eine sehr heikle Angelegenheit. Das ist auch der Grund, warum ich *Privat*-Detektive brauche. Es ist so, daß die Diebe, die das Gemälde gestohlen haben, sich gestern nachmittag mit mir in Verbindung gesetzt haben. Sie sind gewillt, mir mein Gemälde zurückzuverkaufen. Ich möchte, daß Sie für mich den Tausch durchführen.«

Ich blickte Murray an, und er fragte genau das, was ich auch dachte: »Warum?«

»Warum? Ja. Nun ja, hören Sie, ich habe Grund zu der Annahme, daß die Diebe wahrscheinlich versuchen werden, das Geld zu nehmen, ohne mir mein Gemälde zu geben. Sie klangen so, als hätten sie ziemliche Ahnung von Gemälden und könnten leicht einen anderen

Käufer finden. Ehrlich gesagt, ich bin sehr beunruhigt.«

Das war in Ordnung. Wenigstens redete er nicht um den heißen Brei herum.

»Wieviel haben sie verlangt, Mr. Dewbury?« fragte Murray.

»Einhunderttausend.«

Murray stieß einen Pfiff aus. Ich gab auf, ließ die Zeitung wieder auf meinen Schoß sinken und betrachtete den Narren. Einhunderttausend für ein Bild?

»Ich bin mir darüber im klaren, daß das viel Geld ist. Aber ich versichere Ihnen, daß das Gemälde sehr viel mehr wert ist. Ich werde Ihnen fünfzehnhundert zahlen, nur um sicherzugehen, daß der Tausch auch reibungslos vonstatten geht und ich mein Gemälde sicher zurückbekomme.«

Murray machte sich Notizen. »Von wem, sagten Sie noch, war das Gemälde, Mr. Dewbury? Nur für unsere Akten natürlich.«

»Von wem? Oh, der Künstler. Ja, ich verstehe.« Er räusperte sich wieder. »Es tut mir schrecklich leid. Ich bin gegen Staub allergisch.«

Staub? Nun, da war er arm dran!

»Das Gemälde wurde von Monet gemalt. Haben Sie von ihm gehört?«

»Impressionist?«

»Ja. Genau. Nun, wie ich schon sagte, ich werde Ihnen fünfzehnhundert Dollar zahlen, wenn Sie das für mich übernehmen. Aber es gibt eine Schwierigkeit.«

Murray hörte auf, sich Notizen hinzukritzeln und schaute auf. »Ja?« sagte er.

»Sie haben den Termin für die Übergabe auf 12 Uhr festgesetzt.«

Wir sahen alle auf die Uhr an der Wand. Es war jetzt zehn nach elf. Murray blickte mich an. Für solche Sachen war ich zuständig.

Ich nickte.

»Wir werden es übernehmen, Mr. Dewbury«, sagte Murray. Sie wandten sich den Einzelheiten zu. Ich wandte mich wieder meiner Zeitung zu. Aber irgend etwas störte mich an der Geschichte.

Groeb Park war der Ort der Übergabe. Ich wußte warum, als ich dort ankam. Erstens war es zwanzig Autominuten außerhalb der Stadt. Ich hätte es wahrscheinlich schneller geschaft, wenn ich die Gegend gekannt hätte. Zweitens war es eine Wildnis. Überall im Park gab es kleine Kiesparkplätze, auf denen man halten und über den Fluß schauen konnte, der quer durch den ganzen Park floß. Es war ein schöner Fluß. Nicht zu tief zum Durchwaten, nicht zu seicht zum

Fischen oder Paddeln. Es gab sogar relativ klares Wasser unterhalb der Biegung, der ich auf dem »blauen« Pfad folgte. Der Weg war für Wanderer, Vogelkundler und Liebespärchen beschildert. Es gab viele Bäume (wieder für Vogelkundler und Liebespärchen), und kleine offene Lichtungen mit jeder Menge Sonne und Gänseblümchen, die überall wuchsen. Der Weg führte zurück zu einem anderen, bog ab, wurde breiter und verlor sich in den Lichtungen. Die Gefahr, sich hier zu verlaufen, war nicht gerade groß, aber es konnte schon passieren. Murray könnte es ja mal ausprobieren. Hinter einem Schreibtisch ist er sicher. Wenn er durch so etwas wie Groeb Park ginge, wäre er wie Alice im Wunderland. Er verläuft sich schon im Supermarkt.

Ich war drei Minuten zu früh. Der Platz, den sie ausgesucht hatten, war wunderschön. Es war niemand in der Nähe, und es würde wohl auch niemand kommen. Ein paar Felsen ragten hinter mir auf, leicht zu erklettern, aber ein guter Schutz gegen Blicke. Der Fluß, ich nehme an, es war der Groeb River, lag ein paar Meter vor mir. Er war leicht zu überqueren, aber auch ein ganz guter Schutz. Drei Pfade liefen hier zusammen, als ob sie von einer unsichtbaren Hand zusammengezogen würden. Nach kurzer Zeit trennten sie sich wieder. Es gab eine Menge blauen Himmel und Sonne. Es war ein schöner Platz für eine Übergabe. Keine Beobachtung, kein Heranschleichen, keine Verfolgung. Ein Pluspunkt für die Diebe.

Ich stellte die Aktentasche an die Felsen, setzte mich hin, lehnte mich zurück auf die Ellenbogen und drehte das Gesicht der Sonne zu. Sonne ist eine gute Sache, wenn man mich fragt.

Der Plan war, das Bild zu überprüfen, bevor ich sie wegließ. Ich mußte mich davon überzeugen, daß es eine Strandszene mit Sonnenschirm war, dann konnten sie abhauen. Dewbury wollte keine »Heldentaten« – und das fand ich in Ordnung. Ich sollte das Gemälde auf einen Parkplatz auf der anderen Seite von Groeb bringen, und es ihm übergeben. Er würde in seinem Wagen warten. Dann würde er mir auch die Tausend geben, die er uns noch schuldete. Einfach – genau, wie ich es mag.

Ich hörte sie kommen, stand aber nicht auf, sondern öffnete nur die Augen und drehte den Kopf. Ich zeigte nicht einmal meine Überraschung, als ich sah, daß es eine Frau war, die den »grünen« Weg entlangkam. Sie machte einen eleganten Eindruck auf mich, als sie über den Waldweg auf mich zukam und die lange graue Rolle unter ihrem Arm trug. Aber sie trug Jeans und Freizeitschuhe und ein Flanellhemd, dessen Ärmel bis zu den Ellenbogen aufgerollt waren. Und als sie näher kam, sagten mir ihr Gesicht und die Art, wie es von ihrem schwarzen Haar umrahmt wurde, etwas ganz anderes: verbissen. Und auch etwas gehetzt.

»Sie haben das Geld?« fragte sie, nicht hart, aber schnell.

Ich tippte auf die Tasche und lächelte.

»Hier.« Sie übergab mir die Rolle und griff nach dem Geld am Felsen. Ich packte ihr Handgelenk und schüttelte den Kopf. Dann hielt ich einen Finger hoch und tippte an die Rolle.

Sie seufzte. »Dann beeilen Sie sich«, sagte sie.

Ich zog die Leinwand aus der Rolle und rollte sie auf. Es war eine verschwommene Strandszene mit Sonnenschirmen. Es sah aus, als ob das ganze Ding aus Punkten gemalt worden sei. Man fühlte sich, als ob man eine Brille brauchte. Ich schielte. Ich runzelte die Stirn. Einhunderttausend Mäuse? Ich zuckte die Achseln.

Dann ließ ich ihr Handgelenk los und stupste die Aktentasche an. Ich stand auf, bevor ich die Leinwand aufrollte und zurück in die Rolle steckte.

Sie schnappte sich die Kohle und ging zum »roten« Weg, der etwas weiter unten den Fluß überquert. Ihre Abschiedsworte waren: »Was ist, können Sie nicht sprechen?« Und weg war sie.

Das war gut.

Auf dem Kiesparkplatz an der anderen Seite des Parks fand ich Dewbury wartend in seinem Wagen. Er schien ängstlich und nervös zu sein: Vielleicht, weil er seinen Regenschirm nicht dabei hatte – ein Fetisch kann so auf einen wirken.

Ich gab ihm sein nur mit Brille genießbares Hunderttausend-Dollar-Bild. Er war erfreut, warf es auf den Rücksitz und gab mir unsere Tausen. Ich war erfreut und steckte sie in meine Hosentasche. Das war alles. Einfach, nicht?

Außer, daß ich auf dem Rückweg merkte, daß mich jetzt zwei Sachen störten. Ich mag nicht, wenn so etwas zusammenkommt. Es bedeutet normalerweise nichts Gutes.

Ich hatte mich nicht geirrt.

Am nächsten Morgen kam Murray gerade herein, als ich duschen wollte. Ich sagte ihm, daß das genau der richtige Moment sei und fragte ihn, ob er einen anderen Melder hätte. Vielleicht einen für Tornados?

Er lachte nicht. Natürlich, Witze scheinen in Zeichensprache etwas zu verlieren, aber trotzdem: Lachen gilt allgemein immer noch als höflich. Na ja, wir sind Brüder.

Ich bemerkte, daß er Dewburys Regenschirm bei sich hatte, und fragte danach, indem ich darauf zeigte und eine Augenbraue hob – das ist sehr wirksam.

»Er hat ihn liegengelassen«, erklärte Murray, während er ihn auf die Couch warf. »Du hast gesagt, daß alles klar ging, nicht wahr? Keine Probleme? Keine Überraschungen?«

Ich nickte. Alles ging glatt, sagte ich ihm.

»Nun, Al«, sagte er, »Lieutenant Quise von der Mordkommission rief mich letzte Nacht zuhause an. Er hatte interessante Neuigkeiten.« Er schlenderte in die Küche. Ich folgte ihm. Er behandelt mich immer, als ob ich ein Geschworener sei, den er ködern muß, indem er ihm einen überraschenden Beweis um die Ohren haut. Und von mir erwartet er, daß ich dann nach Luft schnappe und staune. Was ich selten tue.

Er goß sich eine Tasse Kaffee ein, schlürfte ihn und sah mich an. »Er sagte mir, daß Mr. Dewburys Leiche in seinem Wagen in Groeb Park gefunden wurde.«

Okay, ich schnappte nach Luft und staunte.

»Genau«, sagte Murray. »Genau. Es scheint, daß sie unsere Karte bei seiner Leiche fanden und wissen wollen, was er mit uns zu tun gehabt hat. Natürlich habe ich erkärt – nicht, daß es nötig gewesen wäre –, daß wir unseren Klienten Verschwiegenheit zusichern.«

Ich nickte ihm zu und hob die Daumen.

»Zuerst«, sagte er. »Zuerst. Als er erwähnte, daß sie ein Gemälde und eine Aktentasche mit sauber zugeschnittenem Zeitungspapier bei ihm gefunden hatten, erzählte ich ihm, was wir wissen. Ich sah keinen Grund mehr, die Information zurückzuhalten, da unser Klient tot war – zweimal in die Brust geschossen übrigens – und es war offensichtlich sein eigener Fehler. Ich hoffe, es macht dir nichts aus.« Höchstwahrscheinlich war es ihm egal, ob es mir etwas ausmachte – aber ich zuckte nur mit den Schultern.

»Gut.«

Ich fragte, ob er vor dem Tausch Gelegenheit gehabt hatte, in die Aktentasche hineinzusehen.

»Nein«, sagte er. »Es scheint, als ob Mr. Dewbury uns – oder vielmehr dich – ganz schön clever reingelegt hat.

Aber es scheint auch, als wäre er in seine eigene Falle getappt. Zum Glück, kann ich nur sagen, daß du es nicht warst. Das hätte ich mir niemals verziehen.«

Manchmal kann Murray richtig melodramatisch sein.

»Offensichtlich sind diese Diebe ganz schön rauhe Burschen, und Mr. Dewbury hatte allen Grund, ängstlich zu sein. Ich nehme ihm übel, daß er dein Leben für ein Bild in Gefahr gebracht hat.«

Ich zuckte wieder mit den Schultern. Wir hatten seine fünfzehnhundert, zeigte ich.

»Sicher.« Murray trank seinen Kaffee aus. »Jedenfalls bin ich vorbeigekommen, um dir zu erzählen, daß ich zum Haus der Dewburys gehe. Ich bringe seiner Frau den Schirm – du hältst mich nicht für herzlos, oder?«

Ich dachte: wie rührend.

»Und der Lieutenant will dich später am Morgen noch sehen. Er braucht die Einzelheiten über den Job.« Ungefähr seit einem halben Jahr nach der Schießerei gebrauchte Murray das Wort »sprechen« mir gegenüber nicht mehr. Er versucht es wirklich. »Erzähl ihm nur, was passiert ist und mach dir keine Sorgen. Wir haben nichts zu verbergen. Ich habe alles überprüft.«

Ich war sicher, daß er das getan hatte.

Er verließ mich, und ich ging zum Duschen. Ich wollte für den Lieutenant »nett« aussehen. Während ich versuchte, die Wassertemperatur richtig einzustellen, konzentrierte ich mich darauf, was mich gestern so gestört hatte. Irgend etwas, das Dewbury gesagt hatte, war nicht richtig gewesen. Oder es schien nicht richtig gewesen zu sein. Und irgend etwas war mit der Frau, als sie das Geld abholte. Irgend etwas ... ich nahm mir ein Handtuch ... irgend etwas ... ein Waschlappen ... irgend etwas ...

Als ich die Tür schloß, fiel es mir wie Schuppen von den Augen. Nun ja, nicht alles. Aber genug, um zu wissen, daß Murray in Gefahr war, und daß ich mich beeilen mußte, wenn ich ihn noch abfangen und vor einer Kugel in den Kopf bewahren wollte.

Ich vergaß die Dusche und ... Sie erraten es schon. Die Tür hatte sich verklemmt, und ich war wieder eingeschlossen. Ich hatte nicht genug Zeit, um in Panik zu geraten. Ich mußte hinauskommen und zu Murray gelangen. Darum warf ich mich gegen die Tür, versuchte sie mit einer Zahnbürste zu knacken und rüttelte an dem verdammten Griff, bis mir der Kopf weh tat. Bei Gott, ich wollte schreien.

Nur für eine Sekunde war ich wieder in Uniform, in der Straße hinter der Apotheke, die Kanone gezogen. Ich wollte Markowsky zuschreien, er solle aufpassen – und erstarrte. Ich sah und hörte alles wieder. Die Schüsse, die Dunkelheit, Markowskys Lächeln, das Brennen in meinem Hals.

Ich wischte mir den Schweiß von der Stirn. Dann stellte ich die Dusche aus. Rückblenden habe ich nur noch selten. Sogar die Alpträume haben nachgelassen. Ich saß auf dem Badewannenrand, preßte meine zitternden Hände zwischen die Knie und holte ein paarmal tief Luft.

Ich versuchte zu überlegen.

Murray. Okay, was war zu tun? Es gab keine Scharniere zum Herausschrauben, keine Fenster zum Durchkriechen, die Decke war aus festem Verputz, der Boden aus welligen Fliesen. Ich versuchte zu grinsen, als ich daran dachte, durch den Abfluß zu gehen, aber ich tat es nicht – grinsen, meine ich. Ich brauchte jemanden, der mich herausholte. Nun, ich konnte nur an Charlotte denken und verfluchte sie, weil sie diese Woche nicht da war. Noch dazu in der Woche, in der ich Geburtstag hatte.

Ich schnippte mit den Fingern und bekreuzigte mich, obwohl ich nicht katholisch bin. Dann stellte ich die Dusche wieder an. Heiß. Ganz heiß. Ich stellte den Hahn auf heiß. Als der kleine Raum voller Dampf war, setzte ich mich an den Fuß der Toilette, wo es kühler war. Der Raum quoll über vom Dampf, der unter der Tür durchsickerte und aufstieg.

Ich glaube, ich betete.

Und falls ich es wirklich tat, hat mich jemand erhört. Sechs Minuten, nachdem ich die Dusche angestellt hatte, ging dieser süße, tolle Feuermelder los. Zehn Minuten später fiel die Feuerwehr über meine Wohnung her. Ich hämmerte wie ein eingesperrter Verrückter an die Tür. Noch nie in meinem Leben habe ich so geschwitzt.

Ich hatte keine Zeit, herumzulungern und zu schwatzen, darum kamen die Zeichen meiner Zeichensprache Schlag auf Schlag. Das verwirrte und verblüffte sie genug, um mir Gelegenheit zu geben, aus der Haustür und zu meinem Wagen zu gelangen. Als sie hinter mir herrannten, dachte ich, daß sie mich vielleicht mit ihrem großen roten Feuerwehrwagen mit heulenden Sirenen verfolgen und die Polizei rufen würden. Wenn sie das machten, hätte ich eine erstrangige Auto-Verfolgungsjagd am Hals. Aber sie taten es nicht. Sie standen nur auf dem Rasen und beobachteten mit offenem Mund, wie ich mit dem Wagen auf die Straße fuhr und mit aufheulendem Motor davonraste.

Murray hatte mindestens vierzig Minuten Vorsprung. Das war genug.

Die Notiz, die auf Murrays Schreibtisch unter dem Telefon befestigt war, lautete:

Rief bei den Dewburys an. Erklärte dem Butler das Problem. Er sagte mir, daß ich Mrs. Drewbury im Groeb Park finde. Das ist wohl etwas Psychologisches. Sowas gibt's. Der Lieutenant wird gegen zehn vorbeikommen. Routinefragen. Entspanne dich. Ich habe auf dich gewartet.

Murray

Ich knüllte die Notiz zusammen und steckte sie in meine Tasche. Groeb Park. Murray ging geradewegs in einen Kugelhagel – nur mit einem Regenschirm.

Ich traf den Lieutenant am Eingang, schüttelte den Kopf »jetzt nicht« und lief an ihm vorbei in Richtung auf die Treppen.

»Al«, rief er.

Ich tat, als sei ich auch taub.

»Al, was ist los?«

Ich winkte und ließ ihn im Eingang stehen. Ich nahm drei, vier Stufen auf einmal; sechs Stockwerke, und ich berührte nicht einen Treppenabsatz.

Murrays Auto stand an der Stelle des Parks, zu der ich am Tag vorher geschickt worden war. Ich hielt daneben an. Es war leer und verschlossen und das einzige weit und breit. Ich hatte zwölf Minuten gebraucht, um zum Park zu gelangen, und nochmals sechs, um den Wagen zu finden. Wahrscheinlich würde ich Stunden brauchen, um Murray zu finden. Soviel Zeit hatte ich nicht. Meine Waffe nahm ich mit, als ich mich auf den Weg machte. Ich suchte nach Fußabdrücken oder so etwas, als sei ich Daniel Boone, sah aber nur eine Menge abgebrochener Äste und Laub und darum gab ich auf. Hoffentlich hatten sie genauso wenig Fantasie wie ich und baten Murray, zur gleichen Stelle zu kommen, an der der Tausch stattgefunden hatte. Sie war wie geschaffen für solche Sachen. Mord, meine ich. Darum bog ich in den Weg ein. Ich wußte, wenn ich mich irrte und sie sich woanders trafen, hatte ich einen Bruder weniger. Und dabei habe ich nur den einen.

Der Wald erschien mir viel ruhiger. Ich konnte den Fluß hören, der vorbeirauschte, als ob er ganz schnell irgendwohin wollte. Meine Schritte waren leise, mein Atem noch leiser. Ich hielt die Waffe in Schußhöhe, und alle paar Sekunden lockerte ich meinen Griff, um dann wieder fest zuzupacken. Ich spitzte die Ohren, um etwas zu hören, das nach Murray klang – Stolpern, Fluchen oder sogar Schreien. Er ist nicht gerade der ruhigste Waldläufer. Aber es war nichts zu hören. Ein einsamer Vogel. Weiter weg das Herunterfallen von Zweigen. Ich ging vom Schatten ins Tageslicht und wieder zurück in den Schatten. Bäume ragten überall um mich herum auf; ich war sicher, daß sie alles sehen konnten, was unter ihnen vorging, und beneidete sie darum.

Der »blaue« Weg schien immer weiter und weiter und weiter zu gehen. Bei jeder Biegung erwartete ich, auf die Felsen und den Fluß zu stoßen und Murray dort stehen zu sehen mit einem Ausdruck auf seinem Gesicht, der fragte »Wo bin ich?«. Aber es kam immer wieder eine neue Biegung.

Ich hatte Rückblenden von dem Geschehen hinter der Apotheke.

Ich ging um die Kurve, und die Sonne erleuchtete die ganze Szene wie ein Scheinwerfer. Murray stand dort, den Regenschirm in der Hand, und schaute dumm drein. Über ihm, auf der Klippe, erhob sich die Gestalt eines Mannes, der ein Gewehr gegen die Schulter drückte und zielte.

Paß auf, Murray, wollte ich schreien. Und plötzlich war Murray Markowsky, und die Felsen waren die großen Mülltonnen in der Straße, die auch Schatten geworfen hatten. Dann kamen die Schüsse und die Kugel, die von der Wand abprallte, in meinen Hals schlug und mir die Stimme nahm.

Markowsky bekam die anderen fünf in seinen gewaltigen Brustkorb. Er schrie nicht einmal. Er flog zurück gegen die Wand und glitt an ihr herunter. Dabei lächelte er ein dummes, kleines Lächeln, seine riesigen Hände an der Seite, mit den Handflächen nach oben.

Und dieses Mal konnte ich nicht schreien. Aber ich erstarrte auch nicht. Ich ließ meine 38er für mich schreien. Auf jeden Fall ist es viel direkter.

Das Gewehr ging los – Murray fiel auf die Erde – die Gestalt rutschte und schlitterte rückwärts die Felsen herunter. Ich rannte zu Murray. Der Wald schien plötzlich zum Leben zu erwachen. Überall waren Geräusche. Ich kniete neben Murray nieder. Ich hatte gewaltige Angst, und ich nehme an, daß ich wieder betete.

Er hob den Kopf und spuckte etwas von dem Waldboden aus. »Was, wenn ich fragen darf, ist hier los?«

Ich dankte Gott, obwohl ich nicht weiß, warum.

Ich half ihm, auf die Beine zu kommen, und führte ihn hinüber zu dem Mann von den Klippen. Er war nicht tot, sondern hatte einen guten Schuß in der Schulter. Ich lobte mein Können, ein Pluspunkt für mich. Ich ging zum Gewehr. Murray hob den Kopf des Mannes.

Es war unser Klient – der »tote« Mr. Walter Dewbury.

Lieutenant Quise kannte den Rest der Geschichte. Er saß in unserem Büro und blies Zigarettenrauch gegen die Decke. Ich hatte große Lust, zu ihm zu gehen und ihm dafür ins Gesicht zu spucken.

Aber ich tat es natürlich nicht. Ich bin zu höflich.

»Es war Walter Dewburys Bruder Milton, der die ganze Sache ins Rollen brachte«, erklärte der Lieutenant. »Er und seine Freundin, um genau zu sein. Da die beiden singen, wissen wir jetzt fast die ganze Geschichte. Es ist auch ein schönes, altes Motiv. Miltons Bruder hatte ein großes Vermögen, und Milton bekam eine regelmäßige finanzielle Unterstützung, aber er brauchte mehr.«

Oder er wollte mehr, dachte ich. Quise hatte recht, überraschenderweise war das Motiv wirklich nicht alt.

»Darum stahl Milton ein Gemälde aus der Privatsammlung seines Bruders –«

»Sie meinen«, fiel Murray ihm ins Wort, »gestohlene oder wenigstens illegal erworbene Gemälde, die man sich nur heimlich ansehen kann.«

»Richtig«, sagte Quise. »Darum war Milton auch sicher, daß sein Bruder uns nicht benachrichtigen würde. Auf jeden Fall, nach dem Diebstahl des Bildes verlangte Milton einhunderttausend Dollar Lösegeld. Er benutzte seine Freundin dafür. Und jetzt paßt auf: sein Bruder wollte zahlen. Könnt ihr das glauben?«

»Aber warum hat Milton ihn dann umgebracht?«

»Weil«, er zog einmal an seiner Zigarette – ich hoffte, er würde explodieren, aber ich hatte leider kein Glück – »sein Bruder anfing, Vermutungen darüber anzustellen, wer das Bild gestohlen hatte. Und am Morgen des Tauschhandels konfrontierte er Milton damit. Mit anderen Worten, er beschuldigte Milton. Darum tötete der ihn. Und hatte ein großes Problem am Hals.«

Man nennt es eine Leiche.

»Kein Geld«, sagte Quise.

Das auch, dachte ich.

»Folglich kam er auf die Idee, die Lebensversicherung seines Bruders zu kassieren und natürlich auch die Erbschaft. Eine ansehnliche Summe. Darum beschloß er, die Übergabe stattfinden zu lassen. Es sollte so aussehen, als ob sein Bruder erschossen worden wäre, weil er versucht hatte, die Diebe hereinzulegen. Er benutzte euch beide, um das Geschäft mit dem Bild zu beweisen.«

Murray drehte sich zu mir um. »Als du das Bild an Milton übergabst, der sich für Walter ausgab, muß die Leiche im Kofferraum gelegen haben.«

Ich nickte. Seine Schlußfolgerungen überraschten mich nicht.

»Nun ja«, sagte der Lieutenant, »das wär's. Was ich noch gerne wissen möchte, ist, was euch mißtrauisch gemcht hat.«

»Al?« sagte Murray sofort.
Ich zuckte mit den Schultern.
»Er ist immer bescheiden«, sagte Murray und fuhr fort, für mich zu antworten. Das liebt er. »Zwei Punkte störten ihn offensichtlich. Erstens: Walter – oder vielmehr Milton – Dewbury erzählte uns, daß das Bild ein impressionistisches Werk von Monet sei. Gut. Aber vorher hatte er erwähnt, daß es ein italienisches Werk sei. Al ist ein guter Zuhörer, er überhört nicht viel. Na ja, zu dem Zeitpunkt hat er es nicht erfaßt. Aber Al wußte, daß Monet kein Italiener war. Entweder hatte Mr. Dewbury sich versprochen – sehr verständlich – oder er wußte nicht, worüber er redete. Das war dann ja wohl auch der Fall.«
»Ich verstehe«, sagte Quise, während er sich konzentrierte, dabei nickte und einen Schmollmund machte. »Ja, ich verstehe das vollkommen.«
Er ist wirklich einer von der schnellen Sorte.
»Zweitens«, fuhr Murray fort, »kontrollierte Dewburys Freundin bei der Übergabe nicht den Inhalt der Aktentasche, obwohl Al das Bild untersuchte. Und warum?«
»Weil sie schon wußte, was darin war«, kombinierte der Lieutenant meisterhaft.
»Genau«, sagte Murray und preßte die Fingerspitzen wieder aneinander. »Genau. Nun, wer war die einzige Person, die wußte, was in der Tasche war? Die wußte, daß es nur geschnittenes Zeitungspapier war?«
Murray sollte im Kindergarten unterrichten.
Quise runzelte die Stirn. »Dewbury?« wagte er zu fragen.
»Vollkommen richtig.« Murray schlug die Hände zusammen. »Dewbury und das Mädchen mußten zusammenarbeiten. Al schloß daraus, daß die Übergabe geplant worden war, um den Mord am richtigen Dewbury zu verschleiern. Natürlich hatte er keine Ahnung davon, daß Dewburys Bruder hinter allem steckte. Aber er wußte, daß, wer immer es auch war, mich eher töten würde als zuzulassen, daß ich den Regenschirm zu Dewburys Frau brachte. Die würde mir erzählen, daß sie ihn noch niemals in ihrem Leben gesehen hatte, und wir hätten dann angefangen herumzuschnüffeln. Und das war etwas, was sie auf keinen Fall wollten.«
»Interessant«, sagte Quise. Er sah mich an. »Gute Arbeit, Al.«
Ich zuckte die Schultern. Ich war nach dem Tauschhandel, diesem großen Geschäft, noch nicht bezahlt worden, weder für die Kopfarbeit noch für die Laufereien. Natürlich hatte ich immer noch Murray. Ich

blickte ihn an. Er grinste und winkte mir zu. Auch eine Art der Bezahlung, dachte ich.

Originaltitel: BROTHERLY CONCERNS, 7/86
Übersetzt von Gabriele Kunstmann

Linda Haldemann

Ein schäbig kleines Schauerstück

Fiorenza erzählte gern, wenn sie den Mädchen die Kostüme anpaßte, und die meisten von ihnen hörten gern zu. Die alte Kostümschneiderin war voll von Anekdoten – mal vertrauten, mal phantastischen Erzählungen aus dem längst vergangenen Goldenen Zeitalter, als sie Primadonna gewesen war, irgendwo in der italienischen Provinz, ohne daß je jemand hätte sagen können, wo genau.

»Ach, ich mag sie nicht, Signorina, die Tosca«, murmelte sie, obwohl sie den Mund voller Stecknadeln hatte, eine Leistung, die die Chormädchen Bauchredner-Künsten zuschrieben. »So eine gräßliche Geschichte. *Come brutta.* Dieses schäbige kleine Schauerstück, hat ein Kritiker geschrieben.«

»Dabei nimmt Tosca sich recht zahm aus, verglichen mit einigen Filmen, die gerade im Kino gezeigt werden«, bemerkte Alicia, die erste Altstimme, während sie die Arme überkreuz hoch halten mußte, um sich einen Abnäher abstecken zu lassen. »Wenigstens war die alte Tosca keine von diesen weinerlichen Jungfern-Sopranen, so ganz Kopfton und gekränkte Tugend. Es muß eine großartige Rolle sein. Haben Sie jemals die Tosca gesungen, Madame Fe?«

»*Una volta*«, seufzte die alte Frau heftig, »einmal nur habe ich die Tosca gesungen, niemals wieder. Nein. Eine schreckliche, furchtbare Geschichte.«

Die Chormädchen tauschten Blicke aus. Eine Geschichte – was konnte diese mit italienischem Akzent gesprochene Klage heißen, wenn sie nicht sicher eine Geschichte ankündigte? Aber nicht eine dieser kleinen Bühnen- und Hintertreppenanekdoten, die in lyrisch betontem Englisch abgespult wurden, zwischen Abstecken und Säumen. Diesmal schien es eine längere Geschichte zu geben, einen ganzen Abend der Enthüllungen, wie er nur auf ein gutes Essen und reichlich Wein folgen kann.

»He, Leute, ich hab' 'ne Idee«, rief eins der Mädchen mit betonter Lässigkeit. »Laßt uns heute abend doch alle in Antonios Trattoria treffen. Soviel Spaghetti, wie man essen kann.« Sie wartete ab, bis die anderen ihren Vorschlag aufgegriffen und einige Begeisterung für Spaghetti entwickelt hatten, bevor sie den nächsten Schritt einleitete. »Wie wär's, Madame Fe? Möchten Sie nicht mitkommen? Ich lade Sie ein.«

Madame Fe war eine hungrige alte Frau und einsam dazu. Wie hätte sie ablehnen können? Es wäre nicht das erstemal, daß sie für ihr Abendessen vortragen mußte.

Von Antonios Trattoria aus gingen sie in Alicias Wohnung, ein Dutzend Mädchen aus dem Chor. Die ernsthaften, wie Alicia selbst, die davon träumten, große Rollen in den berühmten Opernhäusern zu spielen, und die Opernmäuschen mit den großen Augen, die jeden anhimmelten, der große Rollen auf berühmten Bühnen gespielt hatte und vor jedem ins Seufzen und Stottern gerieten, der überhaupt eine Rolle auf einer Bühne hatte spielen dürfen. Alicia ließ sie sich im Kreis auf den Boden, Fiorenza aber erhöht, wie eine Bardin in der Mitte sitzen und verteilte Plastikbecher mit billigem Chianti. Die Nacht war zu weit fortgeschritten, und sie hatten schon zu viel getrunken, als daß guter Wein nicht verschwendet gewesen wäre.

Fiorenza ließ sich bedachtsam nieder, Ihren weiten, bäuerlichen Rock um sich anordnend, wurde noch einmal zur Primadonna, für kurze Zeit.

»In meiner Zeit war ich gut«, sagte sie ruhig. Aber als Tosca wäre ich vielleicht großartig gewesen. Hätte Gott mich einfach nur mit einer schönen Stimme gesegnet, wie so viele, dann hätte ich vielleicht eines Tages mit all den anderen häßlichen Sopranistinnen an der Metropolitan gesungen. Aber nein, er mußte mich *bella, bellissima* machen. Könnte ihr euch das vorstellen? Die alte Fiorenza als große Schönheit? *Ah, é vero, é vero.* Sie liebten mich, die Männer, bevor ich auch nur den Mund aufgetan hatte. *Capito?* In jenen Tagen war ich wie die Tosca, platzend vor Liebe und Begabung. Ich war sogar eine gute Schauspielerin, und damals erwartete man von den Sängern gar nicht, daß sie auch spielen konnten. Macero, das war mein Cavaradossi, konnte kaum das Hinterteil eines Pferdes darstellen. Ihr habt gehört von *il Macero, no?* Vincente Macero, *primo tenore assoluto.* Er hat ausgesehen wie die *grosso* Weinfässer, sich immer mitten auf die Bühne gestellt und einfach losgebrüllt. Seine *Amori* und seine *Muledi zioni,* alles hörte sich gleich an. Ach, aber er bellte so *bello!«* Fiorenza kicherte wegen des etwas plumpen dichterischen Klangs ihres Sprachgewirrs. »Und so ein guter Liebhaber. Ein gewaltiger Mann in jeder Hinsicht.« Sie kicherte wieder, als sie den irritierten Blick eines der Mädchen auffing, einer ersten Sopranistin mit vielversprechendem zweigestrichenem D. »Aber *si, mia cara,* ich schlief mit *il Macero.* Ich schlief mit allen meinen Tenören. Das fördert die Aufführung. Nicht, daß ich euch das empfehlen möchte, *carissime.«* Sie hielt ihr Glas hoch, um es noch mal füllen zu lassen. »Ich erzähle euch die Geschichte, dieses ›schäbige Schauerstück‹, zur Warnung. Wenn Gott euch gibt, daß ihr *la Tosca* singen dürft, vergeßt nicht, daß ihr nur spielt. Die Oper ist eine seltsame Kunst; sie ist nur ein Spiel, aber ein überwältigendes Spiel. Manchmal ähnelt sie einem großen, furchteinflößenden Ritus, der die heidnischen Götter der Vorzeit weckt. Und dann wird es gefährlich. Der Weise rührt nicht an diese Dinge, sondern läßt sie ruhen. *La Tosca* war nicht die erste, die tötete und starb für die Kunst. Wir wissen nicht, woher wir stammen. Und ich war in jenen Tagen genau wie Floria Tosca. Auch ich tötete, der Macht und den Ränken dieser bösen alten Götter ausgeliefert, und ich trage ihren Fluch.

Es war Maceros Fehler, müßt ihr wissen. Hätte der Herr ihm einen kleineren Bauch und ein größeres Gehirn geschenkt, wäre vielleicht alles ganz anders gekommen. Ja, *care,* vor den Tenören nehmt euch in acht.

Macero war ein schrecklicher Mann. Ich war jung und voll von Begabung und Fleiß. Er war, wie man so sagt, mittleren Alters und sehr temperamentvoll. Die ganze Zeit hat er gekämpft, mit dem Direktor, dem Maestro, mit den Baritonisten. Mit jedem hat er gekämpft, nur mit mir nicht. Mit mir hatte er ein Verhältnis, aber einen großen Unterschied macht das nicht.

Es begann in der letzten Probewoche. Macero warf alles über den Haufen. Er beschwerte sich, daß ihn der Bariton im zweiten Akt so angepöbelt hätte. Ich weiß nicht, was er von Scarpia anderes erwartete, dem Leiter der Geheimpolizei, der einen Rebellen verhört. Aber ich sagte euch schon, Macero verwendete keinen Gedanken auf das Drama. Mir sah er allerdings zu in dieser Szene. Jeder sah mir zu, selbst bei der Probe. Ich war so eine großartige Tosca. Nie werde ich das vergessen. Ich war so schön, so *furiosa,* gezwungen, mich dieser Ratte Scarpia hinzugeben, um meinen Geliebten zu retten. Auf dem Bauch liegend, sang ich die ›Vissi d'Arte‹. Selbst bei der Probe hat man mir applaudiert, so gut war ich. Dann mußte ich das Messer vom Tisch nehmen. Bei dieser Aufführung sollte ich rückwärts zum Tisch gehen und wie zufällig das Messer berühren. Das war nicht einfach, ohne hinzusehen; die ganze Zeit voller Haß Scarpia anstarrend, mußte ich aus dem Augenwinkel noch den Souffleur beobachten. Oper ist keine leichte Kunst, *care.* Manchmal war ich so aufgeregt, daß ich den armen Kerl mit dem Messer fast verletzt hätte, obwohl es ein Trickmesser war. Hat er sich vielleicht beschwert, ich sei grob? Nie. Nur mein lieber Macero beschwerte sich, und das gleich so, daß fast die Aufführung geplatzt wäre. Er hat diesen armen jungen Mann vertrieben. Macero sagte: »Wenn er nicht geht, gehe ich.« Er war Macero, also mußte der Bariton gehen. Aber dafür, daß nicht er, sondern der Bariton gehen mußte, hätte ich die Tosca an der Scala oder an der Metropolitan Opera singen können, und heute würde ich mich an Wohltätigkeitsveranstaltungen in der Carnegie Hall beteiligen, statt Chormädchen zu drapieren. Habt ihr vielleicht noch Wein, *per favore? Grazie.*«

»Er war Amerikaner, der neue Scarpia. Eikne wüste Person, sehr groß und dünn, mit einem sehr langen Gesicht und einer sehr langen Nase. Nicht gerade ein schöner Mensch, aber von Kopf bis Fuß Schauspieler. Ich habe ihn zum erstenmal bei der Begrüßung vor der Probe getroffen. Er machte mir Angst, als er auf die Bühne trat. Ihr kennt ja die Szene – der Küster und die Chorknaben toben in der Kirche herum, als Scarpia auftritt und schlagartig alles stillsteht. So war es. Alles wie erstarrt. Nicht nur auf der Bühne, überall. Ich spielte in der Szene am Ende des Aktes, wo Scarpia so freundlich spricht, während er so grausam ist. Ich fürchtete mich so, daß ich kaum singen konnte. Erst als der Maestro den Taktstock niedergelegt hatte, tief Luft holte und sich schüttelte wie ein nasser Hund, verschwand das Grauen. Dann kam dieser Bariton mit so einem Lieber-Junge-Lächeln auf mich zu.

›*Bravissima, madama.* Sie sind eine große Sängerin und eine große Schauspielerin.‹ Und er küßte mir die Hand, beugte sich nieder (er war so groß) und flüsterte: ›Wer ist denn dieser unförmige Kerl, der den Cavaradossi spielt? Ich habe reife Tomaten mit mehr Ausdruck spielen sehen.‹

Ich gab mir Mühe, nicht zu kichern. ›Das ist der berühmte Macero in Person. Wenn Sie ihn nicht mit Respekt behandeln, wird er dafür sorgen, daß Sie fliegen.‹

Er lachte. Aber nicht freundlich. ›Der sollte sich lieber nicht mit mir anlegen. Ich würde ihn in Teig wickeln und mit Schweineschmalz braten. Aber genug über ihn, und ich meine genug. Du und ich, wir sollten uns näher kennenlernen. Ich bin Dirk McCready. Du bist?‹

›Fiorenza Palmieri.‹

›Fiorenza?‹ Er lachte. Diesmal freundlich. ›Nee, passender wäre Fierenza, meine kleine italienische Wildkatze.‹

Stellt euch das vor. Er versuchte sich an italienischen Wortspielen. Ein Ire aus Chicago. Es war kein gutes Italienisch, aber das behielt ich für mich.

›Du solltest heute mit mir Abendessen, *Fierenza mia*‹, sagte er. Um gut zusammenarbeiten zu können, sollten wir uns näher kennenlernen.‹

Natürlich erwartete Macero von mir, daß ich mit ihm ginge, aber bevor ich das sagen konnte, kam er schon finster blickend auf uns zu.

›Dürfte ich diese kleine Versammlung unterbrechen?‹ fragte er gehässig. ›Ich brauche dich mal, Fiorenza. Presto!‹

Ich ging mit ihm, wie er das erwartete, aber ich fühlte, wie die Augen des Amerikaners uns folgten, nicht lächelnd. Wie ich mir schon gedacht hatte, brauchte Macero gar nichts. Er wollte mich einfach auf Abstand zu Dirk McCready halten. Ich verspottete ihn wegen seiner Eifersucht, und wir zankten. Ganz wie Tosca und Cavaradossi. Als wir unsere Plätze für den zweiten Akt einnahmen, nahm ich Dirks Einladung zum Dinner an.

Ein bißchen hoffte ich, Macero würde seine Wut auf der Bühne zeigen. Ach je, er war steif und hölzern wie immer. Er spürte als einziger nichts von Dirks so bösartigem Scarpia. Armer *babbo,* er war doch eine lächerliche Figur, so wie das große Käserad auf vornehm hergerichteten Bankett-Tischen. Am Ende der Probe hatte ich allen Respekt vor ihm verloren, als Künstler wie als Mann. Das war schlimm. So fiel mir der letzte Akt so schwer. An all der Leidenschaft und Freude mußte ich hart arbeiten. Tief in meinem Herzen freute ich mich über den – wie sagt man? – Doppelknoten. Die Szene ist nicht gerade leicht zu spielen, denkt mal darüber nach. Die Schauspielerin soll vortäuschen, sie täusche bloß vor, daß sie glaubt, ihr Geliebter werde erschossen, denke aber, die Kugeln wären nicht echt. Dann aber steht er nicht wieder auf, und sie muß begreifen, daß Scarpia auch nach seinem Tod noch Böses bewirken kann und daß ihr Geliebter wirklich erschossen worden ist mit echten Kugeln. Welche Ironie. Das ist nicht ›schäbig‹, sondern wirklich schön.

›Weißt du, was tief in meinem Herzen vorging?‹ fragte ich Dirk in dieser Nacht, während wir Steak aßen und so viel Wein tranken. ›Ich wünschte mir, da wären wirklich Kugeln in den Gewehren.‹

Er lachte so, wie ich es nicht mochte.

›*Madama,* dein Wunsch ist mir Befehl. Nichts ist unmöglich für Macht und Klugheit Scarpias.‹

Ich lachte auch, um mitzuspielen. ›Und woher bekommen wir den Tenor für die zweite Vorstellung?‹

›Wir werden einer Hyäne das hohe C beibringen‹, sagte er.

Wir lachten viel und tranken viel Wein. Und irgendwie beendeten wir den Abend in seinem Hotel. Und wir waren ein Paar, *care.* Nie zuvor hatte ich mit einem Bariton geschlafen. Es war schöner als jemals vorher.

Aber nicht für die Oper. In der Oper sollte ich den Bariton hassen und den Tenor lieben. Oh, was für ein Kampf in meinem Herzen. Aber er reicht nicht heran, *care,* an den Kampf zwischen meinen Liebhabern.

Ach, noch jetzt werden meine Augen feucht, wenn ich an Macero denke, *poverino.* Er war dem schlauen Dirk nicht gewachsen. So schlau wie Scarpia war hingegen er, mein Bariton-Liebhaber, wenn auch nicht so bösartig. Wie er meinen armen, dummen Tenor gequält hat! Ihr wißt ja, wie die Tenöre zu diesem hellen Kopfton kommen. Da oben ist einfach kein Gehirn, das die Resonanz stören könnte. Haha, ich mache Spaß.«

Die Mädchen, die um die Diva herumsaßen, lachten ein wenig steif. Alicia holte noch eine Zweiliterflasche Wein aus dem Kühlschrank. »Haben Sie den hohlköpfigen Tenor fallenlassen?« half sie nach.

»O nein! Das konnte ich nicht übers Herz bringen. Ich liebte ihn nämlich. Eigentlich war er wie ein kleines Kind. Ich konnte den zweiten Akt nicht ertragen, obwohl ich ihn mir immer ganz angesehen habe. Ich haßte Dirk, wenn er Scarpia war, genauso, wie Tosca ihn gehaßt haben muß. Aber etwas anderes war auch dabei. Etwas Sex vielleicht. Wenn ich auf der Bühne das Messer nahm, wollte ich ihn wirklich dafür töten, daß er so grausam und blasiert war als Scarpia und dafür, daß er als Dirk so hart mit Macero umsprang.

Alles wandte sich zum Bösen, wie es früher oder später kommen mußte, bei der Kostümprobe. Dirk, der Verrückte, kam vor dem zweiten Akt in meine Garderobe, als ich gerade nur etwas Unaussprechliches anhatte. Ich sagte ihm, das sei gegen die Regeln, die hinter den Kulissen herrschten. Es bringe Unglück. Er lachte nur.

›Wozu brauchen wir Regeln, du und ich‹, sagte er. ›Wir werden all die Regeln brechen.‹ Und er schickte meine Garderobiere weg. ›Ich selbst werde dich ankleiden, *Fierenza mia.* Dieser Scarpia kriegt alles, was er will. Sogar seine Tosca.‹ Und er zog mir das rote Samtkleid meines Kostüms auf eine Art an, in der wohl noch nie eine Schauspielerin angezogen worden ist. Es gibt solche Männer: grausame, bezaubernde Männer, an denen die Frauen, obwohl sie von ihnen wie Huren behandelt werden, ein eigenartiges Gefallen finden. Genauso habe ich Dirk McCready geliebt.

Nachdem er mein Kleid unter vielen verrückten Zärtlichkeiten geschlossen, mir die Perücke aufgesetzt hatte, nahm er das schwarze Band mit der Kamee und legte es mir um den Hals. Ich stand vor dem Spiegel, er hinter mir. Ich konnte sein Gesicht sich über meine Schulter hinweg spiegeln sehen. Es war Scarpias Gesicht. Langsam straffte er das Band um meinen Hals.

›Du triffst (er benutzte einen weniger netten Ausdruck) dich immer noch mit Winnie-Puh?‹

Ich habe nie erfahren, warum er Macero so genannt hat, aber ich wußte, daß er ihn meinte. Das Band saß jetzt so eng, daß ich nicht sprechen konnte. Genau in diesem Moment wurde die Tür geöffnet. Herein kam Macero, ganz rot im Gesicht.

›*Assassino!* Mach, daß du rauskommst!‹ schrie er, ›du gehörst hier nicht her. Auf der Bühne kannst du soviel Irrsinn treiben, wie du willst. Wenn der Vorhang fällt, läßt du *donna mia* in Ruhe.‹

›Deine *donna?* Dazu fehlt es dir an manchem‹, sagte Dirk gelassen, aber auch sehr kalt. ›Du hast kein Recht auf dieses seltene Juwel. Du bist der kleine Mann.‹ Nur, daß er sich in Wirklichkeit anders ausdrückte. Vor jungen Damen kann ich das Wort nicht sagen, das er *in vero* benutzte. Armer Macero, so hatte noch nie jemand mit ihm gesprochen.

Macero brüllte Dirk an. ›Bastard! Ich bringe dich um!‹

Nun war Macero der große Mann, und als er sich auf Dirk stürzte, sprang ich aus dem Weg. Ich denke, ich habe geschrien, als Dirk zum Garderobentisch zurücksprang und sich die Schere schnappte. Macero hielt ihn am Handgelenk fest, damit er sie fallen ließe. Dann wälzten sie sich schlagend und boxend auf dem Boden.

Direktor, Bühnenleiter und zwei Bühnenarbeiter waren nötig, um die beiden auseinanderzubringen. Der Direktor drohte uns allen, sogar mir, als ob ich etwas dafür gekonnt hätte, daß sich Männer meinetwegen schlagen.

›Es ist mir ganz egal‹, sagte der Direktor, ›was ihr in eurem Privatleben macht. Aber diese Dinge gehören nicht ins Theater. Wir haben morgen eine Aufführung durchzuhalten. Alles andere zählt nicht. *Capito?* Wenn ihr nicht gerade zusammen auf der Bühne steht, werdet ihr euch nicht mehr sehen. Wenn doch, werde ich dafür sorgen, daß ihr niemals wieder auf einer Bühne Italiens, vielleicht der ganzen Welt, singen dürft.‹

Oh, das war eine schreckliche Drohung, besondes schrecklich deshalb, weil sie sich wie eine Prophezeiung erfüllen sollte. Dirk riß sich von den Arbeitern los und schüttelte sich, sofort wieder kühl und beherrscht wie immer. Macero hingegen konnte sich nicht abkühlen. Die Arbeiter schleppten ihn aus der Garderobe.

›Ich bringe dich um, Bastard!‹ schrie er mit blutig geschlagenem Gesicht.

›Wir werden ja sehen, wer hier wen umbringt‹, rief Dirk über die

Schulter zurück, als er in seine Garderobe ging. ›Keine Sorge‹, sagte er zum Direktor. ›Das Spiel geht weiter, deins und meins.‹

Ich kann euch sagen, das war keine schöne Szene. Und auch der Rest der Probe verlief nicht schön. Scarpia ging im Verhör sehr hart mit Cavaradossi um, und Cavaradossi hob zum *›Vittoria!‹* Baron Scarpia an den Schultern hoch und schüttelte ihn. ›Was soll das? Verrückt geworden? Niemand wagt es, diesen Mann zu berühren. Er ist der mächtigste Mann Roms. Versuch nicht, zu spielen, Macero. Halt dich ans Singen, *capito?* Und jetzt weiter, Maestro.‹

Am Ende der Probe war ich ein nervöses Wrack und wollte nur noch nach Hause, keinesfalls mehr mit irgendwem ausgehen. Ich brachte diese beiden Männer zusammen und versuchte, sie zu versöhnen. Weil das aber aussichtslos war, sollten sie mir wenigstens versprechen, sich voneinander fernzuhalten.

›Für dich, *bellissima,* tue ich alles‹, sagte mein Bariton. ›Ich verspreche dir, daß ich diesen aufgeblasenen Sack nicht ansprechen noch anrühren werde, nicht nur heute nicht, sondern so lange er noch dahinvegetieren mag. Dein Wunsch ist mir Befehl.‹ Dann verbeugte er sich tief, küßte mir die Hand und trat ab, mit jenem leisen Lächeln, das auch Scarpia lächelt, als er den Trick mit den angeblich falschen Kugeln einfädelt.

›Jetzt geh auch nach Hause‹, sagte ich zu Macero, ›und gib Ruhe.‹

›Ich gehe also, *cara.* Für dich gehe ich nach Hause. Aber mir bleibt die Rache. Wie sagte er? Keine Sorge. Das Spiel geht weiter. Kein Wort werde ich an die lachende Hyäne richten, nicht mal anhauchen werde ich ihn. Aber er wird bezahlen, glaub mir. *Buona notte.‹*

Könnt ihr euch vorstellen, was für eine Nacht ich verbracht habe? Und das vor der Premiere. Aber was man über das Schauspiel sagt, ist wahr. Das Spiel muß weitergehen, alles andere zählt nicht – das trifft besondes auf die Oper zu. Als ich dort ankam, schien alles wieder in Ordnung zu sein. Sie waren beide schon da und in ihren Garderoben, es gab keinen Ärger. Ich war noch immer nervös. Als ich im ersten Akt meinen Geliebten in der Kirche traf, lächelte er mich auf so seltsame Weise an, als hätten wir eine geheime Vereinbarung getroffen. Das beunruhigte mich so sehr, daß ich meinen Einsatz verpaßte, und der Souffleur wäre fast aus seinem Kasten gesprungen, um mich wieder in den Takt zu bringen. Aber ich schaffte es, meine Gefühle zu überspielen. Ich war eine Künstlerin, in vero. Doch als Scarpia nach der Fächerszene abging, streifte er mich und flüsterte, ›dein Wunsch ist mir Befehl‹.

Die ganze Pause über saß ich in meiner Garderobe und versuchte, mich wieder in meine Rolle hineinzuversetzen. ›Trotz allem bin ich Floria Tosca, die große Schauspielerin. Ich bin tapfer und stark. Es kommt heute nur auf das an, was auf der Bühne geschieht. Alles andere muß ich vergessen.‹ So habe ich mir zugeredet und es hat geholfen. Mit freiem Kopf ging ich in den zweiten Akt, und ich habe gut gespielt. Die beiden anderen spielten ebenso sauber, und es wurde ein guter Akt. Auch Macero war weniger hölzern als sonst. Ich sang die ›Vissi d'Arte‹ und meinte das auch so, und als der triumphierende Scarpia kam, um mich mit sich zu nehmen, ging ich zurück zu diesem Eßtisch und fand das Messer genau da, wo ich es vermutet hatte. Das ist immer ein heikler Augenblick, in dem man nur beten kann, daß die Ausstatterin keinen Fehler gemacht hat. Aber es war da, und ich umfaßte den Griff. Ich habe es mir nicht angesehen, dieses Bühnenmesser mit der nachgebenden Klinge. Ich spielte die Szene. Ich war Tosca. Ich erhob das Messer und stieß zu, den Vers über den Kuß Toscas schreiend. Irgend etwas war nicht in Ordnung, die Klinge gab nicht nach. Ich verstand nicht. Dirk stieß einen seltsamen Laut aus, den ich bei der Probe nicht gehört hatte, und ich zog das Messer heraus. Aber ich schrie nicht. Ich stand, wie man so sagt, unter Schock. Dirk schnappte nach Luft, und er klammerte sich an mich. Sein Gesicht dicht neben mir, ganz blaß.

Er schrie *›Aiuto! Muoio!‹*, genau aufs Stichwort, und schafft es noch, mir in den fünfeinhalb Takten Pause, die er hat, zuzuflüstern: ›Spiel weiter!‹ Dann schreit er *›Succorso!‹*, genau im Takt. Was für ein Künstler! Wir spielten weiter, genau so. Und waren wir großartig! Niemand merkte etwas, außer dem Souffleur, der den Taktstock fallen ließ, als er das Blut sah, und verschwand. Wir brauchten keinen Souffleur. Es war unsere Szene, und wir spielten sie. Es ist zum Glück eine kurze Szene. Ich stehe über ihm, fauche *›Muouri, danato!‹* und schaue zu, wie er stirbt. Er stöhnt erst, dann liegt er still,wie geprobt, aber alles ist voller Blut. Diese Szene kann man nicht beschleunigen. Man muß mit der Musik gehen. Ich stelle die Kerzen neben ihm auf, lege ihm das Kruzifix auf die Brust und schleiche heraus, während das Orchester den Schlußakkord spielt. Ich hörte noch den Applaus, als ich schon zusammenbrach, gehalten von Maceros starken Armen. Ich riß mich zusammen und stieß ihn von mir. Nun wußte ich Bescheid.

›Du. Du hast es getan. Du bist früher hierhergekommen und hast das Trickmesser gegen ein echtes vertauscht. Das also war deine Rache. Du bist wahnsinnig.‹

Er lächelte, aber nicht glücklich. ›Er hat alles verdorben mit seinem ‚Das Spiel geht weiter'. Ich wollte ihn zerstören, nicht zur Legende machen. Wo auch immer diese Oper gespielt wird, wird man sich seine Geschichte erzählen. Jedenfalls habe ich dich vor ihm gerettet.‹

›Du hast mich zur Mörderin gemacht. Geh weg!‹

Ich eilte zurück auf die Bühne. Dirk kämpfte mit sich, versuchte aufzustehen. Er klammerte sich an den Direktor, wie er sich an mich geklammert hatte.

›Krankenhaus ja‹, stöhnte er, ›aber nicht die Polizei. Nicht das Spiel unterbrechen. Es muß weitergehen. Versprecht mir das, versprecht's!‹

Dann sah er mich. ›Ach, *Fierenza mia,* du bist eine große Künstlerin. Küß mich, solange ich deine Lippen noch spüren kann. Wir haben eine wirklich große Szene gespielt, nicht wahr?‹

Ich küßte ihn. Seine Lippen waren schon kalt. ›Spiel ihn gut, den letzten Akt, meine Geliebte. Es wird ein Triumph, deiner und meiner. Du wirst sehen.‹

Die Sanitäter kamen, um ihn mitzunehmen, obwohl alle wußten, daß er im Sterben lag. Er hielt mich fest an der Hand.

›Wir hatten viel Spaß zusammen‹, flüsterte er. ›Vergiß nicht, was ich einmal gesagt habe: dein Wunsch ist mir Befehl. Immer noch.‹

Dann trugen sie ihn weg und ich – ich habe ihn niemals wiedergesehen. Der dritte Akt wurde etwas herausgezögert, damit die Bühnenarbeiter das Blut aufwischen konnten, und das Spiel ging weiter. Der Direktor fragte mich, ob ich weitermachen könne. Ich konnte nur nicken, mitgenommen wie ich war. Er fragte Macero das gleiche. Macero sagte, er hätte sich niemals besser gefühlt. Ach, wie ich nun die Tosca verstand, wenn sie ihr ›Vissi d'Arte‹ singt. Nun mußte ich wirklich eine große Schauspielerin sein. Ich sang freudenvolle Liebesduette mit dem Mörder meines Geliebten, meinen Schmerz beiseite lassend für später. Ich war gut. Ich war sehr gut, weil Dirk das so gewollt hatte. Macero war auch besser als sonst, jubelnd über den Triumph seiner Rache. Scarpia ist tot, und er ist glücklich. Und genau so soll er in dieser Szene singen. Hinter der Bühne verfolgte ich seine Prahlerei vor dem Erschießungskommando, und ich tat den gleichen Fluch wie schon bei der Probe: ›Mögen es doch echte Kugeln sein!‹ Erst da verstand ich, was Dirk gemeint hatte, als er sagte: ›Dein Wunsch ist mir Befehl.‹

Hätte ich es verhindern können, fragt ihr? Vielleicht hätte die Zeit gereicht, wenn ich geschrien hätte. Vielleicht hätten sie das Spiel abgebrochen. Aber ich hatte Dirk etwas versprochen. Und – und in diesen wenigen Augenblicken, bis die Schüsse fielen, war ich mir sicher, daß ich sie nicht aufhalten wollte. Versteht ihr, *carrissime,* wie schön es war, wie eine große Tragödie, die zu Ende gespielt werden muß? Der tote Scarpia holt zu seiner Rache aus. Solange Theater gespielt wird, hat es keine solche Nacht gegeben. Habt ihr noch etwas Wein?«

Alicia, die nur mit Mühe wieder in die Gegenwart zurückfand, schüttelte den Kopf.

»Tut mir leid, nichts mehr da. Aber – was geschah mit dir?«

»Ich mußte für zwanzig Jahre ins Gefängnis. Natürlich hätte kein italienischer Dichter mich zum Tode verurteilt. Aber alle waren überzeugt, ich hätte sie umgebracht. Ich habe mich nicht verteidigt. Wozu auch? Mein Leben als Künstlerin, mein ganzes Leben also war ruiniert nach diesem Skandal. Und tief in meinem Innern fühlte ich, daß ich *in vero* die Schuld hatte. Sie töteten für mich, sie starben für mich. Dirk hatte sogar die Idee von mir. Das Schicksal hat dabei mitgespielt.

Im Gefängnis hatte ich ein leichtes Leben, weil der Gouverneur, selbst eine Art Scarpia, mich großzügig behandelte. Ich sang bei seinen Festen. Immer wieder sang ich bei ihm die ›Vissi d'Arte‹. Aber obwohl ich dabei immer nur ihn angesehen habe, schien er nicht zu verstehen. Als ich schließlich freigelassen wurde, war der Skandal vorbei und vergessen, aber auch mich hatte man vergessen, und meine Stimme war nicht mehr so wie früher. Deshalb bin ich in dieses Land gekommen und mache Kostüme für die großen Diven und –« (und sie lächelte vor weinseligem Wohlwollen) »für die *piccole divezze*. Aber jetzt ist kein Wein mehr da und die Geschichte auch aus. Ich werde jetzt gehen.«

»Es ist sehr spät geworden«, sagte Alicia. »Sollten wir nicht ein Taxi rufen, oder ihr schlaft einfach hier, bis dich jemand nach Hause begleiten kann?«

»Aber nein.« Erstaunlich behende für ihr Alter und den Weinverbrauch erhob sich die alte Frau. »Ich gehe immer allein, das ist das beste. *Buona notte.*«

Und sie schwebte in die Nacht hinaus wie ein Theatergeist.

Stella Briganza sollte zum erstenmal die Lucia singen und war nervös, geschwächt von einer leichten Bronchitis und der Angst des Darstellers vor Kritikern und Fans.

»Du zitterst ja, *ma petite*«, murmelte ihre Garderobiere, während sie sorgfältig den Umhang der Lucia um die blassen Schultern des Mädchens legte. »Eine große Künstlerin läßt die private Angst hinter sich, für die Kunst. Und du wirst eine große Künstlerin sein.«

»Meinst du?« flüsterte Stella. »Ich weiß nicht, ob ich schon weit genug bin, um diese Rolle zu spielen. Meine Stimme ist, glaube ich, soweit in Ordnung. Aber ich weiß nicht, wie ich diese Frau spielen soll. Alles ist so anders als im wirklichen Leben. Ich meine, welche Frau würde einen Mann heiraten, den sie nicht leiden kann, und so naiv sein, die Lügen ihres offensichtlich intrigierenden Bruders über ihren Geliebten zu glauben? Und dann, statt sich mit ihrem Geliebten davonzumachen, wird sie verrückt und sticht in der Hochzeitsnacht ihren Ehemann nieder. Das ist doch verschroben. Ich habe keine Beziehung zu so etwas.«

»Ach nein, *ma chère,* du bist auch noch so jung.« Ihre Garderobiere, ein Veteran der französischen Bühnen, seufzte. »Solche Dinge geschehen. Selbst heute, wo alles so freizügig aussieht. Glaub mir. Aber das wäre eine andere Geschichte, und nicht bestimmt für junge Ohren. Komm, ich zeig dir, wie ich die Szene gespielt habe, in der Lucia wahnsinnig wird,als ich noch jung war und so schön weit die Tonleiter hinaufkam.«

»Du hast die Lucia gespielt?« rief Stella aus. »Davon wußte ich nichts.«

»Das ist schon so lange her, *ma chère.* Daran erinnert sich keiner mehr. Danach verschwand ich für lange Zeit in der Nervenklinik. Ich habe nur einmal als Lucia gesungen. Es war so eine großartige Darstellung. Aber das ist eine längere Geschichte. Eines Tages werde ich sie dir erzählen. Nicht jetzt. Jetzt mußt du hinausgehen und deine eigene Geschichte beginnen. Der Tenor wartet schon.

Originaltitel: SHABBY LITTLE SHOCKER, 7/86
Übersetzt von Achim Seiffarth

Stephen F. Wilcox

Opas Lieblingsplatz

Zum ersten Mal haben die Ternicks mich an einem Sonntagmorgen im April mit ihrem unheimlichen Sessel belästigt. Sie fingen mich auf dem Schotterparkplatz gleich neben der Kirche ab. Es war der erste wirklich warme Frühlingstag nach vier langen und bitteren Wintermonaten im Norden New Yorks, und ich war nicht gerade scharf darauf, mir auch nur eine Minute lang abergläubische Geschichten anzuhören. Ich hatte eine Wiese, die gemäht und ein Beet, das umgegraben werden mußte, aber Höflichkeit – und die Morgenandacht – hielt mich fest.

Ich kannte das Problem der Ternicks bereits. Reverend James, unser Gemeindepfarrer, hatte mir davon erzählt. Vergangenen Donnerstag hatten wir darüber gesprochen, nachdem wir die wöchentlich mit einigen Teenagern der Gemeinde durchgeführte Jugendarbeits-Sitzung beendet hatten. »Es sieht so aus, daß Mr. und Mrs. Ternick unter dem Wahn leiden, der alte Mr. Brecht, Mrs. Ternicks Adoptivvater, mache ihnen nächtliche Besuche«, erzählte mir der Reverend. »Offensichtlich haben sie viel durchgemacht, seitdem der alte Herr im Februar gestorben ist. Offen gesagt, mache ich mir Sorgen um die beiden. An sich sind sie sehr ruhige, beinahe stoische Menschen. Ich kann mir denken, daß sie es sich lange und sorgfältig überlegt haben, ob sie jemanden um Hilfe bitten sollten. Ich habe getan, was ich konnte, um sie zu ermutigen, mit ihrem Problem rational umzugehen. Ich habe ihnen sogar psychiatrische Betreuung vorgeschlagen, aber davon wollten sie nichts wissen. Schließlich habe ich Ihren Namen ins Spiel gebracht und vorgeschlagen, sie sollten sich an Sie wenden. Diese Idee gefiel ihnen sofort. Ich hoffe, es macht Ihnen nichts aus.«

»Nicht, daß es mir direkt etwas ausmacht, Reverend«, wich ich aus, »aber wie könnte ich ihnen helfen?«

»Sie haben doch im College Psychologie studiert. Und Ihre freiwillige Jugendarbeit ist immer vorbildlich gewesen.«

»Trotzdem bin ich für so etwas doch nicht qualifiziert. Ich bin ein Zeitungsmann, nicht Sigmund Freud.«

»Ja, aber das ist doch das Schöne daran.« Der gute Pfarrer lächelte diabolisch. »Sehen Sie, ich denke, Sie könnten den Ternicks mit heilsamem Rat zur Seite stehen. Aber ich weiß, daß die Ternicks Sie in dieser Rolle nicht an sich heranlassen würden. Also habe ich ihnen die Idee auf der Grundlage Ihrer Erfahrung als Journalist verkauft.

Entlarvungsjournalismus und so weiter.«

»Reverend James, ich verlege und gestalte eine kleinstädtische Wochenzeitung, nicht die Washington Post.«

Aufmunternd streichelte er mir über den Arm. »Für unsere Zwecke ist das ganz egal. Es kommt nur auf Ihren Willen an, einem Nachbarn in Not Ihre Fähigkeit der Beratung zur Verfügung zu stellen. Wäre das nicht ein guter Spruch für die Predigt am Sonntag: ›Hilf deinem Nachbarn‹?«

Und so kam es, daß ich mich an einem sonnigen Sonntagmorgen auf dem Kirchen-Parkplatz wieder fand, wo ich mir eine Erzählung anhörte, die lächerlich gewesen wäre, hätte Mrs. Ternick nicht diesen schrecklich ernsten Gesichtsausdruck dabei gehabt.

»Mein Vater war nie einen Tag krank in seinem Leben, außer in den letzten paar Jahren«, hob Mrs. Ternick an. Sie war eine große, kräftig gebaute Frau Ende Vierzig. Ihr braunes Haar war von grauen Strähnen durchzogen. »Er hat die Farm in Ordnung gehalten, die schweren Arbeiten hat er zusammen mit Arno erledigt.« Sie nickte ihrem Mann zu. »Selbst beim Einholen des Heus machte er sich noch nützlich, bis er fünfundsiebzig war. Damals fingen seine Probleme mit der Lunge an. Oktober vor zwei Jahren hat er sich eine Lungenentzündung geholt, und von da an ist es bergab mit ihm gegangen. Die Ärzte haben außerdem etwas an seinem Herzen entdeckt, Herzklappenfehler.

Jedenfalls war er von Weihnachten bis Mitte Januar im Krankenhaus. Die Rechnungen fraßen uns langsam auf. Darum haben die Ärzte uns erlaubt, ihn mit nach Hause zu nehmen, wo wir uns selbst um ihn kümmern konnten.Das war meine Aufgabe, aber ich glaube, ich habe sie nicht gerade gut erfüllt.«

»Hör mal, Frau, fang nicht wieder damit an«, unterbrach Mr. Ternick. Er war ein vierschrötiger Mann in den Mittfünfzigern, mit einem sonnenverbrannten Gesicht und Flecken auf der Kopfhaut, wo einmal die Haare gewesen sein mußten. Er trug eine dicke Brille, hinter der seine Augen unnatürlich klein und eingesunken wirkten. »Sie steigert sich da manchmal hinein«, sagte der Farmer zu mir, »obwohl Opa – so haben wir Ruths Vater genannt – schon mit einem Bein im Grab stand, seitdem er den Fuß ins Krankenhaus gesetzt hatte. Macht sich Vorwürfe, weil sie gerade beim Lebensmittel-Einkauf war, als Opa seinen letzten Anfall hatte und starb. Meint, sie hätte noch was tun können, wenn sie zuhause gewesen wäre, aber das ist Unsinn. Es war Gottes Wille und damit Schluß.«

Ich gab die angemessenen Sympathielaute von mir und bat sie dann, meine Abneigung nicht beachtend, mit ihrer Geschichte fortzufahren.

»Es begann ungefähr einen Monat, nachdem Opa von uns gegangen ist«, sagte Mrs. Ternick. »Eines morgens komme ich die Treppe herunter und rieche den Pfeifentabak, den Opa immer geraucht hat. Arno kaut Tabak, er raucht überhaupt nicht, so daß ich zuerst dachte, ich träume wohl. Aber als ich in das Wohnzimmer komme, sehe ich da Opas Pfeife im Aschenbecher und seinen bequemen Sessel gleich neben dem Kamin stehen, so wie er es immer gern hatte.«

Ich unterbrach sie. »Sie meinen, der Sessel ist verschoben worden?«

Sie nickte. »Nach seinem Tod, wissen Sie, habe ich seinen Sessel und den Rauchtisch in die Ecke gestellt, weil wir so besser fernsehen konnten. Aber da stand er wieder, gleich neben dem Kamin. Nun, ich habe natürlich gleich Arno gefragt, ob er das getan hätte, obwohl ich mir nicht vorstellen konnte, warum er Möbel rücken und Opas alte Pfeife rauchen sollte und all das.«

»Natürlich nicht«, knurrte Mr. Ternick.

»Wie dem auch sei«, fuhr seine Frau fort, »wir konnten es uns überhaupt nicht erklären, außer dadurch, daß vielleicht in der Nacht jemand ins Haus gekommen war und diese Dinge getan hat, wer weiß warum. So haben wir die Sache nach ein paar Stunden einfach wieder vergessen und uns unseren Pflichten gewidmet. Was hätten wir sonst auch tun sollen?« Ich nickte zustimmend, und sie erzählte weiter. »Nun, am nächsten Morgen, als Arno heruntergeht zum Melken, wirft er einen Blick ins Wohnzimmer, will verdammt sein, wenn da nicht wieder der alte Sessel gleich am Kamin steht, die Pfeife herausgelegt und Asche im Aschenbecher ist. Und so ging das die ganze Woche weiter; jeden Abend habe ich Sessel und Rauchtisch zurück in die Ecke gestellt, und am nächsten Morgen stand wieder alles am Kamin.

Wie ich sage, das ging eine Woche lang so weiter, bis Arno sagte, daß er genug hat. Er glaube nicht an Geister und werde dieser Sache auf den Grund gehen, auch wenn es ihn den Schlaf kosten sollte. Er entschloß sich, unten sitzen zu bleiben und den Sessel zu beobachten.«

Ich zögerte immer noch, mich auf die Sache einzulassen, aber die Geschichte fing an, mich zu interessieren. »Was geschah in dieser Nacht?« fragte ich.

Ternick zuckte mit den Achseln. »Ich schlief ein. Bin nicht daran gewöhnt, so spät noch auf zu sein. Wir Farmer, wir müssen früh aufstehen. Ich erinnere mich, diese Carson-Show im Fernsehen gesehen zu haben und einfach weggedämmert zu sein. Aufgewacht bin ich erst wieder so kurz vor fünf. Als ich die Augen öffnete, rauschte der Fernseher nur noch – und der alte Sessel stand direkt am Kamin.«

»Hmmm«, war alles, was ich sagen konnte, bevor Mrs. Ternick den Faden aufnahm.

»Ich dachte, daß ich vielleicht auch einmal probieren sollte, aufzubleiben. Mir würde es vielleicht eher gelingen. Arno ging nach oben ins Bett gegen halb zehn, und ich setzte mich mit meinem Strickzeug aufs Sofa, ein Auge auf den Fernseher, das andere auf den alten Sessel gerichtet. Irgendwann um Mitternacht herum – ich erinnere mich, gerade eine Nachrichtensendung gesehen zu haben mit einem Typen, der ein bißchen wie Bugs Bunny aussah – riecht es ganz plötzlich nach Pfeifentabak, so daß ich die Augen aufreiße und nach dem Sessel schaue, und Opa hat ihn wieder verschoben. So schnell geschah das, ich habe nichts gesehen. Er stand einfach dort.«

»Sind Sie sicher, nicht eingeschlafen zu sein?«

»Ich glaube schon. Ich erinnere mich, daß ich schläfrig war. Kann sein, daß ich für ein paar Sekunden die Augen geschlossen hatte. Sie kennen das doch, wenn man so ganz entspannt dasitzt, daß man wie schlaftrunken wird? Jedenfalls blieb ich für den Rest der Nacht ganz sicher wach. Ich habe sogar versucht, mit ihm zu reden . . . dem Stuhl, meine ich. Hab immer wieder gefragt: ›Opa, warum tust du das?‹ Ich sagte ihm, wie mich das mitnimmt . . . aber dabei kam nichts heraus. Er hat mir nicht geantwortet.«

Damit senkte Mrs. Ternick den Kopf und versuchte, ein tiefes Schluchzen zu unterdrücken. Sie schaffte es nicht. Ihr Mann machte eine Bewegung mit der Hand, um sie zu trösten. Dann ließ er die Hand doch wieder fallen. Statt dessen blinzelte er mich durch seine dicke Brille hindurch an und beschwor mich: »Können Sie sehen, was dieser . . . dieser Spuk hier anrichtet? Wir müssen etwas tun. Jemand muß uns helfen . . . vertreiben Sie ihn.«

Ich ließ sie die ganze Geschichte noch einmal durchgehen, Punkt für Punkt. Hier und da stellte ich Fragen, in der Hoffnung, irgend etwas in die Finger zu bekommen, was eine plausible Erklärung abgeben könnte, die sie beruhigt und mir die Mühe erspart hätte, mich weiter damit zu beschäftigen. Ich kramte alles hervor, was mir an Psycho-Gebrabbel aus Vorlesungen am College noch verfügbar war, ich versuchte, ihnen gut zuzureden, wie ich einem der problembeladenen Teenager meiner Jugendgruppe zugeredet hätte, und schließlich – als letztes Mittel – behauptete ich einfach, daß Schmerz und Schuldgefühle nach dem Tod des alten Mr. Brecht irgendwie in einer Hysterie sich entladen mußten, die bei ihnen Halluzinationen bewirke. Aber darauf ließen sie sich gar nicht erst ein. Es fiel ihnen leichter, zu glauben, daß Opa in ihrem Wohnzimmer herumspukt, als auch nur die Möglichkeit einzuräumen, sie könnten einer geistigen Verwirrung zum Opfer gefallen sein.

Dann hielt ich mich also ans Naheliegende und schlug vor, den Sessel, das Rauchtischchen, die Pfeife und alles, was Mr. Brecht gehört hatte, aus dem Haus zu entfernen. Unglücklicherweise ließen sie sich darauf nicht ein.

»Meine Frau hier, sie will Opas Sachen nicht aus dem Haus schaffen lassen«, sagte Ternick, der sich dabei zu gleichen Teilen frustriert und abgestoßen anhörte. »Sie meint, das sei schließlich alles, was ihr von dem alten Mann geblieben ist.«

»Ist überhaupt keine gute Idee, diese paar Sachen wegzuschaffen«, verteidigte sich seine Frau. »Alles im Haus hat nämlich einmal Opa gehört, jedenfalls fast alles, das Haus eingeschlossen. Ihm hat einmal die Farm gehört, wissen Sie? Arno wurde eine Art Partner für ihn, nachdem wir geheiratet hatten. Also selbst wenn wir auf das ganze Haus verzichteten, könnte er in der nächsten Nacht im Stall erscheinen.«

Ich muß zugeben, das war schon ein eigenwilliges Stück Logik, aber in dem Moment fiel mir auch nicht ein, wie ich es zurückweisen sollte. Danach war es lange still. Ternicks starrten mich voller Erwartung an, während ich die Spitze eines meiner besten schwarzen Schuhe in den Schotter bohrte. Es sah ganz so aus, als ob ich keine Wahl hätte. Also bot ich ihnen an, zu ihrer Farm herauszukommen und eine Nacht auf Ternicks Sofa zu verbringen. Ich war sicher, daß es eine Erklärung gab, und zwar eine, die den Geist des alten Mr. Brecht, der seinen Lieblingssessel schiebt, nicht voraussetzte. Vielleicht könnte ich, unbelastet von der Schuld und dem Aberglauben, die diese einfachen Leute beugten, hinter ihrer Qual die Wahrheit entdecken. Wie auch immer sie aussähe.

Unter den Anforderungen, die die wöchentliche Herausgabe einer Zeitung stellt, kam ich erst am nächsten Donnerstag dazu, zur Ternick-Farm herauszufahren. In der Zwischenzeit – wenn ich nicht gerade mit dem Schreiben der Kiwanis-Club-Nachrichten oder dem Journalismus-Kurs des Colleges oder einer von einem guten Dutzend anderer Pflichten beschäftigt war, die mit einer Kleinstadt-Zeitung verknüpft sind – schaffte ich es, in der Bibliothek vorbeizusehen und alles zu studieren, was ich über Parapsychologie und unerklärte Erscheinungen finden konnte. Die raren und wenig einleuchtenden Informationen, die ich ausgegraben habe, haben mich zunächst einmal davon überzeugt, daß ich ein Esel gewesen sein muß, als ich mich vom Reverend in diese Sache verwickeln ließ.

Nichtsdestoweniger fuhr ich an diesem Donnerstagabend gegen sieben Uhr zur Farm heraus, wie abgemacht. Die Ternicks erwarteten mich am Tor. Sie sahen noch angespannter und gedrückter aus als am Sonntag. Es war ein großes, entfernt an viktorianischen Stil erinnerndes Haus mit Giebeldach und raffinierter Vergitterung, und es hätte ordentlich ausgesehen, wenn es frisch gestrichen worden wäre. Nach der eilig gemurmelten Begrüßung führten mich meine Gastgeber in ein langes, rechteckiges Wohnzimmer, mit einem gewaltigen Backsteinkamin an einem Ende. Etliche Stücke überladenen Mobiliars standen an die Wände geschmiegt, und ein Teppich mit Blumenmuster lag auf dem Boden. Sessel und Rauchtisch, die meinen Besuch veranlaßt hatten, waren in eine Ecke, etliche Fuß vom Kamin entfernt, geschoben worden.

»Bis heute morgen haben wir den Sessel auf Opas altem Platz stehen lassen, da am Kamin«, erklärte Mrs. Ternick nüchtern. »Warum hätten wir ihn wieder in die Ecke zurückschieben sollen, wenn er doch nicht stehenbleibt, haben wir uns gedacht. Heute morgen hab' ich Arno ihn zurückschieben lassen, trotz allem, damit Sie sehen können, was wir meinen. Morgen früh, meine ich.«

»Ist denn überhaupt etwas passiert, solange der Sessel an seinem alten Platz belassen wurde, neben dem Kamin?« fragte ich.

Mrs. Ternick nickte. »Er kommt immer noch jede Nacht vorbei, um hier seine Pfeife zu rauchen. Ich weiß das, weil ich jeden Morgen den Aschenbecher leeren muß.«

Die erste Hälfte des Abends war ereignislos in jeder Hinsicht. Wir setzten uns in die Sessel im Wohnzimmer – den Lieblingssessel des alten Mr. Brecht ließen wir natürlich unbesetzt – und schauten uns eine Prozession von Fernsehsendungen an: eine schwachsinnige Show, eine halbwegs erträgliche Krimiserie und eine Menge Werbung. Ich versuchte mehrmals, meine Gastgeber in Diskussionen über den möglichen psychischen Hintergrund ihres Sesselrückens zu verwickeln. Aber alle eindrucksvollen Wörter und abgedroschenen Phrasen, die ich noch mobilisieren konnte, halfen nichts. Meine Versuche wurden durch skeptisches Murmeln und wissende Blicke zwischen Ehemann und Ehefrau und umgekehrt abgeschmettert.

Genau um neun Uhr dreißig, die Uhr auf dem Kaminsims läutete einmal für die halbe Stunde, holte Ruth Ternick eine Kanne mit heißem Tee und einen Teller hausgemachter Hafergrützenplätzchen aus der Küche. Arno Ternick stand auf, gähnte, wie nur ein Farmer am Ende eines harten Tages gähnen kann und schlurfte ab ins Bett.

»Bleiben Sie wach, jetzt«, ermahnte Mrs. Ternick mich, als sie hinter ihrem Mann die Treppe hinaufging. »Dann werden Sie sehen, wie es ist.«

Ein paar angespannte Minuten mußte ich warten, bis ich eine Klospülung, die Badezimmertür zuschlagen und ein paar Bettfedern ächzen hörte. Zufrieden, daß meine Gastgeber sich zurückgezogen hatten, konnte ich dann beginnen, mich in diesem Wohnzimmer genau umzusehen – obwohl ich nicht wußte, was ich eigentlich suchen sollte. Ich schaute hinter das Sofa, zog die Decken zurück, ich krabbelte auf Händen und Füßen und schlug eine Ecke des Teppichs zurück, schaltete Lampen an und aus und wieder an, sogar in der Asche im Kamin habe ich herumgestochert. Ganz zum Schluß, und, wie ich zugebe, nicht ohne einiges irrationale, aber im Innersten gefühlte Zittern, habe ich den Rauchtisch des alten Mannes inspiziert – nichts Ungewöhnliches gab es da, und ließ mich langam in dem mysteriösen Sessel nieder.

Wie zu erwarten, passierte nichts. Kein Kitzeln, kein plötzliches Frösteln am Rückgrat, kein Stöhnen körperloser Stimmen in der Nacht. Ich saß einfach in einem wackligen alten Sessel, ganz allein in einem schäbigen Wohnzimmer. Beruhigt, daß wenigstens ich gesund war, stand ich auf und ging zurück zum Sofa, um mich an den Tee und die Kekse zu machen.

Die Uhr auf dem Kaminsims schlug zwölfmal. Die fabelhafte Gespensterstunde, erinnerte ich mich mit einem durchaus selbstbewußten Husten. Die Kekse waren weg, weg war der größte Teil des Tees aus der schweren Steingutkanne am Ende des Tisches neben mir. Vielleicht war auch der Geist Mr. Brechts weg; die Möbel hatte er heute jedenfalls nicht durcheinandergebracht. Ich hatte die letzten zwei Stunden damit verbracht, in die Ecke zu starren, wo Sessel und Rauchtisch standen. Fast wünschte ich schon, sie sollten sich ein bißchen bewegen. Zur gleichen Zeit überlegte ich, wie ich bei den Ternicks mit irgend etwas den Erfolg haben könnte, sie in die Realität zurückzubringen, wenn sie zum Frühstück herunterkämen.

Um diese Zeit muß es gewesen sein, daß ich über mir Schritte hörte, leise und langsam, die sich vom Schlafzimmer hinten bis zur obersten Schwelle der Treppe bewegten. Ich wirbelte auf dem Sofa herum und beobachtete, wie ein Paar rosa Plüschfüße hinter dem Vorhang herunterstiegen. Als sie unten am Boden ankamen, bemerkte ich, daß die Füße zu Mrs. Ternick gehörten. Ich wollte aufstehen und etwas sagen, aber der leere Ausdruck in ihren Augen veranlaßte mich, sitzen zu bleiben und abzuwarten. Ihr langes Flanellnachthemd wogte an ihren Seiten, sie ging an mir vorbei, als ob ich nicht existierte, und schritt in die Ecke, wo der Sessel ihres Vaters und der Rauchtisch warteten. Geräuschlos schob sie auf dem schweren Teppich den Rauchtisch quer durch den Raum zu einer Stelle am Kamin.

»Mrs. Ternick?« sprach ich sie sanft an. Sie antwortete nicht, sondern schob den klobigen Sessel des alten Mannes, bis er wieder beim Rauchtisch stand, neben dem Kamin. Und dann setzte sie sich hin.

»Mrs. Ternick?« versuchte ich es noch einmal, weniger sanft. Wieder nahm sie mich nicht zur Kenntnis. Ich stellte mich etwa in die Mitte zwischen dem Sofa und dem Kamin hin und beobachtete fasziniert, wie sie die Pfeife ihres Vaters vom Ständer nahm, sie mit faserigem Tabak füllte und die Füllung mit einem Küchenstreichholz anzündete.

»Natürlich«, murmelte ich mir selbst zu, während sie mit viel Mühe paffte, immer noch blind gegen meine Anwesenheit. »Sie konnten das Gefühl der Schuld am Tode Ihres Vaters nicht loswerden, der gestorben ist, als Sie einkaufen waren und ihm nicht helfen konnten. Also bringen Sie ihn hierher, jede Nacht an seinen Lieblingsplatz, einen müden alten Mann, der am Feuer sitzt und an seiner Pfeife saugt.«

Ich wußte, daß es hier eine logische Erklärung geben würde, dachte ich, um mir selbst einen geistigen Anstoß zu geben. Ich drehte mich um, und ging auf die Treppe zu. Es schien einfach, Mr.Ternick zu holen, damit er die Szene selbst ansehen könnte, und danach seine geplagte Frau aufzuwecken und von dort wegzubringen.

»Neiiiin!« Ich hatte den Raum halb durchmessen, als ich diesen tiefen gutturalen Schrei hörte, der mich mitten im Schritt verharren ließ. Ich drehte mich zu Mrs. Ternick um. Sie starrte mich jetzt vom Sessel aus an, ihre Augen brannten wie die Pfeife, die sie dabei in der Hand hielt. Ich hatte mich schon fast davon überzeugt, daß ich mir den Schrei bloß eingebildet hatte – schließlich hatte ich die rauhe Stimme eines alten Mannes gehört –, als sich ihr Mund öffnete und ein weiteres unpassendes Grollen über ihre Lippen kam. »Mörrrr-derrr.«

Herausgerissen aus meiner Lähmung, sprang ich zurück an den Tisch am Sofa. Das Klirren des schweren Steingut-Services, als es auf den Boden schlug, hallte durchs Haus, aber Ruth Ternicks glühender Blick verschwand nicht. Dafür hörte man schwere Schritte durch die Decke und auf der Treppe. Ich verlor alles Gleichgewicht und fiel zurück aufs Sofa, gerade als Arno Ternick durch die Wohnzimmertür kam, in seinen Bademantel gehüllt wie in ein Leichentuch, seine Augen, ungeschützt ohne seine dicke Brille, blinkten heftig vom Lampenlicht. In seinen Händen hielt er eine Pistole.

»Duuuu . . . Mörrr – derrr!« hörte man wieder die Stimme des alten Mannes von der Frau im Sessel ausgehen.

»Nein, Opa«, schrie Arno Ternick. Er mußte weiterhin blinzeln. Angst und Verwirrung unterstrichen seine Worte. »Du wärst sowieso gestorben . . . So sinnlos war es . . . die Arztrechnungen . . . fraßen unsere Ersparnisse auf . . .«

»Duuu«, schrie die schreckliche, fremde Stimme, während Ruth Ternick sich erhob und den Arm ausstreckte und mit dem Finger auf ihren Mann zeigte.

Ich erinnere mich daran, daß ihr Körper plötzlich einen Sprung machte und gegen den Kamin schlug, während im selben stillstehenden Moment ein ohrenbetäubender Pistolenknall alles andere übertönte. Dann setzte die Zeit wieder ein, und Mrs. Ternick lag vor dem Kamin, ihr Flanellnachthemd über und über mit Blutflecken bedeckt, und blutete aus dem Mund wie aus einer offenen Wunde.

Und Arno Ternick, die Pistole zu seinen Füßen, stand still wie der Tod im Eingang, die Augen auf den leeren Sessel gerichtet, und sanft sagte er wieder und wieder: »Mußte, Opa . . . mußte, Opa . . . mußte . . .«

Die Geschichte wurde erst in der Gerichtsverhandlung gegen Arno Ternick vollständig bekannt. Die Arztrechnungen stapelten sich, die zweite Hypothek auf die Farm wäre im März fällig gewesen, während der alte Mann oben in seinem Zimmer lag und Tag für Tag ein bißchen starb, aber irgendwie immer noch weiterlebte. Bis zu dem Morgen, an dem Ruth zum Einkaufen gefahren war und Arno, vom Melken ins Haus kommend, von oben ein schreckliches Keuchen gehört hatte. Dort lag der alte Mr. Brecht auf dem Boden und bettelte um die Tabletten, die keine zehn Fuß entfernt auf der Kommode standen. Arno stand in der Tür und sah den alten Mann an, und der alte Mann sah ihn an, und beide Männer wußten, daß die Tabletten bleiben würden, wo sie waren.

Anfang Juni war das Verfahren vorüber, gerade als die Erdbeeren in meinem Garten reif waren. Arno wurde in die Art Krankenhaus geschickt, die vergitterte Fenster und Stahltüren haben. Ruth ruhte schon neben ihrem Vater auf dem kleinen Friedhof in der Nähe unserer Kirche. Woher sie wußte, was Arno getan hatte . . . nun, das

KRIMI BÖRSE KRIMI BÖRSE KRIMI BÖRSE KRIMI BÖRSE

Herr Heinz Jürgen Bäcker, 5047 Wesseling-Berzdorf, Eichenweg 15, (Tel. 02232/55199) ist etwas verspätet auf den Geschmack gekommen und sucht jetzt die ersten achtzig Bände von Alfred Hitchcocks Kriminalmagazin. Schriftliche oder telefonische Angebote bitte an die obige Adresse.

Außerdem möchten wir noch einmal betonen, daß sich Ihre Suchmeldungen oder Angebote nicht auf frühere Bände dieses Magazins oder Bücher dieses Verlages beschränken müssen, um an dieser Stelle veröffentlicht zu werden. Wir haben Verständnis dafür, daß man nicht immer nur Kuchen essen kann . . .

Ihre Hitchcock-Redaktion

war auch eine der vielen Fragen, die wir eben nicht beantworten können.

Natürlich brachten die Zeitungen in der Stadt die Sache groß heraus. Ich habe sie nicht veröffentlicht. Es war einfach nicht die Art von Geschichten, die in Kleinstadt-Wochenzeitungen gehörten. Jedenfalls nicht in meine.

Originaltitel: THE HAUNTED CHAIR, 4/86
Übersetzt von Achim Seiffarth